Joachim Krug

Roter Teufel

Bibliografische Information der Deutschen Nationalbibliothek:
Die Deutsche Nationalbibliothek verzeichnet diese Publikation in der Deutschen Nationalbibliografie, detaillierte bibliografische Daten sind im Internet über dnb.dnb.de abrufbar.

TWENTYSIX – Der Self-Publishing-Verlag
Eine Kooperation der Verlagsgruppe Random House und BoD – Books on Demand

© 2018 Joachim Krug

Herstellung und Verlag:
BoD- Books on Demand, Norderstedt

ISBN: 978-3-7407-4407-6

Blut, Schweiß und Tränen schwebten wie ein feiner Sprühregen über dem Ringgeviert. Die warme, abgestandene Luft ließ den Atem lang und schwer werden. Wie eine Dampfwalze, die alles überrollt, was sich ihr entgegenstellt, rannte der Koloss ein ums andere Mal in seinen Gegner. Die gewaltigen Schläge kamen einem Vorschlaghammer gleich, schienen sich durch nichts aufhalten zu lassen. Obwohl Jan seine Deckung geschlossen hielt, spürte er deren ungeheure Wucht am Kopf. So ungefähr muss sich das anfühlen, wenn »Dr. Eisenfaust« Vitali Klitschko seine Gegner malträtiert, dachte er. Wenn auch nur einer dieser furchtbaren Schwinger sein Ziel träfe, wäre der Kampf abrupt beendet. Dabei schien der vorzeitige Knockout noch das geringste Übel. Die Frage war, ob er danach noch in der Lage sein würde, aus eigener Kraft wieder aufzustehen? Eher nicht, ging es ihm durch den Kopf. Wie blöd war er eigentlich, sich nicht vor Beginn des Turniers über das Teilnehmerfeld zu informieren? Die Titelgewinne in den vergangenen Jahren waren jeweils reine Formsache. Fünfmal Hamburger Polizeimeister im Schwergewicht der Klasse Ü-40. Wer sollte ihn da beim sechsten Mal schon aufhalten? Im Grunde traf er immer wieder auf die gleichen Gegner. Allerdings wurden es von Jahr zu Jahr weniger, weil niemand auch nur ansatzweise in der Lage gewesen war, ihn zu besiegen. Seine Kontrahenten hatten offensichtlich mit der Zeit die Lust verloren. Doch diesmal lag der Fehler im Detail. Er hatte eine winzige Kleinigkeit übersehen. Die war genau 2,08 Meter groß und wog exakt 138,7 Kilogramm. Der langjährige Champion in der Seniorenklasse Waldemar »Godzilla« Godszinsky hatte in diesem Jahr seinen 40. Geburtstag gefeiert und war somit in die Ü-40 Klasse aufgerückt. Im Halbfinale hatte Jan kurzfristig überlegt, die Sache auf sich beruhen und seinem Gegner den Vortritt zu lassen. Doch der fiel beim ersten Wischer wie vom Blitz getroffen zu Boden und dachte nicht mal im Traum daran, wieder aufzustehen. Zwei Männer, ein Gedanke.

»Viel Spaß im Finale«, wünschte der dann noch und verzog sich mit einem breiten Grinsen im Gesicht in die Kabine.

»Feiges Arschloch«, nuschelte Jan ihm kleinlaut hinterher, wohlwissend, dass er ja den gleichen Plan hatte. Jetzt stand er da mit diesem unbesiegbaren Riesen im Ring und musste zusehen, wie er halbwegs unversehrt und ohne sich bis auf die Knochen zu blamieren, aus der Sache heraus kam. Mit Gongschlag marschierte Hauptwachtmeister Godszinsky nach vorn, drängte seinen Gegner gegen die Ringseile und deckte ihn mit weit hergeholten Schwingern ein. Obwohl diese ausnahmslos die Deckung trafen, würden sie auf Dauer ihre Wirkung nicht verfehlen. Obschon er siebzehn Jahre älter war als sein Gegner, war Jan schneller auf den Beinen und vor allem der technisch bessere Mann. Mit 1,95 Meter Größe und gut 110 Kilogramm Körpergewicht war er auch nicht gerade ein Hänfling. Jan bewegte sich immer wieder schnell rechts oder links seitlich aus der Angriffslinie des Gegners und versuchte ihn mit schnellen Beinen müde zu machen. Dabei schlug er hart und gezielt auf den massigen Körper seines Widersachers, um ihm die Luft zu nehmen. Zunächst jedoch ohne jede Wirkung. Godzilla schien das überhaupt nicht wahrzunehmen und setzte unbeeindruckt seinen Vormarsch fort.

Er war dem Meer entstiegen, um Tokio dem Erdboden gleich zu machen. Eine furchterregende Kreatur, die durch zunehmend frei gewordene Radioaktivität zum überdimensionalen Monster mutiert war.

Die Filme waren unterhaltsam. Jan hatte sie immer gern gesehen. Aber diesem Brocken mal Auge in Auge gegenüberzustehen, war nie wirklich sein Wunsch gewesen. Im richtigen Leben war Godzilla übrigens ein netter, höflicher, wenn auch etwas einfältiger Polizeibeamter, der keiner Fliege etwas zu Leide tat. Während seiner Hamburger Dienstzeit war Jan stets bestens mit ihm klargekommen. Er hatte ihn bei den Meisterschaften immer leidenschaftlich unterstützt und sich gefreut, wenn er seine Gegner reihenweise in den Ringstaub befördert hatte. Ihm wäre nicht mal im Traum der Gedanke gekommen, einmal gegen dieses Ungetüm ins Boxkarree zu steigen. Kletterte der nette Herr Godszinsky jedoch in den Ring, war von seiner zuvorkommenden Art nicht mehr viel übrig. Wie auf Knopfdruck mutierte er zu Godzilla, von Dr. Jeckyll zu Mr. Hyde. Niemand konnte sich so recht daran erinnern, dass in den letzten zehn Jahren mal ein Gegner die drei Runden bis zum Ende durchgehalten hatte. Ganz davon abgesehen, dass es je jemand geschafft hätte, Godzilla auf die Ringbretter zu befördern. Jans Problem war aber noch ein anderes. Im Boxsport gab es Regeln. Auf der Straße nicht. Normalerweise hätte er nicht mal eine Minute gebraucht, um Godzilla außer Gefecht zu setzen. Ein gezielter Kick auf das Knie des Gegners und seine Patella wäre nur noch ein Puzzle aus zerborstenem Knorpel gewesen. Ein punktgenauer Tritt an den Kopf des einknickenden Riesen hätte dann auch schon sein Ende bedeutet. Und das war nur eine mögliche Kombination aus dem vielfältigen Reservoir eines erfahrenen Kämpfers, der auf diese Art und Weise schon viele Männer unschädlich gemacht hatte. Doch hier im Ring zählte dies alles nicht. Die gepolsterten Handschuhe nahmen seinen Schlägen die Wucht. Die vorgeschriebenen Trefferflächen schränkten seine Möglichkeiten stark ein. Das schlimmste jedoch war, dass er seine Beine nicht benutzen durfte, um einen seiner gefürchteten Kicks anzusetzen. Gäbe es Polizeimeisterschaften im Kickboxen, wäre das sicher eine Option gewesen.

Alles Lamentieren half jetzt nicht mehr. Nun galt es, einigermaßen glimpflich aus diesem Dilemma herauszukommen. Und da war es einfach das Beste, zu versuchen, diesem Ungetüm aus dem Weg zu gehen.

»Was soll das hier werden? Dr. Kimble auf der Flucht?«, schrie jemand unter dem lauten Gelächter der Zuschauer in den Ring. Jan sah kurz zur Seite und stellte fest, dass dieser Jemand sein Ex-Chef Wiswedel war, der nur allzu gern miterleben würde, wie er aus dem Ring gefegt würde. Das Verhältnis der beiden während seiner Hamburger Dienstzeit war, vorsichtig ausgedrückt, stets ausbaufähig gewesen. Wiswedel monierte immer wieder Jans Alleingänge und wollte ihn zuletzt auch noch mit einem Doppelmord in Verbindung bringen, als vor gut einem Jahr in einem Hamburger Hotel zwei mutmaßliche Terroristen erschossen wurden. Bis heute war der Polizeichef fest davon überzeugt, dass Jan in diesen Fall verwickelt war. Schließlich wurde er auf für ihn dubiose Weise ausgebremst, als das BKA ihm den Befehl erteilte, die Sache zu den Akten zu legen. Damals hatte Wiswedel vor Wut geschäumt, jedoch seine These untermauert gesehen, dass Jan Dreck am Stecken hatte. Warum er jedoch von höchster Stelle geschützt wurde, wusste er bis heute nicht. Und das machte ihn schier wahnsinnig vor Ärger.

Heute allerdings würde Jan Krüger im Ring das kriegen, was er schon lange verdient hatte. Hauptwachtmeister Godszinsky jedenfalls hatte die Anweisung, seinen Gegner ins Krankenhaus zu befördern. Mindestens. Sollte noch mehr daraus werden, würde er nicht mal einen Kranz schicken.

Der Gongschlag beendete die erste von fünf Runden. Bis zum Halbfinale sah das Reglement drei Durchgänge vor, im Finale dann zwei mehr. Drei Minuten war Godzilla unermüdlich nach vorn geprescht, hatte Jan aber nicht entscheidend an den Ringseilen festnageln können. Trotzdem spürte er die wuchtigen Schläge auf die Deckung. Da sein Gegner nur auf den vorzeitigen Knockout aus war, versuchte er ausnahmslos den Kopf zu treffen. Jan musste weiterhin schnell auf den Beinen sein und die Doppeldeckung geschlossen lassen. Er musste versuchen, Godzilla in Bewegung zu halten. Die wilden Schwinger, die dieser im Sekundentakt abfeuerte, gingen meist ins Leere. Das kostete selbst einem Ungeheuer enorm viel Kraft.

»Krüger, bist du hier zum Wattepusten, oder zum Boxen? Ich dachte immer, du wärst so'n harter Typ«, schrie jemand in die Ringpause. Wieder ertönte Gelächter. Keine Frage auf seiner Seite standen die Leute hier nicht.

Die zweite und dritte Runde waren ein Spiegelbild der ersten. Godzilla im Vormarsch, Jan auf der Flucht. Dass so der Kampf kaum zu gewinnen war, wusste er natürlich.

Anfangs der vierten Runde kam der Ringrichter in seine Ecke und forderte ihn auf, aktiver zu werden, sonst müsse er den Kampf wegen Passivität vorzeitig beenden. Jan nickte höflich, dachte aber gar nicht daran, seine Taktik zu ändern. Sollte der doch abbrechen. Das Problem in Runde vier war, dass es nicht etwa der schwergewichtige, siebzehn Jahre jüngere Hauptwachtmeister war, der müde wurde, sondern er. Es fiel ihm immer schwerer, den ungestümen Attacken seines Widersachers aus dem Weg zu gehen. Schlag auf Schlag prasselte auf seine Doppeldeckung. Beide Augenbrauen waren durch die Nähte seiner Handschuhe wund gescheuert, begannen zu bluten. Stehen bleiben war jetzt die schlechteste Option. Godzilla spürte, dass Jan in ernsthafte Nöte kam, nicht mehr so schnell auf den Beinen war wie in den ersten drei Runden. Das Publikum merkte, dass die Entscheidung nahte und feuerte die Boxer lautstark an. Die Leute wollten den spektakulären Knockout. Die Halle tobte. Godzilla setzte zum ultimativen Endspurt an.

»With a purposeful grimace and a terrible sound/ He pulls the spitting high tension wires down/ Helpless people on a subway train/ Scream bug-eyed as he looks in on them/ Oh no, they say he's got to go go go Godzilla.«

Besser als dieser Song von *Blue Öyster Cult* konnte wohl in diesem Moment niemand das Ungeheuer beschreiben, das gerade im Begriff war, ihn zu zermalmen, dachte Jan und wunderte sich nicht wirklich, warum ihm ausgerechnet jetzt diese Textzeilen in den Sinn kamen.

Jan hatte im Krieg gelernt, wie mit adrenalinverseuchten Gegnern umzugehen ist. Die Taliban waren fanatische Kämpfer, durch Drogen aufgeputscht, praktisch schmerzfrei, aber dadurch auch unvorsichtig und übermütig. Er war darauf trainiert, in extremen Situationen nicht die Beherrschung und die Konzentration zu verlieren. Im Gegenteil: Je hektischer und aufgewühlter seine Gegner wurden, desto kühler und überlegter brachte er sie gewöhnlich zur Strecke. Zum Ende der vierten Runde verharrte Jan demonstrativ am Ringseil. Sein Gegner schien zunächst irritiert, wollte sich aber diese Gelegenheit nicht entgehen lassen. Wild schnaufend stürzte er sich auf ihn und feuerte eine Salve von Schwingern ab, die ausnahmslos über die Außenbahn auf seine Doppeldeckung krachten. Die Mitte seines Widersachers war offen wie ein Scheunentor. Als sich die letzten zehn Sekunden der vierten Runde durch Klopfzeichen ankündigten, erfolgte der Konter. Jan duckte sich urplötzlich ganz tief ab, die Rechte seines Gegners flog über seine linke Schulter. Durch die Wucht dieses »Heumachers« verlor Godzilla das Gleichgewicht und kippte nach vorn. In dem Moment, als sich die beiden Körper Brust an Brust berührten, zog Jan einen fürchterlichen rechten Haken von unten aufwärts gegen das völlig entblößte Kinn seines Gegners. Durch die Wucht dieses gewaltigen Uppercuts schleuderte Godzilla zurück, fiel aber nicht. Der Gongschlag rettete den Riesen vor dem endgültigen Aus. Völlig ausgepumpt versuchte sich Jan in der Ringpause zur fünften Runde noch mal physisch und mental auf den ultimativen Durchgang vorzubereiten. Trotz dieses harten Treffers am Ende der vierten Runde führte sein Gegner klar nach Punkten. Er würde alles daransetzen müssen, den Fleischberg auf die Ringbretter zu schicken, wenn er am Ende doch noch als Sieger aus diesem Duell hervorgehen wollte. Ob er dazu noch in der Lage war? Oder war es jetzt nicht ratsamer, einfach nur noch stiften zu gehen, solange seine Füße ihn tragen würden? Und was wäre die Konsequenz, wenn er doch noch als Gewinner den Ring verließe? Dann würde er wohl oder übel beim nächsten Mal wieder zur Titelverteidigung antreten müssen. Kein einladender Gedanke. Sollte er sich etwa im nächsten Jahr wieder mit diesem Riesenbaby prügeln? Nein, natürlich nicht. Es reichte, ein für allemal! Sein Entschluss stand fest, als er sich zur fünften Runde von seinem Hocker erhob. Diese Runde würde definitiv seine letzte sein. Jetzt nur aufpassen, nicht doch noch in so einen unkontrollierten Schwinger seines Widersachers zu laufen, mahnte er sich selbst zur Vorsicht. Nach dem Gongschlag den Ring aufrecht und vor allem, bis auf ein paar kleine Blessuren, unversehrt zu verlassen, so seine Strategie für den letzten Durchgang. Der Gong ertönte zur fünften Runde. Jan schleppte sich langsam Richtung Ringmitte, um sich dort definitiv zum letzten Mal seinem Gegner zu stellen. Godzilla blieb in seiner Ecke stehen und sprach mit seinem Betreuer. Was war los? Der Ringrichter forderte beide Kämpfer auf, den Fight fortzusetzen. Zunächst dachte Jan, dass sein Gegner seinen Mundschutz verloren hatte, weil er mit dem rechten Handschuh mehrfach in Richtung seines Kopfes deutete. Der Ringrichter zeigte ein Time out an und ging in Godzillas Ecke. Der setzte sich wieder auf seinen Schemel. Der Ringarzt wurde gerufen, es bildete sich eine Menschentraube um Hauptwachtmeister Godszinsky. Jan ging, wie es üblich ist, zurück in seine Ecke und lehnte sich, froh über eine erweiterte Erholungspause, in die Ringseile. Irgendetwas stimmte nicht. Offenbar gab es ernsthaftere Probleme. Die Aussicht, diese fünfte Runde nicht mehr bestreiten zu müssen, versetzte ihn fast schon in Euphorie. Die Offiziellen diskutierten wild gestikulierend in Godzillas Ecke. Offensichtlich war man sich nicht einig, was zu tun war. Plötzlich löste sich der Ringrichter aus der Menschtraube, ging zur Ringmitte und überkreuzte mehrfach seine Arme in der Luft, um anzuzeigen, dass der Kampf beendet sei. Jan konnte es nicht fassen. Was war passiert? Schnell wich seinem Glücksgefühl der Sorge um seinen Gegner, den er als freundlichen und hilfsbereiten Menschen kennengelernt hatte und der einer der wenigen im Hamburger Polizeirevier war, den er als ehrlichen und aufrechten Kollegen schätzte. Er stand immer noch in seiner Ringecke, als er von hinten die Stimme Wiswedels hörte.

»War doch klar, Krüger. Immer noch der Alte. Linke Dinger drehen war doch schon immer ihre Stärke. Sie widern mich an.«

In gleichen Moment wurde eine Trage in den Ring gebracht.

»Was ist los?« fragte Jan den Ringrichter.

»Wahrscheinlich hat sich der Mann einen Halswirbel gebrochen. Er kann seinen Kopf nicht mehr bewegen.«

Die fürchterliche Rechte an sein Kinn hatte also doch verheerende Wirkung gezeigt. Im Hintergrund vernahm Jan die Stimme des Hallensprechers, die unter dem gellenden Pfeifkonzert der Leute das Ende des Kampfes bekannt gab: »Sieger durch Technischen K.O. in der vierten Runde und damit alter und neuer Meister im Schwergewicht: Jan Krüüüüügerrrrr!!!

»Ich denke, dass er sich einen Halswirbel gestaucht oder schlimmstenfalls angebrochen hat. Er kann seinen Kopf nicht mehr nach rechts bewegen. Alles andere ist in Ordnung. Machen Sie sich keine großen Sorgen, der kommt wieder auf die Beine.« Der Ringarzt klopfte ihm auf die Schulter. Jan stand da wie paralysiert.

»Mann Alter, was war das denn für 'ne Nummer? Ich dachte, diese Planierraupe zermalmt dich bei lebendigem Leibe. Schön, dass du noch lebst.« Patrick Hagen war in den Ring geklettert. Er hatte bemerkt, dass Jan leicht orientierungslos erschien, dass er womöglich Hilfe brauchte. Der Anblick seines guten Kumpels holte ihn in die Realität zurück. »Den Typen hatte ich überhaupt nicht auf meiner Liste. Hab eigentlich nur die üblichen Verdächtigen auf dem Schirm gehabt.«

Patrick lachte: »Und ehe du dich versiehst, stehst du mit Godzilla im Ring. Mit dem leibhaftigen Ungeheuer, das aus der Tiefe kam. Mann Jan, du machst Sachen. Hatte schon überlegt, ob ich Erd-

oder Feuerbestattung bestellen sollte. Deine Asche hätte ich dann in der Binnenalster verstreut. Von da aus hättest du im Sommer immer einen wunderbaren Blick auf die idyllischen Biergärten gehabt.«

»Dumm gelaufen«, sagte Jan, »lass uns bloß hier abhauen, bevor ich noch ein paar Leuten den Arsch versohle. Dafür reicht meine Kraft noch.«

Carlos Timothy O'Brien genoss den herrlichen Sonnentag in New York City. Er liebte diese Stadt. Er war hier geboren, lebte seit dem hier und würde hier auch begraben werden. Niemals würde er diese wunderbare Stadt verlassen. Da machte es ihm auch nicht allzu viel aus, dass er die meiste Zeit seines Berufslebens in Washington verbringen musste. Er hatte in Harvard und Yale Rechtswissenschaften studiert und auf Grund seines Summa Cum Laude Abschlusses umgehend eine Stelle als Rechtsreferendar am New Yorker Bundesbezirksgericht, dem United States District Court, bekommen. Zwei Jahre später schloss er sich einer renommierten Rechtsanwaltskanzlei in Queens an. Abelman und Smith hatten sich in vielen spektakulären Prozessen einen Namen als kompromisslose Strafverteidiger gemacht. In dieser Zeit hatte Tim, wie ihn seine Freunde nannten, viel gelernt.

Tims Familie stammte ursprünglich aus Irland, genauer gesagt aus Broxberry, einem kleinem Ort in der Nähe von Dublin. Als sein Urgroßvater, John O'Brien, der in den Kupferminen in Wales und später in einem Stahlwerk in Dublin knochenharte Arbeit unter zum Teil menschenunwürdigen Bedingungen geleistet hatte, versucht hatte, einer damals verbotenen Arbeitergewerkschaft beizutreten, wurde er verhaftet und zu zehn Jahren Zwangsarbeit verurteilt. Als er nach acht Jahren als gebrochener Mann entlassen wurde, war es ihm nicht mehr möglich, in seiner Heimat zu leben. Irland war nicht mehr das Land, an das er glaubte, nicht mehr sein Land und das seiner Väter. Hier konnte und wollte er einfach nicht länger bleiben.

Als John sich gesundheitlich einigermaßen erholt hatte, sparte er jeden schwer erarbeiteten Cent, um die Fahrkarten für eine Passage nach Amerika kaufen zu können. An einem nasskalten Novembermorgen im Jahre 1904 verließ er mit seiner Familie an Bord der Queen Mary II das ungeliebte Heimatland und brach zu neuen Ufern auf. Auf dem völlig überfüllten Schiff herrschten katastrophale Verhältnisse. Viele hatten nicht mal einen Schlafplatz unter Deck. Das Essen war knapp und bestand im Wesentlichen aus verschimmeltem Schiffszwieback, der bereits voller Maden war. Zu trinken gab es ausschließlich Wasser, das in den Holzfässern langsam faulig wurde und bestialisch stank. Die Ruhr brach aus. Die Menschen starben wie die Fliegen. Nach dreimonatiger Überfahrt kam nur noch etwa ein Drittel der Passagiere halbwegs wohlbehalten in New York an. Darunter Gott sei Dank auch John O'Brien mit Frau Jennifer und Sohn James. Vom Skorbut gezeichnet und körperlich am Ende, erreichten sie schließlich das Ziel ihrer Träume. Sie waren noch am Leben und sie waren zusammen. Nur das zählte jetzt. Ihr Heimatland Irland, wie sie es kannten und liebten, würde immer in ihrer Erinnerung bleiben.

Doch nun galt es, ein neues Leben zu beginnen. Egal was kommen würde, es konnte nur besser werden. John arbeitete die folgenden Jahre in einer kleinen, aber feinen Whiskeybrennerei. Der irische Whiskey war natürlich gerade bei seinen Landsleuten sehr beliebt. Er konnte seine Familie ernähren, die Miete seiner Zwei-Zimmer-Wohnung in Brooklyn bezahlen und dazu noch Schulgeld für James aufbringen. Die irische Tradition wurde gepflegt. New York war anfangs des 20. Jahrhunderts die größte irische Stadt der Welt. Schon Mitte des 18. Jahrhundert waren fast 250.000 Iren in den Osten der USA eingewandert. Heute leben am Big Apple weit über eine Million Menschen irischer Abstammung. Der irische Feiertag St. Patricks Day war mittlerweile auch zu einem amerikanischen Gedenktag geworden.

Tims Großvater James, im Jahre 1900 geboren, war schließlich der erste O'Brien, der jemals eine Universität von innen gesehen hatte. Im Jahre 1929 promovierte James O'Brien in Harvard zum Dr. jur. der Rechtswissenschaften. Sein Sohn und Tims Vater Henry, Jahrgang 1935, setzte diese Tradition fort und machte seinen Abschluss 1966 in Yale. In diesem Jahr wurde Tim geboren, dem es dann gelang, sowohl in Harvard als auch in Yale zu promovieren. Eine Erfolgsgeschichte, an deren Anfang sein Ur-Großvater

John O'Brien, ein stolzer und unbeugsamer irischer Minenarbeiter stand, der beschloss, sein Leben selbst in beide Hände zu nehmen. Dieser Tradition fühlte sich Tim genauso verpflichtet, wie der Tatsache, seine irischen Wurzeln nicht zu verleugnen und ein Leben lang ein stolzer Ire zu bleiben. Die irische Abstammung hatte auch keinen Schaden genommen, als sein Vater Henry 1965 seine Frau Eleonora heiratete. Sie stammte aus Puerto Rico und arbeitete in Yale als wissenschaftliche Assistentin. Sie hatten sich auf dem Campus oft gesehen und irgendwann nahm Henry seinen ganzen Mut zusammen und fragte sie, ob sie wohl mal mit ihm ausgehen würde. Den Familien war diese Liason natürlich zunächst ein Dorn im Auge. Aber die beiden setzten sich gegen alle Widerstände durch und blieben zusammen. Ein Leben lang. Heute lebten sie froh und zufrieden ihr Rentnerleben in einem schönen Reihenhaus in bester Lage in Queens.

Einen kleinen Makel hatte diese Verbindung dann doch. Ein Ire mit braunen Augen, dunkelbraunen Haaren und einem dunklen Teint hatte es natürlich schwer, sich bei seinen Landsleuten mit feuerroten Häuptern und käseweißen, sommersprossigen Gesichtern zu behaupten. Da er aber nie die Nähe der Latinos gesucht hatte und sich immer zu seinen irischen Wurzeln bekannte, wurde die Sache trotz einiger heftigen Raufereien in seiner Jugend nie zu einem ernsthaften Problem. Im Gegenteil, heute waren die New Yorker Iren dankbar und froh einen solch berühmten Mann, der dazu noch glänzend ihre Interessen vertrat, in ihren eigenen Reihen zu wissen.

Politik wurde im Hause O'Brien immer groß geschrieben. Schon sein Großvater war Mitglied der Republikaner und hatte auf manch einer Wahlveranstaltung glühende Reden gehalten. Sie waren der Meinung, dass ein starkes einheitliches Amerika Platz für Menschen aller Coleur haben muss. Trotzdem sollte jedermann den Freiraum haben, seine Abstammung nicht zu vergessen und seine Traditionen zu pflegen. Allerdings mit der Einschränkung, dass alles zum Wohle einer starken und unbeugsamen Nation geschieht. Ein starkes, unabhängiges Land mit freien Menschen das sollte Amerika sein. Unter anderem waren sie auch dafür, dass jeder amerikanische Bürger das Recht zur Selbstverteidigung haben müsse. Sie plädierten für uneingeschränkten Waffenbesitz. Nur so wäre jeder in der Lage, sein Eigentum und seine Familie zu schützen. Leider gab es immer noch viel zu viele Gauner und Banditen in den USA. Zudem waren da immer noch die Unverbesserlichen, die meinten, sie müssten die Konflikte unter den verschiedenen Abstammungen mit brutaler Gewalt lösen. Die Polizei erwies sich als zunehmend überfordert. Also war es dringend notwendig, sein Recht auf Selbstverteidigung wahrnehmen zu dürfen.

Als Tim 2002 als republikanischer Abgeordneter in den Kongress gewählt wurde, war 9/11 das allgegenwärtige Thema. Noch frisch waren die Erinnerungen, als der fundamentalistische Terror Amerika unvorbereitet und mit voller Brutalität getroffen und das Leben in den USA für immer verändert hatte. Vorbei war es mit der scheinbaren Unantastbarkeit der Vereinigten Staaten von Amerika. Die Terroristen hatten diesem Land eine tiefe, blutende Wunde zugefügt, die nie wieder vollständig verheilen würde. »Eine Wunde, tiefer als der Grand Canyon«, hatte Tim im Kongress verlauten lassen. »Um sie zu heilen, werden Jahrzehnte, vielleicht sogar Jahrhunderte vergehen. Amerika darf jetzt nicht im Mitleid versinken, sondern muss handeln. Der Terrorismus muss mit allen uns zur Verfügung stehenden Mitteln bekämpft werden. Wenn wir jetzt nicht mit aller Härte zurückschlagen, werden die nächsten Anschläge nicht auf sich warten lassen. Lasst uns gemeinsam dem Terror auf der ganzen Welt den Krieg erklären. Gott schütze Amerika!«

Es folgten Standing Ovations im Kongress, selbst die Demokraten erhoben sich von ihren Sitzen, um zu applaudieren. Von diesem Tag an verschrieb Tim sich mit Haut und Haar der kompromisslosen Verteidigung der freiheitlichen Grundordnung Amerikas. Er setzte sich dafür ein, die Terroristen in der ganzen Welt zu jagen und zur Strecke zu bringen. Auch wenn es dafür notwendig war, dass amerikanische Soldaten im Irak oder in Afghanistan ihr Leben lassen mussten.

Tim besuchte als Verteidigungsexperte der Republikaner mehrfach die Kriegsgebiete im Nahen und Mittleren Osten und setzte sich vehement dafür ein, dass die Soldaten alles bekamen, was für eine moderne und effiziente Kriegsführung notwendig war. Er stemmte sich mit aller Kraft dagegen, als die Demokraten nach dem Tod Osama Bin Ladens die Präsens der amerikanischen Truppen in Afghanistan nach und nach abbauen wollten. Ein Großteil der Amerikaner war seiner Meinung. Aber gerade in dieser Zeit wuchs auch die Anzahl seiner Gegner. Vor allem die Familien von gefallenen Soldaten machten auf breiter Front Stimmung gegen ihn.

Tim zeigte zwar Verständnis für deren Verhalten, hielt diese Opfer im Kampf gegen den Terror jedoch für unvermeidbar. Eine Einstellung, die die Angehörigen der Toten noch mehr auf die Palme brachten.

»Schickt doch O'Briens Kinder in den Krieg. Wird er immer noch der gleichen Meinung sein, wenn man sie in Holzkisten zurück nach Hause bringt?«

Als absoluter Befürworter des Afghanistankrieges sah er sich immer öfter Anfeindungen auf offener Straße ausgesetzt. Seine Partei empfahl ihm dringend, sich nur noch mit Personenschutz in der Öffentlichkeit zu bewegen. Doch dies lehnte Tim kategorisch ab. Schließlich konnte er seine politische Auffassung jederzeit mit Argumenten verteidigen. Bis auf ein paar verbale Scharmützel, wenn er in der Öffentlichkeit erkannt wurde, hatte es bisher keinerlei erwähnenswerte Vorfälle gegeben.

Als er am Morgen des fünften Mai in aller Herrgottsfrühe aufstand, um für seine Familie die Brötchen zu holen, begrüßte ihn eine herrlich warme Frühlingssonne. Die ersten Jogger liefen durch die Parkanlage gegenüber seines Grundstückes, die Hundebesitzer führten ihre Lieblinge zur Morgentoilette und ein paar Unglückliche starteten ihre Autos, weil sie auch an diesem schönen Samstagmorgen beruflichen Pflichten nachkommen mussten.

Auch Tim hatte heute noch einen Termin in Manhattan. Um dreizehn Uhr gab es eine kleine Geburtstagsfeier im Roosevelt zu Ehren von Dr. Alfred Abelmann jr., der unter der Woche sein 50. Wiegenfest gefeiert hatte und nun mit seinen Mitarbeitern zur Feier des Tages ein Gläschen Sekt trinken wollte.

Nach knapp einer Stunde war alles erledigt. Tim war froh. Endlich Wochenende. Keine Termine bis Montagmorgen. Er verabschiedete sich von Abelmann jr. und verließ das Roosevelt. Er betrat die 45th Street Richtung Madison Avenue. Irgendwo dort an dieser viel belebten Kreuzung würde er sich ein Taxi nehmen. Zu Hause wollte er seine Frau zu einer kleinen Radtour animieren. Bewegung war genau das, was ihnen an diesem herrlichen Frühlingstag gut tun würde.

Seine Augen suchten nach einem Taxi, fanden aber zunächst eine kleine Gruppe asiatischer Touristinnen, die gegenüber bei Paul Stuart die brandneue Sommerkollektion in den farbenfroh dekorierten Schaufenstern bestaunten. Er musste schmunzeln: Ob das wohl stimmte, was man so in Sachen Liebe über die Asiatinnen sagte?

Plötzlich blieb ein junges Paar neben ihm stehen und sah ihn merkwürdig an. Tim lächelte freundlich. Offensichtlich hatten die beiden ihn erkannt. Den roten Punkt auf seiner Stirn konnte er schließlich nicht sehen. Das letzte, was er in seinem Leben wahrnahm, war der entsetzte Aufschrei der Frau, als seine Stirn zerplatzte wie eine reife Melone. Von der Wucht des Geschosses wurde Tim einige Meter nach hinten geschleudert und schlug mit dem Hinterkopf ungebremst auf dem Gehweg auf. Um seinen Kopf herum bildete sich schnell eine riesige Blutlache. Noch für einen kurzen Moment sah er direkt in die Sonne. Dann erlosch das Licht. Für immer.

»Hör auf mit dem Scheiß, wenn ich lache, platzt der Schorf auf.«
Patrick war der Meinung, Jan solle doch in Leipzig erzählen, dass er einen Autounfall gehabt und gar nicht am Boxturnier teilgenommen hätte, so müsse er sich dann nicht die saublöden Kommentare seiner Kollegen anhören. Nach dem Motto: »Wie siehst du denn aus, unter 'ne Dampfwalze gekommen?« oder »Wer hat dir denn diesen Gesichtschirurgen empfohlen?«

Recht hatte er, denn so wie er aussah, konnte er niemandem erklären, dass er den Kampf gewonnen hatte. Das sah ja dann wohl eher nach einem glasklaren Pyrrhus-Sieg aus. Verlustreicher konnte man eine Schlacht wohl kaum beenden. Sein Gesicht war angeschwollen und leuchtete in bunten Farben. Augenbrauen, Nasenrücken und die Haut über den Wangenknochen waren aufgeplatzt und verschorft. Dazu brummte ihm der Schädel, als hätte ihm jemand mit der Keule einen Scheitel gezogen.

»Ich bin kaputt, wie 'n Esel. Dieses Untier hat mich vier Runden durch den Ring gejagt. Schon erstaunlich, wie fit dieser übergewichtige Riese war. Dass der von dieser Rechten nicht auf die Bretter ging, ist nicht normal. Der Irre ist mit seinem ganzen Körpergewicht in meinen Aufwärtshaken gerannt.«

Jan schüttelte den Kopf, als er an diese Szene denken musste.

»Dieser Hammer hätte sogar 'nen ausgewachsenen Ochsen von den Beinen gerissen. Ich denke, der hatte in dem Moment noch gar nicht realisiert, dass er erledigt war. Die Wirkung kam mit Verzögerung, aber dann um so heftiger. So 'n Ding solltest du mal den Klitschkos verpassen, die Boxwelt wäre dir ungemein dankbar«, lachte Patrick und hob sein Glas.

»Auf deine Gesundheit, mein Lieber und dass du in Zukunft etwas kürzer trittst.«

Als beide ihr Glas erhoben, machte sich Jans Handy bemerkbar. Instinktiv griff er in seine Hosentasche. Erstaunlich, wie einen dieses kleine Ding in all den Jahren zu seinem Sklaven erzogen hatte. Was haben wir eigentlich früher ohne dieses Gerät gemacht, dachte er. Wahrscheinlich ein weniger hektisches Leben geführt als heute. Nützlich war, nahezu jederzeit jeden erreichen zu können. Lästig war eben die Konsequenz aus diesem Nutzen: Man selbst war nun auch stets für alle anderen greifbar. Ein Tatbestand, der nur allzu oft nervte.

»Das wird Hannah sein. Verdammt, ich hätte mich längst bei ihr melden müssen. Sie hat sich Sorgen gemacht, als ich ihr erzählt habe, dass ich wieder in den Ring steige.«

»Mit gutem Grund. Du siehst aus, als wärst du unter 'ne Rangierlok geraten. Das wird ihr wohl kaum gefallen.«

Jan zog die Augenbrauen hoch und nickte. Als er auf sein Display sah, erschien dort kein Name, sondern eine Nummer. Patrick bemerkte, wie er kurz innehielt.

»Was ist los? Will Godzilla Revanche?«

»Später.«

01149 - ein Anruf aus den USA. Er zuckte mit den Schultern und nahm das Gespräch an.

»Hab gehört, hast schon wieder gewonnen. Ich werde dich bei Don King empfehlen. Der sucht noch 'nen Gegner für Lennox Lewis im

Madison Square Garden.«

»Tom«, erkannte Jan sofort die Stimme seines Freundes. »Lange nichts gehört. Was macht die Kunst?«

»Man schlägt sich so durch, weißt ja, wie das ist. Alles okay bei dir?«

»Ja, danke der Nachfrage, sehe nur momentan aus wie 'n Model von Bruegel und Bosch. Hab diesmal ein bisschen mehr einstecken müssen als sonst.«

»Schau mal auf dein Geburtsdatum, mein Lieber. Vielleicht solltest du mal langsam auf Golf umsteigen. Ist auf jeden Fall gesünder.« Tom lachte.

»Ich denk drüber nach. Wie geht's in Langley? Gibt's was Neues von unseren Freunden?«

»Wenig, die scheinen momentan führungslos. Erst Bin Laden, dann Al Fakri. Das waren schon schwere Verluste. Aber dieses Thema wird uns wohl schneller wieder beschäftigen, als uns lieb ist. Ich rufe dich aus einem anderen Grund an. Gestern wurde in New York ein Senator auf offener Straße erschossen.«

»Oh, davon hab ich noch gar nichts gehört.«

»Kannst du auch nicht, weil wir eine absolute Nachrichtensperre verhängt haben.«

»Ist das nicht eher Sache des NYPD oder des FBI? «

Der stellvertretende CIA-Direktor, der Jan vor einigen Jahren in Afghanistan als Führer der Scharfschützeneinheit *Sniper* rekrutiert hatte und seitdem eng mit ihm befreundet war, holte tief seufzend Luft: «Sicher. Aber es gibt Probleme. Die haben schon ein paar Stunden später den ersten Verdächtigen festgenommen.«

»Ist doch fabelhaft, vielleicht habt ihr den Täter ja schon.«

»Sagt dir der Name Jonathan Henderson was?«

Jan überlegte kurz, bevor ihm ein kalter Schauer über den Rücken lief: «Meinst du etwa Sergeant Jonathan Henderson, U.S.-Marines?«, fragte er ganz vorsichtig.

»Leider ja. Die Beweise scheinen eindeutig. Er wurde von einer Überwachungs-kamera aufgenommen, als er den Tatort betrat und eine halbe Stunde später wieder verließ.«

»Ich fass es nicht. Johnny Henderson erschießt einen U.S.-Senator? Das kann ich nicht glauben, Tom. Nein, das ist unmöglich.«

»Jetzt kommt aber erst mein eigentliches Problem. Er sagt kein Wort. Ist stumm wie 'n Fisch. Er will nicht mal 'nen Anwalt. Er hat nur einen Satz gesagt: Ich will den Major sprechen.«

Jan antwortete nicht.

«Bist du noch dran«, wollte Tom wissen.

»Ja ja, ich bin im Moment nur vollkommen sprachlos.«

»Jan, ich brauch dich hier. Du fliegst morgen früh ab Leipzig nach Frankfurt. Von da aus nimmt dich die Air Force mit nach Washington.«

»Ich kann hier doch nicht einfach Hals über Kopf verschwinden. Das muss ich erst mit meiner Dienststelle klären. Und was soll ich Hannah sagen? Ich bin im Moment noch in Hamburg.«

»Ist alles schon geklärt. Die CIA hat direkt beim BND um Amtshilfe gebeten und die haben deinen Chef informiert. Die Tickets liegen bereits am Flughafen. Guten Flug, ich freue mich. Ach und Jan, du weißt ja, top secret, wie immer.«

Jan klappte das Handy zu und starrte Patrick entsetzt an. »Ein Unglück kommt selten allein. Das war Tom Bauer. Er will, dass ich morgen nach Washington komme.«

»Wieder Terroralarm?«

»Nein, eine andere Sache. Ein ehemaliger Kamerad aus meiner Sondereinheit in Afghanistan macht Probleme. Anscheinend soll ich ihn zur Vernunft bringen.«

»Und das kriegen die nicht allein hin? Toller Laden.«

»Wie auch immer, Patrick, ich denke, ich mache mich jetzt auf den Weg. Danke, dass du dich um mich gekümmert hast. Bist 'n echter Kumpel!«

»**Noch** ein paar Schritte, dann haben wir's geschafft.«

»Der Haustürschlüssel, schau mal in seine Tasche.«

»Verdammt schwerer Brocken, der Kerl.«

Einer der Männer öffnete die Wohnungstür. Zusammen schleppten sie Johnny Henderson in sein Wohnzimmer und legten ihn der Länge nach auf die Couch. Hier konnte er sich jetzt in Ruhe ausschlafen. In aller Frühe würden sie ihn wecken. Dann würden sie ihn auf seine Aufgabe vorbereiten.

Johnny war, wie immer freitagabends, in den Warriors Club gefahren, um dort mit seinen Kumpels aus der Army abzuhängen. Sie spielten Billard, tranken ein paar Biere und wärmten die alten Geschichten aus ihrer Militärzeit auf. Hier fühlte sich Johnny zu Hause. Die anderen Menschen da draußen waren nicht sein Fall. Nach seiner Rückkehr aus Afghanistan hatte er mit starken psychischen Problemen zu kämpfen. Er litt unter permanenten Schlafstörungen, hatte ständig starke Kopfschmerzen, die nicht selten zu einer dauerhaften Migräne führten. Das Schlimmste jedoch waren diese schrecklichen Alpträume, die ihn langsam aber sicher in den Wahnsinn trieben. Er wurde die Bilder in seinem Kopf nicht mehr los. Sie hatten sich in sein Gedächtnis gebrannt wie ein glühendes Eisen auf den Pferdeschenkel. Böse Erinnerungen, die er nie wieder vergessen würde. Zunächst hatte die Army ihm geholfen. Sie hatten ihn in einem Programm für traumatisierte Ex-Soldaten untergebracht, das ihm wieder zu psychischer Stabilität verhelfen sollte. Aber auch das half ihm nicht wirklich. Mehr und mehr griff er zum Alkohol, um diesen Horrorfilm in seinem Hirn zu stoppen. In Verbindung mit den starken Schmerzmitteln, die er wegen seiner Migräne einnahm, war das eine brutale Mixtur, die seiner Gesundheit nach und nach schweren Schaden zufügte.

Die Nächte trank er durch und schaute sich Sex- und Gewaltvideos an. Tagsüber schlief er. Am öffentlichen Leben nahm er so gut wie nicht mehr teil. Anfangs hatte er sich noch um einen vernünftigen Job bemüht, merkte aber schnell, dass er gar nicht mehr in der Lage war, ein geregeltes Arbeitsleben zu führen. Ständig verschlief er, kam zu spät und schaffte es nicht mehr, sich auf die einfachsten Abläufe zu konzentrieren, verlor schnell die Geduld, rastete bei jeder Kleinigkeit sofort aus und wurde gewalttätig. Die Folge war, dass er sich schon nach wenigen Tagen wieder einen neuen Job suchen musste. Schließlich gab er auf, verließ seine Wohnung nur noch, um sich Schnaps und Bier zu besorgen. Feste Nahrung stand schon gar nicht mehr auf seinem Speiseplan. Sein Glück war, dass es noch ein paar Kameraden gab, die ab und zu nach ihm sahen.

Irgendwann nahmen sie ihn mit in den Warriors Club, wo Johnny endlich eine Heimat unter Gleichgesinnten fand. Die Gespräche mit seinen Kollegen brachten ihm mehr als dieser ganze beschissene Psychoquatsch, der von Leuten erzählt wurde, die niemals in ihrem Leben nur einen Schuss abgefeuert hatten. Die Jungs brachten ihn wieder zum Lachen. Er fand neue Motivation, sein Leben wieder in den Griff zu kriegen. Einer seiner Freunde verschaffte ihm einen Job beim Grünflächen-Amt der Stadt New York. Dort arbeiteten viele Ex-Marines. Die Bezahlung war übersichtlich, aber das war ihm egal. Für seine Ansprüche reichte es allemal. Wenn die Jungs montagsmorgens zur Arbeit erschienen, freuten sie sich schon auf ihren gemeinsamen Abend am Freitag im Warriors Club. Samstags gingen sie oft gemeinsam zum Baseball oder zum Football. Johnny hatte doch noch die Kurve gekriegt. Dafür war er dem Schicksal unendlich dankbar.

Verdammt noch mal, ich dachte, ich wäre dieses beschissene Hämmern los, ging es Johnny durch den Kopf. Er wälzte sich auf dem Sofa hin und her. Doch dieses penetrant nervende Geräusch wollte nicht verschwinden. Im Gegenteil, es wurde ständig lauter und heftiger. Im Hintergrund hörte er jemanden rufen. Das Hämmern ging über in ein ohrenbetäubendes Donnern, so laut, dass Johnny endlich seine Augen aufriss. Er starrte an die Decke, dann auf seinen Radiowecker. Er erschrak. 16.35 Uhr? Das konnte ja wohl nicht sein. Hatte er etwa bis jetzt geschlafen? Er konnte sich nicht erinnern, wann er letzte Nacht ins Bett gekommen war. Genau genommen hatte er es ja nicht mal mehr ins Bett geschafft, sondern hatte sich der Einfachheit halber gleich in voller Bekleidung auf dem Sofa niedergelassen.

»Machen Sie auf, Henderson, FBI! Wir wissen, dass Sie da sind.«
Die Beamten donnerten mit den Fäusten gegen die Wohnungstür. Johnny sprang von seinem Sofa auf und wollte die Polizisten hereinlassen. Doch ein unglaublich starkes Schwindelgefühl brachte ihn wieder zu Fall.

»Moment«, rief er, »ich komme.«
Hatte er richtig gehört? FBI? Was wollen die denn? Scheiße, da hab ich im Suff wohl irgendwas angestellt, ahnte er Böses. Wahrscheinlich den Taxifahrer beleidigt oder im Hausflur randaliert. Für solche Lappalien schicken die jetzt schon die Bundespolizei? Ge-

rade als er versuchte, sich wieder aufzurappeln, traten die Agenten die Tür ein und stürmten mit vorgehaltenen Waffen in die Wohnung.

»Jonathan Henderson? Sie sind verhaftet. Los stehen Sie auf.«

Einer der Männer hielt ihm seine Dienstmarke vor und klärte ihn über seine Rechte auf, während zwei andere Beamte ihn in Handschellen aus seinem Appartement zerrten.

»Was soll denn das? Was wollt ihr? Seid ihr komplett verrückt geworden, oder was?«

»Halt die Schnauze, du Mistkerl, sonst stopfen wir dir das Maul, bevor du eine Zelle von innen gesehen hast.«

Sie drückten seinen Kopf unsanft durch die hintere Wagentür und rauschten mit durchgetretenem Gaspedal davon.

»**Stell** dir das nicht so einfach vor. Der Kerl ist ein harter Brocken. Auf Fragen antwortet er nur mit Namen, Dienstgrad und Erkennungsnummer. Wir haben rein gar nichts aus ihm rausgekriegt.«

»Das ist mein Junge. Genauso hat er das gelernt. Exakt so verhält sich ein Marine in Gefangenschaft.«

»Mag sein Jan, aber er befindet sich hier nicht im Kriegsgefangenenlager, sondern sitzt in Untersuchungshaft. Wir wollen ihm helfen, können das aber nur, wenn er kooperiert.«

Tom Bauer sah Jan fast schon verzweifelt an: »Du musst ihn zum Reden bringen. Wenn er in die Hände von Chief Brodericks Kettenhunden gerät, machen die Kleinholz aus ihm.«

Jan konnte sich ein Lächeln nicht verkneifen: »Da müssen die aber schon mit der ganz großen Axt anrücken. Henderson ist ein knallharter Bursche, der hat vor nichts und niemanden Angst.«

»Das werden sie, mein Freund, das werden sie, verlass dich drauf.«

»Gut Tom, ich will sehen, was ich tun kann. Aber nicht in diesem Verhörzimmer. Ich brauche einen abgeschlossenen Raum ohne einseitig durchsichtigen Spiegel und vor allem keinen Aufpasser dabei. Den könnt ihr meinetwegen vor der Tür postieren.«

»Das widerspricht den Vorschriften…«

«Ist mir egal. Entweder auf meine Weise oder gar nicht.«

Tom zögerte, überdachte seine Optionen und nickte schließlich:

»Gut, du bekommst deinen Willen. Wenn was passiert, bin ich meinen Job los.«

»Und wenn nichts passiert, dann auch, mein Lieber.«

»So in etwa. Können wir das Gespräch wenigstens mitschneiden?«

»Nein, nur Henderson und ich. Das ist die einzige Möglichkeit, etwas zu erfahren. Er vertraut mir, ich vertraue ihm. Wäre das nicht immer so gewesen, wären wir wahrscheinlich beide längst tot.«

Sergeant Jonathan Henderson gehörte vor etwas mehr als zehn Jahren der Sondereinheit *Sniper* an, die von der CIA gegründet worden war, um im Guerillakampf gegen die Taliban vorzugehen. Eine kleine, aber effektive Truppe von Spezialisten. Sie bestand durchweg aus ausgebildeten Einzelkämpfern und Scharfschützen. Ihr Auftrag war, den Feind hinter den Linien aufzuspüren und auszuschalten. Ihr Anführer war Major Jan Krüger. Die Taliban fürchteten Jan und seine Leute. Sie nannten ihn »Black Dragon«. Er kam in der Nacht, tötete lautlos und verschwand wieder spurlos in der Finsternis.

Es bildete sich die Legende, dass Allah all denen den »Black Dragon« schickt, die gesündigt haben. Die *Sniper* waren gnadenlos effektiv, für ihre Gegner kaum zu fassen. Entweder töteten die ganz in schwarz gekleideten Kämpfer ihre Feinde aus sicherer Entfernung oder überwältigten sie im Nahkampf. Dass Scharfschützen in der Lage waren, aus mehr als tausend Metern Entfernung selbst bei schwierigen Bedingungen präzise zu treffen, war für die Mudschaheddin völliges Neuland. In den Bergen des Hindukusch konnten die *Sniper* überall auf sie lauern. Das machte sie nervös und vorsichtig zugleich. Während die Sondereinheit in Afghanistan aktiv war, nahm die Anzahl der Übergriffe der Taliban auf die Soldaten der ISAF rapide ab. Nur ein Soldat aus Jans Einheit kam während der Einsätze ums Leben. Die anderen kehrten in den folgenden Jahren nach und nach unversehrt in ihre Heimat zurück.

Sergeant Tim Paul Verhuysen war der einzige, der seine belgische Heimat nicht lebend wiedersah. Er war zusammen mit Staff Sergeant Dean Morisson in einen Hinterhalt gelockt worden und in Gefangenschaft geraten. Zunächst gelang es, die beiden aus dem

Lager der Taliban zu befreien. Auf dem Rückzug wurde Verhuysen angeschossen und konnte nicht mehr laufen. Hätten die anderen ihn getragen, wären sie ihren Verfolgern niemals entkommen. Es gab nur noch einen Ausweg. Ohne, dass auch nur ein Wort gesprochen wurde, fiel eine Entscheidung. Sergeant Verhuysen steckte sich ein paar Handgranaten in den Gürtel und nahm sein Gewehr. Dann gab er den anderen ein Zeichen, dass sie verschwinden sollten. Die Männer starrten auf Jan, der genau wusste, dass dies die einzige Möglichkeit war, seine Gruppe in Sicherheit zu bringen. Während sich der Belgier hinter einem Felsen verschanzte und bereits das Feuer auf die Taliban eröffnet hatte, gab Jan schließlich den Befehl, den Rückzug fortzusetzen. Die Gruppe erreichte unversehrt das Camp. Bis auf einen. Der hatte sein Leben geopfert, um das seiner Kameraden zu retten. Dies war Jans bitterste Stunde. Sergeant Paul Verhuysen war ein Held. Sie würden ihn niemals vergessen. Als er wenige Tage später in Brügge beigesetzt wurde, war die gesamte Einheit nach Belgien geflogen, um ihrem Kameraden die letzte Ehre zu erweisen. Nur ihnen war die Tatsache bekannt, dass der Sarg leer war. Die Suche nach seinem Leichnam war erfolglos geblieben. Die Männer wussten, was die Taliban mit den Körpern gefallener Marines anstellten.

Als Jan den Raum betrat, sprang Sergeant Henderson von seinem Stuhl auf und nahm Haltung an. Seine Hände waren auf dem Rücken gefesselt. Das verhinderte, dass der Mann salutieren konnte.

»Sir, Sergeant Henderson meldet sich zum Dienst, Sir«, rief er mit fester und lauter Stimme, die Augen geradeaus gerichtet. Jan nahm ebenfalls Haltung an und salutierte. »Hervorragend, Sergeant. Bitte setzen Sie sich.«

Beide nahmen sich gegenübersitzend Platz. Nur ein simpler Holztisch trennte sie. »Was ist passiert, Sergeant. Warum wurden Sie verhaftet?«

Henderson sah sich im Raum um, als wollte er sicherstellen, dass weder Kameras noch Mikrofone installiert waren.

»Wir sind völlig unter uns. Ich habe darauf bestanden, mit Ihnen allein zu reden. Es hört und sieht niemand mit.«

Sein Gegenüber nickte. »Okay Sir, vielen Dank, dass Sie hier sind.

Ich habe bisher nichts gesagt, weil ich denen nicht traue. Die suchen doch nur einen Sündenbock. Mehr sind wir Veteranen doch in diesem Land nicht mehr wert.«

»Hat man Sie mit den Beweisen konfrontiert, Sergeant?«, wollte Jan wissen.

»Ich bin zwar nur einfacher Soldat. Trotzdem weiß ich, dass sogenannte Beweise heutzutage mit all den technischen Hilfsmitteln leicht zu manipulieren sind. Natürlich sieht's so aus, als wäre ich der Typ auf den Überwachungskameras. Das heißt aber noch lange nicht, dass ich das auch wirklich bin.«

»Sergeant, bei allem Respekt. Ich bin nicht den weiten Weg von Europa gekommen, um mir ihre Verschwörungstheorien anzuhören. Ich stelle Ihnen diese Frage nur einmal: Haben Sie den Senator erschossen?«

Jan fixierte den Marine mit durchdringendem Blick. Henderson war erschrocken und rückte instinktiv mit seinem Stuhl ein paar Zentimeter zurück. Für einen Moment musste er sich sammeln. Jan ließ ihm die Zeit.

»Sir, ich weiß es nicht. Ich kann mich einfach nicht erinnern.«

»Dann erzählen Sie mir, was passiert ist. Lückenlos.«

Henderson setzte sich aufrecht auf seinen Stuhl, nickte und atmete tief ein. »Sir, wie immer war ich Freitagabend mit meinen Kumpels im Warriors Club. Alles war wie sonst auch. Wir haben ein paar Bierchen getrunken, Billard gespielt und uns gut unterhalten.«

»Was heißt: Ein paar Bierchen?«

»Vielleicht drei oder vier, maximal. Mehr oder weniger hatten alle Jungs mal Alkoholprobleme. Wir passen aufeinander auf, dass es niemand übertreibt. Wir bleiben zwar oft bis in den frühen Morgen hinein, aber keiner geht je betrunken nach Hause.«

»Auch an diesem Freitag nicht?«

»So weit ich mich erinnern kann nicht.«

»Was wissen Sie noch von diesem Abend?«

»Irgendwann merkte ich, dass mir übel wurde. Ich bekam Kopfschmerzen und mir wurde schwindelig. Dabei hatte ich wie immer höchstens drei Bier getrunken. Ich wollte nach Hause. Irgendjemand rief mir ein Taxi. Von da an weiß ich nicht mehr viel. Als ich dann am folgenden Tag aufwachte, war es schon fast halb fünf.«

»Gibt es Zeugen, die bestätigen können, zu welcher Zeit Sie den Club verlassen haben?«

«Na klar, meine ganzen Kumpels waren ja noch da.«

»Das bedeutet, es gibt eine Gedächtnislücke von Freitagnacht bis Samstagmittag gegen 16.30 Uhr?«

»Ich versuche fortwährend das Puzzle in meinem Kopf zusammenzusetzen. Aber es gelingt mir nicht. Absoluter Blackout. Das hab ich noch nie erlebt.«

»Gut Sergeant, das war's fürs Erste. Ich will sehen, was ich für Sie tun kann.«

«Major, ich gebe Ihnen mein Ehrenwort, dass …«

»Schon gut, Sergeant. Ich weiß, dass Sie die Wahrheit sagen. Trotzdem müssen wir herausfinden, was passiert ist. Dazu müssen Sie kooperieren. Ich spreche jetzt mit Agent Bauer. Wir sehen uns, Sergeant.«

Als Jan sich erhob, sprang Henderson auf und nahm Haltung an: »Sir, Danke, Sir!«

Jan salutierte und verließ den Raum.

»**Was** hat denn ihre Geheimwaffe bewirkt, Agent Bauer? Hat er den Kerl zum Reden gebracht?« Chief Broderick lag in seinem bequemen Schreibtischsessel. Dort aufrecht zu sitzen verhinderte seine Leibesfülle. Rechts und links neben ihm standen seine Kettenhunde Agent Brown und Agent Rothman, als wollten sie sich bereit halten, ihren Chef aufzufangen, wenn er vom Sessel rutschte.

»Henderson sagt, dass er sich nicht erinnern kann. Er war am Freitagabend in einem Club, ist irgendwann in der Nacht nach Hause gekommen und hat bis Samstagnachmittag durchgeschlafen. Als er gegen 16.30 Uhr aufwachte, war auch schon die Polizei da, um ihn zu verhaften.«

«Und diesen Scheißdreck glauben Sie ihm?«

»Ich glaube gar nichts, Sir. Ich habe lediglich ihre Frage beantwortet.«

»Und was gedenken Sie weiter zu unternehmen?«

»Wir werden seine Angaben überprüfen und versuchen, Zeugen zu finden, die seine Aussagen bestätigen können.«

«Und an welche Zeugen haben Sie da so gedacht?«

»Wir werden Leute aus dem Club befragen, den Taxifahrer ausfindig machen, mit den Hausbewohnern sprechen.«

»Das ist ja ganz hervorragend, Sie sind ja ein richtig ausgeschlafener Detektiv. Aber ist dieser ganze Kleinkram nicht eher die Aufgabe des NYPD?«

»Wenn wir den Fall übernommen haben, nicht, Sir.«

»Meinetwegen machen Sie das, wie Sie wollen. Aber ich sage Ihnen was. Dieser Fall ist bereits gelöst. Die Beweislage gegen den Mann ist erdrückend. Er ist auf einer Überwachungskamera zu sehen, als er kurz vor der Tat das Gebäude, von dem der Schuss abgefeuert wurde, betritt und dreißig Minuten später wieder verlässt. Auf den Patronenhülsen sind seine Fingerabdrücke. Der Mann ist ausgebildeter Scharfschütze, bei ihm wurde die Tatwaffe gefunden und er hat zur Tatzeit kein Alibi.«

Chief Broderick hob fragend die Schultern. »Und, glauben Sie nicht, dass das alles ausreicht, um den Mann anzuklagen?«

«Bleibt die Frage nach dem Motiv.«

Jetzt wurde der Chief sauer. Sein Specknacken wölbte sich, seine Augen traten hervor, seine Backen plusterten sich auf. Das ganze Gesicht lief puterrot an. Er sah aus wie ein Auerhahn in der Balz. «Motiv, Motiv, Motiv! Es gibt tausende Beweggründe für einen Mord. Vielleicht brauchte der Typ Geld und hatte einen Auftraggeber. Wäre nicht der erste Ex-Marine, der als Killer arbeitet. Möglicherweise war Frust im Spiel, dass er keine Arbeit hat und gibt anderen die Schuld. Oder er hat Beziehungsprobleme und rastet einfach aus. Oder, oder, oder, Mann, Bauer, werden Sie mal wach. Und überhaupt, wozu brauchen wir diesen Kraut, kann die CIA einen solch glasklaren Fall nicht allein lösen. Schicken Sie den Typen wieder nach Hause zu seinen Fritzen und überstellen Sie Henderson dem Staatsanwalt. Wir haben hier wichtigere Aufgaben, als uns den Tag von so einem Irren versauen zu lassen. Jetzt bringen Sie diesen Scheiß zu Ende.«

Tom sah in die breit grinsenden Fressen von Brown und Rothman. Offensichtlich hatten seine Intimfeinde den Chief richtig heiß gemacht. Tom Bauer war immer noch ihr Sektionschef. Ihm Fehlverhalten unterzuschieben war jedoch ihre liebste Beschäftigung. Sie sägten an seinem Stuhl, wo immer sie konnten. Der Chief war CIA-Direktor. Er liebte es, wenn seine Leute sich gegenseitig bespitzelten. So war gewährleistet, dass ihm nichts entging. Brown und Rothman waren seine persönlichen Assistenten, die laut Tom soweit in seinem fetten Arsch steckten, dass nicht mal mehr die Hacken herausragten.

»Das sind keine guten Nachrichten,Tom. Versuch einfach, etwas Zeit zu schinden. Vielleicht ein oder zwei Tage. Ich werde mich um die Sache kümmern. Henderson hat mir ein paar Namen und Adressen gegeben. Mal sehen, was ich herausfinden kann.«

Tom sah ihn nachdenklich an. »Du glaubst ihm?«

»Tom, jetzt enttäuscht du mich aber. Die Sache stinkt doch zum Himmel. Henderson ist ausgebildeter Marine. Er ist Elitesoldat, einer der besten, die ich kenne. Nenn mir einen triftigen Grund, warum er Senator O'Brien erschießen sollte. Und wenn er das tatsächlich im Auftrag getan hätte: So dilettantisch hätte sich nicht mal ein Anfänger verhalten. Ganz New York wimmelt von Überwachungskameras. Aber Henderson marschiert am heller-lichten Tage ohne Tarnung mit seinem Gewehrkoffer einfach mal eben so durch Manhattan? Und dann lässt er noch zu allem Überfluss die Patronenhülsen mit seinen Fingerabdrücken zurück? Ach, da fällt mir ein, ihr habt doch bei ihm das Gewehr sichergestellt?«

»Mit dem einwandfrei geschossen wurde«, ergänzte Tom.

»Was für ein Typ ist das?«

»Eine MacMillan, so viel ich weiß.«

«Was?«, rief Jan ungläubig.

»Ja wieso, was ist daran so ungewöhnlich?«

»Das kann ich dir sagen: Bevor ein U.S.-Marine ein kanadisches Gewehr benutzt, lässt er sich lieber beide Hände abhacken.«

Jan hatte nicht viel Zeit. Tom Bauer stand unter großem Druck. Morgen, spätestens übermorgen musste er Henderson dem Staatsanwalt übergeben. Er beschloss, zunächst die Wohnung des Verdächtigen zu inspizieren. Bei seiner Vernehmung hatte der ihm gesagt, dass er einen Ersatzschlüssel für alle Fälle im Keller deponiert hatte. Dieser klemmte hinter dem Stromzähler für sein Appartement. Jan entschied, nach New York zu fliegen und sich dort am

JFK-Airport einen Wagen zu mieten. Zwar betrug die Entfernung zwischen Washington und New York nur rund 370 Kilometer, doch würde er mit dem Auto dafür gut fünf Stunden brauchen. Diese Zeit hatte er nicht. Knappe zwei Stunden später befand er sich auf dem Weg vom Flughafen nach East Flatbush, einem Ortsteil von Brooklyn. Hendersons Wohnung lag an der Clarendon Road, gegenüber vom Cemetary Of The Holy Cross. Es war Montag, später Nachmittag. Die Leute kamen gerade von der Arbeit nach Hause. Es herrschte reger Verkehr, allerdings in diesem Teil von New York nicht halb so schlimm wie in Manhattan. Gegen achtzehn Uhr erreichte er das achtstöckige Wohnhaus Nummer 173, Clarendon Road. Nicht gerade die teuerste Ecke, aber insgesamt okay, dachte er, während er das Haus betrat und im Keller nach den Stromzählern suchte. Hinter dem Zähler mit der Aufschrift »App.16« holte er den Schlüssel hervor und fuhr direkt mit dem Lift in die sechste Etage. Die Wohnung lag nach hinten heraus und war für Jans Geschmack ein wenig zu dunkel. Zu seiner Überraschung machte sie einen aufgeräumten Eindruck. Vor dem Sofa im Wohnzimmer lag zusammengeknüllt eine Wolldecke. Auf der Spüle standen zwei Tassen, ein kleiner Teller und ein Messer. Ansonsten herrschte hier Ordnung. Hätte die CIA die Wohnung durchsucht, sähe es jetzt hier anders aus, dachte er. Auch das Schlafzimmer war sauber, das Bett gemacht. Dass Johnny auf dem Sofa geschlafen hatte, war deutlich erkennbar. Der Kleiderschrank war aufgeräumt und roch angenehm nach Weichspüler. Kaum zu glauben, dass es in diesem Haushalt keine Frau gab. Im Kühlschrank fand er außer einer Dose Bier keinen Alkohol. Unter der Anrichte stand ein Kasten Mineralwasser, daneben ein Sechserpack alkoholfreies Bier. Unter dem Fernsehtisch, auf dem ein riesiger Flachbildschirm thronte, lagen ein paar DVDs. Neben einigen Actionfilmen, die einen Aufkleber einer Videothek zierten, waren keinerlei Sex- oder Pornostreifen dabei. Der Fußboden war sauber, allenfalls ein bisschen staubig. Unter der Sitzgruppe lag ein großer grauer Flokatiteppich. Jan kniete sich vor den Couchtisch und tastete sich mit den Händen durch den Faserdschungel. Wenn irgendwo etwas zu finden war, dann vielleicht hier. Aber auch hier schien er nicht fündig zu werden. Als er allerdings mit den Armen weit unter das Sofa griff, fingerte er ein kleines, durchsichtiges Plastikteil hervor. Sieht aus, wie der Verschluss einer Klebstofftube, dachte er. In einer Küchenschublade fand er eine Rolle Frischhaltefolie. Er riss ein Stück davon ab und wickelte das Fundstück darin ein. Mehr war beim besten Willen nicht zu finden. Er sah auf die Uhr. Kurz vor sieben machte er sich auf den Weg nach Manhattan.

Der Warriors Club lag in Chelsea, im mittleren Westen von Manhattan. Mittlerweile müsste er eigentlich ganz gut vorankommen, dachte Jan und steuerte seinen gemieteten weißen 1er BMW die Clarendon Road westwärts. An der Kreuzung Flatbush Avenue fuhr er nordwestlich in Richtung Manhattan Bridge. Der Verkehr war immer noch stark, aber er rutschte jetzt einigermaßen flüssig hindurch.
Nach wie vor herrschte in New York ein mildes, sonniges Frühjahrsklima. Für Anfang Mai war es mit zwanzig Grad Celsius schon fast sommerlich warm. Bei diesem Wetter waren die Menschen in der Stadt gut drauf, was sich in einem offensichtlich entspannten Fahrstil der Verkehrsteilnehmer niederschlug. Das Navi zeigte eine Fahrtzeit von fünfundvierzig Minuten an, doch Jan wusste, dass es gut eine Stunde dauern würde, bis er in Chelsea sein würde. Als er die Manhattan Bridge überquert hatte, fuhr er durch China Town Richtung West Street. Dann die West Street nördlich bis zur Kreuzung West 23rd Street. Dort bog er rechts ab. Der Warriors Club lag an der Ecke 23rd Street/ 10th Avenue in einem dreistöckigen Gebäude. Die Fassade war frisch weiß gestrichen und machte einen einladenden Eindruck. Der Club lag im Untergeschoss. In den drei Stockwerken darüber befanden sich Büroräume. Jedenfalls war dieser Komplex kein Wohnhaus.
Jan parkte seinen Wagen direkt an der Straße vor dem Gebäude, stieg aus und steuerte Richtung Eingangstür, über der zwei riesige gekreuzte Säbel wachten. Darunter stand in einfachen schwarzen Lettern: *Warriors Club*. Als er die Tür öffnete, war er froh, dass er nicht vergebens den weiten Weg hier heraus gemacht hatte. Ihn empfing eine Melodie, die schöner nicht hätte sein können. »*...and though they did hurt me so bad in the fear and alarm /you did not*

desert me my brothers in arms... sang *Mark Knopfler* und setzte wieder zu diesem herzzerreißenden Solo an, das ihn jedes Mal wieder zum Niederknien brachte.

Der Laden bestach durch seine Schlichtheit. Hinter einer langen Theke residierte ein großer, fülliger Typ mit einem riesigen Schnauzer unter der Nase. Er trug eine ärmellose Lederweste, die seine Tattoos auf den fleischigen Oberarmen hervorhob. Sein Haupt zierte eine speckig glänzende Glatze, beide Ohrläppchen waren mit kleinen Brillis dekoriert. Der Mann polierte gerade Gläser und stellte sie in die Vitrine. Gegenüber der Theke standen direkt unter den Fenstern eine Reihe von Stühlen und Tischen. Inmitten des Raumes befand sich ein großer, runder, wuchtiger Holztisch für mindestens zehn Personen. Offensichtlich der Stammtisch, dachte Jan. Am Kopfende des Clubs standen unter einer extra starken Deckenbeleuchtung zwei Billardtische und ein Dart-Automat. An den Wänden hingen Bilder von Soldaten, die zwischen allerhand Kriegsgerät gruppenweise auf Fotos posierten. Dazwischen hingen Regimentsflaggen und eine große Auswahl von Schwertern, Säbeln und Messern. Vereinzelt zierten alte Handfeuerwaffen die Fassade, die aus weiß getünchtem Mauerwerk bestand. »...*every man has to die/ but it's written in the star-light and every line in your palm/ we're fools to make war on out brothers in arms...*«, erklang die letzte Strophe der *Dire Straits* - Hymne *Brothers In Arms.*

Jan setzte sich an die Bar und beobachtete zwei Männer, die eine Partie Billard spielten. Um kurz nach acht waren sie außer ihm selbst die einzigen Gäste. Der beleibte Hüne hinterm Tresen stellte jetzt seine Gläser zur Seite und beugte sich leicht zu ihm herüber. «Was darf's sein, Mann?«, raunzte er mit seiner tiefen, kratzigen Stimme. Jan wusste zwar, was ihm blühte, wenn er in den USA mit einer Alkoholfahne am Steuer erwischt werden würde, konnte aber wohl oder übel in dieser Army-Pinte keine Selters bestellen. »Ein Bier, bitte«, antwortete er und lächelte dem Wirt freundlich zu. Während der das Bier zapfte, musterte er Jan mit Argusaugen. »Sie sehen aus wie 'n Cop, Mann, da täusche ich mich selten.«

»Oh, da muss ich Sie diesmal enttäuschen, denn Sie liegen leider falsch.«

»Hab Sie hier noch nie gesehen. Wenn Sie kein Cop sind, dann aber auf jeden Fall so 'ne Art Privatschnüffler.«

»Auch das nicht. Was wird das hier? Heiteres Berufe raten, oder was?«

»Nein, aber meine Jungs mögen keine Fremden. Besser Sie trinken ihr Bier aus und verschwinden, bevor die kommen und Sie mit einem Arschtritt auf die Straße befördern.«

»Ich dachte immer, Amerika ist ein freies Land mit toleranten Menschen. Aber leider gibt's solche Arschlöcher wie dich doch noch viel öfter als man denkt.«

Jan hob sein Glas. »Auf dich, Arschloch.«

Der Wirt griff unter seinen Tresen und brachte einen voluminösen Baseballschläger ans Tageslicht. Offensichtlich die inoffizielle Hausordnung, dachte Jan, als der Wirt mit dem Schlagholz in der Hand langsam hinter der Theke hervorkam.

»Macht zwei Dollar, Mister. Und dann machen Sie hier 'nen Abgang, sonst helfe ich gern ein wenig nach.«

»Eigentlich wollte ich noch ein wenig bleiben. Ein guter Freund hat mir ihren Laden empfohlen. Ich soll Sie von ihm grüßen.«

»Was reden Sie da, wer soll das denn sein?«

Der Hüne wurde etwas ruhiger, nahm den Schläger aus der Angriffsposition.

»Mein Kamerad Johnny Henderson, kennen Sie den?«

Der Wirt stutzte.« Woher kennen Sie Johnny? In der Army werden Sie ja wohl kaum gewesen sein, dafür ist ihr Akzent zu europäisch«, traf er den Nagel auf den Kopf.

»Ich kenne ihn aus Afghanistan. Wir waren in derselben ISAF-Einheit.«

»Was denn, die Europäer und die Ledernacken in einer Truppe? Na, da wart ihr wohl froh, dass ein paar richtig harte Kerle auf euch aufgepasst haben?«, lachte der Mann, offensichtlich ein wenig entspannter, als noch vor ein paar Minuten.

»Ja, das waren schon Teufelskerle, war mir immer eine Ehre, an ihrer Seite zu kämpfen.« Jan hatte das richtige Thema angeschnitten.

»Ich war von 90 bis 92 im Irak. Hat ganz schön geknallt da unten. Hab gehört, Afghanistan soll noch schlimmer sein. Diese verfluchten Taliban. Man bekommt sie nicht richtig zu fassen. Ist doch so, oder?«

»Ist was dran, Kumpel. Aber meine Jungs haben denen ganz schön in den Arsch getreten.«

Der Wirt war jetzt in seinem Element, gab sich schlagartig vertrauter. »Johnny ist doch einer von den ganz harten Burschen. Scharfschütze und Einzelkämpfer. Absoluter Elite-Soldat. Der war doch in so 'ner Spezialeinheit, die Jagd auf die Schweine gemacht hat, oder?«

»Stimmt, er gehörte zur Sondereinheit *Sniper*, hat einen verdammt guten Job gemacht.«

»Er erzählt immer von seinem Commander. Muss ein deutscher Offizier gewesen sein. Der hat die Schwarzfüße dort reihenweise gekillt. Ein echter Held, wie Johnny immer sagt. Die hatten 'ne Heidenangst vor dem, nannten ihn ehrfurchtsvoll »Black Dragon.«

»Ja, ich weiß, wen er meint.«

Plötzlich strahlte der Wirt über das ganze Gesicht. Er zielte mit ausgestrecktem Zeigefinger auf Jan. »Nein, oder? Sie sind der *Black Dragon*, Kamerad? Ich glaub das nicht, Mann. Und ich dachte, Johnny erzählt uns Räubermärchen. Entschuldige, Kamerad, das konnte ich ja nicht wissen«, reichte der Wirt Jan die Hand. »Mein Name ist Bradley, für meine Freunde kurz Brad, ist mir eine Ehre, Sir.«

»Gleichfalls, Brad. Dann haben wir diesen Teil der Unterhaltung ja erledigt. Es gibt ein Problem, Brad. Johnny wurde vor zwei Tagen wegen Mordes verhaftet. Er sitzt richtig tief in der Scheiße. Wir müssen versuchen, ihm zu helfen.«

»Was, das kann doch gar nicht sein. Die Jungs sind doch schon alle seit Jahren total friedlich. Kein Alkohol, keine Drogen, keine Gewalt. Das haben sie sich geschworen. Außerdem war Johnny doch bis Samstagmorgen hier.«

»Ja Brad, das weiß ich. Der Mord soll aber Samstagmittag gegen dreizehn Uhr verübt worden sein. Weißt du noch, wann Johnny von hier abgehauen ist?«

»Ehrlich gesagt, habe ich nicht so genau drauf geachtet. Freitagabends ist der Laden brechend voll. Die meisten bleiben bis in die frühen Morgenstunden. Ich habe so gegen halb sechs abgeschlossen. Da war er jedenfalls nicht mehr da.«

»Wer kann mir denn mehr sagen?«

»Bleib noch 'nen Stündchen sitzen. Ich denke, bis dahin werden ein paar seiner Kumpels hier sein, die öfter mit ihm abhängen. Vielleicht wissen die mehr. Die Getränke gehen bis dahin alle auf's Haus.«

»Irgendwann nach Mitternacht sind hier zwei Typen aufgekreuzt, die Johnny offensichtlich kannten. Die haben ein paar Bierchen getrunken und drüben an einem der Tische die ganze Zeit gequatscht. Keine Ahnung, wer die waren.«

Der Mann, der ein paar Minuten zuvor in den Warriors Club gekommen war, sah zu seinem Kollegen: «Weißt du was darüber?«

»Nein, keinen Schimmer. Aber wir haben die in Ruhe gelassen, waren ja wohl Kumpels von Johnny.«

»Ja«, bestätigte der Erste, »Fremde kommen hier selten her. Wir bleiben auch lieber unter uns.«

Jan nickte verständnisvoll, wollte wissen, ob sie die beiden Fremden beschreiben konnten.

»Die sahen aus, wie aus Little Italy. Beides so dunkle Typen. Der eine hatte nur noch so 'n Haarkranz. Der Zweite war ziemlich klein mit einen unglaublich großen Zinken. Sah eher aus wie 'n Jude.«

«Oder wie ein Araber?«, hakte Jan nach.

»Ja, vielleicht, so genau haben wir da nicht hingesehen.«

Die Unterhaltung ergab, dass Johnny in Begleitung der beiden Unbekannten irgendwann zwischen drei und vier Uhr morgens den Club verlassen hatte.

»Kurz nach Mitternacht hab ich ihn auf dem Klo getroffen. Er sagte, er sei ziemlich müde und ihm wäre nicht gut. Er würde wohl gleich nach Hause fahren.«

»War er betrunken?«

»Nee, Mann, hier geht niemand betrunken raus. Wenn einer im Begriff ist, zu viel zu tanken, rufen ihn die anderen zur Ordnung. Wir sind Soldaten, keine Säufer.«

»Ja klar, hab verstanden. Ist euch sonst noch was aufgefallen, was wichtig sein könnte?«, erkundigte sich Jan.

Die Männer schüttelten den Kopf. »Nur dass Sie das wissen: Niemand von uns bringt ohne Not einen Menschen um. Alle hier haben das längst hinter sich und wissen, wie furchtbar das ist.«

»Verstehe. Ich denke, dass ich weiß, was ihr meint.«

Jan sah auf die Uhr. Er musste los. Sicher hatte Tom schon versucht, ihn zu erreichen. Er trank noch ein Bier mit den Männern, notierte sich ihre Handynummern und bedankte sich für ihre Hilfe. Dann verließ er den Warriors Club. Es war mittlerweile zehn Uhr.

Im Auto rief er Tom an und brachte ihn auf den neuesten Informationsstand.

»Diese Männer haben mit Sicherheit etwas mit der Sache zu tun, was denkst du?« , fragte Tom.

»Sieht ganz so aus. Vielleicht waren sie Johnnys Auftraggeber.«

»Du glaubst, er hat den Senator für ein Kopfgeld erschossen?«

»Schon möglich, könnte sein, dass Johnny verschuldet ist und ihm die Kredithaie im Nacken sitzen.«

»Aber wieso sollte jemand den Tod von Senator O'Brien wollen? Im Grunde war er doch politisch unbedeutend. Seine Partei gehört nicht mal der Regierung an. Und so viel ich weiß, vertrat er keinerlei radikale Thesen.«

»Vielleicht irgendwelche privaten Geschichten? Da gibt es viele Möglichkeiten. Da sind schon Menschen aus weit niedrigeren Beweggründen ermordet worden.«

»Mag sein, aber die Frage ist, wie wir jetzt weitermachen sollen? Für lange Recherchen haben wir im Moment keine Zeit mehr. Ich muss Henderson morgen im Laufe des Tages wohl oder übel dem Staatsanwalt überstellen.«

»Das werden wir nicht verhindern können, Tom. Was passiert dann mit ihm?«

»Er wird nach New York gebracht und vor das zuständige Bundesgericht gestellt. Der Staatsanwalt wird Anklage wegen Mordes erheben. Bei der Beweislage werden die Geschworenen ihn für schuldig befinden.«

»Ich muss versuchen, herauszufinden, wer diese Männer sind, mit denen sich Johnny getroffen hat. Ich fahre zurück nach Manhattan und nehme mir ein Zimmer im Roosevelt. Morgen früh verschaffe ich mir einen Überblick über den Tatort. Du musst Johnny nach diesen Männern befragen. Er hat mir nichts von ihnen erzählt.

Entweder hat er gelogen, oder er kann sich tatsächlich nicht mehr erinnern.«

»Ich werd's versuchen, Jan. Aber das wird schwer. Brown und Rothman beobachten mich schon den ganzen Tag. Sie warten nur darauf, dass ich einen Fehler mache, um mich danach beim Chief anzuschwärzen.«

»Egal Tom, frag Johnny nach diesen beiden Unbekannten. Das ist momentan unser einziger Anhaltspunkt.«

Die Suite im Roosevelt kostete satte vierhundert Dollar pro Nacht. Jan checkte vorerst für eine Übernachtung ein und zahlte sofort mit seiner Kreditkarte. Er bat um ein Zimmer mit Fenster zur Straße. Unter der Dusche spülte er seinen ganzen Frust mit in den Ausguss. Scheinbar war die Sache klar. Johnny hatte den Mann erschossen. Die Beweise würden für eine Verurteilung ausreichen. Es war keine Zeit mehr für aufwendige Ermittlungen. So wie die Dinge lagen, könnte er schon morgen oder übermorgen zurück nach Leipzig fliegen. Um alles weitere musste Tom sich kümmern. Als Jan gegen 7:30 Uhr auf dem Weg zum Frühstück war, fingen ihn an der Rezeption zwei Männer ab. »Sir, wir möchten Sie bitten, uns zu begleiten.« Die Men in Black waren FBI Agenten. Sie hatten die Aufgabe, Jan festzunehmen und im Auftrag der CIA nach Langley zu bringen.

»Na schön, da wollte ich sowieso hin«, gab Jan sarkastisch zu Protokoll. Somit entfiel die Möglichkeit, den Tatort gründlich untersuchen zu können. Da er aber ohnehin den Verdacht hatte, dass die Tat offensichtlich inszeniert worden war, erhoffte er sich eh keine bahnbrechenden neuen Erkenntnisse durch sein Vorhaben. Schon während der Nacht war er ins Grübeln geraten. Irgendjemand hatte Sergeant Henderson manipuliert. Hat man ihn vielleicht sogar durch Gehirnwäsche dazu gebracht, die Tat unbewusst zu begehen? Hatte man ihn hypnotisiert oder mit Drogen vollgepumpt? Oder sogar die Kombination von beidem? War es überhaupt möglich, jemanden gegen seinen Willen dazu zu bringen, ein Verbrechen zu begehen? Und wie konnte es sein, dass sich der Täter nach der Tat an nichts mehr erinnern konnte?

Dem gegenüber stand aber immer noch die wahrscheinlichere

Variante: Henderson hatte Senator O'Brien im Auftrag exekutiert.

Jan bat den Hotelmitarbeiter an der Rezeption, seinen Mietwagen abholen zu lassen, packte unter der Aufsicht der Agenten seine Sachen zusammen und wurde per Hubschrauber vom JFK direkt nach Langley geflogen.

Chief Broderick kochte vor Wut. »Bin ich hier eigentlich der Hampelmann? Agent Bauer, Sie haben sich meinem ausdrücklichen Befehl widersetzt. Und Sie«, er zeigte mit dem Finger auf Jan, »wer immer Sie auch sind und was Sie hier wollen, wofür halten Sie sich überhaupt, hier in den Vereinigten Staaten auf eigene Faust Ermittlungen durchzuführen. Sind Sie eigentlich von allen guten Geistern verlassen? Ich gebe Ihnen genau zwei Stunden Zeit, das Land zu verlassen. Normalerweise müsste ich Sie verhaften. Aber Sie haben Glück: Wir wollen aus diesem glasklaren Fall nicht noch einen komplizierten machen. Agent Bauer, Sie sind vorerst von ihren Aufgaben entbunden. Agent Brown, veranlassen Sie sofort die Überstellung des Täters an das New Yorker Bundesgericht. Und jetzt aus meinen Augen. Ihr Anblick ist Gift für meinen Blutdruck.«

Rothman und Brown packten Jan am Arm und führten ihn aus Chief Brodericks Büro. Auf dem Flur wollte er zu Tom, um mit ihm zu sprechen. Die beiden Agenten rissen ihn zurück: «Nicht doch Freundchen, hier geht's lang.«

»Wenn ihr nicht sofort eure dreckigen Finger von mir nehmt, breche ich euch alle Knochen, ihr Speichellecker«, fuhr Jan aus der Haut.

»Schon gut, Jan, es hat keinen Sinn.«

Tom nickte ihm kurz zu und verschwand in die Gegenrichtung. Natürlich hatte er recht. Jan konnte froh sein, dass ihn der Chief nicht in den Knast gesteckt hatte. Er würde sich beruhigen und sich schnellsten verabschieden, bevor es sich der CIA-Direktor noch anders überlegte. Er konnte hier ohnehin nichts mehr tun.

In Leipzig war das Wetter längst nicht so schön wie in New York. Vierzehn Grad und Nieselregen: Hamburger Wetter, dachte Jan, ist mir ja irgendwie sympathisch. Hannah stürzte ihm entgegen und umarmte ihn fest. »Dein Gesicht sieht ja schon wieder ganz manierlich aus. Konntest wohl drüben allem Ärger aus dem Weg gehen?«

Jan küsste Hannah. »Jedenfalls gab es keine großen Handgreiflichkeiten, dafür aber einen Haufen ungelöster Probleme. Ich denke, irgendjemand hat Henderson manipuliert. Der hätte niemals, auch nicht für alles Geld dieser Welt, einen Auftragsmord ausgeführt.«

»Ich widerspreche dir ja nur ungern. Aber habt ihr in Afghanistan nicht auch im Auftrag getötet?«

Hannah hatte den Satz noch nicht beendet, als ihr klar wurde, dass sie zu weit gegangen war. »Entschuldige, so war das nicht gemeint.«

»Schon gut, im Grunde stimmt's ja. Man glaubt immer, wenn man im Krieg tötet, hat man das Recht auf seiner Seite. Dem ist nicht so. Einige glauben, dass sie im Dienste einer übergeordneten Sache berechtigt sind, andere Menschen umzubringen. Auch, wenn man Terroristen jagt, sollte man sich der Verantwortung bewusst sein, eine Waffe zu tragen und zu benutzen. Soldaten wird nun mal beigebracht, im Krieg den Feind zu töten. Ihnen wird tagtäglich suggeriert, den Gegner abgrundtief zu hassen, um sich die Legitimation zu holen, den Feind zu töten. Allerdings trägt auch jeder Soldat das Risiko, selbst getötet zu werden. Fressen oder gefressen werden. Der oder ich. Wir oder sie. Leben oder sterben. Wir haben mit unserer Einheit versucht, dem Gegner Angst einzuflößen, ihn davon abzuhalten, Anschläge auf das Leben unserer Kameraden zu verüben. Damit hatten wir Erfolg. Solange wir im Einsatz waren, gab es weitaus weniger Übergriffe der Taliban auf unsere Leute.«

Jan redete wie ein Wasserfall. Das war das Letzte, was Hannah wollte. Gerade hatte sie ihren Jan wohlbehalten zurück, da brach sie eine Grundsatzdiskussion vom Zaun.

»Jetzt lass uns endlich nach Hause fahren. Da steck ich dich erstmal in die Badewanne und dann gibt's noch als Zugabe 'ne erstklassige Massage.«

Jan grinste: »Keine schlechte Idee. Diese Langstreckenflüge stressen ohne Ende. Die ein oder andere Verspannung könnte in der Tat etwas gelockert werden.«

»**Ich** komm nicht durch. Verdammte Kacke. Anscheinend haben die Tom den Saft abgedreht.« Jan war sauer.

»Ich hoffe, er findet eine Möglichkeit, dich zu kontaktieren. Das kann doch so schwierig nicht sein«, meinte Hannah.

»Schätze, der Chief hat ihn so lange aus dem Verkehr gezogen, bis der Fall Henderson erledigt ist. Bis dahin ist Tom sicher gut beraten, die Füße still zu halten.«

»Und das solltest du auch tun. Wenn sich die Lage etwas beruhigt hat, könnt ihr immer noch überlegen, was ihr tun könnt.«

Natürlich hatte sie recht, aber Jan wusste auch, dass die Zeit gegen Henderson lief. War er erstmal verurteilt, würde es doppelt schwierig werden, den Fall wieder aufzurollen. Zumal daran außer ihm und Tom wohl niemand Interesse hatte. Die Polizei hatte den Mörder zur Strecke gebracht, die Geschworenen hatten ihn für schuldig befunden und das Gericht hatte ihn verurteilt. Jan wusste, dass es wenig Aussicht auf Erfolg hätte, daran im Nachhinein etwas zu ändern. Shit happens. Das war's dann wohl. Dumm gelaufen für Sergeant Jonathan Henderson.

Am Stadtrand Berlins, nur ungefähr fünfunddreißig Minuten von Potsdam entfernt, lag inmitten einer malerischen Seenlandschaft, umgeben von saftigem Grün, das Seehotel Zeuthen. Für den Hobbyangler Dr. Björn Lutzius war dies der ideale Ort, während seiner dienstlichen Aufenthalte in Berlin nach getaner Arbeit etwas auszuspannen. Zwar benötigte der passionierte Radfahrer ein Auto, um die Strecke Zeuthen-Berlin Mitte zurückzulegen, aber das nahm er gern in Kauf. Wann immer Zeit war, setzte er sich in ein Boot und ruderte heraus auf den Zeuthener See, um einen kapitalen Fang zu machen. Meistens geschah dies in den frühen Morgenstunden.

Auch an diesem trüben Maimorgen war der Bundestagsabgeordnete der CDU schon in aller Herrgottsfrühe aufgestanden, um zum Angeln zu fahren. Für einen so jungen Mann war der Angelsport eigentlich ein eher seltenes Hobby. Doch zu Hause in Ulm hatte er selten Gelegenheit dazu, auch wenn die schöne blaue Donau und deren abgelegenen Seitenarme geradezu ein Paradies für alle Angelfreunde bot. Doch Beruf und Familie ließen ihm dazu kaum Zeit. Wenn der promovierte Wirtschaftswissenschaftler mal nicht mit politischen Aufgaben beschäftigt war, war er vollkommen fokussiert auf seine Frau und ihre gemeinsamen drei kleinen Kinder. Mit seinen gerade mal zweiundvierzig Jahren hatte Lutzius sich den Ruf als *der* Senkrechtstarter innerhalb seiner Partei erworben. Bereits seit vier Jahren saß der gebürtige Stuttgarter im Bundestag. Er wurde als ausgesprochen kompetenter Politiker angesehen, der sich schon früh auf sein Spezialgebiet Außenpolitik festlegt hatte. Dazu galt er als einer der größten Experten im Bereich militärischer Fragen. Der Reserveoffizier der Bundeswehr hatte acht Jahre als aktiver Soldat gedient und danach an der Hochschule der Bundeswehr in Hamburg sein Studium der Wirtschaftswissenschaften begonnen, welches er bereits vier Jahre später mit einem glänzenden Examen abschloss. Nur knapp zwei Jahre später folgte die Promotion. Dr. Lutzius galt als konservativer, eher rigider Typ, der diese Eigenschaften auch als Politiker repräsentierte. So war er strikt gegen Einsätze der Bundeswehr zur Unterstützung der Bundespolizei. Diese Aufgaben sollte der ehemalige Bundesgrenzschutz übernehmen. Sein Ziel war, aus der Bundeswehr eine kleine, aber umso schlagkräftigere, professionelle Elitetruppe zu machen, die sich vor allem am Kampf gegen den Terror in aller Welt beteiligen sollte. Er war uneingeschränkter Befürworter des Afghanistaneinsatzes deutscher Soldaten. Damit lag er vollkommen auf der Linie der amtierenden Bundesregierung. Die Kanzlerin mochte ihren jungen Kollegen und vor allem seine Ansichten. Da man ihn im Kreise seiner Partei als intelligenten und vor allem loyalen Politiker schätzte, war er in der Vergangenheit schon des Öfteren für einen Sitz im Kabinett der Regierung Merkel gehandelt worden. Ihm wurden allgemein gute Chancen auf die Position des Verteidigungsministers eingeräumt, vorausgesetzt seine Partei wäre nach den nächsten Bundestagswahlen wieder Mitglied der Regierung.

Mit kräftigen, langen Zügen steuerte Dr. Lutzius sein Boot über das ruhige Wasser des Zeuthener Sees. Noch lag ein Hauch von

Nebel über der Morgendämmerung. Die Sicht betrug kaum mehr als zehn Meter. In einer knappen halben Stunde würde es komplett hell sein. Dann würden sich auch die Nebelschwaden verzogen haben. Der Wetterdienst hatte einen freundlichen, überwiegend sonnigen Tag vorausgesagt. Erst gegen elf musste er zu einem Meeting des Verteidigungsausschusses im Bundestag sein. Ab vierzehn Uhr stand dann die Sitzung des gesamten Bundestags an. Wahrscheinlich würde er sich dann wieder darüber ärgern, wie wenig Abgeordnete anwesend wären.

Was war das nur für eine Arbeitsmoral? Alle Mitglieder des Bundestages waren von ihren Wählern beauftragt worden, in Berlin ihre Interessen zu vertreten. Dafür wurden sie gut bezahlt und mit Privilegien ausgestattet, von denen ein normaler Bürger nur träumen konnte. War es da zu viel verlangt, ein- oder zweimal im Monat nach Berlin zu reisen und seinen Aufgaben nachzukommen? Selbstverständlich war nicht für jeden Abgeordneten auch jedes Thema interessant. Auch Dr. Lutzius nahm nicht an allen Sitzungen teil. Allerdings nur dann nicht, wenn andere politische Termine wichtiger waren.

Als er die Mitte des Sees erreicht hatte, hatte es sich bereits aufgeklärt. Mittlerweile war es schon kurz nach sechs Uhr. Weit und breit war kein anderes Boot zu sehen. Er präparierte seine Angeln mit Ködern und warf eine zu jeder Bootsseite ins Wasser aus. Der Zeuthener See war ein eher flaches Gewässer von zwei bis maximal vier Metern Tiefe. Allerdings galt er als relativ artenreich. Aal, Aland, Barsch, Brasse, Döbel, Hecht, Karpfen, Plötze, Rotfeder und Zander tümmelten sich hier. Ihm war es gelungen, schon den einen oder anderen dicken Brocken ins Boot zu hieven, doch sein Traum war, einmal einen kapitalen Hecht aus dem See zu ziehen. Vielleicht ist heute genau der richtige Tag dafür, dachte er und genoss die Ruhe und Einsamkeit inmitten dieser herrlichen Natur.

Auf dem Parkplatz des Hotels fuhr ein schwarzer Mercedes vor. Die Männer im Wagen sprachen kurz miteinander. Dann stieg der Beifahrer aus. Er bewegte sich mit seiner Ausrüstung Richtung Bootssteg. Bei nahezu idealen Bedingungen würden heute wohl noch mehr Hobbyangler ihr Glück versuchen. Niemand nahm besondere Notiz von dem Mann. Auch dann nicht, als er kurz vor der Anlegestelle nach links in die Botanik Richtung Seeufer abbog. Er würde sich ein ruhiges Plätzchen am begrünten Gestade suchen und von dort aus seine Angel auswerfen.

Nach knapp einer Stunde hatten gerade mal zwei Fische gebissen, die aber so klein waren, dass Dr. Lutzus sie vom Haken nahm und wieder in den See zurückwarf. Ihr dürft wiederkommen, wenn ihr groß seid, dachte er und schmunzelte. Mittlerweile hatte der Betrieb auf dem See zugenommen. In der Ferne waren jetzt schon zwei weitere Boote zu erkennen, die aber weit genug weg waren, um seine Kreise zu stören. Er schloss die Augen und lehnte sich in seinem Boot zurück, um die Ruhe und die ersten Sonnenstrahlen dieses herrlichen Morgens zu genießen. Den roten Punkt auf seinem Körper, der versuchte, sich zu beruhigen und den Weg zur Mitte seiner Stirn zu finden, bemerkte er nicht. Er atmete tief durch und füllte seine Lungen mit dieser wunderbar frischen Luft. Er dachte an seine Frau und die Kinder und freute sich darauf, am Wochenende wieder daheim bei ihnen zu sein. In die Stille hinein vernahm er plötzlich ein dumpfes Ploppen, so als hätte jemand in einiger Entfernung eine Flasche Sekt aufgemacht. Den Bruchteil einer Sekunde später wurde er von der Wucht des einschlagenden großkalibrigen Geschosses über Bord gerissen.

Er fühlte keinen Schmerz. Das Wasser war kalt und färbte sich rot. Einen Moment schwankte das Boot und verursachte ein paar flache Wellen. Die Wasseroberfläche beruhigte sich aber schnell wieder. Der leblose Körper hatte schon nach wenigen Sekunden den schlickigen Grund des Sees erreicht. Es kehrte wieder Ruhe ein auf dem Zeuthener See an diesem sonnigen Morgen im Mai.

»Schön, dass du wieder zurück bist. Ein bisschen ramponiert, wie es aussieht, aber immerhin in einem Stück«, scherzte der Leiter der Mordkommission Leipzig am Mittwochmorgen zu Beginn der Abteilungssitzung. Rico Steding lächelte, hatte trotz des frühen Morgens gute Laune. Konnte er auch haben. Seitdem seine Leute vor knapp einem Jahr der Russenmafia das Handwerk gelegt hatten, war es zuletzt bemerkenswert ruhig auf Leipzigs Straßen geworden. Drogenhandel und Prostitution waren momentan auf ein

Minimum zurückgegangen. Die Nachschubwege aus dem Nahen Osten und aus Osteuropa waren abgeschnitten. Die Organisation war zerschlagen, musste sich neu ordnen. Das konnte dauern. Je länger, desto besser. Allen am Tisch war jedoch klar, dass es nur eine Frage der Zeit war, bis die Russenmafia wieder aktiv werden würde.

»Bin wohl 'nen bisschen eingerostet. Vielleicht sollte ich doch langsam die Sportart wechseln.« Wie zur Entschuldigung hob Jan beide Arme.

»Wie wär's mit Golf oder Bowling? Wir nehmen dich gern in unser Team auf.«

Die Gerichtsmedizinerin Dr. Josephine Nussbaum grinste ihn schelmisch an.

»Nee danke, Josie, dafür bin ich dann doch noch zu jung. Wenn ich in Rente gehe, komme ich gern noch mal auf dein Angebot zurück.«

»Sagen Sie mal Jan, was war denn da drüben los? Wozu brauchte denn die große CIA die Hilfe eines einfachen Leipziger Polizisten?«

Polizeioberrat Horst Wawrzyniak hatte Jan auf Anfrage des Bundesnachrichtendienstes dienstlich nach Washington entsandt und wollte nun natürlich wissen, um was es ging. Dies war wohl auch der Grund, warum er seinen Thron im dritten Stock verlassen hatte und sich in die Niederungen des operativen Geschäfts begeben hatte. Jan mochte seinen Vorgesetzten. Er war stets um ein gutes Klima unter seinen Mitarbeitern bemüht, erstickte Konflikte oft schon, bevor sie ausufern konnten. Ein kerniger Typ alter Schule. Ein Riese, mit Händen wie Bratpfannen, trotzdem mit großem Einfühlungsvermögen.

»Eine schlimme Sache, Chef. Einer meiner Leute aus unserer Sondereinheit in Afghanistan hat offensichtlich einen Senator auf offener Straße erschossen.«

»Das hört sich nicht gut an. Wie ist die Beweislage?«

»Ziemlich eindeutig. Er wurde von einer Überwachungskamera in der Nähe des Tatorts zur fraglichen Zeit aufgenommen. Er selbst kann sich seiner Aussage nach jedoch an nichts mehr erinnern.«

»Aber Sie haben trotzdem Zweifel?«

Waffel, wie der Chef von allen genannt wurde, wenn er nicht gerade im selben Raum saß, kannte seine Leute. Er bemerkte an Jans Körpersprache, dass er sich nicht sicher war, ob da nicht doch irgendetwas faul war.

»Wollen Sie in dieser Angelegenheit noch was unternehmen? Meinen Segen haben Sie.«

»Danke Chef, aber ich denke, dass sich die Sache vorerst für mich erledigt hat.«

»Gut, wenn wir sonst nichts Wichtiges auf der Agenda haben, lasse ich euch jetzt wieder allein. Haltet mich auf dem Laufenden.«

Waffel stand auf, nickte freundlich in die Runde und verließ den Sitzungsraum.

»Ich habe im Moment nichts Konkretes für euch. Es gibt da 'n paar alte, ungelöste Fälle. Die Akten habe ich euch ins Büro bringen lassen. Schaut mal drüber. Gegen Feierabend fahrt ihr noch mal raus und seht euch an den bekannten Brennpunkten um. Ist immer von Vorteil, ein bisschen Präsenz zu zeigen. Gibt's noch Fragen?«

»Ja, ich habe noch was Dringendes«, warf die Gerichtsmedizinerin Dr. Nussbaum ein. Alle Augen auf sich gerichtet, lächelte Josie, wie sie von den anderen genannt wurde, und fuhr fort. »Wir waren lange nicht mehr beim Türken. Was haltet ihr von einem gepflegten Döner, so mit allem drum und dran, meine ich? Wenn ich schon mal im Präsidium bin, können wir doch mal schnell um die Ecke gehen, oder?«

»Ich könnte dich auch kurz mal um die Ecke bringen«, warf Rico Steding ein und hatte die Lacher auf seiner Seite. Allgemeine Zustimmung machte die Runde. Auf dem Flur vor dem Sitzungszimmer kamen Jungmann und Krause von der Sitte gerade die Treppe herunter. Offensichtlich waren sie auf dem Weg in die Kantine, um Mittag zu machen. Als sie Jan sahen, zogen sie es jedoch vor, schnell nach rechts abzubiegen, um ihm ja nicht in die Quere zu kommen. Hannah und Josie, die gerade hinter ihm aus der Tür kamen, konnten sich ein Grinsen nicht verkneifen. »Haben wohl die Hosen gestrichen voll, die Sittenheinis?«

«Ach, ich glaube, die beiden sind in Grunde ihres Herzen ganz nette Kerle. Manchmal etwas vorlaut. Das kann dann allerdings auch mal arge Kopfschmerzen bereiten, wie sie ja leider erfahren mussten.«

Als Jan vor einem Jahr nach Leipzig kam, ließen Jungmann und Krause keine Gelegenheit aus, ihn zu provozieren. Irgendwann war ihm der Kragen geplatzt. Er hatte den beiden auf dem Flur des Präsidiums eine gesalzene Abreibung verpasst. Als sie sich beim Chef beschweren wollten, ließ der sie abblitzen, offensichtlich ganz froh darüber, dass diese Großmäuler mal an den Richtigen geraten waren. Offiziell erhielt Jan eine Rüge, die ihm Waffel allerdings mit einem Augenzwinkern aussprach. «Hiermit verwarne ich Sie, Krüger. Auf einen Eintrag in die Akten werde ich verzichten, weil Sie offensichtlich provoziert worden sind. Vermeiden Sie in Zukunft derartige Zusammentreffen. Jedenfalls hier im Präsidium. Was da draußen passiert, ist mir scheißegal.«

Als Jan sich an seinen Schreibtisch setzte, bemerkte er an seinem Telefon einen kleinen gelben Haftzettel, auf dem eine Telefonnummer stand: *Bitte dringend zurückrufen,* stand da, versehen mit einer Berliner Rufnummer.

»Was ist das?«, fragte Hannah, die von hinten ihre Arme um ihn gelegt hatte und ihm über die Schulter schaute. Längst war allen im Präsidium bekannt, dass Hannah und Jan ein Paar waren. Vor allem Hannah machte daraus keinen Hehl. Versteckspielen war nicht ihr Ding. Jan nahm sich da schon merklich mehr zurück, vermied während der Bürozeiten jeglichen Körperkontakt mit seiner Freundin. Allerdings wehrte er sich auch nicht dagegen, wenn sie allein im Raum waren.

»Die Kollegen aus Berlin.« Er wählte die Nummer.

»Landeskriminalamt Berlin, Brandl«, meldete sich eine freundliche Frauenstimme, »schön, dass Sie so schnell zurückrufen, Herr Krüger. Ich verbinde Sie sofort mit dem Chef.«

»Hubertus von Echternach, danke für Ihre prompte Rückmeldung. Wie geht's Ihnen?«

»Danke der Nachfrage, so weit alles in Ordnung.«

»Schön zu hören. Leider habe ich keine guten Nachrichten. Gestern Abend wurde ein toter Mann aus dem Zeuthener See gefischt. Hatte ein riesiges Loch in der Stirn. Bei dem Opfer handelt es sich um den CDU-Politiker Dr. Björn Lutzius aus Ulm. Er war Abgeordneter des Bundestages und wohnte im Seehotel Zeuthen. Offensichtlich ist er gestern Morgen in aller Frühe zum Angeln rausgefahren. Draußen auf dem Wasser hat ihn dann ein Scharfschütze ins Nirvana befördert.«

Jan lief es eiskalt den Rücken herunter. Er ahnte Böses.

»Und lassen Sie mich raten. Sie haben den Täter bereits gefasst.«

Am anderen Ende des Hörers trat eine kurze Pause ein. Dann antwortete sein Gesprächspartner, der offensichtlich von Jans Einlassung überrascht war.

»Ja, aber wie kommen Sie darauf?«

»Weil mir diese Sache leider irgendwie bekannt vorkommt. Wie heißt der Festgenommene?«

»Na ja, Jan, deswegen rufe ich an, das wird Ihnen wahrscheinlich nicht gefallen. Der Mann, den wir in Gewahrsam genommen haben, heißt Carl Georg Romminger. Sagt Ihnen das was?«

Jetzt war es Jan, dem es kurzfristig die Sprache verschlug.

»Da stimmt doch was nicht. Erst Johnny Henderson, der einen U.S.-Senator erschießt und jetzt Rommel, der einen Bundestagsabgeordneten tötet?«

»Was sagen Sie da? Glauben Sie, dass diese Taten zusammenhängen?«

»Ja. Das wäre wohl ein bisschen zuviel Zufall, oder? Beide Männer gehörten der Sondereinheit *Sniper* in Afghanistan an und erschießen im Abstand von nur ein paar Tagen einen Politiker. Wie sind Sie so schnell auf den Täter gestoßen?«

»Auf Grund eines anonymen Anrufes. Ein Unbekannter gab uns den Tipp, mal bei Romminger zu Hause vorbeizuschauen. Zwei Hotelangestellte haben ihn auf einem Foto wiedererkannt. Wir haben ihn dann in seinem Haus verhaftet. Die Tatwaffe fanden wir in der Garage.«

»Was sagt Romminger zu den Vorwürfen?«, wollte Jan wissen.

»Angeblich war er den Abend zuvor auf einer Geburtstagfeier eines Freundes. Irgendwann wurde ihm unwohl und er nahm ein Taxi nach Hause. Er hätte sich sofort schlafen gelegt und sei erst wieder aufgewacht, kurz bevor wir kamen.«

»Das klingt natürlich alles andere als glaubhaft. Aber bei Henderson liegt der Fall ähnlich. Beide waren den Abend vorher unterwegs, haben etwas getrunken und sind dann nach Hause gefahren worden, weil sie sich nicht wohl fühlten.«

Hubertus von Echternach bat Jan, so schnell wie möglich nach Berlin zu kommen, um mit Carl Georg Romminger zu sprechen.

»Gut, ich kläre das mit meinem Vorgesetzten. Haben Sie etwas dagegen, wenn ich meine Kollegin mitbringe?«

»Nein nein. Natürlich nicht.« Von Echternach bedankte sich und legte auf.

Carl Georg Romminger saß wie ein Häufchen Elend im Verhörraum des Landes- kriminalamtes Berlin. Seine Hände lagen überkreuz auf dem Tisch, der Kopf nach unten gebeugt, der Blick gesenkt. Er reagierte kaum, als Hannah und Jan den Raum betraten.

»Hallo Rommel«, sprach Jan ihn vorsichtig an. Sichtlich überrascht drehte Carl seinen Kopf in Richtung Tür.

»Jan?«, brachte er überrascht hervor, als würde er seinen Sinnen nicht trauen. »Was machst du denn hier?«

»Das frage ich dich, mein Lieber.«

Nach einer kurzen, aber innigen Umarmung setzten sich Hannah und Jan gegenüber an den Tisch. »Das ist meine Kollegin Hannah Dammüller aus Leipzig«, stellte Jan vor. Rommel nickte ihr wortlos zu.

»In was für eine Sache bist du denn da reingeschlittert, Kamerad?«

»Du bist doch nicht etwa gekommen, um mir ein Geständnis zu entlocken? Arbeitest du mit denen zusammen, Jan?«

»Verdammt, nein. Ich, …wir sind gekommen, um dir zu helfen.«

»Das wird wohl nicht nötig sein, für die steht meine Schuld schon längst fest.« antwortete Rommel resigniert.

»Nein, mein Freund, da täuscht du dich. Der Chef des LKA hätte mich nicht nach Berlin gebeten, wenn der Fall schon abgeschlossen wäre. Auch ihm kommt die ganze Sache spanisch vor. Also, bist du bereit, mir zu erzählen, was passiert ist?«

Rommel sah erst Hannah an, dann Jan. Er machte einen verwirrten, angeschlagenen Eindruck. Da war nicht mehr viel von dem starken, selbstbewussten Hauptmann Carl Georg Romminger übrig. Im Moment gab er die Figur eines gebrochenen Mannes ab.

Was war in den Jahren mit ihm passiert, dass er sich so verändert hatte?

»Weißt du, Jan, als wir den Taliban in den Arsch getreten haben, da habe ich mich gefühlt wie ein Held, der die Menschen vom Bösen befreit. Wir haben in dieser trostlosen Wüste tausende Kilometer von zu Haus Tag für Tag unser Leben riskiert, nur um später von aller Welt verachtet zu werden. Ein ehemaliger Soldat ist im richtigen Leben nichts wert. Was soll man mit einem Ex-Soldaten der Bundeswehr schon anfangen? Ich war achtundvierzig Jahre alt, als ich meinen Dienst beendet habe. Hätte meine Frau nicht diese Stelle in Berlin bekommen, wären wir heute Hartz IV Empfänger. Für Typen wie mich ist in dieser Gesellschaft jedenfalls kein Platz mehr.«

»Ich war gerade drüben in den Staaten. Die Jungs haben da die gleichen Probleme. Aber davon darf man sich nicht runterziehen lassen. Als ich vor zehn Jahren in Hamburg wieder in den Polizeidienst zurückgekehrt bin, war ich von Anfang an der Außenseiter. Die sahen mich als so 'ne Art hirnlosen Rambo, der nichts konnte, außer unkontrolliert Gewalt anzuwenden.«

Rommel sah Jan verständnisvoll an, als wüsste er genau, wovon die Rede ist.

»Ich habe nach unserem Umzug von Stuttgart nach Berlin ein paare Jahre in einer privaten Sicherheitsfirma gearbeitet. Dann hab ich denen wohl ein paar Mal zu hart zugeschlagen, als Chaoten das Privatgelände eines Firmenchefs stürmen wollten und bin danach fristlos entlassen worden. Wir brauchen hier Leute, die deeskalierend eingreifen, keine wilden Schläger, hieß es. Hätte ich damals nicht so hart durchgegriffen, wären die Chaoten in das Wohnhaus gelangt und hätten die Leute totgeschlagen. Der Mann hat sich anschließend bei mir bedankt, dass ich sein Leben gerettet habe. Die Typen haben mich damals angezeigt. Der Richter hat mich wegen schwerer Körperverletzung zu zwei Jahren auf Bewährung verurteilt. Die Firma hat daraufhin die Konsequenzen gezogen. Jetzt arbeite ich gelegentlich für einen selbstständigen Gärtner, der mich für den einen oder anderen Job anheuert. Nicht viel, aber immerhin.«

»Hast du nach deiner Festnahme schon mit deiner Frau gesprochen?«, wollte Jan wissen. Rommel verdrehte die Augen und gab ein verächtliches Ächzen von sich: »Nee, die hat momentan was anderes zu tun. Wir haben uns vor ein paar Monaten getrennt. Die wohnt jetzt bei ihrem Lover, so einem Arsch von Innenarchitekten aus Charlottenburg.«

»Und deine Kinder?«, fragte Jan nach.

»Meine Tochter ist verheiratet und wohnt in Stuttgart, mein Sohn studiert in Heidelberg. Ich habe zur Zeit wenig Kontakt. Kein Wunder, wenn meine Frau denen laufend erzählt, was für ein Loser ihr Alter ist.«

»Also lebst du zur Zeit allein in eurem Haus?«

»Mehr oder weniger. Hab 'nen Hund und zwei Katzen.«

»Das bedeutet dann wohl auch, dass niemand deine Angaben bezeugen kann?«

»Wohl kaum, es sei denn, die fragen meinen Hund, der ist nämlich unglaublich schlau. Einmal bellen heißt Ja, zweimal Nein.«

Hannah, die bisher aufmerksam zugehört hatte, huschte der Ansatz eines Lächelns übers Gesicht. »Können Sie uns erzählen, was in den letzten vierundzwanzig Stunden aus ihrer Sicht passiert ist«, brachte sie das Gespräch wieder zurück zum eigentlichen Thema. Rommel sah erst Jan an, dann Hannah. Er zögerte. »Im Grunde kann ich nur das wiederholen, was ich der Polizei schon gesagt habe. Vorgestern Abend war ich zu einer Geburtstagsfeier bei einem Freund eingeladen. Das ist der Gärtner, für den ich ab und zu arbeite. Da waren 'nen Haufen Leute. War wohl sein Fünfzigster. Deshalb. Ich habe ein paar Bierchen getrunken und mich mit ein paar Typen über Gott und die Welt unterhalten. War auf jeden Fall mal wieder eine willkommene Ablenkung. Irgendwann später hat mich dieser bekloppte Psychologe zugelabert, bei dem ich in Behandlung bin. Ich bekam wahnsinnige Kopfschmerzen von dem Gequatsche und wollte nur noch nach Hause.«

»Und dann bist du mit einem Taxi nach Hause gefahren«, ergänzte Jan.

»Nein, als ich mir ein Taxi rufen wollte, hat mich so ein Kerl, der wohl ein Bekannter von meinem Psycho-Onkel ist, angesprochen. Er könnte mich mitnehmen, er würde ganz in meiner Nähe wohnen.«

»Und dann hat der dich nach Hause gefahren?«

»Ja, ich meine, ich glaube.«

Jan und Hannah sahen sich an. «Wissen Sie das denn nicht mehr?«, fragte Hannah.

»Ich kann mich verdammt noch mal nicht mehr daran erinnern. Wir sind in den Fahrstuhl und dann runter in ein Auto. Das war's. Blackout! Als die Polizei am späten Nachmittag des folgenden Tages bei mir klingelte, war ich gerade wieder wach geworden. Ich lag auf meinem Bett und mein Schädel brummte wie nach einem Vollrausch.«

»Warst du angezogen, als du aufgewacht bist?«

»Ja, zum Ausziehen fehlten mir wohl die entsprechenden koordinativen Fähigkeiten.«

»Hattest du noch die gleichen Klamotten an wie abends zuvor?« fragte Jan.

»Ja ja. Nur meine Jacke nicht. Die lag vor meinem Bett. Aber ansonsten habe ich noch die gleichen Sachen getragen wie am Vorabend.«

Hannah fasste zusammen: »Das heißt im Klartext, dass Sie die Tat, die Ihnen vorgeworfen wird, auf gar keinen Fall begangen haben, weil Sie zur in Frage kommenden Zeit zu Hause in ihrem Bett geschlafen haben?«

»Ich weiß selber, auf welch dünnem Eis ich mich bewege. Die haben Zeugen, die mich erkannt haben wollen. Die Tatwaffe haben sie in meiner Garage gefunden und die Patronenhülse trägt meine Fingerabdrücke. Zu allem Überfluss habe ich kein Alibi. Für die ist der Fall sonnenklar.«

»Eben nicht, Rommel. Hubertus von Echternach bezweifelt, dass ein ehemaliger Elitesoldat so dumm sein würde, nicht die Spuren seiner Tat zu verwischen. Jeder Idiot hätte sich maskiert, die Patronenhülsen aufgesammelt und die Tatwaffe auf nimmer Wiedersehen irgendwo im Wannsee versenkt.«

»Mag sein, Jan. Aber da gibt es noch 'ne Kleinigkeit. Ich bin seit fast acht Jahren zweimal pro Woche in psychiatrischer Behandlung. Die glauben, dass ich einen an der Waffel habe. Das erklärt dann natürlich diese amateurhafte Vorgehensweise.«   Rommel bemerkte, dass Hannah und Jan irritiert waren.

»Vielleicht hat dich der liebe Gott davor verschont, jede Nacht diese Bilder zu sehen. Vor allem die Gesichter der Toten sind es, die mich regelmäßig heimsuchen und mir immer wieder diese eine Frage stellen: Warum? Erinnerst du dich noch, als wir die Männer gerettet haben, deren Konvoi in der Nähe von Kundus in einen Hinterhalt der Taliban geraten war?«

Jan nickte.

»Ich habe deren Anführer vor ihren Augen die Kehle durchgeschnitten und wie ein Irrer gebrüllt: *Gott ist gerecht!* Das hat die dermaßen geschockt, dass sie Hals über Kopf die Flucht ergriffen haben.«

»Ich kann mich gut daran erinnern. Du hast sie mit ihren eigenen Waffen geschlagen, dem religiösen Wahn. Hättest du das nicht getan, wäre von unserer Einheit nicht viel übrig geblieben. Die waren uns zehnfach überlegen, hätten uns mit Leichtigkeit fertig machen können. Du musst denen in diesem Moment solche Angst eingeflößt haben, dass sie geflüchtet sind.«

»Ich hatte Angst vor mir selbst, Jan. Ich war in diesem Moment dem absoluten Wahnsinn nahe. Dieser Anführer, den ich damals getötet habe, kommt fast jede Nacht zu mir zurück, das Blut seiner klaffenden Halswunde tropft auf mein Laken, seine weit aufgerissenen Augen starren mich an, wenn er schreit: »Ich schwöre beim Propheten, die Rache wird mein sein. Meine Brüder werden dich finden und töten. Schande über dich, du ungläubiger Bastard.«

Etwas verlegen wischte sich Rommel eine Träne aus dem Gesicht, atmete tief durch, um sich im Griff zu halten, die Contenance zu wahren.

In diesem Moment war für Jan völlig klar: Weder Sergeant Jonathan Henderson noch Hauptmann Carl Georg Romminger waren für diese Morde verantwortlich.

Dean Morisson war ein netter, kleiner, drahtiger Kerl mit großem Herz. Niemals schlecht gelaunt, immer gut drauf. Er liebte sein Zuhause und vor allem seine Familie über alles. Dean hatte nie die High School geschweige denn ein College von innen gesehen. In der Kleinstadt in Texas, in der er aufwuchs, war harte Arbeit angesagt. Sein Vater war Vormann auf einer großen Farm, die vornehmlich Rinderzucht betrieb. Der Job als Cowboy war »Jimmy«, wie ihn alle schon als Kind nannten, in die Wiege gelegt worden. Sein Vater war ein großer *Doors*-Fan und wollte seinen Jungen nach deren legendären Frontmann eigentlich Jim nennen, aber seine Mutter machte ihm einen Strich durch die Rechnung. Zur Freude seines Vaters riefen seine Freunde ihn in der Schule »Jimmy«, was den Jungen dermaßen inspirierte, dass er ebenfalls ein *Doors*-Fan wurde und jeden Song der Gruppe nicht nur kannte, sondern auch mitsingen konnte. Mit einer Stimme, die *Jim Morrison* beinahe zum Verwechseln ähnlich war.

Jimmy galt als exzellenter Reiter, bewies sein Geschick mit dem Lasso und zeigte unglaubliches Talent im Umgang mit dem Gewehr. Nicht einer seiner Freunde traf fünf Colaflaschen am Stück auf einer Entfernung von 250 Yards. Als er zur Army kam, wurde er auf Grund seiner geringen Körpergröße und seiner großen Naivität von seinen Kameraden oft gehänselt. Allerdings meinten es die Kollegen gut mit ihm, auch wenn sie so manchen Scherz auf seine Kosten machten. Wenn es aber darum ging, zu kämpfen und zu schießen, verging seinen Kumpels jedoch regelmäßig das Lachen. Jimmy war ein knallharter Kämpfer. Er war behände wie eine Katze und kräftig wie ein Stier. Selbst die ihm an Größe und Gewicht weit überlegenden Männer zogen im Nahkampf gegen ihn den Kürzeren. So nett wie er normalerweise war, so unbarmherzig und brutal konnte er sein, wenn es notwendig wurde, sich zu verteidigen. Trotzdem bemühte sich Jimmy, jeder Art von Ärger aus dem Weg zu gehen. Während seiner Dienstzeit hatte er niemals einen Streit vom Zaun gebrochen. Wenn es einem seiner Kameraden an den Kragen ging, war er der Erste, der versuchte, die Sache zu schlichten und im Guten zu regeln. War das eben nicht mehr möglich, schlug er gnadenlos dazwischen.

Nach Dienstende traf er sich gern mit seinen Kumpels in der Kantine auf ein, zwei Bierchen. Sie spielten Billard oder Karten, scherzten und lachten viel. Auch Offiziere verkehrten in ihrem Laden, blieben aber meist unter sich. Ihr Zugführer war ein alter Knochen von Lieutenant aus Wyoming. Halb Weißer, halb Indianer. Er verlangte seinen Männern alles ab, trieb sie unbarmherzig und gnadenlos an. Wer nicht mitzog, bekam sein Fett ab. Extra Runden, Liegestütze und Klimmzüge bis zum Erbrechen waren für denjenigen angesagt, der sein Soll nicht erfüllte. Einige hielten das für Schikane, doch Jimmy hatte schnell erkannt, dass »Big Horse«, wie sie ihren Zugführer nannten, nur ein Ziel verfolgte: Er wollte, dass seine Männer für den militärischen Einsatz gut vorbereitet waren. Er bemühte sich, ihnen eine Ausbildung zukommen lassen, die sie in die Lage versetzte, sich im Ernstfall zu behaupten. Big Horse war ein Einzelgänger. Er hatte kein Interesse an sinnlosem Smalltalk. Er saß oft abends ein paar Stunden allein an der Bar, trank seine Bloody Mary und starrte ziellos ins Leere. Die Männer ließen ihn in Ruhe. Trotzdem war er einer von ihnen. Sie respektierten ihn.

Eines Abends stürzten zwei Schwarze schon leicht angetrunken in die Kantine. An ihren brandneuen Arbeitsanzügen konnte man erkennen, dass die beiden wohl erst vor ein paar Tagen angekommen waren. Die Männer sahen aus wie eine Mischung aus Mike Tyson und Goliath. Es waren riesengroße, muskelbepackte Fleischberge, die offensichtlich auf Krawall gebürstet waren.

»Ey, Geronimo, du Scheißkerl, wird Zeit, dass dir mal einer deinen Skalp von der Birne reißt. Dreh dich um, du dreckige Rothaut, wenn wir mit dir reden.«

Augenblicklich kehrte Totenstille ein. Man hätte eine Stecknadel fallen hören können. Big Horse trank einen Schluck und starrte weiter nach vorn, konnte jedoch im Spiegel über der Theke erkennen, welche Naturgewalten sich da hinter ihm aufgebaut hatten und ihm offenbar ans Leder wollten. Als die beiden Stänkerer merkten, dass er sie ignorierte, wurde ihre Wut noch größer.

»Was ist, du stinkender Koyote, bist du zu feige gegen richtige Männer anzutreten?«

»Hey, hey, Kameraden. Macht mal halblang, lasst den Mann in Ruhe. Er hat niemanden was getan.«

Die schwarzen Ungetüme trauten ihren Augen nicht. Ausgerechnet der kleinste Wurm im Raum erdreistete sich, ihnen Einhalt zu gebieten?

Inzwischen war Jimmy aufgestanden und ging in Richtung Theke.

»Lasst gut sein. Trinkt euer Bier und bleibt friedlich, Freunde.«

Big Horse zeigte immer noch keine Regung, machte keine Anstalten sich umzudrehen.

»Ey, du Würmchen, verschwinde, sonst reißen wir dir deine hässliche Birne runter und pissen drauf.«

Jimmy schüttelte frustriert den Kopf, blieb aber die Ruhe selbst.

»Kommt, lasst den Scheiß, ich spendier euch 'ne Runde und dann geht ihr schlafen. Hebt euch eure überschüssige Kraft lieber für morgen auf, da werdet ihr sie gut brauchen können.«

»Ich fass es nicht,« sagte einer der Schwarzen. »Geh aus dem Weg, du Mistratte, sonst zerquetsch ich dich wie 'ne reife Melone.« Er bewegte sich auf Jimmy zu und streckte ihm drohend den Zeigefinger entgegen. Der hatte längst erkannt, dass die Situation nicht mehr zu kontrollieren war. Sein Gehirn schaltete in den Kampfmodus. Blitzschnell ergriff er den Zeigefinger des Angreifers und knickte ihn um wie einen Bleistift. Ein kurzes, aber kräftiges Knacken durchbrach die Stille. Der Schwarze schrie vor Schmerzen auf, verzog sein Gesicht zu einer hasserfüllten, aggressiven Fratze und stürmte auf Jimmy los. Der wich blitzschnell seitlich aus und schlug eine harte Rechte an den Hals des Ungetüms. Sein eigenes Körpergewicht riss ihn verbunden mit der Schlagwirkung zu Boden. Als der Riese wieder aufstehen wollte, holte Jimmy kurz mit seinem rechten Bein aus und trat ihm mit dem Kampfstiefel unters Kinn. Der Fleischberg kippte wie vom Dampfhammer getroffen rücklings auf das frisch polierte Parkett. Der zweite Angreifer, dem er in diesem Moment den Rücken zugedreht hatte, stürzte auf Jimmy zu. Die anderen Männer saßen wie paralysiert auf ihren Stühlen und beobachteten den ungleichem Kampf, ohne jedoch einzugreifen. Es gelang dem zweiten Angreifer einen Barhocker zu ergreifen und diesen mit voller Wucht auf Jimmys Rücken zu schleudern. Von der enormen Härte des Aufpralls wurde er bäuchlings zu Boden geworfen. Der Schwarze bückte sich und zog ihn mit einer Hand am Kragen nach oben, um ihm den Gnadenstoß zu versetzen. Als er ausholte, um Jimmy mit einer hammerharten Rechten endgültig ins Land der Träume zu befördern, packte Big Horse von hinten den Arm des Angreifers, zog ihn mit einem kräftigen Ruck zurück und drehte den Mann zu sich um. Mit einem gewaltigen Kopfstoß zerschmetterte er ihm das Nasenbein. Der schwarze Riese sackte wie vom Blitz getroffen zusammen.

Wortlos drehte Big Horse sich um, setzte sich zurück an die Bar, trank einen Schluck und starrte wieder ins Leere. Jimmy und Big Horse hatten den Männern eine Lektion erteilt, die sie niemals mehr vergessen sollten. Die anderen Soldaten im Raum hatten gelernt, dass sie im Ernstfall alle zusammenhalten mussten, egal welchen Rang sie besaßen oder welche Hautfarbe sie hatten. Einer für alle, alle für einen.

Das war auch ein Grund, warum Jimmy vor ein paar Wochen nach New York gereist war. Er hatte eine Einladung von Johnny Henderson erhalten. Die Männer der ehemaligen Sondereinheit *Sniper* wollten sich zu einer Art Klassentreffen im Manhattaner Warriors Club zusammenfinden. Jimmy war Feuer und Flamme, seine alten Kameraden wiederzusehen. Was sie zusammen in Afghanistan erlebt und geleistet hatten, war einfach einzigartig. Die Männer waren für ihn wie eine Familie.

Ihr deutscher Kommandeur Major Jan Krüger war der beste Anführer, den er je erlebt hatte. Er war intelligent, unglaublich gewieft und dazu ein hervorragender Kämpfer. »Mit seiner MacMillan konnte er einer Fliege auf einer Meile Entfernung im Flug das rechte Auge ausschießen«, übertrieb Jimmy gern, wenn er Freunden von Major Krüger erzählte. Die anderen Männer der Einheit waren seine Brüder. Für sie war er stets bereit gewesen, sein Leben zu opfern.

Außer Johnny Henderson kamen noch Warren Fisherman, Steven Howard und Maynard Deville. Besonders schön war, dass mit dem Norweger Jan Aage Quist und den Deutschen Tom Ritter und Carl Georg Romminger sogar drei Kameraden den weiten Weg aus Europa gekommen waren. Sie feierten die ganze Nacht. Zu ihnen hatten sich noch andere Kameraden gesellt, die regelmäßig im Warriors Club verkehrten. Besonders zwei Marines mit arabischen Wurzeln hatten es Jimmy angetan, die vor kurzem noch im aktiven Dienst waren. Ihre Großeltern waren vor fast vierzig Jahren aus Syrien in die USA eingewandert. Kurzerhand entschloss sich Jimmy, die beiden nach Texas einzuladen. Der Abend war mehr als gelungen. Es wurden die alten Geschichten erzählt, viel gelacht und getanzt. Schließlich schlug Tom Ritter vor, eine Bruderschaft zu gründen, die sich weiter regelmäßig trifft und wo auch in Zukunft der eine für den anderen da sein sollte, wenn einer von ihnen Hilfe brauchte. Genauso wie vor knapp zehn Jahren in Afghanistan.

Am nächsten Tag ließ sich Jimmy, genau wie einige der anderen Männer, zum Zeichen ihrer Verbundeneinheit das Bruderschafts-Tattoo auf den Rücken stechen. Nur Maynard Deville nicht, der zwar am ganzen Körper mit einer Reihe von tiefsinnigen und spiri-tuellen indianischen Zeichen bemalt war, aber diese tief in die Haut gestochenen Tattoos grundsätzlich ablehnte.

Jimmy war froh und zugleich sehr stolz, solche Männer zu Brüdern zu haben. Er konnte es kaum erwarten, seinen Leuten zu Hause von seinem großen Glück zu erzählen.

Senator Milton Carrington freute sich schon auf den heutigen Abend. Jeden Dienstag traf er sich mit seinen Freunden zum Tennis. Danach wurde ausgiebig sauniert und schließlich setzten sich die Männer zu einer gemütliche Runde am Kamin zusammen, tranken teuren Whiskey und rauchten dicke kubanische Zigarren.

Seine Freunde waren ausnahmslos wichtige Männer aus Politik und Wirtschaft. Allesamt echte Amerikaner. Konservativ, stolz und unnachgiebig. Sie waren nach wie vor der Meinung, dass nur die Weißen die wahren Amerikaner sind und setzten sich vehement dafür ein, dass die Grenze zu Mexiko mit einem hohen Stachel-drahtzaun abgeriegelt und noch strenger als zuvor überwacht wer-den sollte. Es waren schon mehr als genug Latinos nach Texas eingefallen. Wo sollte das noch hinführen? Sie bettelten, stahlen, plünderten und vergewaltigten weiße Frauen. Was an der Ostküste das Negerproblem, wie sie es gerne nannten, war, verkörperten hier die Flüchtlinge aus Mexiko. Einfach widerwärtig. Alles, was braune Haut, schwarze Haare und dunkle Augen hatte, musste einfach aus ihrem schönen Texas verschwinden. Da war es schon fast egal, ob es sich um Latinos, Schwarze oder Menschen mit arabischen Wurzeln handelte. In ihren Augen handelte es sich in allen Fällen um dasselbe Pack.

Senator Carrington besaß genau wie seine Freunde ein ganzes Arsenal an Schusswaffen. Und genau wie sie ließ auch er keinen Zweifel daran, diese gegen die unerwünschten Einwanderer einzusetzen, wenn diese illegal die Grenze zu Texas überschreiten sollten. Schon mehrfach hatte er seine Männer zu privaten Patrouillen im Grenzgebiet eingeladen. Dort veranstalteten sie eine Art von Menschenjagd, so wie andere wilde Tiere erlegen wollten. Sie scheuten sich nicht im Geringsten, auf die Menschen zu feuern, wenn die nicht auf ihr Geheiß hin kehrt machten und wieder zurück nach Mexiko verschwanden. Offiziell wurde natürlich bei diesen Aktionen niemand verletzt, geschweige denn getötet. Dass gelegentlich doch ein paar Flüchtlinge gestellt und erschossen wurden, war längst kein Geheimnis mehr. In ihren Augen waren das nur Kollateralschäden, nicht der Rede wert.

Besonders wichtig für Senator Carrington und seine Brüder im Geiste war die außenpolitische Rolle der USA. Amerika war in der Welt die Nummer eins. Das würden weder die Kommunisten in Russland und China, noch die Terroristen aus dem Nahen Osten ändern. Nach 9/11 forderten sie von der demokratischen Regierung, den Feldzug gegen den Terror mit aller Kraft fortzusetzen. Vor allem die Präsenz der U.S.-Truppen in Afghanistan sollte verstärkt werden, um die verfluchten Taliban endgültig in die Schranken zu weisen. Dass dafür viele Amerikaner sterben mussten, war ihnen im Grunde egal. Für Frieden und Freiheit und natürlich für die Vormachtstellung der USA in der Welt, mussten die Amerikaner bereit sein, Opfer zu bringen. Das galt selbstverständlich nicht für sie und ihre eigenen Söhne. Der Krieg war Sache des einfachen Volkes. Da konnten die Schwarzen, die Latinos und die Indianer zeigen, dass sie wahre Amerikaner sind. Zum Sterben waren die gut genug, da musste sich ihr eigenes Fleisch und Blut nicht die Hände schmutzig machen.

Die Politik war natürlich auch am heutigen Dienstag ein Hauptthema. Vor allem die bevorstehenden Präsident-schaftswahlen im Herbst waren Gegenstand der Diskussionen. Welchen geeigneten Kandidaten sollten die Republikaner ins Rennen schicken, um den Schwarzen Mann aus dem Weißen Haus zu vertreiben? Insgeheim hoffte Milton Carrington, dass dabei auch sein Name fallen würde. Er selbst hielt sich für den Besten. Er würde Amerika wieder zu dem machen, was es einst war: Zum besten und mächtigsten Land der Welt.

Es war spät geworden. Seine Frau war sicher schon längst von ihrem Bridge-Abend zurück. Der Senator ließ seinen Fahrer rufen. Für heute war es genug. Kurz nach Mitternacht bog die schwarze Mercedes S-Klasse in die Zufahrt zu der prunkvollen im Kolonialstil erbauten Villa des Senators ein. Ralph, sein Assistent und Chauffeur, stieg aus, um ihm die hintere Tür zu öffnen. Vom Whiskey leicht benommen, schälte sich der Senator aus der Nobelkarosse.

»Na, da wären wir Ralph. Hoffentlich schläft Helen schon, sonst kann ich mir noch eine Gardinenpredigt anhören, die sich gewaschen hat.« Milton Carrington bemerkte, wie Ralph auf sein linkes Ohr starrte.

»Was ist?«, fragte er verwundert.

»Sir, Sie haben da was. Einen roten Fleck«, antwortete Ralph.

Der Senator fasste mit der rechten Hand an sein linkes Ohr, als im selben Moment seine Mittelhandknochen wie Konfetti durch die Luft wirbelten und ein Blutschwall wie eine Fontäne aus dem Kopf des Senators geschossen kam. Mit weit aufgerissenen Augen sackte Milton Carrington zu Boden. Der weiße Kies, mit dem die Fahrspuren der Einfahrt aufgefüllt waren, färbte sich in Sekundenschnelle blutrot. Ralph stand mit offenen Mund wie angewurzelt neben dem zu Boden gesunkenen Senator und schlug verzweifelt die Hände über dem Kopf zusammen, während das Blut seines Chefs an seinem Anzug hinunterlief. Sekunden später sah er einen dunklen Van mit hoher Geschwindigkeit auf der Straße vor dem Haus vorbeirasen.

»**Verdammte** Scheiße, Rothman, das kann ja wohl nicht wahr sein!«

Agent Brown konnte es nicht fassen. Soeben kam eine Meldung aus Dallas rein:

Ex-Marine erschießt Senator auf offener Straße. Parallelen zu New Yorker Mord?

Die haben kurz nach der Tat einen gewissen ehemaligen Staff Sergeant Dean Morisson verhaftet. Es gab einen Augenzeugen. Die Tatwaffe haben sie bereits sichergestellt. Der Mann macht jedoch bisher keine Angaben zur Tat. Angeblich kann er sich an die letzten vierundzwanzig Stunden nicht mehr erinnern.«

»Wenn der Chief das hört, dreht er komplett durch.«

»Schlimmer noch, er muss dem Kollegen Bauer Abbitte leisten. Das wird ihm genauso wenig gefallen wie uns.«

»Und was sollen wir dagegen tun?«

»Im Moment nicht viel. Wir geben die Meldung umgehend an das Büro des Chiefs weiter. Was sonst?«

Der Chief rückte verlegen auf seinem Sessel hin und her. »Gut gut, Agent Bauer, Sie haben gewonnen. Das Ganze da in Dallas wird ja wohl kein Zufall sein. Der Mist scheint durchaus mit dem Fall in New York zusammenzuhängen. Was läuft denn da? Eine Verschwörung, oder was? Kümmern Sie sich darum. Und ihr beiden Vollidioten, macht bloß, dass ihr aus meinen Augen kommt. Geht Mülleimer ausleeren oder helft alten Frauen über die Straße, Hauptsache ihr haltet euch ab sofort aus diesem Fall raus. Höre ich was anderes, reiße ich euch die hohlen Schädel von euren degenerierten Körpern!«

Der Blutdruck des Chiefs hatte mittlerweile astronomische Höhen erreicht.

»Und Agent, wenn Sie Unterstützung brauchen, die haben Sie. Was immer Sie wollen. Nur klären Sie diesen Bullshit. Von mir aus auch mit Hilfe dieses Krauts. Ist mir scheißegal. Verstanden?«

Tom konnte sich bei seinem Abgang ein leichtes Grinsen in Richtung Rothman und Brown nicht verkneifen. Aus seiner Sicht hätte es nicht erst einen weiteren Toten geben müssen, um die Sache Henderson gründlich zu untersuchen. Der Mord in Dallas hatte ihm Recht gegeben. Er konnte sich von Anfang an genauso wenig wie Jan Krüger vorstellen, dass da nicht irgendetwas faul war. Jetzt galt es, mit Hochdruck an der Aufklärung zu arbeiten, bevor der nächste Mord geschehen würde.

Nachdem Hannah und Jan Hubertus von Echternach und seine Leute über ihr Gespräch mit Carl Georg Romminger in Kenntnis gesetzt hatten, fuhren sie ins Estrel Hotel an der Sonnenallee, um dort zunächst für eine Nacht einzuchecken. Im Gegensatz zu Chief Broderick in Langley war der Berliner Polizeichef absolut der gleichen Meinung. Dieser Fall musste mit allen zur Verfügung stehenden Mitteln aufgeklärt werden. Auch er hatte erhebliche Zweifel daran, dass Rommel der Täter war, auch wenn alle Indizien das Gegenteil zu beweisen schienen.

»Da hat ihm jemand ein fremdes Ei ins Nest gelegt und hat offensichtlich Erfolg damit, ihm die Tat unterzuschieben. Wie auch immer, auf jeden Fall wird es verdammt schwierig werden, mögliche Hintermänner ausfindig zu machen.«

Die beiden hatten jetzt noch gut eine Stunde Zeit, um sich frisch zu machen. Sie bezogen ihr Doppelzimmer im sechsten Stock mit Blick zur Straße und dem kleinen Café gegenüber am Spreeufer. Als Jan unter der Dusche stand, kam Hannah ins Bad. Ihre Bekleidung bestand lediglich aus einem weißen Frotteebadehandtuch. Sie schob die Duschabtrennung zur Seite und ließ ihr Handtuch fallen. Ein Anblick, der ihm glatt die Sprache verschlug. Hannah war groß, schlank und muskulös. Über ihrem Waschbrettbauch erhoben sich zwei große feste Brüste. Ihre Haut war leicht getönt und glänzte wie Ebenholz. Sie hatte den Pferdeschwanz geöffnet, so dass ihr langes blondes Haar wie eine Löwenmähne auf ihren Schultern lag. Sie stieg hinter ihm in die Duschwanne und begann mit beiden Händen seinen Nacken zu kneten. »Zuerst müssen wir mal diese total verspannte Muskulatur lockern.«

Das heiße Wasser und die sanften Hände seiner Freundin verfehlten nicht ihre Wirkung. Selbst wenn er sich jetzt hätte umdrehen wollen, die Dusche wäre viel zu eng gewesen. Hannah arbeitete sich an Jans Rücken langsam nach unten. Dann drehte sie ihn langsam und vorsichtig um und drückte dabei mit einer Hand zärtlich seine Erektion nach oben. »Das ist ja eine verdammt hartnäckige Verspannung, da ist ja wohl eine Spezialbehandlung fällig.«

Langsam glitt sie an seinem Körper herunter auf die Knie. Jan fasste mit beiden Händen vorsichtig ihren Hinterkopf, als Hannah begann, sein bestes Stück nach allen Regeln der Kunst zu verwöhnen. Für einen Moment waren ihm die Hendersons und Romminger dieser Welt vollkommen egal. Seine ganze Aufmerksamkeit galt nur diesem einen besonderen Moment.

Hannah schoss wie vom Blitz getroffen hoch. Ihr Partner lag schlafend neben ihr. Verdammt, dachte sie, schön verpennt. Jan hatte sie aus der Dusche ins Bett getragen. Eine halbe Stunde später waren beide erschöpft, aber glücklich eingeschlafen. Sie sah auf die Uhr. Sie hatten noch gut vierzig Minuten Zeit, um Punkt sechzehn Uhr zur Besprechung im Landeskriminalamt zu sein. Sie rüttelte Jan wach. »Steh auf, du müder Krieger. Wir müssen los.«

Die beiden schlüpften eilig in Jeans, Hemd und Bluse, suchten ihre Sachen zusammen und liefen schnellen Schrittes zum Fahrstuhl. Auf dem Weg nach unten küssten sie sich noch mal leidenschaftlich. Sie waren allein im Aufzug. Als Jan den Zimmerschlüssel an der Rezeption abgeben wollte, musste er kurz warten, weil noch ein Mann vor ihm stand, offensichtlich ein Ausländer, groß, hager mit grauschwarzem Haarkranz und einer ausgeprägten Hakennase. Als der fertig war, drehte er sich um, blieb direkt vor Jan stehen und sah ihm mit festem, durchdringendem Blick direkt in die Augen. Als er ihn fragte, ob irgendwas nicht in Ordnung sei, antwortete dieser mit einem provokanten Grinsen. Wortlos quetschte er sich an Jan vorbei, rempelte ihn dabei an der Schulter.

»Hey«, rief der, »was soll denn das, Mann?«

Noch einmal schaute der Fremde sich im Gehen um und zwinkerte ihn herausfordernd an. In dem Moment kam Hannah zurück, die bereits draußen auf ihn gewartet hatte, um zu sehen, warum das alles so lange dauerte. Sie konnte beobachten, wie der Typ sich zu Jan umdrehte und offenbar eine Geste in seine Richtung machte.

»Was will der denn?« wunderte sie sich.

»Keine Ahnung. Scheint nicht ganz dicht zu sein. Irgend so'n Typ, der Streit sucht.« Hannah schüttelte den Kopf. »Egal, beeil dich, wir müssen los.«

Hannah lenkte den blauen Ford Focus Turnier Diesel, mit dem sie aus Leipzig gekommen waren, auf die Sonnenallee in Richtung Kreuzberg. Sie hatten noch etwa eine halbe Stunde Zeit, sich vor dem einsetzenden Berufsverkehr durch die stark befahrenen Straßen zu kämpfen. Nachdem sie ein paar Kilometer die Sonnenallee Richtung Zentrum gefahren waren, bogen sie auf den Zubringer zum Columbiadamm nach Kreuzberg ab. »Alle paar Meter so 'ne blöde Ampel. Ich glaub, ich packe mal das Blaulicht aufs Dach«, wohlwissend, dass das für ein Auto mit Leipziger Kennzeichen in Berlin nicht unbedingt die beste Idee war. Da kannten die Behörden keinerlei Pardon. Könnte durchaus Ärger bedeuten, das wusste Hannah. Am Platz an der Luftbrücke bogen sie in den Tempelhofer Damm ab. Schon nach wenigen Metern hatten sie die Nummer 12 erreicht. Auf der linken Seite lag das Gebäude des Landeskriminalamtes Berlin. Wenn sie jetzt noch einen Parkplatz finden würden, kämen sie gerade noch rechtzeitig.

Während Hannah verzweifelt versuchte, den Wagen in eine enge Lücke am Fahrbahnrand zu manövrieren, klingelte Jans Handy.

»Tom? Das gibt's doch gar nicht. Der traut sich was.«

Er sah überrascht zu seiner Partnerin herüber, die aber im Moment andere Sorgen hatte. Diese Kiste muss hier doch irgendwie reinpassen, dachte sie. »Was nicht passt, wird passend gemacht«, murmelte sie vor sich hin.

»Tom, ich nehme an, dass dieser Anruf inoffiziell ist.«

»Hallo Jan« ,Tom Bauer lachte kurz, kam aber gleich zum Thema. »Alles gut. Ich bin wieder in Amt und Würden, auch wenn ich das keinem besonders glücklichen Umstand verdanke.«

»Was ist passiert?«, fragte Jan.

»Wir haben leider richtig gelegen. Gestern Abend wurde in Dallas ein weiterer Politiker erschossen. Wieder war ein Heckenschütze am Werk, der sein Opfer direkt vor seinem Haus von den Beinen holte.«

»Verdammt, wo sagst du, in Dallas?«, der Polizeioberkommissar dachte kurz nach, dann platzte es aus ihm heraus: «Jimmy, der kommt aus der Nähe von Dallas. Sag jetzt nicht, dass ihr den Mann schon verhaftet habt.«

»Es ist das gleiche Muster wie in New York. Schon wenige Stunden nach der Tat haben die Kollegen einen Mann namens Dean Morisson festgenommen. Wieder Beweise zuhauf, kein Alibi und der Mann konnte sich nach seiner Verhaftung an nichts mehr erinnern.«

»Moment mal, Tom«, unterbrach er den Amerikaner. Inzwischen hatte seine Partnerin ihren Wagen mit Mühe in die enge Parklücke gequetscht.

»Hab Tom am Apparat. Geh doch schon mal vor, damit wenigstens einer pünktlich ist. Ich komme so schnell wie möglich nach.«

Hannah nickte kurz, sprang aus dem Auto und überquerte schnellen Schrittes den Tempelhofer Damm.

»Für Staff Sergeant Dean Morrison gilt das Gleiche, wie für Sergeant Jonathan Henderson. Die haben niemanden eiskalt ermordet, niemals.«

»Ich weiß, Jan, aber es wird schwierig werden, die Staatsanwaltschaft davon zu überzeugen. Im Moment haben wir ganz schlechte Karten. Wir hatten zwar mit unserer Einschätzung der Lage recht, aber das hilft uns jetzt nicht. Das einzig Positive daran ist, dass Chief Broderick mir den Fall zurückgegeben hat und diese Speichellecker Rothman und Brown aus dem Rennen sind.«

»Na ja, wenigstens etwas. Aber es gibt leider noch mehr Probleme, Tom. Ich bin im Moment in Berlin. Auch hier hat es einen Politikermord gegeben. Die absolut identische Vorgehensweise wie bei euch. Und auch dieser Täter ist ein alter Bekannter. Hauptmann Carl Georg Romminger, er sitzt bereits in Untersuchungshaft. Habe heute Morgen mit ihm gesprochen. Auch der kann sich an nichts erinnern.«

»Wahnsinn, was sollen wir jetzt machen? Ich befürchte, da wird wohl noch mehr kommen, was meinst du?«

»Weiß nicht, kann sein, wir waren zusammen mit mir sechzehn Mann in der Sondereinheit *Sniper*. Also theoretisch stehen uns noch zwölf weitere Taten bevor. Wir müssen diese Leute benachrichtigen, um sie zu warnen, wenn es nicht schon zu spät ist. Ich muss jetzt dringend in unsere Dienstbesprechung. Ich melde mich wieder.«

»Gut, lass dir aber nicht zu viel Zeit. Die haben wir im Moment nicht.«

Als Jan den Besprechungsraum betrat, richteten sich neugierige Blicke auf ihn. «Wenn man vom Teufel spricht…, herein in die gute Stube. Meine Damen und Herren, darf ich Ihnen vorstellen: Polizeioberkommissar Jan Krüger aus Leipzig, oder auch der Held von Berlin.«

»Wohl doch etwas zu viel der Ehre, Hubertus. Ich bin alles, nur sicher kein Held. Und den Fall hier letztes Jahr haben wir zusammen im Team gelöst, alle haben einen hervorragenden Job gemacht.«

Jan zählte fünfzehn Personen in der Runde, zu viel, um alle mit

Handschlag zu begrüßen. Deshalb nickte er allen freundlich zu und klopfte kurz als Zeichen der Begrüßung mit den Fingerknöcheln zweimal hintereinander auf den Tisch. Danach informierte er die Anwesenden kurz und knapp, was geschehen war.

»In Absprache mit meinem Kollegen Wawzryniak aus Leipzig habe ich dem Kollegen Krüger die Einsatzleitung in diesem Fall übertragen. Er wird gleichzeitig als Verbindungsmann zur CIA fungieren, da die Tat wahrscheinlich in unmittelbarem Zusammen-hang zu denen in den USA steht. Ich möchte sie bitten, Herrn Krüger jederzeit Ihre volle Unterstützung zu geben. Die Polizeihauptkommissarin Dammüller wird als Stellvertreterin der Einsatzleitung bestimmt. Sollte es, wie ich nicht hoffe, zu Unstimmigkeiten kommen, werde ich mich direkt einschalten. Ansonsten halte ich mich im Hintergrund, möchte aber jederzeit über den Stand der Ermittlungen in Kenntnis gesetzt werden. Gibt es Fragen?«

Die Polizisten blickten kopfschüttelnd in die Runde, und als sich niemand meldete, fuhr von Echternach fort: »Das ist offensichtlich nicht der Fall. Dann an die Arbeit Kollegen, es gibt viel zu tun.«

Jan und Hannah baten die Mitarbeiter am nächsten Morgen um neun Uhr zur Dienstbesprechung und verließen das Landeskriminalamt.

»**Wir** müssen zuerst mit Rommels Frau sprechen. Bleibt danach noch Zeit, knöpfen wir uns diesen Psychologen vor. Wenn wir wieder im Hotel sind, schicke ich Tom die Liste samt Fotos rüber. Die sind sechs Stunden zurück, können dann noch einiges erledigen.«

»Weißt du, wo wir seine Frau finden?«, fragte Hannah.

»Laut Internet gibt es nur einen Innenarchitekten in Charlottenburg, in der Kant-straße, glaube ich.«

»Sollen wir anrufen?«

»Nein, wir fahren sofort hin. Am besten ist, wenn wir sie direkt antreffen, dann kann sie nicht ausweichen.«

»Vielleicht weiß sie noch gar nichts«, mutmaßte Hannah.

»Ich gehe davon aus, dass man nach Rommels Inhaftierung seine Frau angerufen hat. Das ist die übliche Vorgehensweise. Aber gleich wissen wir hoffentlich mehr.«

Das Ausparken fiel Hannah wesentlich leichter, die Parklücke vor

ihr war jetzt unbesetzt. Als Jan sich auf dem Beifahrersitz nieder-
ließ, zeigte ihm sein Handy eine neue Nachricht an: *Habe Steven
in Marsch gesetzt. Kommt noch heute Nacht aus Frankfurt nach
Berlin. Er meldet sich. Gruß, Tom.*
»Wusste gar nicht, dass der überhaupt wieder in Deutschland ist.«
»Wer?«
»Steven kommt. Er wird uns unterstützen.«
Hannah sah zu Jan herüber, der sich offensichtlich sehr über diese
Nachricht freute. Steven Goldblum arbeitete für die CIA als Com-
puterexperte. Zu seinem Spezialgebiet zählte vor allem die Abhör-
technik. Sein Equipment befand sich technisch immer auf dem
neuesten Stand. Die zwei Worte *Geht nicht* gehörten nicht zu Stevens Sprachgebrauch. Er hatte Erfahrung in der Terrorbekämpfung
und hatte letztes Jahr in Leipzig einen überragenden Job gemacht. Steven Goldblum war kompetent, loyal und verlässlich.
Während ihrer Zusammenarbeit hatte sich eine echte Freundschaft
zwischen Hannah und Jan auf der einen und Steven auf der anderen Seite entwickelt. Eine willkommene Verstärkung, dachte Jan,
während Hannah ihren Dienstwagen Richtung Charlottenburg
steuerte.

Rauhner und Aldach firmierten in einer alten Villa in der Kantstra-
ße in Charlottenburg. Das alte Gebäude war aufwendig restauriert
worden und machte einen sehr gepflegten Eindruck.
»Schick, schick«, entfuhr es Hannah, als sie vor dem Haus hielten.
»Hätte ich auch gern. Kann diesen Neubauten nicht viel abgewin-
nen. Alles viel zu steril und eintönig.«
Als sich beim ersten Klingeln niemand meldete, deutete sie auf das
Schild neben der Tür. *Öffnungszeiten Mo - Fr von 9:00 - 17:00 Uhr.*
»Sind wir wohl ein halbes Stündchen zu spät dran, aber da steht
noch ein Auto in der Einfahrt. Hier befindet sich wohl auch nur das
Büro. Die wohnen offensichtlich irgendwo schön im Grünen.«
»Versuch's noch mal, vielleicht haben wir ja Glück.«
Als Jan gerade ein zweites Mal auf den Klingelknopf drücken woll-
te, öffnete eine Frau die Eingangstür. Sie trug in jeder Hand eine
Tasche, wollte offenbar gerade Feierabend machen.
»Oh, entschuldigen Sie, gnädige Frau«, Jan hielt ihr die Tür auf.

Die Frau stellte ihre Taschen ab. »Wir haben leider schon geschlossen.«

»Ja, das haben wir auch gerade gesehen. Wir haben auch nur eine Frage: Kennen Sie hier vielleicht eine Frau Romminger?«

Hannah bemerkte sofort, wie die Frau plötzlich ihre Antennen ausfuhr.

»Wieso fragen Sie? Wer sind Sie?«

»Oh, bitte verzeihen Sie, dass wir uns noch nicht vorgestellt haben. Krimimalpolizei. Mein Name ist Krüger, das ist meine Kollegin Frau Dammüller.«

Die Frau musterte Jan von oben bis unten.

»Sie kommen mir bekannt vor, Herr Krüger. Haben Sie mal etwas mit meinem Mann zu tun gehabt?«

»Frau Romminger?« fragte Jan.

»Ja, ist was mit meinem Mann?«

Offensichtlich war Rommels Frau doch noch nicht informiert worden, dachte Jan und sah Hannah hilfesuchend an.

»Könnten wir vielleicht für ein paar Minuten reinkommen?«, fragte Hannah freundlich.

»Ja, natürlich, aber was ist denn? Es ist ihm doch hoffentlich nichts zugestoßen? Die Kriminalpolizei kommt doch nicht einfach nur mal eben so vorbei.«

Frau Romminger führte die zwei Polizisten durch den Flur vorbei an einer großen, im modernen Look gestylten Rezeption, in ein Besprechungszimmer. Neben der Tür hing ein Schild mit der Aufschrift *Gotik*. Die Tür gegenüber führte in das Zimmer *Barock*.

»Bitte nehmen sie Platz«, bemühte sich Frau Romminger um Höflichkeit. Hannah und Jan setzten sich nebeneinander an einen großen, runden Mahagonitisch, der in der Mitte des Raumes stand. Darauf thronte ein riesiger, antiker Kerzenleuchter. Die Stühle waren ebenfalls aus massivem Edelholz und mit großen Sitzkissen angenehm gepolstert.

»Ihr Mann wurde gestern festgenommen. Ihm wird vorgeworfen, einen Politiker erschossen zu haben.«

»Was sagen Sie da? Um Gottes willen!«, rief Rommels Frau entsetzt. »Das ist doch vollkommen unmöglich.«

»Leider nicht«, übernahm Hannah, »es gibt eine Reihe stichhaltiger Beweise.«

»Besitzt Ihr Mann Waffen?«, wollte Jan wissen.

»Nein, so viel ich weiß, nicht. Es sei denn, er hat sie vor mir versteckt.«

»Seit wann leben Sie von Carl Georg getrennt?«

»Im Grunde genommen tun wir das ja gar nicht. Ich bin fast jeden Tag zu Hause und kümmere mich um ihn. Allein käme er wohl kaum zurecht.«

Jan nickte verständnisvoll. Um dann aber nachzuhaken.

«Ihr Mann hat mir angedeutet, dass Sie ein Verhältnis mit einem ihrer Chefs haben?«

»So einen Blödsinn kann auch nur Carl von sich geben. Wir waren in einer schwierigen Lage. Wegen der Kinder haben wir nach dem Umzug aus Stuttgart dieses Reihenhaus gekauft. Ich hatte ihn gewarnt, dass die finanzielle Belastung zu groß sei und wir uns erstmal eine Wohnung mieten sollten. Aber er war der Meinung, dass wir das schaffen können. Das Problem war, dass er einfach keine Arbeit fand. So musste *ich* halt sehen, dass Geld ins Haus kam. Nachdem ich meinen Job in einem Maklerbüro wegen Stellenabbaus verloren hatte, war ich froh, dass Herr Aldach mich als seine persönliche Assistentin eingestellt hat. Ich bin fünfundfünfzig Jahre alt, Herr Krüger, der hätte sich auch eine wesentlich jüngere und attraktivere Dame suchen können.«

»Was haben Sie denn hier für Aufgaben?«, fragte Hannah nach.

»Vormittags bin ich bei Herrn Aldach zu Hause und erledige seinen Haushalt. Ab Mittag arbeite ich dann hier im Büro und kümmere mich um den Empfang.«

»Damit haben Sie meine Frage aber noch nicht beantwortet. Haben Sie ein Verhältnis mit Ihrem Chef?«

»Ja«, antwortete Frau Romminger sichtlich genervt, «und zwar ein rein dienstliches. Herr Aldach ist ein Gentleman, wie man ihn nur noch selten findet. Ansonsten läuft zwischen uns gar nichts, wenn Sie's genau wissen wollen.«

»Ihr Mann ist da offensichtlich anderer Meinung«, hakte Hannah nach.

»Ja, er glaubt mir nicht. Deshalb haben wir uns ja immer wieder gestritten. Herr Aldach hat mir angeboten, dass ich ab und zu in seinem Gästezimmer übernachten darf, wenn es zu Hause Ärger gibt.«

»Und dieses Angebot haben Sie angenommen?«

»Das habe ich. Sonst hätte unser Streit dazu geführt, dass ich auch diese Stelle verloren hätte. So können wir wenigstens unsere Raten für Haus und Auto bezahlen.« Jan sah der Frau fest in die Augen. »Frau Romminger, was kann Carl dazu veranlasst haben, auf diesen Mann zu schießen? Haben Sie dafür eine Erklärung?«

Sie schüttelte den Kopf. »Wissen sie, diese ganze Geschichte da in Afghanistan hat ihm sehr zu schaffen gemacht. Zuerst träumte er nur davon, wachte nachts oft schweißgebadet auf. Später war er dann auch tagsüber manchmal wie weggetreten, war teilweise nicht ansprechbar. Er lebte dann in einer ganz anderen Welt. Das ist erst etwas besser geworden, seitdem er regelmäßig zu diesem Psychologen geht.«

»Carl ist in ärztlicher Behandlung?«

»Ja, er geht zweimal die Woche zu seinen Sitzungen.«

»Können Sie uns Name und Adresse des behandelnden Arztes nennen?«

»Ja, natürlich: Dr. Sapourzadeh. Ein unglaublich netter Mensch. Wenn es meinem Mann nicht gut geht, kommt er sogar zu uns nach Hause. Er kümmert sich wirklich gut um Carl.«

Hannah und Jan warfen sich einen vielsagenden Blick zu. Dieser Mann war der letzte, an den sich Carl vor seiner Tat erinnerte. Er hatte sich mit ihm den Abend zuvor auf der Geburtstagsfeier intensiv unterhalten und ihn dann nach Haus fahren lassen. Vielleicht hatte er Carl sogar selbst gefahren.

»Gut, Frau Romminger, dann danken wir Ihnen zunächst für Ihre Hilfe.«

»Jetzt weiß ich wieder, wo ich Sie gesehen habe. Sie sind doch auf diesen Fotos in Carls Zimmer. Waren Sie auch in Afghanistan?«

»Ja, und deshalb weiß ich ganz genau, dass Carl kein Mörder ist.«

Hannah und Jan verabschiedeten sich und stiegen in ihren Wagen. Es war bereits kurz nach neunzehn Uhr. Jetzt noch zu diesem Psychologen zu fahren, war eh zu spät. Außerdem wartete Tom dringend auf die Liste.

»Lass uns zurück ins Estrel fahren. Steven wird sicher bald da sein. Ein ausgiebiges Abendessen wäre jetzt auch nicht die schlechteste Idee.«

»Guck mal unauffällig nach links«, flüsterte Hannah, als sie ihren Opel aus der Parklücke manövrierte. Auf der gegenüberliegenden Straßenseite parkte eine schwarze Mercedes-Limousine. Auf dem Gehsteig dahinter hatten sich zwei finstere Gestalten aufgebaut. Die beiden dunkel gekleideten Typen starrten zu den Polizisten herüber.

»Was sind das denn für Vögel? Die sehen ja zum Fürchten aus«, entfuhr es Jan.

»Fast genauso, wie der Typ vorhin im Hotel«, ergänzte Hannah.

»Da stimmt doch was nicht. Die beschatten uns. Fahr los, mal sehen, ob die uns folgen.«

Tatsächlich heftete sich der Mercedes während der Rückfahrt an die Stoßstange ihres zivilen Dienstwagens.

»Die geben sich nicht mal Mühe, unauffällig zu bleiben« , bemerkte Hannah.

»Nein, ihre Präsenz ist beabsichtigt. Sie wollen uns zeigen, dass sie uns im Auge haben.«

»Was sind das für Typen, was wollen die?«

»Irgendjemand gefällt wohl nicht, was wir hier machen.«

»Dem Aussehen nach drängt sich mir ein bestimmter Verdacht auf«, meinte Hannah, wohl wissend, dass sie gerade ein Vorurteil bediente.

»Keine Frage«, bestätigte Jan, »scheint so, als wenn die Al Kaida wieder ihre Scouts schickt, um mich zu beobachten. Aber ebenso gut kann das natürlich auch mit unserem aktuellen Fall zu tun haben.«

»Wir sind gleich da, soll ich auf der Hauptstraße bleiben?«, fragte Hannah.

»Nein, nicht nötig. Die wissen sowieso, wo wir hinwollen. Halt direkt vor dem Haupteingang. Wenn die dann noch hinter uns sind, werde ich mir die Typen mal vorknöpfen.«

Als Hannah von der Sonnenallee zum Hotel abbog, fuhren die Verfolger geradeaus weiter, nicht ohne ihnen einen letzten finsteren Blick zuzuwerfen.

»Am Abend vor der Tat wurde Johnny Henderson in seiner Stammkneipe von zwei unbekannten Männern angesprochen. Sie luden ihn zum Bier ein und fuhren ihn anschließend nach Hause. Der Wirt beschrieb sie als südländische Typen, Puertoricaner oder Italiener vielleicht.«

»Oder Araber, wie unsere beiden Verfolger eben hier«, warf Hannah ein.

»Möglich. Jedenfalls sieht es so aus, als gäbe es tatsächlich Hintermänner für diese Taten.«

»Aber wie haben die deine Männer dazu gebracht, andere Leute zu erschießen? Geld? Erpressung? Massive Drohungen?«

»Ich hab keine Ahnung. Was ich weiß ist, dass alle drei Männer nicht so einfach jemanden umbringen würden. Außerdem könnten alle mit irgendwelchen Drohungen oder Erpressungsversuchen durchaus umgehen, denke ich. Das sind knallharte Burschen, Hannah, die wüssten sich schon zur Wehr zu setzen.«

»Also Geld. Du hast selbst gesagt, wie schwer es ehemalige Soldaten haben, nach ihrer Dienstzeit wieder Fuß in der Gesellschaft zu fassen. Da sind sie vielleicht doch dieser Verlockung unterlegen und haben sich als Auftragskiller anheuern lassen.«

Diese Äußerung gefiel Jan überhaupt nicht. Entsetzt sah er seine Freundin an.

»Das solltest du nicht mal denken. Vollkommen ausgeschlossen. Diese Männer haben Charaktereigenschaften, die du heutzutage mit der Lupe suchen kannst. Sie verfügen über einen ausgeprägten Gerechtigkeitssinn. Sie sind ehrlich, loyal und hilfsbereit. Und vor allem nicht käuflich.«

»Das stelle ich ja gar nicht in Frage«, ruderte Hannah zurück, »aber aus irgendeinem Grund haben sie auf ihre Opfer geschossen. Oder glaubst du allen Ernstes, dass die Beweise alle gefälscht worden sind? Es gibt Videoaufnahmen, Fingerabdrücke, Zeugenaussagen. Kann man das alles fingieren, ohne dass es das FBI, die CIA oder das BKA herausbekommen?«

»Ich denke nicht. Andererseits steht absolut fest, dass die Männer niemals so dämlich wären, Spuren zu hinterlassen. Auf eine bestimmte Art und Weise sind sie ja regelrecht vorgeführt worden.«

Seine Freundin und Kollegin zuckte mit den Schultern. »Nein, wohl kaum. Aber was steckt dann verdammt noch mal dahinter? Wieso können sich alle drei Männer ihrer Aussage nach nicht an die Tat erinnern? Sind da vielleicht Drogen im Spiel?«

»Wie gesagt, ich habe keine Ahnung, jetzt müssen wir zunächst versuchen, weitere Taten zu verhindern. Dazu muss ich Tom schleunigst die Namensliste schicken.«

Jan saß im Hotelzimmer und arbeitete an seinem Laptop .

»Kannst du dich nach mehr als zehn Jahren noch an alle erinnern?«, wollte Hannah wissen.

»Denke schon, aber ich habe natürlich alles auf Festplatte gespeichert. In Wort und Bild. Jeden einzelnen Mann mit persönlichen Daten, Dienstgrad und Spitznamen. Diese Männer werde ich niemals vergessen. Ihnen habe ich zu verdanken, dass ich noch lebe.«

Sondereinheit _Sniper_ Afghanistan 2001:
Kommandant: Major Jan Krüger, Deutschland

- Captain James Alexander »Alex« **Dumont,** Kanada

- Captain Steven »Howie« **Howard,** USA

- Captain Sebastien »Basti« **Romanier,** Frankreich

- Hauptmann Carl Georg »Rommel« **Romminger,** Deutschland

- First Lieutenant Warren »Fish« **Fisherman,** USA

- Second Lieutenant Morgan »Frank« **Lampart,** Großbritannien

- Hauptfeldwebel Thomas »Dolph« **Ritter,** Deutschland

- Master Sergeant Maynard »Devil« **Deville,** USA

- Staff Sergeant Dean »Jimmy« **Morisson,** USA

- Sergeant Jonathan »Johnny« **Henderson,** USA

- Sergant Pierre Louis »Lui« **Arnoud,** Frankreich

- Sersjant Jan Aage »Hägar« **Quist,** Norwegen

- Sersjant Olebjörn »Olli« **Dahl,** Norwegen

- Sergant Tim Poul »Pauli« **Verhuysen,** Belgien

- Sergant Kees »Cheese« **Schuitemans,** Niederlande

»**Danke,** Jan«, meldete sich Tom Bauer sofort nach Eingang des wichtigen Papiers.

»Ich kümmere mich sofort um die Amerikaner sowie um unseren kanadischen Kollegen. Du kannst Steven damit beauftragen, die Europäer ausfindig zu machen und zu informieren. Das ist für ihn ein Kinderspiel.«

»Soweit ich mich erinnere, kommt Alex Dumont aus Toronto, sein Vater führte dort ein Waffengeschäft. Ich denke, dass Alex nach Ende seiner Dienstzeit dort eingestiegen ist. Captain Howard ist meines Wissens nach immer noch in der Army. Müsste jetzt mindestens Colonel sein. Er stammt aus Pittsburgh, Pennsylvania. Wo er jetzt stationiert ist, solltest du leicht herausfinden. Warren Fisherman lebte zuletzt in Chicago. Nach seiner Rückkehr wollte er heiraten und in die Firma seines Schwiegervaters einsteigen. Maynard Deville ist, soviel ich weiß, nach Australien ausgewandert. Sein Traum war immer, eine eigene Farm zu besitzen. Er stammte irgendwo aus einem kleinen Nest in Wyoming. Den zu finden, wird nicht so einfach sein.«

»Mach dir da mal keine Sorgen. Wir werden alle ausfindig machen, so schnell es eben geht. Ist Steven schon eingetroffen?«

»Nein, aber sobald er hier ist, stürzen wir uns in die Arbeit.«

»Gut, wir sprechen, sobald es Neuigkeiten gibt.«

Steven Goldblum hatte seinen Wagen gerade vor dem Estrel Hotel abgestellt, als er die rote Signallampe am Armaturenbrett aufleuchten sah. Er ging nach hinten und setzte sich vor den Computerbildschirm, während er gleichzeitig seine Kopfhörer aufsetzte. Er drückte die Enter-Taste. Das Konterfei von Tom Bauer erschien auf dem Bildschirm:»Hi, Steven. Bist du schon im Hotel?«

»Ja, bin gerade angekommen.«

»Also hast du mit den beiden noch nicht gesprochen?«

»Nein, noch nicht«, antwortete Steven.

»Wir haben nämlich bereits das nächste Problem. Dieser Warren Fisherman ist nicht auffindbar. Die Beamten in Chicago setzen momentan alle verfügbaren Kräfte ein, ihn aufzuspüren. Wir haben in Erfahrung bringen können, dass er sich gestern Abend mit ein paar Leuten getroffen hat. Darunter auch mit einem Jordanier, der in Chicago als Arzt arbeitet. Nicht ausgeschlossen, dass Fisherman noch heute irgendwo zuschlägt. Sowohl Henderson in New York, als auch dieser Morisson in Dallas sind unmittelbar vor ihren Taten mit ähnlichen Leuten gesehen worden.«

»Und du glaubst, dass diese Typen die jeweiligen Hintermänner sind?«

»Das wissen wir nicht. Fakt ist, dass im Zusammenhang mit allen bisherigen Taten wie aus dem Nichts irgendwelche dubiosen Figuren aufgetaucht sind, die möglicherweise der Terrorszene zuzuordnen sind.«

»Also vermutet ihr, dass die Täter von Terroristen angeworben worden sind?«

»Jan hält das für ausgeschlossen. Ich bin mir da nicht so sicher. Aber momentan ist es zu früh für irgendwelche Mutmaßungen. Klar ist nur, dass die Erfahrung uns gelehrt hat, dass jeder käuflich ist. Dagegen spricht aber, dass weder bei Henderson noch bei Morisson oder Romminger größere Geldbeträge gefunden werden konnten.«

»Okay, dann werde ich jetzt erstmal einchecken und dann mit den beiden reden.«

»Tu das. Um zweiundzwanzig Uhr Ortszeit treffen wir uns zur Videokonferenz. Bis dann.«

Der Bildschirm wurde dunkel, Steven nahm seine Kopfhörer ab und machte sich auf den Weg ins Hotel.

Warren Fisherman war wütend. Dieses Schwein hat uns kaputtgemacht. Wir haben für unser Land gekämpft, unser Leben riskiert und einige von uns sind nur noch in großen, braunen Kisten nach Hause zurückgekehrt, war er außer sich. Zehn Schuss Salut am Flughafen, ein paar belanglose Worte und 'ne sauber gefaltete Staatsflagge für die Ehefrauen, das war's dann, dachte er. Und dieser Typ spricht von notwendigen Opfern und Kollateralschäden? Wie kann man einen toten Soldaten als Kollateralschaden bezeichnen?, schüttelte er den Kopf. Soll der doch mal die Angehörigen fragen, dieser feine Herr. Und wenn die Soldaten dann nach Hause zurückkehren, werden sie behandelt wie Aussätzige. Der Staat kümmert sich einen Dreck um die Veteranen. Der Mohr hat seine Schuldigkeit getan, der Mohr kann gehen? Soll doch jeder selbst sehen, wie er klar kommt. Die einzige vernünftige Lösung ist, dass die Regierung den Heimkehrern hilft, Jobs zu finden, um wieder ins normale Leben zurückzufinden. Ist eben nicht so ganz einfach, wenn ich mich mit meinem Nachbarn, dessen Wurzeln sich im Libanon, in Syrien oder sonst wo im Nahen Osten befinden, nett unterhalten soll, wenn ich ein paar Wochen vorher irgendwo im Irak 'ne Kugel gefangen habe, oder mit ansehen musste, wie meine Kameraden in Afghanistan durch einen Sprengstoffanschlag in Stücke gerissen worden. Nein, so nicht, Herr Senator, so nicht! Was haben wir da unten eigentlich zu suchen? Worum geht es der Regierung eigentlich bei diesen sinnlosen Militäreinsätzen? Tausende junge Amerikaner sind dort im Wüstensand elendig verreckt. Wofür? Für nichts, für rein gar nichts. Und dieser Typ, der überhaupt keine Ahnung davon hat, was da unten los ist, will, dass diese sinnlosen Kriege weitergeführt werden? Soll der doch selbst 'ne Knarre in die Hand nehmen, da runterfahren und kämpfen. Aber dafür ist dieses Schwein natürlich viel zu feige, dachte Warren. Er zog ein Foto von Senator Andrew Coleman aus seiner Brusttasche, das seine »Freunde« ihm zugesteckt hatten und starrte den Mann wütend an. Dir werde ich schon das Handwerk legen, darauf kannst du wetten, nahm er sich vor.

Der schwarze Cadillac hielt direkt auf dem Parkplatz des Golfclubs am südlichen Stadtrand von Chicago. Der »Illinois Star-Club« war in eine wunderbare Parklandschaft integriert und besaß eine großzügige, gepflegte 18-Loch Anlage, die zu den schönsten Golfplätzen in den USA gehörte. Der Beitrag betrug saftige 18.000 Dollar im Jahr. Für die Mitglieder, die hier regelmäßig am Abschlag standen, nicht mehr als ein Taschengeld.

»Du weißt, was du zu tun hast. Töte dieses verfluchte Schwein. Er ist dein Feind. Lösch ihn aus. Du wirst sehen, danach wird es dir viel besser gehen.«

Warren Fisherman stieg aus dem Wagen, ging herum zum Kofferraum, der sich elektrisch öffnete und holte einen braunen Sack heraus. Mit seiner karierten Golfhose und dem grauen Kaschmirpullover fiel er niemandem sonderlich auf. Auch nicht, als er den Haupteingang links liegen ließ und sich an der Südseite der Anlage westlich am Zaun entlang bewegte. Nach einigen hundert Metern blieb er stehen, vergewisserte sich, dass niemand in der Nähe war, zog einen Bolzenschneider aus der Golftasche und durchschnitt den Maschendrahtzaun. Er bahnte sich den Weg durch die dichten Anpflanzungen einen künstlich angelegten Hügel hinauf. Nach etwa hundert Metern hatte er die höchste Stelle erreicht. Vorsichtig schob er das Blattwerk zur Seite. Von hier aus hatte er einen atemberaubenden Blick auf das ganze Territorium. Eine Augenweide. In einer so schönen Umgebung zu sterben, hatte dieser Hurensohn eigentlich gar nicht verdient. Warren sah auf die Uhr. Es war 14.45 Uhr. Die Gruppe, in der sich der Senator befand, hatte gerade Loch sieben erreicht. Der Ex-Marine nahm sein Gewehr aus dem Sack, schraubte den Schalldämpfer auf und befestigte das Zielfernrohr. Die Entfernung zum Zielobjekt betrug exakt dreihundertfünf Meter. Die Sicht war hervorragend, es war nahezu windstill. Beste Bedingungen. Diesen Schuss könnte selbst ein blutiger Anfänger abfeuern, dachte Warren. Sein Auftrag lautete, den Senator zu liquidieren und so schnell wie möglich wieder zum Parkplatz zurückzukehren. Ihm war aufgetragen worden, nicht nach den Patronenhülsen zu suchen. Das würde deutlich zu lange dauern. Nach der Tat hätte er maximal zwei Minuten Zeit, um zu verschwinden. Daran müsste er sich zwingend halten.

Als Hannah gerade die Eingangshalle Richtung Toilette durchquerte, bemerkte sie an der Rezeption einen großen, schlanken Mann in einem braunen Trenchcoat, der einen kompakten Rollkoffer haltend sich gerade mit der Empfangsdame unterhielt. Sie erkannte ihn sofort. Allein seine etwas nach vorn gebeugte Körperhaltung und die einnehmende Art und Weise, in der er mit der Frau sprach, ließen keinen Zweifel zu.

»Steven, mein Freund, schön dich zu sehen«, rief Hannah schon von weitem.

»Hannah, du siehst wie immer umwerfend aus. Lass dich umarmen.«

Die beiden nahmen sich freundschaftlich in den Arm und Steven drückte ihr einen dicken Kuss auf die Wange.

»Wo ist denn der Schwarze Drache?«, fragte er, wie immer zum Scherzen aufgelegt.

»Der sitzt mit einem Bärenhunger im Restaurant und wartet auf sein blutiges fünf Kilo Steak.«

Steven lachte herzlich auf. »Das hätte ich jetzt auch gern und dazu mindestens einen halben Liter deutsches Bier. Ich bring kurz meine Klamotten auf's Zimmer und mach mich ein bisschen frisch, wenn's recht ist.« Er gab Hannah noch einen Kuss und verschwand in den Aufzug.

»**Irgendwo** ist uns doch allen klar, dass diese Geschichte noch nicht beendet ist. Die werden alles tun, um dich endlich aus dem Weg zu räumen. Diese Fanatiker werden wahrscheinlich niemals Ruhe geben«, meinte Steven.

»Du glaubst, dass das hier alles mit mir zu tun hat?«, fragte Jan.

Steven nickte: »Diese Verbrecher benutzen deine Leute, um dich fertigzumachen. Die kennen dich. Die wissen, dass du dich in jede Gefahr der Welt begeben würdest, um deinen Männern zu helfen. Und so ist es ja auch. Für deine Jungs würdest du selbst bis in die Hölle gehen, um sie da rauszuholen.«

Hannah stimmte dem zu: »Du hast den Nagel auf den Kopf getroffen. Aber bis jetzt fehlen uns jegliche Beweise, die Terroristen mit den Taten dieser Männer in Verbindung zu bringen.«

»Die Frage ist doch, warum die dann nicht weiterhin versuchen, mich auf direktem Wege umzulegen. Das ist doch für einen einzigen Mann ein viel zu großer Aufwand. Und wie bewerk-stelligen die, dass die Jungs einfach mal so einen Politiker auf offener Straße erschießen? »

Steven zuckte mit den Achseln. »Keine Ahnung. Fakt ist, dass diese Halunken auch die anderen Männer deiner Einheit nicht gerade lieben und sie ebenfalls töten wollen. Das wird der Grund sein, wieso sie die Spuren nicht verwischen. Sie liefern unsere Leute quasi frei Haus ans Messer. Im Grunde ist ihr teuflischer Plan aufgegangen: Sie benutzen die Männer, die gegen sie gekämpft haben, als Waffe gegen Politiker des ihnen so abgrundtief verhassten Amerikas.«

»Aber warum lassen ausgebildete, hochintelligente Elitesoldaten so was mit sich machen? Das passt doch hinten und vorne nicht zusammen. »

Steven dachte einen Moment lang nach. «Wer sagt denn, dass sie das mit sich machen lassen. Es wird womöglich sogar gegen ihren Willen geschehen.«

Hannah und Jan sahen Steven fragend an.

»Sagt euch der Begriff MK-Ultra was?«

Beide schüttelten den Kopf.

»Nie gehört«, erwiderte Jan.

»Schon während des zweiten Weltkrieges arbeitete die CIA im Auftrag der Regierung an einem Programm, Techniken zu entwickeln, mit denen man in der Lage sein würde, Menschen durch Hypnose zu manipulieren und sie zu veranlassen, Straftaten zu begehen«, erklärte Steven. »MK-Ultra beschäftigte sich mit der sogenannten Gehirnwäsche. Man wollte herausfinden, inwieweit es möglich ist, Menschen gegen ihren Willen dazu zu bewegen, andere zu töten. Im Klartext: Die Regierung wollte Killermaschinen erschaffen, denen nach der Tat jegliches Erinnerungsvermögen abhanden kommt.«

»Doch, jetzt erinnere ich mich. So weit ich weiß, hat das aber nie zu irgendeinem brauchbaren Ergebnis geführt. Und selbst, wenn die CIA mit den Millionen der Regierung an einem solchen Programm gearbeitet hat, heißt das ja noch lange nicht, dass die Terroristen mittlerweile im Besitz derartiger Fähigkeiten sind. Ich denke, das ist alles mehr Fiktion als Realität, Steven. Mit Verlaub, da hast du wohl 'nen Bond-Film zu viel gesehen.«

Steven lachte. «Mag sein, aber unmöglich ist das alles trotzdem nicht. Ein anderer Ansatz wäre natürlich auch, dass die Republikaner dahinter stecken. So eine kleine Anschlagsserie auf Senatoren der eigenen Partei macht sich ein halbes Jahr vor den Präsidentschaftswahlen auch nicht schlecht. Die Demokraten sind strikt gegen die Fortführung des Afghanistan-Krieges. Die vermeintlichen Mörder der repu-blikanischen Politiker könnten ja ohne weiteres im demokratischen Lager vermutet werden. Und dass die U.S.-Geheimdienste von den Republikanern beherrscht werden, ist kein Geheimnis. Wie weit die gehen würden, um die Konservativen wieder an die Macht zu bringen, müssen wir wohl nicht diskutieren. Die Sache wäre auf jeden Fall weniger auffällig, als ein direkter Anschlag auf Barack Obama durch von den Republikanern gekaufte Auftragskiller.«

»Was wir noch gar nicht richtig in Betracht gezogen haben«, schaltete sich Hannah ein, »ist, dass ein paar deiner Männer tatsächlich soviel Hass auf die Politiker entwickelt haben, dass sie die getötet haben. Menschen verändern sich. Es ist über zehn Jahre her, dass du mit ihnen Seite an Seite in Afghanistan gekämpft hast. Du hast selbst von Henderson gehört, welcher Frust dem auf der Seele lag. Möglicherweise haben sich da ein paar von den Jungs gegenseitig hochgeschaukelt. Schließlich ist die Lage eskaliert.«

»Mag sein, aber wieso haben sie sich dann nach ihren Taten gestellt? Anders kann und will ich das gar nicht formulieren. Wenn Elitesoldaten, wie Johnny Henderson oder Rommel, einen Mord begehen würden, dann würde die Polizei bis zur nächsten Eiszeit suchen und nicht mal den Ansatz einer Spur entdecken. Das macht alles keinen Sinn«, sagte Jan.

»Ist auf jeden Fall, kaum zu erklären. Kann aber auch sein, dass sie explizit wollen, dass die Öffentlichkeit erfährt, wer die Täter sind, um auf ihre Sache aufmerksam zu machen. Wenn die Leute glauben würden, die Senatoren wären irgendwelchen fanatischen Verbrechern zum Opfer gefallen, würde niemand auf die Problematik aufmerksam, für die sie sich einsetzen. Dafür mussten sie sich selbst opfern. Was offenbar in ihrer misslichen Lage ohne Aussicht auf eine Zukunft mit sicherem Arbeitsplatz und harmonischem Familienleben kein Problem für sie dargestellt hat« , stellte Steven fest.

»Wie auch immer. Auf jeden Fall müssen wir zuerst mal dafür sorgen, dass die anderen Männer der Einheit gewarnt werden. Ich werde nachher versuchen, Tom Ritter zu erreichen. Er war neben mir und Rommel der einzige Bundeswehrsoldat bei den *Snipern*. Und spätestens ab morgen früh musst du die anderen in Europa lebenden Männer der Einheit kontaktieren. Die Liste bekommst du gleich. Hannah und ich fahren ins Landeskriminalamt und besprechen mit Hubertus von Echternach die weitere Vorgehensweise. Danach knöpfen wir uns mal diesen iranischen Psychologen vor, bei dem Rommel in Behandlung ist.«

Der Ober brachte für Jan und Steven zwei große Biere und ein Glas Rotwein für Hannah.

»Aber jetzt stoßen wir erstmal auf unser Wiedersehen an. Auf das wir genauso erfolgreich zusammenarbeiten wie letztes Jahr in Leipzig.«

Jan erhob sein Glas und prostete Hannah und Steven zu.

»**Das** ist ja eine Überraschung, Herr Major. Wenn Sie wieder eine neue Sondereinheit aufstellen, ich bin sofort dabei«, scherzte der ehemalige Hauptfeldwebel.

»Keine Angst, Tom, ich will dich nicht anheuern. Die Zeiten haben wir ein für allemal hinter uns, denke ich. Wie geht's dir, mein Lieber?«

»Danke der Nachfrage, Jan, mir und meiner Familie geht es gut. Aber du rufst mich doch nicht spät abends wie aus heiterem Himmel an, um dich nach meinem Befinden zu erkundigen?«

Jan lachte. «Na ja, ich wollte mal hören, was du so treibst. Aber du hast natürlich recht. Es gibt einen triftigen Grund für meinen Anruf. Rommel wurde vorgestern in Berlin verhaftet. Er soll einen Bundestagsabgeordneten erschossen haben.«

»Wie bitte, der Mord in Berlin, das soll Rommel gewesen sein? Ein schlechter Scherz zu später Stunde?«

»Leider nicht. Es bestehen kaum Zweifel, dass er die Tat begangen hat. Trotzdem glaube ich, dass er unschuldig ist.«

»Moment, du sagst, er hat den Mann mit ziemlicher Sicherheit getötet, aber du zweifelst an seiner Schuld?«

»Hört sich merkwürdig an, ich weiß, aber es gibt einen Unterschied zwischen Schuld und Schuldfähigkeit.«

»Du meinst, irgendjemand hat ihn dazu gebracht, diese Tat auszuführen?«

»So in etwa, ist momentan schwer zu greifen, das ist mir klar«, gestand Jan ein.

»Wie kann ich helfen?«, erkundigte sich Tom Ritter.

»Hast du in letzter Zeit mal Kontakt zu Rommel gehabt? Oder hat dich mal ein anderes Mitglied unserer Einheit angerufen?«

»Warte mal, da muss ich nachdenken. Also vor etwa drei bis vier Monaten hat Rommel mir mal eine SMS-Nachricht geschrieben. Er wollte sich unbedingt mit mir treffen.«

»Was ist daraus geworden?«

»Er hat mich dann einige Tage später angerufen und mir erzählt, dass er von Johnny Henderson und Warren Fisherman in die Staaten eingeladen worden ist. Die wollten da so 'ne Art Bruderschaft von Afghanistan-Veteranen gründen. Er fand das ganz interessant und wollte mich überzeugen, dass wir da gemeinsam rüber fliegen.«

»Und du hast ihm eine Absage erteilt?«

»Im Ton freundlich, in der Sache deutlich. Weißt du Jan, ich danke dem lieben Gott, dass ich kein mentaler Kriegsversehrter geworden bin, der jede Nacht schweißgebadet aufwacht und von den grausamen Bildern des Krieges heimgesucht wird. Natürlich denke ich noch oft an das, was wir dort erlebt haben. Aber ich versuche, das Positive in Erinnerung zu behalten und alles Negative zu verdrängen. Ich möchte nicht wieder von meiner Vergangenheit eingeholt werden. Ich bin kein Soldat mehr und werde auch nie mehr einer sein. Schluss aus.«

»Wie hat Rommel auf deine Absage reagiert?«, wollte Jan wissen.

»Er war schon etwas enttäuscht. Scheinbar hängt er noch sehr an der Vergangenheit. Hat wohl in den letzten Jahren beruflich und auch familiär nicht so viel Glück gehabt, hat er mir jedenfalls erzählt. Er wollte sich überlegen, vielleicht allein in die USA zu reisen. Vorher wollte er noch versuchen, Cheese und Hägar anzurufen. Vielleicht hätte von denen ja einer Lust, mitzukommen, meinte er.«

»Was hat Rommel für einen Eindruck auf dich gemacht?«

«Er war Feuer und Flamme für die Sache. Er freute sich darauf, die alten Kameraden wiederzusehen.«

»Weißt du, ob er dann auch wirklich die Reise über den großen Teich angetreten hat?«

»Nein, keine Ahnung.«

»Da gibt es noch was, Tom. Johnny Henderson und Jimmy Morrison haben in den USA ebenfalls Politiker erschossen.«

»Wie bitte? Was ist denn da los?«, rief Tom entsetzt.

»Im Grunde gleichen sich die Taten wie ein Ei dem anderen. In allen Fällen wissen die Täter angeblich später nichts mehr von der Tat. Sie haben Gedächtnislücken, ihnen fehlt über viele Stunden jegliches Erinnerungsvermögen. Tom, ich frage dich noch mal: Hat dich in den letzten Wochen außer Rommel noch irgendjemand kontaktiert, der dir für viel Geld oder irgendwelche anderen Versprechungen einen Job angeboten hat?«

Tom wusste sofort, worauf Jan hinauswollte. «Im Klartext, du willst wissen, ob mich jemand als Auftragskiller rekrutieren wollte?«

»Entschuldige meine direkte Frage, aber wir vermuten, dass noch weitere Männer unserer Einheit angesprochen worden sind.«

»Nein, Jan. Mich hat niemand angerufen oder auch sonst wie kontaktiert.«

»Gut, Tom, ich möchte dich bitten, mich sofort zu unterrichten, wenn jemand versucht, Kontakt zu dir aufzunehmen. Ich halte das durchaus für möglich. Und wenn dir sonst noch was einfällt, was mit Rommel zu tun hat, bitte lass es mich wissen.«

»Selbstverständlich, Jan. Schlimme Geschichte. Ich hoffe, du kannst den Fall aufklären und Rommel aus der Sache rausholen.«

»Danke für deine Hilfe, Tom. Wir sprechen uns.«

Jan atmete einmal tief durch, als er früh am Morgen auf der Straße vor dem Hotel auf ein Taxi wartete. Es hatte die ganze Nacht geregnet. Er hatte den Eindruck, als wäre Berlin vom Staub und

Dreck der letzten Tage gründlich gereinigt worden. Die Luft fühlte sich kühl und frisch an. Wenn jetzt noch die Sonne herauskäme, könnte das ein perfekter Frühlingstag werden.

Hannah und Steven wollten zuerst die noch übrigen Mitglieder der Sondereinheit *Sniper* kontaktieren, die sie am Abend vorher nicht erreicht hatten und begaben sich zu diesem Zweck in den mit modernster Technik nur so vollgestopften Spezial-Van der CIA. Später sollte Hannah Jan in der Stadt aufnehmen, wenn der seinen Besuch bei Rommels Psychologen beendet hatte. Anschließend stand ab neun Uhr die Dienstbesprechung im Landeskriminalamt an. Während dieser Zeit würde Steven alle Ergebnisse mit denen der CIA in Langley abgleichen. Tom Bauer wollte immer auf dem neusten Stand sein.

Kurz vor halb acht betrat Jan die Praxis von Dr. Shapourzadeh in Kreuzberg-Mitte. Hätte er gewusst, dass das Landeskriminalamt nur ein paar hundert Meter entfernt lag, hätte Hannah ihn gar nicht abholen müssen. Die Räumlichkeiten lagen im ersten Stock eines dreigeschossigen Geschäftshauses. An den Klingelschildern konnte er erkennen, dass der Rest des Gebäudes überwiegend von Ausländern bewohnt wurde. Für diesen Teil der Stadt sicher keine Besonderheit, dachte er.

Jan fiel sofort auf, dass die Praxis sehr modern und geschmackvoll eingerichtet war. Der Eingangsbereich wurde von einer hellen und großzügigen Rezeption beherrscht. Dahinter saß eine junge, dunkelhaarige Frau, die gerade mit einem Patienten sprach. Wenn ihn nicht alles täuschte, sprachen die beiden Türkisch miteinander.

»Guten Tag, was kann ich für Sie tun?«, überraschte die Empfangsdame dann mit einwandfreiem Hochdeutsch. Er lächelte die junge Frau an, die sich als große, schlanke, gut gebaute Schönheit erwies, als sie von ihrem Drehstuhl aufstand und sich ihrem Gegenüber widmete.

»Mein Name ist Krüger, Kriminalpolizei. Ich möchte gern mit Dr. Shapourzadeh sprechen.« Jan zeigte der Dame seinen Ausweis und hoffte, dass sie nicht so genau hinsah. Dann nämlich würde sie mit Recht feststellen, dass der Inhaber nicht aus Berlin, sondern aus Leipzig kam. Und das könnte durchaus zu berechtigten Nachfragen führen.

»Haben Sie einen Termin?«, fragte sie höflich aber bestimmt.

»Ja, jetzt«, antwortete Jan kurz und deutlich. Verunsichert schaute die Frau auf ihren Terminplaner.

»Äh, ich sehe gerade, dass Sie nicht angemeldet sind. Der Doktor ist den ganzen Tag ausgebucht. Außerdem beginnt seine Sprechstunde erst um acht.«

»Gut, dann muss der erste Patient eben kurz warten, bis ich mit dem Doktor gesprochen habe.«

»Ja, aber ich weiß nicht, ob das geht. Sie müssen sich schon anmelden. Wenn jeder...«

»Ich bin aber nicht jeder, sondern ich ermittle in einem Mordfall. Ich kann ihren Herrn Doktor auch gern morgen früh um sieben aufs Revier bestellen und ihn dort ausgiebig befragen. Ich denke, dann werden noch mehr Patienten warten müssen.«

In diesem Moment kam ein Mann aus der Tür mit der Aufschrift *Sprechzimmer.* Er war klein, gedrungen, der schwarzgraue Haaransatz schon weit zurückgewichen. Der dunkle Teint und seine ausgeprägte Hakennase konnten das Klischee eines südländischen Ausländers wohl kaum besser erfüllen. Offenbar hatte er etwas von dem Gespräch an der Rezeption mitbekommen. Wahrscheinlich hatte die Dame in ihrer Verzweiflung die Übertragungstaste ins Sprechzimmer gedrückt.

»Was kann ich für Sie tun, Herr Kommissar?«, fragte er betont freundlich.

»Tut mir leid, dass ich hier so reinplatze, aber ich muss dringend mit Ihnen sprechen. Ich werde versuchen, es kurz zu machen.«

Der Doktor nickte seiner Mitarbeiterin zu. »Gut, Frau Yilmaz, bitten Sie Herrn Jordan noch um ein paar Minuten Geduld. Ich bin gleich bei ihm. Führen Sie ihn schon mal in die Zwei. Kommen Sie, hier entlang, Herr Inspektor.«

Der Arzt ging voraus in sein Sprechzimmer und bot Jan den Platz gegenüber seinem Schreibtisch an.

»Auf die Liege müssen Sie ja wohl nicht«, war er zu einem Spaß aufgelegt.

»Könnte vielleicht gar nicht schaden«, entgegnete Jan wahrheitsgemäß.

»Wie kann ich Ihnen helfen?«

»Kennen Sie einen Carl Georg Romminger?«

»Ja, der Name ist mir bekannt.«

»Ist er ihr Patient?«

»Ich denke, als Kriminalkommissar wissen Sie, dass diese Antwort meine ärztliche Schweigepflicht verletzen würde.«

Jan nickte. »Ja, das ist mir klar und ich würde Sie auch nicht fragen, wenn der Mann falsch geparkt hätte.«

»Gut, worum geht es dann?«

»Um Mord«, antwortete Jan trocken.

»Wie bitte? Soll das heißen, dass Carl, äh, Herr Romminger jemanden getötet hat?«

»Sehen Sie, Herr Doktor, und das fällt unter die polizeiliche Schweigepflicht. Aber ja, er sitzt bereits in Untersuchungshaft.«

»Also, mit Verlaub, dass halte ich für gänzlich ausgeschlossen.« Dr. Shapourzadeh zeigte sich entrüstet. Aus seiner Erfahrung heraus erschien Jan diese Haltung nicht aufgesetzt. Der Arzt stand auf und fing an, im Zimmer langsam auf und ab zu gehen. »Jetzt haben Sie mir aber einen gehörigen Schrecken eingejagt, Herr Kommissar. Er ist bei mir schon seit einigen Jahren regelmäßig in Behandlung und hat mittlerweile seine Traumata so gut wie überwunden. Eigentlich sind unsere Sitzungen nur noch prophylaktischer Natur.«

»Sagen Sie, Herr Doktor, gehört auch Hypnose zu Ihren Behandlungsmethoden?«, kam Jan auf den Punkt.«

Der Arzt sah Jan überrascht an: »-Kommt drauf an, was sie unter Hypnose verstehen?«

»Keine Ahnung, worauf Sie hinauswollen«, zuckte Jan mit den Achseln.

»Na ja, wir versetzen die Patienten hier nicht in Tiefenhypnose. Das würde keinen Sinn machen. Im Grunde geht es bei uns darum, beim Patienten einen Zustand der totalen Entspannung zu erzeugen, um ihn für einen Augenblick von allen Lasten und Zwängen zu befreien. Er soll lernen, auf Stress nicht hektisch und unüberlegt zu reagieren, sondern ruhig und bewusst. Dazu trainieren wir vor allem bestimmte Atemtechniken, die dazu führen sollen, dass der Patient sich in Situationen, die ihn ansonsten schlagartig aus dem psychischen Gleichgewicht werfen würden, ruhig und konzentriert mit dem Problem auseinandersetzt, ohne sofort die Fassung zu verlieren.«

»Sie wären aber durchaus auch in der Lage, in schwierigen Fällen einen Patienten durch Hypnose in einen Tiefschlaf zu versetzen, so dass er beim Aufwachen nicht mehr weiß, was mit ihm geschehen ist?«, fragte Jan gezielt nach.

Der Mann im weißen Kittel lachte auf. «Also, das ist nicht so einfach, wie Sie denken. Ein Mensch muss für Hypnose empfänglich sein. Er muss seinem Hypnotiseur tiefes, nahezu uneingeschränktes Vertrauen entgegenbringen. Und vor allem muss er davon überzeugt sein, dass der behandelnde Arzt den Zustand der Hypnose nicht ausnutzt, um irgendwelche Bankdaten oder Steuergeheimnisse in Erfahrung zu bringen. In diesem Fall wäre ich wohl schon ein gemachter Mann«, lachte Dr. Shapourzadeh. »Die Hypnose soll lediglich eine Phase der tiefen Entspannung und Erholung des Patienten bewirken. Nicht mehr und nicht weniger.«

»Ist es aus ihrer Sicht möglich, einen Menschen im Zustand der tiefen Hypnose gezielt zu manipulieren?«

»Langsam scheine ich zu ahnen, worauf Sie hinauswollen, Herr Inspektor. Sie glauben, jemand hätte Herrn Romminger unter Hypnose dazu gebracht, einen Menschen zu töten?«

»Halten Sie das für total ausgeschlossen?«

»Wissen Sie, so leicht ist das nicht. Wie schon gesagt, niemand lässt sich gegen seinen Willen hypnotisieren. Man schnipst ja nicht einfach mit dem Finger und der Patient schläft. Nein, die Hypnose braucht ein gewisses Maß an Vorbereitung, sowohl beim Arzt als auch beim Patienten. Wenn dies alles der Fall ist, kann man womöglich bei einigen Patienten eine Art von Bewusstseinskontrolle durch eine bestimmte Form von Persönlichkeitsspaltung erzielen. Dazu muss der Arzt oder Hypnotiseur seinem Probanden jedoch eine schlüssige, für ihn nachvollziehbare, Geschichte erzählen.«

»Zum Beispiel, dass er jemanden zwingend töten muss, weil der sonst ihn oder seine Familie umbringen würde?«

»Das ist schon starker Tobak und irgendwo sehr weit hergeholt. Ich würde sagen, dass so ein Zustand nur herbeizuführen wäre, wenn man bei dem Patienten neben der Hypnose mit sogenannten bewusstseinsverändernden Medikamenten nachhilft.«

»Zum Beispiel?«, wollte Jan wissen.

«Na ja, zum Beispiel mit der Applikation von zwanzig bis dreißig Milligramm Flunitrazepam oder einem ähnlichen Wirkstoff.«

Jan nickte, machte ein kurze Pause, ehe er erneut nachfragte.

»Und was bewirkt dieses Mittel?«

»Zunächst hat es eine sedative, beruhigende Wirkung. Es wirkt etwa fünfzehn bis zwanzig Minuten nach der Einnahme und hält oft mehrere Stunden an. Wenn der Patient wieder aus dem Zustand der Hypnose aufwacht und das Medikament seine Wirkung verloren hat, kann er sich sehr oft tatsächlich an nichts mehr erinnern.«

»Angenommen, man würde einen Menschen auf die von Ihnen dargestellte Art und Weise hypnotisieren und ihn veranlassen, einen Mord zu begehen, indem man ihm eine schlüssige Geschichte suggeriert und ihn medikamentös manipuliert, weiß er dann um die Umstände der Tat, die er begehen soll?«

»Ja, aus diesem Grund muss die Tat, zu der man ihn bewegen will, schon mit seiner tatsächlichen Wahrnehmung in Verbindung stehen. Wenn sie ihm auftragen, jemanden zu ermorden, zu dem überhaupt keine logische Verbindung besteht und der Proband deshalb überhaupt nicht begreift, warum er diesen Menschen töten soll, wird er die Sache nicht nachvollziehen können und vor allem auch keine negativen Emotionen wie Angst oder Hass entwickeln. Und die sind zwingend notwendig, um einen Mord unter Hypnose auszuführen.«

»Also, wenn ich Sie richtig verstehe, sagen Sie, dass es durchaus möglich ist, einen Menschen derart zu manipulieren, dass er eine schwere Straftat begeht, ohne sich anschließend daran zu erinnern?«

»Mag sein, aber mir ist ein solcher Fall nicht bekannt und ich halte ihn auch eher für unwahrscheinlich, weil die Summe der Parameter einfach viel zu groß ist. Da müssen schon viele Faktoren zusammenkommen, um einen solchen Effekt zu erzielen. Theoretisch ist das möglich, praktisch eher nicht.«

»Bitte verzeihen Sie mir diese direkte Frage, Dr. Shapourzadeh, wären Sie in der Lage, Herrn Romminger zu solch einer Tat zu bewegen?«

Zu Jans Überraschung blieb der Arzt absolut ruhig. Er überlegte einen Moment, bevor er antwortete. Er schien keineswegs erbost oder beleidigt. Dann setzte er sich wieder an seinen Schreibtisch, setzte seine Brille auf, beugte sich etwas nach vorn und faltete seine Hände, um schließlich sein Resümee zu verkünden: »Ich denke schon, dass Herr Romminger jemand ist, der in Bezug auf seine spezifischen Traumata in gewisser Weise manipulierbar ist. Ob das bei ihm in diesem Ausmaß möglich ist, kann ich nur erahnen.«

»Und was sagt Ihnen Ihr Bauchgefühl in seinem Fall?«

»Dass Herr Romminger mit seiner bewegten Vergangenheit durchaus die richtige Zielperson darstellen könnte.«

»Noch eine letzte Frage, wenn Sie gestatten. Kann man im Nachhinein feststellen, ob jemand auf eine solche Art und Weise manipuliert wurde?«

»So eine Untersuchung müsste relativ schnell nach der Tat durchgeführt werden. Medikamente sind schon noch eine Zeit lang nachweisbar, aber eben auch nicht ewig. Flunitrazepam können sie im Blut auch noch einige Stunden nach der Einnahme nachweisen, aber sicher nicht mehr zwei oder drei Tage später. Und ob ein Mensch unter Hypnose stand, ist ebenfalls kaum zu beweisen. Sie können vielleicht feststellen, ob jemand grundsätzlich hypnotisierbar ist, mehr aber auch nicht.«

Mittlerweile war Jan schon fast eine Stunde im Büro des Arztes.

»Sie haben mir sehr geholfen, Herr Doktor. Ich danke Ihnen. Ich melde mich, wenn ich noch weitere Fragen habe.«

»Sagen Sie, was passiert denn jetzt mit Herrn Romminger?« , fragte der Arzt nach.

»Tja, solange wir nicht das Gegenteil beweisen können, sieht es ganz so aus, dass er der Tat für schuldig befunden wird.«

»Aus Ihrer Äußerung entnehme ich, dass Sie aber durchaus an seine Unschuld glauben?«

»Irgendetwas ist an dieser Sache faul. Carl und ich waren zusammen in Afghanistan. Ich kenne ihn in- und auswendig. Schwer nachvollziehbar, dass er jemanden ermordet. Klingt vielleicht paradox, dass man einem ehemaligen Elitesoldaten keinen Mord zutraut. Aber das können eben nur die beurteilen, die ihn kennen.«

»Da bin ich absolut Ihrer Meinung. Bitte richten Sie Carl meine besten Grüße aus und sagen Sie ihm, dass ich ihm helfe, wo immer es nur möglich ist.«

Die beiden Männer gaben sich die Hand. Jan verließ die Praxis und hoffte, dass Hannah unten noch auf ihn wartete. Aus den Aussagen des Psychologen schöpfte er insgeheim Hoffnung, dass möglicherweise tatsächlich Manipulation im Falle der drei vermeintlichen Täter im Spiel war. Aber wer waren der- oder diejenigen, die sowohl in den USA als auch hier in Berlin gezielt Jans Männer aussuchten, um sie zu Mördern zu machen? Auf jeden Fall mussten sie etwas von ihrem Geschäft verstehen, wahrscheinlich sogar absolute Koryphäen auf dem Gebiet der gezielten Manipulation durch Hypnose sein. Er wusste, dass selbst Tom Bauer als langjähriger und erfahrener CIA-Offizier stark daran zweifelte, dass Menschen durch gezielte Hypnose zu Straftätern gemacht werden könnten. Er glaubte nicht an so eine Geschichte, wie sie beim *Manchurian-Candidate* erzählt wird, als Denzel Washington als Captain Bennett Marco durch gezielte Hypnose zum Attentat auf den Präsidenten ferngesteuert werden konnte. Sowohl der Captain als auch andere Soldaten seiner Einheit, die im Golfkrieg gekämpft hatten, wurden durch gezielte Gehirnwäsche manipuliert. Sie konnten im Zustand der Hypnose unter Anwendung einer bestimmten Wortfolge willenlos gemacht und zur Ausführung von Befehlen gebracht werden. Doch dies alles geschah ausschließlich in einer gut inszenierten Hollywood-Produktion. Aus Tom Bauers Sicht hatte das mit der Realität wenig zu tun.

Als Jan das Haus verließ, fiel ihm ein junger Mann auf, der auf der anderen Seite des Bürgersteigs lässig an einen Laternenpfahl gelehnt stand und ihn scheinbar provozierend anstarrte. Der Typ kam ihm irgendwie bekannt vor. Das ist doch einer der Kerle, die ihm und Hannah gestern in dem schwarzen Mercedes bis zum Estrel Hotel gefolgt waren, dachte Jan. Verdammt noch mal, vielleicht hatte Steven ja recht, dass die Araber wieder seine Spur aufgenommen hatten und ihn aus dem Weg räumen wollten. Augenblicklich erfasste ihn die kalte Wut. Mit schnellen Schritten stürzte er auf den Mann zu und riss ihn derb am Kragen: »Was willst du von mir? Warum verfolgst du mich?«, schrie er ihn an.

»Hey, was soll denn das, sind Sie verrückt geworden, oder was?«, versuchte der Typ sich loszureißen. Als der sich wehrte, packte Jan ihn mit der rechten Hand am Hals, drückte ihn mit seinem mächtigen Körper gegen den Laternenpfahl und durchsuchte mit der anderen Hand seine Taschen.

»Ey, du Arsch, hast du 'nen Schaden, oder was? Wie bist du denn krass drauf? Lass mich sofort los.«

Jan bemerkte, dass eine Reihe von Passanten stehen geblieben war und das Szenario interessiert beobachtete.

»Äh, Leute, helft mir, der Wahnsinnige bringt mich um, Mann«, schrie der Typ laut.

»Jan, was machst du da? Hör sofort damit auf. Komm zu dir.«

Hannah packte ihn an der Schulter und zog ihn von dem Kerl weg. Sie hatte auf der gegenüberliegenden Straßenseite auf ihn gewartet und die Szene beobachtet. Nur mit Mühe gelang es ihr, die stark befahrene Straße zu überqueren, ohne von einem Fahrzeug erfasst zu werden. Sie zog ihre Polizeimarke aus der Jackentasche und hielt sie in die Höhe. »Polizei, gehen Sie bitte weiter, hier gibt es nichts zu sehen«, rief sie in die Menge, die sich mittlerweile auf dem Gehsteig versammelt hatte.

»Sperren Sie den Irren bloß weg, der darf doch gar nicht mehr frei rumlaufen, ey« , brüllte der Typ Hannah an.

»Und du hältst jetzt einfach mal deine Klappe. Los Ausweis, aber zügig.«

»Ey, du bist ja genauso krass drauf, Frau. Was hab ich denn gemacht, hä?«

»Hast du nicht gehört? Deinen Ausweis, bitte.«

Als der Mann registriert hatte, dass er mit Hannah nicht spaßen konnte, kramte er schließlich aus seiner Hosentasche einen zerknitterten Personalausweis hervor.

Ali Abu-Hamid , geboren am 22.12. 1986 in Beirut.

»Sie sind Syrer?«, fragte Hannah.

»Wieso hab ich dann einen deutschen Ausweis, Schlampe?«, platzte es frech aus ihm heraus. Kaum hatte er den Satz ausgesprochen, verspürte er einen heftigen Schlag in die Nierengegend. Der Kerl schrie vor Schmerzen laut auf.

»Um Gottes willen, was machen Sie denn da mit meinem Sohn?«, hörten sie eine Frauenstimme hinter sich schreien.

»Was hat er Ihnen denn getan? Er holt mich doch nur vom Arzt ab.«

Sie kramte in ihrer Handtasche. »Ich rufe die Polizei.«

Hannah zog Jan am Ärmel: »Los, weg hier.«

»Pass bloß auf, Freundchen. Komm mir nicht noch mal in die Quere. Das gilt auch für deine Kumpanen. Das nächste Mal kommst du nicht so glimpflich davon«, raunzte Jan den Kerl an.

Hannah riss jetzt noch kräftiger an seinem Arm. »Komm jetzt, wir müssen hier weg. Den Wagen holen wir später.«

Sie verschwanden in der Menge und gingen zu Fuß Richtung Landeskriminalamt. Noch von weitem hörten sie das Lamentieren von Mutter und Sohn.

»Verdammt, Jan. Was war das denn eben? Bist du völlig verrückt geworden?«

»Ich dachte, dass der Typ einer von denen war, die uns gestern verfolgt haben. Als der mich so provokativ anstarrte, wollte ich ihn zur Rede stellen. Mehr nicht. Aber niemand nennt dich Schlampe, Hannah, schon gar nicht so ein Gesindel.«

»Komm wieder runter. Du darfst jetzt nicht durchdrehen. Die beiden Typen, die uns gestern gefolgt sind, waren viel älter als dieser Junge. Wenn uns gerade jemand erkannt hat, dann war's das. Dann sind wir raus aus diesem Fall. Reiß dich zusammen. So kenne ich dich ja gar nicht.«

Für einen Moment blickte Jan schuldbewusst zu Boden. Er musste sich sammeln. Er hatte deutlich überreagiert. Wahrscheinlich nahm ihn die ganze Sache doch mehr mit, als er sich selbst eingestehen wollte. Er atmete tief durch.

»Schon gut. Hast ja recht. Das war Käse.«

»Okay, dann lass uns reingehen und unseren Job machen«, sagte Hannah ruhig und ging voran Richtung Besprechungszimmer. Sie waren beinahe eine geschlagene halbe Stunde zu spät.

Chief Broderick hörte sich aufmerksam Toms Bericht an. Soeben hatte er erfahren, dass nach dem Mord in Dallas auch in Berlin ein Politiker von einem Ex-Soldaten der ehemaligen Sondereinheit *Sniper* erschossen worden war.

»Verdammt, Agent Bauer, was ist denn da los? Sind diese Typen denn total meschugge. Haben Sie die anderen Männer dieser Sondereinheit schon erreichen können?«

»Haben wir, Chief. Allerdings können wir Warren Fisherman in Chicago zurzeit nicht ausfindig machen. Wir haben alle verfügbaren Abteilungen auf ihn angesetzt. Und dann gibt es da noch einen gewissen Maynard Deville, der mittlerweile als Farmer irgendwo in Australien lebt. Von dem fehlt absolut jede Spur. Wir haben Rothman und Brown nach Sydney geschickt, um ihn so schnell wie möglich aufzuspüren. Um die Europäer hat sich die Special Agent Goldblum gekümmert. Da ist so weit alles unter Kontrolle.«

»Sie glauben auch nicht, dass diese Männer aus eigenem Antrieb gemordet haben, oder?«

Der Chief sah Tom mit durchdringendem, stechendem Blick an. Was verdammt noch mal soll diese Frage, dachte Tom. Der Chief wollte immer nur Fakten, die Meinungen seiner Mitarbeiter waren ihm völlig egal. Er wollte sie nicht hören. Hier in Langley gab es nur einen Gott und der hieß Chief Broderick. Was andere sagten oder taten, war vollkommen irrelevant. Wer anderer Auffassung war, der behielt sie lieber für sich. Niemand würde es wagen, sich mit dem allmächtigen Chef der CIA anzulegen. Also, was zum Teufel fragt der mich nach meiner Meinung, ging es Tom durch den Kopf. Er hielt es für angebracht, mit einer nichtssagenden Formel zu antworten: «Chief, ich denke gar nichts. Ich halte mich an die Fakten und werde alles dafür tun, diesen Fall aufzuklären.«

»Sie sind genauso eine Muschi wie diese anderen Speichellecker hier. Haben Sie mal Eier in der Hose, Bauer. Also, raus damit, was denken Sie?«

Special Agent Thomas Bauer war ein intelligenter, cleverer und durchaus hartgesottener CIA-Agent. Er stand im Rang nur eine Stufe unter dem Chief und hatte aufgrund seiner Leistungen und seines Alters durchaus Chancen, in wenigen Jahren die Nachfolge des Chiefs anzutreten. Allerdings hielt er es nicht für besonders klug, sich mit seinem Vorgesetzten anzulegen. Er wusste genau, dass es dem Chief am besten in den Kram passte, vermeintliche Täter schnellstens vor Gericht zu bringen und wegen Mordes aburteilen zu lassen. Das, was er am meisten hasste, waren künstlich in die Länge gezogene Untersuchungen. Die schadeten nur seinem Image und regten ihn unnötig auf. Was er brauchte, waren Erfolge. Zudem repräsentierte er eine CIA, die für Unnachgiebigkeit und Härte stand. Er war stets bemüht, dieses Image zu pflegen. Chief Broderick machte ungern Gefangene. Er bevorzugte die finale Lösung.

Tom liefen kleine, feine Schweißperlen übers Gesicht. Obwohl er genau wusste, dass der Chief das Wort *Problem* nicht kannte und nur Lösungen wollte, entschloss er sich, seine Meinung zu sagen: »Die Sache stinkt zum Himmel. Die Beweise scheinen manipuliert worden zu sein. Kein Ex-Marine würde derartig dilettantische Fehler machen. Ich denke, dass die Männer reingelegt worden sind.«

»Na endlich, Bauer, geht doch.«

Der übergewichtige Chief erhob sich mühsam aus seinem bequemen Schreibtischsessel. Noch nie war er in Gegenwart von Tom aufgestanden. Er stützte sich an der Tischplatte auf und schlich langsam hinüber zur Anrichte, auf der eine Flasche Whiskey und ein große Karaffe Wasser standen.

»Dass hier jemand Einfluss genommen hat, ist doch sonnenklar. Die Sache erinnert mich an den Mord an Robert Kennedy. Ich glaube das war '68 in L.A. Damals hatte der Attentäter, dieser Sirhan oder wie der hieß, behauptet, ihm fehle jegliches Erinnerungsvermögen an die Tat. Es kamen die wildesten Verschwörungstheorien auf. Die Medien behaupteten schließlich, Sirhan sei ein Opfer von Gehirnwäsche und Hypnose geworden. Etwas später hieß es dann, er hätte Kennedy gar nicht erschossen, sondern es hätte noch einen zweiten Schützen gegeben, der schließlich die tödlichen Schüsse abgegeben hat. Das Motiv für den Mord sollen angeblich israelfreundliche Aussagen Kennedys im Vorwahlkampf gewesen sein. Er hätte die Palästinenserfrage absichtlich ausgeklammert. Außerdem hätte er sich vehement dafür eingesetzt, den Israelis Phantom-Kampfflugzeuge zu liefern. Sirhan wurde immer wieder verhört, vielleicht sogar mit unlauteren Mitteln, um ihm ein Geständnis abzuringen. Der Mann blieb bei seiner Aussage, sich an nichts mehr erinnern zu können.«

Chief Broderick goss sich einen doppelten Whiskey ein. Seinem Untergebenen bot er selbstverständlich keinen an. Das passte so gar nicht in sein hierarchisches Weltbild.

»Ist Ihnen der Begriff MK-Ultra schon mal zu Ohren gekommen, Bauer?«

»Ja, Sir.«

»Na gut, dann wissen Sie ja, dass die CIA schon vor vielen Jahren an einem Programm gearbeitet hat, durch gezielte Manipulationen den perfekten Attentäter zu erschaffen. Bereits 1951 wurde unter Direktor Allen Dallas im Auftrag der Regierung begonnen, Forschungen zu betreiben, an deren Ende die totale Bewusstseinskontrolle stehen sollte. Dieses Mind-Control-Programm sollte unsere Agenten und Soldaten zu unfehlbaren Killermaschinen abrichten. Hypnose, Medikamente, Drogen und sogar Folter kamen zum Einsatz, um den eigenen Willen zu brechen und den Probanden so zu manipulieren, dass er tötet, ohne sich danach an die Tat zu erinnern. Ob sich das allerdings jemals im gewünschten Maße realisieren ließ, darüber gibt es noch heute unterschiedliche Auffassungen. Manche behaupten, das Programm sei immer noch aktiv, andere wiederum streiten ab, dass es dies jemals gegeben hat.«

»Und was denken Sie, Chief?«, stellte Tom die Gegenfrage.

»Ich glaube, dass unser Fall durchaus etwas mit den Dingen, die ich Ihnen gerade geschildert habe, zu tun haben könnte. Ich frage mich nur, ob es besonders schlau von uns ist, diese alten Wunden wieder aufzureißen, oder ob es nicht einfach besser wäre, die Klappe zu halten? Es könnte sein, dass wir einigen Leuten mächtig auf die Füße treten, die das nicht besonders lustig finden würden.«

Tom war vollkommen klar, was diese Aussage zu bedeuten hatte. Nach wie vor wollte der Chief die Sache vom Tisch haben. Je eher, desto besser. Mit einem mächtigen Zug leerte Broderick sein Whiskeyglas und knallte es anschließend auf die Tischplatte.

»Sorgen Sie dafür, dass diese Scheiße aufhört. Nehmen Sie meinetwegen alle Typen aus dieser Einheit in Schutzhaft oder ziehen die sonst wie aus dem Verkehr. Die Nummer hier ist ein ganz heißes Eisen. Wir wollen uns doch nicht daran verbrennen, oder? Ich zähle auf Sie, Bauer. Zeigen Sie denen doch mal, aus welchem Holz der künftige CIA-Chef geschnitzt ist.«

Tom wusste, dass es wenig Sinn machte, zu widersprechen. So waren nun mal die Regeln in der Agency. Im Grunde handelte der

Chief genauso, wie es seine Vorgänger getan haben. Und eben diese Handlungsweise würde auch von seinem Nachfolger verlangt werden: Alles abzublocken, wodurch die Vereinigten Staaten von Amerika Schaden nehmen könnten. Eine Diskussion über das offiziell längst zu den Akten gelegte Programm MK-Ultra würde dem Präsidenten und seiner Regierung sicher nicht gefallen. Und schon gar nicht im Vorfeld der Präsident-schaftswahlen. Chief Broderick war zwar in der Tiefe seines Herzens überzeugter Republikaner, aber er war seinem Land und seiner Regierung gegenüber loyal. Auch wenn die Demokraten an der Macht waren und im Weißen Haus ein Schwarzer saß.

Hubertus von Echternach war schon leicht nervös: »Ich dachte schon, Ihnen wäre etwas zugestoßen«, sah er demonstrativ auf seine Uhr. Der Polizeichef war ein netter und verbindlicher Mann. Wenn er aber etwas hasste, war das Unzuverlässigkeit und vor allem Unpünktlichkeit. Auch die anderen Mitglieder der Sonderkommission machten nicht gerade einen glücklichen Eindruck. Immerhin mussten sie sich jetzt schon eine geschlagene halbe Stunde gedulden. Da war auch die Runde Kaffee, die der Chef zur Überbrückung der Wartezeit spendiert hatte, kein großer Trost.
»Guten Morgen zusammen«, begann Jan, »tut uns wirklich sehr leid, aber wir haben gerade dem Psychologen Dr. Shapourzadeh, der Carl Romminger behandelt, einen Besuch abgestattet. Seine Ausführungen waren nicht nur hochinteressant, sondern stützen auch unsere These, dass der vermeintliche Täter möglicherweise manipuliert worden ist.«
Die Aufmerksamkeitshaltung am runden Tisch nahm schlagartig zu. Die Sache schien spannend zu werden. Gebannt lauschten sie Jans Ausführungen. Mit solch einem Fall waren die Beamten bisher noch nicht in Berührung gekommen. Es gab eine Reihe von Nachfragen, die Hannah und Jan geduldig beantworteten.
»Vielen Dank für diese umfangreichen Informationen. Leider habe ich das Problem, dass der Staatsanwalt mich drängt, Beweise für Rommingers Unschuld vorzulegen. Aus seiner Sicht spricht alles dafür, den Mann wegen Mordes anzuklagen und unverzüglich vor Gericht zu bringen« , meinte der Polizeichef ungeduldig.

»Auch hier gleicht unser Fall den Fällen in den USA wie ein Ei dem anderen. Auch dort drängt die Justiz auf einen schnellen Gerichtstermin. Niemand zweifelt an der Schuld dieser Männer. Aus deren Sicht natürlich absolut nachvollziehbar.«

»Und eines sollte klargestellt werden,« übernahm Hannah das Wort, »unsere Vermutungen können natürlich auch vollkommen ins Leere laufen. Vielleicht ist ja doch alles genauso, wie es aussieht. Aber Jan kennt all diese Männer und hält es für ausgeschlossen, dass sie zu solchen Taten fähig sind und diese zu allem Überfluss auch noch dermaßen dilettantisch ausführen. Deshalb möchten wir Sie um ihre Unterstützung bitten und würden uns freuen, wenn Sie unsere Meinung teilen, solange nicht einwandfrei die Schuld dieser Männer bewiesen ist.«

Die Mitglieder der Kommission schienen beeindruckt von Hannahs Worten. Ein junger Mann mit langen, pechschwarzen Haaren und einem Rauschebart wie ein Almbauer meldete sich zu Wort.

»Polizeihauptmeister Godehardt«, stellte er sich zunächst vor. »Was ist mit den übrigen Männern Ihrer Einheit. Sind die bereits kontaktiert worden?«

»Wir haben natürlich versucht, die Männer zu erreichen und zu warnen. Bis auf zwei konnten wir alle benachrichtigen. Aber diese beiden machen uns momentan noch Sorgen. Warren Fisherman aus Chicago ist momentan ebenso wenig auffindbar wie Maynard Deville, der seit ein paar Jahren in Australien lebt. Die CIA hat aber ihre Leute darauf angesetzt, rund um die Uhr nach ihnen zu suchen.«

Eine Frau mittleren Alters meldete sich. Sie sah Hannah sehr ähnlich. Eine hübsche Blondine, etwa Anfang vierzig.

»Sie müssen sich nicht melden, Frau Kollegin, bitte, sprechen Sie einfach« , stellte Jan klar.

»Mein Name ist Helga Grabotin, Mordkommission. Ich habe mir heute Morgen die Akte angesehen und musste zunächst feststellen, dass der Täter kein Alibi hat, dafür aber ein Motiv. Die Tatwaffe wurde bei ihm im Haus gefunden, die Patronenhülse, die am Tatort sichergestellt wurde, trägt zweifelsfrei seine Fingerabdrücke. Und er wurde von Zeugen zur Tatzeit am Parkplatz des Seehotels Zeuthen gesehen. Können Sie mir außer ihrem Bauchgefühl noch einen nachvollziehbaren Grund nennen, warum der Mann unschuldig sein soll?«

»Das sind natürlich Fakten, Frau Kollegin, die nicht wegzudiskutieren sind. Eine mehr als schwere Bürde. Aber bedenken Sie, dass Carl Georg Romminger als Elitesoldat ausgebildet wurde. Das lautlose Töten ohne auch nur eine winzige Spur zu hinterlassen ist eine Disziplin, die er perfekt beherrscht. Als sein ehemaliger Kommandeur und Kampfgefährte lege ich meine Hand dafür ins Feuer, dass dieser Mann außerhalb eines militärischen Einsatzes niemals einen Menschen töten würde. Sei es aus eigenem Antrieb oder im Auftrag. Und sollte ich mich da geirrt haben, gibt es einen weiteren Grund, warum er für mich als Täter nicht in Frage kommt. Niemals würde er eine derartige Fülle von Beweisen hinterlassen. Das ist geradezu paradox.«

»Das heißt also, dass Sie nicht glauben, dass er den Abgeordneten erschossen hat?«

»Ich denke, dass er die Tat ausgeführt hat, aber gegen seinen Willen. Und diejenigen, die ihn manipuliert und gesteuert haben, haben ihn anschließend durch die offensichtliche Inszenierung von vermeintlich unumstößlichen Beweisen ans Messer geliefert.«

»Klingt abenteuerlich, aber interessant. Nehmen wir mal an, wir folgen Ihrer Argumentation. Wie gehen wir jetzt weiter vor?«

Im ersten Moment hatte Jan das Gefühl, dass die Kommissarin nicht bereit war, den aus ihrer Sicht aufgezeigten Hirngespinsten zu folgen. Schließlich war er aber froh, dass gerade eine so erfahrene Kollegin Bereitschaft zeigte, seiner zugegebener-maßen wagen Theorie nachzugehen.

»Zunächst sollten wir das gesamte Umfeld von Carl Georg Romminger überprüfen und nach Verbindungen zu vermeintlichen Hintermännern suchen. Seine Familie, seine Frau, seine Kinder müssen befragt werden. Freunde, Bekannte, Kollegen, Nachbarn, sein gesamtes soziales Umfeld muss durchleuchtet werden. Haus und Garten müssen noch mal dezidiert auf den Kopf gestellt werden, der Tatort lückenlos inspiziert werden. Also genug Arbeit für alle.«

Die Zuhörer am Tisch nickten. Hubertus von Echternach, der die Diskussion stumm verfolgt hatte, ergriff das Wort: »Helga, du übernimmst mit deinen Leuten die erneute Spurensicherung im Haus und am Tatort. Alle anderen werden von Frau Dammüller und Herrn Krüger eingeteilt.«

»Danke, Hubertus«, fiel Jan dem Polizeichef ins Wort, »ich denke wir sind Kollegen und möchte deshalb vorschlagen, das förmliche *Sie* wegzulassen. Ich bin Jan« ,«und ich Hannah«, ergänzte seine Partnerin.

»Also dann, frisch ans Werk.« Hubertus von Echternach war rundum zufrieden.

Timothy Pinkerbee stand am Abschlag. Sein Freund und Parteigenosse Brandon Rogers holte weit aus und eröffnete mit viel Schwung ihre turnusmäßige Golfpartie. Optimale Bedingungen, dachte er, als er zum Himmel schaute, heute muss ich den Kerl doch endlich mal schlagen. Beide folgten dem Flug der kleinen weißen Hartplastikkugel durch die laue Frühlingsluft Richtung erstem Grün. Timothy war angespannt. Insgeheim hoffte er, dass der erste Schlag gleich im Bunker landen würde, damit er sofort eine gute Ausgangsposition haben würde. Doch so ganz erfüllte sich seine Hoffnung nicht. Zwar erreichte der Ball nicht das Grün, blieb aber nur wenige Meter rechts davon an einem kleinen Hang liegen.

»Toller Schlag«, heuchelte er.

»Ein bisschen zu kurz, schade. Aber für den Anfang nicht schlecht«, zeigte sich Brandon zufrieden. Genau wie in der Politik, dachte Timothy, der Typ ist immer nah dran, kommt aber nie ans Ziel. Timothy Pinkerbee war demokratischer Senator und zählte zum Kreis der Sicherheitsberater der U.S.-Regierung. Brandon Rogers hatte das Amt des Sicherheitsbeauftragten der Demokratischen Partei Illinois inne. Im Grunde war er Timothys Stellvertreter, seine Kompetenzen beschränkten sich aber nur auf seinen Bundesstaat. Irgendwann jedoch, so hoffte Brandon, würde er auch auf der ganz großen Bühne Platz nehmen und als Senator ins Repräsentantenhaus einziehen, vielleicht eines Tages sogar Verteidigungsminister werden. Schließlich war er mit gerade mal erst vierzig fast fünfzehn Jahre jünger als sein Mentor. Er schätzte Timothy, allerdings in erster Linie wegen seiner außerordentlich guten Kontakte zum Präsidenten. Er hoffte, dass er sich eines

Tages beim Ersten Mann des Staates für ihn einsetzen würde. Beziehungen schadeten eben nur dem, der keine hatte.

»Grandioser Schlag«, schleimte Robert Statton.

»Guter Auftakt an einem herrlichen Tag. Was will man mehr«, meinte Brandon.

»Warte ab, bis ich geschlagen habe. Heute ist nicht nur ein besonders schöner Tag, sondern es ist vor allem *mein* Tag«, scherzte der Senator.

Robert Statton war Geschäftsführer des Illinois Star-Clubs und mächtig stolz darauf, dass diese beiden namhaften Politiker auf seiner Anlage spielten. Kurz hinter Statton beobachtete Gerry Finch mit wachen Augen die Umgebung. Normalerweise blieb er im Restaurant, trank ein, zwei Tassen Kaffee und hielt seine Klienten im Auge. Er sah sich alle Leute, die das Grün betraten, besonders genau an. Kannte er jemanden nicht, wurde derjenige sofort von ihm überprüft. Bisher bestand keine aktuelle Gefahr für seine Schutzbefohlenen, doch heute war ihm aufgetragen worden, besonders eng an den Männern dran zu bleiben und außerordentlich wachsam zu sein. Nach den Morden an zwei U.S.-Senatoren in den letzten Tagen hatte die Partei reagiert und die Sicherheitsmaßnahmen für ihre Spitzenpolitiker drastisch verschärft. Rund um das Golfgelände patrouillierte ständig ein Wagen des FBI. Am Eingangsbereich wachte ein weiterer Beamter, um jeden genau zu checken, der das Gelände betreten wollte. Allerdings glaubte niemand so recht daran, dass sich die beiden Männer hier in ernsthafter Gefahr befanden.

Gegen 14.10 Uhr erreichte das Paar Loch sieben. Brandon lag mit einem Schlag weniger knapp in Führung. Es lief ausgesprochen gut für den Senator, der einen blendenden Tag erwischt hatte. Meistens war die Partie an Loch sieben schon für den jüngeren Mann entschieden. Heute nicht. Zu allem Überfluss schaffte es Brandon nicht, die Kugel nur drei Meter vom Loch sieben entfernt einzuputten.

»Was ist los, mein Freund? Nervös? Nun ja, heute bist du reif, mein Lieber.«

Der Senator musste zwar mit ansehen, dass der nächste Versuch erfolgreich war, doch würde er jetzt aus einer guten Position etwa vier Meter mittig vor der Fahne einlochen, hätte er den knappen Vorsprung seines Kontrahenten egalisiert. Timothy schritt noch einmal die Entfernung vom Ball zur Fahne ab. Er ging langsam rückwärts zurück und kniete sich hinter den Ball, um zu prüfen, ob die Rasenfläche auch völlig eben war. Er stellte sich, die Beine schulterbreit gespreizt, seitlich neben den Ball und schwang zur Probe seinen Putter mehrfach locker durch, ohne die Kugel zu spielen. Was macht der alte Sack für einen Aufstand, am Ende verliert der sowieso, dachte Brandon, der etwas genervt auf die Ausführung des Schlages wartete. Als Timothy schließlich den Ball spielen wollte, flog plötzlich Gerry Finch mit seinen einhundertzwanzig Kilogramm Lebendgewicht wie ein Footballspieler über das Grün und riss Timothy Pinkerbee mit voller Wucht zu Boden. Im gleichen Moment vernahm Brandon ein Geräusch, das sich anhörte, als würde jemand eine Sektflasche entkorken. Etwa zwanzig Meter vor ihm, sah er wie die Rinde einer Zypresse durch die Luft wirbelte.

»Runter auf den Boden«, brüllte Finch.

»Was zum Teufel ist denn hier los?«, blieb Brandon wie angewurzelt stehen. Der Sicherheitsbeamte lag auf dem Senator und zog seine Pistole.

»Da schießt jemand auf uns, verdammt noch mal. Runter mit Ihnen, Sir.«

Brandon Rogers ging in die Knie und drehte sich Richtung Zaun um. Irgendwo da im Gebüsch etwa drei- bis vierhundert Meter entfernt musste der Schütze sich versteckt haben. Finch sprang auf. »Rufen Sie das FBI«, rief er Brandon zu und lief geduckt im Zickzack mit seiner Waffe im Anschlag Richtung Zaun zu der Stelle, wo er den Schützen vermutete. Es folgte kein weiterer Schuss. Anscheinend hatte der Attentäter das Weite gesucht. Jetzt musste das FBI den Kerl erwischen. Die waren irgendwo in der Nähe. Wenn der Schütze mit dem Wagen gekommen war, musste er zum Parkplatz zurück. Finch rief den Beamten am Eingangstor an. Er hatte jetzt das Gebüsch vor dem Zaun erreicht. Vorsichtig durchsuchte er das Buschwerk, jederzeit bereit, abzudrücken. Dann bemerkte er das Loch im Maschendraht. Er schlüpfte durch und nahm die Verfolgung das Täters auf. Kurz bevor er sein Ziel erreicht hatte, hörte er einen mit durchdrehenden Reifen beschleunigenden Wagen. Verdammt, dachte Finch, der Typ entkommt. Mitten auf dem Parkplatz stand der Beamte vom Eingangstor. Er schaute dem flüchtenden Fahrzeug hinterher. »Scheiße«, rief Finch, »ich war mir sicher, dass wir den Kerl kriegen. Haben Sie sich das Nummernschild gemerkt?«

Der Beamte schüttelte den Kopf. »Wird wohl auch nicht nötig sein«, fuhr er fort und deutete auf eine Parkbucht etwa zwanzig Meter vor ihnen.

»Schätze, die haben ihren eigenen Mann eiskalt abserviert.«

Finch näherte sich vorsichtig der Stelle, auf die der Beamte hingewiesen hatte. Am Ende der Parkbucht ragten aus dem dichten Buschwerk zwei Beine bis zu den Knien hervor. Der Oberkörper war noch von den Sträuchern der Anpflanzungen verdeckt. Er hielt seine Waffe im Anschlag und ging langsam und vorsichtig auf die Parklücke zu. Als er direkt davor stand, riss er die Waffe herum und zielte auf dem am Boden liegenden Mann.

»Der wird Ihnen nicht mehr gefährlich, Sir«, sagte der Wachmann, der ihm in seinem Windschatten gefolgt war. Am Boden lag ein Mann, groß und drahtig, etwa Ende vierzig mit einem kreisrunden Einschussloch in der Stirn.

»Ihr sollt mich nicht anrufen, ihr schwachsinnigen Kommunisten«, krächzte der Meister verärgert in sein Handy. Die Zornesröte stand ihm ins Gesicht geschrieben. Das hat man nun davon, wenn man sich mit diesem Gesindel einlässt, dachte er.

»Würden wir auch nicht tun, wenn alles gelaufen wäre wie geplant. Aber leider hat eure sogenannte unfehlbare Methode diesmal versagt.«

»Wieso, was soll das heißen?«

»Der Typ hat schlichtweg daneben geschossen und dann anscheinend die Nerven verloren. Jedenfalls ist er sofort abgehauen. Auf dem Parkplatz wäre er beinahe den Wachleuten in die Arme gelaufen.«

»Was heißt *beinahe*?«, fragte der Meister.

»Wir konnten ihn gerade noch erledigen.«

»Warum habt ihr ihn nicht geschnappt und mitgenommen?«

»Weil wir keine Chance mehr hatten, an ihn heranzukommen. Wir haben ihm aus dem Wagen heraus den Fangschuss verpasst und uns vom Acker gemacht. Das wimmelte da nur so von Polizisten. Der Senator stand unter Personenschutz. Wahrscheinlich haben sie den Kerl entdeckt und verfolgt. Anders ist seine Flucht nicht zu erklären.«

»Haben die euch erkannt?«

»Vielleicht einer der Wachleute. Kann sein, dass er sich das Kennzeichen gemerkt hat. Dieses Problem haben wir aber schon gelöst.«

»Na gut, ist der Kerl eben tot. Schade nur, dass wir nicht mehr herausfinden können, wo das Problem lag. Aber dieses Schwein von Senator, diesen Kriegstreiber, müssen wir noch erwischen. Dann werden wir eben eine neue Marionette bauen. Wir kümmern uns darum. Wenn es soweit ist, melde ich mich. Und ruft mich nicht mehr an.« Der Meister beendete das Gespräch. Das war das erste Mal, dass der Plan fehlgeschlagen war.. Der Kerl muss zu früh aufgewacht sein, mutmaßte er. Irgendetwas Außergewöhnliches muss einen Schlüsselreiz ausgelöst haben. Normalerweise lässt der Zustand dieser Männer keine Panikattacken zu. Sie verfolgen ihr Ziel eiskalt, ohne Hemmungen und Rücksicht auf Verluste. Sie kennen keine Angst, nur Wut und Hass. Ihr eigenes Schicksal ist irrelevant. Sie haben nur eines im Sinn: Ihren Auftrag zu erledigen. Hätte der erste Schuss tatsächlich sein Ziel verfehlt, wäre eben der zweite oder dritte tödlich gewesen. Und hätte sich danach der gewünschte Effekt nicht eingestellt, wäre er wahrscheinlich wie ein Kamikaze in Todesverachtung mit gezogener Waffe über den Golfplatz gestürmt und hätte versucht, den Senator aus nächster Nähe zu töten. In keinem Falle aber wäre er geflüchtet. Wie auch immer, die Amis können machen, was sie wollen. Sie werden nicht herausfinden, was hinter diesen Attentaten steckt, freute sich der Meister diebisch. Die Russen und Chinesen haben ihre Forschungen erst richtig begonnen, als die Amerikaner sie schon längst wegen Erfolgslosigkeit wieder eingestellt hatten. MK-Ultra, so ein Mist, dass ich nicht lache. Nur wir besitzen das notwendige Know How. Die Forschungsergebnisse der Kommunisten gemischt mit unseren speziellen Zutaten ergeben das einzig richtige Rezept.

Der Meister war trotz dieses kleinen Fauxpas zufrieden.

Jan und Hannah waren auf dem Weg zu Carl Georg Rommingers Haus. Sie wollten dort noch mal gründlich suchen. Es mussten sich doch irgendwo Hinweise finden lassen, die ein bisschen Licht ins Dunkel brachten. Wenn Rommel tatsächlich manipuliert und für diese Tat missbraucht worden war, wer steckte dann dahinter? Und was noch viel wichtiger erschien, war die Frage nach dem Wie. Jan hatte zwar von Dr.Shapourzadeh erfahren, dass es unter bestimmten Umständen durchaus möglich wäre, einen ferngesteuerten Attentäter zu erschaffen, doch hatte selbst er noch nie von einem konkreten Fall gehört. Irgendwo eben nur blanke Theorie. Die gleichen Aussagen kamen aus den USA. Die CIA hatte zwar viel Zeit und Geld in das Programm MK-Ultra gesteckt, aber es dann schließlich doch eingestellt, als die Experimente nicht das gewünschte Ergebnis erzielten. Aber war der Grund für ihre Aufgeben nur, dass das Programm wenig erfolgreich war oder hatte man letztlich auch moralische und ethische Bedenken? Vielleicht eine Mischung aus beidem, dachte Jan. Oder aber, die CIA hatte das Programm in den Achtzigern offiziell für beendet erklärt, hinter verschlossenen Türen aber unter strengster Geheimhaltung fortgesetzt. Wenn das so wäre, könnten die Aussagen des Kennedy-Attentäters Sirhan durchaus zutreffen, als er behauptete, unter Hypnose gestanden zu haben und sich nach der Tat an nichts mehr erinnern konnte.

Während seines Afghanistan-Einsatzes hatte Jan fortwährend den Verdacht, dass die Kämpfer der Taliban unter Drogen- oder Medikamenteneinfluss standen oder anderweitig manipuliert worden waren. Die Männer kämpften hasserfüllt, wie in Trance, ohne Rücksicht auf ihr Leben. Selbst wenn sie schwerverletzt waren, gaben sie nicht auf. Es schien, als würden sie überhaupt keinen Schmerz fühlen. Er bezweifelte, dass dies alles allein auf ihren tiefen Glauben zurückzuführen war. So streng gläubig, wie immer dargestellt, waren die Taliban beileibe nicht. Sie waren den weltlichen Dingen, wie Alkohol, Tabak und Drogen durchaus zugetan. In Gefangenschaft gaben sie stets an, sich an nichts mehr erinnern zu können. Was sich damals wie eine Schutzbehauptung oder einstudierte Floskel anhörte, hatte vielleicht doch einen wahren Hintergrund. Wenn die Wirkung der Psychopharmaka nachließ und sie nach und nach wieder zu Bewusstsein kamen, waren die Männer fromm wie Lämmer. Der Unterschied zu der Sache, mit der wir es jetzt zu tun haben, bestand darin, dass die Taliban wahrscheinlich gewusst haben, was mit ihnen geschieht und sich ganz bewusst haben manipulieren lassen. Sowohl Rommel als auch die beiden Amerikaner waren mit größter Wahrscheinlichkeit ohne ihre Zustimmung oder ihr Wissen als Attentäter missbraucht worden. Aber, verdammt noch mal, alle drei sind mit allen Wassern gewaschene Elite-Soldaten gewesen, dachte Jan, die lassen sich doch nicht einfach so überrumpeln.

Hannah, die am Steuer saß, bemerkte, dass Jan mit starrem Blick nach vorn auf die Straße sah. Als erahnte sie seine Gedanken, durchbrach sie seinen Tagtraum. »Rommel war doch bei diesem iranischen Psychologen in Behandlung? Ist doch nicht ausgeschlossen, dass der was mit der Sache zu tun hat. Seinen Aussagen nach hält er es ja durchaus für möglich, dressierte Attentäter auszubilden. Vielleicht handelt es sich in unseren Fällen vorerst noch um Tests? Wenn die erfolgreich abgeschlossen sind, könnten abgerichtete Terrorkommandos womöglich im großen Stil zuschlagen.«

»Du meinst, der Arzt gehört zur Terrorszene der Al Kaida? »

»Ist jedenfalls nicht auszuschließen. Der ist zwar schon viele Jahre in Deutschland, aber das ist ja eher typisch für einen Schläfer. Das Netzwerk der Al Kaida umspannt mittlerweile den gesamten Erdball. Und wer geglaubt hat, dass nach dem Tod von Bin Laden oder Al Fakri alles zusammenbricht, der täuscht sich ganz gewaltig. Die haben schon längst einen Nachfolger und planen die nächsten Attentate. Und was sie hier vorhaben, ist so ungefähr das Ekligste, was ich je erlebt habe. Stell dir vor, die sind in der Lage, Hunderte oder Tausende von diesen willenlosen, aggressiven Mördern zu produzieren, dann war 9/11 dagegen wohl eher ein Kindergeburtstag.«

Jan nickte Hannah mit einem Lächeln im Gesicht zu. »Hast recht, Schatz, besser hätte ich das gar nicht formulieren können.«

»Siehst du«, fuhr Hannah fort, »und dass sie sich zuerst Männer aussuchen, die kampferprobt sind und vor allem schießen können, ist auch klar. Unter dem Einfluss von Hypnose und Drogen lässt du zwar alle Hemmungen fallen, lernst aber noch lange nicht zu kämpfen und zu schießen.«

»Kompliment, Fräulein, gute Einlassung, aber eben nur Theorie. Nach wie vor besteht aber auch leider immer noch die Möglichkeit, dass die Männer sich in ihrem Frust und ihrem Ärger zusammengeschlossen haben und sich an den vermeintlich Verantwortlichen für ihre erlittenen Traumata rächen wollen. Sie wollen ein Zeichen setzen. Eine weitere Variante ist, dass es sich um kriminelle Hintermänner handelt, die überhaupt nichts mit der Terrorszene zu tun haben und die Soldaten mit einem Haufen Geld für ihre Zwecke rekrutieren. Es fällt mir allerdings nach wie vor schwer, daran zu glauben.«

»Glaub ich nicht«, hielt Hannah dagegen. »Warum lassen die dann ein paar zweitklassige Politiker erschießen? Das macht doch überhaupt keinen Sinn. Und dazu kommt, dass sie sich überhaupt nicht bemühen, ihre Spuren zu verwischen.«

»Du hast recht, aber am Ende gibt es für alles eine plausible Erklärung. Vielleicht haben irgendwelche politischen Gegner oder neidische Stellvertreter, die scharf auf den Posten ihres Chefs waren, die Morde in Auftrag gegeben. Und die Spuren wurden nicht verwischt, um den Eindruck zu erhärten, dass die Täter sich tatsächlich an nichts mehr erinnern konnten.«

»Ein bisschen weit hergeholt, mein Lieber, oder?«

Hannah lachte über den Erfindungsreichtum ihres Freundes.

»Aber an unserer Diskussion kannst du erkennen, dass wir momentan nichts haben, außer einen Haufen unbeantworteter Fragen.«

Der blaue Astra Kombi hielt in der Einfahrt vor Rommels Haus.

Als Jan gerade aussteigen wollte, klingelte sein Handy.

»Tom hier. Wir haben Warren Fisherman gefunden.«

»Das ist ja mal 'ne gute Nachricht«, war Jan erleichtert.

»Leider nicht, Jan, er ist tot.«

»Was?«, rief Jan entsetzt, »was ist passiert?«

»Er wurde gestern am späten Abend auf dem Parkplatz eines

Golfgeländes am Stadtrand von Chicago tot aufgefunden. Wahrscheinlich wurde er von Männern in einem schwarzen Van erledigt. Er hatte vorher versucht, einen Senator zu erschießen. Allerdings hatte ein aufmerksamer Bodyguard den Politiker in letzter Sekunde aus der Schussbahn gerissen. Das Projektil schlug in einem Baum ein. Wahrscheinlich bemerkte Fisherrman, dass er entdeckt worden war und wollte flüchten. Weit kam er nicht.«

Jan musste sich erstmal sammeln. Warren Fisherman war ein verdammt feiner Kerl, erinnerte sich Jan. Der »Fish« hatte immer ein Lächeln auf den Lippen. Er war stets Optimist, baute die Kameraden in schwierigen Zeiten auf. Wie alle anderen Männer der Sondereinheit *Sniper*, stand er im Ruf, ein todsicherer Schütze zu sein. Für ihn galt, was für alle Männer dieses Spezialkommandos galt: Sie waren tadellose Soldaten und mutige Kämpfer, aber keine feigen Mörder.

»Habt ihr schon 'ne Ahnung, wer ihn erschossen haben könnte?«, sammelte sich Jan.

»Nach den Aussagen eines Wachmannes tauchte plötzlich dieser schwarze Geländewagen auf dem Parkplatz auf und feuerte auf Fisherman. So schnell, wie er gekommen war, war er auch wieder von der Bildfläche verschwunden. Er konnte sich zwar die Nummer merken, aber das Kennzeichen war, wie befürchtet, nicht registriert. Er sagte weiter aus, dass er nur einen Schuss gehört habe und nicht erkennen konnte, wie viele Männer in dem Fahrzeug saßen. Erstens ging wohl alles viel zu schnell und zweitens besaß der Wagen rundum abgedunkelte Scheiben.«

»Nur gut, dass du im Vorfeld die Chicagoer Polizei eingeschaltet hast. Wahrscheinlich haben sie sofort alle in Frage kommenden Personen und deren Umfeld über die Gefahr eines Attentates unterrichtet.«

»Möglich, dass das dem Senator das Leben gerettet hat, aber so richtig hilft uns das im Moment auch nicht weiter. Das nächste Problem ist, dass Maynard Deville nicht auffindbar ist. Er ist wie vom Erdboden verschluckt. Halb Australien sucht nach dem Kerl. Steven hat mir gesagt, dass ihr alle Männer auf eurer Liste kontaktiert und gewarnt habt. Fehlt nur noch der Devil. Ich hoffe, dass er nicht das nächste Opfer ist.«

»Oder der nächste Attentäter«, fürchtete Jan, der mittlerweile alles für möglich hielt.

Maynard Deville war der toughste Typ, den Jan je kennengelernt hatte. Er war Master Sergeant bei den Navy Seals und schon im Golfkrieg im Einsatz. Maynard Deville war mit 1,95 Meter Körpergröße und einem Gewicht von gut 100 Kilogramm eine stattliche Erscheinung. Sein langes, schwarzes Haar hatte der Halbindianer stets zu einem Zopf gebunden. Das entsprach zwar nicht der Dienstvorschrift der Army, aber das war ihm vollkommen egal. Seine Vorgesetzten sahen darüber hinweg, weil er einer ihrer besten Männer war. Er war unnachgiebig gegen andere, aber auch gegen sich selbst und absolvierte selbst in Afghanistan regelmäßig ein unglaublich hartes Trainingsprogramm.

Jeden Morgen um fünf Uhr begann er den Tag mit einem einstündigen Ausdauerlauf und nach dem Frühstück stemmte er Hanteln. Anschließend trainierte er auf dem Schießstand. Sowohl mit dem Gewehr als auch mit der Pistole erzielte Maynard herausragende Ergebnisse. Nach dem Mittagessen war Nahkampfschule angesagt. Obwohl Deville groß und kräftig war, war er beweglich wie eine Katze. Selbst zwei Männer schafften es oft nicht, ihn zu überwältigen. Seinen Kampfstil konnte man wohlwollend als unorthodox bezeichnen, eine Mischung aus Ringen, Judo und Karate. Der blitzschnelle Kick zum Kopf des Gegners und ein gezielter, harter Handkantenschlag gegen die Halsschlagader galten als seine gefährlichsten Waffen.

Im Kampf Mann gegen Mann hatte er eine spezielle Technik entwickelt, den Feind von hinten zu packen, in den Schwitzkasten zu nehmen und mit einem kräftigen Ruck in Bruchteilen einer Sekunde das Genick zu brechen.

Jan war einer der wenigen Männer, die es auf der Matte mit ihm aufnehmen konnten. Obwohl sie mit Helm, Handschuhen und Mundschutz trainierten, mussten beide harte Schläge nehmen. Doch Maynard marschierte immer weiter nach vorn, scheinbar ohne Schmerzen zu spüren. Manchmal hatte man den Eindruck, als wenn der Mann unter Drogen stand. Er entwickelte während der Trainingseinheiten soviel Adrenalin, dass er oft kaum zu stoppen war. Am Ende eines Kampfes reichte er seinem Gegner jedoch sofort die Hand und schaltete unmittelbar in den Ruhemodus. Maynard Deville redete nicht viel. Im Feldlager galt er als Einzelgänger, den man lieber in Ruhe ließ. Im Einsatz dagegen war auf den Mann immer Verlass.

Nach einiger Zeit war es schwierig geworden, Freiwillige zu finden, die im Training gegen ihn antreten wollten. Meist musste Jan herhalten. Außer ihm fielen ihm da nur noch der Norweger Jan Aage Quist, genannt »Hägar, der Schreckliche« und Hauptfeldwebel Thomas »Dolph« Ritter, dem eine gewisse Ähnlichkeit mit dem schwedischen Schauspieler *Dolph Lundgren* nachgesagt wurde, ein. Beide besaßen die Statur eines Ochsen und die Kraft eines Bären. Was ihnen im Gegensatz zu Maynard Deville fehlte, war allerdings der ausgeprägte Killerinstinkt. Aber das war es nicht allein, was den Mann zu einer undurch-schaubaren, geradezu mysteriösen Figur machte. Da war noch etwas anderes: Maynard Deville besaß die Fähigkeit, irgendwo aus dem Nichts aufzutauchen und genauso schnell und unvermittelt wieder zu verschwinden. Niemand wusste, wie er das machte. Fakt war allerdings, dass ohne diese Fähigkeiten einige Männer der Einheit *Sniper* nicht mehr lebend nach Hause gekommen wären.

Als die Truppe eines nachts in einem Gebirgseinsatz ihr Lager aufgeschlagen hatte, teilte Jan je vier Mann ein, die im stündlichen Tausch auf Patrouille gehen sollten.

Dabei war es Vorschrift, dass sich je zwei Zweiergruppen im Abstand von fünfzig Metern gegenseitig zu sichern hatten. In dieser Nacht und am Tag zuvor waren sie nicht mit dem Feind in Berührung gekommen. Offensichtlich glaubten die Männer deshalb, sich nicht an die Regeln halten zu müssen und gingen in einer Gruppe zu viert. Plötzlich gerieten sie in einen Hinterhalt. Ein Spähtrupp der Taliban hatte sie in einer kleinen Schlucht eingekesselt. Hätten die Angreifer das Feuer eröffnet, wären Jans Männer auf der Stelle getötet worden. Doch die Taliban wollten sie gefangen nehmen und als Trophäen in ihr Lager bringen. Wahrscheinlich brauchten sie neue Opfer für ihre Propaganda und ihre Gewaltvideos, in denen sie die Gefangenen vor laufender Kamera zu Tode folterten oder enthaupteten.

Sie zielten mit ihren Kalaschnikows auf die Soldaten und zwangen sie, Waffen und Kleidung abzulegen. Dann trieben sie die Männer in einer Reihe vor sich her. Unvermittelt sprang aus der Dunkelheit eine Gestalt von einem Felsen und stürzte sich auf die überraschten Taliban. Es entwickelte sich ein kurzer, heftiger Kampf. Mit rasender Geschwindigkeit wirbelte ein dunkler Schatten durch die Reihen der Mudschaheddin. Jans Männer hörten Knochen brechen, Sehnen bersten und kurze, markerschütternde Schmerzensschreie. Schon nach wenigen Sekunden war der Spuk vorüber. Maynard Deville hatte alle sechs Taliban getötet. Er hatte ihnen das Genick gebrochen oder mit seinem Kampfmesser die Kehle durchtrennt. Er befreite seine Kameraden von den Fesseln und führte sie zum Lager zurück. Ohne ein Wort zu sagen, säuberte er sein Messer, steckte es in seinen Stiefelschaft zurück und legte sich wieder auf seine Matte.

»Dieser Kerl ist kein Mensch, er ist der Teufel«, bemerkte einer der Geretteten kleinlaut, »Gott sei Dank, dass er auf unserer Seite ist.« In dieser Nacht wurde die Legende vom »Devil«, dem Roten Teufel, geboren.

Rothman und Brown waren stinksauer. Da die heimischen Behörden den Mann, den sie suchten, nicht ausfindig machen konnten, war die CIA gezwungen, direkt vor Ort tätig zu werden. Tom Bauer hatte inzwischen herausgefunden, das Maynard Deville irgendwo im Osten Australiens auf einer Farm bei Crockwell lebte. Zumindest waren das die Ergebnisse der letzten intensiven Recherchen der CIA. Absolut sicher waren diese Informationen jedoch nicht. Tom hatte Chief Broderick vorgeschlagen, die beiden fähigsten Agenten dort hinzuschicken, mit dem Auftrag den Ex-Marine aufzuspüren und ihn zu warnen. Sein Boss hielt dies für eine absolut angemessene Aufgabe für diese zwei Intriganten, über die er sich Tom zuletzt so ärgern musste. Für ihn war es eine Genugtuung, diesen Idioten gezeigt zu haben, wer eigentlich das Sagen hatte. Darüber hinaus sollten Rothman und Brown herausfinden, ob Maynard Deville nicht auf irgendeine Art und Weise etwas mit den Morden an den Politikern zu tun hatte.

Nach einer Flugzeit von 19 Stunden und 52 Minuten hatten die beiden Agents die 9935 Meilen zwischen New York und Sydney zurückgelegt. Gegen zwölf Uhr mittags landete die Boeing der Australian Airways auf dem Sidney Airport. Rothman und Brown hatten fast während des gesamten Fluges über den Pazifischen Ozean vor sich hin gedöst. Irgendwann würden sie es diesem Bastard Tom Bauer schon heimzahlen, dachten sie. Klar, dass er ausgerechnet sie mit dieser beschissenen Aufgabe betrauen würde. Eine Reise in die Hölle wäre wohl kaum unangenehmer gewesen.

Der lange Intercontinentalflug war noch das Angenehmste an ihrer Dienstreise. Sie hatten noch eine unendlich weite Autofahrt durch die wenig besiedelten Gebiete und kargen Landschaften Australiens vor sich. Direkt am Flughafen mieteten sie sich einen blauen 5er BMW mit Automatik und Klimaanlage. Sie wollten die ihnen bevorstehende Ochsentour so komfortabel wie möglich absolvieren. Dazu war die deutsche Nobelkarosse gerade mal gut genug.

Nachdem sie im Flughafen-Restaurant gegessen hatten, starteten sie ihre Expedition ins Unbekannte. Gott sei Dank fand das Navigationssystem ihres Wagens problemlos den Zielort. Crockwell lag exakt 1135 Meilen entfernt in südwestlicher Richtung. Die Fahrtzeit betrug laut Computer eben mal schlappe fünfzehn Stunden. Ob sie das schadlos überstehen würden, konnten die beiden nicht mit letzter Gewissheit voraussagen. Trotzdem nahmen sie sich vor, die Strecke in einem Rutsch durchzufahren. Eine Übernachtung war jedenfalls nicht vorgesehen. Sie wollten sich als Fahrer abwechseln und ab und zu eine kleine Pause einlegen. An den Tankstellen würden sie sich mit Wasser und kleinen Snacks versorgen. Große Mengen Kaffee und ein paar Dosen Red Bull sollten sie wach halten, so der Plan. Rothman und Brown verließen Sydney über den South Western Motorway. Später fuhren sie vom Highway Five südlich auf den Remembrance Driveway Richtung Goulburn. Waren sie in Amerika schon große Entfernungen gewohnt, hatten sie hier in Down Under das Gefühl, dass diese endlosen Straßen niemals ans Ziel führen würden. Graue Bergwelten und karge Gerölllandschaften wechselten sich mit saftigen grünen Feldern und Weiden ab. Für das atemberaubende Panorama an diesem schönen sonnigen Maitag hatten die beiden Agents allerdings kaum einen Blick. Es überwog der Frust, dass ausgerechnet sie diese undankbare Aufgabe zu erledigen hatten.

Das war die Rache ihres Erzfeindes Thomas Bauer, diesem widerlichen Scheißkerl. Aber sie würden sich noch revanchieren. Kommt Zeit kommt Rat. Irgendwann würden sie ihn an seinen Eiern packen und ihn zerquetschen wie eine lästige Zecke, schworen sich die Männer.

Nach gut fünf Stunden Fahrt bogen sie bei Gunning rechts ab auf den Hunter Highway Richtung Fish River. Was sich hier Highway nannte, ging zu Hause in Washington nicht mal als Feldweg durch. Eine schmale, gewölbte Fahrbahn, die sich als weit löchriger erwies, als ein Schweizer Käse. Die Gunning Road führte in nördlicher Richtung nach Gullen. Mehr als knapp vierzig Meilen Höchstgeschwindigkeit waren nicht möglich. Ansonsten wären sie wohl mit Achsbruch und ausgerenkten Halswirbeln außer Gefecht gesetzt worden. Sie durchquerten Gullen. Dort wurden sie von den wenigen Menschen angestarrt, als wären sie gerade mit ihrem Raumschiff gelandet und jetzt auf Patrouille auf einem fremden Planeten. Fragt sich nur, wer hier die Aliens sind, wir oder ihr?, dachte Rothman.

»Meine Fresse, die Typen sehen hier irgendwie alle gleich aus. Wohl alles Nachkommen vom Sektenführer«, scherzte Agent Brown.

»Kontrollierte Inzucht«, ergänzte Rothman sarkastisch.

Die Gunning Road führte mitten durch Gullen in nördlicher Richtung nach Crockwell. Ihr Zielort hatte so etwas Ähnliches wie Kleinstadtcharakter. Was aber noch lange nicht heißen sollte, dass die Straßen jetzt besser wurden. So, wie das hier aussah, verließen die Einwohner wohl eher selten ihre Stadt. Nur alle paar Meilen sah man vereinzelt ein Auto oder einen Kleintransporter entgegenkommen. Dann musste der BMW fast auf Schrittgeschwindigkeit abgebremst werden, damit die Fahrzeuge aneinander vorbeikamen. Zum Glück gab es in Gullen eine kleine Tankstelle, sonst hätten sie die restlichen zweihundert Kilometer wohl zu Fuß laufen müssen. Crockwell war eine schöne Kleinstadt mitten im Grünen. Die Häuser und Straßen machten einen weitaus ordentlicheren Eindruck, als das, was sie in den Ortschaften zuvor gesehen hatten. Hier gab es sogar so etwas, wie eine Einkaufsmeile, die so früh am Morgen, es war kurz nach sieben, schon gut besucht war. Die Ersten waren bereits auf dem Weg, ihre Arbeit in den vielen Einzelhandelsgeschäften oder in den ortsansässigen Firmen und Behörden aufzunehmen. Andere holten Brötchen und Gebäck zum Frühstück. Auf beiden Straßenseiten betrieben die Menschen fleißig Frühsport. Sie liefen, joggten und walkten, was das Zeug hielt. Scheinbar hatte auch hier in der tiefsten australischen Provinz die Fitnesswelle bereits Einzug gehalten.

Die Agents erreichten nach knapp fünfzehn Stunden ihren Zielort. Die reine Fahrtzeit hatte gut dreizehn Stunden betragen. Zwischendurch hatten sie regelmäßig Pausen eingelegt, um zu tanken, zur Toilette zu gehen und sich zu verpflegen. Während einer fuhr, legte sich der andere auf den Rücksitz und schlief. Vielleicht hätten sie sich in Sydney einen Privatflieger chartern sollen, der sie mit einer einmotorigen Cessna im Nu die Strecke raus nach Crockwell geflogen hätte. Aber offenbar waren Charterflüge im Etat der CIA nicht vorgesehen. Das Büro des Chiefs hatte ihnen lediglich einen Mietwagen zugestanden.

Diese blöde Ziege, die im Vorzimmer des Chiefs residierte, verstand sich leider mit dem Arsch von Bauer außerordentlich gut, ärgerte sich Rothman. Wären sie in der Vergangenheit nur etwas netter zu der Dame gewesen, bereute er jetzt.

Rothman und Brown beschlossen zunächst ein kleines, ansprechendes Diner aufzusuchen, um ausgiebig zu frühstücken und zu beratschlagen, wie sie weiter vorgehen sollten. Jetzt war es ohnehin noch zu früh, um bei Deville aufzukreuzen. Zudem kannten sie bisher noch nicht den genauen Standort der Farm. Alles, was sie wussten, war, dass sie nördlich aus Crockwell herausfahren mussten und ihr Ziel dann irgendwo links abseits der Hauptstraße lag.

In der Mitte des Einkaufzentrums befand sich ein großer, runder Platz. Außen herum spendeten große Laubbäume angenehmen Schatten. Im Zentrum thronte ein voluminöser Gebäudekomplex. Sie folgten einem Schild, das ihnen den Weg in die Tiefgarage unter den Marktplatz wies. Sie stellten ihren Wagen dort ab und nahmen die Treppe, die direkt in die Eingangshalle des großen Multifunktionsgebäudes führte, die modern und geschmackvoll ausgestattet war. Die Leute waren beschäftigt und   schenkten ihnen kaum Beachtung. Offensichtlich war man hier in Crockwell auf Fremde eingestellt. Neben dem Ausgang zum Marktplatz gab es ein großes Café, das draußen auf der Veranda wunderbar in der Morgensonne gelegene Tische und Stühle aufgestellt hatte, an denen schon ein paar Leute Platz genommen hatten und ausgiebig frühstückten. Rothman und Brown suchten sich einen Tisch mit Blick auf einen Springbrunnen, der alle paar Minuten eine riesige Wasserfontäne gen Himmel blies. Im aufsteigenden Wasser brach sich das morgendliche Sonnenlicht in allen Farben. Eine freundliche, junge Dame kam an ihren Tisch, um die Bestellung aufzunehmen.

Sie orderten schwarzen Kaffee, Croissants und Spiegeleier mit Schinken. Wenn man hier so alles betrachtete, konnte sich diese beschissene Dienstfahrt doch noch zu einem angenehmen Ausflug entwickeln, dachte Brown. Jetzt musste eben nur noch alles mit diesem bescheuerten Army-Typen glatt laufen.

Als die Bedienung ihnen ihre Bestellung brachte, lächelte Rothman die hübsche Frau freundlich an. »Sagen Sie, sind in Crockwell eigentlich alle Frauen so hübsch?«

»Kommt drauf an, wer danach fragt«, antwortete sie schlagfertig.

Agent Brown verdrehte die Augen, nutzte aber die Gunst der Stunde: »Darf ich Ihnen eine Frage stellen, junge Frau?«

»Mein Name ist Mable«, deutete die Bedienung auf ihr Schild oberhalb ihrer Brusttasche.

»Ja, natürlich, entschuldigen Sie, Mable. Wir suchen nach jemandem, der nördlich von hier eine Farm besitzt. Der Mann ist Amerikaner und heißt Maynard Deville, schon mal gehört?«

Die Agents bemerkten, wie sich die Gesichtszüge der Frau augenblicklich verdunkelten. Sie wurde argwöhnisch.« Sind sie von der Polizei?«

»Nein nein, keine Angst. Wir wollen dem Mann nichts Böses. Wir haben eine wichtige Nachricht für ihn. Und der Adressat aus den USA konnte ihn hier in Australien nicht ausfindig machen. Deshalb sind wir gekommen, ihn aufzusuchen und diese Nachricht zuzustellen.

»Hat er 'ne Erbschaft gemacht, oder so?« , fragte Mable neugierig.

Rothman entschloss sich, die Vorlage aufzunehmen und zu verwandeln. Konspirativ winkte er die Frau zu sich heran und flüsterte ihr ins Ohr. «Ja, aber bitte sagen Sie es nicht weiter, sonst hat er sofort die ganzen Bittsteller an der Backe, Sie wissen schon.«

Mabel hatte ihr Lachen wiedergefunden. »Kein Sterbenswörtchen geht mir über die Lippen. Können sie sich drauf verlassen.«

»Also kennen Sie den Mann?«, wollte Brown wissen.

»Ja, ich glaube, ich weiß, wen sie meinen. Der betreibt westlich von der Redground Road eine Farm. Baut Gemüse an und hat 'ne Schafszucht. Hat hier 'nen festen Stand auf dem Marktplatz. Jeden Dienstag und Freitag. Freut mich für ihn, ist ein netter Kerl.«

»Ja, uns auch«, log Rothman und schenkte Mable ein aufgesetztes Lächeln.

»Wenn sie noch was möchten, melden sie sich, ich muss jetzt weitermachen.«

»Klar, machen wir, danke.«

Gegen neun Uhr fuhr der BMW auf die Redground Road und verließ Crockwell in nördlicher Richtung. Nach ein paar Kilometern fielen den Agents etwa fünfhundert Meter links von der Hauptstraße entfernt ein paar Gebäude auf, die von hohen Weiden umgeben waren. Dort grasten Schafe und ein paar Rinder. Ein schmaler unbefestigter Feldweg führte direkt auf den Hof des Anwesens.

»Hier muss es sein. Fahr rein und halt kurz an.«

Brown, der am Steuer saß, tat, was Rothman ihm gesagt hatte.

»Wir müssen vorsichtig sein. Nach alledem, was wir über diesen Typen gehört haben, ist mit dem schlecht Kirschen essen. Der putzt uns glatt weg, bevor wir überhaupt den Hof betreten haben. Wenn der mit der Sache zu tun hat, dann rechnet er auch damit, dass hier früher oder später jemand aufkreuzen und ihm Ärger machen wird. Und darauf wird er sich vorbereitet haben. Mit einem derart knallharten Burschen fertig zu werden, dürfte alles andere als leicht werden.«

»Du kannst ja die weiße Fahne schwenken, dann weiß er, dass wir in friedlicher Absicht kommen«, antwortete Brown verärgert.

Ein Problem war, dass die Agents unbewaffnet waren. Leider war es ihnen auch als CIA-Agenten nicht erlaubt, Waffen mit an Bord zu nehmen. Vielleicht sollten sie vorsichtshalber doch das Sheriff-Büro in Crockwell aufsuchen und dort um Unterstützung bitten.

Obwohl sie sich ihrer Sache nicht sicher waren, fuhren sie langsam weiter in Richtung Hofeinfahrt. Sie passierten das offene Hoftor und stellten ihren Wagen ab. Es war alles ruhig, keine Menschenseele in Sicht.

Rothman und Brown stiegen aus und ließen ihre Blicke kreisen. Weit und breit war niemand zu sehen. Am Kopf des Hofes befand sich ein roter, einstöckiger Backsteinbau mit einer großen, zweiflügligen Haustür.

»Hallo, jemand da?«, rief Rothman.

»Sind wohl alle ausgeflogen. Lass uns in den Ställen nachsehen«, schlug Brown vor.

»Stehen bleiben und Hände hoch«, hörten sie plötzlich eine Stimme hinter sich.

Die beiden Agenten taten, was ihnen befohlen wurde. Jetzt nur keine falsche Bewegung machen, ermahnte sich Rothman. Die Männer hoben die Hände, blieben stehen und rührten sich nicht.

»Wer sind Sie, was wollen Sie hier?«

Die Agents machten Anstalten, sich vorsichtig umdrehen.

»Keine Bewegung hab ich gesagt. Rühren sie sich nicht von der Stelle. Also, sprechen sie.«

»Mein Name ist Rothman. Das ist mein Partner Brown. Wir suchen nach Maynard Deville. Sind wir hier richtig?«

»Das wird sich gleich zeigen.«

Der Mann hinter ihnen trat rücklings an sie heran und tastete mit einer Hand ihre Anzüge von oben nach unten ab. In der anderen trug er offensichtlich seine Waffe.

»Wir sind unbewaffnet, Sir. Sie können sich die Mühe sparen.«

Als dieser nichts finden konnte, forderte er die beiden Besucher auf, drei Schritte vorzutreten und sich langsam umzudrehen. Vor ihnen stand ein Hüne von Kerl. Er hatte sein Gewehr heruntergenommen, ohne allerdings seine Aufmerksam-keitshaltung zu vernachlässigen.

»Mr. Deville?«, fragte Brown.

»Wer will das wissen?«, kam die prompte Gegenfrage.

»Rothman und Brown von der CIA, Sir. Wir haben den Auftrag, ihnen eine Nachricht zu übermitteln.«

»So, haben sie? Dann sagen sie, was sie zu sagen haben und

verschwinden wieder.«

»Sir, Sie befinden sich offensichtlich in großer Gefahr. Es sind bereits eine Reihe von Anschlägen auf Männer ihrer ehemaligen Sondereinheit verübt worden. Thomas Bauer, Ihr Verbindungsmann von der CIA in Afghanistan und ihr Kommandeur Major Krüger haben uns beauftragt, Sie ausfindig zu machen und Sie zu warnen.«

»Ist das alles?«

Die Agents nickten unisono.

»Gut und jetzt verschwinden sie«, kam die kurze trockene Erwiderung. Im Moment hielten es die beiden Männer für das Beste, keine weiteren Fragen zu stellen und den Rückzug anzutreten.

Wie hatte es der Typ überhaupt geschafft, unbemerkt an sie heranzukommen? Der musste doch mindestens fünfzig Meter über den Hof geschlichen sein. Dabei hatten sie sich auf dem Gelände mehrfach umgedreht, um sicher zu sein, dass sie niemand ins Visier nahm. Als sie den Hof verließen, richtete Deville wieder die Waffe auf sie, um ihnen zu demonstrieren, dass sie besser nicht zurückkommen sollten.

»Verdammt, wie konnte der Typ uns so einfach überlisten?«, ärgerte sich Brown, als sie auf dem Weg zurück nach Crockwell waren. »Der ist aufgetaucht wie aus dem Nichts. Plötzlich stand dieser Kerl hinter uns«, ergänzte Rothman.

»Eins steht jedenfalls fest: Der Typ hat Dreck am Stecken«, mutmaßte Brown.

»Ja, vielleicht, aber wie würdest du reagieren, wenn am frühen Morgen zwei Kerle in schwarzen Anzügen auf deinem Grundstück herumschleichen würden?«

»Mag sein, aber wir haben ihm doch eine plausible Erklärung geliefert. Spätestens da hätte er doch mit uns reden können. Die Reaktion auf die Namen Bauer und Krüger war gleich null. Wenn er nicht gewusst hätte, um was es ging, hätte er doch sicher interessiert nachgefragt, oder?«

»Weiß nicht, besonders gesprächig scheint der von Natur aus nicht zu sein.«

Zurück in Crockwell beschlossen die Agents, sich ein Zimmer zu nehmen, zu duschen und ein paar Stunden zu schlafen. Am

Nachmittag wollten sie dann Kontakt nach Langley aufnehmen und die weitere Vorgehensweise besprechen. Vielleicht war ja ihr Auftrag auch schon erledigt und sie konnten am nächsten Tag wieder zurückfliegen.

In Carl Georg Rommingers Haus ließ sich auch nach längerem, intensivem Suchen nichts Verdächtiges finden.

»Ist alles pikobello aufgeräumt hier. Für einen alleinstehenden Mann irgendwo schon ungewöhnlich, oder?«, fragte Hannah.

»Scheint wohl zu stimmen, was seine Frau uns erzählt hat«, antwortete Jan.

»Du meinst, dass sie eigentlich noch hier wohnt und nur dann und wann mal bei ihrem Chef übernachtet?«

»Na ja, jedenfalls sieht der Haushalt hier nicht nach Männerwirtschaft aus.«

Jan wischte mit seinem Finger über einen großen, braunen Naturholzschrank im Wohnzimmer.

»Nicht mal Staub drauf. Alles wie geleckt. Wenn man bedenkt, dass hier die Spurensicherung durchgefegt ist, kaum zu glauben. Die müssen sich aber mächtig vorgesehen haben. Sieht denen überhaupt nicht ähnlich.«

Hannah blätterte in einem Terminkalender, der auf dem Schreibtisch in Rommels Arbeitszimmer lag.

»Hier sind die Besuche bei seinem Psychologen alle fein säuberlich eingetragen. Immer dienstags und freitags. Das geht bis Anfang des Jahres zurück.«

Im Regal standen eine Reihe von Fachbüchern zum Thema Psychologie.

»Schau dir das mal an. Offensichtlich hat er sich sehr intensiv mit der Materie beschäftigt.«

Jan hielt einen dicken Wälzer in seinen Händen. *Posttraumatische Belastungs-störungen - Ursache, Behandlung und Heilung,* stand darauf zu lesen.

»Irgendwo nachvollziehbar«, meinte Hannah.

»Vielleicht ja,«, entgegnete Jan, »aber ich denke nicht, dass es eine große Hilfe ist, fortwährend daran erinnert zu werden, dass es da mal eine dunkle Seite im Leben gegeben hat. Für mich war es immer die beste Methode, die Dinge zu verdrängen, indem man sich mit anderen Sachen beschäftigt. Ablenkung war für mich gerade in den ersten Jahren nach Afghanistan die beste Medizin. Und ich hab mich immer bemüht, das Positive in Erinnerung zu behalten.«

»Und das hat funktioniert?«, wollte Hannah wissen.

»Natürlich drückst du nicht auf einen Knopf und hast den ganzen Mist vergessen. Da sind Dinge passiert, die sich andere Menschen nicht mal in ihren schlimmsten Alpträumen vorstellen können. Das kann und werden weder ich, noch alle, die mit mir dort waren, jemals komplett vergessen. Das, was wir dort getan haben, war wichtig. Wir haben den Feind bekämpft und dafür Sorge getragen, dass das Leben unserer Kameraden geschützt wurde. Die Taliban hatten großen Respekt vor der Einheit *Sniper*. Schon wenige Tage nach unseren ersten Einsätzen nahmen die Attentate auf die ISAF-Soldaten deutlich ab. Die Terroristen hatten sich aus Angst, von einem Sniper erwischt zu werden, weit in die Berge zurückgezogen. Als wir ihnen selbst dahin gefolgt sind, waren sie eine Zeit lang, sogar wochenlang, von der Bildfläche verschwunden. Natürlich haben wir dort Menschen getötet, aber ich denke, wir haben auch viele Leben gerettet.«

»Das mag richtig sein«, sagte Hannah, »aber, wie du siehst, haben andere offensichtlich deutlich mehr Schwierigkeiten, mit diesen Dingen fertig zu werden.«

»Ja, scheinbar hat Rommel doch nicht alles so verkraftet, wie ich annahm. Deswegen hat er sich die Hilfe eines Psychologen geholt. Ist auch nichts gegen einzuwenden. Dr. Shapourzadeh war ja immerhin der Meinung, dass Rommel seine Traumata überwunden hatte und im Grunde nur noch vorsorglich weiterbehandelt wurde.«

Als Hannah den Terminkalender zurück auf den Schreibtisch legen wollte, stieß sie aus Versehen mit ihrem Ellenbogen gegen ein kleines, hölzernes Kästchen, das daraufhin herunterfiel. Auf dem Boden verstreut lagen einige Visitenkarten. Hannah hob sie alle fein säuberlich auf und sah sie sich dabei an. Plötzlich zuckte sie merklich zusammen.

»Was ist los?«, fragte Jan, der ihre heftige Reaktion bemerkt hatte.

»Schau dir das mal an. Ist das nicht dieser Dr. Lutzius?«

Kein Zweifel. Das Bild zeigte das Konterfei des Mannes, den Rommel offensichtlich erschossen hatte.

»Auf der Rückseite steht 'ne Handynummer«, ergänzte Hannah.

»Verdammt noch mal, was spielt der Kerl für ein Spielchen? Aber wieso hat die Spurensicherung dieses Foto nicht gefunden? Die haben doch die ganze Bude auf den Kopf gestellt.« Jan war sauer.

»Oder jemand hat das Bild hier absichtlich und nachträglich deponiert, mit dem Ziel, dass wir es finden«, mutmaßte Hannah.

»Kann sein. Wollen doch mal sehen, wem diese Nummer gehört.« Jan holte sein Handy aus der Tasche und wählte die auf der Rückseite des Fotos stehende Mobilnummer an. Der Ruf ging raus.

»Da, pozhaluysta?« Er traute seinen Ohren nicht. Diese Worte kannte er nur zu gut.

»**Wir** waren noch mal in Rommingers Haus und haben uns da umgesehen. Das haben wir da gefunden.« Jan zeigte Hubertus von Echternach das Foto.

Überrascht zog der Polizeichef die Augenbrauen hoch. »Wer weiß noch von dem Bild?«, wollte er wissen.

»Außer Ihnen niemand«, antwortete Hannah.

»Gut, dann behalten Sie die Sache zunächst für sich. Wir wollen nicht noch weiteres Öl ins Feuer gießen. Vor ein paar Minuten war der Oberstaatsanwalt bei mir und hat mich darüber informiert, dass der Fall für ihn eindeutig sei und er die Sache ohne weitere Verzögerung vor Gericht bringen will. Er hat bereits mit dem zuständigen Richter gesprochen. Der ist der gleichen Meinung. Es sieht schlecht aus für Herrn Romminger.«

»War leider zu erwarten,« sagte Jan, »bei den anderen Männern sieht es ähnlich aus. Hendersons Anklage in New York wurde nur verschoben, weil ein weiterer Mord erfolgte, der die gleichen Muster aufwies. In Texas haben sie meines Wissens den Prozess gegen Morisson bereits eröffnet. Und die Angelegenheit Fisherman hat sich mit seinem Tod erledigt. Hätte mich gewundert, wenn man hier nicht genauso gehandelt hätte.« Jan wirkte konsterniert, niedergeschlagen.

»Wir können im Moment wenig tun. Jedenfalls nicht offiziell. Nach wie vor bin ich aber bei Ihnen. Ich denke noch immer, dass Romminger reingelegt wurde. Die Sache stinkt zum Himmel«, gab sich Hubertus von Echternach weiter kämpferisch.

»Offiziell sind die Ermittlungen vorerst abgeschlossen. Aus diesem Grund war auch die Spurensicherung nicht ein zweites Mal in seinem Haus. Die konnten in der kurzen Zeit gar nicht alles genau untersuchen. Deshalb haben sie auch das Foto nicht gefunden. Wir müssen jetzt einen Gang runterschalten.«

»Auf der Rückseite des Fotos steht eine Handynummer. Ich habe sie zur Überprüfung an Steven Goldblum weitergegeben. Als ich dort angerufen habe, hat sich ein Russe gemeldet. Der Sache müssen wir nachgehen.«

»Natürlich, aber im Moment nicht mehr im Auftrag des Landeskriminalamtes Berlin. Am besten ist, dass sie hier erst mal für ein paar Tage von der Bildfläche verschwinden, damit kein weiterer Staub mehr aufgewirbelt wird. Fahren Sie übers Wochenende zurück nach Leipzig. Am Montag treffen wir uns dann zur Lagebesprechung.«

»Besteht die Möglichkeit, mit Rommel zu sprechen, bevor wir zurückfahren? Wir müssen ihn mit dem Foto konfrontieren«, bat Jan.

»Wenn unsere Annahme zutrifft, dass Romminger gezielt manipuliert worden ist und tatsächlich keine Erinnerungen mehr an die Tat hat, wird er auch das Foto nicht erkennen«, entgegnete von Echternach. »Aber gut, am besten sie fahren jetzt gleich zu ihm. Ich rufe inzwischen dort an und verschaffe Ihnen Einlass. Danach hauen sie aber sofort ab. Besser, der Oberstaatsanwalt bekommt sie nicht mehr in die Finger.«

»Gut, danke, wir melden uns später telefonisch«, Hannah reichte dem Polizeichef die Hand. Im Rausgehen klopfte van Echternach Jan auf die Schulter. »Es ist noch nicht aller Tage Abend, aber vorerst müssen wir ein Stück kürzertreten.«

Rommel saß in der Justizvollzugsanstalt Moabit. Offiziell befand er sich noch in Untersuchungshaft. Doch offensichtlich hatte der Oberstaatsanwalt vor, diesen Zustand möglichst schnell in eine lebenslange Haftstrafe umzuwandeln. Weder Hannah noch Jan konnten bestreiten, dass hier nach Lage der Dinge richtig gehandelt wurde. Allenfalls die Geschwindigkeit bei den Ermittlungen, die aus ihrer Sicht in der Kürze der Zeit nicht sorgfältig durchgeführt worden waren, gaben Anlass zur Kritik.

Die Haftanstalt lag in Alt-Moabit in unmittelbarer Nähe zum Flughafen Tegel. Hannah lenkte ihren in die Jahre gekommenen Dienstwagen durch den dichten Stadtverkehr. Berlin war eine äußerst interessante Stadt. Es gab viel zu sehen und eine Menge zu erfahren. Doch im Moment hatten die beiden keinen Blick für all das. Sie mussten jetzt schnellstens noch mal mit Rommel reden, bevor sie zurück nach Leipzig fuhren. Am Eingangstor des großen, grauen Gebäudes, das eher aussah wie eine alte Fabrik aus den siebziger Jahren, erwartete man sie schon. Sie zeigten ihre Dienstausweise und verwiesen auf ihre mündliche Genehmigung durch den Berliner Polizeichef. Der Beamte, der am Fenster des Wachhäuschens saß, nickte und winkte sie durch. »Immer geradeaus und dann die zweite links zum Block vier«, rief er ihnen zu. Hannah folgte dem Schild: *Block 4 Untersuchungshaft*.

»Bitte, hier entlang«, wies ihnen ein kleiner, krummbeiniger Vollzugsbeamte, der hier offenbar die Schlüsselgewalt besaß, den Weg. »Wir bringen den Mann in Verhörraum eins. Ich warte vor der Tür. Kann aber auch mit reinkommen, wenn Sie wollen«, bot er an.

»Oh nein, vielen Dank, wir kommen schon klar.«

»Gut, Sie haben fünfzehn Minuten.«

Hannah und Jan setzten sich an einen Tisch, der sich inmitten des ansonsten kargen Raumes befand. Verhörräume sahen überall auf der Welt gleich aus. Schmutzige, ehemals weiß getünchte Wände, ohne jeglichen Wandschmuck, einfacher, brauner Linoleumboden. Rund um den schlichten Holztisch standen vier Stühle, die mit Schrauben am Boden befestigt waren. Eine Gegensprechanlage und ein großer Spiegel an der Wand rechts von der dicken, fensterlosen Holztür verrieten, dass hinter diesem Glas gewöhnlich Beobachter Platz nahmen. Die beiden wussten nicht, ob im Nebenraum jemand der Unterhaltung beiwohnen wollte. Jan klopfte an die Holztür. »Ach, Entschuldigung, ich muss noch eben schnell mal zur Toilette, bevor's losgeht.«

Der kleine, beleibte Beamte zeigte auf eine Tür auf der linken Seite etwa zehn Meter den Flur entlang. Hannah stand auf, ging auf den Beamten zu und sprach ihn an.

»Na, Chef, schafft die Hertha diese Saison den Wiederaufstieg, oder krebsen die weiter in der 2. Liga rum?«

»Ach, hören Sie bloß auf mit denen. Da krieg ich so'ne Krawatte.« Der kleine Mann zeigte mit seinen kurzen, speckigen Armen die ungefähre Größe seines imaginären Binders an. »Die sollen doch endlich diesen Vollpfosten von Manager rausschmeißen. Diese ganzen Fehleinkäufe gehen doch auf sein Konto.«

Hannah hatte offensichtlich den Nerv des Mannes getroffen. Sie ging einen Schritt aus dem Raum und versperrte dem Mann, der gerade im Begriff war, sich in Rage zu reden, den Blick auf den Flur. Jan nahm die Vorlage auf und öffnete vorsichtig und leise die Tür neben dem Verhörraum. Zu seiner Erleichterung war das Zimmer leer. Er ging weiter zur Toilette. Im gleichen Moment wurde Rommel, von zwei Beamten begleitet, von der anderen Flurseite in den Verhörraum gebracht. Als Jan zurück war, schloss der kleine, dicke Hertha-Fan die Tür, nicht ohne noch mal auf die Uhr zu tippen. »Ab jetzt fünfzehn Minuten, okay?«

»Geht klar, Chef«, antwortete Hannah lächelnd. Sie hatte bei ihm einen ganz dicken Stein im Brett. Eine Frau mit Ahnung vom Fußball, ganz nach dem Geschmack des Vollzugsbeamten.

Rommel lächelte gequält, als er die beiden sah. »Na, wollt ihr euch von mir verabschieden?«

»Ganz im Gegenteil, mein Freund. Wir wollen dir mitteilen, dass wir weiter an der Sache dran sind. Mehr denn je, wenn das überhaupt möglich ist.«

»Ist das nicht alles vergebene Liebesmüh? Mein Anwalt hat mir vor ein paar Minuten mitgeteilt, dass noch heute Anklage erhoben wird.«

Jan atmete tief durch, richtete sich auf dem festgeschraubten Holzstuhl kerzengerade auf.

»Mag ja sein«, übernahm Hannah den Gesprächsfaden, »das hat aber nichts mit unseren Ermittlungen zu tun. Der Polizeichef ist auf unserer Seite. Offiziell müssen wir allerdings etwas auf die Bremse treten.«

Rommel, dessen Hände auf dem Rücken mit Handschellen fixiert waren, schien trotz dieser Nachricht wenig Hoffnung zu haben.

»Ich kann das alles immer noch nicht fassen. Ich erschieße doch nicht einfach irgendwelche Leute. Ich kenne den Mann nicht mal, habe vorher noch nie was von ihm gehört. Das macht doch alles keinen Sinn.«

»Natürlich nicht, weil dir jegliches Erinnerungsvermögen an die Tat fehlt. Womöglich bist du ein Opfer von gezielter Gehirnwäsche geworden. Fragt sich nur, wer dahinter steckt? Vielleicht dieser iranische Seelenklemptner?«

»Keine Ahnung, der Mann hat mir über Jahre geholfen und mir zumindest wieder zu einem einigermaßen geregelten Leben verholfen. Warum sollte der mir plötzlich so etwas antun? Und wenn doch, dann hätte ich doch vorher irgendwas merken müssen.«

»Nicht unbedingt, Carl«, griff Hannah ein. »Oft bereiten diese Terroristen ihre teuflischen Pläne über Jahre oder sogar Jahrzehnte gezielt vor, bevor sie zuschlagen.«

»Du meinst, Dr. Shapourzadeh ist so was Ähnliches wie 'n Schläfer?«, fragte Rommel.

»Das könnte sein«, ergänzte Jan, »außerdem versteht er 'ne ganze Menge von Hypnose. Er hat mir erzählt, dass er es nicht für unmöglich hält, dass Attentäter unter Hypnose handeln, ohne anschließend Erinnerungen an die Tat zu haben.«

»Natürlich sind das alles nur Vermutungen. Im Moment gibt es noch keinerlei Beweise«, fuhr Hannah fort.

»Kennst du dieses Foto?«, fragte Jan und schob das kleine Bild von Dr. Lutzius über den Tisch. Rommel starrte auf das Foto, seine Gesichtszüge verdunkelten sich. Offensichtlich regte sich etwas bei ihm, ohne dass er das konkret einordnen konnte. »Nein, wer soll das sein?«

»Das Bild haben wir bei dir auf dem Schreibtisch gefunden. Es lag in einer kleinen Schatulle zusammen mit einer Reihe von Visitenkarten.«

»Kein Ahnung, wovon ihr redet. Ich besitze keine Schachtel mit Visitenkarten. Und dieses Foto habe ich noch nie gesehen.«

Hannah und Jan sahen sich an. »Das ist der Mann, den du erschossen haben sollst. Dr. Björn Lutzius aus Ulm.«

Rommel schüttelte den Kopf. »Und das habt ihr in meinem Büro gefunden?«, fragte er noch mal ungläubig nach.

»Auf der Rückseite ist eine Handynummer notiert. Kennst du die vielleicht?« erkundigte sich Jan, stand auf und drehte das Foto um.

»Sagt mir nichts.«

Jan sah seinen Freund an, der wieder das Haupt schüttelte.

»Wer hat außer Ihnen noch einen Schlüssel zum Haus«, fragte Hannah.

»Außer mir nur meine Frau«, antwortete Rommel.

»Ach, übrigens, deine Frau hat uns erzählt, dass die Beziehung zu diesem Architekten rein beruflicher Natur ist. Fast machte es den Eindruck, als wollte sie uns sagen, dass der Typ stockschwul ist.«

Rommel zuckte mit den Schultern. »Wie würdest du es nennen, wenn deine Frau bei einem anderen Kerl übernachtet? Das ist nicht das, was ich unter einer intakten Beziehung verstehe.«

»Leuchtet ein, aber ich glaube, die macht ihm nur den Haushalt. Er hat ihr angeboten, in seinem Gästezimmer zu übernachten, als er merkte, dass sie zu Hause Stress hatte.«

Rommel verdrehte die Augen. »Klar, ist wohl so 'ne Art barmherziger Samariter, oder was?«

»Weiß nicht, auf jeden Fall solltest du mit deiner Frau reden. Du kannst jetzt ihre Unterstützung brauchen. Sie ist jedenfalls sehr besorgt.«

»Noch eine Frage, Carl«, übernahm Hannah, »wissen Sie, ob dieses Kamerad-schaftstreffen in New York, zu dem Sie eingeladen waren, stattgefunden hat?«

Rommel schaute Jan irritiert an.

»Du hast doch Dolph angerufen und ihn gefragt, ob er Lust hätte, mitzukommen?«

»Wie bitte?«, entrüstete sich carl, »das war ja wohl eher umgekehrt. Thomas Ritter hat mich vor ein paar Wochen erstmals nach vielen Jahren wieder kontaktiert und wollte mich überreden, ihn nach New York zu begleiten, um die alten Kameraden wieder zu treffen. Der war heiß wie Frittenfett. Er bot mir sogar an, die Reisekosten zu übernehmen, als ich ihm gesagt habe, dass ich mir momentan so 'ne Reise gar nicht leisten könnte.«

»Also hast du ihm abgesagt?«

»Er ließ nicht locker. Er meinte, die Amis wollten so 'ne Art Bruderschaft der Afghanistan-Veteranen gründen, die sich gegenseitig unterstützt, wenn jemand in Not gerät. Und das wäre doch im Moment genau das, was ich brauchen würde. Offensichtlich kannte sich Dolph ganz gut aus, was meine private Situation anbelangte.«

»Aber du hast ihm am Ende abgesagt?«

»Ja und zwar deutlich. Ich will mit diesen Dingen nichts mehr zu tun haben. Ich kämpfe doch nicht mein ganzen Leben darum, diesen Scheiß zu vergessen und wärme dann plötzlich von heute auf morgen den ganzen Mist wieder auf. Da hatte ich keinen Bock drauf und das habe ich ihm unmissverständlich zu Verstehen gegeben.«

»Wissen Sie, Carl, ob Thomas Ritter dann allein nach New York geflogen ist?«

»Ob er allein war, kann ich nicht sagen. Ich bin jedenfalls nicht mitgefahren. Das steht fest.«

»Gut, danke, Rommel, wir werden alles tun, um dir zu helfen. Allerdings müssen wir, wie geschildert, momentan etwas auf Sparflamme kochen. Deshalb wäre es gut, wenn du den Kontakt zu deiner Frau wieder aufnehmen würdest. Sie kann dich jederzeit besuchen oder mit dir telefonieren. Wir würden sie dann als Kontakt dazwischenschalten. Das wäre eine große Hilfe.«

»Seit ihr jetzt so eine Art Eheberater, oder was?«, grantelte Rommel. »Aber ihr habt wohl recht. Ich denke, sie tut das alles nur, um uns über Wasser zu halten. Wahrscheinlich habe ich mich benommen wie ein totaler Idiot. Ich rufe sie an.«

Mit Steven Goldblum im Schlepptau fuhren Jan und Hannah die A9 zurück nach Leipzig. Wie von Hubertus von Echternach vorgeschlagen, räumten sie vorübergehend das Feld. »Hat diese alte Kiste nicht mal 'nen CD - Player? Könnte jetzt ein bisschen was fürs Gemüt brauchen.«

»Siehst du irgendwo einen?«, fragte Hannah genervt.

»Nicht frech werden, Schätzchen«, bemerkte ihr Beifahrer süffisant und gab ihr mit der flachen Hand einen leichten Klaps an den Hinterkopf.

»Wusste ich doch, dass du Frauen schlägst«, grinste Hannah.

»Solange sie mich nicht schlagen, sicher nicht.«

»Aber ich hab dich doch gar nicht geschlage.«

»Nicht körperlich. Aber du hast mir einen verbalen Schlag versetzt.«

»Na gut«, lenkte Hannah ein, »vielleicht kann ich es ja damit wieder gut machen.«

Sie griff mit ihrer linken Hand in das Innenfach der Fahrertür und zauberte wie aus dem Nichts eine Musikkassette hervor. Sie wedelte damit vor seinem Gesicht herum.

»Was ist das denn?«, fragte er leicht gereizt.

»Die *Amigos*, die treffen doch genau deinen Geschmack, oder?«, blinzelte sie schelmisch zu ihm herüber.

»Willst du mich veräppeln? Volksmusik verursacht bei mir Schnappatmung.«

Hannah missachtete seine Warnung und schob die Kassette ein, als Jan gerade versonnen zum Seitenfenster hinausschaute.

»*Pushing thru the market square/ so many mothers sihing/ news had just come over/ we had five years left to cry in/ news guy wept and told us/ earth was really dying/ cried so much his face was wet/ then I knew he was not lying.*«

»Seit wann macht *David Bowie* Volksmusik, du kleines Luder?«

Er zwickte Hannah in die Seite.

»Lass meinen Hüftspeck in Ruhe«, juchzte sie auf.

»Wo hast du die denn her?«, fragte Jan erfreut. Seine Miene hellte sich auf. *Five Years* war einer seiner Lieblinssongs von *David Bowie*.

»Kommt da noch mehr?«, wollte er wissen.

»Logisch«, antwortete Hannah, »die ganze LP natürlich. Hast wohl geglaubt, dass wir im Osten nur die *Puhdys* kennen?«

»Die *Puhdys* sind Weltklasse. Hätte ich jetzt auch nichts gegen einzuwenden.«

»Jetzt musst du aber mit dem Vorlieb nehmen, was sich auf diesem Band befindet.«

»Na, da lass ich mich mal überraschen.«

Was folgte, war das gesamte Album *The Rise and Fall of Ziggy Stardust and the Spiders from Mars*. Jan war hin und weg. Er versank tief in seinem Beifahrersitz und sang jeden einzelnen Titel mit.

Hannah lächelte zufrieden vor sich hin. »Nu, alles paletti, mei Gutsta?«

Steven folgte dem Duo in angemessenem Abstand. Er hatte die Handynummer, die Jan ihm gegeben hatte, gecheckt. Als er die Person, auf die das Handy gemeldet war, ermittelt hatte, gab er den Namen sofort zur Überprüfung in den CIA-Computer ein. Das Ergebnis ließ ihn kurzerhand in Schockstarre verharren. Das konnte ja wohl nicht wahr sein. Er beschloss, Jan die Neuigkeiten erst bei ihrer Ankunft in Leipzig mitzuteilen. Die beiden hatten fast die ganze Woche rund um die Uhr am Fall Romminger gearbeitet und brauchten jetzt diese kleine Pause. Die zwei Stunden Fahrtzeit von Berlin nach Leipzig sollten sie nutzen, um mal kurzzeitig abzuschalten.

»Ich quartiere mich im Lindner ein. Liegt zentral und ruhig zugleich«, sagte Steven, als sie auf dem Parkplatz des Polizeireviers Dimitroffstraße angekommen waren.

»Kommt gar nicht in Frage, du kannst bei uns wohnen, wir haben Platz genug«, fuhr ihm Hannah ins Wort. »Oder nicht, Jan?«

»Äh ja, natürlich, warum nicht?« Begeistert schien ihr Freund nicht zu sein. Er hätte lieber den Abend in vertrauter Zweisamkeit verbracht. Allerdings war Steven im letzten Jahr zu einem guten und verlässlichen Freund geworden, also sollte man ihn auch als solchen behandeln, rief er sich selbst zur Ordnung.

»Nein, nein, danke für das Angebot. Ich sitze sowieso die halbe Nacht in meinem Campingmobil und mache Computerspiele. Ich würde euch nur auf die Nerven gehen.«

»Keine Widerrede, Steven, du bist unser Gast«, widersprach Hannah energisch.

Hilfesuchend sah Steven zu Jan herüber. Er hoffte, dass der ihn verstehen würde. Und Jan verstand ihn. »Vielleicht sind uns ja schon wieder 'n paar böse Jungs auf der Spur. Wir sollten vorsichtig sein. Der Lieferwagen vor unserer Tür wäre wohl 'n bisschen zu auffällig. Außerdem musst du wegen der Zeitverschiebung ohnehin bis in die Morgenstunden für Tom zur Verfügung stehen. Wir treffen uns um achtzehn Uhr im Lindner, essen gemütlich zu Abend und beginnen dann die Konferenz mit Tom in Langley.«

»Sehr gute Idee, also bis nachher«, ergriff Steven dankbar die Flucht.

Hannah schüttelte nur den Kopf: «Männer, die soll mal einer verstehen.»

Als Steven im Wagen saß, fiel ihm ein, dass er noch eine wichtige Information für Jan hatte. Aber das konnte jetzt auch noch bis um sechs warten. Aktuelle Gefahr war wohl kaum im Verzug. Er war heilfroh, dem Angebot Hannahs doch noch entronnen zu sein. Er war kein guter Gesellschafter, kein Typ für Cocktails und Smalltalk. Am liebsten war er allein und konnte tun und lassen, was er wollte. Und er war vor allem immer online, jederzeit bereit, seinen Dienst aufzunehmen. Diese Arbeit war sein Leben. Als Computerspezialist war Steven unschlagbar. Er war anderen immer einen Schritt voraus, beherrschte die Technik in- und auswendig, fand Lösungen für alle Probleme. Es gab keine Codes, die er nicht früher oder später knacken würde, keine sogenannten sicheren Internetverbindungen, die er nicht hacken konnte. Private oder verschlüsselte Daten existierten für ihn nicht. Die hypermoderne Technik in seinem Spezialfahrzeug war auf nahezu alle Eventualitäten vorbereitet. Hätte jemand den Wagen gestohlen, was wegen der umfangreichen Sicherheitsausstattung äußerst schwierig war, wären die Diebe höchstwahrscheinlich gar nicht in der Lage, die Technik zu bedienen. Zudem hatte Steven die Möglichkeit, per Handy das gesamte Equipment mit einem Knopfdruck lahmzulegen, im äußersten Notfall sogar in die Luft zu jagen.

Steven bezog sein Zimmer im ersten Stock des Lindner Hotels in der Hans-Driesch-Straße. Er brauchte keine Suite mit Plüschvorhängen und vergoldeten Wasserhähnen. Daheim in Washington bewohnte er ein Zweiraumappartement ganz in der Nähe des Pentagons. Dafür, dass er nur ein paar Nächte pro Jahr dort schlief, war diese Herberge eigentlich viel zu teuer. Wenn er sich in Langley aufhielt, kam es oft genug vor, dass er auf dem Parkplatz des CIA-Gebäudes in seinem Technomobil übernachtete. Er hatte Isomatte und Schlafsack immer griffbereit an Bord. Damit konnte er es sich auf dem Boden zwischen all seinen Computern gemütlich machen. Wenn er dann morgens verschlafen mit Handtuch und Kulturbeutel an ihnen vorbeischlürfte, wusste das Sicherheitspersonal des Pentagons schon Bescheid und ließ ihn ohne Kontrollen passieren. Dort durfte er den Waschraum des Personals benutzen, um zu duschen und sich die Zähne zu putzen. Steven honorierte das mit ein paar Dollar für die Kaffeekasse, die er dem Leiter des Wachdienstes ohne viel Worte zu machen in die Hand drückte. Nach der Morgentoilette frühstückte er ausgiebig in der Cafeteria, bevor er sich an die Arbeit machte. Um über den Tag zu kommen, deckte er sich mit Sandwiches und Donuts ein und ließ sich von seiner besten Freundin Debbie seine Thermoskanne mit frischem Kaffee auffüllen. Was er sonst noch brauchte, lagerte er in einem kleinen Kühlschrank, der rechts vor dem Beifahrersitz installiert war. Wenn das alles nicht reichte, steuerte er den nächsten Fastfood an, was seiner Figur allerdings eher abträglich war. Sonst kümmerte sich niemand um ihn. Seine Eltern waren vor etwa zehn Jahren, nachdem sein Vater in Rente gegangen war, nach Israel zurückgekehrt. Sie wohnten jetzt in einer luxuriösen Penthouse - Wohnung über den Dächern von Tel Aviv. Damals hatten sie ihn angefleht, mitzukommen und seine Kenntnisse dem israelischen Geheimdienst zur Verfügung zu stellen. Der Mossad hatte sich auf Bitten seines Vaters sogar direkt mit der CIA in Verbindung gesetzt, um um seine Versetzung nach Israel zu bitten. Aber Steven wollte nicht in den Nahen Osten. Sein Zuhause war Washington, auch wenn er hier nach der Abreise seiner Eltern keinerlei Verwandtschaft mehr hatte. Er war Einzelkind und alle seine Onkel und Tanten wohnten mittlerweile in Israel. Andere soziale Kontakte hatte er nicht, obwohl er den Menschen immer mit ausgesprochener Freundlichkeit begegnete. Sobald jemand Anstalten machte, die Bekanntschaft mit ihm zu vertiefen, zog Steven sich zurück. Er war Einzelgänger, ein Single wie er im Buche stand. Er wollte und konnte einfach nicht die Verantwortung für andere Menschen übernehmen. Was Frauen anbelangte, gab er sich eher pragmatisch. Wer mal ein Glas Milch trinken wollte, musste ja nicht gleich die ganze Kuh kaufen. Eine gute Bekannte von ihm führte eine anspruchsvolle Escortservice-Agentur. Sie vermittelte ihm dann und wann eine nette Begleitung. Das war zwar nicht billig, aber Steven bekam genau das, was er wollte. Er legte großen Wert darauf, jedes Mal mit einer anderen Frau auszugehen, damit sich ja keine emotionale Beziehung aufbauen konnte. Er konnte sich gut vorstellen, wie es enden würde, wenn er sich verlieben würde. Auf die Doppelhaushälfte im Grünen hatte er genauso wenig Bock, wie auf Einkaufen, Rasenmähen oder Autowaschen. Das hatte Zeit, bis er in Rente gehen würde. Und da waren Gott sei Dank noch einige Jahre dazwischen.

Trotzdem freute er sich auf das gemeinsame Abendessen mit Hannah und Jan. Die beiden waren zu echten Freunden geworden. Sie hatten im letzten Jahr durch ihre perfekte Zusammenarbeit dem Terrornetz der Al Kaida einen schweren Schlag zugefügt. Es war ihnen gelunge, Bin Ladens Nachfolger Al Fakri zur Strecke zu bringen und damit die gerade neu aufkeimenden Strukturen der Terrororganisation in den Grundfesten zu zerstören. Es würde sicher länger dauern, bis sich die Al Kaida von diesem Schlag erholen würde. Allerdings zweifelte niemand daran, dass früher oder später der Schaden repariert sein würde und die Terroristen wieder verstärkt auf der Bildfläche erscheinen würden. Und genau darin lag Stevens Problem. Die Nachricht, die er für Jan hatte, enthielt eine nicht zu unterschätzende Brisanz.

Zwei Stunden später schaute Hannah erschrocken zur Uhr.

»Verdammt, Männer, fest gequatscht. Ich denke Tom wartet schon auf uns.«

Steven nickte. «Schade, war gerade so gemütlich, aber die Pflicht ruft.«

Jan rief die Bedienung und bezahlte. Als sie aufstanden, hielt Steven Jan am Arm fest. »Bevor wir mit Tom reden, gibt's noch was, das ich dir sagen muss.«

Jan sah seinen Freund gespannt an. Steven holte einmal tief Luft. »Ich konnte die Rufnummer auf der Rückseite des Fotos identifizieren. Sie gehört zu einer russischen Firma, die Feinkostspezialitäten nach Deutschland exportiert. Die haben Niederlassungen in Berlin, Dresden und Leipzig. Der Besitzer ist ein gewisser Grigori Tireshnikov, sowohl in Moskau, als auch in Berlin gemeldet. Wir haben den Mann in Langley durch den Erkennungsdienst überprüfen lassen.«

»Und?«, fragte Jan ungeduldig.

»Zunächst mal nichts Erwähnenswertes. Keine Verhaftungen, keine Vorstrafen, jedenfalls nicht außerhalb Russlands. Nicht mal 'nen Strafzettel wegen Falschparkens.«

»Also, auf den ersten Blick absolut sauber?«, hakte Jan nach.

»Ja, aber als ich mir die gesamte Akte habe schicken lassen, bin ich drauf gestoßen.«

»Jetzt mach's doch nicht so spannend, Junge, was ist mit dem Typen?«

Steven zog die Augenbrauen hoch und machte eine kleine Pause, dann ließ er die Katze aus dem Sack: »Grigori Tireshnikov ist der Neffe eines gewissen Alexander Gorlukov, auch als Oberst Gorlukov bekannt.«

»Und du meinst, dass das was mit unserem Fall zu tun hat?«, fragte Jan.

»Zumindest müssen wir das in Betracht ziehen. Dieser Zufall wäre doch etwas zu groß. Im letzten Jahr haben wir mit Gorlukov den Chef der Russenmafia getötet und damit der Organisation einen schweren Schlag versetzt und ein knappes Jahr später steht die Telefonnummer seines Neffen auf der Rückseite des Fotos eines ermordeten Bundestagsabgeordneten?«, hinterfragte Steven. Dass er recht hatte, musste Jan nicht extra betonen.

»Niemand von uns hat doch wohl ernsthaft geglaubt, dass diese Bande klein beigibt. Wir müssen uns diesen Typen vorknöpfen, je eher desto besser«, meinte Steven.

»Genauso sehe ich das auch. So bitter das klingt, Jan, aber diese Verbrecher werden niemals Ruhe geben«, sagte Hannah.

»Dem ist nicht zu widersprechen. Und nach all dem, was wir bis jetzt wissen, ist es durchaus möglich, dass die Russen auch in unserem Fall wieder mit der Al Kaida zusammenarbeiten. Drogen gegen Waffen und diesmal möglicherweise auch Drogen gegen wissenschaftliches Know How«, schlussfolgerte Steven.

»Nur kennen wir bis jetzt die Hintermänner nicht. Im Fall Romminger haben wir möglicherweise eine Spur zur Al Kaida über diesen persischen Seelendoktor Shapourzadeh. Die finsteren Typen, die uns im Auto verfolgt haben und diese Handynummer auf der Rückseite des Fotos von Dr. Lutzius führen unweigerlich zu den Russen. Bei Henderson, Morisson und Fisherman deutet ebenfalls vieles auf die Al Kaida hin. Die Männer, die mit Henderson im Warriors Club gefeiert haben, waren Amerikaner syrischer Herkunft.

Bei Morisson und Fisherman haben Augen-zeugen jeweils einen schwarzen Van mit südländischen Typen gesehen«, fasste Jan den Stand der Dinge treffend zusammen. »Bin mal gespannt, ob Tom Maynard Deville gefunden hat?«

Tom Bauer war auf dem Bildschirm groß und deutlich zu sehen und zu hören. Die Verbindung nach Langley lief über eine abhörsichere, intelligente Frequenz, die von selbst umschaltete, sobald jemand die Leitungen von außen zu attackieren versuchte. Dies geschah in Bruchteilen von Sekunden, so dass es außer Steven niemand bemerkte.

»Zunächst hab ich leider keine guten Nachrichten. Chief Broderick hat mich heute Morgen angewiesen, die beiden Männer den jeweiligen Bundesgerichten in Dallas und New York zu überstellen. Morisson befindet sich auf dem Weg nach Texas und Henderson dürfte bereits in New York sein. Die Staatsanwaltschaften haben angekündigt, noch in dieser Woche das Verfahren gegen die Männer zu eröffnen.«

Hannah, Steven und Jan sahen sich betroffen an, obwohl sie wussten, dass diese Maßnahme unausweichlich war.

»Ich muss euch nicht erzählen, was bei der derzeitigen Beweislage für Urteile zu erwarten sind. Die Geschworenen werden die Angeklagten schuldig sprechen, ihre Opfer vorsätzlich und kaltblütig ermordet zu haben. Das bedeutet im Fall Henderson lebenslange Haft ohne eine Chance auf vorzeitige Entlassung. Dabei hat er Glück, dass im Staat New York seit 1963 niemand mehr hingerichtet worden ist und die Todesstrafe offiziell abgeschafft wurde. Da sieht es für Dean Morisson weit schlechter aus. Wird er ebenfalls wegen vorsätzlichen Mordes verurteilt, droht ihm die Hinrichtung durch die Giftspritze. Der Staat Texas ist absoluter Befürworter der Todesstrafe und was die Umsetzung derer angeht, der Hardliner unter den Bundesstaaten überhaupt. Dort fanden seit 1976 allein ein Drittel aller U.S.- amerikanischen Hinrichtungen statt, seit Beginn des Jahres 2007 sogar zwei Drittel aller Exekutionen. Die Zeit wird knapp, meine Freunde, verdammt knapp.«

Jan übernahm die Aufgabe, Tom über den augenblicklichen Stand der Dinge in Deutschland zu unterrichten. »Hier sieht das nicht viel anders aus, Tom. Der Oberstaatsanwalt in Berlin hat bereits Anklage gegen Carl Romminger erhoben. Der Berliner Polizeichef Hubertus von Echternach hat ihn aus der Untersuchungshaft in den Hochsicherheitstrakt nach Moabit überstellen lassen. Wir sind dann heute Mittag zunächst aus Berlin nach Leipzig zurückgekehrt. Allerdings hat von Echternach die Sache noch nicht aufgegeben. Er schließt genau so wenig aus wie wir, dass Romminger womöglich manipuliert und reingelegt worden ist. Leider haben wir ebenso wenige Beweise für seine Unschuld, wie in den Fällen Henderson und Morisson. Aber es gibt durchaus einige Hinweise, die uns möglicherweise auf die richtige Spur führen. Zunächst wurde Rommel, wie er bei uns in der Einheit genannt wurde, schon seit einigen Jahren von einem iranischen Psychologen behandelt, der eine Menge über Hypnose weiß und sogar der Meinung ist, dass unter bestimmten Umständen ein ferngesteuerter Attentäter erschaffen werden könnte. Zudem verfolgen uns seit Tagen ein paar südländische Typen. Dem Aussehen nach sind das Männer arabischer Herkunft. Und gestern haben wir bei der Durchsuchung von Rommels Haus ein Foto des ermordeten Abgeordneten gefunden, auf dessen Rückseite die Handynummer eines russischen Geschäftsmannes aus Berlin notiert war. Steven hat herausgefunden, dass der Mann ein Neffe von Oberst Gorlukov ist.«

»Wie bitte? Zufall sieht wohl definitiv anders aus, oder?«, rief Tom dazwischen. »Habt ihr den Mann schon ausfindig gemacht?«, wollte er weiter wissen.

»Nein, noch nicht. Es ist bei uns bereits neun Uhr. Morgen früh wird das unsere erste Aufgabe sein. Außerdem fragen wir uns natürlich, wer dieses Bild dort deponiert hat. Wenn es Rommel selbst war und er uns anlügt, dann können wir wohl die Möglichkeit einer Manipulation durch Dritte vergessen und müssen davon ausgehen, dass Rommel den Mann tatsächlich vorsätzlich exekutiert hat. Wir denken jedoch, dass dieses Foto im Nachhinein absichtlich dort platziert worden ist. Entweder, um Rommel eine Kontaktadresse zu geben, oder um die Ermittlungen gezielt in die falsche Richtung zu lenken.«

»Eine dritte Möglichkeit wäre, dass jemand den Russen ans Messer liefern will. Aus der Vergangenheit wissen wir, dass zwischen den Terroristen und der Russenmafia ein permanenter Kleinkrieg tobt. Die halten nur zusammen, wenn sie Geschäfte miteinander machen können. Bei den Taliban stehen die Russen auf der Liste der verhassten Ungläubigen immer noch ganz weit vorn.«

»Durchaus eine mögliche Variante, Hannah«, nickte Tom anerkennend.

»Wir haben inzwischen Maynard Deville gefunden«, fuhr er fort. »Chief Broderick hat Rothman und Brown nach Australien geschickt.«

Jan lachte herzlich. »Das sind doch deine speziellen Freunde. Netter Job. Hoffentlich hat der Devil denen mal kräftig den Arsch versohlt.«

»Nicht ganz. Aber der Reihe nach: Sie haben Deville auf einer Farm in der Nähe von Crockwell ausfindig gemacht. Dieses Kaff liegt circa tausend Meilen westlich von Sydney. Geographisch allerdings noch immer im Osten Australiens. Kurz gesagt: Am Arsch der Welt. Keine Ahnung, was den Kerl dazu bewogen hat, da zu leben.«

»Vielleicht gar nicht so dumm. Für Männer, die vergessen wollen, ist diese Einöde sicher der ideale Standort. Selbst wenn man ihn suchen würde, wäre er wohl, wie wir gesehen haben, nur schwerlich ausfindig zu machen.«

»Diese beiden Tölpel haben ihn aber trotzdem gefunden.«

»Und, leben sie noch?«, fragte Jan neugierig.

»Ja, aber der hat denen einen gehörigen Schrecken eingejagt. Wie aus dem Nichts soll er plötzlich hinter ihnen aufgetaucht sein, hat ihnen die Flinte vor die Nase gehalten und sie wie streunende Köter vom Hof gejagt. Die Drohung, dass er sie umlegen würde, wenn sie noch einmal in seine Nähe kämen, hat ihnen gehörige Angst eingejagt. Auf jeden Fall hat er wohl nicht den Eindruck gemacht, als würde er scherzen. Rothman und Brown haben bestätigt, dass der Mann genau auf die Beschreibung passt, die wir ihnen gegeben hatten: Groß wie eine Giraffe und kräftig wie ein Bär. Hinter seiner schwarzem Mähne versteckte sich ein Stiernacken mit einem Kopf aus Dreikantstahl. Seine Hände waren groß wie Bratpfannen und aus seiner tiefen, rauchigen Stimme sprach der Leibhaftige persönlich.«

»Keine Frage, genau das ist Maynard Deville. Besser hätte man ihn nicht beschreiben können. Dazu kommt, dass der Mann seinen Feinden gegenüber total skrupellos ist. Er kennt kein Erbarmen. Ohne diese Eigenschaften wären jedoch die meisten Männer unserer Einheit ums Leben gekommen. Nicht nur einmal hat er in letzter Sekunde eingegriffen, wenn uns das Wasser bis zum Hals stand. Wir wissen bis heute nicht, wie es ihm immer wieder gelang, unerkannt in den Rücken der Angreifer zu gelangen«, wunderte sich Jan.

»Wir haben die beiden zurückgerufen. Sie haben ihn gefunden und ihn gewarnt. Das war ihr Job. Wir wissen jetzt, wo Deville sich aufhält und werden ein Auge auf ihn haben, sobald er das Land verlässt. Ansonsten kann er wahrscheinlich gut auf sich selbst aufpassen«, beendete Tom das Thema zunächst.

»Du hast doch herausgefunden, dass Henderson die Männer seiner Einheit zu einem Kameradschaftstreffen nach New York eingeladen hatte?«

»Ja«, antwortete Jan, »davon haben sowohl Dean Morisson als auch Carl Georg Romminger gesprochen. Die beiden sollten wohl in seinem Auftrag jeweils die Kameraden in den USA und Europa kontaktieren, um sie zu diesem Treffen zu bewegen. Allerdings gibt es da verschiedene sich widersprechende Versionen. Während Thomas Ritter aus Berlin behauptete, er sei von Romminger aus diesem Grunde angerufen worden, hat mir Rommel berichtet, es wäre genau umgekehrt gewesen. Henderson hat mir bei seiner Vernehmung nichts von einem Treffen erzählt. Also gibt es auch hier eine Menge Ungereimtheiten.«

»Ich bin der Sache nachgegangen«, schilderte Tom, «heute Vormittag bin ich mit den Fotos der Soldaten, die ihr mir geschickt habt, in den Warriors Club gefahren und habe sie dem Wirt vorgelegt. Zunächst war unser Freund Bradley nicht besonders kooperativ. Er könne sich schlecht Gesichter merken, das wäre so 'ne Art Erbkrankheit, wollte er sich rausreden. Aber der CIA-Ausweis hat ihm auf die Sprünge geholfen. Er konnte sich daran erinnern, dass vor ein paar Wochen Henderson mit ein paar Leuten aufgekreuzt ist, die er vorher noch nie gesehen hatte. Beim Betrachten der Bilder tat er sich allerdings weiterhin sehr schwer. Irgendwo geziemt es sich unter Kameraden eben nicht, andere zu verpfeifen. Und wenn bei denen das NYPD, das FBI oder gar die CIA auftaucht, klingeln augenblicklich sämtliche Alarmglocken. Jedenfalls hat er sich standhaft bedeckt gehalten. Nur einen wollte er definitiv erkannt haben.« Tom machte absichtlich eine Pause, um den anderen die Chance zu geben, die Antwort vorweg zu nehmen.

»Nun mach's nicht so spannend, Tom, wahrscheinlich Morisson oder Fisherman.«

Tom schüttelte den Kopf. »Falsch geraten. Er schwört Stein und Bein, Maynard Deville erkannt zu haben.«

»Die Zeit der Vorbereitung sollte nun beendet sein. Wir haben gesehen, dass unsere Methode nahezu unfehlbar ist. Leider hatten wir einen, nennen wir es mal, kleinen, unbedeutenden Fehlschlag. Aber gut, dass kann passieren. Wahrscheinlich wurde dem Mann eine zu geringe Dosis verabreicht, so dass er zu früh aufgewacht ist. Wie auch immer, nun wollen wir nicht länger warten und unseren Plan in die Tat umsetzen.«

Der Meister saß aufrecht, seine Hände gefaltet und in sich ruhend auf dem Stuhl an der Stirnseite des Konferenztisches. Hinter ihm hatten sich zwei monströse Kerle aufgebaut, die ihrem Anführer demonstrativ den Rücken stärkten. Sie ließen ihre finsteren Blicke wachsam im Raum kreisen, darauf bedacht, die anderen Männer am Tisch nicht aus den Augen zu lassen.

»Bevor wir darüber reden, Meister, sollten wir vorher über den Zwischenfall, der sich bei der letzten Lieferung ereignet hat, sprechen. Wir waren auch schon unter Oberst Gorlukov dabei. Die Geschäfte zwischen ihm und Tahir Sharif Al Fakri liefen immer sauber und diskret ab, wie unter Ehrenmännern üblich. Die Menge, die wir zuletzt erhalten haben, entsprach nur etwa der Hälfte des ursprünglich vereinbarten Volumens. Außerdem lassen sich meine Leute nur ungern mit der Waffe bedrohen. Wären wir nicht so besonnen gewesen, hätte es ein Blutbad gegeben. Wenn es das ist, was ihr wollt, müssen wir uns unsere Geschäftspartner zukünftig woanders suchen.«

»Willst du mir etwa drohen, Ungläubiger?«, fragte der Meister ruhig, ohne die Fassung zu verlieren.

»Nein, ich will nur, dass wir korrekt und respektvoll miteinander umgehen. Absprachen müssen eingehalten werden und Drohgebärden künftig unterbleiben. Nur, wenn du uns dein Ehrenwort gibst, dass dieser Vorfall sich in Zukunft nicht wiederholt, werden wir unseren Teil der Abmachung einhalten. Und nur mit unserer Hilfe kannst du deinen Plan in die Tat umsetzen, vergiss das nicht.«

Der Meister ließ sich durch die Forderungen seines Gegenübers nicht aus der Ruhe bringen, auch wenn er innerlich erzürnt darüber war, wie dieser Ungläubige mit ihm sprach. Fakt war jedoch, dass er die Russen brauchte. *Sie* waren es, die über das perfekte Know How verfügten. Der KGB hatte eine Methode entwickelt, die auf die Forschungen des MK-Ultra Projektes der Amerikaner aufbaute. Sie waren in der Lage, den perfekten Attentäter zu schaffen. Das Problem, dass in einzelnen Fällen das Erinnerungsvermögen der Täter nach Ausführung ihres Befehles unerwünscht zurückkehrte, hatten syrische Wissenschaftler im Auftrag der Al Kaida beseitigt. Nur in einem von bisher mehr als zwanzig Fällen war der Attentäter zu früh aus dem Zustand der Hypnose aufgewacht und musste liquidiert werden. Die Syrer hatten ein Medikament entwickelt, das auf einer Mischung zwischen Psychopharmaka und Drogen basierte und richtig dosiert nach Beendigung des Hypnosezustandes jegliche Erinnerungen an die Zeit nach der Injektion auslöschen konnte. Das Zusammenspiel der russischen Hypnosetechnik und der syrischen Medikamente hatte bisher mit nahezu absoluter Sicherheit zum Erfolg geführt. Dies hatten die letzten Versuche einwandfrei bewiesen. Wahrscheinlich war dem Attentäter in Chicago eine zu geringe Menge des Serums injiziert worden oder sein Körper war in der Lage gewesen, das Mittel ungewöhnlich schnell abzubauen.

»Also gut, wenn wir etwas verbessern können, dann werden wir das in Zukunft tun. Lasst uns nun über unseren Plan sprechen. Ist euer Spezialist bereit?«

Der Russe sah den Meister skeptisch an. «Zuerst wollen wir den Rest unserer vereinbarten Lieferung. Dann müssen wir darüber reden, was mit den Kosten für unseren Kontaktmann ist. Wir haben ihn bisher komplett bezahlt. Insgesamt immerhin drei Millionen

Dollar. Er fordert für die Umsetzung eures Planes genau zehn Millionen Dollar. Fünf Millionen sofort, noch mal fünf nach erfolgreichem Abschluss. Das Geld werden *wir* ihm diesmal nicht zahlen. Das ist allein eure Sache.«

Obwohl der Meiser mittlerweile innerlich kochte, antwortete er weiterhin absolut ruhig und gefasst.

»Gut, ich mache einen Vorschlag, mit dem beide Seiten zufrieden sein sollten. Wir bezahlen euren Kontaktmann. Aber vorher bringt ihr uns den Kopf des *Black Dragon*.«

»**Wir** haben mit den Eseltreibern alles besprochen. Sie sind bereit, die Kohle auf den Tisch zu legen. Es gibt da allerdings noch ein kleines Problem.«

»Und das wäre?«

»Du kannst dir sicher vorstellen, was die wollen. Sie sind ganz scharf darauf, Versäumtes nachzuholen.«

»Quatsch nicht in Rätseln, was wollen die von mir?«

»Sie verlangen, dass wir ihnen den Kopf deines Kommandanten liefern.«

»Sind die nicht ganz dicht? Davon war nie die Rede. Dann sag denen, die sollen ihren Scheiß allein machen. Ich steige aus.«

»Langsam, langsam, guter Freund. Nicht gleich die Nerven verlieren. Immerhin hat der Typ ihren geliebten Anführer Al Fakri liquidiert. Sie wollen Rache. So sind sie nun mal, diese radikalen Fanatiker. Auge um Auge, Zahn um Zahn.«

«Nein, verdammt noch mal, vergiss es. Sucht euch einen anderen Idioten. Die Sache ist für mich erledigt.«

»Hey, Cowboy, ganz sachte. Zum Aussteigen ist es zu spät. Du weißt bereits zuviel. Die würden dich nicht einfach gehen lassen. Und wir übrigens auch nicht. Also stell dich nicht so memmenhaft an. Wir haben ja nicht gesagt, dass du den Kerl im Alleingang um die Ecke bringen sollst.«

»Wenn du denkst, dass ich mich von euch einschüchtern lasse, täuscht du dich, Russe. Mit euch werde ich im Handumdrehen allein fertig.«

»Na also, Kumpel, da ist er ja wieder, der alte Kampfgeist. Genau den brauchen wir jetzt. Morgen bin ich wieder in Leipzig. Wir werden einen Plan ausarbeiten, wie wir den Kerl ausschalten können. Aber dafür brauchen wir dich vor Ort. Du musst nur Kontakt mit ihm aufnehmen und ihn in die Falle locken. Den Rest erledigen wir.«

»Das gefällt mir alles nicht. Aber gut, ich verlange die erste Rate, sobald der Mann erledigt ist. Allerdings keine Dollar, sondern Euro. In bar und nicht markiert, klar?«

»Na siehst du, geht doch. Wir treffen uns morgen Abend in Leipzig. Ort und Zeit teilen wir noch mit. Mit ein bisschen gutem Willen kann man jedes Problem aus der Welt schaffen, ist doch schön.«

»Ja, sehr schön, ich kann mich vor Rührung kaum halten. Glaubt ja nicht, dass euer Vorhaben leicht wird. Ich kenne diesen Mann. Ihr wisst nicht, mit wem ihr euch da einlasst.«

Das Gespräch war beendet.

Um kurz vor acht stürzte Horst Wawzryniak ins Büro von Rico Steding. »Habe gehört, unsere Leute sind zurück. Was gibt's Neues?«

»Morgen, Chef, du kannst sie gleich selber fragen. Wir haben um acht Besprechung. Steven Goldblum ist auch dabei. Sie sind gestern aus Berlin zurückgekommen. Wie es aussieht, hat der Staatsanwalt Romminger angeklagt und will ihm möglichst schnell den Prozess machen.«

»Sind wir zu spät?«, fragte Jan, als er in der Bürotür stand und sah, dass seine beiden Vorgesetzten schon im Gespräch waren.

»Nein, nein, hereinspaziert, wollte nur mal eben hören, wo wir in der Berliner Angelegenheit stehen«, sagte Waffel, wie immer mit einem Lächeln im Gesicht. Hinter Jan betraten Hannah und Steven den Besprechungsraum.

»Halt, lasst mich auch noch rein«, rief Josephine Nussbaum, mit einem Berg Akten im Arm, als ihr die Tür vor der Nase zuzufallen drohte. Blitzschnell drehte Steven sich um und stellte seinen Fuß in die Tür.

»Oh, wie aufmerksam«, säuselte die Gerichtsmedizinerin, startete durch zum erstbesten Schreibtisch und knallte schnaufend ihren Aktenberg darauf. Als alle am Konferenztisch Platz genommen hatten, berichtete Jan über die Vorfälle der letzten beiden Tage.

»Viel haben wir nicht, wie ihr sicher bemerkt habt. Unsere heißeste Spur ist momentan diese Handynummer, die offenbar einem gewissen Grigori Tireshnikov gehört, einem russischen Geschäftsmann, der unter anderen auch eine Niederlassung in Leipzig betreibt. Wie es der Zufall will, ist er doch tatsächlich ein Neffe von Oberst Gorlukov.«

»Und da wir nicht an solche Zufälle glauben, ist das heute Morgen unser erster Termin«, ergänzte Hannah.

»Ich habe das Handy heute Morgen geortet. Es befindet sich momentan in Berlin. Der nächste Schritt wird sein, die Sendefrequenz zu ermitteln und sowohl an die Daten zu gelangen, als auch die aktuellen Gespräche abzufangen.«

»Ohne richterlichen Beschluss ist das illegal, Herr Goldblum, das wissen Sie, oder?«

»Sicher, Herr *Weschinak*«, radebrechte Steven, der sich mit dem komplizierten Nachnamen des Chefs mehr als schwer tat. Hannah und Josie konnten sich einen kurzen Lacher nicht verkneifen. Auch Waffel musste grinsen:

»*Weschinak*, na ja, ich habe schon Schlimmeres gehört, nennen Sie mich doch einfach *Waffel*, Steven, machen die anderen ja auch. Sie glauben immer, ich kriege das nicht mit. Bin zwar alt, aber nicht doof.«

»Oh, entschuldigen Sie, Sir, ich wollte…«

»Schon gut. Also haben Sie jetzt eine Genehmigung dafür, oder nicht?«, wollte Waffel wissen.

Steven war leicht rot angelaufen. Es war ihm peinlich, den Namen des Chefs nicht aussprechen zu können. Er sammelte sich kurz.

»Das BKA hat mir nach einem kurzen Telefonat mit Langley mündlich die Erlaubnis erteilt, den Anschluss abzuhören. Die schriftliche Genehmigung geht im Laufe des Vormittags bei Ihnen ein.«

Jan schielte zu seinem Spezi herüber. Ob das mal so stimmt, fragte er sich. Aber eigentlich kannte er seinen Freund als absolut korrekten Menschen. Würde es Steven wagen, seinem Chef einen Bären aufzubinden? Wohl kaum.

»Auch, wenn sich das Handy und somit wahrscheinlich auch Tireshnikov gerade in Berlin befindet, fahren wir gleich mal in ihrer Leipziger Filiale vorbei. Mal sehen, was wir da so in Erfahrung bringen können.«

»Schau mal, Josie, hab ich gestern Abend in Jans Jackentasche gefunden.« Hannah hielt ein kleines Stück Plastik hoch, das in einem kleinen Bogen Zellophanpapier eingewickelt war.

»Wühlst du jetzt schon in seinen Taschen rum? Hab ich erst nach zehn Ehejahren gemacht«, scherzte Josephine Nussbaum. Das herzliche Gelächter am Tisch zeugte von der mittlerweile guten Arbeitsatmosphäre im Morddezernat.

»Nee, hab nur nach dem Haustürschlüssel gefahndet. Männer und Schlüssel. Eine tödliche Kombination. Dabei fiel das Ding hier raus«, Hannah hielt das Teil noch immer in die Höhe.

»Das hab ich in der Wohnung von Johnny Henderson gefunden. Sieht aus wie eine Verschlusskappe. Keine Ahnung, ob uns das irgendwie weiterbringt.«

»Zeig mal her«, forderte Josie. Sie hatte bereits ihre Plastikhandschuhe übergestreift, wickelte das Teil aus und hielt es prüfend gegen das Licht. »Sieht aus wie die Verschlusskappe einer Spritze. Ich schau mir das im Labor genauer an. Heute Abend kann ich euch mehr sagen.«

Jan zuckte kurz zusammen. Klar, warum war er da nicht selbst drauf gekommen? Er dachte die ganze Zeit eher an den Deckel einer Klebstofftube. Verdammt, wenn das Ding tatsächlich zu einer Spritze gehörte, wäre das vielleicht ein Indiz dafür, dass Johnny in seiner Wohnung unter den Einfluss von Drogen und/oder Medikamenten gesetzt worden war. Noch wollte er diese Gedanken für sich behalten. Mal abwarten, was Josie für Ergebnisse liefern würde.

»Sind die Ermittlungen in Berlin abgeschlossen, oder wie darf ich ihre Heimkehr nach Leipzig deuten?«, fragte Waffel.

»Hubertus von Echternach wird Sie im Laufe des Tages anrufen, Chef«, antwortete Hannah. »Im Moment war es besser, aus Berlin zu verschwinden, damit der Oberstaatsanwalt nicht den Eindruck gewinnt, Hubertus würde die Ermittlungen hinter seinem Rücken weiterführen.«

Waffel setzte wieder sein schelmisches Grinsen auf: »Tut er aber trotzdem, oder?«

»Das haben Sie gesagt, Chef. Wir wissen von nichts.« Hannah zuckte unschuldig mit den Schultern. »Wir werden sehen, was wir hier von Leipzig aus tun können. Klar ist, dass Hubertus von Echternach ahnt, dass die Sache niemals so abgelaufen ist, wie sie sich im Moment darzustellen scheint. Er ist auch schon ein paar Jahre dabei und weiß, dass diese Angelegenheit zum Himmel stinkt. Wir sind uns in der Bewertung dieses Falles einig. Carl Georg Romminger wurde Opfer eines ganz ausgeklügelten Manipulationsaktes. Auch wenn das jetzt ein bisschen nach Science Fiction klingt: Wir glauben, dass er diese Straftat unter dem Einfluss von Hypnose begangen hat und anschließend keine Erinnerung mehr an die Zeit vor, während und kurz nach der Ausführung hatte. Könnte gut sein, dass sein Psychologe Dr. Shapourzadeh in die Sache verwickelt ist.«

Der alte Mann legte vertraulich einen Arm auf seine Schulter, als er neben ihm ging. Vor ihnen lag eine breite Straße, unendlich lang und kerzengerade. Rechts und links davon quoll dichter Rauch aus zerstörten und bis auf die Grundmauern abgebrannten Gebäuden. Die Bäume und Sträucher am Rande der Straße bestanden nur noch aus kohlrabenschwarzen Stämmen und verbranntem Geäst. Farblose Häuser loderten in hellen Flammen und erleuchteten die tiefschwarze Nacht. Das Licht des Feuers mischte sich mit dem grauschwarzem Rauch und den rotbraunen Waben aus Schwefel zu einer schier undurchdringlichen, finsteren Nebelwand. Seine Lungen füllten sich mit einer Melange aus verbrannter Luft und giftigen Gasen und machten ihm das Atmen schwer, als hätte ihm jemand einen Brustpanzer aus Blei angelegt. Der Asphalt unter ihm kochte siedend heiß. Die Straße schwamm in einer schwarzen, stinkenden Flüssigkeit. Der üble Gestank von schmelzendem Teer stieg ihm in die Nase. Die Glut unter seinen Füßen brannte bereits Löcher in seine Schuhsohlen. Erste, wässrige Brandblasen bildeten sich unter seinen geschundenen Füßen. Am Straßenrand und auf den Parkplätzen vor den Gebäuden lagen die Wracks dutzender ausgebrannter Autos, in denen er schemenhaft schwarze, bis zur Unkenntlichkeit verkohlte Leiber erkennen konnte. Ihre Seelen schienen in den aufsteigenden, grauen und übel nach Verwesung stinkenden Rauchschwaden die Flucht aus den zerschundenen Körpern anzutreten. Von überall her hörte er leises, klagendes Gewimmer, vermischt mit einzelnen verzweifelten, flehenden

Schreien. Er suchte nach den Menschen, die hier doch irgendwo sein mussten. Doch alles Leben schien an diesem gottverdammten Ort erloschen zu sein. Kein Kindergeschrei, keine bellenden Hunde, keine zwitschernden Vögel. Wo waren sie hier, wo wollten sie hin?

»Du hast mich getötet. Du hast meinen Sohn umgebracht. Du hast meine Brüder und meine Freunde ermordet. Eigentlich müsste ich dich abgrundtief hassen. Aber Hass ist keine Lösung. Ich freue mich, dass du zu mir gekommen bist, um mit mir hier in alle Ewigkeit für deine Sünden zu büßen. Gott hat dich zu mir gebracht. Er schickt alle Sünder hierher, damit sie bereuen, was sie getan haben. Ich habe gelogen, betrogen, verwüstet und gemordet. Deshalb bin ich hier. Du hast viele unschuldige Männer verwundet und getötet. Deshalb bist du hier. Komm mit mir mit, mein Freund, ich führe dich dorthin, wo wir hingehören.«

Als sie ein Stück weit die Straße der Apokalypse entlang gelaufen waren, flatterten urplötzlich, begleitet von einer orkanartigen Windböe, aus dem Bauch einer bis auf die Grundmauern abgebrannten Kirche, monströse schwarze Gestalten mit großen, ledernen Schwingen auf sie zu. Sie kamen ihnen gefährlich nahe und sahen aus wie riesige, schwarze Fledermäuse. Ihre Krallen waren mächtig und scharf. Die Augen blitzten glutrot. Aus ihren gefräßigen Mäulern triefte dunkelroter Schleim. Ihre spitzen Zähne funkelten wie Rasiermesser aus Platin. Es wurden immer mehr und mehr. Bedrohlich umkreisten sie die beiden Männer, attackierten sie aber nicht. Plötzlich zuckten Blitze durch die Schwärze der Nacht und ohrenbetäubender Donner erzeugte ein tiefbedrohliches, dumpfes Grollen, als hätte ein Bataillon von Panzern und Haubitzen gerade zum Sturmangriff geblasen. Den Mann an seiner Seite brachte das alles nicht aus der Fassung. Ruhig und ohne aus dem Tritt zu geraten, setzte er beharrlich seinen Weg fort. Unvermittelt tauchte vor ihnen wie aus dem Nichts ein großes zweistöckiges Haus aus den dunklen Nebelschwaden auf. Irgendwoher kannte er dieses Gebäude. Es kam ihm seltsam vertraut vor. Die große, zweiflügelige Eingangstür, die weißen, mehrsprossigen Fenster rechts und links davon, der Balkon mit der verzierten Metallbrüstung, die Tonnengaube direkt über dem Dachfirst. In solch einem Haus hatte er seine Kindheit verbracht. In Hamburg, am malerischen Ufer der Binnenalster stand dieses wunderschöne im Viktorianischen Stil gebaute alte Haus. Der ganze Stolz seiner Eltern. Zu seiner Überraschung war das Gebäude zumindest äußerlich unversehrt. Weder Feuer noch Rauch stiegen auf. Die Tür zur Eingangshalle stand sperrangelweit geöffnet. Der Mann wies ihm den Weg die vier Stufen hinauf. Zögernd verließ er den brennenden Asphalt und stieg die angenehm kühle Steintreppe empor. Sie betraten eine hohe, geräumige Eingangshalle. An den Wänden hingen Bilder. Im diffusen, spärlich beleuchteten Raum konnte er erkennen, dass dort eine Reihe von Porträts angebracht waren. Wer diese Menschen waren, war aus dieser Entfernung und bei den schlechten Lichtverhältnissen nicht auszumachen. Er wollte näher herangehen, wollte wissen, wer diese Leute waren, doch der Mann schob ihn weiter den Flur entlang.

Von oben herab hörte er Stimmen. Es mussten mehrere Menschen dort sein. Er konnte das Gewirr der Laute noch nicht auseinanderhalten. Einige schienen zu klagen, andere zu stöhnen. Was war das? An einer großen, geschwungenen Holztreppe, mit einem bereits leicht brüchigem Blattgold verzierten Geländer machten sie Halt.

»Hier entlang, bitte«, zeigte der Mann ihm höflich den Weg. Als sie die Treppe hochstiegen, wurden die Stimmen und Geräusche mit jeder Stufe immer lauter und deutlicher. Als er fast oben angekommen war, wartete dort eine alte Frau direkt am Treppenabsatz und schien die Neuankömmlinge in Empfang nehmen zu wollen. Zunächst konnte er nicht genau erkennen, wer diese Frau war.

»Mutter?«, platzte es aus ihm heraus. Er nahm die letzten Stufen gleich zweifach und wollte seine Mutter in die Arme schließen. Als er die Arme nach ihr ausstreckte, packte ihn eine schwarze, fledermausartige Gestalt, schleuderte ihn mit einem ohrenbetäubenden Grunzen zu Boden und flog die Treppe hinunter. Der Mann lachte hämisch und half ihm auf. Er zeigte auf eine Tür am Ende des Ganges, die von einem riesigen, purpurnen Umhang gesäumt war. Zweifellos kamen die Stimmen und Geräusche aus dem Raum dahinter. Wo waren sie? Was wollten sie hier?

»Wir wollen uns ein wenig dem Vergnügen hingeben. Zusammen

mit guten Freunden wird doch eine Feier erst richtig schön, was meinst du, mein Freund?«

Wieder lachte der Mann. Doch diesmal klang das Lachen finster und bedrohlich. Mit einem kräftigen Tritt stieß er die Tür auf und schob ihn vor sich her in den Raum hinein, in dem laute Rockmusik lief. *Judas Priest* spielte *Nightcrawler*, ein düsterer Heavy Metal Song, der sich schwer und bedrohlich aus den Lautsprechern direkt den Weg in sein Hirn zu bahnen schien:

»*Howling winds keep screaming round/ and the rain comes pouring down/ doors are locked and bolted now/ as the thing crawled into town/ Straight out of hell/ one in a kind/ stalking his victim/ don't look behind/ Nightcrawler/ beware the beast in black/ Nightrawler/ you know he's coming back/ Nightcrawler.*«

Orientierungslos und verwirrt blickte er sich um. Es stank unerträglich nach einem Gemisch aus menschlichen Ausdünstungen, verbranntem Fleisch, Feuer und Schwefel. Die Dielenbretter unter seinen Füßen standen lichterloh in Flammen. Irgendwo am Ende des Raumes konnte er mehrere Gestalten ausmachen. Er konnte erkennen, dass sie nackt waren. Ihre Haut war krebsrot und verbrannt. Ihre Köpfe waren kahl. Sie drehten sich zu den eintretenden Männern um und winkten sie zu sich. Als sie näher herankamen, sah er, dass zwei Männer um ein eisernes Bettgestell herumstanden, auf dem offensichtlich eine ebenfalls nackte Frau lag. Obwohl sie so fürchterlich entstellt aussahen, erkannte er diese Kreaturen. Es waren die Freunde des Mannes, der ihn hierher geführt hatte. Es waren die Männer, die er getötet hatte.

Der Mann schob ihn näher an das Bett heran. Entsetzt stellte er fest, dass seine Kleidung Feuer fing. Seine Beine brannten und schmerzten. Er roch die faulige Haut, die sich zusammen mit den Stofffetzen von seinen Beinen schälte. Als er dicht vor dem Bett stand, sah er, dass die Lattenroste glühten. Die Frau lag mit dem Rücken auf den blanken, glühenden Stahlstreben. Ihr Kopf hing für ihn nicht sichtbar am Ende herunter. Der Mann, der auf der Frau lag, stand auf und zog sich zurück. Ein erleichtertes Stöhnen entwich aus dem Munde der malträtierten Frau. Als der Kerl sich zu ihm umdrehte, konnte er sehen, dass dieser anstelle eines steifen Schwanzes mit einer gut dreißig Zentimeter langen, glühenden

Speerspitze aus massivem Dreikantstahl bestückt war. Er grinste ihn herausfordernd an. Die beiden anderen Männer am Bett packten ihn bei den Armen und schoben ihn vor das Bett. »Du sollst unser Vergnügen teilen. Betrachte es als einen Akt unserer Freundschaft.« Der andere, der gerade von der Frau gestiegen war, riss ihm den Rest der brennenden Kleidung vom Körper. Als er an sich herunter sah, bemerkte er seine riesige Erektion aus Glut und Stahl. Sie stießen ihn auf die wehrlose Frau. Seine Speerspitze drang in das Fleisch der gequälten und gefolterten Frau. Zu seinem Entsetzen spürte er unsagbare Lust, er stieß immer wilder und heftiger zu, kannte kein Erbarmen. Noch nie zuvor hatte er solche unglaubliche Begierde verspürt. Die Frau schrie und wand sich vor Schmerzen. Ihre Hände und Füße waren an das Bett gekettet. Sie konnte sich nicht wehren. Die entsetzlich enstellten Kreaturen herum grölten und lachten. Plötzlich hob die Frau ihren Kopf und sah ihm direkt in die Augen. Ihr Kopf war verkohlt und rauchte, ihre Haare brannten lichterloh. Ihre glutroten Augen durchbohrten ihn mit einem hasserfüllten Blick.

»Da bist du ja, mein Liebster. Ich habe schon ungeduldig auf dich gewartet.«

Ein fürchterlicher Schrei durchbrach die Stille der Dunkelheit, grell und markerschütternd: »Hannahhhhh…!!«

Plötzlich durchbrach gleißendes Licht die schwarze Nacht. Jemand packte und schüttelte ihn. »Wach auf, wach auf«, rief eine Frauenstimme.

Jan öffnete die Augen. Schweißgebadet saß er aufrecht im Bett. Hannah kniete neben ihm und hielt ihn am ganzen Körper fest. Langsam kam er am ganzen Leibe zitternd zu sich.

»Verdammt, was ist passiert? Das gibt's doch gar nicht«, stammelte er seinen ersten Satz.

»Du hattest einen Alptraum. Komm zu dir, es ist alles in Ordnung. Alles ist gut«, beschwichtigte Hannah ihren Freund.

»Ich hab geträumt, dass mich Gorlukov in die Hölle geführt hat. Dort habe ich Ristov und Kuzmanov getroffen, die gerade eine Frau vergewaltigt haben. Überall Rauch und Feuer, Blitz und Donner. Fürchterliche Kreaturen flogen um mich herum. Was hab ich da nur für einen verfluchten Scheiß zusammengeträumt.«

Die weiteren Einzelheiten wollte er Hannah lieber ersparen. Einen derart fürchterlichen Alptraum hatte Jan selbst nach seiner Zeit in Afghanistan nicht gehabt. Auch nicht, als diese Männer, denen er in seinem Alptraum begegnet war, im Einsatz letztes Jahr in Polen ums Leben kamen. Bisher war er von diesen nächtlichen Heimsuchungen verschont geblieben. Aber er wusste natürlich von vielen seiner ehemaligen Kameraden, die an erheblichen posttraumatischen Störungen litten, auf welch grauenhafte und unerbittliche Art und Weise einen die Erinnerungen im Schlaf einholen konnten. Nun hatte es auch ihn erwischt.

Die Andeutungen Stevens, dass die Attentate der letzten Tage nur das Vorspiel waren, um ihn am Ende zur Strecke zu bringen, hatte sich in seinem Unterbewusstsein Raum verschafft.

»Die werden niemals aufgeben, diese Fanatiker«, hörte Jan Steven sagen. Hannah hatte ihm Recht gegeben. »Nicht auszuschließen, dass die Al Kaida nach wie vor hinter dir her ist, Jan. Die wollen Rache, das ist ihr Antrieb. Wir haben ihnen schwere Niederlagen zugefügt. Das hat Narben hinterlassen, die sie niemals vergessen werden. Wir müssen auf alles gefasst sein.«

Jan nickte wortlos vor sich hin. Er drehte sich zu Hannah um, nahm sie in den Arm und küsste sie. »Danke, mein Schatz.« Sie kuschelte sich ganz nah an ihn, bis sie wieder eingeschlafen waren.

»**Wir** haben geprüft, wann Deville das letzte Mal in die Vereinigten Staaten eingereist ist. Und ihr werdet es kaum glauben, er war in den letzten fünf Jahren nicht ein einziges Mal in den USA.«

Jan schien von Toms Einlassung absolut unbeeindruckt. »Du denkst also, dass dieser Mann mit einem offiziellen Linienflug und unter seinem richtigen Namen nach Amerika kommt, um sich dann dort konspirativ zu betätigen? Dass er nicht auf irgendwelchen Passagierlisten erscheint, ist ja wohl logisch. Tom, ich glaube wirklich, dass ihr euch noch nicht im Klaren darüber seid, zu was Maynard Deville imstande ist.«

»Entschuldige, mein Lieber, aber ich glaube nicht an deine Copperfield und Houdini Stories«, hielt Tom leicht gereizt entgegen. »Wenn die CIA eine Person überprüft, dann gibt es nichts mehr, was wir von diesem Menschen nicht wissen. Selbstverständlich ist es möglich, dass er unter falschem Namen und mit gefälschten Papieren unterwegs war. Früher war das vielleicht ein probates Mittel, um unerkannt und illegal irgendwo einzureisen. Heutzutage wird das Passbild gescannt und in Sekundenschnelle vom Erkennungsdienst durch den Computer gejagt. Eine Minute später wissen die Zollbeamten, wer diese Person ist. Sollte dann noch etwas unklar sein, nehmen sie einen Fingerabdruck und haben kurz darauf Gewissheit. In den letzten Jahren hat sich einiges getan, mein Freund, da ist es nicht immer möglich, auf dem neusten Stand der Technik zu sein. Frag mal Steven, der wird dir das sicher bestätigen.«

»Ich wollte dir keineswegs zu nahe treten, Tom. Du hast sicher recht, mit dem, was du sagst. Doch ich bleibe dabei: Maynard Deville besitzt Fähigkeiten, die nichts mit irgendwelchen mehr oder weniger plumpen Zaubertricks zu tun haben. Ich habe ihn nie danach gefragt, aber ich denke, das hat was mit seinem Vater zu tun. Der war so 'ne Art Medizinmann bei den Cherokee-Indianern. Maynard wusste alles über die Schamanen. Einmal erzählte er mir fast beiläufig, er habe von seinem Vater gelernt, mit den Toten zu sprechen. Als das dann wie auch immer in der Einheit bekannt wurde, haben ihn die Kameraden für komplett verrückt gehalten. Ich habe Maynard daraufhin gebeten, diese Dinge für sich zu behalten. Das tat er. Bis ein paar Tage nachdem wir nach den sterblichen Überresten des gefallenen Serjant Poul Verhuysen gesucht haben, der unter Einsatz seines Lebens unseren Rückzug gedeckt hatte und dabei getötet wurde. Seine Leiche war spurlos verschwunden. Wir nahmen an, dass die Taliban ihn verschleppt hatten, um seinen toten Körper als Trophäe öffentlich zur Schau zu stellen. Aus diesem Grund befand sich in seinem Sarg bei der Beerdigung in Brüssel auch nur ein ausrangierter Dummy, an dem normalerweise die Sanitätsausbildung stattfand. Wir sind mit der gesamten Einheit zur Beisetzung nach Brüssel geflogen. Doch es ließ uns einfach keine Ruhe, dass wir die sterblichen Überreste unseres Kameraden nicht finden konnten. Auf dem Rückflug setzte sich Maynard Deville neben mich und sagte mir, dass, wenn ich ihm die Erlaubnis erteilen würde, er Paul Verhuysen finden würde und ihn nach Hause bringen würde. Du kannst dir vorstellen, Tom, wie ich darauf reagiert habe. Am nächsten Tag war Deville nach dem Mittagsappell aus dem Lager verschwunden. Niemanden war es erlaubt, ohne ausdrücklichen Befehl das Camp zu verlassen. Schon gar nicht allein. Als er mit Einbruch der Dunkelheit noch nicht zurück war, nahmen wir an, dass ihn die Taliban erwischt hatten. Mitten in der Nacht stand Deville plötzlich an meiner Pritsche. Ich hab 'nen Schreck fürs Leben bekommen. Wie hatte der Kerl es geschafft, an den Wachen vorbeizukommen? Er trug lediglich eine lange Lederhose und Mokassins, sein Oberkörper war nackt und mit irgendwelchen indianischen Zeichen bemalt, auf dem Kopf trug er Federschmuck.

»Ich habe unseren Kameraden nach Hause geholt«, sagte er nur kurz und verschwand. Am nächsten Morgen erschien Deville beim Frühstück, als wenn nichts gewesen wäre. Plötzlich kamen zwei Soldaten völlig aufgelöst in die Offiziersmesse gestürmt und teilten mir mit, dass die Leiche von Poul Verhuysen im Gerätezelt lag. Als ich rüber ging, sah ich, dass der Belgier auf einer Trage in einer vollständigen, sauberen Uniform gekleidet, aufgebahrt lag. Er war schon über zwei Wochen tot, aber er sah aus, als wäre er gerade erst gestorben. Maynard Deville hatte seinen Körper nach alten, indianischen Riten einbalsamiert. Bis auf ein Loch in der Stirn, sah Paul Verhuysen fast lebendig aus. Sein Leichnam, der eigentlich unerträglich nach fortgeschrittener Verwesung hätte stinken müssen, duftete geradezu nach irgendwelchen indianischen Gewürzen. Wir haben mit einer Totenmesse von unserem Kameraden Abschied nehmen können und haben ihn anschließend mit militärischen Ehren würdevoll bestattet. Ein paar Tage später kamen seine Eltern und konnten endgültig von ihrem Sohn Abschied nehmen. Sie waren uns unendlich dankbar, dass wir ihren Jungen gefunden hatten. Maynard Deville hat nie mehr ein Wort über diese Sache fallen lassen.«

Einen Moment lang schwieg Tom Bauer. »Das ist kaum zu glauben, aber ändert nichts an der Tatsache, dass Deville in den letzten fünf Jahren nicht in den USA war. Das ist der Stand unserer Ermittlungen und genau daran werden wir uns bei den weiteren Untersuchungen orientieren. Solltest du einen anderen Informationsstand haben, bitte ich, mir diesen mitzuteilen«, antwortete Tom auffällig gereizt.

»Also gehen wir davon aus, dass sich der Wirt aus dem Warriors Club geirrt hat, als er Deville anhand des Fotos identifiziert hat?«, hakte Jan nach.

»Ja, aber an anderer Stelle hat er sich Gott sei Dank nicht geirrt. Mit seiner Hilfe konnten wir die beiden Syrer identifizieren, die an dem Abend vor dem Mord an Senator O'Brien mit Henderson zusammen im Club waren und ihn wahrscheinlich anschließend nach Hause gebracht haben.«

»Du meinst die beiden Ex-Marines syrischer Abstammung?«

»Ja, sicher, wen sonst?«

Hannah hatte längst bemerkt, dass die beiden im Moment etwas gereizt reagierten. Tom war sauer auf Jan, weil er offensichtlich die Kompetenzen der allmächtigen CIA in Frage gestellt hatte und Jan nahm seinem Freund übel, dass er seine Aussagen über Maynard Devilles außergewöhnliche Fähigkeiten nicht ernst nahm und als Scharlatanerie abtat.

»Jetzt kommt mal wieder runter, Jungs«, ging sie dazwischen. Steven, der die ganze Zeit ruhig vor seinem Computer gesessen hatte und aufmerksam den Ausführungen der beiden Streithähne gefolgt war, stand ein breites Grinsen im Gesicht.

»Was hast du über diese beiden Typen herausgefunden?«, fragte sie Tom, der die Absicht Hannahs sichtlich begrüßte, die beiden Alphatiere wieder zur Besinnung kommen zu lassen. Jan verzog leicht verärgert das Gesicht, konzentrierte sich dann aber wieder auf Toms Antwort.

»Also«, begann Tom Bauer, »die beiden Männer heißen William Fadi Bin Hammad und Robert Ibrahim Al Mawardi. Beide waren Angehörige des Marine-Korps und als Offiziere mehrere Jahre in Afghanistan. Mittlerweile sind sie aber, wie die anderen Männer im Warriors Club, aus dem aktiven Dienst ausgeschieden. Bei ihrer Überprüfung konnten wir, was die Integrität ihrer Personen angeht, keine Auffälligkeiten feststellen. Beide sind Wissenschaftler und haben vor ihrer Militärzeit an der New York University studiert und ihren Abschluss gemacht. Sie waren fast zwölf Jahre bei den Marines. Allerdings weniger im Kampfeinsatz. Vornehmlich waren sie im Stabsdienst tätig, wo ihre Fähigkeiten als Physiker und Chemiker von großem Nutzen waren. Nach Ende ihrer Dienstzeit haben beide eine Doktoranden-stelle an der Universität in New York angenommen. Bin Hammad hat mittlerweile einen Lehrstuhl im Fach Physik inne, Al Mawardi ist Leiter der Fakultät für Chemie und wartet auf seine Habilitation. Sie sind ledig, aber nicht schwul. Bin Hammad hat eine Beziehung mit einer Mitarbeiterin seines Instituts, Al Mawardi ist mit der Tochter seines Onkels liiert, soll sie wohl demnächst heiraten. Beide Frauen sind ebenfalls arabischer Abstammung.«

»Klingt im Moment wenig spektakulär«, schaltete sich jetzt erstmals Steven in das Gespräch ein.

»Warum gehen so hochgebildete Männer regelmäßig in einen Veteranenclub, in dem hauptsächlich einfache Soldaten verkehren? Bist du sicher, dass die nicht doch schwul sind?«

»Nein, das sind Heteros. Wir haben keinerlei Hinweise auf homosexuelle Kontakte gefunden. Die Männer sind Moslems, aber nicht besonders gläubig, schon mal gar keine Fundamentalisten. Sie trinken Whiskey und Bier und sind auch das ein oder andere Mal mit ihren Kameraden in diversen Etablissements unterwegs gewesen.«

»Wenn es da keine Auffälligkeiten gibt, warum habt ihr euch dann mit diesen Männern solche Mühe gemacht?«, fragte Hannah.

»Gute Frage, meine Teuerste«, lobte Tom. »Das interessante an diesen Männern sind eher ihre Verwandten. Der Bruder von Bin Hammad, ein gewisser Amin, ist Rechtsanwalt und arbeitet für die Kanzlei Abelman und Smith. Dort war auch der ermordete Senator Tim O'Brien tätig. Der Onkel von Al Mawardi, Dschafer, ist Psychiater mit eigener Praxis. Er gilt als Spezialist für Hypnosetechniken und lehrt ebenfalls an der New Yorker Universität. Seine Vorlesungen erfreuen sich außerordentlicher Beliebtheit. Angeblich hat er es geschafft, in einem Seminar das ganze Plenum zu hypnotisieren. Wir lassen momentan alle vier Männer rund um die Uhr observieren, hören ihre Telefone ab und checken ihr Umfeld.«

Nach Ende der Videokonferenz machten sich Hannah und Jan auf den Weg zu Grigori Tireshnikov. Steven hatte sein Handy zwar in

Berlin geortet, aber vielleicht war es ganz gut, wenn sie ihn nicht in seiner Firma antreffen würden. So konnten sie das Personal befragen und möglicherweise an Informationen gelangen, die er ihnen nicht gegeben hätte.

»Langsam scheint sich ein gewisses Schema erkennen zu lassen«, bemerkte Hannah.

»Ja«, bestätigte Jan, «wie es aussieht, stecken tatsächlich Mitglieder oder zumindest Symphatisanten der Al Kaida hinter der Sache. Diese beiden Syrer haben wahrscheinlich neben Henderson auch Kontakt zu Morisson und Fisherman gehabt. Die Verbindung zwischen ihnen und meinen Leuten könnte Maynard Deville hergestellt haben. Möglicherweise hat er sich tatsächlich kaufen lassen«, schüttelte Jan den Kopf. «Bei der Suche nach potentiellen Opfern aus der Politik hat dann zumindest im Falle von Senator O'Brien der Bruder von Bin Hammad eine Rolle gespielt, der ja als Rechtsanwalt bei Abelman und Smith tätig ist und den Senator gut kannte.«

»Und die Vorbereitungen auf die Tat selbst sind dann mit großer Wahrscheinlichkeit vom Onkel Al Mawardis geplant worden. Er hat die Täter hypnotisiert und mit Medikamenten vollgepumpt. In zwei von drei Fällen leider mit Erfolg.«

Jan nickte. »Bleibt nur die Frage, was bei Fisherman schief gelaufen ist. Vielleicht stimmte bei ihm die Dosierung nicht und die Wirkung hat zu früh nachgelassen.«

»Kann sein«, antwortete Hannah, »aber warum liefern sie nach der Tat die Männer ans Messer? Das macht doch keinen Sinn.«

»Eigentlich nicht. Aber dazu muss man die Mentalität der Al Kaida kennen. Es geht ihnen darum, zu demonstrieren, wie mächtig sie sind. Sie wollen zeigen, dass sie jederzeit an jedem Ort der Welt zuschlagen können und dabei alles unter Kontrolle haben. Es ist eine Genugtuung für sie, wenn sie so viele Ungläubige, wie möglich, töten können. In diesen Fällen rächen sie sich an den Soldaten der Einheit *Sniper* für deren militärische Operationen am Hindukusch, wo viele ihrer Leute den Tod fanden. Gleichzeitig töten sie die U.S-Senatoren, die aus ihrer Sicht für den Afghanistan-Einsatz der Army verantwortlich sind. Und das Beste an der Sache ist, dass sie steuern können, dass die Senatoren von ihren eigenen Soldaten getötet werden und diese danach auf dem elektrischen Stuhl oder durch die Giftspritze sterben.«

»Wenn sie tatsächlich in der Lage sind, den perfekten Attentäter zu schaffen, müssen sie auch über das notwendige Know How verfügen. Wie wir wissen, war die CIA mit dem Programm MK-Ultra an gewisse Grenzen gestoßen. Deshalb wurde es schon in den Achtzigern eingestellt. Nehmen wir mal an, dass die CIA tatsächlich nicht mehr an dieser Sache interessiert war und sie deshalb beendet hat, wer wäre dann in der Lage gewesen, der Al Kaida zu helfen?«

»Der NKWD natürlich und später der KGB. Die haben die Forschungen in den vergangenen Jahren vorangetrieben und haben höchstwahrscheinlich eine Methode entwickelt, die relativ sicher zum Erfolg führt. Nach dem Ende der Sowjetunion haben die Russen die Arbeiten an diesem Programm fortgesetzt, allerdings mit dem kleinen, aber feinen Unterschied, dass jetzt alles nicht mehr so geheim war, wie zu Zeiten des Kalten Krieges. Heutzutage kannst du in Russland alles kaufen, vom 3D-Fernseher bis hin zur Atombombe. Also hat die Al Kaida ihre guten Verbindungen zur Russenmafia spielen lassen und das Geschäft Drogen gegen Waffen, oder, wie in diesem Fall, gegen militärisches Know How, wieder aufleben lassen. Gorlukov wird schon längst wieder Nachfolger haben, genau wie es nach Al Fakri neue Anführer bei den Terroristen gibt. Diese beiden Organisationen sind mächtig, Einzelschicksale, wie der Tod von Gorlukov oder Al Fakri, spielen dort kaum eine Rolle. Wir haben denen letztes Jahr einen Dämpfer versetzt, aber die haben sich längst davon erholt. Wie man sieht schneller und besser, als wir geglaubt haben.«

Hannah nickte zustimmend und fragte: »Denkst du, dass Tireshnikov die Drogengeschäfte von Gorlukov übernommen hat?«

»Wäre möglich. Seine Lkw rollen schließlich täglich auf der Autobahn zwischen Moskau und Berlin.«

»Und in Leipzig und Dresden hat er Niederlassungen, wo er die Ware lagern und verteilen kann«, ergänzte Hannah.

»So ist es«, stellte Jan trocken fest.

»**Hier** muss es sein. Was steht da oben auf dem Schild?«

Hannah beugte sich ein Stück über das Lenkrad, um die Schrifttafel an dem vor ihnen liegenden Gebäude zu entziffern: »T&G Interfood GmbH.«

»Fahr direkt auf den Parkplatz vor dem Eingang. Wir machen mal einen auf dicke Hose. Vielleicht lassen die sich davon beeindrucken.«

Als Jan aussteigen wollte, klingelte sein Handy. »Josie hier, mein Lieber. Na, macht ihr euch einen schönen Tag?»

»Natürlich Frau Doktor, was glauben Sie denn? Wir sind direkt nach dem Frühstück ein bisschen shoppen gegangen und jetzt machen wir's uns in einem netten kleinen Café gemütlich. Aber nicht zu lange, wir sind heute Abend noch bei Freunden zu Sekt und Kaviar eingeladen.«

»Dacht ich's mir doch, du Schlingel. Machst aus unserer Ossi-Trine noch 'ne Dame von Welt, recht so.«

»Oh, das wird aber nach zwanzig Jahren Sozialismus verdammt schwierig werden.«

Josie lachte. Sie war eine ausgesprochen positive Erscheinung im oft so tristen Polizeiapparat. Hatte immer einen Scherz auf den Lippen und vor allem stets gute Laune. Aber noch wichtiger war die Tatsache, dass sie fachlich hervorragende Arbeit leistete.

»War nicht so leicht, aus diesem trockenen Stück Plastik noch was rauszuholen. Aber der Liebe Gott hat uns ja die Technik gegeben. Also, wie angenommen, handelt es sich bei diesem guten Teil um die Verschlusskappe einer Spritze.«

»Wie du bereits vermutet hast«, fügte Jan ein.

»Leider waren nur noch sehr wenige, trockene Reste der Flüssigkeit an der Kappe zu finden. Was ich zweifelsfrei sagen kann, ist, dass es sich hier um Flunitrazepam handelt, eine Art Sedativum. Damit werden Patienten ruhiggestellt. Je nach Dosis kann man sie leicht besänftigen oder aber in den ausgedehnten Tiefschlaf legen. Merkwürdig ist allerdings, dass offenbar noch andere Stoffe beigemischt worden sind.«

»Mach's nicht so spannend, Josie«, wurde Jan ungeduldig.

»Ich bin nicht ganz sicher, aber es sieht so aus, dass ich zudem noch Spuren von Opiaten gefunden habe. Vielleicht sogar Heroin.

Ich muss noch ein paar Tests durchführen, um das zu verifizieren. Auf jeden Fall haben wir es hier mit einem Cocktail zu tun, der es wahrlich in sich hat. Wer damit nicht richtig umgehen kann, der kann 'ne Menge Schaden anrichten.«

»Danke, Doktor. Versuch bitte noch mehr rauszukriegen. Ich weiß, dass du das kannst. Verdammt gute Arbeit, unglaublich.« Jan war mal wieder schwer beeindruckt von den Künsten der launigen Gerichtsmedizinerin. »Wir sind jetzt gerade auf dem Hof vor Tireshnikovs Firma. Mal sehen, was wir hier herausfinden können.«

»Bis später, ihr Turteltauben«, verabschiedete sich Josie.

Auf dem Weg zum Eingang erzählte er Hannah, was Josie herausgefunden hatte.

»Passt ins Bild. So langsam setzt sich das Puzzle zusammen.«

»Mag sein, aber ich denke, so einfach, wie wir uns das im Moment ausmalen, ist das nicht. Wir werden noch die ein oder andere Überraschung erleben, da kannst du dich schon mal drauf gefasst machen, mein Herz.«

Sie betraten den Empfangsraum der Firma. An der Rezeption saß eine junge, dunkelhaarige Frau und telefonierte. Sie musterte die Neuankömmlinge und gab ihnen ein Zeichen, dass sie in der Sitzgruppe gegenüber Platz nehmen sollten. Doch die zwei blieben stehen und warteten einen Moment, bis die Frau ihr Gespräch beendet hatte. In fließendem Deutsch mit russischem Akzent fragte die junge Dame nach dem Grund ihres Besuches. Hannah zeigte ihr den Dienstausweis und verlangte Grigori Tireshnikov zu sprechen.

»Polizei? Haben wir etwas falsch gemacht?«

»Wie gesagt, wir würden gern mit ihrem Chef reden«, wich Hannah aus.

»Ja, das tut mir leid, der ist heute nicht im Hause. Kann ich ihm etwas ausrichten?«

»Einen Moment«, mischte Jan sich ins Gespräch ein. Er wählte Stevens Nummer.

»Wo ist der Typ gerade?«

»Könnte dein Glückstag sein. Auf der A9 etwa zwanzig Kilometer vor Leipzig. Dem Signal nach bewegt er sich sehr schnell. Müsste in einer halben Stunde in seiner Firma sein, vorausgesetzt, dass er da auch hin will.«

Jan bedankte sich und legte auf. »Was importieren sie denn für schöne Sachen aus Russland?«, erkundigte er sich.

Die dunkelhaarige Schönheit wurde nervös: »Ausschließlich kulinarische Spezia-litäten«, antwortete sie knapp.

»Und um welche Art von Delikatessen handelt es sich dabei?«

»Na, alle möglichen Lebensmittel eben. Allerdings entweder verpackt oder in Dosen, keine frischen Sachen, die bekommt man ja hier viel besser.«

»Auch Sekt und Kaviar?«, fragte Hannah.

»Ja, auch. Aber danach sind die Kunden nicht so verrückt, wie immer alle glauben.«

»Wer ist denn außer Ihnen hier noch beschäftigt?«, setzte Jan die Befragung fort.

Die junge Frau wurde misstrauisch. Sie konnte offenbar nicht einordnen, was diese Befragung für einen Zweck verfolgte. »Wissen sie, am besten, sie machen einen Termin mit meinem Chef, der wird Ihnen sicher zu all ihren Fragen Auskunft geben können.«

Jan beschloss Druck zu machen. »Hören Sie, junge Frau, wir sind nicht zum Spaß hier. Und bitte beantworten Sie unsere Fragen, die wir Ihnen stellen, sonst nehmen wir Sie mit aufs Präsidium. Da haben wir dann genug Zeit, um alle Dinge zu klären.«

Die junge Frau bekam Angst. Steht ihr ganz gut, dieser Gesichtsausdruck, dachte Jan. Vor ihm stand ein Bild von einer Frau. Groß, schlank mit braunen Augen und dunkelbraunen langem, gewelltem Haar. Sie war modisch gekleidet und hatte auch mit Schminke nicht gespart, ein Umstand, den Jan für absolut überflüssig hielt. Sie war einfach eine natürliche Schönheit.

»Also, außer mir ist hier noch eine zweite Kraft an der Rezeption tätig. Dann haben wir im Lager, ich glaube, fünf Leute und dazu noch die Fahrer, die aber an allen Standorten tätig sind. Ach und dann noch der Hausmeister, Herr Steppke, der sich um das Gebäude kümmert und hier auf und abschließt.«

»Und ihr Chef, Grigori, wie oft ist der so hier?«

Jetzt war die Frau völlig verunsichert. Man merkte ihr an, dass sie Angst hatte, etwas Falsches zu sagen. Damit würde sie sich bei Tireshnikov einen Haufen Ärger einhandeln.

»Also, das kann ich nicht sagen. Ich bin ja auch nur halbtags hier«, zog sie sich mehr oder minder geschickt aus der Affäre.

»Und was machen Sie so mit der anderen Hälfte des Tages? Vielleicht Drogen verteilen oder so was?«

Jan beschloss aufs Ganze zu gehen, einfach mal ins Wespennest zu stechen.

»Was, wieso? Wie kommen sie denn darauf? Damit habe ich nichts zu tun,« verplapperte sich die Frau.

»Wer denn dann? Die Fahrer? Verteilen die das Zeug oder hat der Chef dafür seine speziellen Leute?«

»Wissen sie was, ich rufe jetzt meinen Chef an, dann können sie direkt mit ihm sprechen. Ich sage jetzt gar nichts mehr. Nehmen sie mich doch mit, wenn es ihnen Spaß macht. Ist mir auch egal.« Die Frau griff zum Telefonhörer.

»Hinlegen«, brüllte Jan sie so laut an, dass selbst Hannah zusammenzuckte.

»Sie rufen überhaupt niemanden an. Zeigen Sie uns bitte das Lager.«

»Was, wie bitte? Dazu bin ich nicht berechtigt, tut mir Leid«, die Frau hatte ihre Fassung wieder gefunden. »Haben Sie einen Durchsuchungsbeschluss? Wenn nicht, möchte ich Sie jetzt bitten, zu gehen. Ich habe Ihnen nichts mehr zu sagen und muss weiterarbeiten.«

»Ich habe eine bessere Idee. Sie bringen uns jetzt 'ne schöne Tasse Kaffee und wir warten hier, bis ihr Chef kommt.« Jan lächelte die junge Dame an.

»Das geht nicht. Der kommt heute nicht mehr. Ich kann gern versuchen, ihn anzurufen und zu fragen, wann er wieder in Leipzig sein wird.«

»Sparen Sie sich die Mühe. Er wird in wenigen Minuten hier eintreffen. Wie gesagt, 'ne Tasse Kaffee wäre jetzt nicht schlecht.«

Fünfzehn Minuten später bog eine schwarze S-Klasse auf den Hof des Firmengeländes ein.

»L-RM 600 die Nummer kommt mir bekannt vor«, stellte Jan fest. Alle Kennzeichen der Russenmafia begannen offenbar mit den Buchstaben RM.

»Guten Tag, Sie wollen mich sprechen? Warum vereinbaren Sie

dann nicht einen Termin, im Moment habe ich eigentlich keine Zeit.«

»Es wird nicht lange dauern, Herr Tireshnikov. Das meiste haben wir ja schon von Ihrer Mitarbeiterin erfahren«, provozierte Hannah bewusst.

Offensichtlich hatte die junge Frau ihn per SMS gewarnt, jedenfalls war er wenig überrascht, dass die Polizei auf ihn wartete.

»Na gut, aber machen wir's kurz. Ich habe wirklich viel zu tun.«

»Kennen Sie einen Carl Georg Romminger?«, fragte Jan.

Grigori schüttelte den Kopf. »Nein, nie gehört.«

»Nicht? Sagt Ihnen dann vielleicht der Name Dr. Björn Lutzius etwas?«

Wieder reagierte Grigori negativ.

»Auch nicht, tut mir Leid. Wer sind diese Leute und was habe ich mit denen zu tun?«

»Wir dachten, dass Sie uns das sagen könnten«, antwortete Hannah.

»Nein, ich kenne diese Männer nicht.«

Jan zog das Foto von Dr. Lutzius aus der Tasche und legte es vor Grigori auf den Tisch. »Schon mal gesehen?«

»Nein, wer soll das sein?«

Jan drehte das Bild um und zeigte Grigori die Handynummer, die auf der Rückseite notiert war. »Kennen Sie die vielleicht?«

Der Russe wurde jetzt merklich unruhiger. Er ließ sich einen Moment Zeit, um zu antworten: »Ich kann mir diese ganzen Mobilfunknummern nicht merken. Deshalb sind ja auch alle wichtigen Nummern in meinem Telefon gespeichert. Keine Ahnung, wem die gehört. Im gleichen Moment klingelte Grigoris Handy. Er holte es aus seiner Jackentasche.

»Damit wäre das ja wohl geklärt. Das heißt also, Sie kennen nicht mal ihre eigene Handynummer?«, raunzte Hannah ihn an.

Grigori blieb ruhig, wollte sich nicht aus der Reserve locken lassen: »Hören Sie, ich habe in meiner Firma eine Unzahl von Handys. Vor ein paar Tagen ist das Gerät, das ich normalerweise benutze, kaputt gegangen. Man hat mir dann dieses hier gegeben. Ich kümmere mich nicht um diesen Kleinkram. Habe Wichtigeres zu tun.«

»Das stimmt, ich kann das bestätigen. Ich habe Grigori letzte Woche dieses Handy gegeben und das alte zur Reparatur gebracht. Alle Mobiltelefone in unserem Betrieb haben bis auf die letzten beiden Zahlen die gleichen Nummern. Die Fahrer übergeben mit ihren Wagen auch die Handys an die nächste Schicht. Eigentlich benutzt hier niemand laufend dasselbe Gerät.«

Sichtlich stolz blickte die junge Frau ihren Chef an.

»Sehen Sie, es klärt sich alles auf.«

»Leider nicht, Grigori. Ich darf Sie doch Grigori nennen, oder?«

»Dürfen Sie, wenn sie mir vielleicht *Ihren* Namen nennen würden und, wenn es Ihnen nichts ausmacht, auch mal ihre Dienstausweise zeigen würden?«

»Selbstverständlich«, erwiderte Hannah, zog ihren Ausweis und verwies auf Jan, der ebenfalls seine Legitimation nachwies. »Das ist Polizeioberkommissar Jan Krüger.«

Grigori zuckte augenscheinlich kurz aber heftig zusammen. Offensichtlich war ihm der Name Jan Krüger nicht ganz unbekannt.

»Also, Grigori, was glauben Sie, macht dann eine Handynummer ihres Betriebes auf der Rückseite des Fotos eines ermordeten Bundestagsabgeordneten?«

»Was, wie bitte? Woher soll ich das denn wissen? Ich habe wirklich keine Ahnung. Vielleicht ein Zahlendreher oder so was.«

Jan beschloss in die Vollen zu gehen und legte nach: »Oder hat einer ihrer Drogenkuriere vorher dieses Handy benutzt?«

»Sagen Sie mal, Herr Krüger, ticken Sie noch ganz richtig? Sie kreuzen hier unangemeldet auf und werfen hier wie wild mit Beschuldigungen um sich. Was fällt Ihnen eigentlich ein?«

»Wenn ich ihre fadenscheinigen Ausreden anhören muss, ehrlich gesagt, nicht viel, Grigori. Was sagt Ihnen der Name Gorlukov?«

»Aha, daher weht der Wind.«

»Chef, soll ich unseren Anwalt anrufen?«, fragte seine schöne Mitarbeiterin.

»Nein, Olga, das klären wir auch so. Wir haben uns nichts zuschulden kommen lassen. Ich weiß, wer Sie sind, Krüger. Und Sie wissen ja wohl längst, dass Oberst Gorlukov mein Onkel war. Völlig klar, dass Sie daraus ableiten, dass ich dieselben dreckigen Geschäfte mache wie er.«

»Nicht?«, fragte Jan provokativ nach.

»Nein, mein Lieber, da liegen Sie falsch. Ich habe es nicht nötig, mir mit diesem Mistzeug eine goldene Nase zu verdienen. Meine Geschäfte sind absolut sauber. Ich war der Erste, der den Markt für russische Spezialitäten in Deutschland erobert hat. Bereits seit 1989 beliefere ich die gesamte Bundesrepublik und die Beneluxstaaten mit edlen russischen Krimsekten und feinstem Ossietra, Sevruga und Beluga Kaviar. Bis wir da waren, wo wir heute sind, haben die T & G Interfood GmbH und deren Mitarbeiter jahrelang hart gearbeitet. Ich habe meinem Onkel viel zu verdanken. Er hat während der Kriegsjahre und auch danach dafür gesorgt, dass meine Familie eine Wohnung, Kleidung und immer ausreichend zu essen hatte. Alexander Gorlukov ist der Bruder meiner Mutter. Sein zweiter Sohn Wolodja ist einer meiner Mitarbeiter in Moskau. Ich habe ihn früher bewundert, für das, was er geleistet hat. Als ich später erfahren habe, womit er sein Vermögen macht, habe ich den Kontakt zu ihm abgebrochen. Ich wollte mir durch ihn nicht mein Geschäft, das auf harter und ehrlicher Arbeit basiert, kaputt machen lassen.«

»Sie sind also nie von ihm gefragt worden, ob Sie nicht Teil seines imposanten Imperiums werden wollen?«

»Oberst Gorlukov hat niemanden gefragt. Er hat Befehle erteilt und erwartet, dass diese augenblicklich ausgeführt werden. Er hat mir mehrfach seine Kettenhunde geschickt. Die sollten mich einschüchtern. Später haben sie sogar Schutzgeld von mir verlangt. Dann hat meine Mutter mit ihm Tacheles geredet und ihn gewarnt, dass sie ihn anzeigen würde, wenn er mich nicht zufriedenlässt. Ab diesem Tag war Ruhe. Ich habe seit mindestens zehn Jahren keinen Kontakt mehr zu ihm gehabt.«

»Aber Sie haben gewusst, dass er mit Drogen handelt?«, erkundigte sich Hannah.

»Gewusst habe ich gar nichts. Aber man hat ja schon 'ne Menge gehört. Konnte mir dann meinen Teil denken.«

»Wenn man das alles so hört, sind Sie also ein absoluter Saubermann, Grigori, aber das nehmen wir Ihnen nicht ab. Sie haben die besten Voraussetzungen, den Drogenhandel erfolgreich weiterzuführen. Sie kennen die Abläufe, haben Ihre Verbindungs-männer

160

zur Al Kaida, Ihre Lastwagen rollen täglich unbehelligt zwischen Moskau und Berlin und Sie nutzen die bereits bestehenden Strukturen zur Warenverteilung. Genau wie Oberst Gorlukov sind Sie dann und wann bei Ihren muslimischen Freunden in der Pflicht, die ein oder andere Gefälligkeit zu leisten. In diesem speziellen Fall heißt das: Sie haben der Al Kaida die Verbindung zu ehemaligen KGB-Leuten hergestellt, die denen dann ein paar geheime Forschungsprogramme im Bereich Mindcontrolling zugespielt haben. Sie waren es auch, die mit Carl Georg Romminger und Dr. Lutzius die geeigneten Testkandidaten für ihre Manipulationsversuche ausgesucht haben. Bei Ihrem Netzwerk ist das ja überhaupt kein Problem.«

Grigori Tireshnikov schüttelte vehement den Kopf. »*Hör* dir das an, Olga. Was muss ich mir denn noch alles gefallen lassen? Aber gut. Ich kann sie ja sogar ein wenig verstehen. Wenn man das so hört, was Sie sich hier alles zusammendichten, könnte man glatt annehmen, dass das alles der Wahrheit entspricht.«

Er zog langsam sein Jackett aus, hängte es an die Garderobe und lockerte seinen Schlips. Grigori war ein großer, schlanker, gut gekleideter Mann in den Fünfzigern. Seine schwarzen Haare waren mit grauen Strähnen durchzogen, sein glattrasiertes Gesicht bemerkenswert faltenlos. Mit einer Handbewegung forderte er die Polizisten auf, ihm zu folgen: »Kommen Sie mit, Hannah und Jan, wenn ich Sie so nennen darf, ich zeige Ihnen was.«

Am Ende des Korridors gegenüber der Eingangstür befand sich eine Stahltür, die durch ein Zahlenschloss gesichert war. Grigori tippte kurz die Kombination ein und öffnete die schwere Stahltür.

»Bitte nach Ihnen«, lud er seine Besucher ein. Das Polizistenduo staunte nicht schlecht, als sie sahen, was sich hinter dieser Tür verbarg. Was vom Hof aus nicht zu erkennen war, entfaltete sich hier in seiner ganzen Pracht. Vor ihnen befand sich ein riesiges Lagerhaus. So groß, wie zwei Fußballfelder, dachte Jan. Die Paletten stapelten sich bis unter das Dach der mindestens zwanzig Meter hohen Halle. Die einzelnen Hochregale waren prall mit Ware gefüllt.

»Sehen Sie hier vorn, die erste Regalstraße. Hier befinden sich momentan ungefähr 25.000 Dosen mit verschiedenen Kaviarsorten. Innerhalb der nächsten sieben Tage wird das Kontingent, das hier lagert, verkauft sein. Eine Dose Beluga mit 150 Gramm feinstem russischen Kaviar kostet den Endverbraucher 35 Euro. Der Einkaufspreis beträgt für mich je nach Wechselkurs zwischen drei und vier Euro, natürlich nur dann, wenn ich mindestens hunderttausend Einheiten im Monat abnehme. Und das ist im Augenblick der Fall. Rechnen sie die Transportkosten, Mitarbeiterlöhne und selbstverständlich die in Deutschland zu zahlenden Steuern obendrauf, komme ich auf einen Gesamtbetrag von knapp zwanzig Euro pro Dose. Das bedeutet, dass ich ungefähr fünfzehn Euro an jeder Dose verdiene. Der Gewinn allein an diesem Produkt beträgt mehr als 375.000 Euro wöchentlich, also fast 1,5 Millionen Euro im Monat. Und wenn Sie meine Bücher kontrollieren lassen, werden Sie feststellen, dass mein Gesamtgewinn, wohlgemerkt nicht der Umsatz, sich im letzten Geschäftsjahr allein mit diesem Produkt Kaviar auf runde 18 Millionen Euro belief. Also, in Gottes Namen, wozu in aller Welt sollte ich irgendwelche illegalen Geschäfte mit Rauschgiften betreiben? Meine Drogen sehen Sie hier, meine lieben Freunde von der Polizei.«

Jan und Hannah waren beeindruckt. Doch ihnen war auch klar, dass Tireshnikov die gleichen Gene besaß wie sein Onkel Oberst Gorlukov. Und auch der konnte ja bekanntlich seinen Hals nicht voll kriegen.

»Hut ab, Grigori. Wahrlich ein imposantes Imperium, dass Sie hier aufgebaut haben. Das ist aber noch lange kein Beweis für Ihre Unschuld. Wir hätten gern von Ihnen eine komplette Mitarbeiterübersicht mit allen Anschriften und Tätigkeiten. Dazu benötigen wir eine Liste aller auf die Firma zugelassenen Handys und Informationen darüber, wer diese im Normalfall benutzt.«

»Selbstverständlich. Ich werde Olga anweisen, Ihnen diese umgehend zukommen zu lassen.«

Grigori führte seine Besucher zurück in die Empfangshalle. Mittlerweile war eine zweite Frau eingetroffen, die sich aufgeregt mit Olga unterhielt. Die Frauen sprachen russisch miteinander. Als die kleine Gruppe den Vorraum betrat, verstummte das Gespräch augenblicklich.

»Raissa, meine Liebe, darf ich dir vorstellen, das sind die Kommissare Krüger und«, er zögerte einen Moment, »Dammüller, Polizei Leipzig«, nahm ihn Hannah aus der Pflicht.

»Raissa Milenkowa, meine Frau.«

»Angenehm«, sagte Jan. »Gut, dann danken wir Ihnen für ihre Zeit, Grigori. Wir melden uns, sobald wir die Unterlagen von Ihnen bekommen haben. Einen schönen Tag noch.«

»**Verdammt** noch mal, dafür können wir in Teufels Küche kommen. Schick mir das Ding sofort und möglichst unauffällig rüber. Am besten an meine Privatadresse. Der Chief wird mit Sicherheit fragen, woher denn plötzlich ein solch wichtiges Beweismittel aufgetaucht ist. Ich werde ihm sagen, dass die Spurensicherung wohl etwas übersehen hat. Das wird zwar Ärger geben, aber immer noch besser, als denen erzählen zu müssen, dass du hier unerlaubt ermittelt hast und auch noch Beweismittel mit außer Landes genommen hast.«

»Tut mir leid, Tom. Das Ding wäre wohl nie wieder aufgetaucht, wenn es nicht aus meiner Jackentasche gefallen wäre, als Hannah die Schlüssel für ihren Wagen gesucht hat. Ich hatte das Teil überhaupt nicht mehr auf dem Schirm.«

»Wie auch immer, wir wissen jetzt mit ziemlicher Sicherheit, dass die Typen Henderson einen Cocktail verpasst haben, der ihn scheinbar gefügig gemacht hat. Flunitrazepam und Spuren von Opiaten hört sich nach einer verdammt harten Sache an. Mal sehen, ob das CIA-Labor zu den gleichen Ergebnissen kommt. Vielleicht können die diesen teuflischen Mix sogar noch genauer bestimmen.«

»Wir haben vorhin Grigori Tireshnikov einen Besuch abgestattet. Der Kerl betreibt tatsächlich ein lohnendes Gewerbe. Allein mit Kaviarverkäufen verdient der jährlich achtzehn Millionen Euro. Also Geld braucht der Typ sicher nicht. Er hat sämtliche Verbindungen zu seinem Onkel Oberst Gorlukov oder dessen Komplizen abgestritten. Im Gegenteil. Er hat behauptet, dass die Russenmafia Schutzgeld von ihm verlangt habe. Auf den ersten Blick scheint er mit unseren Fällen nichts zu tun zu haben. Aber irgendjemand aus der Firma könnte möglicherweise ohne sein Wissen auf eigene Faust arbeiten. Wir ermitteln jetzt, wer das Handy mit der besagten

Nummer auf der Rückseite des Fotos, dass wir bei Rommel gefunden haben, benutzt hat. Spätestens morgen haben wir eine komplette Mitarbeiterliste der Interfood GmbH. Bin gespannt, ob da noch ein paar alte Bekannte auftauchen.«

»Ich habe mir von Chief Broderick alle Genehmigungen eingeholt, um die Gruppe der Verdächtigen rund um die Uhr zu observieren, ihre Telefonate abzuhören und aufzuzeichnen. Dabei steht vor allem der Psychiater Dschafar Al Mawardi im Fokus. Möglicherweise ist er derjenige, der Henderson, Morisson und Fisherman in die Mangel genommen hat. Bei der genauen Überprüfung seiner Person haben wir eine interessante Entdeckung gemacht.«

Tom zögerte einen Moment, bevor er fortfuhr, offenbar um die Wichtigkeit seiner Aussage zu unterstreichen. »Al Mawardi kennt Dr. Shapourzadeh aus Berlin. Sie haben einige Jahre zusammen in Damaskus an einer psychiatrischen Klinik gearbeitet und sich später noch einige Male auf internationalen wissenschaftlichen Kongressen getroffen. Das letzte Mal vor gut einem halben Jahr in Berlin.«

»Das ist zwar noch kein Beweis, dass die beiden es waren, die meine Männer manipuliert haben, aber zumindest ein weiteres, wichtiges Indiz. Ich könnte wetten, dass die sich in Berlin mit den Russen getroffen haben. Dort haben sie möglicherweise von den Ex-KGB-Wissenschaftlern das notwendige Know How erworben.«

»Ja und bezahlt hat das alles die Al Kaida, in deren Auftrag die beiden Psychiater anscheinend arbeiten«, ließ Tom einfließen.

«Oder sie gehören sogar selbst zu diesem Haufen«, ergänzte Hannah, die den beiden die ganze Zeit aufmerksam zugehört hatte.

»Momentan herrscht hier unter den Verdächtigen eine Art Funkstille. Wir haben noch nicht ein einziges Gespräch zwischen Bin Hammads und Al Mawardis Leuten aufgezeichnet. Die Telefonate, die diese Männer führen, sind bisher vollkommen unverdächtig. Aber möglicherweise wissen sie, dass wir ihnen auf der Spur sind und verhalten sich aus diesem Grund unauffällig.«

»Ich werde versuchen von Hubertus von Echternach eine Genehmigung zu bekommen, Dr. Shapourzadeh anzuzapfen. Vielleicht ist der nicht ganz so vorsichtig.«

»Wenn es da Schwierigkeiten geben sollte, kontaktieren wir von hier aus direkt das BKA oder du schickst einfach Steven nach Berlin. Er wird das schnell und diskret auf dem kleinen Dienstweg regeln.«

»Im Notfall ja. Aber du weißt, dass wir aufgezeichnete Gespräche nur dann als Beweismittel anführen können, wenn wir eine richterliche Verfügung für eine Abhörgenehmigung haben.«

»Das wäre natürlich besser. Du machst das schon, Jan.«

»Bist du in der Sache Maynard Deville weitergekommen?«, wollte Hannah wissen.

»Ja, ich habe unseren gemeinsamen Freund Bradley vom Warriors Club nach Langley kommen lassen. Rothman und Brown haben ihn in die Mangel genommen. Hatten richtig Spaß, die beiden. Ich wollte nicht das Vertauen dieses Mannes verlieren und hab mich nicht blicken lassen. Du weißt schon: Guter Cop, böser Cop.«

«Und was hat diese Befragung gebracht?«, erkundigte sich Hannah.

»Der Wirt bleibt dabei, dass Maynard Deville an dem fraglichen Abend dabei war. Er hat ihn, wie er sagt, mit absoluter Sicherheit auf dem Foto identifiziert. Also müssen wir davon ausgehen, dass er tatsächlich illegal in die USA eingereist ist. Fragt sich nur wie?«

»Er kann doch eigentlich nur mit gefälschten Papieren eingereist sein«, mutmaßte Jan.

»Du weißt doch selbst, wie schwierig es ist, die Behörden an den Flughäfen auszutricksen. Maynard Deville war U.S.-Marine. Seine Fingerabdrücke liegen der Heimatschutzbehörde, die für die Kontrollen an den Flughäfen zuständig ist, vor. Seit 2008 müssen alle Fluggäste den sogenannten Zehn-Finger-Scan absolvieren. Ein Abgleich mit den entsprechenden Dateien dauert maximal sechzig Sekunden. Wie bitte soll Deville dieses Sicherheitsnetz ausgetrickst haben?«

»Das weiß ich nicht, Tom. Trotzdem traue ich es ihm zu. Ich habe dir mehrfach erzählt, wie er öfter an Orten aufgetaucht ist, an denen er unmöglich hätte sein können. Es hatte den Anschein, als wenn Raum und Zeit für diesen Mann keine Rolle spielten. Das ist sicher nur schwer zu begreifen. Vor allem für jemanden, der das nicht selbst erlebt hat.«

»Allerdings, mein Freund. Aber irgendwie muss er ja nach New York gekommen sein. Es muss eine rationale Erklärung dafür geben. Wir werden weiter an der Sache dranbleiben.«

Auf der Fahrt ins Institut für Rechtsmedizin lief leise das Radio. Hannah hatte so ihre Probleme unbeschadet durch den Leipziger Feierabendverkehr zu kommen und musste ein paar Mal höllisch aufpassen, dass es nicht krachte.

»Was ist heute bloß mit den Leuten los? Die fahren wie von Sinnen.«

Jan starrte in Gedanken versunken aus dem Seitenfenster. Dieser fürchterliche Alptraum machte ihm mehr zu schaffen, als er sich selbst eingestehen wollte. Er war doch so sicher, dass Afghanistan für ihn abgehakt war. Auch die Vorfälle im letzten Jahr, als sie die Russenmafia und den Terroristenführer Tahir Sharif Al Fakri zur Strecke gebracht hatten, hatten bei ihm scheinbar keine Spuren hinterlassen. Und jetzt hatte es ihn doch erwischt. Hoffentlich eine Ausnahme, dachte er.

Als Hannah gerade von der Prager Straße in die Johannsiallee abbiegen wollte, schien Jan urplötzlich seinen Augen nicht zu trauen: Wie vom Blitz getroffen richtete er sich in seinem Sitz auf: »Das gibt's doch nicht. Halt an, schnell«, rief er entsetzt.

»Was ist denn? Wir sind doch gleich da. Was soll denn das?«

Obwohl Hannah überhaupt nicht wusste, was plötzlich in Jan gefahren war, trat sie voll auf die Bremse. Noch bevor der Wagen zum Stehen kam, sprang Jan mit einem Satz aus dem Auto und rannte zwischen den am Straßenrand parkenden Fahrzeugen hindurch auf den Bürgersteig. Es herrschte reger Betrieb. Die Leute hatten Feierabend und wollten noch schnell etwas einkaufen, bevor es nach Hause ging.

Inmitten der Menschenmenge sah er sich suchend zu allen Seiten um. Irgendwo hier hatte er ihn gesehen. Weit konnte er noch nicht sein. Etwa einhundert Meter entfernt stadteinwärts stand ein Mann mit dem Rücken vor einem großen Schaufenster einer Apotheke und sah provozierend zu ihm herüber. Jan forcierte seinen Schritt und bewegte sich in Richtung des Mannes, ohne ihn aus den Augen zu lassen. Dabei rempelte er ein paar Passanten unsanft an, die sich sofort lauthals bei ihm beschwerten. Doch Jan ignorierte ihr Murren. Er hatte seinen Blick nur auf diesen einen Punkt gerichtet. Als er sein Ziel fast erreicht hatte, drehte der Mann sich plötzlich um und entfernte sich schnellen Schrittes. Zügig tauchte er in der Menge unter. Jan gab nicht auf und beschleunigte sein Tempo. Immer wieder konnte er vor sich die Silhouette des Mannes erkennen. Aber wieso verdammt noch mal kam er dem Typen nicht näher? Immer, wenn er glaubte, ihn eingeholt zu haben, war ihm der Kerl wieder um einige Meter voraus. Das Problem war, dass der Sichtkontakt zum Verfolgten durch die dichte Menschenmenge immer wieder unterbrochen wurde. Jan war ihm nun schon fast die ganze Prager Straße stadteinwärts gefolgt, konnte ihn aber nicht stellen. Plötzlich blieb der Mann stehen, sah erneut zu Jan herüber und winkte ihm kurz, wie zum Gruße, zu.

»Hey, Mann, was soll der Scheiß? Bleib stehen!«, rief Jan ihm zu.

Doch der drehte sich wieder um und ging weiter. Jetzt setzte Jan zum Sprint an. Er wollte und musste diesen Kerl erwischen.

Als er ihn schließlich eingeholt hatte, riss er ihn unsanft an der Schulter herum. Der Verfolgte wurde von der Wucht der Attacke zu Boden geworfen.

»Sind Sie noch ganz dicht, Mann? Was soll denn der Scheiß?«, rappelte sich der Typ vom Boden auf.

»Oh, Entschuldigung, ich…, ich habe Sie wohl verwechselt«, stammelte Jan, der hätte schwören können, Maynard Deville vor sich gesehen zu haben.

Er half dem Mann, der von Größe und Statur her dem Devil sehr ähnlich war, hoch und entschuldigte sich ein weiteres Mal: »Offenbar eine Verwechselung. Tut mir wirklich leid. Mein Fehler.«

Der Mann klopfte seine Kleidung ab und funkelte Jan verständnislos an.

»Hey, wenn Sie Probleme haben, empfehle ich Ihnen 'nen guten Psychiater aufzusuchen.«

In der Zwischenzeit hatte Hannah gedreht und war die Prager Straße mit Blaulicht zurückgefahren. Als sie Jan auf der anderen Straßenseite entdeckte, sprang sie aus dem Wagen, den sie mit laufendem Motor mitten auf den Straßenbahnschienen zurückließ und lief zu ihm herüber. Um die beiden Männer herum hatte sich mittlerweile eine Menschentraube gebildet. Hannah hielt ihren Dienstausweis hoch und kämpfte sich durch den Menschenauflauf.

»Bitte gehen Sie weiter. Hier gibt es nichts mehr zu sehen. Alles unter Kontrolle. Bitte weitergehen«, wiederholte sie, diesmal deutlich stringenter.

»Alles in Ordnung bei Ihnen?«, erkundigte sie sich bei dem Mann.

»Ja ja, geht schon. Nehmen Sie den bloß mit, diesen Irren. Der hat sie ja nicht mehr alle.«

Hannah packte Jan fest am Arm und zog ihn über die Straße zum Auto. Im gleichen Moment bemerkte sie, dass die Straßenbahn direkt auf sie zusteuerte.

»Komm, schnell, wir müssen weg hier, sonst kleben wir gleich auf den Schienen.«

Sie verfrachtete Jan unsanft auf den Beifahrersitz, lief um den Wagen herum, riss die Tür auf und gab schon während des Einsteigens Vollgas. Mit durchdrehenden Reifen schleuderte das Auto über die Schienen, bis das Gummi auf dem Asphalt wieder Halt fand.

»Sag mal, was war das denn für 'ne bescheuerte Aktion? Bist du jetzt von allen guten Geistern verlassen, oder was?«

»Er war es«, sagte Jan trocken.

»Wer?«, fragte Hannah gereizt.

»Der Devil«, antwortete er.

»Wie bitte, du glaubst, du hättest hier Maynard Deville gesehen, geht's noch?«

Hannah sah zu Jan herüber, der seinen Blick wie paralysiert geradeaus auf die Straße gerichtet hatte. Ohne sich zu ihr zu drehen, nickte er.

»Kein Zweifel, er ist hier.«

Hannah begann sich ernsthafte Sorgen zu machen. Konnte es sein, dass Jan der ganzen Sache nicht mehr gewachsen war? Hatte ihn dieser Alptraum dermaßen aus der Bahn geworfen? Eigentlich unvorstellbar.

»Jan, du musst wieder zur Besinnung kommen. Hör auf, zu fantasieren. Das bist doch nicht du«, flehte sie ihn schon fast an. »Du glaubst doch nicht allen Ernstes, dass der Typ, den du gesehen hast, Maynard Deville war. Der sitzt ein paar tausend Kilometer entfernt in Australien auf seiner Ranch und hütet Schafe.«

»Das dachte ich bis eben auch«, ließ Jan sich nicht beirren.

Hannah war klar, dass es im Moment wohl offensichtlich zwecklos war, über diesen Vorfall zu reden. Sie hielt den Mund und wendete den Wagen an der nächsten Ampel. Als sie in der Johannisallee vor dem Institut für Rechtsmedizin einen Parkplatz gefunden hatte, bat sie Jan, im Auto zu warten.

»Ich geh rein und hol das Ding. Vielleicht hat Josie ja noch was Neues für uns. Wenn ich zurück bin, fahren wir nach Hause. Für heute reicht's, denke ich.«

Um das wichtige, vielleicht sogar entscheidende Beweismittel, sicher nach Langley zu bringen, fuhr Steven noch am Abend nach Frankfurt. Gegen Mitternacht ging von der Air Base der U.S. Air Force noch ein Flugzeug direkt nach Washington. Danach wollte er sofort nach Leipzig zurückkehren und die Mitarbeiterliste der Interfood GmbH checken. Bei der ersten Durchsicht war ihm sofort ein Name ins Auge gefallen: Wladimir Skutin. Möglicherweise hatte der ja etwas mit Pjotr Skutin zu tun, dem Betreiber der Balkan-Stuben, wo die Russenmafia regelmäßig verkehrte. Mittlerweile war der Laden zwar geschlossen, was aber nicht hieß, dass sich dieser Typ nicht noch irgendwo in Leipzig aufhielt. Noch hatte er Jan nicht über seine Entdeckung in Kenntnis gesetzt.

Nach dem Vorfall auf der Prager Straße fuhren Hannah und Jan kurz ins Präsidium, um Rico Steding über ihren Besuch bei Tireshnikov in Kenntnis zu setzen.

»Na ja, irgendwo war doch klar, dass eine solche Organisation wie die Russenmafia nicht ewig führungslos bleibt. Durchaus möglich, dass dieser Grigori jetzt die Fäden in der Hand hält. Ich werde ein paar Leute abstellen, die ihn die nächsten Tage im Auge behalten.«

»Gut, aber übertreibt es nicht. Bisher war er absolut kooperativ und wir haben nichts gegen ihn in der Hand. Und wenn er, wie er sagt, mit dem Drogengeschäft nichts zu tun hat, kann er uns vielleicht noch nützlich sein. So ein mächtiger Mann hat Verbindungen. Wenn hier in Leipzig neue Leute am Werk sind, wird er die auch kennen. Also haltet euch erstmal diskret im Hintergrund. Ach so, und lasst euch nicht irritieren, was das Kennzeichen seines Wagens angeht. *RM* steht wohl eher für seine Frau *Raissa Milenkowa* als für die Russenmafia.«

»So, du müder Krieger, Schluss für heute. Ab nach Hause.« Hannah nahm Jans Jacke vom Garderobenständer und warf sie ihm zu.

Über den Nordplatz am Zoo fuhren sie auf der Gohliser Straße über die Bergstraße heraus nach Gohlis. Von der Möckernschen Straße bogen sie links ab in die Schmützlerstraße. Hier hatte Hannah vor ein paar Jahren zusammen mit ihrem Ex-Freund ein kleines hübsches Reiheneckhaus gekauft. Nachdem ihr Partner sich zunehmend in ihrer Abwesenheit mit anderen Frauen befasst hatte und dabei soviel Geld ausgab, dass er zur Finanzierung nichts mehr beisteuern konnte, hatte Hannah einen Schlussstrich unter ihre Beziehung gemacht. Nicht ganz zufällig hatte sie kurz vorher Jan kennengelernt, in den sie sich Hals über Kopf verliebt hatte. Aber ihr Ex wollte nicht so ohne Weiteres das Feld räumen.

Hannah hatte sich zur Finanzierung des Hauses bei einem dubiosen Geldverleih, der zur Russenmafia gehörte, zu günstigen Bedingungen einen Kredit besorgt. Dafür sollte sie den Russen ab und zu ein paar Informationen liefern. Nichts Großartiges. Sie sollte vor allem Tipps geben, wann und wo eine Razzia bevorstand. Ihr Freund wusste natürlich davon und erpresste sie jetzt. Die Folge davon war, dass nicht er, sondern Hannah aus dem gemeinsamen Haus auszog, aber trotzdem weiterhin die monatlichen Raten zahlte. Auch ihren nagelneuen BMW X 3, den sie gekauft und bezahlt hatte, musste sie ihrem Verflossenen zähneknirschend überlassen.

Jan hatte sich dann ohne Hannahs Wissen um den Erpresser gekümmert. Nach einem »intensiven« Gespräch, in dessen Verlauf ihr Ex-Freund so unglücklich stürzte, dass er sich das Nasenbein brach und ein paar heftige Prellungen an Kopf und Körper einhandelte, war dieser freundlicherweise bereit, seinen Verzicht auf Haus und Auto schriftlich zu bestätigen. Darüber hinaus hatte Jan ihm in Aussicht gestellt, dass diese Verletzungen chronisch werden könnten, wenn er sich noch einmal bei Hannah melden würde.

Hannah stand in der Küche, um einen frischen Salat zuzubereiten. Ein paar Vitamine konnten jetzt weder ihr noch Jan schaden.

»Glaubst du wirklich, dass das vorhin der Mann aus deiner Einheit war? Tom hat doch gesagt, dass seine Leute ihn noch vor ein paar Tagen in Australien aufgesucht haben. Außerdem hat er im letzten halben Jahr nach den Informationen der CIA das Land nicht verlassen.«

Jan stand auf, öffnete ein Glas Gewürzgurken und fingerte sich umständlich ein paar davon heraus.

»Ich kenne Maynard Deville. Wir haben über ein Jahr täglich fast rund um die Uhr zusammen verbracht. Er war ein typischer Einzelgänger. Wenn es aber drauf an kam, war er der Erste, der seinen Kameraden zur Seite stand. Ohne mit der Wimper zu zucken, war er bereit, sein Leben für das des Mannes an seiner Seite zu geben. Und genau das hat er getan. Mehrfach. Und ich wusste oft nicht mal, wie er das eigentlich geschafft hat.«

»Hast du nicht mal erwähnt, dass sein Vater Indianer war. Irgend so 'ne Art Medizinmann?«, fragte Hannah.

»Ja, der Devil wusste Dinge, die uns immer aufs Neue erstaunen ließen. Selbst in den kargen Gebieten des Hindukusch fand der noch ein paar Wurzeln, die man essen konnte, pflückte irgendwelche Kräuter, aus denen er Tee kochte. Manchmal behandelte er Schuss- oder Stichwunden, indem er irgendeinen undefinierbaren Matsch aus Blättern und Kräutern zusammenkaute, um damit die Blutungen zu stillen. Mit seinem Kampfmesser schälte er geschickt Kugeln aus den Körpern und einmal hatte er sogar mit einem maßgenauen Schnitt ein Loch in die Luftröhre eines Mannes geritzt, damit der nicht erstickte. Er hatte schwer verletzten Kameraden die Schmerzen genommen, in dem er sie mit irgendwelchen mysteriösen Dämpfen in den Tiefschlaf gelegt hatte. Es wurde sogar behauptet, dass er im Irak einen Toten wieder zum Leben erweckt hat.«

»Oh, Ist das nicht 'n bisschen zu dick aufgetragen?«, hatte Hannah Einwände.

«Sicher«, gestand Jan, »aber völlig unbestritten ist, dass der Mann Fähigkeiten besitzt, die jenseits des Erklärbaren liegen. Ich hab dir ja gesagt, dass er nicht nur einmal plötzlich an Orten aufgetaucht ist, an denen er unmöglich hätte sein können. Keiner wusste, wie er das machte. Niemand fragte ihn danach, weil er nicht gefragt werden wollte. Selbst die nicht, denen er mit dieser Fähigkeit das Leben gerettet hatte.«

»Und du als sein Kommandeur? Hast du von ihm keine Erklärungen gefordert?«

»Nein, das habe ich nicht.«

»Das versteh ich nicht, wieso nicht?« Sie legte ihr Messer beiseite und nippte an ihrem Rotweinglas.

»Vielleicht hab ich mich vor seinen Antworten gefürchtet?«

»Du glaubst also wirklich, das Maynard Deville übersinnliche Kräfte besitzt?«

»Keine Ahnung, was ich glaube, aber ich weiß, was ich gesehen habe.«

»Sag mal, mein Lieber, könnte es vielleicht sein, dass ihr euch da drüben das ein oder andere Mal mit Drogen und Tabletten benebelt habt, um das alles zu ertragen?«

»Wir haben da nicht *Apokalypse Now* gedreht, mein Schatz. Um dort zu überleben, musste man jederzeit Herr seiner Sinne sein. Ich war Kommandeur einer Spezialeinheit, die ausnahmslos aus Elitesoldaten bestand. Mit ein paar Promille Alkohol oder einer Dosis Drogen im Blut hättest du auf zehn Meter Entfernung nicht mal mehr 'nen Möbelwagen getroffen. Nein, die Männer haben sich ab und zu ein Bierchen genehmigt. Das war's. Und Maynard Deville hat damals weder Alkohol getrunken noch Drogen genommen. Jedenfalls nicht die, die wir kennen.«

Hannah und Jan wollten gerade zu Bett gehen, als Steven anrief.

»Sorry, ich gönne euch euren Schlaf, aber ich denke, dass ihr das, was ich heute herausgefunden habe, sofort wissen solltet.«

Jan stand gerade im Badezimmer und putzte sich die Zähne.

»Du weißt doch, ein Soldat schläft nie, er ruht«, bemerkte Jan süffisant.

»Ich hab unsere Wundertüte auf den Weg gebracht. Der Flieger ist morgen früh in Washington. Tom schickt einen Fahrer aus Langley. Gegen Mittag werden wir wissen, ob da noch mehr herauszuholen ist, als Josie ohnehin schon gefunden hat.«

Jan trocknete sich Gesicht und Hände ab und machte Hannah ein Zeichen, dass Steven am Apparat war.

»Wo bist du jetzt, Steven?«, erkundigte er sich.

»Auf der A4 bei Jena, bin in gut einer Stunde wieder in Leipzig. Aber ich wollte mit meinen Informationen nicht bis morgen warten.«

»Gut, mein Freund, dann schieß mal los.«

Steven legte sein Handy zur Seite und schaltete seine Freisprechanlage ein.

»Ich hab heute Nachmittag kurz nach vier die Mitarbeiterliste der Interfood GmbH erhalten. Übrigens mit schönem Gruß von Olga, scheint ja 'ne Nette zu sein.«

»Nicht nur nett, mein Alter, eine Vollgranate, um ehrlich zu sein«, flüsterte Jan.

»Warum wirst du plötzlich so leise?«, lachte Steven.

»Du weißt doch, Feind hört mit«, sagte Jan.

»Verstehe, man will sich ja in so einer frischen Beziehung keinen unnötigen Ärger einhandeln.«

»Besser ist es«, stimmte Jan zu.

»Als ich in Frankfurt auf den Flieger gewartet habe, ist mir beim ersten Blick auf die Liste sofort ein Name aufgefallen. Tireshnikov beschäftigt einen gewissen Wladimir Skutin.»

»Hat der was mit dem Wirt der Balkan-Stuben zu tun?«, klingelte es sofort bei Jan.

»Hat er. Er ist der Bruder von Pjotr Skutin, dem Kumpel von Kuzmanov und Ristov.

»Die Welt ist klein, kann man mal sehen. Welche Aufgaben hat der in der Firma?«

»Hab mich dort sofort erkundigen wollen, doch Olga ist erst morgen früh wieder da. Ich gehe aber davon aus, dass er als Fahrer beschäftigt ist, weil er unter den Angestellten im Leipziger Betrieb nicht aufgeführt wurde, er aber in Leipzig wohnt. Außerdem steht hinter seinem Namen die Zahl Dreizehn. Das könnte bedeuten, dass er den Lkw mit dieser Nummer fährt. Und wenn das tatsächlich so ist, dann hat er wahrscheinlich auch das Handy mit der Endnummer 55 benutzt, was dem Fahrer dieses Wagens zugeordnet ist. Das muss ich mir morgen früh allerdings noch von Fräulein

Olga bestätigen lassen.«

»Soviel ich weiß, haben die Balkan-Stuben mittlerweile den Besitzer gewechselt und Pjotr Skutin hat sich nach der Zerschlagung der Russenmafia erstmal wieder nach Moskau abgesetzt. Hier in Leipzig ist der jedenfalls seit einem Jahr nicht mehr aufgetaucht. Wusste gar nicht, dass der hier noch einen Bruder hat. Ist natürlich gut möglich, dass die Gebrüder Skutin bei der Neuauflage der Organisation eine mehr oder weniger große Rolle spielen. Haben auf jeden Fall die besten Voraussetzungen dafür. Dann werden wir uns morgen mal um den Kollegen kümmern. Kann natürlich gut sein, dass Tireshnikov tatsächlich nichts mit diesen Dingen zu tun hat.«

»Oder er ist Gorlukovs Nachfolger und damit der neue Boss der Russenmafia. Im Moment ist noch alles möglich. So, dann haut euch jetzt erst mal aufs Ohr. Ich werde auch ein paar Stunden schlafen. Meldet euch morgen früh sobald ihr auf dem Weg ins Präsidium seid.«

»Danke, Steven. Gute Nacht.«

Der Fahrstuhl des Empire State Buildings hielt in der 43. Etage. Das Gebäude galt nach den Anschlägen auf das World Trade Center mit einer Gesamthöhe von 443 Metern wieder als das höchste Bauwerk New Yorks. Nach seiner Fertigstellung an der Kreuzung Fifth Avenue und West 34th Street im Jahre 1931 war es das höchste Gebäude der Welt. Das wunderbare milde und trockene Frühlingswetter hielt sich nun schon seit fast zwei Wochen an der Ostküste. Eigentlich war es mit fast zweiundzwanzig Grad viel zu warm für diese Jahreszeit. Die Bäume und Sträucher an den Straßen und in den Parks leuchteten bereits in einem satten grün. Die Frauen trugen sommerlich kurze Röcke und die Männer liefen in kurzärmeligen, bunten Hemden durch die überfüllten Straßen von Manhattan.

Der Mann, der gerade mit einem Taxi direkt vom John F. Kennedy Airport gekommen war, stieg mit seinem Aktenkoffer aus dem Lift und steuerte zielstrebig nach rechts den Flur entlang. Die Einreise in die USA verlief, wie immer, absolut problemlos. Sein Reisepass wurde nicht beanstandet, seine Fingerabdrücke stimmten mit den im System eingespeicherten Daten überein. Schließlich war er laut Papieren Bürger der Vereinigten Staaten von Amerika. Trotzdem war er innerlich angespannt und musste sich bemühen, diesen Zustand möglichst nicht nach außen zu kehren.

Er hielt direkt auf eine riesige, gläserne Eingangstür am Ende des Korridors zu und drückte zweimal kurz auf die Klingel rechts neben der Tür, die sofort von innen per Knopfdruck von einer jungen Dame hinter der Rezeption geöffnet wurde.

»Die Herren erwarten Sie bereits. Bitte hier entlang, Sir«, sagte sie und führte den Besucher den Gang herunter zum Konferenzraum *Lyon*.

»Schön, dass Sie es einrichten konnten. Nehmen Sie bitte Platz. Wenn ich mich in der Runde umsehe, sind wir ja jetzt wohl vollständig«, konstatierte der Gastgeber.

»Ich denke, wir wissen alle, warum wir hier sind und um was es geht. Nach meinen Informationen vom Meister sind die Vorbereitungen auf unseren großen Tag abgeschlossen. Jeder kennt seine Aufgabe. Meine ist es, heute festzustellen, dass alles Notwendige in die Wege geleitet wurde, um unser Ziel zu erreichen. Dafür war vor allem ihre persönliche Anwesenheit hier und heute dringend erforderlich.«

Der Angesprochene, der inzwischen am anderen Ende des Konferenztisches Platz genommen hatte, nickte zustimmend.

»Die bisherigen Tests sind positiv verlaufen. Der Fehler in Chicago wurde analysiert und mittlerweile von den Experten behoben. So etwas wird nicht wieder vorkommen. Wenn es keine Fragen mehr gibt, übergebe ich das Wort an den Einsatzleiter.«

Ein großer, hagerer Mann mit lichtem grauschwarzem Haar und einer gewaltigen Hakennase erhob sich.

»Wir können dem Meister berichten, dass wir bereit sind. Wir werden zum festgelegten Termin losschlagen. Voraussetzung ist allerdings, dass auch dieser Ungläubige seinen Part erfüllt hat.«

Mit einem verächtlichen Blick schaute der Mann zum Neuankömmling herüber. Dieser blieb vollkommen ruhig sitzen und machte keinerlei Anstalten, sich provozieren zu lassen. Er kannte die Mentalität dieser Araber ganz genau. Er wollte die gemeinsame Aktion nicht dadurch gefährden, einen unnötigen Streit vom Zaun zu brechen. Er bestätigte dem Redner mit ruhiger Stimme, dass seine Männer bereits vor Ort wären und nun auf ihre Aufgabe vorbereitet werden könnten. Der Gastgeber war zufrieden.

»Also werde ich dem Meister die frohe Kunde übermitteln, dass wir im Namen Allahs einen erneuten, harten Schlag gegen unsere Feinde ausführen werden.«

Die Runde am Tisch bestätigte seine Ankündigung mit allgemeinem Kopfnicken.

»Wie vereinbart, zahlen wir heute die erste Rate. Sobald wir unsere Mission erfolgreich erfüllt haben, bekommen Sie den zweiten Teil.«

Die Tür zum Konferenzraum öffnete sich und die junge Frau von der Rezeption betrat mit einem Aktenkoffer in der Hand den Sitzungssaal. Sie stellte ihn direkt vor den Füßen des Mannes ab, den sie den *Ungläubigen* nannten. Daraufhin übergab er ihr seinen Dokumentenkoffer.

»Den bekommen Sie mit dem entsprechenden Inhalt zurück, sobald unsere gemeinsame Aktion erfolgreich beendet ist«, bestätigte der Gastgeber.

»Ich werde morgen zur vereinbarten Zeit mit meinen Männern vor Ort sein. Wir sind bereit.«

»Gut, dann ist alles geklärt. Ihr seid das Schwert des Islams. Erfüllt eure Aufgabe. Allah sei mit euch, meine Freunde«, schloss der Gastgeber die Konferenz.

Der Klingelton seines Mobiltelefons riss Jan mitten aus dem Tiefschlaf. Verflixt, ärgerte er sich schlaftrunken, hätte er das Ding gestern Abend doch nur ausgestellt und knipste die Nachttischlampe an. Auf dem Display leuchtete klar und hell der Name seines Freundes von der CIA. Kurz vor fünf in der Früh war in Langley elf Uhr abends. Macht der Kerl eigentlich nie Feierabend? Er drehte sich kurz zu Hannah um, die aber offensichtlich nichts gehört hatte. Sie schlief tief und fest, schön und anmutig wie ein Engel. Mit einem Satz sprang er aus dem Bett, nahm das Gespräch an und verließ leicht taumelnd das Schlafzimmer. Für einen alten Mann wohl etwas zu dynamisch, dachte er über die Art und Weise nach, wie er auf wackeligen Beinen viel zu schnell aus dem Bett gesprungen war. Offenbar war da etwas *zu* viel Dynamik im Spiel.

Draußen war es noch stockdunkel. Er hatte sich für heute vorgenommen, um sechs Uhr aufzustehen und vor dem Frühstück in Abtnaundorf joggen zu gehen.

»Bist du eigentlich immer im Dienst, du armer Irrer? Guck mal auf die Uhr. Bei uns ist es noch mitten in der Nacht.«

Tom Bauer lachte und entschuldigte sich für seinen Anruf zu dieser unchristlichen Zeit. »Es gibt Neuigkeiten, die können nicht warten, mein Lieber.«

»Na, dann schieß mal los«, antwortete Jan schlaftrunken und gähnte ausgiebig.

»Maynard Deville ist in New York«, kam trocken aus dem Munde des Anrufers.

»Wie bitte, nein, das kann nicht sein«, stammelte Jan leicht verwirrt. Er hatte ihn doch noch vor ein paar Stunden in Leipzig auf der Prager Straße gesehen. Oder doch nicht? Jan beschloss, das jetzt gegenüber Tom nicht zu erwähnen. Er wusste ja schon selbst nicht mehr, ob das, was er gesehen hatte, real war oder nur eine Art Fata Morgana. Konnte er etwa seinen Sinnen nicht mehr trauen?

»Heute Nachmittag ist mit der Maschine aus Frankfurt am Main ein Mann namens Jeremy Bates am JFK in New York angekommen. Zunächst hat er alle Kontrollen problemlos passiert. Doch eine halbe Stunde später hat die Heimatschutzbehörde Alarm ausgelöst. Wir haben den Mann umgehend zur Fahndung ausgeschrieben.«

»Weshalb, wenn seine Papiere in Ordnung waren?«

»Weil es eine Unregelmäßigkeit bei der Kontrolle seiner Fingerabdrücke gab.«

»Ja, aber warum haben ihn dann die Beamten am Flughafen nicht sofort aus dem Verkehr gezogen?«, wunderte sich Jan, der genau wusste, wie scharf die Kontrollen auf amerikanischen Flughäfen waren. Es war absolut unmöglich, mit gefälschten Papieren einzureisen. Und selbst, wenn das doch jemandem gelingen würde, wäre er spätestens beim Check der Fingerabdrücke überführt.

»Bei der Abnahme der Fingerabdrücke am Flughafen zeigte der Computer keinerlei Unregelmäßigkeiten an. Er identifizierte Jeremy

Bates einwandfrei als Bürger der Vereinigten Staaten. Die Abdrücke stimmten mit denen im System gespeicherten Daten von Jeremy Bates zu einhundert Prozent überein.«

»Ja, und dann? Mach's doch nicht so spannend, Tom, ich muss mal dringend zur Toilette.«

»Da kann man übrigens auch mit Handy hingehen. Ich kann ja weggucken«, scherzte Tom, der offensichtlich gut aufgelegt war. Zu gut, für Jans momentane Verfassung. »Die an die Heimatschutzbehörde übermittelten Daten werden dort abgeglichen und der Computer gibt bei Nichtbeanstandung Sekunden später sein Okay an die Beamten an den Kontrollpunkten vor Ort. Alle zwei Stunden werden dann Ausdrucke erstellt und noch mal von Beamten visuell überprüft und verglichen. In der Vergangenheit hatte es in unregelmäßigen Abständen den einen oder anderen Systemfehler gegeben. Aus diesem Grund kontrolliert der Mensch vorsichtshalber die Technik.«

»Und, hat der Computer einen Fehler gemacht?«, wurde Jan, der inzwischen mit heruntergelassenen Hosen auf dem Klo saß, ungeduldig.

»Nein, hatte er nicht.«

»Ja, was denn dann zum Teufel noch mal?«, entfuhr es dem Polizeioberkommissar.

»Na, jedenfalls nicht direkt. Dem Beamten, der den Ausdruck kontrollierte, war aufgefallen, dass der Abdruck des Mittelfingers der rechten Hand um etwa fünfzehn Grad nach rechts zeigte, während die anderen Abdrücke der Hand den gleichen korrekten Winkel anzeigten.«

»Da gibt es dann wohl nur zwei Möglichkeiten«, funkte Jan dazwischen«, entweder handelt es sich um eine genetische Anomalie, die Folgen eines Unfalls vielleicht, oder aber, die Fingerkuppen waren Prothesen.«

»Wir haben das sofort von Spezialisten checken lassen. Das Ergebnis ist eindeutig. Der Mann hat sich Prothesen angefertigt oder anfertigen lassen und diese dann fachmännisch aufgeklebt oder aufkleben lassen. Wahrscheinlich hatte sich die Prothese auf dem entsprechenden Finger durch Schweiß von der natürlichen Fingerkuppe gelöst und sich verschoben. Was wahrscheinlich damit zu tun hat, dass es in Frankfurt bei seinem Abflug zwölf Grad Celsius waren und in New York bei seiner Ankunft heute Nachmittag gute zehn Grad wärmer war.«

»Habt ihr den echten Jeremy, wie heißt der noch mal?«

»Bates«, ergänzte Tom.

»Ja, Bates, habt ihr den schon gefunden?«

»Wir haben mit ihm gesprochen. Er konnte uns glaubhaft versichern, dass er seinen Pass weder verloren hat, noch jemand die Möglichkeit hatte, unbefugt an seinen Pass zu kommen. Die Polizei vor Ort, einem kleinen Nest in Wyoming, hat das alles bereits kontrolliert. Sie haben ein aktuelles Foto von dem Mann erstellt und seine Fingerabdrücke genommen. Unsere Techniker haben festgestellt, dass das Foto auf dem gefälschten Ausweis tatsächlich mit dem echten Jeremy Bates übereinstimmt. Die Fingerabdrücke sind ebenfalls mit denen des echten Bates identisch.«

»Also muss Deville, wenn er es tatsächlich ist, irgendwo mit Jeremy Bates in Kontakt gekommen sein. Wahrscheinlich kennen sich die beiden irgendwoher.«

»Laut Bates hat er den Namen Maynard Deville noch nie gehört.«

»Maynard Deville kommt ursprünglich allerdings auch aus Wyoming«, ließ Jan einfließen.

»Ja, wissen wir, aber über dreihundert Kilometer von dem Nest, in dem Bates wohnt, entfernt.«

»Trotzdem. Irgendwo muss es da eine Verbindung zwischen den beiden geben. Das setzt allerdings voraus, dass der Mann, der heute Mittag eingereist ist, auch tatsächlich Maynard Deville ist.«

«Wir haben Steven bereits alle Unterlagen gemailt. Schau dir bitte die Fotos der Überwachungskameras an. Du kennst ihn besser, als sonst irgendjemand. Nach den Bildern, die uns zum Vergleich vorliegen, könnte er es sein. Aber sicher sind wir nicht.«

»Gut, wird erledigt, wann soll ich mich melden?«

»Sobald du das Material gesichtet hast. Kannst dich ja dann mit einem frühmorgendlichen Anruf revanchieren.«

»Du willst es nicht anders. Rechne gegen drei Uhr morgens mit meinem Anruf. Bis dahin wünsche ich dir eine gute Nacht. Ich geh jetzt joggen.«

Jan ließ Hannah schlafen, ging herunter in die Küche und setzte Teewasser auf. Im Waschkeller hingen seine Sportsachen über der Leine. Als er sein Laufshirt anzog, stellte er fest, dass es sich noch etwas klamm anfühlte. Ist wohl gestern erst gewaschen worden, dachte er. Egal, würde ja ohnehin gleich wieder durchgeschwitzt sein. Als er sich die Leipziger Volkszeitung aus dem Postkasten holte, hatte bereits die Morgendämmerung eingesetzt. Er setzte sich an den Küchentisch, aß zwei Scheiben Toast mit Wurst und Käse und trank seinen Myrthe - Ingwer Tee, den er mit etwas schwarzem Tee gemischt hatte. In Gedanken blätterte Jan die Zeitung durch, ohne jedoch etwas zu lesen. Konnte es tatsächlich sein, dass Maynard Deville in diese ganze Sache verwickelt war? Warum in aller Welt sollte er sich mit diesen verdammten Terroristen einlassen? Er war stolz darauf, Amerikaner zu sein. Seine Vorfahren waren schon in Amerika, als noch kein weißer Siedler das Land betreten hatte. Sein Großvater war Häuptling der Cherokee-Indianer und

Herrscher über ein riesiges Reservat. Sein Vater führte die indianische Tradition weiter, als das Reservat längst aufgelöst war. Er lernte viel von seinem Großvater, einem Schamanen, der über Fähigkeiten in der Heilkunst verfügte, die in keinem Lehrbuch standen. Sein Vater war Pferdezüchter in Wyoming und war in dem kleinen Ort, in dem Maynard aufgewachsen war, eine Art Medizinmann für Mensch und Tier. Abseits der Schulmedizin stellte er alle Heilwasser, Kräutertees und Wundsalben selbst her und benutzte dazu all das, was die Natur ihm bot.

Jan hatte selbst erlebt, wie Maynard sich um einige seiner Kameraden gekümmert hatte, als diese dem Tod näher waren als dem Leben. Keiner wusste genau, was er da tat, aber es half. Niemand stellte Fragen. Einige sprachen hinter vorgehaltener Hand von Wundern. Auch die Stabsärzte standen vor einem Rätsel, als Maynard einen vermeintlich dem Tod geweihten Kameraden zurück ins Leben geholt hatte. Aber auch sie hatten schnell gelernt, keine Fragen zu stellen. Sie sahen ihn als eine Art Heilpraktiker. Und die hatten nun mal ihre ureigenen Methoden.

Aber ebenso wie er in der Lage war, Menschen zu retten, konnte er Menschen töten. Maynard Deville war eine Killermaschine. Im

Kampf war er brutal und skrupellos. Er schlug gnadenlos zu. Hart, schnell und unerbittlich. In Afghanistan tat er das für sein Land, seine Nation. Er kämpfte gegen den Terrorismus, der Amerika schreckliche, nie verheilende Wunden zugefügt hatte. Würde so ein Mann auch für Geld töten? Kaum vorstellbar, zumal seine Auftraggeber die wären, gegen die er zuvor viele Jahre gekämpft hatte. Ein Pack von Terroristen. Nichts als eine feige Bande von Mördern und Verbrechern. Konnte Jan sich in diesem Menschen dermaßen getäuscht haben?

Er zog leise die Haustür zu und stieg in Hannahs X 3. Sein Audi Super 90 stand frisch poliert in der Garage, wo er den ganzen Winter über vor Frost, Eis und Schnee geschützt war. Zum Glück wurde in Leipzig schon länger kein Salz mehr gestreut. Pures Gift für seinen Oldtimer. In ein paar Tagen würde er seinen Liebling wieder in Betrieb nehmen. Er freute sich schon darauf.

Mittlerweile war es kurz nach sechs. Aus der Dämmerung war fast Tag geworden. Der wolkenlose Himmel versprach einen schönen, sonnigen Maitag. Trotzdem schaltete er vorsichtshalber noch das Fahrlicht ein. Als er von der Theresienstraße in die Hohmannstraße abbog, bemerkte er, dass ein schwarzer Geländewagen, der schon auf der Gohliser Straße hinter ihm fuhr, den gleichen Weg nahm. Da zu dieser frühen Stunde wenig Verkehr war, fiel ihm das Fahrzeug sofort auf. Im Rückspiegel konnte er erkennen, dass vorn zwei Männer saßen und der Wagen ein Leipziger Nummernschild hatte. Auch als Jan am Ende der Straße in die Berliner Straße einbog, blieben die Verfolger hinter ihm.

»Verdammte Scheiße«, murmelte er vor sich hin. »Was wollen die denn von mir?« Mal sehen, was das für Typen sind, dachte er, trat abrupt auf die Bremse, riss das Lenkrand herum und fand genau eine Lücke am Straßenrand zwischen zwei parkenden Autos. Der Geländewagen musste mit einem Schlenker ausweichen und wäre dabei fast mit einem entgegenkommenden roten Golf kollidiert. Das laute Hupkonzert des fast Geschädigten machte auch den letzten verschlafenen Frühaufsteher endgültig wach. Im Augenwinkel sah er einen schwarzen Mercedes ML vorbeifahren. Er wartete einen Moment, bevor er seine Fahrt fortsetzte. Kurz nachdem die

Berliner Straße in die Mockauer Straße überging, bog er nach rechts in die Volbedingstraße ein. Von seinen Verfolgern war nichts mehr zu sehen. Auch nicht, als er von der Ossietzkystraße in die Gorkistraße abfuhr und schließlich auf der holprigen und löchrigen Abtnaundorfer Straße die letzten Meter zur Sportschule Sachsen zurücklegte. Er stellte den Wagen auf dem Parkplatz vor dem Hauptgebäude ab. Um diese Uhrzeit standen nur einige wenige Autos auf dem Gelände. Ein schwarzer Mercedes ML war nicht dabei.

Jan lief durch den Abtnaundorfer Park. Sein Ziel war das Naturbad Nordost, einem kleinen See, den er umrunden wollte, um dann den gleichen Weg zurück zu nehmen. Gewöhnlich betrug die Laufzeit fünfundvierzig Minuten. Für knapp acht Kilometer in seinem überschaubarem Trainingszustand eine gute Zeit. Morgens um halb sieben war hier gewöhnlich kaum eine Menschenseele unterwegs. Jan genoss die kühle, frische Luft. Der Anblick der in vollem, saftigen grün stehenden Vegetation vermittelte ihm ein Hochgefühl. Er atmete tief durch, füllte seine Lungen mit Sauerstoff. Was waren das für Typen, die ihn schon so früh am Morgen im Auge hatten? Hatte das etwa mit ihrem unangemeldeten Besuch bei Tireshnikov zu tun? Oder waren das die Männer, die ihn und Hannah schon in Berlin beschattet hatten? Vielleicht hatte Dr. Sharpourzadeh diese Typen beauftragt? Auf jeden Fall mussten sie in den kommenden Tagen die Augen und Ohren offen halten. Irgendjemandem missfiel anscheinend, dass die Polizei Fragen stellte. Möglich, dass sie bereits auf der richtigen Fährte waren und deshalb schon ein paar Leute nervös geworden waren.

Jan lief aus dem Park heraus übers freie Feld auf die kleine Unterführung unterhalb der Bahnstrecke zu. Auf der anderen Seite war es nicht mehr weit bis zum See. Im kleinen und engen Tunnel hallten seine Schritte nach. Für einen Moment wurde es dunkel. Plötzlich sprangen am Ausgang der Tunnelröhre unvermittelt zwei Männer rechts und links von der Bahnböschung herunter und bauten sich mit Baseballschlägern bewaffnet vor ihm auf. Wie vom Donner gerührt blieb Jan stehen und checkte instinktiv seine Optionen. Er war unbewaffnet und hatte sein Handy im Auto liegen lassen. Die Kerle waren kräftig und optisch das krasse Gegenteil von einem netten Schwiegersohn. Mit finsteren Mienen und eindeutigen Drohgebärden standen sie ihm gegenüber. Wenn ihn nicht alles täuschte, waren das Russen. Für die hatte er mittlerweile einen Blick. Der eine hatte sogar verblüffende Ähnlichkeit mit Pjotr Skutin, dem Wirt aus den Balkan-Stuben. Dieser Kerl war allerdings viel kleiner, dafür aber umso breiter. Der andere war ein großer, durchtrainierter Typ. Der sieht fast aus wie Drago, der russische Boxer aus Rocky IV, gespielt von *Dolph Lundgren*, dachte Jan. Groß, blond, muskulös und mit militärischem Kurzhaarschnitt in Dreikantform, ähnelte er Tom Ritter zu Zeiten seines Afghanistan-Einsatzes. Sollte er das Risiko eingehen und sich auf einen Kampf einlassen? Ein gezielter Hieb mit dem Schlagholz an seinen Kopf könnte allerdings böse Folgen haben. Selbst wenn er sich erfolgreich zur Wehr setzen würde, irgendwann würde ein Schlag durchkommen und ihn schwer verletzen. Mindestens. Jan drehte sich um und sprintete zurück durch den Tunnel. Mit den Keulen in der Hand würden sie ihm wohl kaum folgen können. Als er auf der anderen Seite wieder herauskam, raste der schwarze Mercedes ML mit hoher Geschwindigkeit direkt auf ihn zu. Der Feldweg war sehr schmal. Rechts und links davon verliefen Abwassergräben und oberhalb davon waren Drahtzäune gespannt, die die dahinter liegenden Weideflächen begrenzten. Mit einem Satz übersprang Jan den Graben und versuchte die Böschung hoch zum Zaun zu gelangen. Der schwarze ML machte eine Vollbremsung. Vier Männer sprangen heraus und nahmen die Verfolgung auf. Selbst wenn Jan den Zaun überqueren könnte, wären seine Chancen, zu entkommen, mehr als gering. Auf der Weide hätten seine Verfolger freies Schussfeld. Deckung gab es hier nicht. Und so schlecht konnten selbst die Russen nicht schießen, dass sie ihn auf ein paar Meter Entfernung nicht treffen würden. Die Verfolger waren, wie alle Mitglieder der Russenmafia, in schwarzen Anzügen gekleidet und trugen schwarze, glatte Lackschuhe. Sie taten sich ungemein schwer, in ihrem noblen Outfit die kleine Böschung zu erklimmen. Mittlerweile waren auch die beiden Schlagholztypen dazugestoßen. Sie blieben dreckig lachend vor dem Kühler des auf dem engen Waldweg stehenden Geländewagens stehen. Jan wartete einen Moment bis die vier Verfolger mühsam und umständlich den Drahtzaum überquert hatten. Dann lief er nach rechts den Zaun entlang, parallel zum Weg, sprang mit einem Satz über den Drahtzaun, rutschte die Böschung herunter und hechtete über den Graben bis auf den Weg. Jetzt befand er sich hinter dem Geländewagen der Russen, der hier unmöglich wenden konnte. Nur einem der Verfolger gelang es, an Jan dranzubleiben. Die anderen drei blieben oberhalb auf der Weide stehen und riefen hektisch durcheinander. Einer der Männer, die am Wagen standen, sprang in den Mercedes und legte den Rückwärtsgang ein. Mit einem gewaltigen Ruck stieß der Fünf–Liter-Bolide nach hinten los. Schon nach wenigen Metern konnte der Fahrer seinen wie einen wild gewordenen Bullen losröhrenden Blechkasten nicht mehr bändigen. Der Mercedes schoss wie eine Rakete vom Waldweg herunter in den Graben, legte sich an der Böschung quer und kippte dampfend wie ein Stahlross auf die Seite. Die Angreifer blieben erschrocken stehen, als wollten sie Wurzeln schlagen. Nur sein eifriger Verfolger hatte sich nicht aus dem Konzept bringen lassen und war ihm noch auf den Fersen. Der Abstand zu seinem Schattenmann betrug nicht mehr als zehn Meter. Wenn der jetzt seine Waffe zieht, dann war's das wohl, dachte Jan. Er musste seine Taktik ändern. Ist ein scheiß Gefühl wegzulaufen und jeden Moment auf den Einschlag zu warten. Er bremste abrupt ab und drehte sich um. »Was?«, schrie Jan den Russen an, der in Kampfstellung auf ihn zustürmte. Der kreischte irgendwas auf russisch zurück. Dann sprang er im Kung-Fu Stil mit gestrecktem Bein auf Jan zu und wollte ihn offenbar am Brustkorb treffen. Mit einem kurzen, blitzschnellen Ausweichmanöver ließ er seinen Gegner ins Leere fliegen. Unsanft landete der Anzugträger im Dreck. Jan hielt kurz Ausschau nach den anderen Männern. Für die war offenbar Schluss mit lustig. Er sah, wie sie sich mit automatischen Gewehren bewaffneten, die sie aus dem Heck des verunfallten Autos holten. Als sich sein Angreifer wieder aufrappeln wollte, trat Jan ihm derart hart unter das Kinn, dass es deutlich vernehmbar knackte. Dem Russen erloschen sämtliche Lichter. Er beugte sich über den Bewußtlosen und durchsuchte ihn. In seiner Brusttasche fand er zu seiner Erleichterung eine Makarov. Das erhöhte seine Chancen im Moment zwar nur minimal, stellte aber auf jeden Fall eine Verbesserung seiner momentan misslichen Lage dar. Als er sie durchlud, krachten schon die ersten Schüsse. Er musste versuchen, so schnell wie möglich die hundert Meter zum Park zurück zu schaffen. Da hätte er Deckung und könnte querfeldein unbeschadet den Parkplatz an der Sportschule erreichen. Er feuerte eine schnelle Folge von Schüssen auf die Verfolger, die jetzt vielleicht hundertfünfzig Meter von ihm entfernt waren. Damit zwang er die Männer in Deckung zu gehen. Im gleichen Moment sprintete er los. Noch fünfzig Meter. Mittlerweile hatten sich seine Gegner wieder in Stellung gebracht und feuerten die ersten Salven in seine Richtung. Die Schüsse schlugen rechts neben ihm in einer Pappel ein und ließen Holzsplitter durch die Luft fliegen. Noch zehn Meter. Der nächste Versuch würde ihn erwischen. Instinktiv warf Jan sich aus vollem Lauf zu Boden. Die spitzen Steine des geschotterten Weges bohrten sich in seine Brust. Im gleichen Moment pfiff eine Batterie von Geschossen über ihn hinweg und schlug unweit vor ihm in das dichte Blattwerk. Kurz darauf folgte die nächste Salve. Er konnte jetzt hier nicht ewig liegen bleiben. Unmittelbar nach dem erneuten Schusshagel sprang er auf und rannte um sein Leben. In Erwartung des finalen Treffers lief er die letzten Meter in Zickzack-Linien. Dann verschwand er in den Büschen. Mit der Makarov in der Hand erreichte er kurze Zeit später den Parkplatz. Eine Gruppe von Hobbyläufern hatte sich dort versammelt. Als sie Jan mit der Waffe in der Hand heranstürzen sahen, rief ihm einer aus der Menge zu. »Hey, Mann, ich dachte zum Biathlon braucht man ein Gewehr.«

Erst jetzt bemerkte Jan, dass er die Pistole noch in seiner Hand hielt.

»Hat doch jeder mal klein angefangen, oder?«, konterte Jan, sprang in seinen X3 und rauschte davon.

Als er die Abtnaundorfer Straße stadteinwärts raste, kamen ihm zwei Polizeiwagen mit Blaulicht entgegen.

»**Entschuldigung,** Sir, Brad hier, Sie wissen, der Wirt vom Warriors Club. Sie sagten, ich solle mich melden, wenn's was Neues gäbe.«

»Hallo Bradley, schön, dass Sie anrufen«, war Tom Bauer überrascht. Er hatte dem Mann zwar seine Karte gegeben, mit der Bitte, ihn zu informieren, wenn er irgendetwas in der Sache Henderson hörte, rechnete aber nicht wirklich mit seiner Unterstützung. Die Männer im Warriors Club würden es mit Sicherheit nicht gern sehen, wenn der Wirt mit der Polizei, geschweige denn mit dem FBI oder gar der CIA kooperieren würde. Was dort passierte, hatte hinter verschlossenen Türen zu bleiben. »Also, Sir, hören Sie, da gibt es bei uns so einen Typen, den Hunter, der hat hier gestern unglaublich auf den Putz gehauen.«

»Inwiefern?«, erkundigte sich Tom.

»Na ja, angeblich hätte ihm jemand für einen Job angeheuert. Da würde er richtig Kasse machen.«

»Hat er gesagt, um welche Art von Job es sich handelt?«

»Als er an die Theke kam, um 'ne Runde Bier zu holen, hab ich ihn gefragt. Er meinte, dass es um irgend so 'nen wissenschaftliches Experiment geht, wo sie unbedingt ein paar Ex-Marines brauchten. Nichts Gefährliches. Er sollte sich heute Mittag bei so einem Professor von der Universität melden. Angeblich kassiert er Fünfzig Mille für die Sache.«

»Das ist natürlich 'nen Haufen Geld. Er hat aber nicht gesagt, um was es da genau geht?«, hakte Tom nach.

»Das wusste er selber nicht. Aber er hat erwähnt, dass wohl Will und Robert, Sie wissen schon, die beiden Schwarzfüße aus Syrien, dass die ihm das vermittelt hätten. Die würden da wohl auch mitmachen.«

»Sehr gut, Bradley, verraten Sie mir noch Name und Anschrift von diesem Hunter?«

»Ich weiß nur, das er Jeffrey oder kurz, Jeff Hunt, heißt. Keine Ahnung, wo der wohnt.«

»Und dieser Jeff Hunt ist wie die anderen im Club auch ein Ex-Marine?«

»Ja, der war sein ganzes Leben Soldat. Ist erst vor ein, zwei Jahren ausgeschieden. Schlägt sich momentan so durch. Hat keine feste Arbeit. Wie so viele. Leider.«

»Sagen Sie, Bradley, wissen Sie vielleicht, in welcher Einheit der Mann gedient hat?«

»Nee, keine Ahnung, ich weiß nur, was er gemacht hat.«

»Sie meinen, welche Funktion er bei der Army hatte?«

»Ja, er war Staff Sergeant beim Kampfmittelräumdienst. Der ist so 'ne Art Spezialist im Entschärfen von Minen, Granaten und Bomben. Eben bei allem, was mit Sprengstoff zu tun hat. Soll ein gefragter Mann gewesen sein. Sagen wenigstens die anderen Jungs hier.«

»Sie haben einen gut bei mir, Bradley«, bedankte sich Tom für die Informationen.

»Gern, Sir. Ich habe das aber nur gemacht, weil das vielleicht Johnny hilft. Bin sonst alles andere als 'ne Plaudertasche. Und bitte, dieser Anruf bleibt unter uns. Ich kann mich doch auf Sie verlassen?«

»Sicher, Bradley. Und nochmals vielen Dank.«

Verdammt noch mal, dachte Tom, die stellen ein Team für einen geplanten Anschlag zusammen. Einen Sprengstoffexperten der Army haben die jetzt auch. Die Attentate von Henderson, Morisson und Fisherman waren nichts anderes als Testläufe. Genauso wie der Anschlag in Berlin. Sie wissen jetzt, wie sie die Männer manipulieren können. Wenn Jans Vermutungen stimmen, verfügen sie über das Know How der Russen, von Ex-KGB-Offizieren, die sie dafür wie schon unter Gorlukov und Al Fakri mit umfangreichen Drogenlieferungen bezahlen. Sie werden von den Psychologen Al Mawardi und möglicherweise auch diesen ominösen Dr. Shapourzadeh aus Berlin unterstützt, die aus den ahnungslosen Marines willenlose Attentäter machen. Wahrscheinlich steuert Maynard Deville die Operation und ist für die Planung und Ausführung zuständig. Die beiden ehemaligen Marines mit syrischen Wurzeln suchen die richtigen Männer aus und heuern sie an. Und der Anwalt Amin Bin Hammad ist vielleicht der Kopf dieser ganzen teuflischen Truppe. Er war es auch, der die Senatoren, die bei den Anschlägen ums Leben kamen, ausgesucht hat. Er arbeitet für New Yorks angesehendste Kanzlei Abelman und Smith. Da sieht und hört er viel. Einige der mächtigsten Politiker des Landes zählen zu ihrem Klientel. Er sitzt sozusagen an der Quelle, wenn es um geheime Informationen und sensible Daten geht. Also, wie es aussieht, haben sich die Terroristen formiert und es ist fest damit zu rechnen, dass ein Anschlag unmittelbar bevorsteht. Eine absolut schlüssige Geschichte, ging es Tom durch den Kopf, fragt sich nur noch, wann und wo sie zuschlagen werden.

»Tut mir leid, Tom. Wir haben die Bilder aus allen Perspektiven und in allen Größen gecheckt. Der Typ könnte Maynard Deville sein, ohne Frage. Aber das wahre Gesicht ist, wenn es sich denn hier um unechte Brille, Perücke und falschen Bart handelt, nicht deutlich genug zu erkennen. Zudem habe ich den Mann fast zehn Jahre nicht mehr gesehen.«

»Wir haben versucht, ein Bild ohne diese vermeintlichen Verkleidungen herzustellen. Jan hat mir den Mann geschildert, wie er normalerweise aussieht oder zumindest vor zehn Jahren ausgesehen hat. Schulterlange, schwarze Haare, braune Augen, glatt rasiertes Gesicht, hohe Wangenknochen, markante, kräftige Kinnpartie, realtiv lange, etwas nach unten gebogene Nase und rotbrauner Teint, als läge er ständig unter der Sonnenbank«, fügte Steven hinzu.

»Wie Deville vor zehn Jahren ausgesehen hat, wissen wir längst. Ich habe hier umfangreiches Material vorliegen. Unsere Techniker kommen zu dem gleichen Ergebnis. Sie sprechen von einer 60:40 Option, dass es sich hier um Deville handelt. Im Gesicht kann man ihn vom echten Jeremy Bates nicht unterscheiden. Allerdings ist Bates ein eher kleiner, korpulenter Mann. Deville dagegen ist ein Hüne von fast zwei Metern, muskulös und sicher mehr als zwei Zentner schwer.«

»Genau das ist der Punkt. Ich denke dieser Mann hier auf dem Foto ist eher etwas kleiner, vielleicht einsachtzig. Außerdem passt die leicht nach vorn gebeugte Haltung nicht zu ihm. Deville ist ein selbstbewusster Typ mit einer kerzengraden Haltung, kein Duckmäuser wie der Typ auf dem Bild.«

»Also glaubst du eher, dass er es nicht ist?«, resümierte Tom.

»Es kommt noch was anderes dazu, Tom. Ich habe es dir nicht gleich gesagt, weil ich mir nicht sicher war.«

Eine kurze Pause trat ein. Jan sah Steven an, zog seine Stirn in Falten und schürzte die Lippen. Er hätte das sofort sagen müssen, das war ihm natürlich vollkommen klar. »Ich habe Maynard Deville gestern Mittag in Leipzig gesehen.«

»Was?«, brach es aus Tom heraus. «Und du bist sicher, dass du dich da nicht getäuscht hast?«

»Dachte ich auch erst. Als ich auf ihn zukam, verschwand er in der Menge, als hätte er sich von einer Sekunde zur anderen in Luft aufgelöst. Seine Statur, seine Bewegungen und nicht zuletzt die Art und Weise wie er mich angesehen hat, auch wenn er ein Stück weit entfernt war, das war unverwechselbar der Devil.«

»Hat ihn außer dir noch jemand gesehen?«, wollte Tom wissen.

»Nein, als Hannah dazu kam, war er schon verschwunden.«

»Na gut. Trotzdem, Jan, wir müssen zur Zeit immer noch davon ausgehen, dass der Mann, der hier unter dem Namen Bates eingereist ist, Maynard Deville ist. Alles andere wäre grob fahrlässig. Wir werden alle Hebel in Bewegung setzen, ihn zu finden.«

»Was habt ihr denn aus diesem Bates rauskriegen können?«, fragte Steven nach.

»Er kennt Deville nicht und kann sich auch nicht erklären, warum der Mann seine Identität benutzt.«

«Gut, aber es muss eine Verbindung zwischen Bates und dem Mann am Flughafen geben. Derjenige, der den falschen Pass hergestellt hat, muss den Ausweis von Bates in den Händen gehalten haben. Oder zumindest Zugang zu allen relevanten Daten gehabt haben«, wunderte sich Steven.

«Ist vollkommen klar, Steven. Nicht nur das, er muss auch irgendwo an Bates Fingerabdrücke gekommen sein«, ergänzte Tom.

»Ihr müsst Bates noch mal in die Mangel nehmen. Da muss es eine Verbindung geben. Was ist mit den anderen Familienmitgliedern, Verwandten, Freunden? Vielleicht gibt es da eine Spur?«, schaltete sich Jan wieder ein.

»Haben wir alles geprüft. Bis jetzt ohne Ergebnis. Er hat einen Bruder, der in Deutschland lebt. Den hat er ein paar Mal besucht.«

»Vielleicht hat jemand, der Passkontrollen durchführt, das Dokument kopiert und auch einen Ausdruck der Fingerabdrücke mitgehen lassen«, mutmaßte Steven.

»An deutschen Flughäfen spielen Fingerabdrücke keine Rolle. Kann dann nur in den USA geschehen sein«, erklärte Jan.

»Glaubt mir, wir haben Heerscharen von Agenten auf diesen Fall angesetzt. Wir prüfen jede nur mögliche Option. Dauert leider nur etwas. Hoffentlich nicht zu lange«, zeigte sich Tom enttäuscht, dass Jan den Mann nicht einwandfrei als Maynard Deville identifizieren konnte.

»Du sagst, Bates hätte einen Bruder in Deutschland? Gibt es da 'ne Adresse?«

»Ja, Moment mal«, Tom kramte in seinen Unterlagen. »Sein Bruder wohnt in Hannover.«

Gegen dreizehn Uhr mittags setzte der Mil Mi-26 Transporthubschrauber südlich von Mazari Sharif zur Landung an. Knapp drei Stunden vorher waren die Männer mit einem Linienflug von Moskau nach Duschanbe in Tadschikistan geflogen. Dort wurde der schwerste, stärkste und größte Hubschrauber der Welt mit militärischem Material, Medikamenten und Verpflegung beladen. Die Männer an Bord wussten nur, dass man sie für ein Experiment angeheuert hatte, in dem ein neues Medikament getestet werden sollte, das unter anderem dazu dienen sollte, Angst- und Stresssymptome abzubauen oder sogar vollkommen zu unterdrücken. Es sollte die Leistungsfähigkeit von Menschen, die in besonders schwierigen Situationen extrem großem Druck ausgesetzt sind, aufrecht erhalten und bestenfalls sogar noch steigern. So hatte man es ihnen jedenfalls erklärt, als sie sich in New York in der Praxis von Professor Dr. Al Mawardi erstmals getroffen hatten. Kurz vor dem Abflug nach Frankfurt wurde den Männern, wie abgemacht, die erste Hälfte ihres Honorars ausgezahlt. Wohin die Reise gehen sollte, wurde ihnen zunächst nicht mitgeteilt. Nach einem kurzen Aufenthalt in Deutschland flogen sie direkt weiter nach Moskau. Am nächsten Tag setzten sie in aller Frühe ihre Reise nach Tadschikistan fort, um von dort aus schließlich mit einem russischen Militärhubschrauber nach Afghanistan gebracht zu werden. An Bord befanden sich neben sechs Besatzungsmitgliedern zwölf Passagiere.

Der Mil Mi-26 war ein fliegendes Ungetüm, dem man allerdings auch ansah, dass es schon ein paar Jahre auf dem Buckel hatte. Der ein oder andere Rostfleck hatte sich bereits durch das tarngrüne Metall gefressen. Die Nutzlast dieses Goliaths betrug fast 22.000 Kilogramm. Damit besaß diese eiserne Libelle mehr Stauraum, als die legendäre Antonov, die über viele Jahre als das größte Transportflugzeug der Welt galt. Die Reisegeschwindigkeit lag immerhin noch bei 265 Stundenkilometer. Beim Landeanflug auf ein großes, eingezäuntes Areal ein paar Kilometer südlich von Mazari Sharif krachte und knarrte der Luftriese an allen Ecken und Kanten, bewältigte diese Aufgabe aber dennoch ohne Probleme. Die beiden Piloten verfügten offenbar über genügend Routine, dieses Hochhaus mit Rotoren mehr oder weniger sanft auf den steinigen Wüstenboden aufzusetzen. Während des Fluges nach Afghanistan hatte Professor Al Mawardi, ein kleiner, rundlicher Mittsechziger mit Bauch und lichtem grauen Haar, den Männern mitgeteilt, dass man in der Nähe von Mazari Sharif im Nordwesten Afghanistans ein Lager beziehen würde, das die nächsten Tage als Quartier dienen würde. Von dort aus würde man zu einzelnen Exkursionen starten, um sogenannte Feldversuche durchzuführen. Wenn alles zur Zufriedenheit verliefe, würde man nach fünf Tagen sämtliche Aufgaben erledigt haben und die Rückreise antreten. Es stände allen eine harte Zeit bevor, niemand müsse sich jedoch Gedanken um seine Gesundheit machen. Das Medikament befände sich zwar in der Testphase, würde aber keinerlei Nachwirkungen haben.

»Mein Gott, was ist das denn hier?«, fragte Jeff Hunter seinen Kumpel Roderick Rosenberg. »Sieht aus, wie die verfallenen Überreste vom Collosseum.«

Irgendetwas passte hier nicht. Das etwa vier fußballfeldergroße Gelände war von einer drei Meter hohen Steinmauer umgeben, die zusätzlich durch Glassplitter und S-Drahtrollen unpassierbar gemacht worden war. In Hufeisenform lag ein Trakt von eingeschossigen Häusern gegenüber dem Eingangstor auf der Ostseite des Geländes. Die Bauwerke aus groben, graubraunen, unregelmäßig gehauenen Geröllsteinen sahen eher aus wie Ruinen nach einem Bombenangriff. Auf den Flachdächern lagen mehrere Vierecke aus Sandsäcken, aus denen die Mündungen von großkalibrigen Maschinengewehren ragten. Die Fenster glichen eher Schießscharten aus mittelalterlichen Burgen und schienen nicht für allzu viel Frischluft in dem Gebäudekomplex zu sorgen. Auf dem lehmigen und steinigen Vorplatz befand sich vor den Häusern eine Art Park-

platz, der mit jeder Menge Steinschutt verdichtet, eine einigermaßen feste und glatte Oberfläche bildete. Darauf standen zwei alte
Militär - Lkw russischer Bauart sowie ein offener Jeep. Als sie aus
dem Hubschrauber stiegen, kam eine Gruppe von Männern aus
dem Gebäude und begann mit einem Gabelstapler und mehreren
Sackkarren ausgerüstet, den Laderaum des Lastenhubschraubers
auszuräumen. Erst jetzt konnte man erkennen, was dieses Ungetüm alles an Bord hatte. Neben unzähligen Kisten mit Sprengstoff
und Sturmgewehren entluden die Männer mehrere Batterien mit
Flugabwehrraketen und panzerbrechenden Waffen.
»Wollen die hier den dritten Weltkrieg entfachen, oder was?«,
wunderte sich Roderick Rosenberg, den seine Freunde nur
»RoRo« nannten.
»Keine Ahnung. Vielleicht sollen wir ja jetzt die Taliban im Alleingang erledigen. Jedenfalls waren wir hier vor ein paar Jahren nicht
so gut ausgerüstet. Mit Hilfe dieser Waffen hätten wir Afghanistan
damals schon zum 51. Bundesstaat der USA gemacht.«
»Ja, wahrscheinlich und Osama Bin Laden wäre Gouverneur ge-
worden«, scherzte RoRo.
Am Eingang zum Hauptgebäude wartete Dschafer Al Mawardi, bis
alle Männer mit ihren Bekleidungskisten, Koffern und Rucksäcken
den befestigten Platz erreicht hatten.
»Wir beziehen jetzt Quartier und treffen uns dann in einer halbe
Stunde zur Lagebesprechung. Meine Assistentin Dr. Fatima
Shapourzadeh teilt Ihnen jetzt Ihre Unterkünfte zu und zeigt Ihnen
anschließend die anderen Räumlichkeiten.«
Obwohl die Frau ein Kopftuch trug, das sie bis über die Stirn gezogen hatte, war zu sehen, dass es sich um eine ausgesprochene
Schönheit handelte. Vielleicht Ende zwanzig, dachte Jeff Hunter,
wenigstens *ein* Lichtblick in dieser Einöde.
»Bitte zuhören, meine Herren, ich möchte sie darauf hinweisen,
dass wir hier Gäste des obersten islamischen Rates von Mazari
Sharif, der Hauptstadt der Provinz Balch, sind. Ich möchte sie bitten, den Anweisungen des Verwalters und seiner Stellvertreter
unbedingt Folge zu leisten.« Sie zeigte auf eine Gruppe von Männern, die seitlich von ihnen standen und sich höflich verbeugten.
»Es gibt hier eine Hausordnung, die auf Ihren Zimmern ausliegt.

Wenn sie Fragen haben, wenden sie sich bitte an mich, unsere afghanischen Freunde sprechen nur ihre Landessprache, die nicht mal ich gut genug verstehe, obwohl ich auch aus einem arabischen Land stamme.«

Zum ersten Mal zeigte sie die Andeutung eines Lächelns. Sie zog eine Liste aus ihrer Umhängetasche.

»Zimmer eins beziehen bitte Jeffrey Hunter und Roderick Rosenberg, Die Zwei belegen Morgan Lampart und Kees Schuitemans. Auf Zimmer drei liegen Jan Aage Quist und Olebjörn Dahl. Die Vier bewohnen Fadi Bin Hammad und Ibrahim Al Mawardi. Die anderen Räume befinden sich im rechten Gebäudekomplex. Dort wohnen der Professor, der Coach, Dr. Muratov sowie meine Wenigkeit. Bitte ziehen sie zuerst Ihre Schuhe aus, wenn sie das Gebäude betreten. Zum ersten Meeting treffen wir uns in einer halben Stunde, also exakt um 15.45 Uhr im Konferenzraum *Kabul*, anschließend gehen wir zum Essen. Auf ein gutes Gelingen.«

In diesem Dreckstall auch noch die Schuhe auszuziehen, dachte Jeffrey, das heißt, sich entweder eine schwere Form von Fußpilz zuzuziehen oder, dass einem die Kakerlaken auf die Socken scheißen.

Die Männer schulterten ihre Ausrüstung und betraten das Gebäude. Als sie die Tür passiert hatten, trauten sie ihren Augen nicht. Sie standen in einer großzügigen, weiträumigen Empfangshalle mit Marmorfußboden und orientalischen Wand-teppichen. In der Mitte des Raumes thronte ein runder, pompöser Springbrunnen, mit einer Vielzahl von in allen Farben schillernden Pflanzen umgeben. Von oben herab strömte durch eine gewaltige Glaskuppel, die von außen durch die Sandsäcke verdeckt war, helles Licht in den Raum.

»Hier entlang, bitte«, wies Fatima ihnen den Weg in einen links von der Halle führenden Flur. Gewaltige orientalische Wandleuchter tauchten den Gang in ein angenehm hellrotes Licht. Überall duftete es nach einem orientalisch süßlichen Aroma, wie in Tausend und einer Nacht. Große braune Tonvasen mit riesigen Orchideen säumten den mit edlem Orientteppichen ausgelegten Flur. Leise orientalische Klänge schmeichelten den Ohren der Neuankömmlinge.

»Fehlt nur noch der Schlangenbeschwörer«, witzelte Jeff, »oder der Harems-wächter«, nahm RoRo die Vorlage auf. Ein Mann aus dem Gefolge des Hausverwalters ging voraus und öffnete den Männern die Tür zu ihrem Zimmer.

»Das glaube ich jetzt nicht«, entfuhr es Jeffrey. Ungläubig über das, was sie sahen, betraten die Männer die Suite, die groß und geräumig war. An der Kopfseite standen rechts und links zwei große Betten, die von einem riesigen, weißen Segel überspannt waren. In der Mitte des Raumes befand sich ein Springbrunnen, der dem in der Eingangshalle ähnelte, allerdings kleiner und weniger pompös. Das Licht flutete aus dem monströsen Oberlicht den ansonsten fensterlosen Raum. Rechts und links vom Eingang waren jeweils luxuriöse Bäder installiert worden. Leise summend tat eine wohltemperierte Klimaanlage ihren Dienst. Zwar waren jetzt Mitte Mai die Temperaturen noch nicht so hoch, wie im Sommer, doch bei ihrer Ankunft war es gut zehn Grad wärmer als in New York, wo es für diese Jahreszeit mit fast zweiundzwanzig Grad Celsius eigentlich viel zu heiß war. Allerdings kühlte es hier in der Nacht zum Teil so stark ab, dass es noch Frost gab. Dieses Phänomen kannten die Männer bereits aus der Zeit ihres Afghanistanaufenthaltes vor einigen Jahren. Wenn es dunkel wurde, konnte man das Thermometer fallen sehen wie die Benzinuhr eines Porsche Carreras auf der Autobahn. Nachdem sie alles besichtigt hatten und sich im Bad die Strapazen der langen Reise abgewaschen hatten, begannen sie, ihre Sachen in die deckenhohen Schränke einzuräumen.

»Kennst du eigentlich jemand von den anderen hier?«, wollte RoRo wissen.

»Ja, die beiden Typen, die aussehen wie Pharaonen, sind Amerikaner syrischer Abstammung. Waren beide bei den Marines. Die kommen immer freitags in den Club. Sind ganz in Ordnung. Machen diesen ganzen Islamscheiß nicht mit. Trinken genau wie wir ihr Bierchen und spielen Billard oder Backgammon. Der eine hat irgendwas mit dem Professor zu tun. Sind wohl irgendwie verwandt.«

»Bist du der Einzige, den sie im Club gefragt haben?«

»Keine Ahnung. Ist mir auch egal. Die fünfzig Scheine wollte ich mir nicht entgehen lassen. Muss 'ne alte Frau lange für stricken.«

»Und du, wer hat dich für die Sache hier angeheuert?«

»Ich habe nach der Militärzeit Jura studiert und ein paar Seminare mit Will zusammen besucht. Haben uns auch mal abends auf ein Bierchen getroffen. Ein feiner Kerl. Wie auch immer, ich kann die Kohle auch gut gebrauchen. Bin momentan auf Arbeitssuche und jobbe nebenbei für ein paar Dollar in einem Fitnesscenter. Hatte ich mir alles irgendwie anders vorgestellt.«

»Die nennen Will hier Fadi«, schob Jeff nach.

»Nee, der Typ heißt William. Vielleicht ist das sein zweiter Name oder so.«

»Hat dich Will nie gefragt, ob du auch in den Club kommen willst?«

»Hat er, war aber nicht mein Ding.«

»Und was ist mit den anderen Typen?«, fragte Jeff weiter.

»Kenne ich nicht. Der eine ist Holländer und meinte, ich solle ihn »Cheese« nennen. Der kannte aber die anderen drei Soldaten. Die waren wohl auch in Afghanistan. Und sie kennen auch den Coach. Muss wohl früher schon mal ihr Vorgesetzter gewesen sein.«

»Wie der heißt haben sie nicht gesagt?«

»Nee, du hast doch gehört, wir sollen ihn *Coach* nennen und keine Fragen stellen.«

»Bleibt noch dieser Russe.«

»Du meinst Dr. Muratov.«

»Ja, weißt du was über den?«

»Nein, aber wir werden ja hoffentlich gleich mehr erfahren. Gib mal 'n bisschen Gas. In fünf Minuten sollen wir uns treffen«, trieb RoRo seinen Kollegen zur Eile an.»

»**Tom** hat sich gemeldet. Professor Al Mawardi ist gestern Abend nach Frankfurt geflogen.« Steven hatte Hannah und Jan im Auto auf dem Weg ins Präsidium erreicht.

Über die Ereignisse am gestrigen Vormittag hatte Jan zunächst geschwiegen. Er wollte vor allem Hannah nicht damit belasten, dass die Russen scheinbar wieder hinter ihm her waren. Er würde es ihr im Laufe des Tages in einer ruhigen Minute erzählen. Möglicherweise war ja auch der schnelle Einsatz der Kollegen erfolgreich, die schon kurz nach diesem Vorfall am Tatort eintrafen. Bestenfalls war es ihnen gelungen, die Täter festzunehmen, bevor sie flüchten konnten. Er wollte sich erkundigen, sobald er im Büro war.

»Guten Morgen, Steven. Komm bitte gleich ins Präsidium, da können wir alles weitere bereden«, sagte Jan.

»Bin schon längst da, ihr Schlafmützen. Ich warte auf euch.«

Als der blaue Astra Kombi auf den Parkplatz des Präsidiums einbog, stand Steven bereits draußen vor seinem Supervan.

»Hatte 'ne nette Begleitung, der Professor. Die Dame heißt Dr. Fatima Shapourzadeh. Ist die Tochter dieses Berliner Psychiaters. Hat in den USA Psychologie studiert und ist mittlerweile die persönliche Assistentin des Professors.«

Jan schüttelte den Kopf. »Da sieht man mal wieder, wie klein die Welt ist. Im Grunde ist das ein weiteres kleines Steinchen in unserem Mosaik. Ich denke, wir sind auf der richtigen Spur.«

»Konntest du erfahren, wo die hinwollen?«, fragte Hannah.

»Konnte ich«, antwortete Steven, als Jan ihm ins Wort fiel: »Wahrscheinlich nach Berlin, ist ja nicht schwer zu erraten.«

»Falsch geraten, mein Lieber, die sind mit der nächsten Maschine nach Moskau weitergeflogen.«

»Oh, na dann. Steht wohl ein Treffen mit den Ex-KGB-Männern an, die ihnen Nachhilfeunterricht in Manipulations- und Hypnosetechniken erteilen wollen.«

»Kannst du an eine Passagierliste des Fluges nach Moskau rankommen, Steven?«, wollte Hannah wissen.

Steven grinste und zog einen Computerausdruck aus der Jackentasche. »Wenn ihr mir einen schönen heißen Kaffee spendiert, dürft ihr mal 'nen Blick drauf werfen, ihr Langschläfer.«

Jan wurde kreidebleich, als er die Liste überflog. «Um Gottes willen. Jetzt wird's ernst.«

Hannah, die hinter ihm stand, beugte sich über seine Schulter, um das Papier in Augenschein zu nehmen. »Was denn, Bates? Wie ist der denn aus den USA rausgekommen. Das ist doch wohl ein übler Witz, oder?«

»Wohl kaum, meine Zuckersüße«, antwortete Steven. »Bates, alias Deville, alias Mr. X wird bemerkt haben, dass irgendetwas nicht stimmt. Der Kerl ist ein Profi. Der ist noch am gleichen Tag mit einem Mietwagen nach Kanada gefahren und am Abend von

Toronto aus nach Frankfurt geflogen. Da haben meine Kollegen von der CIA wohl ein kleines Nickerchen gemacht und nicht daran gedacht, die kanadischen Behörden um Amtshilfe zu bitten. Shit happens!«

Jan starrte wie geistesabwesend weiter auf die Liste. Er hatte die Unterhaltung zwischen Steven und Hannah nur am Rande verfolgt.

»Das ist noch längst nicht alles. Al Mawardi und Bates haben noch 'ne ganze Armee mit an Bord. Wollen die den dritten Weltkrieg anzetteln, oder was?«

Steven und Hannah sahen Jan fragend an. Er tippte auf die Namen auf der Liste. »Morgan Lampart, Kees Schuitemans, Jan Aage Quist und Olebjörn Dahl. Alles ehemalige Elitesoldaten der Einheit *Sniper*. Womöglich wird Maynard Deville sie angeworben haben.«

»Ja, aber das sind doch keine dummen Jungen, die plötzlich und wie aus dem Nichts für die Terroristen arbeiten«, entrüstete sich Hannah.

»Nein, man wird sie unter einem Vorwand rekrutiert haben, der ihnen irgendwo plausibel vorgekommen sein muss.«

»Oder die haben denen so viel Kohle geboten, dass sie nicht ablehnen konnten. Du hast ja selbst gesagt, dass die meisten deiner Leute im zivilen Leben keinen Anschluss mehr gefunden haben. Da kann man schon mal schwach werden, wenn einer mit 'nem Sack voll Dollars winkt.«

»Mag sein, glaube ich aber nicht. Ich denke eher, dass er ihnen einen gut bezahlten Job angeboten hat, mit der Lüge, sie sollten an einem geheimen wissenschaftlichen Test teilnehmen, oder so ähnlich. Aber das ist noch nicht alles. Hier stehen noch vier andere Namen: Jeffrey Hunter und Roderick Rosenberg sind ebenfalls mit der Maschine aus New York gekommen. Und wenn mich nicht alles täuscht, handelt es sich bei William Bin Hammad und Robert Al Mawardi um diese Syrer aus dem Warriors Club. Das sind ebenfalls harte Burschen. Waren auch bei den Marines. Und stehen auch auf dieser Liste.«

»**Verdammte** Scheiße, ich habe Rothman angewiesen, alle Grenzen dichtzumachen und die Nachbarstaaten zu informieren. Dieser nichtsnutzige, dämliche Halbaffe! Jetzt haben wir ein Problem, denke ich.« Tom Bauer kochte vor Wut, ohne zu merken, dass er sich gerade der bevorzugten Ausdrucksweise Chief Brodericks bedient hatte.

Konnte natürlich auch sein, dass sein Intimfeind Rothman bewusst seine Anweisung ignoriert hatte, um ihn auflaufen zu lassen. Wie konnte er nur so dumm sein und diesen Intriganten mit einer solch wichtigen Aufgabe betrauen?

Chief Broderick würde sich nicht dafür interessieren, wer welchen Fehler begangen hatte. Er würde sich an den leitenden Agent wenden und ihn anschließend in der Luft zerreißen. Alles, was Tom zu seiner Verteidigung vorzubringen hätte, wäre dann Makulatur. Dieser Fehler konnte ihn endgültig den Kopf kosten. Toms Laune wurde auch nicht besser, als Jan ihm mitteilte, wer sich noch an Bord der Maschine nach Moskau befand.

»Das mit den Syrern war mir schon klar. Die Namen Hunter und Rosenberg waren bis dato unbekannt. Wir wissen jetzt aber, dass Hunter bis vor zwei Jahren bei den Marines gedient hat und in Afghanistan erstklassige Arbeit als Spezialist beim Kampfmittelräumdienst geleistet hat. Er gilt als absoluter Sprengstoffexperte. Und dieser Roderick Rosenberg war bei den Marines als Experte für Computer- und Nachrichtentechnik tätig. Hunter und Rosenberg dienten in Afghanistan in der selben Einheit.«

»Jetzt wird's natürlich schwierig, herauszufinden, was da in Russland passieren wird. Vielleicht will Al Mawardi zusammen mit den Ex-KGB-Experten weitere psychologische Tests durch-führen?«, mutmaßte Jan.

»Kann sein. Oder die sammeln sich da lediglich. Unter Umständen stoßen noch ein paar Russen dazu und dann geht's ab zu ihrem eigentlichen Ziel.«

Tom wandte sich an Steven.« Du musst versuchen, herauszufinden, wann und wohin die weiterfliegen. Wir werden das von hieraus auch machen. Ich weiß, dass das nicht leicht ist, Steven, aber bisher hast du mich noch nie im Stich gelassen.«

Steven zuckte mit den Schultern. »Das Problem ist, dass es mittlerweile siebenundzwanzig verschiedene Fluggesellschaften in Russland gibt. Angefangen von der altbekannten Aeroflot bis hin zur Yakutia Airline. Zudem kämen die auch mit jeder anderen ausländischen Gesellschaft aus Moskau heraus. Ich muss also nahezu alle Passagierlisten des Moskauer Flughafens checken. Und wenn wir Pech haben, fliegen die dann noch von einem anderen russischen Airport ab. Also sieht ganz nach der Suche nach der Stecknadel im Heuhaufen aus. Wäre es nicht besser, einen Agenten vor Ort auf die Sache anzusetzen?«

»Das läuft parallel. Bitte tu alles, was in deiner Macht steht. Und wenn euch noch was Besseres einfällt, lasst es mich wissen. Ich muss jetzt erstmal meinen Laden hier aufräumen, bevor mich der Chief in die Finger kriegt«, meinte Tom besorgt.

»**Fassen** wir mal zusammen«, räusperte sich Jan. Inzwischen war auch Rico Steding ins Büro gekommen, der interessiert zuhörte. »Es scheint so, als wären die Attentate in Berlin und New York ausschließlich Testläufe gewesen. Die Terroristen wollten sehen, ob ihre Hypnosetechniken die gewünschte Wirkung erzielen oder ob noch weitere Tests von Nöten sein würden. Offensichtlich waren sie mit den Ergebnissen zufrieden. Ist ja auch keine schlechte Quote, wenn ein Experiment in drei von vier Fällen funktioniert. Jetzt haben sie begonnen, ein Team von Experten auf die Beine zu stellen, das auf ein bestimmtes Ziel hinarbeitet. Sie haben einen Sprengstoffspezialisten, einen Computer- und Nachrichtentechniker, sie verfügen über Scharfschützen und Spezialisten für den Einsatz von Flugabwehrraketen und Panzerbrechenden Waffensystemen. Und zu guter Letzt werden diese Männer noch von einem der fähigsten Soldaten geleitet, den ich kenne. Wenn tatsächlich Maynard Deville für die bevorstehenden Operationen zuständig ist, werden sie kaum aufzuhalten sein. Für alles andere werden die Männer in den weißen Kitteln sorgen, die die Soldaten vor dem entscheidenden Schlag unter einem weiteren Vorwand den mittlerweile erfolgreich getesteten Drogencocktail verabreichen werden. Danach wird sich niemand von denen mehr an die Tat erinnern können. Der perfekte Plan.«

»So weit, so schlecht«, aber was haben wir momentan in der Hand?«

»Nicht viel, Hannah. Im Grunde gibt es eine halbwegs schlüssige

Geschichte und wir kennen die Namen, die dahinter stehen. Wir müssen herausfinden, was Dr. Shapourzadeh mit der Sache zu tun hat und was er davon weiß. So, und dann sind da ja noch unsere russischen Freunde. Ich denke, dass es unstrittig ist, dass die Al Kaida wieder mit den Russen zusammenarbeitet und die Drogenlieferungen wieder aufgenommen hat. Also besteht irgendwo eine Verbindung zwischen Tireshnikov und seinen Landsleuten, die den direkten Draht zur Al Kaida haben und die Geschäfte mit denen abwickeln.«

Hannah nickte zustimmend und führte weiter aus: «Tireshnikov transportiert das Rauschgift von Moskau nach Berlin und von dort aus nach Leipzig und Dresden.«

»Und wenn ihnen die Route über Berlin zu heiß wird, dann weichen sie über Polen nach Dresden aus«, ergänzte Rico Steding.

»Habt ihr mittlerweile mehr über diesen Wladimir Skutin herausbekommen?«, wollte er weiter wissen.

»Nein, aber klar ist, dass wir denen anscheinend schon kräftig auf die Füße getreten sind. Wir werden auf Schritt und Tritt von Tireshnikovs Leuten beobachtet. Die wollen herausfinden, was wir wissen.«

»Wir knöpfen uns jetzt schnellstens diesen Skutin vor. Dann fahren wir nach Berlin, schauen mal bei Rommel vorbei und besprechen mit Hubertus von Echternach die Vorgehensweise in Sachen Dr. Shapourzadeh. Am besten rücken wir dem gleich mit einem Durchsuchungsbefehl für Praxis und Privathaus auf den Leib. Steven, du kümmerst dich bitte um den Verbleib der Gruppe um Al Mawardi in Moskau. Du musst unbedingt herausfinden, wo die hinwollen«, beschwor ihn Jan.

»Ich werde mein Bestes tun. Wir wollen ja schließlich unserem Freund Tom den Arbeitsplatz erhalten, oder?«

»Gut, dann an die Arbeit«, wollte Jan die Besprechung schließen, als Rico Steding mit einem Papier in der Hand winkte.

»Habe hier gerade den Bericht von der Streife bekommen, die gestern Morgen nach Abtnaundorf gerufen wurde, weil Anwohner dort Schüsse gehört hatten.«

Ach du Scheiße, dachte Jan, der eigentlich erst mit den Beamten sprechen wollte, bevor die ihren Bericht schreiben. Wieso hatte

Rico Steding den schon auf dem Schreibtisch?

»Die haben auf einem Feldweg kurz vor der Bahnunterführung einen schwarzen Mercedes ML aus dem Graben gezogen. Der Halter wird gerade ermittelt. Und sie haben unzählige Patronenhülsen aufgesammelt. Auch hier liegen die Laborergebnisse noch nicht vor. Da haben wohl umfangreiche Schießübungen stattgefunden. Personen wurden vor Ort nicht angetroffen. Das Fahrzeug wurde sichergestellt und der Spurensicherung übergeben. Geht doch bitte der Sache nach, bevor ihr nach Berlin fahrt.«

Als Jan das Büro verließ, vermied er den Augenkontakt zu Hannah. Sofort fasste sie ihn am Arm und zog ihn nach rechts in den Flur.

»Gibt's da was, das ich wissen sollte?«

»Hannah, ich...«

»Keine Geheimnisse, mein Freund, das war abgemacht.«

Steven, der gewartet hatte, jetzt aber bemerkte, dass es offensichtlich Probleme zwischen den beiden gab, verabschiedete sich in Richtung seiner mobilen Einsatzzentrale. «Bin dann mal weg. Ich melde mich.«

»Ja, danke, Steven«, rief Hannah ihm hinterher.

»Lass uns zur Interfood fahren und sehen, dass wir an Skutin rankommen. Auf dem Weg dahin erzähle ich dir alles.«

Hannah verdrehte die Augen und zog ihn an der Jacke Richtung Ausgang.

»Hallo Josie, schon was zu Mittag gegessen?«, rief Jan im Gerichtsmedizinischen Institut an.

»Nee, Jan, hab hier 'nen Haufen Arbeit. Werde wohl heute nur 'n paar selbstgeschmierte Stullen zwischen die Zähne kriegen.«

»Was hältst du davon, wenn Hannah und ich dir einen Besuch abstatten und einen saftigen Döner von deinem Lieblingstürken mitbringen?«

»Aha, und was soll ich dafür Illegales tun?«, roch Josie sofort Lunte.

»Gut, dann ungefähr in einer Stunde in der Gerichtsmedizin, Tschau«, ignorierte er ihre Frage.

»Und was sollte das jetzt wieder?«, erkundigte sich Hannah gereizt.

»Ich muss unbedingt an den Geländewagen ran, bevor die Spusi den auseinandernimmt. Die Russen waren hinter mir her. Ich vermute, einer davon war Wladimir Skutin. Hatte jedenfalls große Ähnlichkeit mit seinem Bruder. Schätze, ich habe einen oder zwei von denen erwischt. Den Wagen haben sie beim Rückwärtsfahren in den Graben gesetzt.«

Hannah war sauer. «Sag mal, geht's noch? Warum erzählst du mir das nicht gleich? Oder gibt es jetzt wieder Geheimnisse zwischen uns?«

«Ich wollte dich nicht beunruhigen. Wir haben momentan genug um die Ohren.«

»So, beunruhigen wolltest du mich nicht. Falls du es noch nicht gemerkt hast, ich bin Ermittlerin der Mordkommission Leipzig und keine Hausfrau, die im fünften Monat schwanger ist. Im Moment bin ich allerdings sehr beunruhigt, weil ich mich frage, was du mir sonst noch so alles verheimlichst. Scheiße Mann, was soll das?«

Vor Wut schlug Hannah mit der rechten Hand so kräftig auf das Armaturenbrett, dass auf der Beifahrerseite das Handschuhfach aufsprang und der Deckel auf Jans Knie schlug.

Der Raum *Kabul* entpuppte sich alles andere, als nur als ein einfacher Konferenzsaal, wie er in jedem zweitklassigem Vier-Stern-Hotel in Europa vorzufinden war. Wo von außen Fenster an der Vorderseite des Gebäudes sichtbar waren, befand sich innen eine geschlossene Mauer, die durchgehend mit wunderschönen und wahrscheinlich nicht billigen Wandteppichen behängt war. Die Decke, in deren Mitte ein großes Oberlicht aus edlem Colorglas für Tageslicht sorgte, war mit orientalischen Fresken in allen schillernden Farben dekoriert. In quadratischer Anordnung hingen in gleichen Abständen voneinander vier monströse Leuchter unter der Decke, wo einer mindestens so viel wog wie ein Kleinwagen. An den Wänden standen edle Vitrinen sowie verzierte Schränke und Anrichten aus Zedernholz. In der Mitte des Saales, der eher der Residenz eines arabischen Herrschers ähnelte, thronte ein riesiger runder Konferenztisch auf einem etwa dreißig Zentimeter hohen Sockel, mit mehr als zwanzig Plätzen, die allesamt mit modernen Sprechanlagen ausgerüstet waren. Die Stühle waren wuchtig und mit hohen Kopf- und geschwungenen, reichlich verzierten Armlehnen bestückt. Den Fußboden hatte man, wie schon in allen anderen Räumlichkeiten, die sie gesehen hatten, mit edlen Orientteppchen ausgelegt. Eine hochwertige Klimaanlage sorgte für angenehme Temperaturen. Die im Raum verteilten mannshohen, reichhaltig verzierten Vasen trugen frisches Grün und sorgten für einen Wohlfühlfaktor, wie er sonst wohl nur in einem Sultanspalast zu finden war.

»Fehlen nur noch die Haremsdamen«, witzelte Jeff Hunter.

»Und ein paar zünftige orientalische Wasserpfeifen«, wünschte sich RoRo.

Als sie Dschafar Al Mawardi bat, Platz zu nehmen, schien der Wunsch der Männer in Erfüllung zu gehen. Ein paar verschleierte Schönheiten servierten Karaffen mit frischem, klarem Wasser und stellten körbeweise frisches Obst auf den Tisch.

»Bitte bedienen sie sich meine Herren. Ich kann Ihnen die frischen Feigen besonders empfehlen. Bei uns sagt man, dass sie insbesondere die Manneskraft stärken. Und davon kann man ja nie genug haben«, stellte er mit einem Augenzwinkern fest. Nach einer kurzen Pause, in der ihm seine Assistentin etwas ins Ohr flüsterte, fuhr er fort. »Ich hoffe, dass sie mit Ihrer Unterbringung in diesem bescheidenen Haus zufrieden sind. Lassen sie sich bitte von dem wenig einladenden Äußeren des Gebäudes nicht verwirren. Natürlich steckt hinter dieser Tarnung die Absicht, Begehrlichkeiten von Unbefugten im Keim zu ersticken. Afghanistan befindet sich noch immer im Krieg. Der Besitzer, der uns sein Anwesen für unsere Zwecke freundlicherweise zur Verfügung gestellt hat, möchte nicht, dass dieses wunderbare Kleinod in die Hände seiner Feinde gelangt.

»Wer sind denn hier die Feinde, wenn man fragen darf?«, rief Jeff Hunter vorlaut in die Runde.

»Mr. Hunter, würden Sie wohl so gütig sein und den Professor aussprechen lassen. Sie werden alles erfahren, was für unseren Aufenthalt hier notwendig ist.«

Als Jeff Hunter protestieren wollte, legte RoRo ihm eine Hand auf den Arm und drückte einmal kurz und kräftig zu.

»Gut, danke, meine Herren, dann fahre ich fort«, war Al Mawardi dankbar für die Einlassung seiner Assistentin.

»Wie ich bereits erwähnt habe, wird unser Aufenthalt hier etwa eine Woche dauern. Wenn unser Projekt beendet ist, fliegen wir gemeinsam nach Islamabad, von wo aus jeder für sich die Heimreise antreten wird. Die Tickets werden Ihnen selbstverständlich zur Verfügung gestellt. Ich möchte Ihnen nun den Mann vorstellen, der für den militärischen Teil unseres Projektes zuständig ist. Er war über zehn Jahre Elitesoldat in einer Spezialeinheit und verfügt über große Erfahrung, die er sich in unzähligen Kampfeinsätzen erworben hat. Da seine Tätigkeit im Rahmen unseres Projektes unerwünschte Probleme mit sich bringen könnte, möchte ich Sie bitten, ihn ausschließlich mit der Bezeichnung *Coach* anzusprechen.«

Als der Mann sich erhob, erkannten Jeff und RoRo zum ersten Mal, welch einer imposanten Person sie da gegenübersaßen. Im Gegensatz zu den anderen Soldaten am Tisch, die noch Zivilkleidung trugen, war der Coach bereits mit einem tarnfarbenden Kampfanzug ausgerüstet. Er trug ein schwarzes Cappy, unter dem schon das ein oder andere graue Haar hervorschimmerte. Er war an die zwei Meter groß und wog irgendwo um die zwei Zentner. Irgendwelche Fettpolster an seinem muskulösen Körper waren nicht auszumachen. Als er sprach, schienen die beiden einen leichten Akzent herauszuhören, aber das war in dem Schmelztiegel Amerika ja nichts Ungewöhnliches. Konnte aber auch daraufhin deuten, dass der Mann nicht aus den Staaten kam, sondern irgendwo in Europa heimisch war. Seine Gesichtshaut war sonnengegerbt, fast schon ledern und mit der ein oderen anderen tiefen Falte versehen.

»Meine Dame, meine Herren, der Professor hat bereits alles Wesentliche gesagt. Sie alle sind hervorragend ausgebildete und erfahrene Soldaten. Meine Aufgabe ist es, sie körperlich und militärisch auf die bevorstehenden Feldversuche vorzubereiten. Die ersten drei Tage werden wir je drei Trainingseinheiten zu je zwei bis drei Stunden durchführen. Morgens beginnen wir um sechs Uhr mit einem Geländelauf. Um acht wird gefrühstückt. Um zehn Uhr absolvieren wir den Hindernisparcour mit und ohne Gepäck. 12.30 Uhr Mittagessen. Um vierzehn Uhr wird dann hier in diesem

Raum, der mit allen nur erdenklichen technischen Hilfsmitteln ausgestattet ist, militärtaktischer Unterricht durchgeführt. Um 15.30 Uhr erfolgt der Abmarsch ins Gelände. Dort werden Schießübungen mit leichten und schweren Waffen absolviert. Um 18.30 Uhr gibt es Abendessen. Danach erfolgt eine Besprechung der in den einzelnen Einheiten erarbeiteten Ergebnisse. Um zwanzig Uhr hat jeder auf seinem Zimmer zu sein. Pünktlich um zweiundzwanzig Uhr ist Bettruhe.«

Der Coach machte eine Pause und sah jedem einzelnen Mann direkt in die Augen, um die Reaktionen seiner Leute auf das eben Gehörte zu testen. Als sich nichts Auffälliges tat, fuhr er fort. »Um eines gleich klar zu stellen: Ich möchte niemandem raten, zu glauben, er befände sich im Erholungsurlaub, nur weil die logistischen Umstände hier mehr als einladend sind. Mir wäre es lieber gewesen, wir hätten in Zelten im freien Gelände campiert. Aber der Professor möchte Ihnen den Aufenthalt hier so angenehm wie möglich machen. Was meine Person angeht, meine Herren, werde ich genau für das Gegenteil sorgen. Und noch was: Wenn jemand von Ihnen der Meinung ist, dass er sich meinen Befehlen widersetzen muss, werde ich sofort Meldung an die Projektleitung machen. Das bereits auf Ihren Konten überwiesene Geld wird sofort zurückgebucht und die zweite Rate entfällt. Zudem wird derjenige mit sofortiger Wirkung vom Projekt ausgeschlossen und muss das Lager verlassen. Wenn sie Fragen haben, es gibt keine. Alles ist gesagt.«

Der Coach salutierte und setzte sich.

»Vielen Dank, Sir. Ich denke, Sie haben sich informativ und vor allem unmissverständlich ausgedrückt. Bevor sich jetzt jeder einzelne von Ihnen der Runde persönlich vorstellt, möchte ich Sie natürlich noch über die Identität meiner beiden Mitarbeiter informieren. Frau Dr. Shapourzadeh haben sie ja bereits kennengelernt. Sie ist Ärztin und arbeitet am Institut für Psychologie an der Universität New York als wissenschaftliche Mitarbeiterin. Sie wird Sie medizinisch versorgen. Unter anderem wird sie gleich einige Belastungstest durchführen und einen kurzen allgemeinen Gesundheitscheck machen. Dr. Muratov ist Psychologe an der Universität Moskau und hat einige Tests, die Sie hier absolvieren werden, persönlich entwickelt. Er ist weltweit anerkannter Spezialist auf dem Fachgebiet der Angst- und Stressforschung. Er wird Sie vor den Feldversuchen medikamentös so einstellen, dass Sie ihre Aufgaben ohne spürbare Einschränkungen im Vollbesitz ihrer körperlichen und geistigen Kräfte ausführen können.«

Dr. Muratov stand auf und verbeugte sich kurz in der Runde, ohne jedoch das Wort zu ergreifen. Dann stellten sich die beiden Syrer Bin Hammad und Al Mawardi vor. Nachdem sich die anderen vier Männer mit der Runde bekannt gemacht hatten, taten Jeff Hunter und Roderick Rosenberg das gleiche.

»Die vier Typen da haben in der selben Einheit gedient wie der Coach. Die werden uns doch sicher einiges über den Kerl erzählen können«, flüsterte Jeff konspirativ. RoRo schüttelte den Kopf.

»Hör endlich auf mit deinen dämlichen Fragen. Ist doch scheißegal, wo die herkommen und wen die kennen. Wir haben hier einen zeitlich begrenzten Job zu erledigen, kassieren ab und verpissen uns wieder. Manchmal ist es ganz gut, wenn man nur das Nötigste weiß. Ich für meinen Teil fühle mich ausreichend informiert und antworte nur, wenn ich gefragt werde. Ich empfehle dir, das genauso zu machen.«

»Schon gut, du Klugscheißer. Vielleicht hast du recht, vielleicht aber auch nicht. Ich würde schon gern wissen, was hier auf mich zukommt. Mein Instinkt sagt mir, dass hier irgendwas faul ist. Die haben ein Waffenarsenal aufgefahren, als wollten sie 'ne ganze Armee platt machen. Das ist doch nicht normal.«

»Weißt du was, Jeff, halt jetzt einfach dein blödes Maul«, RoRo war genervt. Als sich alle Anwesenden vorgestellt hatten, ergriff Dr. Shapourzadeh das Wort. »Ich möchte Sie bitten um 16.30 Uhr bereit zu sein für die erste medizinische Testbatterie. Ihre Ausrüstung liegt auf ihren Zimmern für sie bereit. Bitte ziehen sie sich einen Trainingsanzug und Laufschuhe an. Sie werden dann von mir auf abgeholt. Vielen Dank für Ihre Aufmerksamkeit.«

Professor Al Mawardi erhob sich. »Meine Herren, die Besprechung ist beendet. Sie dürfen sich in Ihre Zimmer zurückziehen und sich auf das anschließende Programm vorbereiten. Ich bedanke mich für Ihre Geduld.«

Man konnte schon neidisch werden, wenn Tom Bauer vom frühsommerlichen Wetter an der Ostküste der Staaten schwärmte. Nach ein paar halbwegs schönen Tagen begann die letzte Maiwoche in Leipzig regnerisch und mit knapp zwölf Grad viel zu kalt. Dazu blies ein unangenehmer Ostwind und lies die Temperaturen an Händen und Gesicht gefühlt in die Nähe des Gefrierpunktes sinken. So schön die Stadt sich bei klarem Himmel und Sonnenschein zeigte, so hässlich war ihr Gesicht im grau verschleierten Nieselregen. Aber das war wohl an jedem beliebigen Ort der Welt so. Für Autofahrer ergab sich allerdings das bekannte Problem, dass es aus alten DDR-Zeiten gerade in der Peripherie der Stadt noch unzählige, holprige Pflaster-steinstraßen gab, die bei feuchtem Wetter unverschämt glatt waren und dem einen oder anderen Fahrer eine fröhliche Rutsch- und Schleuderpartie bescherte. Beim Bremsen hatte man auf diesen spiegelglatten Pisten eher das Gefühl, der Wagen würde beschleunigen. Es war mehr als Wunschdenken, da zum Stillstand zu kommen, wo man es gern gehabt hätte. Hannah hatte sich an diese Umstände im Laufe der Jahre gewöhnt. Sie lenkte ihren Opel Astra Kombi mit Gefühl und der Situation entsprechend reduziertem Tempo durch den dichten Stadtverkehr.

Wie versprochen mit einem saftigen Döner im Gepäck, klopften sie an Josie Nussbaums Tür in der Gerichtsmedizin.

»Also, mein Lieber, erzähl mir doch gleich, was du wieder verbockt hast, dann muss ich nicht raten«, kam Josie sofort auf den Punkt. Dr. Josephine Nussbaum war eine kleine, zierliche, schlanke Frau mit halblangen, dunkelblonden Haaren. Ihr Gesicht hatte sie dezent geschminkt, so dass ihre etwas zu spitze Nase sich nicht zu sehr hervorhob. Sie war stets auffallend elegant gekleidet. Auch heute trug sie ein extravagantes, dunkelgraues Kostüm, ob von Gucchi oder Armani, war auf den ersten Blick nicht zu erkennen. Dazu passend hatte sie hochhackige, schwarze Lackschuhe an. Sie war sicher keine Frau, die einem auf der Straße sofort auffiel. Aber sie besaß Charme, Witz und Humor und vor allem bestach sie durch ihren glasklaren Verstand. Aus ihren stechendblauen Augen strahlte die pure Energie. Sie war selbstbewusst und intelligent, weder überheblich noch herablassend. Auf ihrem Fachgebiet galt sie als anerkannte Spezialistin.

»Guten Tag, Frau Doktor, ich hoffe Sie haben einen schönen Tag. Soviel Zeit muss sein.« Jan hielt den Döner mit einem Grinsen im Gesicht hoch. »Mit viel Knoblauch, ist gut für die Durchblutung.«

Josie hielt fangbereit ihre Arme entgegen. »Gib schon her, ich fall gleich vom Fleisch.« Hungrig riss sie die Folie vom Objekt der Begierde und biss kräftig zu. »Das tut gut. Ein Kaffee dazu wär jetzt super, du weißt ja, wo der Automat steht, oder?«

Der Angesprochene verdrehte die Augen und setzte die Aufforderung sogleich in die Tat um. Als er den Raum verlassen hatte, wandte sich Josie an Hannah. «Und du Trinchen weißt mal wieder von nichts, oder?«

»Worauf willst du hinaus?«, wollte Hannah wissen.

»Siehst du, eben das meine ich. Der Kerl hat ein Problem. Der baut Scheiße und verschweigt es dann auch noch. Was hat er dir denn erzählt, was da vorgestern Morgen auf dem Waldweg passiert ist?«

»Dass die Russen ihn verfolgt und gestellt hätten. Es sind Schüsse gefallen, aber er konnte entkommen. Als sie hinter ihm her wollten, haben sie ihren Wagen rückwärts in den Graben gesetzt und sich vom Acker gemacht, als sie die Polizeisirenen gehört hatten.«

»Aha, na, dann hätt ich da gleich mal ein paar Fragen an Mr. Superman.«

Jan stieß mit dem Fuß die Tür auf und trug etwas umständlich drei heiße Kaffeebecher in Josies Büro. »Das Ding schmeckt super, wie immer. Allerdings ist das auch schon fast alles, was hier heute so toll ist.«

Sie hielt eine Pistole hoch, die in einem Plastikbeutel verstaut war. »Eine Makarov vom Tatort. Sind hübsche Fingerabdrücke drauf.«

Sie machte ein kurze Pause, legte ihr Mittagessen zur Seite und wischte sich mit einer Serviette Mund und Hände ab. »Und zwar deine, mein Lieber.«

Jan rollte mit den Augen. »Ja, glaubt ihr vielleicht, ich bin denen davongeflogen, oder was? Im Gerangel hat einer der Typen die Knarre verloren. Ich hab sie mir geschnappt und auf der Flucht ein paar Mal unkontrolliert zurückgefeuert, damit die Idioten in Deckung gehen mussten.«

»So, so, dann hast du wohl ein paar Zufallstreffer gelandet. Wir haben jede Menge Blut am Tatort gefunden. Und das stammt von mindestens drei verschiedenen Personen.«

»Mag sein, dass ich auch getroffen habe. Die Typen hatten eine ganze Wagenladung AK–74er dabei. Gott sei Dank hatten sie Defizite im Umgang damit, sonst säße ich hier heute als Sieb vor euch.«

Josie klapperte mit einer durchsichtigen Plastikschachtel voller Patronenhülsen.

»Sieht ganz nach einem zehnminütigen Dauerfeuer aus. Bis ich davon jede einzelne auf Fingerabdrücke untersucht habe, bin ich wohl bereits in Rente.«

Hannah sah Jan mit einem strafenden Blick an, enthielt sich aber jeden Kommentars.

»Hier, du Held, ich habe die ganze Asservatenkammer voll von diesen Russenknarren.« Sie warf ihm das Päckchen mit der Makarov herüber. »Ersparen wir uns den ganzen Scheiß. Sauber machen und am besten verschwinden lassen. Aber auf nimmer wiedersehen und damit meine ich nicht in deinem Handschuhfach. Haben wir uns verstanden?«

Jan fing den Beutel mit der Makarov auf und nickte dankbar in Josies Richtung.

»So, dann wäre dieser Punkt wohl abgehakt. Gibt es da noch was, das ich wissen sollte?«

Josie sah Jan mit großen Augen fragend an. Der schüttelte den Kopf und wunderte sich, dass die Beamten die Waffe so schnell gefunden hatten. Als er vom Parkplatz der Sportschule davongerauscht war, hatte er das Magazin entleert und sie nach ein paar Metern aus dem Seitenfenster in ein dichtes Dornengebüsch am Straßenrand geworfen. Die Fingerabdrücke hatte er vorher mit seinem Ärmel abgewischt. Dachte er jedenfalls.

»So, also, die Auswertung der Blutuntersuchungen dauert noch etwas. Wir werden sehen, ob wir die Ergebnisse irgendwelchen Namen zuordnen können. Wäre ganz hilfreich, wenn dein roter Saft nicht dabei wäre.«

»Ich denke nicht. Aber ich kann das auch nicht ganz ausschließen.«

»Gut, auch dieses Problem wird Frau Doktor wie immer ganz zu Ihrer Zufriedenheit lösen, Herr Kommissar.«

»Was ist denn mit dem Wagen? Konntet ihr da was finden?«, nahm Hannah wieder am Gespräch teil.

»Moment mal«, Josie kramte auf ihrem Schreibtisch herum. »Die Kollegen haben den Halter ermittelt. Viktor Rasienkov, wohnhaft in Leipzig, Moldenhauer Straße 24.«

»Sagt mir irgendwas. Moment mal, ich glaube der Name taucht auf der Liste der Interfood-Mitarbeiter auf. Aber das prüfen wir gleich.«

»Die Kalaschnikows vom Typ AK-74 M, um genau zu sein, haben sie wohl bei ihrer Flucht noch mitnehmen können. Die Fingerabdrücke und Fußspuren, die wir gefunden haben, befinden sich noch in der Auswertung. Wäre ratsam, deine Laufschuhe in den Ofen zu werfen. Ist sowieso nicht gut, mit abgelaufenen Sohlen zu rennen. Also weg damit.«

Auf dem Weg zur Interfood rief Jan Rico Steding an. »Chef, wir haben hier die Adresse vom Halter des schwarzen ML, den die Kollegen aus dem Graben gefischt haben. Der Besitzer des Fahrzeuges mit dem amtlichen Kennzeichen L-VR-300 ist ein gewisser Viktor Rasienkov, wie wir gerade festgestellt haben, Mitarbeiter bei der Interfood GmbH von Grigori Tireshnikov. Ich schicke dir eine SMS mit seiner Anschrift. Schick doch bitte die Kollegen vorbei, dass sie den Mann aufs Präsidium bringen. Fahrerflucht ist das Mindeste, was wir gegen ihn in den Händen haben. Wir müssen dem Typen mal so richtig auf den Zahn fühlen.«

»Gut, wenn wir ihn hier haben, veranlasse ich, dass der Mann sofort erkennungsdienstlich versorgt wird. Das volle Programm. Ich hab mit Josie gesprochen. Sie hat ja ausreichend DNA gefunden. Wenn der am Tatort war, dann können wir ihn festnageln. Was habt ihr jetzt vor?«

»Wir fahren auf direktem Wege zur Interfood. Mal sehen, was wir da noch so ans Tageslicht befördern können. Auf jeden Fall hauen wir da mal kräftig auf den Putz. Wir müssen die Kerle aus der Reserve locken. Mit etwas Glück treffen wir sogar den Boss.«

»Okay, meldet euch, wenn ihr auf dem Rückweg seid.«

Jan beendete das Gespräch und wählte sofort Stevens Nummer.

»Und, alter Schwede, schon was gefunden?«

»Leider nicht. Ich bin zwar im Personalsystem des Moskauer Flughafens, doch an die Passagierlisten bin ich noch nicht herangekommen. Ist aber in Arbeit. Tom hat einen Ex-KGB Agenten, der ihm noch was schuldet, gebeten, sich umzuhören, wo Al Mawardi und seine Truppe sich momentan aufhalten. Der ist auf dem Flughafengelände unterwegs und versucht etwas in Erfahrung zu bringen.«

»Wollen wir hoffen, dass uns die Typen nicht durch die Lappen gegangen sind. Die Spur wieder aufzunehmen, wenn sie einmal verloren gegangen ist, wird sicher nicht leicht.«

»Du sagst es, mein Freund. Aber so schnell geht in Zeiten des Internets niemand verloren. Wir werden sie finden.«

Das Tor zum Hof der Interfood war geschlossen. Hannah stieg aus und klingelte an der Sprechanlage neben dem eisernen Rolltor. Das Überraschungsmoment war dahin. Die Überwachungskamera, an einem Pfahl oberhalb der Umzäunung befestigt, hatte ihren Besuch längst angekündigt. Die Dame, die sich meldete, schien jedenfalls nicht Olga zu sein. Hannah vernahm auf der anderen Seite nur ein kurz Angebundenes: »Sie wünschen?«

»Hauptkommissarin Dammüller, wir hätten gern kurz mit Ihnen gesprochen.«

»Tut mir leid, ich bin hier nur Aushilfe. Es ist kein Verantwortlicher im Haus«, versuchte sie die ungebetenen Gäste abzuwimmeln. Wahrscheinlich im Auftrag derer, die im Augenblick wenig Lust verspürten, mit der Polizei zu sprechen.

»Bitte öffnen Sie trotzdem. Wir werden's kurz machen.«

Es verging ein wenig Zeit, als sich eine männliche Stimme meldete.

»Was wollen Sie?« Stimmlage und Akzent wiesen den Kerl einwandfrei als Osteuropäer aus.

»Polizei, bitte öffnen Sie das Tor.«

Als sich nichts tat, stieg Jan aus dem Auto lief ein Stück den Bürgersteig hinunter bis ans Ende des Zaunes. Davor standen ein paar Müllcontainer auf dem Gehweg, die offensichtlich zur wöchentlichen Entleerung dort hingeschoben worden waren. Jan kletterte auf die wackligen Behälter und sprang mit einem Satz oben auf den Zaun. Er musste vorsichtig sein, dass er sich an den spitzen Eisenstäben nicht verletzte. Mit viel Geschick und einigem Mut sprang er zwei Meter in die Tiefe auf das Pflaster des Hofes. Die Aktion ging so schnell, dass Hannah sie nur im Augenwinkel verfolgt hatte. Sie starrte noch immer auf die Sprechanlage, wurde langsam ungehalten. Als keine Reaktion mehr von drinnen kam, schellte sie erneut an. Diesmal allerdings mehrfach hintereinander. Es tat sich nichts. Dann sah sie Jan, wie er trotz seiner mehr als hundert Kilogramm flink wie ein Wiesel über den Hof lief und sich seitlich der Hauswand zur Eingangstür vorarbeitete. Gar nicht mal so schlecht für 'n alten Mann, dachte sie. Mit schnellen Schritten lief er die Treppe herauf und verschwand im Gebäude. Ein paar Sekunden später öffnete sich das gusseiserne Rolltor. Hannah sprang in den Wagen und fuhr auf den Hof.

»Das ist Hausfriedensbruch, wir werden uns beschweren« , schrie der Typ Jan an, als Hannah das Gebäude betrat.

»Nun mach hier mal nicht den Lauten, Kollege. Wie ich dem Schild an der Tür entnehmen konnte, befinden wir uns innerhalb der Öffnungszeiten. Ihren Ausweis bitte.«

»Sie haben kein Recht…«, wollte der Kerl protestieren.

»Wir suchen nach einem ihrer Mitarbeiter, der verdächtigt wird, eine schwere Straftat begangen zu haben«, nahm Jan ihm den Wind aus den Segeln.

»Es besteht akute Fluchtgefahr. Also bitte, behindern Sie nicht diese Polizeiaktion und kooperieren Sie. Beschweren können Sie sich später.«

Als der Mann keine Anstalten machte, sich auszuweisen, ging Jan einen Schritt auf ihn zu. Der wertete das als Bedrohung und nahm Kampfhaltung ein. Mit geballten Fäusten baute er sich vor Jan auf.

»Noch mal: Ihren Ausweis bitte. Wenn Sie sich nicht ausweisen können, lasse ich Sie von einer Streife aufs Präsidium bringen.«

Als Jan zu seinem Handy griff, stürmte der Typ auf ihn los. Die Provokation war erfolgreich. Jetzt musste er sich gegen einen tätlichen Angriff wehren. Und das tat er. Er tauchte unter der Geraden des Angreifers, die offensichtlich seinen Kopf treffen sollte, weg und schlug von unten eine dreifache Kombination in den Magen, auf das Brustbein und unters Kinn. Der letzte Schlag, ein kapitaler Uppercut, traf haargenau die Kinnspitze des Mannes. In Bruchteilen von Sekunden war der Gegner ausgeknockt und schmetterte auf den edlen Marmorboden der Empfangshalle. Jan beugte sich über ihn, legte ihm Handschellen an und durchsuchte seine Taschen. Als er keine Papiere fand, wandte sich Hannah an die Frau, die fassungslos und völlig verängstigt mit zitternden Knien hinter der Rezeption stand.

»Wie heißt der Mann?«, nutzte Hannah den lädierten Gemütszustand der Frau und raunzte sie harsch an. Die schaute völlig verwirrt auf den am Boden liegenden Kollegen. Offensichtlich befürchtete sie schwerwiegende Sanktionen, wenn sie jetzt den Mund aufmachen würde.

»Kommen Sie. Wir nehmen Sie mit auf die Wache.« Hannah zerrte das Häufchen Elend hinter dem Tresen vor. Jan riss den Kerl an seinem Anzugrevers mit einem kräftigen Ruck zurück in die Senkrechte. Langsam gingen bei ihm die Lichter wieder an. Er kehrte ins Leben zurück. Dann schoben sie die Festgenommenen vor sich her in Richtung der Eingangstür. Im gleichen Moment öffnete jemand die Tür von außen und starrte verwirrt auf das Szenario.

»Was geht denn hier vor?«, fragte eine äußerst attraktive, junge, dunkelhaarige Frau.

»Hallo Olga, schön, dass Sie da sind. Da können wir ja vielleicht doch noch ein paar Dinge vor Ort klären.«

»Viktor, Nadja, was macht ihr? Bitte lassen sie die beiden los. Ich denke, es handelt sich um ein Missverständnis.«

Olga ging an der Gruppe vorbei und legte ihre Handtasche auf den Tresen der Rezeption. Sie zog ihre Jacke aus, nahm das Handy aus der Seitentasche und strich ihr elegantes, rostbraunes Kostüm glatt. »Was gibt es denn für ein Problem, Herr Kommissar?«, fragte sie Jan.

»Gehe ich richtig in der Annahme, dass dieser Mann Viktor Rasienkov ist?«, wollte Jan wissen. Olga nickte: »Ja und die junge Frau ist Nadja, unsere Aushilfe.«

»Dann wäre das ja geklärt, hätten wir auch einfacher haben können.«

Jan stieß den Russen etwas unsanft in die gepolsterte Sitzecke und nahm ihm die Handschellen ab.

»Auf Sie ist ein Fahrzeug mit dem amtlichen Kennzeichen L-VR 600 zugelassen. Wo befindet sich der Wagen im Augenblick?«, kam Hannah auf den Punkt.

»Was soll die Frage? Der steht bei mir zu Hause in der Garage«, antwortete der Befragte unwirsch.

»Viktor war drei Tage in Moskau und ist erst heute Nachmittag zurückgekommen«, klärte Olga auf. Wie immer ruhig, sachlich und im verbindlichen Ton. »Aber, Herr Kommissar, wollen Sie uns nicht sagen, worum es eigentlich geht? Vielleicht können wir die Sache ja schnell aufklären«, legte sie nach.

»Ja, natürlich«, bemühte sich Jan um Freundlichkeit. Ihm imponierte Olga nicht nur wegen ihrer ausgesprochenen Schönheit. Offensichtlich hatte sie überhaupt keine Ahnung davon, auf was sie sich hier eingelassen hatte. Irgendwo schien sie total naiv zu sein. Aber von Grund auf liebenswürdig. Oder war sie am Ende doch nur eine glänzende Schauspielerin und hing bis zum Stehkragen mit in der Sache drin?

»Mit diesem Fahrzeug wurde vorgestern Morgen ein bewaffneter Überfall ausgeführt. Der Wagen landete im Straßengraben, die Täter sind flüchtig. Es gibt allerdings Zeugen, die die Männer gesehen haben und jederzeit wiedererkennen würden.«

Olga erschrak. Ob ihre Reaktion echt oder gespielt war, wurde nicht deutlich.

»Aber wenn der Wagen in Viktors Garage steht, muss doch ein Irrtum vorliegen.«

»Kein Irrtum. Das Fahrzeug von Herrn Rasienkov befindet sich auf dem Gelände der Spurensicherung. Fingerabdrücke und DNA-Bestimmungen aus den gefundenen Blutflecken liegen vor. Wir werden die Ergebnisse jetzt mit den Daten dieses feinen Herrn abgleichen.«

»Ich weiß nicht, was das soll. Ich war vorgestern gar nicht in Deutschland. Und wenn es tatsächlich mein Wagen ist, den sie gefunden haben, dann ist er mir offensichtlich gestohlen worden.«

»Klar, deshalb steckte auch noch der Schlüssel im Zündschloss«, schüttelte Jan den Kopf.

»Ich werde sofort Grigori benachrichtigen. Er ist in Dresden und wollte heute Abend nach Leipzig kommen.«

»Ich glaube nicht, dass ihr Chef etwas zur Aufklärung beitragen kann, Olga. Jemand anderes könnte das aber sicher.« Olga sah ihn fragend an.

»Wo können wir Wladimir Skutin finden?«, wollte Hannah wissen.

»Moment«, bat Olga um Geduld, ging hinter den Tresen und rief auf dem Computer eine Datei auf.

»Waldimir ist von Berlin aus auf dem Weg nach Dresden, wird dort gegen achtzehn Uhr erwartet. Anschließend fährt er mit Grigori zurück nach Leipzig.«

»Bitte richten Sie den beiden aus, dass wir sie sprechen wollen, sobald sie hier sind. Wir kommen dann noch mal wieder.«

Jan packte Rasienkov am Arm und zog ihn zum Ausgang.

»Danke für ihre Hilfe, Olga.«

»War mir ein Vergnügen, Herr Kommissar«, antwortete Olga und griff zum Telefon.

Um kurz vor halb fünf traf sich die gesamte Gruppe vor dem Siztzungssaal *Kabul*. Jeff und RoRo hatten auf ihrem Zimmer eine komplette militärische Ausrüstung vorgefunden. Von schwarzen Springerstiefeln bis hin zum Stahhelm war alles in dreifacher Ausfertigung vorhanden. Sie zogen sich eine kurze Sporthose und ein T-Shirt an. Darüber trugen sie einen nagelneuen blauen Adidas-Trainingsanzug mit den dazu passenden Laufschuhen. Pünktlich um 16.30 Uhr erschienen Frau Dr. Sharpourzadeh und Dr. Muratov und baten die Männer, ihnen zu folgen. Sie liefen ein Stück den pompös dekorierten Flur herunter, bis an dessen Ende eine Tür zu sehen war. Als die Ärztin auf einem Zahlenfeld neben der Tür eine Kombination eintippte, öffnete sie sich. Zur Überraschung aller befand sich dahinter ein weiteres Portal, das sich automatisch zur Seite schob und den Eingang zu einem geräumigen Fahrstuhl freigab. »Bitte steigen sie ein, meine Herren. Es geht nur ein paar Meter tiefer.«

Nach kurzer Fahrt öffnete sich die Fahrstuhltür wieder. Die Gruppe betrat einen hell erleuchteten Gang, der allerdings nichts mehr mit dem Prunk des Obergeschosses gemein hatte. Dieser wurde rechts und links durch graue, unverkleidete Stahlbetonwände begrenzt. Der Fußboden war mit schlichten, grauen Fliesen versehen. Die festen Schritte der Männer hallten in diesem fensterlosen, kargen Tunnelweg nach. Niemand sprach. Bei den Probanden hatte sich eine gewisse Anspannung breit gemacht. Wo befanden sie sich hier? Wo wollten sie hin? Was würde dort mit ihnen geschehen? Nach etwa fünfzig Metern standen sie plötzlich vor einer großen Metalltür, die eher wie der Eingang zu einem monströsen Tresor aussah. Diesmal gab Dr. Muratov die Zahlenkombination ein. Mit einem Knacken setzte sich das schwere Tor in Bewegung. Im Raum dahinter knisterte die angehende Beleuchtung von unzähligen Leuchtstoffröhren. Das gleichförmige Surren einer Klimaanlage mischte sich in die Geräuschkulisse der Deckenlichter. Die Männer staunten nicht schlecht. Als die Lampen den Blick auf den gesamten Raum freigaben, stellten sie fest, dass sie in einem riesigen Labor gelandet waren. Jeff schätzte den Raum auf die Größe eines halben Fußballfeldes. Allerdings etwas weniger lang und dafür ein Stück breiter.

»Willkommen in unserem Reich. Hier werden wir alle medizinischen Test durchführen und sie in den nächsten Tagen auch auf die Feldversuche vorbereiten.«

Frau Dr. Shapourzadeh zeigte auf eine Reihe von Laufbändern, die wie an einer Perlenschnur aufgereiht direkt vor einer Außenwand standen. Wir werden zuerst einen Ausdauertest durchführen. Dabei messen wir Blutdruck und Puls. Zusätzlich ermitteln wir ihre Laktatwerte und testen ihre maximale Sauerstoffaufnahmekapazität. Wir beginnen mit einer Geschwindigkeit von sechs Kilometern pro Stunde und einer Zeit von fünf Minuten. Danach steigern wir weitere fünf Minuten auf acht km/h, dann auf zehn. Anschließend wieder zurück auf acht und schließlich die letzten fünf Minuten wieder auf sechs km/h. Bleiben sie locker. Wenn jemand Schwierigkeiten bekommt, kann er den Alarmknopf rechts neben sich am kleinen roten Pfeiler drücken. Bitte legen sie zum Laufen ihre Trainingsanzüge ab. Die Raumtemperatur liegt bei zwanzig Grad Celsius. Sie werden sicher nicht frieren. Als die Männer zu den Laufbändern gingen, erschienen aus einer Seitentür vier Frauen, genau wie die beiden Ärzte in weißen Kitteln gekleidet.

»Sind das unsere Belohnungen, wenn wir den Test bestanden

haben?«, wollte Jeff besonders witzig sein.

»Die Damen werden sie während des Laufbandtestes medizinisch betreuen. Der einzige Saft, den sie von ihnen haben möchten, meine Herren, ist ihr Blut«, machte Dr. Shapourzadeh eine nicht für möglich gehaltene frivole Bemerkung. Während es Jeff glatt die Sprache verschlagen hatte, mussten die anderen Männer kräftig lachen. »Halt doch endlich mal dein Maul, Kerl«, blaffte RoRo seinen Kumpel an. »Ist ja peinlich. Nachher glauben die anderen noch, ich wär genauso bekloppt wie du.«

»**Viel** haben wir nicht. Frag doch mal bei Josie nach, ob es schon neue Ergebnisse gibt. Sonst müssen wir den Kerl wieder laufen lassen.«

»Ich kümmere mich drum«, übernahm Hannah die Aufgabe.

Jan brachte den Russen in den Verhörraum. »Sie können draußen warten, Kollege. Ich komme hier allein zurecht«, wandte er sich an den Beamten, der sich gerade auf einem Stuhl neben der Tür niederlassen wollte.

»Sie wissen, dass Sie gegen die Vorschrift verstoßen?«, gab der naseweis von sich. Genau das konnte Jan in diesem Moment gut gebrauchen. »Danke, dass Sie mich daran erinnern. Sie haben vollkommen recht. Trotzdem: Bitte warten Sie draußen«, blieb Jan ruhig. Mürrisch stand der junge Kollege auf und verließ das Zimmer.

Rasienkov, dessen schwarzer Anzug schon leicht zerknittert war, setzte sich auf einen von zwei Holzstühlen, die am Boden mit Eisenwinkeln befestigt waren. Zu seinem Erstaunen nahm Jan ihm die Handschellen ab. War das als gutes Zeichen zu werten? Der Russe blieb skeptisch. »Was wollen Sie von mir? Ich habe Ihnen gesagt, dass ich mit der Sache nichts zu tun habe. Ich war bis heute Mittag in Moskau und anschließend in Berlin. Das können 'nen Haufen Leute bestätigen.«

»Halten Sie einfach ihren Mund und antworten Sie nur, wenn ich Sie frage, verstanden?«, raunzte Jan. »Also, wer hat ihren Wagen gefahren? Vielleicht ihr Kumpel Skutin, mit dem zusammen Sie ihren Boss bescheißen?«

»Erstens weiß ich nicht, wer sich die Kiste unter den Nagel gerissen hat. Zweitens ist Skutin nicht mein Kumpel, sondern einer meiner Fahrer, die mir unterstehen, und drittens bescheiße weder ich noch irgendjemand anderes aus der Firma den Chef.«

»Sie hätten Politiker werden sollen, Rasienkov. Viel gelabert, nichts gesagt.«

Jan stand auf und ging langsam im Raum auf und ab.

»Hören Sie, Herr Kommissar, der Wagen ist zwar auf mich angemeldet, aber im Grunde ein Dienstwagen, den auch andere Angestellte nutzen. Hätte steuerliche Gründe, hat der Chef gesagt. Der Zweitschlüssel hängt immer an der Rezeption.«

»Gut, dann möchte ich ein paar Namen hören. Wer ist alles befugt, dieses 80.000 Euro Geschoss zu benutzen? Ich schätze mal, außer Ihnen vielleicht noch der Chef oder seine Frau?«

»Wenn die Rezeption nicht besetzt ist, kommen da 'nen Haufen Leute in Frage. Keine Ahnung. Hat vielleicht einer unerlaubter Weise 'ne kleine Spritztour gemacht und gedacht, dass das nicht auffällt, weil er wusste, dass ich 'n paar Tage weg sein würde.«

»Bis jetzt sind Sie hier in Deutschland nicht aktenkundig, das kann sich aber schnell ändern. Immerhin haben Sie sich geweigert, ihre Personalien feststellen zu lassen und haben dabei einen Polizeibeamten tätlich angegriffen und verletzt. Und mit dem auf Sie zugelassenen Fahrzeug wurde eine schwere Straftat verübt. Zudem haben Sie für die Tatzeit kein stichhaltiges Alibi.«

»Was? Was soll das? Wollen Sie mir etwa was anhängen?«, brauste der Russe auf.

»Für Ihre Tätlichkeit gibt es Zeugen, für ihr Alibi dagegen leider keine.

»Ich hab Ihnen doch gesagt, dass ich gar nicht in Leipzig war.«

»Nein, aber in Berlin, also nur knapp zwei Autostunden von hier entfernt. Sie können also Sonntagabend losgefahren sein und Montagvormittag direkt nach ihrer Heldentat wieder nach Berlin zurückgekehrt sein. Niemand wird Sie in diesem Zeitraum vermißt haben.«

»So einen Blödsinn habe ich noch nie gehört. Ich war Sonntagabend in Berlin mit einer Bekannten Essen und bin dann noch mit zu ihr gegangen.«

»Und Ihre Bekannte, wahrscheinlich eine Dame aus bestem Hause, wird bestätigen, dass Sie's ihr die ganze Nacht besorgt haben.«

»Selbstverständlich, Herr Kommissar«, Rasienkov grinste über das ganze Gesicht. Er hatte längst registriert, dass die Polizei nichts Konkretes gegen ihn in der Hand hatte.

»Na gut, mein Freund. Wir werden herausfinden, wo Sie zur fraglichen Zeit waren, verlassen Sie sich drauf.«

Es klopfte kurz an der Tür, Hannah kam herein und gab Jan wortlos ein Zeichen, dass er herauskommen sollte.

»Sitzenbleiben und rühren Sie sich nicht vom Fleck. Wir sind noch nicht fertig.«

Jan schloss die Tür hinter sich und wies dem Beamten, der mit miesepetrigem Gesicht im Flur stand, an, auf Rasienkov aufzupassen.

»Es gibt eine gute und eine schlechte Nachricht«, sprach Hannah leise, als ob der Mann im Verhörzimmer lauschen würde.

»Die Schlechte zuerst«, meinte Jan.

»Das Blut am Tatort stammt nicht von Rasienkov.«

»Also hat die Schramme, die ich ihm verpasst habe, nichts gebracht. Und ich hab extra mein bestes Taschentuch geopfert.«

»Ein Versuch war's wert«, sagte Hannah und fuhr fort: »Die gute Nachricht ist, dass du offenbar keine verwertbaren Spuren hinterlassen hast. Du bist sauber. Also können wir dich da vorerst raushalten.«

»Gut, muss ich wenigstens keine dummen Fragen beantworten.«

Sie berichtete weiter, dass Josie in und am Auto von Rasienkov so viele verschiedene Fingerabdrücke gefunden hatte, dass die Auswertung noch etwas dauern würde.

»Also müssen wir den Kerl auf freien Fuß setzen. Wegen der Schlägerei können wir ihn nicht festhalten. Olga wird seine Angaben sicher bestätigen. Dann war's das wohl.«

»Nicht ganz, mein Lieber. Ein Schmankerl habe ich noch. Unsere Frau Doktor Nussbaum ist ja nicht auf den Kopf gefallen. Sie hat die Drogenhunde mal ein bisschen schnüffeln lassen.«

»Und?«, hoffte Jan auf ein positives Ergebnis.

»Jede Menge Kokain und zumindest Spuren von Heroin. Haben unsere tüchtigen Vierbeiner in der Mulde unter dem Reserverad aufgespürt. Hat wohl jemand nicht richtig sauber gemacht.«

»Oder sich zu sicher gefühlt. Na, dann wollen wir mal.«

Als Jan wieder in das Verhörzimmer kam, empfing ihn der Russe mit einem überheblichen Lächeln auf den Lippen.

»Entweder Sie lassen mich jetzt gehen oder ich will meinen Anwalt anrufen«, glaubte er, gute Karten zu besitzen.

»Den werden Sie brauchen, Rasienkov. Stehen Sie auf. Viktor Rasienkov, ich nehme Sie fest wegen unerlaubten Drogenbesitzes und Verdacht auf illegalen Drogenhandel.« Hannah las dem verdutzten Russen seine Rechte vor. Jan packte den Mann am Arm, drehte ihn auf den Rücken und legte ihm erneut die Handschellen an.

»Sind Sie jetzt total übergeschnappt, Sie Provinzbulle? Sie haben nichts und spielen mit den Muskeln. In ein paar Stunden bin ich hier wieder raus. Ich will sofort meinen Anwalt sprechen.«

»Später«, meinte Jan lapidar.

»Abführen«, wies Hannah den Beamten an, der Jan keines Blickes würdigte, als er den lautstark protestierenden Russen den Gang herunter zum Zellentrakt führte.

Tom Bauer schlich mit gesenktem Kopf den Flur zum Büro von CIA-Direktor Broderick entlang. Er hatte keinen Blick für den strahlendblauen Himmel, für die warme Maisonne, für die mehr und mehr aufblühende Natur. Seine Augen ignorierten die Fenster, richteten sich starr fixiert geradeaus. In diesem Gang, der auf der Schattenseite des CIA-Gebäudes lag, musste das Licht um seinen Platz kämpfen. Es hatte in der dunkelroten Auslegware und den in einem wässrigen rostbraun gestrichenen Wänden hartnäckige Gegner. Die Dunkelheit des Flures korrelierte mit dem Farbton seiner düsteren Gedanken. In fünf Minuten würde sich ein gewaltiges Unwetter über ihm entladen, wogegen selbst Hurrikan Kathrina nur ein laues Lüftchen gewesen sein dürfte. Dass ein leitender CIA-Agent nicht in der Lage war, eine lückenlose Observation durchzuführen, die wahrscheinlich für jeden abgehalfterten Vorstadtdetektiv noch im leicht alkoholisierten Zustand reine Routine darstellte, war natürlich ein Armutszeugnis und sicher nicht alltäglich. Das Netzwerk und die technischen Möglichkeiten der Bundesbehörde Central Intelligence Agency boten optimale Bedingungen für ihre Mitarbeiter. Jede Person konnte jederzeit an jedem Ort der Welt ausfindig gemacht und, wenn nötig, rund um die Uhr beobachtet werden. Natürlich gab es immer wieder Fälle, die Schwierigkeiten machten. Vor allem, wenn gesuchte Personen mit gefälschten Papieren unterwegs waren oder ihre Identität durch äußere Veränderungen zu verschleiern versuchten. Dass ein Maynard Deville als Jeremy Bates in die USA einreisen konnte und, als er bereits zur Fahndung ausgeschrieben war, wieder in Richtung Kanada verlassen konnte, war ein absolutes Desaster. Dass gar eine ganze Gruppe von Menschen vom Radar der CIA verschwindet, setzte dem Ganzen noch die Krone auf. Tom war geknickt. Wie war das alles nur möglich? Bis heute hatte er erfolgreiche Arbeit abgeliefert, hatte in allen noch so kniffligen Fällen immer eine Lösung präsentieren können. Nicht zuletzt das war der Grund, warum er als Favorit auf Chief Brodericks Nachfolge galt. Als er gerade an die Tür seines Vorgesetzten klopfen wollte, klingelte sein Handy. Er zuckte kurz erschrocken zusammen.

»Hallo, Steven hier. Lebst du noch?«

»Nicht mehr lange. Schätze, ich habe noch knapp fünf Minuten bis zum Exitus. Ich stehe gerade vor dem Tor zum Jüngsten Gericht.«

»Gut, dann warte noch 'n Moment, bevor du da rein gehst. Ich hab 'n paar Neuigkeiten.«

Tom hob seinen Kopf. In seinem Gesicht keimte wieder so was Ähnliches wie Hoffnung auf. »Hast du sie gefunden?«, fragte er ungeduldig.

»Also, der Reihe nach«, begann Steven, »in der Maschine aus Frankfurt saßen gestern Professor Al Mawardi und Frau Dr. Shapourzadeh. Ebenfalls an Bord waren William Fadi Bin Hammad und der Neffe des Professors, Robert Ibrahim Al Mawardi. Darüber hinaus standen auf der Passagierliste noch die Namen Jeffrey Hunter und Roderick Rosenberg. Die Überprüfung ergab, dass beide ehemalige Marines im Ruhestand sind. Hunter ist Sprengstoffexperte und Rosenberg Nachrichtendienstler.«

»So weit, so gut, Steven. Komm auf den Punkt. Das wissen wir ja bereits«, wurde Tom unruhig.

»Okay, Tom. Circa eine Stunde später kam aus Oslo ein Flieger mit den ehemaligen Elitesoldaten Jan Aage Quist und Olebjörn Dahl in Moskau an. Und eine weitere Stunde danach trafen mit einem Flug von London aus zwei weitere Ex-Soldaten ein. Dabei handelt es sich um den Briten Morgan Lampart und den Niederländer Kees Schuitemans. Die letztgenannten vier Männer gehörten der Sondereinheit *Sniper* in Afghanistan an, die von Major Krüger geleitet wurde.«

»Was, zum Teufel, ist da los? Was haben die vor? »

«Das werden wir bald wissen, Tom. Professor Al Mawardi hat sich im Flughafenrestaurant mit einem gewissen Dr. Muratov getroffen. Wie wir schon vermutet haben, hat der Mann viele Jahre für den KGB gearbeitet. Er ist Psychologe und ebenfalls Spezialist auf dem Gebiet der Hypnose.«

Tom riss der Geduldsfaden. Die wichtigste Frage hatte Steven noch nicht beantwortet. »Steven, verdammt, ich muss wissen wo die sind, wo sie sich im Moment aufhalten!«

»Ich konnte herausfinden, dass sie von Domodedovo zum Militärflughafen Tschkalowski ungefähr dreißig Kilometer nördlich von Moskau gefahren sind. Von dort sind sie noch am gleichen Abend mit einer schweren Antonov, die anscheinend einiges an militärischem Gerät geladen hatte, nach Duschanbe in Tadschikistan geflogen. Für die Entfernung von knapp dreitausend Kilometern haben sie gut fünf Stunden gebraucht.

»Verdammt, was wollen die denn da am Arsch der Welt?«

»Gar nichts. Duschanbe war nur ein Zwischenstopp. Auf dem Flughafen wurde das gesamte Material in einen Mil Mi-26 Transporthubschrauber umgeladen. Mit diesem fliegenden Kleiderschrank sind sie dann ins etwa dreihundert Kilometer entfernte Mazari Sharif geflogen. Die Satellitenbilder zeigen an, dass sie auf einem verlassenen Areal ein paar Kilometer südlich der Stadt gelandet sind. Ich habe dir bereits alle Koordinaten geschickt.«

»Also sind sie in Afghanistan. Gut, Steven, hervorragende Arbeit.«

Tom fiel ein Stein vom Herzen.

»Ich muss jetzt in die Höhle des Löwen. Ich melde mich.«

»**Was** ist denn hier los?«, wollte Grigori Tireshnikov wissen, als er das Präsidium betrat. »Ich habe Ihnen, denke ich, doch die Karten auf den Tisch gelegt. Ich mache keine krummen Geschäfte. Alles ist legal. Ich zahle ordnungsgemäß meine Steuern und habe nichts, aber auch gar nichts mit Drogen oder Prostitution zu tun. Nur weil Alexander Gorlukov mein Onkel war, heißt das doch noch lange nicht, dass ich genau das tue, was er getan hat. Ich bin ein Ehrenmann, Herr Kommissar, auch wenn Sie mir das nicht glauben wollen.«

»Beruhigen Sie sich, Grigori«, hatte Jan Mühe, den Russen zu besänftigen.

»Setzen Sie sich. Danke, dass Sie so schnell kommen konnten«, schlug er einen versöhnlichen Ton an.

»Möchten Sie einen Kaffee?«, fragte Hannah.

Der Russe, wie immer mit einem schwarzen, über tausend Euro teurem Armani-Anzug, einem weißem Designerhemd und schwarzen Lackschuhen von Boss, gekleidet, nahm vor Jans Schreibtisch Platz.

»Danke, gern. Bitte schwarz mit einem Würfel Zucker.«

»Was hat Ihnen Olga erzählt?«, wollte Jan wissen.

»Nun, eigentlich nur, dass Sie Viktor verhaftet haben, weil sein Auto gestohlen wurde und er Ihnen nicht sagen konnte, wo die Schlüssel sind.«

»Sehr vereinfacht dargestellt, aber im Grunde richtig. Vor zwei Tagen haben eine Gruppe von fünf oder sechs Männern versucht, mich umzubringen, Grigori. Sie fuhren Viktors Wagen.«

Entweder war der Russe ein glänzender Schauspieler oder er war wirklich empört.

»Was? Wieso denn das? Und Sie sind ganz sicher, dass die Viktors Wagen fuhren? Dann haben sie ihn wohl tatsächlich gestohlen.«

»Wohl kaum. Es fehlen die Schlüssel. Ein Einbruch oder ein Diebstahl in Ihrer Firma ist aber nicht gemeldet worden. Und, was noch dazu kommt: Viktor hat für die Tatzeit kein Alibi.«

»Doch, doch, Sie täuschen sich. Er war in Berlin. Ist erst heute Mittag zurück nach Leipzig gefahren. Das kann ich bezeugen.«

»So, können Sie?«, übernahm Hannah, die in ihrer engen, hellblauen Bluse mit tiefem V-Ausschnitt ein atemberaubendes Dekollete vorzuweisen hatte. »Wo waren Sie denn von Sonntagabend bis Montagmittag?«

»Ja, wieso denn ich? Bin ich jetzt etwa der Verdächtige?«

»Beantworten Sie bitte die Frage meiner Kollegin, Grigori«, wurde Jan deutlich.

»Na, *Kollegin*, das ist gut. Sieht doch jeder, was da zwischen euch läuft. Gut, gut, Entschuldigung«, hob er beschwichtigend die Arme, als er merkte, dass Jan böse wurde.

»Also, wir sind Sonntagnachmittag zurück nach Berlin geflogen und haben dann bis ungefähr achtzehn Uhr in meiner Firma den Papierkram erledigt. Danach sind wir ins Hotel gefahren und haben zu Abend gegessen.«

»Sie und Viktor, allein?«

Grigori seufzte: »Nicht ganz, Viktor hat ja immer was am Laufen. Er hatte noch eine Freundin dabei. Er ist alt genug, er muss selbst wissen, was er tut.«

»Aber Sie waren allein?«, hakte Hannah nach.

»Ja, natürlich, meine Frau ist in Leipzig.«

»Wie lange waren Sie mit den beiden zusammen?«, fragte Jan.

Grigori zuckte die Schultern. «Ich habe nicht auf die Uhr gesehen. Muss so gegen zweiundzwanzig Uhr gewesen sein, als die beiden gegangen sind.«

«Und wohin?«

»Auf Viktors Zimmer, nehme ich an.«

»Aha, nehmen Sie an. Aber Sie wissen es nicht?«

»Wo sollten sie denn sonst hingegangen sein? Wir hatten einen langen, anstrengenden Tag hinter uns. Ich bin um kurz nach elf wie ein Stein ins Bett gefallen.«

»Wann haben Sie Viktor am nächsten Morgen wiedergesehen?«

»Das wird so gegen elf, halb zwölf gewesen sein. Ich habe um neun Uhr gefrühstückt und dann zwei Stunden Wellness gemacht. Als ich in die Firma fuhr, kam er auch gerade dort an.«

»Hat denn Rasienkov nicht im Hotel gefrühstückt?«

»Doch, doch, nur später als ich.«

»Woher wollen Sie das wissen, wenn Sie ihn nicht gesehen haben?«

»Weil er immer etwas länger schläft. Sie wissen ja, warum«, kam dem Russen ein süffisantes Lächeln über die Lippen.

»Hören Sie, Grigori. Entweder lügen Sie oder Sie sind unglaublich naiv. Wir haben im Adlon nachgefragt. Rasienkov hat noch am späten Abend das Hotel verlassen und am nächsten Morgen nicht dort gefrühstückt. Sein Platz blieb unbenutzt.«

»Na ja, dann ist er wohl noch in die Stadt gegangen und hat dann bei seiner Freundin geschlafen. Warum ist das denn so wichtig?«

»Weil Viktor Sonntagnacht nach Leipzig gefahren ist, am frühen Montagmorgen mit seinen Kumpanen einen Mordanschlag verübt hat und unmittelbar danach sofort wieder nach Berlin zurückgekehrt ist.«

»Wie bitte? Das ist doch nicht ihr Ernst. Warum sollte Viktor Sie denn umbringen wollen? Das macht doch alles keinen Sinn.«

»Wir haben in seinem Wagen Rückstände von Heroin und Kokain gefunden. Der Drogenhandel läuft wieder, Grigori und zwar besser denn je«, klärte ihn Hannah auf.

»Die Taliban liefern wieder an ihre russischen Freunde. Nur zahlen die diesmal nicht mit konventionellem Kriegsgerät, sondern mit biologischen, besser gesagt, psychologischen Waffen. Einer oder vielleicht auch mehrere ihrer Männer haben früher für den KGB gearbeitet und wussten daher, was die Taliban diesmal wollten. Sie haben es ihnen geliefert. Und die wollen jetzt damit eine völlig neue Form der Kriegsführung kreieren: Den Einsatz von fremdgesteuerten, willenlosen Tötungs-maschinen aus Fleisch und Blut.«

Grigori schüttelte den Kopf: »Nein, nein, auf keinen Fall. Ich kenne meine Leute. Sie sind durch mich zu wohlhabenden Männern geworden. Ich lasse sie an meinem Erfolg teilhaben. Warum sollten sie so etwas tun?«

»Weil selbst ihre beeindruckende Gewinnspanne ein trockener Furz gegen das ist, was im Drogengeschäft verdient wird.«

Jan stand auf und klopfte Grigori fast schon freundschaftlich auf die Schulter. Der Russe war mittlerweile kreidebleich im Gesicht. Sein Kaffeebecher stand unbenutzt vor ihm. Entweder ist das der abgebrühteste Kriminelle, den ich je gesehen habe, oder der Mann ist tatsächlich tief erschüttert von dem, was er soeben gehört hat, dachte Jan.

Die ersten drei Tage des Projektes waren überstanden. Die Männer krochen auf dem Zahnfleisch. Der Coach hatte, wie angekündigt, sein knüppelhartes Vorbereitungs-programm ohne Rücksicht auf Verluste durchgezogen. Geradezu liebevoll hatte sich Dr. Shapourzadeh um die kleinen und zum Teil auch größeren Blessuren gekümmert. Die medizinische Betreuung war erstklassig. Nicht immer wurde den Männern erklärt, wozu welche Infusion oder Injektion gut war. Sie merkten, dass das, was man ihnen verabreichte, keinerlei Beschwerden verursachte. Es half nach harten Trainingseinheiten schnell zu regenerieren. Die logische Folge davon war, dass die gesamte Crew noch an Bord war. Es gab keine Ausfälle.

Jeff Hunter und Roderick Rosenberg fühlten sich gut. Sie hätten es selbst kaum für möglich gehalten, nach so langer Zeit ohne körperliche Ertüchtigung oder militärischer Praxis noch so gut in Schuss zu sein. Ein Punkt bereitete Jeff allerdings Probleme. Er konnte sich einfach nicht mehr daran erinnern, was am Vortag geschehen war. Ging das nur ihm so oder hatten die anderen dieselben Schwierigkeiten? Womöglich litt er an einer Vorstufe von Alzheimer. Er hielt es für besser, die Sache zunächst für sich zu behalten. Möglicherweise war das nur ein temporäres Syndrom, das auf die hohen physischen und psychischen Belastungen zurückzuführen war. Kurz vor dem Nachmittagstraining wandte sich der Coach an seine Leute: »Männer, wir alle können stolz darauf sein, was wir in den ersten drei Tagen hier geleistet haben. Kompliment an die Truppe. Alle Männer sind hochmotiviert und bringen die Leistungen, die wir uns erwartet haben. Morgen früh werden wir zu unserem ersten Feldversuch aufbrechen. Dabei werden wir eine militärische Operation gegen den Feind in einem zum Teil unwegsamen Gelände simulieren. Die medizinische Abteilung wird heute Abend noch genauer erklären, welche Medikamente zum Einsatz kommen und welche Wirkungen zu erwarten sind. Ich denke, wir alle werden unser Bestes geben und dazubeitragen, dass diese Versuchsreihe ein voller Erfolg wird«, der Coach salutierte und bat seine Männer zur insgesamt vorletzten Trainingseinheit.

»Heute morgen wurden aus dem Gebiet rund um Mazari Sharif Drohnen gesichtet. Schätze, dass die mittlerweise wissen, dass wir hier irgendwo in der Nähe sind. Noch haben sie uns aber anscheinend nicht entdeckt. Die Tarnung funktioniert also wie gewünscht. Morgen früh um sechs Uhr Ortszeit brechen wir auf. Die Hubschrauber werden eine Stunde vorher dasein. Die Helfer sollen dann mit dem Beladen beginnen, damit wir pünktlich starten können.«

Professor Al Mawardi war genau wie sein Coach mit dem bisherigen Verlauf des Projektes zufrieden. Die sechs Männer, denen der Spezialcocktail von Dr. Muratov verabreicht worden war, führten alle Befehle ohne nachzufragen aus und hatten am nächsten Tag keinerlei Erinnerungsvermögen mehr an die Geschehnisse des Vortages. Bisher wurden keine Nebenwirkungen festgestellt. Im Gegenteil: Die Männer befanden sich in einer körperlich und geistig besseren Verfassung, als William Fadi Bin Hammid und Robert Ibrahim Al Mawardi, denen die Medikamente nicht verabreicht worden waren. Für Dr. Muratov lag die Erklärung dafür auf der Hand. Erstens haben die Männer neben dem Spezialcocktail auch jede Menge leistungsfördernder Medikamente erhalten und zweites waren sie mental so gut drauf, weil sie sich nicht mehr daran erinnern konnten, welchen körperlichen Anstrengungen sie am Tag zuvor ausgesetzt waren. Etwas verwundert war er allerdings darüber, dass offensichtlich noch kein Proband seine temporäre Amnesie thematisiert hatte. Jedenfalls nicht offiziell. Insgsamt also die besten Voraussetzungen, um morgen zu einem weiteren harten Schlag gegen den Feind auszuholen.

»**Tischen** Sie mir bloß keine Märchen auf«, warnte Chief Broderick. »Ich glaube nach wie vor nicht an ihre wirren Verschwörungstheorien. Für mich stellt sich der Fall nach wie vor glasklar da. Die beiden durchgeknallten Ex-Marines haben ihr Leben nicht in den Griff gekriegt und haben sich dann am bösen System, das sie für alle ihre Unzulänglichkeiten verantwortlich machen, gerächt. Oder aber, ein Verrückter hat diese Desperados für 'n Haufen Kohle angeheuert. Wie auch immer, eigentlich ist diese unschöne Angelegenheit erledigt. Wenn nicht noch so 'n Arsch von karrieregeilem Special Agent unnötig Wind machen würde.«

Wie immer begann der Chief seinen Vortrag ruhig und sachlich, um sich dann nach und nach in Rage zu reden. Dieser Vorgang ging mit einer stufenweisen Veränderung seiner Gesichtsfarbe einher. Zunächst wirkte sein Teint etwas blässlich, ging dann in einen leicht bräunlichen Ton über, der sich fortwährend verstärkte. Anschließend bildeten sich zunehmend rote Flecken auf seinem Antlitz, die seine fettige Gesichtshaut glänzen ließen wie eine Speckschwarte. Das Finale bildete schließlich eine puterrote Birne, die jeden Moment drohte, wie ein überreifer Kürbis zu platzen.

»Wenn Sie also glauben, nein, besser wissen, dass da in Mazari Sharif ein Terrorkommando herumläuft, das den dritten Weltkrieg inszenieren will, dann handeln Sie, Bauer. Knallen Sie denen ein paar Dinger zwischen die Hörner, dass denen ihre Umtriebigkeit ein für allemal vergeht. Mir egal wie, nur lösen Sie das Problem endlich, verdammt noch mal.«

Um seinen Forderungen bildlich Nachdruck zu verleihen, hämmerte der Chief mit der flachen Hand vehement auf seinen überdimensionierten Schreibtisch. Tom Bauer blieb sachlich und erklärte dem Chief die geplante Vorgehensweise.

»Drohnen haben das Gelände, auf dem sich die Gruppe aufhält, lokalisiert. Das Problem ist, dass wir ohne Zustimmung der Einsatzleitung der ISAF keinen Militärschlag durchführen dürfen. Ich habe um Erlaubnis gebeten, ein Einsatzkommando in Marsch zu setzen. Eine Bombardierung des Areals wäre erfolglos, da sich die gesamte Anlage scheinbar unterirdisch befindet. Die maroden Gebäude dienen nach unserer Erkenntnis lediglich zur Tarnung. Zudem wäre es hilfreich, die Burschen lebend zu erwischen.«

»Wieso denn das, Bauer? Sie glauben wohl immer noch an das Märchen von diesen hypnotisierten Auftragskillern?«

»Ob das ein Märchen ist, wird sich dann zumindest aufklären.«

»Hören Sie, guter Mann, wir sind hier nicht bei den Gebrüdern Grimm, oder wie diese Märchenonkel hießen, wir sind dazu da, gewisse Probleme ohne großes Aufsehen im Sinne der Regierung und der Menschen der Vereinigten Staaten von Amerika zu lösen. Es schert sich kein Schwein darum, *wie* wir das machen. Und wissen Sie auch warum?«

Der Chief gab die Antwort auf seine Frage selbst: »Weil das, zum Teufel noch mal, keine Sau interessiert. Ich sag Ihnen jetzt zum letzten Mal, wie die Lösung in diesem Fall auszusehen hat: Die beiden Killer werden verurteilt und meinetwegen hingerichtet. Diese konspirative Terrortruppe wird mit einem gezielten, zeitnahen Militärschlag ausgelöscht. Keine Gefangenen, keine Überlebenden. Ich gebe Ihnen vierundzwanzig Stunden Zeit, Bauer, dann erwarte ich Vollzug.«

»**Fragt** sich nur, wo sich Maynard Deville im Moment aufhält? Würde mich nach alldem, was wir bisher erlebt haben, nicht wundern, wenn er auch in Afghanistan ist. Obwohl ich mir immer noch nicht vorstellen kann, dass er einfach mal soeben die Seite gewechselt hat und jetzt für die Leute arbeitet, die ihn noch vor ein paar Jahren umbringen wollten.«

Hannah, Jan und Steven saßen in der mobilen Einsatzzentrale der CIA und sahen die Bilder, die die U.S.-Drohne am Himmel über Mazri Sharif über Satellit nach Deutschland übertrug. Auf dem Gelände, auf dem der russische Hubschrauber die Gruppe abgesetzt hatte, war kaum Bewegung. Es standen lediglich zwei Lkw vor dem maroden Gebäudekomplex und nur vereinzelt waren ein paar Männer zu erkennen. Ob das normale Afghanen waren oder Kämpfer der Taliban, wusste hier keiner. Von den gesuchten Personen war weit und breit niemand zu sehen.

»Es besteht kein Zweifel, dass vor drei Tagen dort zwölf Personen abgesetzt worden sind. Über Google Earth ist die Bildqualität leider nicht ansatzweise so gut wie über Satellit. Am besten, ihr seht euch die Aufzeichnungen selbst an.«

Steven nahm einen zweiten Monitor in Betrieb, der parallel zum aktuellen Bild der Überwachungsdrohne die Bilder der Ankunft der Gruppe per Hubschrauber vor drei Tagen zeigte.

»Da ist auf jeden Fall eine Frau dabei.«

»Ja«, bestätigte Jan, »das ist die Tochter dieses Berliner Psychologen. Sie arbeitet für Professor Al Mawardi.«

»Erkennst du die Männer?«, wollte Steven von Jan wissen.

»Das hier könnten die beiden Norweger sein«, tippte er mit dem Zeigefinger auf den Bildschirm.

»Das muss Morgan Lampart sein und der daneben Kees Schuitemans. Moment, spul noch mal zurück.«

Steven hielt das Bild an und lies es rückwärts laufen.

»Stopp«, rief Jan.

»Du meinst den Hünen da ganz hinten?«, fragte Hannah.

»Figur und Größe könnten passen. Aber vom Kopf und vom Gesicht ist nicht viel zu erkennen.«

Der Mann trug eine Schirmmütze, die er tief über die Stirn gezogen hatte.

»Ist er das?«, wollte Hannah wissen.

»Kann sein, aber sicher bin ich nicht.«

»Und was ist mit den anderen?«, erkundigte sich Steven.

Jan zeigte auf Jeff Hunter und Roderick Rosenberg. »Die beiden kenne ich nicht.«

»Und die hier?«, tippte Hannah auf William Fadi Bin Hammid und Robert Ibrahim Al Mawardi.

»Das müssen dem Aussehen nach die zwei Syrer sein, die die anderen Männer im Warriors Club angeheuert haben. Der Typ mit der Halbglatze ist mit Sicherheit Professor Al Mawardi.«

»Dann kann der Kerl hier nur der Russe sein«, ergänzte Hannah.

»Tom ist gerade dabei, ein Einsatzkommando von Kundus aus nach Mazari Sharif in Marsch zu setzen. Er wartet fieberhaft auf die Genehmigung der ISAF, die der Aktion zustimmen muss. Er rechnet fest damit, dass die Truppe noch heute Nacht aufbricht und dann in den frühen Morgenstunden losschlägt. Alle erforderlichen logistischen Daten hat er bereits nach Kundus geschickt. Am liebsten hätte Tom nur Marines dabei. Aber da es sich um einen Einsatz der internationalen Schutztruppe handelt, werden auch Ausländer an der Aktion teilnehmen. Er hofft, dass wenigstens ein Kommandeur der Marines dabei ist. Er selbst hat Colonel Kenneth Bloomfield vorgeschlagen.«

Jan schüttelte den Kopf. »Die werden nichts finden.«

»Was, wieso nicht?«, wollte Steven wissen.

»Ich gehe davon aus, dass die Oberfläche nur Tarnung ist«, meinte Jan und fuhr fort: »Die eigentliche Anlage wird darunter liegen. Das haben wir schon oft beobachtet. Ähnlich wie bei den Vietkong mit ihren Tunnelsystemen. Von oben siehst du gar nichts. Sei nicht naiv, Steven. Die haben doch die Drohnen längst entdeckt. Und sie wollen doch nur, dass ein möglichst großes Einsatzkommando nach Mazari Sharif kommt. Das bindet die Kräfte an einem Ort, der wahrscheinlich ein paar hundert Kilometer von der Stelle entfernt ist, wo sie zuschlagen wollen. Tom sollte sich lieber darum kümmern, wo ab heute Nacht lohnende Ziele für die Terroristen zu finden sind. Am liebsten greifen sie Konvois an, die Munition und Waffen befördern. Um eine einfache Patrouille zu überfallen, haben die viel zu viele und vor allem verdammt gute Kämpfer dabei. Das wird mit Sicherheit eine größere Sache.«

»**Das** gibt's doch gar nicht. Dieser Kerl kommt aus dem Haus von diesem Dr. Shapourzadeh. Gehört der nicht zu dieser russischen Firma?«

Hubertus von Echternach sah sich gerade die Fotos an, die seine Leute vor der Praxis des Psychologen geschossen hatten.

»Hab ich doch den richtigen Riecher gehabt. Wisst ihr schon, wer das ist?«, rief er über die Schulter in den Raum hinter sich. Eine junge Mitarbeiterin kam durch die geöffnete Glastür in sein Büro und baute sich vor ihrem Chef auf. Als der sich zu ihr umdrehte, starrten seine Augen auf zwei monströse Brüste.

»Also, Betty, nehmen Sie doch mal ihre Oberweite aus meinem Gesicht. Ich habe Ihnen schon tausend Mal gesagt, dass sie nicht immer so dicht an die Leute herantreten sollen. Dafür ist ihre Physiognomie nicht geschaffen. Eine Armlänge, habe ich gesagt, eine Armlänge«, demonstrierte der Chef, in dem er seinen Arm ausstreckte.

»Tschuldigung Chef, ich denke da meistens nicht dran.«

Sie trat mit einem übertrieben langen Ausfallschritt zurück, beugte sich mit langen Armen zu ihm vor und überreichte ihrem Chef den Computerausdruck. Hubertus von Echternach musste herzlich lachen.

»Nun übertreiben Sie's nicht gleich. Also, wen haben wir denn da? Wladimir Skutin, geboren am 12. Januar 1975 in Moskau, wohnhaft in Leipzig, Jahnallee 34, eine Vorstrafe wegen unerlaubten Waffenbesitzes. Hat damals angegeben, dass er die zu seinem persönlichen Schutz braucht, wenn er geschäftlich in Russland unterwegs ist. Dort ist er tatsächlich in Besitz eines Waffenscheins. So und was macht der Typ bei Dr. Shapourzadeh? Wir müssen sofort Jan Krüger benachrichtigen. Könnte sein, dass er weiß, was der Kerl da wollte. Schickt am besten die anderen Aufnahmen gleich mit rüber. Vielleicht haben wir was übersehen oder die Leipziger erkennen noch weitere Personen auf den Fotos.«

Zufrieden lehnte sich der Chef in seinem bequemen Schreibtischsessel zurück. Er konnte sich genauso wenig wie Hannah und Jan vorstellen, dass Carl Georg Romminger mal soeben aus heiterem Himmel einen Bundestagsabgeordneten liquidiert hatte. Obwohl ihm die Theorie von fremdgesteuerten Attentäter verdammt nach Science Fiction aussah, vermutete er ebenso wie seine Leipziger Kollegen, dass Rommel auf irgendeine Art und Weise manipuliert worden war, die aber im Moment noch nicht bekannt war. Aber wir werden das herausfinden. Bin mal gespannt, was aus Leipzig zu hören ist, dachte er.

Als Hannah und Jan am späten Nachmittag zurück ins Präsidium kamen, winkte Rico Steding seine Mitarbeiter sofort in sein Dienstzimmer.

»Hier, schaut euch das mal an. Kam vor einer Stunde aus Berlin. Erkennt ihr den Typen?«

»Hat Ähnlichkeit mit Pjotr Skutin«, fiel Hannah auf Anhieb ein.

Rico schaute Jan fragend an. »Möglich, aber glatzköpfige, dicke Russen gibt es viele. Ich weiß nicht.«

»99 Punkte für Hannah, ab hundert gibt's 'ne Waschmaschine. Bingo, Hannah, der Typ ist tatsächlich Wladimir Skutin, der jüngere Bruder von Pjotr, dem Wirt aus den Balkan-Stuben.«

»Wo und wann ist das Foto gemacht worden?«, wollte Hannah wissen.

»Tja, und das ist der nächste Hammer: Gestern Morgen vor der Praxis von Dr. Shapourzadeh, meine Lieben.«

»Eigentlich müssten wir jetzt überrascht sein, Rico. Aber ganz ehrlich: Sind wir nicht«, meinte Hannah.

»Damit haben wir aber möglicherweise die Verbindung zwischen Russenmafia und den Terroristen bewiesen. Ich glaube nicht, dass sich Skutin dort aufs Sofa gelegt hat.«

»Es gibt noch weitere Fotos von Leuten, die heute vor der Praxis aufgenommen worden sind. Ich habe die bereits checken lassen.

Ist auf jeden Fall keiner davon erkennungsdienstlich vorbelastet. Schaut noch mal drauf, damit wir nichts über-sehen.«

»Wir müssen uns Skutin schnappen. Am besten wäre, wir fänden bei einer Routinekontrolle ein Tütchen Stoff in seinem Wagen. Der wird sicher irgendwann heute Abend oder spätestens morgen im Laufe des Tages nach Leipzig kommen. Heute früh war er noch zusammen mit Grigori in Dresden«, sagte Jan.

»Und wenn wir bei der Kontrolle nichts finden?«, fragte Hannah, aber als Jan sie genervt ansah, war ihr sofort klar, dass sie sich gerade wohl etwas naiv verhalten hatte.

»Wir werden was finden, verlass dich drauf«, kündigte er an.

»Wäre gut, Rico, wenn wir ein paar Leute hätten, die nach dem Kerl suchen. Wir kümmern uns dann persönlich um die Sache.«

»Gut, ich werde das veranlassen. Was ist mit dem anderen Typen? Wenn wir nichts weiter gegen ihn haben, müssen wir den morgen früh wieder raus lassen.«

»Deswegen wäre es gut, wenn wir Skutin so schnell wie möglich in die Finger kriegen würden«, antwortete Jan.

»**Sollen** wir das Ding vom Himmel holen? Dauert keine zwei Minuten«, schlug der Coach vor.

»Nein, nicht nötig. Wenn die hier aufkreuzen, sind wir längst weg. Außerdem würde die Aktion nur unsere Männer misstrauisch machen. Das könnte unserer Sache schaden. Sie sollen und müssen weiter glauben, es handele sich hier um ein rein wissenschaftliches Experiment ohne jeglichen realen militärischen Einsatz. Mein Verbindungsmann in Kundus hat mir berichtet, dass die CIA bisher noch keine Genehmigung der ISAF für einen Kampfeinsatz erhalten hat.«

Professor Al Mawardi war die Ruhe selbst. Er vermittelte den Eindruck, jederzeit Herr der Lage zu sein. Der Coach war lange genug in Afghanistan, um zu wissen, dass die U.S.-Marines auch im Alleingang handeln würden, wenn es notwendig wäre.

»Professor, ich möchte Sie warnen. Die Amis ignorieren die Befehle der ISAF, wenn sie der Meinung sind, dass Gefahr im Verzug ist. Das habe ich oft genug selbst erlebt. Hat oft 'nen Haufen Ärger gegeben, aber das ist denen vollkommen egal. Und bedenken Sie:

Die Entfernung von Kundus nach Mazari Sharif beträgt gerademal hundertsiebzig Kilometer. Mit dem Hubschrauber ist das nicht mehr als eine Stunde.«

»Wir erhalten sofort Nachricht, wenn sich da was tut, mein Freund. Die Situation ist absolut unter Kontrolle.«

Der Coach konnte die Gelassenheit des Professors nicht verstehen.

»Bei allem Respekt, Sir. Sie haben mich angeheuert, um die militärischen Aktionen zu koordinieren. Wenn die Apaches erstmal in der Luft sind, kommen wir hier nicht mehr weg. Die schicken drei oder vier Hughes AH-64 mit schwerer Bewaffnung und legen in ein paar Minuten das ganze Areal in Schutt und Asche. Danach setzt ein Chinook-Transporthubschrauber dreißig Marines ab, die hier den Rest erledigen. Das ist in etwa so, als würde ein Höllensturm über diese Anlage fegen. Die machen alles dem Erdboden gleich.«

»Wir danken ihnen für Ihre gutgemeinten Ratschläge. Aber wie gesagt, wir haben alles unter Kontrolle. Bitte beruhigen Sie sich. Unser Plan steht: Morgen früh um sechs Uhr starten wir und führen unser Vorhaben aus.« Der Professor nickte zufrieden.

Der Coach schüttelte den Kopf. Das war glatter Selbstmord. Aus seiner Sicht sollten sie hier lieber früher als später verschwinden. Er verspürte einen unangenehmen Magendruck. Tot würde ihm sein neuer Reichtum nichts mehr nützen. Aber jetzt war es eh zu spät. Es gab kein Zurück mehr. Offensichtlich waren sich diese Zivilsten ihrer Sache ziemlich sicher. Hoffentlich hatten sie sich nicht getäuscht.

Um fünf Uhr morgens wurden die Männer geweckt. Zwanzig Minuten später traf sich die gesamte Gruppe zum Frühstück. Dr. Muratov und der Professor präsentierten sich in bester Laune. «Meine Herren, heute verlassen wir, wie geplant, das Camp und starten zu unserem ersten Feldversuch. Bis jetzt ist alles reibungslos vonstatten gegangen. Dafür möchte ich Ihnen danken. Es gibt eine klare Planänderung. Die Hubschrauber werden uns nicht hier, sondern auf einem Gelände ganz in der Nähe aufnehmen. Die Ausrüstung ist bereits verladen und auf dem Weg zum Startplatz. Sie müssen also nur noch ihre persönlichen Sachen transportieren.«

Um kurz vor sechs sammelte sich das Team vor dem Konferenz-raum *Kabul*. Dr. Shapourzadeh, die zum ersten Mal im tarnfarben-den Kampfanzug auftrat, nahm die Männer in Empfang. »Bitte folgen sie mir«, lautete ihre kurze Ansage.

Die Gruppe bewegte sich den Gang herunter zum Fahrstuhl, mit dem sie die Tage zuvor abwärts zur unterirdischen medizinischen Abteilung gefahren waren. Zu ihrer Überraschung ging es diesmal noch ein Stockwerk tiefer. Die Ärztin musste einen separaten Schlüssel benutzen, um den Mechanismus zu aktivieren, der die Fahrt in die unterste Etage freigab. Als sie den Lift verließen, betra-ten sie einen spärlich beleuchteten, mit massiven Holzstützen be-festigten Gang. Sowohl die Wände, als auch der Boden bestanden aus feuchtem, rutschigem Lehm. Schon nach ein paar Metern fiel den Männern das Atmen schwer. Die Sauerstoffgehalt in dem nach Norden führenden, engen und feuchten Tunnel ließ jedenfalls er-heblich zu wünschen übrig.

Trotz dieser etwas merkwürdig anmutenden Aktion stellte niemand Fragen. Jeff Hunter und Roderick Rosenberg marschierten zu-sammen mit Dr. Muratov an der Spitze. Keiner sprach. Es herrsch-te Totenstille. Plötzlich fuhr den Männern der Schreck in die Glie-der. Ein dumpfer Knall ließ den Boden unter ihren Füßen vibrieren. Von den Wänden rutschten dicke Klumpen nassen, klebrigen Lehms in den Gang.

»Was war das denn?«, flüsterte Jeff nervös.

»Bitte bewahren sie die Ruhe. Die Erde bewegt sich hier etwas häufiger als bei uns. Kein Grund zur Panik. In ein paar Minuten sind wir am Ziel.«

Dr. Shapourzadeh hatte kaum ausgesprochen, als ein zweiter, weitaus heftigerer Donnerschlag folgte. Wieder wackelte der ge-samte Gang. Die Brocken, die sich aus den Wänden lösten, waren jetzt schon so groß wie Fußbälle. Dr. Muratov beschleunigte sei-nen Gang. Die am Ende marschierenden Morgan Lampart und Kees Schuitemans machten sich bemerkbar: »Los, macht schnel-ler, wir müssen hier raus. Noch so eine Erschütterung hält der Tunnel nicht mehr aus.«

Doch auch der dritte kurz darauf folgende Knall brachte den Gang nicht zum Einsturz. Dann sahen sie Licht. Es konnte nicht mehr weit sein. Der Tunnel führte jetzt langsam ansteigend nach oben. Die Männer mussten aufpassen, mit ihren Kampfstiefeln nicht auf dem glatten Boden auszurutschen. Dann endlich erreichten sie den Ausgang. Als der Coach sich an Dr. Muratov vorbeizwängte, fauchte er ihn leise an: «Das wäre ja wohl beinahe ins Auge gegangen, Sie Schlauberger.«

Der unterirdische Tunnel hatte zu einem anderen Gehöft geführt, dass etwa zwei bis drei Kilometer nördlich vom Areal lag, auf dem sie sich die Tage zuvor aufgehalten hatten. Nach wie vor vernahmen sie in der Entfernung das Unheil verkündende Donnern.

»Hört sich nach schweren Detonationen an«, mutmaßte Jeff.

»Die Erde bebt. Das kommt zu dieser Jahreszeit hier sehr oft vor. Gott sei Dank aber immer nur relativ schwach, ohne große Folgen«, beschwichtigte der Professor.

»Hätte jetzt eher gedacht, dass da irgendwo Bomben und Granaten explodieren.«

Wieder erntete Jeff nur einen bösen Blick von RoRo. Wenn der Kerl doch bloß mal die Schnauze halten würde, wünschte er sich.

»Guck dir mal den Typen da drüben an. Sieht aus, wie der Kerl, den wir suchen.«

»Lass mal sehen?« Der Beamte auf dem Beifahrersitz sah auf das Bild, danach schaute er zu dem Mann herüber, der gerade aus einem VW-Bus ausgestiegen war und mit einer der Frauen sprach, die am Straßenrand ihre Dienste anboten. Er musterte ihn von oben bis unten und verglich den Mann mit dem Kerl auf dem Foto. Kein Zweifel, er nickte dem Kollegen zu.

»Das ist er«, pflichtete ihm der Fahrer bei. Die beiden Beamten waren heute Abend bereits mehrfach routinemäßig durch die Erich-Weinert-Straße gefahren. Obwohl es zur Zeit auf dem Leipziger Straßenstrich relativ ruhig zuging, kam es doch ab und an zu Streitigkeiten oder Handgreiflichkeiten, vor allem dann, wenn die Zuhälter mit den Umsätzen ihrer Mädchen nicht einverstanden waren. Oft versuchten sie sich dann mit Gewalt den nötigen Respekt zu verschaffen, um die Frauen einzuschüchtern. Skutin hatte die Polizisten, die als Zivilstreife unterwegs waren, noch nicht bemerkt.

»Was ist das denn? Der hat der gerade eine verpasst, die Sau. Den packen wir uns.«

»Nein, wir haben klare Anweisungen. Ruf die Zentrale an, wir bleiben an dem Kerl dran.«

Knapp zehn Minuten später raste Jan mit Blaulicht, aber ohne Martinshorn, die Berliner Straße herunter Richtung Innenstadt. Als er die Meldung erhielt, dass Skutin gesichtet worden war, wollte er zusammen mit Hannah sofort los, doch seine Freundin war gerade zum Chef gerufen worden, um ihm einen Lagebericht zu geben.

Kurz bevor er in die Erich-Weinert-Straße einbog, schaltete er das Blaulicht aus und verringerte die Geschwindigkeit. Die Kollegen parkten gegenüber auf der linken Straßenseite. Jan hielt kurz an, ließ das Seitenfenster herunter und bedankte sich bei dem Duo für die gute Arbeit: «Und jetzt verpfeift euch hier. Den Rest erledige ich.«

»Sollen wir nicht besser zur Unterstützung hierbleiben?«, fragte der ältere und erfahrenere Kollege.

»Danke, das schaff ich schon allein. Bleibt in der Nähe. Wenn es Probleme gibt, rufe ich euch.«

»Wie du willst, Kollege. Wir fahren einmal ums Karree und schauen in ein paar Minuten noch mal vorbei.«

»Gut, macht das«, antwortete Jan.

Er parkte seinen Wagen rechts am Straßenrand und stieg aus. Der VW-Bus stand drei Autos entfernt vor ihm. Offensichtlich beschäftigte sich Skutin gerade intensiv mit einer seiner Damen. Jan lief den Bürgersteig entlang, bis er an der Beifahrerseite neben dem Bulli Halt machte und provokativ mit den Händen, mit denen er einen Sichttunnel bildete, durch die abgedunkelten Scheiben ins Wageninnere spähte.

Skutin saß mit einer jungen Frau auf der mittleren Sitzbank und hatte offensichtlich Zoff mit ihr. Jan klopfte ans Fenster. Der Russe drehte sich um und schien seinen Augen nicht zu trauen. Da glotzte doch tatsächlich so ein widerlicher Spanner in den Wagen. Wutentbrannt riss er die Schiebetür auf und sprang mit einem Satz heraus.

»Was machst du da, du Drecksau. Willst du dir einen runterholen,

237

oder was? Verpiss dich, aber schnell, bevor ich dir Beine mache.«

Skutin war ein Klotz von einem Kerl. Bestimmt 1,85 Meter groß und fast genauso breit. Sein bulliger Glatzkopf schien halslos auf seinem Stiernacken zu sitzen. Die Ärmel seiner schwarzen Anzugjacke spannten an den gewaltigen Oberarmen. Aus dem weißen Kragen seines Oberhemdes lugten links und rechts Tätowierungen heraus, die zum Kopf hin spitz zuliefen. An der linken Schläfe hatte er eine etwa zehn Zentimeter lange, dicke Narbe mit wulstigem Gewebe. Wo andere Menschen Hände hatten, besaß der Russe zwei bärentatzendicke Schaufeln. Vielleicht hätte er die Kollegen doch nicht wegschicken sollen, dachte Jan.

»Entschuldige Chef, ich dachte, die Dame wäre frei.«

»Aha, du willst sie wohl ficken, oder was? Kein Problem. Hundert Mäuse auf den Tisch des Hauses und in einer Minute steht dir dieses Prachtexemplar zur Verfügung. Leg noch 'nen Fuffy drauf, dann bumst sie dir das Hirn aus dem Schädel.«

»Ach so, wie bei dir, oder wie?«

Im ersten Moment schien der Russe gar nicht auf die Provokation anzuspringen. Offensichtlich konnte er nicht so richtig glauben, was er eben gehört hatte. Was hatte der Typ da gerade gesagt?

»Sag mal, du Arsch, bist wohl lebensmüde, wie? Noch so 'nen Spruch und ich brech dir alle Knochen. Also, was ist jetzt? Willst du ficken oder dumm quatschen?«

Jan hatte ihn fast so weit. Jetzt noch einen drauflegen und der Russe würde zum Angriff übergehen.

»Weißt du, ich hab's mir überlegt. Wo gerade so 'nen Drecksack wie du dran war, lass ich lieber die Finger von. Sonst hol ich mir noch die Sackratten.«

Skutins Gesicht lief vor Wut dunkelrot an. Er zögerte jedoch, Jan anzugreifen.

Vor ihm stand immerhin ein Zweimeter-Mann, der nicht gerade den Eindruck machte, als hätte er Angst vor ihm. Das war dem Russen neu. Normalerweise traute sich niemand, ihn so offensichtlich zu provozieren. Plötzlich wurde er ganz ruhig.

»Was bist du für 'n Typ, Mann? Du gefällst mir. Hast anscheinend Eier in der Hose.«

»Was man von dir wohl nicht behaupten kann. Deine haben die

vielen Anabolika sicher auf Haselnussgröße zusammen-
schrumpfen lassen. Sind jetzt wahrscheinlich genauso groß wie
dein Hirn.«

Das war dann auch dem Russen zu viel. Er holte mit seiner Rechten zu einem gewaltigen Schwinger aus. Jan duckte sich ab, konnte aber nicht verhindern, dass er anschließend mit der Linken am
Körper getroffen wurde. Der Schlag war hart, aber da war er von
Godzilla etwas anderes gewohnt. Skutin sprang auf ihn zu und
versuchte einen Würgegriff anzusetzen, aber Jan packte den Russen blitzschnell am Handgelenk, drehte ihm den rechten Arm auf
den Rücken und riss ihn nach vorn. Dann verpasste er ihm eine
krachende Kopfnuss, die seinen Gegner augenblicklich zurückweichen ließ. Jan setzte sofort nach und hämmerte eine fürchterliche
rechte Gerade gezielt auf den Solarplexus seines Gegners. Von
der Wucht dieses gewaltigen Schlages wurde Skutin gegen die
Schiebetür seines Wagens geschleudert. Der Mann war zäh, wollte
sich noch nicht geschlagen geben und schnellte wieder nach vorn.
Mit einem blitzschnellen, ansatzlosen Kick zertrat Jan ihm die
Kniescheibe des rechten Beines, was ein Geräusch verursachte,
als bräche trockenes, morsches Holz. Der Russe knickte auf der
Stelle ein wie eine Marionette, deren Fäden gerissen waren.

»Was soll der Scheiß, Mann, was willst du von mir? Hab ich dir
was getan?«, jammerte Skutin mit schmerzverzerrtem Gesicht
hilflos am Boden liegend.

»Bis auf die Tatsache, dass du mich vor ein paar Tagen umlegen
wolltest, eigentlich nichts.«

»Bist du bekloppt, oder was? Ich kenn dich doch gar nicht. Das
muss 'ne Verwechslung sein.«

»Ach, weißt du, Wladimir, dass hat dein Bruder auch schon gesagt. Scheint nicht weit her zu sein mit eurem Erinnerungsvermögen. Wohl 'ne Erbkrankheit, wie?«

Jan packte den am Boden liegenden Russen und stellte ihn mit
einem kräftigen Ruck auf die Beine. Mit einer Hand tastete er den
Mann nach Waffen ab, mit der anderen hielt er ihn fest. Der Russe
wollte die Situation auszunutzen und versuchte, eine Makarov aus
dem Hosenbund zu ziehen. Doch Jan war schneller und drückte
ihm seine P6 ins Gesicht. »Zieh die Knarre ruhig raus, dann haben

wir die Sache hinter uns. Mir wär's recht.«

Er legte Skutin Handschellen an und schob den humpelnden Mann vor sich her, den Bürgersteig herunter zu seinem Wagen. Dort verstaute er ihn auf dem Rücksitz und befestigte seine Hände mit den Handschellen am oberen Haltegriff. Jan ging um den Wagen herum, stieg ein und drehte den Rückspiegel so, dass er Skutin während der Fahrt im Auge behalten konnte.

»Bist 'nen Bulle, stimmt's?« Als Jan nicht antwortete, redete er weiter:»Ihr könnt mir nichts anhängen. Ich habe nichts getan. Ich bin nicht so blöd wie mein Bruder und mache gemeinsame Sache mit diesen Mafiosi. Ich habe einen anständigen Job. Und amüsieren wird man sich ja wohl noch dürfen, oder?«

»Halt einfach dein beschissenes Maul, Skutin. Sei froh, dass ich dir nicht sofort dein scheiß Genick gebrochen habe. Noch einen Ton dahinten und ich hole das nach.«

Als auch der Letzte den Tunnel verlassen hatte, führte der Professor die Gruppe über den Hof in ein graues, baufälliges, aus unregelmäßig gehauenen Bruchsteinen aufgeschichtetes Haus.

»Entschuldigen sie diesen fluchtartigen, etwas konspirativ anmutenden Aufbruch. Aber wir wurden von einer ISAF-Drohne beobachtet. Als sie die Afghanen draußen auf dem Hof gesehen haben, wie sie die Lastwagen beluden, haben sie wahrscheinlich geglaubt, es handele sich um einen Unterschlupf der Taliban. Für Erklärungen hatten wir leider keine Zeit mehr. Aber ich kann sie beruhigen, die Lkw sind samt Fahrern und Material sicher an ihrem Bestimmungsort angekommen. Dorthin werden wir jetzt mit zivilen Fahrzeugen gebracht.«

»Gut, Männer, ihr habt's gehört. Kein Grund zur Aufregung. Macht euch fertig, es geht gleich weiter«, befahl der Coach.

Im selben Moment rasten vier, ehemals wohl weiße, Nissan Patrol auf den Hof und zogen eine lange, graue Staubfahne hinter sich her.

»Beeilt euch Männer. Wir müssen hier weg. Los, los, je vier Mann in einen Wagen, Ausrüstung hinten rein.«

Der Konvoi bog von dem steinigen, unbefestigten Feldweg nach rechts auf die asphaltierte Straße Richtung Mazari Sharif ab.

»Ein paar Meter noch, dann tauchen wir in dem dichten Straßenverkehr der Innenstadt unter. Dann haben sie keine Chance mehr, uns zu finden«, flüsterte Professor Al Mawardi.

»Das war viel zu riskant. Warum haben wir so lange gewartet?«, wollte Dr. Muratov wissen.

»Mein Informant hat noch vor zwei Stunden gemeldet, dass die Task Force in Kundus bereit steht, aber offensichtlich noch keine Erlaubnis zum Angriff erhalten hat. Kurz danach hat er Alarm geschlagen. Die haben kurzfristig umdisponiert und einer Staffel von Kampfhubschraubern, die über Mazari Sharif Patrouille geflogen sind, den Befehl zum Angriff erteilt.«

Die Fahrzeugkolonne quälte sich im Schritttempo durch die enge, verzweigte Innenstadt. Händler und Bauern zogen mit ihren Eselkarren zum Markt. Frauen und Männer schleppten schwer beladen ihre Waren durch die Straßen, um sie dort zum Verkauf anzubieten. Dazwischen liefen spielende Kinder und eine Armada von Straßenkötern kreuz und quer durcheinander, offenbar auf der Suche nach noch irgendwie verwertbaren Abfällen. Alle paar Meter klopften Bettler an die Scheiben, um Geld oder etwas Essbares zu ergattern.

»Wenn du hier stehen bleibst, hast du verloren«, konnte Jeff mal wieder seine Klappe nicht halten. Doch diesmal erntete er keinen Rüffel von RoRo. Vielmehr starrte der entsetzt auf das Szenario, das sich ihnen bot.

»Dabei gilt Mazari Sharif bei den Afghanen als wohlhabende Stadt. Hier gibt es wenigstens noch etwas, was die Menschen auf dem Markt kaufen können. Das Problem ist natürlich, dass dieser sogenannte Wohlstand auch einen Haufen von Armen, Kranken und Bettlern anzieht.«

Morgan Lampart, der mit Jeff und RoRo im letzten Wagen des Konvois saß, beobachtete das Treiben auf den Straßen relativ emotionslos.

»Wir haben Orte gesehen, wo sich die Menschen gegenseitig töten wollten, nur um an die Abfalltonnen des ISAF-Camps zu kommen. Wir waren gezwungen, den gesamten Müll sofort zu verbrennen, sonst hätten Horden von Wegelagerern vor dem Tor Stellung bezogen, nur um irgendwo 'ne faule Banane oder ein verschimmeltes

Stück Brot zu erwischen. Dagegen ist das, was sich hier draußen abspielt, fast schon normal.«

Die Fahrer navigierten die Jeeps gekonnt durch die überfüllten Straßen. Wenn es sein musste, kontaktierten Stoßstange und Kotflügel leicht das ein oder andere lebende Hindernis. Mensch und Tier bewegten sich scheinbar gleichgültig zur Seite und setzten ihren Weg klaglos fort. Sie hatten sich offenbar an das Recht des Stärkeren gewöhnt. Wie durch ein Wunder kam es zu keinen nennenswerten Vorfällen. Nach circa einer Stunde Schleichfahrt durch das Labyrinth der Innenstadt, bogen die Fahrzeuge östlich stadtauswärts auf eine weniger befahrene, befestigte Straße ab. Ein paar Kilometer weiter verließen sie den asphaltierten Untergrund und steuerten nach links in einen holprigen Feldweg. Schließlich erreichten sie nach einigen hundert Metern zwei Lkw, deren Besatzung gerade den größeren von zwei Hubschraubern belud.

»Sehr gut, wir sind da. Wir müssen ein paar Minuten aufholen, um im Zeitplan zu bleiben.«

Der Professor schien trotz leichter Verspätung zufrieden zu sein.

Wladimir Skutin hatte starke Schmerzen. Er verlangte in ein Krankenhaus gebracht zu werden und wollte vorher seinen Anwalt anrufen. Jan wusste genau, dass er gegen alle Vorschriften verstoßen würde, wenn er den verletzen Mann jetzt wegsperren und verhören würde, ohne ihn vorher ärztlich behandeln zu lassen. Er konnte in Teufels Küche kommen, wenn er mit Skutin in dieser Verfassung im Präsidium aufkreuzen würde. Ihm war allerdings auch klar, dass eine Vernehmung sich noch Tage oder gar Wochen hinauszögern würde, wenn er den Kerl jetzt aus seiner Obhut entließ und ins Krankenhaus brächte.

»Wo fahren wir hin, verdammt noch mal? Was soll der Scheiß? Bist du nicht ganz richtig im Kopf?«

Skutin kannte sich in Leipzig aus und wusste, dass ihr Weg weder ins Polizeipräsidium noch in ein Krankenhaus führte. Jan antwortete nicht. Er fuhr die Berliner Straße stadtauswärts und bog dann auf die Rackwitzer Straße ab. Danach hielt er sich links und lenkte seinen blauen Astra Kombi auf die Brandenburger Straße, die nach einigen Metern in die Adenauerallee überging. Nach einer scharfen Rechtskurve lag rechte Hand das alte Postgebäude und dahinter befand sich der alte Post-Bahnhof aus DDR-Zeiten, der schon seit vielen Jahren nicht mehr benutzt wurde und seitdem brach lag. Das Gelände war beliebt bei Gangstern und Gaunern aller Art. Aber des Nachts trieben sich hier vor allem Obdachlose, die einen geschützten Platz zum Schlafen suchten und Prostituierte mit ihren Freiern herum, um irgendwo versteckt im Auto eine schnelle Nummer zu schieben. Jetzt war es allerdings noch mitten am Tag und deshalb war dieses abgelegene Gelände menschenleer. Als der Russe sah, was Jan vorhatte, protestierte er lautstark.

»Was wollen wir hier? Willst du mich umlegen und dann hier irgendwo verscharren? Damit kommst du nicht durch.«

Wieder schwieg Jan. Er fuhr am alten Postgebäude vorbei und bog rechts dahinter in einen kleinen, mit Unkraut überwucherten Weg ein, der zu einem mit Schottersteinen befestigten Platz seitlich der ersten, östlich gelegenen Halle führte. Dort hielt er und stellte den Motor ab. Er stieg aus dem Wagen und rief Hannah an. «Hör zu, ich habe Skutin. Versuch bitte Grigori zu erreichen und komm mit ihm zu den ausrangierten Hallen des alten Post-Bahnhofs an der Adenauerallee. Frag jetzt bitte nicht warum. Tu es einfach.«

»Jan, was hast du vor? Mach jetzt bloß nichts Unüberlegtes«, versuchte Hannah ihn zur Vernunft zu bringen.

»Wir haben wenig Zeit. Beeil dich.«

Sie hörte nur noch ein Knacken in der Leitung. Jan öffnete die rechte Hintertür. Der Russe kauerte mit schmerzverzerrtem Gesicht auf dem Rücksitz, beide Hände an den oberen Haltegriff gefesselt.

»Willst du mich umbringen? Dann tu's doch. Aber lass mich hier nicht hängen wie ein Schwein am Kanthaken.«

»Die Situation könnte sich demnächst erheblich entspannen, wenn du mir erzählst, was ich wissen will.«

»Ich hab nicht die geringste Ahnung, was für ein Spielchen du hier spielst. Aber bitte, stell deine Fragen. Man hilft ja, wo man kann.«

Jan stellte einen Fuß auf den Türholmen, stützte sich mit den Händen am Dach ab und beugte sich nach vorn, um dem Russen direkt in die Augen zu sehen.

»Also, Wladimir, wer hat den Auftrag erteilt, mich zu liquidieren?«

»Woher soll ich das wissen? Keine Ahnung, Mann.«

Jan machte eine kurze Pause. »Gut, dann die nächste Frage: Wer ist euer Kontaktmann zu den Taliban?«

»Was? Was sind das denn für bescheuerte Fragen? Was hab ich mit diesen Terroristen zu tun? Du bist auf dem völlig falschen Dampfer, Bulle.«

Wieder ließ er die Antwort Skutins etwas sacken, bevor er weiter machte: «Weiß dein Chef von euren Drogendeals?«

»Hä, bitte?«, spielte der Russe den Entsetzten. »Was denn für Drogen? Das wird ja immer besser.«

Drei Fragen und keine Antworten. Einen Versuch hatte Jan noch. Würde er diese letzte Frage glaubwürdig beantworten, konnte er davon ausgehen, dass der Russe womöglich wirklich nicht wusste, was Jan von ihm wollte.

»Okay, Freundchen. Was wolltest du in der Praxis von Dr. Shapourzadeh?«

»Ich hab zwar keine Ahnung, woher Sie wissen, dass ich dort gewesen bin«, wurde der Russe plötzlich wieder förmlich, «aber man wird ja wohl noch seine Freundin zur Arbeit bringen dürfen.«

Entweder hatte Skutin blitzschnell eine passende Ausrede gefunden, oder er hatte die Frage tatsächlich plausibel beantwortet.

»Wie heißt denn die Herzensdame?«

»Ich weiß zwar nicht, warum Sie das wissen wollen, aber bitte: Jelina Muratova.«

Jan zuckte zusammen. War das Zufall? Wohl kaum.

»Ach«, spielte Jan den Wissenden, »die Tochter von Dr. Muratov?«

Der Russe zuckte die Schultern: «Den kenne ich nicht. Ihre Eltern leben irgendwo in Russland. Soviel ich weiß, hat sie in Deutschland keine Verwandten.«

Die Antwort kam prompt und überzeugend. Hatte Skutin tatsächlich eine weiße Weste, abgesehen davon, dass er ab und zu ein paar Prostituierte malträtierte?

»Warum hast du die Frau im Auto geschlagen?«, ging Jan wieder zum du über.

»Die wollte mich abzocken. Wir hatten 'nen Quickie auf dem Rücksitz meines Wagens vereinbart. Dabei hat sie versucht, meine

244

Kohle abzuziehen. Die hatte meine Geldklammer schon aus meiner Hosentasche gefingert. Fast hätte ich das gar nicht gemerkt. Ich hab ihr 'nen paar gescheuert. Nichts Wildes.«

Jan hörte ein Motorengeräusch. Wenig später fuhr eine schwarze S-Klasse auf den Schotterplatz. Am Steuer saß Grigori Tireshnikov, neben ihm Hannah. Jan schloss die Hintertür und ließ den Russen im Wagen sitzen. Dann ging er auf den Mercedes zu und gab ihm ein Zeichen, zu halten. Er stieg hinten in den Wagen ein.

»Danke, dass Sie gekommen sind, Grigori«, begann er, um im nächsten Moment von Tireshnikov unterbrochen zu werden.

»Was soll das hier? Was haben Sie vor?«

»Ganz ruhig, Grigori. Ich will Ihnen helfen.«

»Mir helfen? Ich verstehe nicht.«

»Was wissen Sie über Skutin und Rasienkov?«

Grigori stutzte, schien nicht zu wissen, worauf Jan hinauswollte, entschloss sich dann aber zu antworten.

»Die beiden sind loyale und zuverlässige Mitarbeiter, die wichtige Aufgaben in meinem Betrieb zu meiner vollsten Zufriedenheit übernommen haben. Ich hatte noch nie Ärger mit ihnen.«

»Was sich dann jetzt wohl ändern wird, Grigori.«

»Ich wüsste nicht warum.«

»Na, dann will ich Ihnen etwas auf die Sprünge helfen. Die zwei betreiben einen florierenden Drogenhandel mit den Taliban. Sie bringen das Rauschgift über Moskau nach Berlin oder Dresden. Irgendwie haben sie es geschafft, das einst blühende Geschäft zwischen Oberst Gorlukov und den Männern von Tahir Sharif Al Fakri wieder aufleben zu lassen. Die Kontakte hat Wladimir wahrscheinlich über seinen Bruder Pjotr hergestellt, der damals für Gorlukov gearbeitet hat. Nur, dass sie diesmal den Taliban keine Waffen liefern, sondern wissenschaftliches Know-how. Der ehemalige KGB-Mitarbeiter und Wissenschaftler Dr. Muratov, seines Zeichens weltweit anerkannter Spezialist von Hypnosetechniken, hat ein Verfahren entwickelt, das normale Soldaten zu ferngesteuerten, skrupellosen Attentätern mutieren lässt. Was die Amerikaner mit ihren geheimen Forschungen im Bereich Mindcontrolling in den Siebzigern und Anfang der Achtziger nicht geschafft haben und deshalb auch kurze Zeit später eingestellt haben, hat der KGB in den darauffolgenden Jahren bis zur Perfektion weiterentwickelt. Dazu benutzten sie die Grundlagen des Programms MK-Ultra und haben dies erfolgreich abgeschlossen.«

»Moment, Moment, woher wissen Sie das alles?«, protestierte Grigori.

Hannah schaltete sich ein. Sie warf Jan einen missbilligen Blick zu. Warum legte er ohne besondere Not die Karten auf den Tisch? Sie war sich im Gegensatz zu ihrem Freund ganz und gar nicht sicher, dass Tireshnikov mit alldem nichts zu tun hatte. Irgendwie eignete der sich in ihren Augen so gar nicht für die Opferrolle.

»Es gibt eine Vielzahl von Hinweisen, aus denen das, was mein Kollege soeben dargelegt hat, hervorgeht. Natürlich handelt es sich auch zum Teil nur um bloße Vermutungen«, schwächte sie bewusst ab.

»Also, ich weiß nichts von dem, was sie hier erzählen. Ich bin ja oft selbst in Moskau zugegen, wenn die beiden dort geschäftlich tätig sind. Mir ist nie etwas Verdächtiges aufgefallen. Außerdem werden unsere Transporte regelmäßig und intensiv vom Deutschen Zoll durchsucht. Auf die Dauer helfen da auch die besten Verstecke nicht. Der deutschen Gründlichkeit entgeht nichts. Und bedenken sie das Risiko. Es wäre ja ein Desaster, wenn ich für ein paar Kilogramm Heroin mein Geschäft aufgeben müsste.«

»Wer hat denn was von Heroin gesagt?«, unterbrach Jan.

Tireshnikov wurde zum ersten Mal unsicher.

»Was? Na ja, ich hab das nur als Beispiel benutzt. Könnte auch Marihuana oder Kokain oder sonst was sein.«

»Um Sie nicht dumm sterben zu lassen, Grigori, wir reden von Heroin und Kokain.«

»Können Sie das beweisen?«

»Können wir, Grigori, können wir«, wiederholte Jan.

»Wir haben in Rasienkovs Wagen einwandfrei Spuren davon gefunden«, stellte Hannah klar.

»Ja, aber der Wagen wurde doch gestohlen?«

»So, wurde er? Wieso wies der Wagen dann weder Spuren eines gewaltsamen Aufbruchs noch Anzeichen dafür auf, dass er kurzgeschlossen wurde. Auch die Garage an Rasienkovs Haus wurde nicht aufgebrochen. Also kann doch nur jemand aus ihrer Firma den ML benutzt haben.«

»Ich denke, wir sollten das hier jetzt beenden. Bitte lassen sie meinen Mitarbeiter aussteigen. Ich werde ihre Anschuldigungen überprüfen. Sollte da nur ein Fünkchen Wahrheit dran sein, können Sie mit meiner uneingeschränkten Unterstützung rechnen.«

»Ach, Grigori, sagt ihnen der Name Jelina Muratova etwas?«

»Nein, nicht, dass ich wüsste.«

»Kennen Sie die aktuelle Freundin, abgesehen von den vielen bekannten Prostituierten natürlich, von Wladimir?«

»Soviel ich weiß, hat er keine feste Beziehung. Wäre in seinem Job auch schwierig. Er ist ja ständig unterwegs.«

Grigori ging in Richtung des blauen Astra Kombis.

»Wenn Sie nichts Konkretes gegen Herrn Skutin in der Hand haben, möchte ich ihn jetzt gern mitnehmen. Und, Herr Kommissar, wenn Sie mir beim nächsten Treffen wieder derartige Fragen stellen wollen, sagen Sie mir bitte vorher Bescheid. Dann bringe ich meinen Anwalt mit.«

Jan überholte Grigori, öffnete die Hintertür und nahm Wladimir die Fesseln ab.

»Um Gottes willen. Was haben Sie denn mit ihm gemacht?«, erschrak Grigori, als er den völlig fertig auf der Rückbank liegenden Skutin sah.«

»Er hat mir die Nase und die Kniescheibe gebrochen, das Schwein«, jammerte der Russe. Grigori half seinem Mitarbeiter aus dem Wagen und stützte ihn beim Gehen.

»Sind Sie wahnsinnig? Warum tun Sie so was?«

»Ach, bevor ich es vergesse, Wladimir. Die junge Dame hat bei meinen Kollegen Strafanzeige gestellt, weil sie sie mehrfach geschlagen haben. Als Zeuge dieser Tat war ich verpflichtet, einzugreifen, da haben sie mich tätlich angegriffen. Die junge Frau kann das bestätigen. Eigentlich müssten wir Sie sofort festnehmen. Aber vorerst sind Sie wohl in einem Krankenhaus besser aufgehoben. Wir kommen dann wieder auf Sie zu.«

»Du Dreckschwein, ich kriege dich, worauf du dich verlassen kannst.«

»Du bist jetzt besser still, Wladimir, steig ein.«

Grigori Tireshnikov warf Jan einen missbilligenden Blick zu, half seinem verletzten Mitarbeiter beim Einstieg und rauschte kopfschüttelnd davon.

»Ich habe gehört, es hat Schwierigkeiten gegeben?«

»Nicht der Rede wert, Meister, wir mussten zwar kurzfristig unseren Plan, nennen wir es mal, etwas variieren, aber das wird keinerlei Auswirkungen auf das Erreichen unseres Zieles haben.«

»Du weißt, Dschafer, du darfst mich nicht enttäuschen. Wir haben etwas gutzumachen. Wir müssen den Ungläubigen zeigen, dass sie zwar eine Schlacht gewinnen können, aber den Krieg, den werden wir gewinnen.«

»Wir werden morgen früh zeigen, dass wir perfekt vorbereitet sind. Dies wird der letzte große Test sein, bevor wir der Welt eindrucksvoll demonstrieren, dass wir die Feinde Allahs zu jeder Zeit und an jedem Ort bekämpfen und töten können.«

»Gut, Dschafer, ich vertraue auf dein Wort. Bist du dir sicher, dass dieser Coach, wie ihr ihn nennt, zuverlässig ist? Er ist ein Ungläubiger, man kann ihm nicht trauen.«

»Das wissen wir, Meister. Wir sind vorsichtig. Fadi und Ibrahim haben die Aufgabe, ihn zu überwachen und wenn nötig, zu liquidieren. Aber er wird ohnehin einer der Ersten sein, den wir töten, wenn unsere Aufgabe erfüllt ist.«

»Eine Sache betrübt mich dennoch, mein Freund«, der Meister machte ein kurze Pause, atmete tief durch, als wollte er herausstellen, wie schwer ihm diese Angelegenheit auf der Seele brennt, »deine russischen Freunde haben zum wiederholten Male versagt. Sie haben es erneut nicht geschafft, einen unserer größten Feinde zu töten. Der Black Dragon lebt.«

Professor Al Mawardi war erbost. Die Russen hatten ihm versprochen, dieses Thema ein für allemal aus der Welt zu schaffen. Wie konnte es sein, dass sie schon wieder versagt hatten?

»Diesen Ungläubigen fehlt die Überzeugung, Meister. Sie kämpfen nicht für den Glauben, sie kämpfen nur für Geld und Reichtum. Vor allem haben sie aber ein ganz großes Problem: Sie haben Angst vor dem Tod. Das lähmt sie. Diese Männer werden den Black Dragon niemals töten. Das wird die Aufgabe der Gotteskrieger bleiben.«

»So soll es sein, Dschafer. Du wirst die Erwartungen, die wir alle in dich setzen, nicht enttäuschen. Allahu Akbar!«

Der schwere russische Transporthubschrauber Mil Mi-8 erhob sich langsam und mit einiger Mühe, wie es schien, in die Luft. Es knirschte und knarrte an allen Ecken und Kanten. Das bereits etwas in die Jahre gekommene Fluggerät meisterte dennoch seine Aufgabe souverän. Bereits nach wenigen Minuten hatten sie ihre Flughöhe und wenig später ihre Reisegeschwindigkeit erreicht.

»Keine Angst, meine Freunde«, beschwichtigte Dr. Muratov seine Begleiter. Professor Al Mawardi und Dr. Shapourzadeh standen die Schweißperlen auf der Stirn.

»Diese alte Dame ist die Zuverlässigkeit in Person. Sie wird uns sicher an unseren Zielort bringen. Hat schon so manche Schlacht geschlagen, die Gute.«

»Sie scheinen ja von diesem fliegenden Fossil sehr überzeugt zu sein. Wo haben Sie dieses antike Schlachtschiff bloß aufgetrieben? Auf dem Schrottplatz?«

Dr. Muratov lachte herzhaft. »Sie werden staunen, was das gute Stück noch alles zu leisten vermag.«

Kurz nach der Mil Mi-8 startete auch der zweite Hubschrauber. In dem Kampfhubschrauber Mil Mi-24 D saßen acht Männer in voller Ausrüstung. Der Coach hatte den Platz des Co-Piloten eingenommen. Offenbar hatte er keinerlei Schwierigkeiten, sich mit dem Piloten zu verständigen.

»Woher kann der russisch?«, fragte Jeff.

»Keine Ahnung. Wundert mich aber nicht. Vielleicht ist der sogar Russe, weiß man's?«

»Wo fliegen wir überhaupt hin?«

»Nach Hollywood auf 'ne Promiparty mit Lady Gaga und Rhianna«, antwortete RoRo genervt. »Mann, bin ich Jesus? Kann ich übers Wasser laufen?«

»Hast ja recht. Fürs Fragenstellen werden wir nicht bezahlt«, sah Jeff ein.

Der Mil Mi-24 D sah aus wie eine verkrüppelte Libelle, war aber eine durchaus effektive Waffe. Für seine Größe zeigte er sich enorm wendig und schnell und war mit mehreren vierläufigen 12,7 mm Maschinengewehren bewaffnet, die alles niedermähten, was sich ihnen in den Weg stellte.

»Was wohl die ISAF dazu sagt, dass hier mal eben zwei russische Helikopter durch den Luftraum jagen?«, bemerkte Morgan Lampart.

»Den gesamten Himmel über diesem monströsen Land zu überwachen, ist gar nicht so einfach. Außerdem fliegen wir so tief, dass wir vom Radar gar nicht erfasst werden können«, antwortete Kees Schuitemans.

Morgan Lampart sah aus dem Fenster. Die Flughöhe betrug tatsächlich weniger als hundert Meter. Die Hubschrauber durchflogen tiefe, weite Täler und stiegen dann wieder hoch, um die nächste Bergkuppe zu überwinden. Kein Zweifel, die Maschinen unterflogen bewusst das Radar. Und selbst, wenn die ISAF-Techniker über Satellit die Helikopter entdecken sollten, was sehr wahrscheinlich war, würden sie nichts unternehmen, bevor nicht deutlich irgendeine Gefahr von ihnen ausging. Erst dann würden sie Abfangjäger in die Luft schicken.

»Wo soll's denn hingehen, Coach?«, rief Jeff dem Co-Piloten zu. Dabei musste er schon schreien, damit seine Stimme den Krach der Rotoren übertönte. Der Coach drehte sich um, und hob den Daumen. »Noch gut eine Stunde Flugzeit, bei günstigem Wind etwas schneller.«

»Gott sei Dank, dann sind wir von dieser Hämmorhidenschaukel erlöst«, frotzelte Jeff.

»**Hallo** Rico, wir müssen versuchen, Rasienkov in U-Haft zu nehmen. Kannst du mit Waffel reden? Der muss den Staatsanwalt überzeugen, dass Verdunkelungsgefahr besteht, wenn wir ihn gehen lassen. Immerhin ist mit seinem Wagen mindestens eine schwere Straftat verübt worden. Er hat keine Diebstahlanzeige erstattet und kann kein wasserdichtes Alibi für die Tatzeit vorweisen.«

»Wird nicht einfach, Jan, ich werde mein Bestes tun. Wo seid ihr jetzt?«

»Auf dem Weg in die Dimitroffstraße, sind gleich da.«

Jan beendete das Gespräch und wandte sich an Hannah: »Grigori wird wahrscheinlich eine Armada von Anwälten schicken. Du musst die in Empfang nehmen und ein bisschen Zeit herausschinden. Ich muss mir Rasienkov noch mal vorknöpfen.«

»Was hast du vor?«, ahnte Hannah Böses. Mittlerweile kannte sie seine manchmal zweifelhaften Methoden, einem Verdächtigen brauchbare Informationen zu entlocken.

»Das Übliche. Ich will ihn einfach nur mit ein paar Fakten konfrontieren, die mir Skutin lobenswerterweise ganz freiwillig zugetragen hat.

»Na gut, aber übertreib's nicht. Ich melde mich, sobald die hier aufgekreuzt sind.«

Kurz nach dem letzten Verhör hatte Rasienkov die Möglichkeit genutzt, seinen Chef anzurufen. Der wollte sich sofort um anwaltlichen Beistand bemühen, wenn der Russe wider Erwarten nicht frei kommen sollte.

Jan betrat die Zelle des Russen. Der diensthabende Beamte nahm vor der Tür Platz. Rasienkov war über diesen Besuch nicht gerade erfreut: «Wie lange wollen Sie mich hier noch festhalten? Sie haben keine Beweise für Ihre abstrusen Anschuldigungen. Was kann ich dafür, dass irgendwelche Autodiebe meinen Wagen stehlen und damit Straftaten begehen? Ich habe weder mit dem Überfall noch mit dem Rauschgift auch nur das Geringste zu tun.«

»So, haben Sie nicht? Ihr Kollege Skutin hat mir aber was anderes erzählt.«

Der Russe lachte dreckig: »Jetzt kommen Sie mir doch nicht mit dieser billigen Nummer. Die ist so alt wie Ihr faltiger Sack.«

»Wir haben Ihr Alibi überprüft. Die Dame war nicht sehr standhaft. Sehr unbedacht von Ihnen, sich ausgerechnet eine Nutte ohne gültige Papiere an Land zu ziehen. Außer 'ner kurzen Nummer auf dem Hotelzimmer direkt nach dem Essen war da nicht mehr viel. Nachdem die ihr Geld bekommen hatte, ist die junge Dame umgehend wieder abgehauen. Sie wusste sogar noch, dass sie den Bus um Viertel vor zehn genommen hatte. Dumm gelaufen, Rasienkov. Der jungen Frau war ihre Aufenthaltsgenehmigung wichtiger, als ihr sicher üppiges Honorar für die Bestätigung eines falschen Alibis.«

»Die spinnt doch, die Nutte. Wir haben gegen elf zusammen das

Hotel verlassen und sind zu ihr gefahren. Irgendwann gegen zehn Uhr morgens bin ich dann zurückgekommen, habe noch zwei Stunden geschlafen und nach einem kurzen Frühstück bin ich dann zusammen mit Grigori nach Leipzig gefahren. Das ist die Wahrheit.«

»Die Sie aber leider nicht beweisen können und das bedeutet, dass wir davon ausgehen müssen, dass Sie für die Tatzeit kein Alibi haben, mein Freund.«

»Dann beweisen Sie doch, dass ich zur Tatzeit in Leipzig war, wenn Sie das können.«

»Gemach, gemach. Alles zu seiner Zeit. Kennen Sie eine Jelina Muratova?«

Rasienkov zuckte merklich, als er den Namen hörte, verlor aber nicht die Fassung.

»Nie gehört«, antwortete er lapidar.

»Nein, das ist aber merkwürdig. Die arbeitet nämlich bei ihrem Freund Dr. Shapourzadeh.«

»Wer soll das denn jetzt wieder sein? »

»Das ist ihr Verbindungsmann zu Dr. Muratov.«

»Und wer bitte ist Dr. Muratov?«, spielte der Russe den Gelangweilten.

»Leugnen nutzt ihnen wenig. Wir haben Dr. Shapourzadeh überwachen lassen. Skutin ist des Öfteren bei ihm gewesen. Hat uns erzählt, er hätte ein Verhältnis mit der kleinen Muratova. Dumm nur, dass keiner der anderen Mitarbeiter in der Praxis davon etwas wusste. Sie waren der Meinung, dass die Kleine seit längerem schon einen deutschen Freund hat. Und jetzt kommt der Clou, Viktor: Nicht nur Skutin war öfter dort, sondern auch Sie.«

»Das ist doch alles Bullshit. Ich kenne den Mann überhaupt nicht.«

»Da hat Skutin aber was anderes verlauten lassen. Ach, übrigens, dem geht's im Moment gar nicht gut. Liegt mit gebrochener Nase und Patellafraktur im Krankenhaus. Und hat obendrein zwei Anzeigen wegen Körperverletzung am Hals.«

»Sie wissen doch, was eine Information, die mit Gewalt erzwungen wurde, wert ist. Nicht mal das Schwarze unter den Fingernägeln.«

»Oh, ist mir schon klar. Aber er hatte einfach nur keine Lust, den Kopf für Sie hinzuhalten, Viktor. Er hat gesagt, dass der schwarze

ML ausnahmslos von Ihnen gefahren wird. Den würden sie niemals einem Anderen anvertrauen. Er hat bestätigt, dass Sie mit ihrem Wagen in Berlin waren und er nicht, wie Sie erzählen, aus ihrer Garage geklaut wurde. Nachdem Sie die Kiste in den Graben gesetzt hatten, haben Sie sich von einem Ihrer Leute nach Berlin zurückfahren lassen. Wir haben am Lenkrad des ML ausnahmslos ihre Fingerabdrücke gefunden. Ein deutlicher Beweis für Skutins Aussagen.«

»Haben die Diebe wohl Handschuhe getragen«, konterte der Russe.

»Ja, wahrscheinlich. Genau wie Sie, als ich Ihnen die Makarov abgenommen habe.«

«Ich besitze keine Makarov.«

»Nicht mehr, Viktor. Die liegt bei der Spurensicherung. Sind außer meinen nur noch Ihre Fingerabdrücke drauf. Ach so, bevor ich's vergesse: Das Blut, dass wir im Wagen gefunden haben, weist Ihre Blutgruppe, die wir Ihren Papieren entnehmen konnten, auf. Sie haben doch A Negativ, oder? Müssen sich wohl im Eifer des Gefechts verletzt haben. Wäre nett, wenn Sie uns eine kleine Probe Ihres roten Saftes überlassen würden.«

»Einen Dreck werde ich tun. Ich kenne meine Rechte.«

Rasienkov sprang von seiner Pritsche auf.

»Setzen Sie sich wieder, Viktor«, forderte ihn Jan ruhig auf.

»Mir reicht's jetzt. Ohne meinen Anwalt sag ich gar nichts mehr.«

Der Russe verschränkte die Arme vor der Brust wie ein kleines trotziges Kind. Jan ging einen Schritt auf ihn zu und stieß ihm die flache Hand vor die Brust, so dass Rasienkov wieder auf der Liege zum Sitzen kam. Als dieser aus Protest sofort wieder hochschnellen wollte, versetzte ihm Jan, der sich kurz weggedreht hatte, einen kurzen, knackigen Schlag mit dem Ellenbogen auf die Nase. Nicht so stark, dass sie brach, aber immerhin sofort kräftig blutete.

»Oh, Entschuldigung, das tut mir leid. Moment«, Jan zog ein Bündel Papiertaschentücher aus seiner Hosentasche und wischte dem Russen das Blut aus dem Gesicht.

»Sie sind ja total übergeschnappt, Bulle. Das wird Folgen haben.«

»Ja, für Sie. Rasienkov, wenn wir Ihr Blut analysiert haben.«

Jan packte ein paar von den blutverschmierten Taschentüchern und klopfte an die Zellentür.

»Ach, Rasienkov, jetzt kennen Sie auch meine Rechte.«

»**Negativ,** Fingerabdrücke ja - Blut nein«, stellte Josie trocken fest.

»Was aber noch lange nicht beweist, dass er nicht dabei war.«

Josie zuckte mit den Schultern. »Keine Ahnung, Jan.«

»Rasienkov hat kein Alibi für die Tatzeit, er hat den vermeintlichen Autodiebstahl nicht angezeigt und wir haben Spuren von Drogen im Kofferraum gefunden. Das sollte eigentlich ausreichen, um ihn in Untersuchungshaft zu bringen.«

»Sehe ich auch so, aber ich fürchte, dem Staatsanwalt wird's nicht reichen.«

»Ich hätte darauf wetten können, dass das Rasienkov war, dem ich im Gerangel die Makarov abgenommen habe.«

»Hast du deine Kleidung, die du an dem Morgen getragen hast, schon gewaschen?«, erkundigte sich Josie. «Wenn nicht, her damit, aber schnell. Wenn du mit dem Typ Kontakt hattest, finden wir vielleicht auf deinen Klamotten, wonach wir suchen.«

»Gut, danke, Josie. Ich melde mich.«

Auf dem Flur des Präsidiums kam ihm Hannah entgegen. Ihr Gesichtsausdruck ließ nichts Gutes erahnen. »Tireshnikov sitzt mit zwei Anwälten bei Waffel. Rico hat sich mächtig ins Zeug gelegt, aber das wird wohl nichts nutzen. Der Staatsanwalt wird ihn gegen Auflagen entlassen.«

»War mir klar. Wir haben nur Indizien, keine Beweise. Wir müssen unbedingt herausfinden, auf welchem Weg sie die Drogen ins Land bringen.«

»Sag mal, hast du eigentlich schon mal Kaviar gegessen?«, fragte Hannah.

»Was? Wieso fragst du?«

»Na, ich jedenfalls noch nie, soweit ich mich erinnere. Und ich kenne auch nicht viele, die regelmäßig diese ekligen Fischeier verzehren.«

»In Hamburg haben wir zwar viel Fisch gegessen, aber Kaviar stand sicher nicht regelmäßig auf den Speiseplan. Ab und zu hat mein Vater mal welchen mitgebracht. Aber worauf willst du eigentlich hinaus?«

»Als wir in Tireshnikovs Lager waren und er uns die Unmengen von Paletten mit Kaviardosen präsentiert hat, habe ich mich schon gefragt, wer zum Teufel diesen ganzen Scheiß eigentlich frisst? Das ist doch Wahnsinn. Demnach müssen ja fast alle Bundesbürger dreimal die Woche Kaviar essen. Der Kerl hat erzählt, dass er ein paar hundert Tausend Euro pro Monat mit dem Zeug verdient. Wer bitte kauft diesen schweineteuren Mist? Du nicht, Ich nicht, Rico nicht, Waffel nicht, Josie nicht, ich kenne ehrlich gesagt überhaupt keinen, der das tut.«

»Na ja, ein paar Leute wird's schon geben. Aber du hast recht. Im Grunde ist Kaviar in Deutschland kein alltägliches Genussmittel. Das Zeug bekommst du nur in einigen wenigen Feinkostläden.«

»Und dann sicher nicht in diesen Mengen. Der Russe hat auf die Paletten gezeigt und gesagt, dass er damit unglaublich viel Geld verdient. Vielleicht hat er gar nicht den Kaviar gemeint.«

»Ja, aber mir ist nicht bekannt, dass er mit Holzpaletten handelt«, scherzte Jan.

»Wohl kaum. Es geht um den Inhalt dieser Dosen. Ich bezweifle langsam, dass da auch überall wirklich Kaviar drin ist. Wenn doch, könnte es dann sein, dass außer den Fischeiern vielleicht noch was Anderes darin enthalten ist?«

»Du meinst, der schmuggelt das Rauschgift in Tüten, die unter den Kaviar gemischt sind?«

»Nein, Jan. Der Zoll hat mir bestätigt, dass sie immer wieder Stichproben nehmen und befugt sind, die ein oder andere Dose zu öffnen. Selbst das routinemäßige Scannen der Ware war immer ergebnislos. Auch die Hunde haben niemals irgendetwas aufspüren können.«

»Na, dann haben sie entweder mit ihren Proben Pech gehabt, oder es ist tatsächlich ausschließlich Kaviar in den Dosen.«

»Vor ein paar Jahren haben die Kollegen irgendwo in Bayern mal einen Drogentransport hochgenommen. Allerdings eher aus Zufall. Der Zoll hat die Kerle jahrelang durchgewunken, bis irgendwann mal eine Dose mit irgendwelchem Gemüse bei einer Routinekontrolle auf den Asphalt geknallt ist. Dabei sprang der Boden raus und der Schnee verteilte sich mitten im Sommer fein säuberlich auf dem Rastplatz. Die Zollbeamten erklärten später, dass der

Eigengeruch des Gemüses so stark war, dass die Hunde das Heroin, das fein säuberlich und ultraflach unter einen zweiten Boden gepresst worden war, nicht wittern konnten. Zudem hatten sie die Tüten mit dem Zeug in irgendein geruchloses Gel getaucht, um sicher zu gehen, dass die Hunde nicht anschlagen.«

»Und du meinst, das könnten unsere Freunde ebenso machen. Ein zweiter Boden in den Kaviardosen, unter denen das Heroin versteckt wird?«

»Keine Ahnung. Aber möglich wär's. Sollten wir auf jeden Fall mal überprüfen.«

Afghanistan ist eine Region mit völlig unterschiedlichen Klimazonen und den nahezu extremsten Klimaverhältnissen auf unserem Planeten. Die Temperaturen in den Wüsten des Südens können bis zu fünfundfünfzig Grad Celsius betragen. Dagegen kann es im Hochland Zentralafghanistans bis zu minus sechzig Grad Celsius kalt werden. Jan bekam noch heute Schüttelfrost, wenn er an die eiskalten Nächte dachte, in denen sie in den Bergen auf Patrouille waren. In den Höhen des Hindukusch und des Pamir prägen ewiges Eis und Schnee das Landschaftsbild. In den Beckenlandschaften von Ostafghanistan herrscht dafür ein subtropisches Klima mit gemäßigten Wintern. Da das Land im Trockengürtel Zentralasiens liegt, gibt es im Sommer und im Herbst kaum Niederschläge. Dann fegen starke, trockene Winde über das Land. Heiße Tage wechseln sich mit zum Teil eiskalten Nächten ab. Die Temperaturunterschiede können innerhalb eines einzigen Tages bis zu vierzig Grad Celsius betragen. Wenn Jan mit seinen Männer in den Bergen des Hindukusch im Einsatz war, litten sie oft tagsüber unter extremer Hitze und in der Nacht mussten sie sich gegen eisige Kälte schützen.

Nach fast zwei Stunden Flugzeit setzten die Hubschrauber zum Landeanflug auf Bamyan an. Die Stadt liegt etwa auf 2.800 Meter Höhe und gehört zur Region Hazarajat. Mit seinen 60.000 Einwohnern zählt Bamyan zu den größeren Städten des Landes. Auf dem Flugfeld des Bamyan Airports warteten schon zwei Lkw sowie ein großer Geländewagen.

»Wo sind wir hier?«, fragte Jeff.

Der Coach versammelte seine Männer an dem kleineren Lkw.
»So, Männer, wir sind in Bamyan. Der Truck bringt uns jetzt in unser Quartier. Dort werden wir uns gewissenhaft auf den letzten Testlauf vorbereiten.«

Während die Männer auf die Ladefläche des Trucks kletterten und dort auf den seitlich angebrachten Holzbänken Platz nahmen, entluden Helfer den Transporthubschrauber und verfrachteten die Ladung auf den zweiten, größeren Lkw. Professor Al Mawardi, Dr. Shapourzadeh und Dr. Muratov bestiegen den Geländewagen. Der afghanische Fahrer wartete, bis die Fracht auf dem Laster verladen war und setzte sich dann an die Spitze des Konvois. Eine halbe Stunde später erreichten sie ihr neues Ziel. Vor ihnen lag etwa zwei Kilometer außerhalb der Stadt gelegen, ein ähnliches Areal, wie sie es in Mazari Sharif vorgefunden hatten: Ein großer von hohen Mauern umgebender Hof und flache Steinhäuser, in der Nordwestecke thronte eine Art Wachturm.

Mittlerweile war es bereits achtzehn Uhr Ortszeit. Die Sonne ging langsam unter und die Abenddämmerung setzte mit einem wunderschönen, sich dunkelrot färbenden Himmel ein. Mit fast neunzehn Grad war es noch angenehm warm. Die Räumlichkeiten waren einfach und nicht sehr komfortabel. Kein Vergleich zu dem puren Luxus, den sie in Mazari Sharif erleben durften. Die Männer lagen zu Viert in einem Quartier, es gab für alle nur einen einzigen Waschraum. Das Wasser musste in Eimern aus einem Reservoir auf dem Hof geholt werden.

»Vom Fünf-Sterne-Hotel in eine verfallene Jugendherberge. Was für ein Abstieg«, meinte Morgan Lampart.

»Gehört wohl mit zu unserem Testprogramm«, ergänzte Kees Schuitemans.

Gegen neunzehn Uhr versammelte sich die Gruppe in einem zentralen, ovalen und fensterlosen Raum in der Mitte des Gebäudes. Die Tische waren reichlich gedeckt. Viel Obst, dazu Fleisch, Kartoffeln und Gemüse. Auf einem Sideboard war ein Buffet angerichtet. Salate und süße Nachspeisen im Überfluss. Wer wollte, konnte sich vorher aus einem großen Tontopf mit einer kräftigen Rinderbrühe stärken. Zum Essen wurde Apfelsaft, Wasser, Kaffee und Tee gereicht. Die Männer waren erleichtert. Wenigstens die Verpflegung hatte nicht an Qualität verloren. Nach dem Essen erhob sich Professor Al Mawardi: »Wir werden heute Nacht zu unserem letzten, aber auch entscheidenen Feldversuch aufbrechen. Bisher und das sage ich nicht ohne gewissen Stolz, war unsere Mission ein voller Erfolg. Die Testergebnisse waren durchweg zufriedenstellend, es waren keinerlei Nach- oder Nebenwirkungen der getesteten Medikamente zu verzeichnen. Deshalb gehe ich davon aus, dass wir alle gesund und munter in unsere Heimat zurückkehren werden. Dort wird ihnen dann umgehend die zweite Rate ihres Honorars ausgezahlt. Allerdings wird die morgige, letzte Aufgabe sicher die Schwierigste. Dazu werden uns die Hubschrauber in den frühen Morgenstunden in das Einsatzgebiet in die Berge der Provinz Parvan bringen, um einen simulierten, komplexen und sowohl alle körperlichen und geistigen Kräfte benötigenden Kampfeinsatz zu absolvieren. Anschließend werden wir von dort aus umgehend und ohne Verzögerung die Heimreise antreten. Die Auswertung der Ergebnisse werden wir sofort nach Abschluss in unserer ersten Zwischenstation in Islamabad durchführen. Von dort aus fliegen wir direkt zurück nach Deutschland. Sie werden gegen ein Uhr Ortszeit geweckt und dann von Frau Dr. Shapourzadeh und Dr. Muratov auf ihren Einsatz vorbereitet. Um Punkt drei Uhr früh bringen uns die Hubschrauber zum Zielort. Alle weiteren wichtigen militärischen Anweisungen gibt ihnen der Coach vor Ort. Um einigermaßen ausgeschlafen an die Aufgabe zu gehen, möchte ich sie bitten, sich unmittelbar nach dem Essen auszuruhen und noch ein paar Stunden zu schlafen.«

»Wer Probleme hat einzuschlafen, kann sich bei mir melden.«

Plötzlich entlud sich ein lautes, herzhaftes Gelächter im Raum.

»Bitte zuerst zu mir, Frau Doktor. Ein bisschen Kuscheln vor dem Einschlafen wäre nicht schlecht«, grölte Jeff Hunter.

Die Ärztin lief rot an. »So hab ich das natürlich nicht gemeint«, musste sie dann aber auch schmunzeln.

»Sie können von mir ein paar Schlaftabletten bekommen, mehr sicher nicht, meine Herren. Sie werden alle ihre Kräfte noch dringend benötigen.«

Kurz vor Sonnenaufgang begann der Abmarsch in Kabul. Eine multinationale Marschkolonne von ISAF-Streitkräften setzte sich mit dem Ziel Kundus in Bewegung. Die Truppe hatte den logistischen Auftrag, die 365 Kilometer lange Strecke durch das Gebirge zu beobachten und zu sichern. Die ISAF wollte auf dieser wichtigen Nord-Süd Verbindung durch den Hindukusch militärische Präsenz zeigen. Gerade auf dieser Hauptverkehrsader kam es immer wieder zu Anschlägen der Taliban, bei denen Soldaten verletzt und getötet wurden. Zuletzt hatten die Terroristen auf dieser Straße einen Konvoi mit Bundeswehrsoldaten überfallen und drei Soldaten getötet. Auf dem Motmarsch vom ISAF-Hauptquartier in Kabul in den Nordwesten nach Kundus befanden sich zwanzig zum Teil schwer gepanzerte Fahrzeuge und neunzig Soldaten aus den USA, Deutschland und den Niederlanden. Für die 365 Kilometer lange Wegstrecke waren dreizehn Stunden eingeplant, die die Truppe mit angespannter Aufmerksamkeit und fertiggeladenen Waffen zurücklegen würde. Die Männer wussten, dass nahezu hinter jedem Felsvorsprung die Gefahr lauerte. Die Menschen, denen sie in den kleinen Ortschaften, durch die die Straße führte, begegneten, waren zumeist afghanische Bauern und Hirten, konnten aber genauso gut getarnte Kämpfer der Taliban sein. Der Auftrag war anstrengend und gefährlich. Jede Sekunde konnten Granaten explodieren und Schüsse fallen, ohne dass der Gegner sofort zu lokalisieren war. Auf diesem Terrain waren die ortskundigen Taliban im Vorteil. Sie wussten ganz genau, wann und wo sie möglichst effektiv zuschlagen konnten. Ihr Problem war, dass ihre Waffen, meist russischer Bauart, immer weniger wurden und meistens total veraltet waren. Trotzdem waren gerade die Heckenschützen, die sich in den Felsen oberhalb der Straße einnisteten, von tödlicher Gefahr. Selbst ihre nicht mehr ganz neuen VAL-Scharfschützengewehre, die sie in den Achtzigern von den Russen erbeutet hatten, waren noch gut genug, um auf hundert Metern Entfernung jedes Ziel zu treffen.

Um Punkt ein Uhr ertönte das Wecksignal. Die Männer standen auf, wuschen sich mit dem eiskalten Wasser vom Hof und machten ihre Ausrüstung einsatzbereit. Nach einem kurzen, aber ausgiebigen Frühstück mit Obstmüsli, Kaffee und Tee versammelte sich die Mannschaft im Quartier von Dr. Igor Muratov. Jeff Hunter, Roderick Rosenberg, Morgan Lampart, Kees Schuitemans, die beiden Norweger Jan Aage Quist und Olebjörn Dahl sowie die syrischen Ex-Marines William Fadi Bin Hammad und Robert Ibrahim Al Mawardi.

»Bitte machen sie ihren rechten Arm frei«, bat Frau Dr. Fatima Shapourzadeh jeden einzelnen Mann. Dr. Muratov zog die Spritzen mit jeweils etwa zwanzig Milligramm Flunitrazepam sowie einer Beimischung aus Drogenextrakten und geringen Mengen eines in Russland entwickelten Cocktails aus verschiedenen Psychopharmaka auf. Diese Mixtur, die bei Warren Fisherrman noch nicht optimal zusammengesetzt war, hatte bisher ausnahmslos bei allen Probanden hervorragende Ergebnisse geliefert. Schon etwa eine Viertelstunde nach der Injektion ließen sich die Männer problemlos hypnotisieren. Die Ärzte erlangten so die Kontrolle über das Bewusstsein der Männer, die durch die Medikamente den Zustand einer gezielten Persönlich-keitsspaltung erreicht hatten: Sie wurden von Dr. Jeckyll zu Mr. Hyde. Jetzt konnte die Phase der Gehirnwäsche beginnen. Die Männer wurden in kurzen Abständen nacheinander in einen Nebenraum geführt, auf einen Stuhl gesetzt, mit Lederriemen fixiert und mit starken Scheinwerfern geblendet, um nichts zu sehen, außer gleißendes Licht. Dort übernahm Professor Al Mawardi mit der Unterstützung des Coaches die Aufgabe, die Männer gezielt zu manipulieren. »Du kämpfst für dein Land, für deine Familie und dein Leben. Der Feind will dir alles nehmen, was dir lieb und teuer ist, er will dich vernichten.«

Sie sprachen laut und deutlich. Ihr Befehlston war unmissverständlich.

»Der Gegner ist brutal und hinterhältig, ohne jegliches Mitgefühl. Er verfolgt nur ein Ziel: Er will dich mit allen Mitteln zerstören, dich und deine Familien auslöschen. Er ist der Teufel, der Satan, der alles Leben vernichten will. Du musst ihn aufspüren und töten ohne Gnade walten zu lassen.«

Geradezu gebetsmühlenartig predigten sie die letzten beiden Sätze: »Du musst ihn auslöschen. Für immer und ewig. Du musst ihn...«

Diese letzte Sequenz wurde mindestens zehnmal wiederholt, wenn sie es für nötig hielten, noch öfter. Dabei sollten exakt diese letzten Sätze die Wortfolge bilden, die den Schlüsselreiz zum Töten beim Probanden auslösen sollten. Der durch gezielte Gehirnwäsche manipulierte Soldat sollte durch diese bestimmte Wort- und Satzfolge willenlos gemacht und zur Ausführung der ihm aufgetragenen Befehle bewegt werden. Voraussetzung war jedoch, dass der Schlüsselreiz kurz und prägnant war, keinesfalls zu komplex. »Du musst ihn auslöschen. Für immer und ewig!«

Der Hypnotiseur muss seinen Probanden in jedem Falle mit einer in sich schlüssigen Geschichte konfrontieren. Dieser sollte möglichst exakt die Umstände der Tat kennen, die er begehen soll. Die Suggestionen müssen tief in seinem Gehirn verankert sein. Allerdings darf ihm nichts unrealistisch oder gar absurd erscheinen. Aus der Sicht des Manipulierten müssen seine Taten konsequent und logisch erscheinen. Die ersten Versuche in den USA und in Deutschland waren ein voller Erfolg, auch wenn der Test in Chicago schief gelaufen war. Aber aus diesem Fehler hatten sie gelernt. Sie mussten auf das Geschlecht, die Größe und das Gewicht des Probanden bei der Stärke der Medikamentendosis Rücksicht nehmen. Für einen Brocken von Kerl wie Warren Fisherman war die Dosis bei weitem zu gering gewesen. Die Wirkung ließ bereits während der Ausführung der Tat nach. Deshalb hat er nach seinem Fehlschuss jegliche Konsequenz vermissen lassen und nicht nachgesetzt. Wahrscheinlich wäre es im Zustand der vollständigen Hypnose gar nicht erst zu einem solchen Zwischenfall gekommen. Er war schlicht und einfach zu früh aufgewacht und hatte realisiert, was er da gerade tat. Verwirrt hatte er die Flucht ergriffen. Offensichtlich bewirkte die Verabreichung einer zu geringen Dosis auch, dass das Erinnerungsvermögen des Probanden nicht vollständig ausgelöscht wurde.

Dies alles würde jetzt mit Sicherheit nicht mehr passieren. Die Ärzte hatten fünf Tage Zeit gehabt, um für jeden einzelnen Soldaten die passende Mixtur zu ermitteln. Keiner von ihnen war zu früh aus seinem Zustand aufgewacht. Allen fehlte danach jegliche Erinnerung an die Zeit zwischen Injektion und Erwachen.

Nach dem Roderick Rosenberg als letzter den Stuhl verlassen hatte, gab der Coach die Anweisung, den Hubschrauber zu besteigen. Dabei fiel den Soldaten gar nicht mehr auf, dass die beiden Syrer nicht behandelt worden waren. Mit Tunnelblick und ohne ein Wort zu sprechen, bestiegen neun Soldaten den Kampfhubschrauber Mil Mi-24 D. Die Männer registrierten auch nicht mehr dessen schwere Bewaffnung. Alle Maschinengewehre waren geladen und mit ausreichend Munition versehen. Jeweils zwei Lenkraketen waren in den Abschussvorrichtungen an beiden Flanken des Helikopters befestigt. Im Innerraum waren vier weitere Raketen am Boden arretiert. Daneben standen vier große Kisten mit Sprengstoff, Zeitzündern und den dazugehörigen Verkabelungen. Auf den Kisten lagen je zwei Granatwerfer und mindestens vier panzerbrechende Waffen. Zwei schwere, bewegliche Maschinengewehre vervollständigten die Bewaffnung. Alle Männer waren mit Schnellfeuerwaffen ausgerüstet. Die vier *Sniper* hatten zudem jeweils ein MacMillan Scharfschützengewehr dabei. Alles in allem eine Bewaffnung, die dazu ausgereicht hätte, den dritten Weltkrieg zu entfachen.

Doch dies alles schienen die Männer nicht mehr zu realisieren. Sie wirkten konzentriert und waren total auf ihren Einsatz fokussiert. Alles, was es jetzt noch brauchte, um aus ihnen brutale Killermaschinen werden zu lassen, waren zwei kurze, prägnante Sätze.

Fünf Minuten, nachdem der erste Hubschrauber gestartet war, verließ auch der Transporthubschrauber Mil Mi-8 den Bamyan Airport. An Bord waren neben den beiden Piloten Professor Al Mawardi, Dr. Shapourzadeh und Dr. Muratov. Nach einer Dreiviertelstunde Flugzeit hatten sie gegen 3.45 Uhr ihr Ziel erreicht. Sie landeten auf einer kleinen Ebene im Hindukuschgebirge nahe der kleinen Ortschaft Gowarah Sang in der Provinz Parvan. Der auf einer Höhe von 3100 Metern gelegene Ort lag direkt an der Nordwestverbindung zwischen Kabul und Kundus, etwa fünfundachtzig Kilometer entfernt von der afghanischen Hauptstadt. Direkt an dieser Stelle vorbei führte die A76, die sich kurvenreich noch einige Meter in die Höhe schraubte, bevor sie nach der Durchfahrt durch den Salang Tunnel, der auf 3.400 Meter Höhe lag, wieder bergab verlaufen würde. Nördlich der Ortschaft bildete die schmale Straße eine Doppelserpentine, mit einer Haarnadelkurve, durch die die Fahrzeuge nur noch im Schritttempo vorankamen.

Nachdem der Mil Mi-8 seine drei Passagiere abgesetzt hatte, hob er sofort wieder ab, um sich ein paar Kilometer entfernt in einen sicheren Verfügungsraum zurückzuziehen. Sollte der Kampfhubschrauber im Einsatz zerstört werden, musste der Transporthubschrauber alle Überlebenden so schnell wie möglich aufnehmen und sicher aus dem Kampfgebiet bringen. Professor Al Mawardi und seine beiden Begleiter bezogen oberhalb der Ortschaft auf einem Felsvorsprung Stellung, um die bevorstehende Operation aus sicherem Abstand zu verfolgen. Sie hatten Feldstecher und Nachtsichtgeräte dabei, um auch in der aufkommenden Morgendämmerung alles genau beobachten zu können.

Kurz vor vier Uhr begannen Jeff Hunter, Roderick Rosenberg und die beiden Norweger auf Befehl des Coaches die Straße auf einer Länge von zweihundert Metern zu verminen. Alle fünf Meter legten sie jeweils links und rechts der Straßenmitte ultraflache Tellerminen aus, die sie mit etwas Sand bedeckten. Aber auch ohne Tarnung waren die kleinen, schwarzgrauen Rundlinge kaum sichtbar. Um zu vermeiden, dass es die Falschen trifft, wurden die Minen mit einem Sender versehen, der sie per Funkfernbedienung scharf schalten konnte. Allerdings war es unwahrscheinlich, dass in den frühen Morgenstunden bereits Fahrzeuge diesen Engpass befahren würden. Das Risiko, hier vom Weg abzukommen, war in der Dunkelheit viel zu groß. Und bis etwa sechs Uhr morgens würde es hier stockfinster bleiben. Trotzdem hatten sich an den Enden dieses zweihundert Meter langen Abschnittes die beiden Syrer auf einen Beobachtungsposten begeben, um die Männer zu warnen, sobald sich jemand näherte. Sie waren mit Maschinepistolen und jeweils einem Raketenwerfer bewaffnet. Der Coach und Morgan Lampart hatten sich auf der Mitte des zweihundert Meter langen Straßenabschnittes etwa fünfzig Meter auf einer Anhöhe zu beiden Seiten postiert, um dort jeweils ein mobiles Maschinengewehr zu installieren und die panzerbrechenden Waffen und Granatwerfer in Stellung zu bringen. Wenn die Norweger mit der Verminung der Straße fertig waren, würden sie die beiden Männer an den Flanken verstärken. Jeff Hunter und Roderick Rosenberg sollten ein paar Meter jeweils links und rechts neben der Straße in Deckung gehen und die Minen scharf schalten. Jeder von ihnen hatte einen Auslöser in der Hand, falls einer versagen würde. Im Moment noch wollten sie den Abstand zwischen Minen und Funkauslöser möglichst gering halten. Bei mehr als hundert Metern Zwischenraum, bestand die Gefahr, dass das Signal zu schwach wurde. Nach Sprengung der Minen würden sie ebenfalls sofort auf die höhergelegenen Stellungen klettern und ihre Kameraden unterstützen. Noch hielten sechs der neun Soldaten alles für eine Übung.

Sie gingen davon aus, dass die Minen Attrappen waren und alle anderen Waffen nur mit Übungsmunition bestückt waren. Eben genau so, wie sie es in den vier Tagen vorher trainiert hatten. Dass sie auch da schon scharf geschossen hatten, hatten sie, wie beabsichtigt, vergessen. Sie konnten sich einfach nicht mehr daran erinnern. Um kurz nach fünf Uhr waren alle Vorbereitungen beendet. Jeder hatte seine Aufgabe erledigt. Alle hatte ihre Positionen eingenommen. Über Headset waren alle Männer miteinander verbunden, aber niemand sprach ein Wort.

Um kurz vor sechs Uhr meldete William Fadi Bin Hammad in einer Entfernung von ungefähr fünfhundert Metern das Aufleuchten von Scheinwerfern und Geräusche schwer arbeitender Dieselmotoren. Der Coach atmete einmal tief durch und brach die Funkstille. Klar und deutlich ließ er die Wortfolge verlauten, die die sechs Männer innerhalb von Sekunden von normalen Soldaten zu brutalen Killermaschinen mutieren lassen würden: »Du musst ihn auslöschen! Für immer und ewig! Du musst ihn auslöschen! Für immer und ewig! Du musst ihn auslöschen! Für immer und ewig!...«

Dem Kegel des Scheinwerferlichts folgend bog im Schritttempo ein gepanzertes Aufklärungsfahrzeug in die Linkskurve zur Serpentine ein. Im Abstand von etwa zwanzig Metern folgte ein Zweites. Das Führungsfahrzeug war ein Humvee, auf dessen Dach ein Maschinengewehr installiert war. Der Schütze beobachtete mit einem Nachtsichtgerät aufmerksam die Umgebung. Vor der scharfen Haarnadelkurve kam das gepanzerte Fahrzeug fast zum Stehen. Langsam aber sicher näherten sich die nachkommenden Fahrzeuge und fuhren dabei immer dichter auf. Hinter dem Humvee folgten zwei brandneue fast fünfzehn Tonnen schwere M-ATV. Dieses Allzweckfahrzeug mit Panzerung war der Nachfolger des altgedienten Humvees. Obwohl er weitaus schwerer war als sein Vorgänger und viel stärker gepanzert, erwies er sich doch um einiges wendiger. Auch das neue All-Terrain-Vehicle der U.S.-Army war je mit einem Maschinengewehr auf Lafette bewaffnet. Dicht dahinter fuhren deutsche Eagle IV der Bundeswehr, wieder gefolgt von einigen weiteren M-ATV. Als der Humvee sich aus der Haarnadelkurve geschlängelt hatte und gerade wieder beschleunigen wollte, kam ihnen William Fadi Bin Hammad entgegen, beidhändig einen riesigen Scheinwerfer schwenkend. Der Humvee stoppte und richtete seine Suchscheinwerder auf den Syrer.

»Stop, Stop!«, rief Bin Hammad so laut er konnte und bewegte weiter seine Warnleuchte. »Hundert Meter voraus ist eine Gerölllawine auf die Strasse heruntergegangen und hat sie unpassierbar gemacht. Wir sind dabei, zu räumen«, rief er im akzentfreien New Yorker Englisch dem Soldaten zu, der aus der Dachluke des Humvees ragte, um das Maschinengewehr zu bedienen. »Kann noch ein paar Minuten dauern.«

Als dieser die Uniform des Marine erkannte, gab er die Nachricht an seinen Kommandeur im Fahrzeuginneren weiter. Es begannen bange Sekunden des Wartens. Der Konvoi hatte mittlerweile, wie geplant, haargenau auf dem verminten zweihundert Meter langem Straßenabschnitt im Abstand von etwa zehn Metern zwischen den einzelnen Fahrzeugen gehalten. Noch befand sich der Syrer zu nahe an dem Humvee. Jeff Hunter zögerte. Eine Sprengung hätte ihn vermutlich mit in den Tod gerissen. Fadi Bin Hammad wusste das und begann, langsam aber flüssig rückwärts zu gehen. Er hatte noch etwa fünfzig Meter bis zu seinem Raketenwerfer zurückzulegen. Während er sich auf dem Rückzug befand, bewegte sich der Humvee nicht von der Stelle. Scheinbar berieten die Soldaten, was jetzt zu tun sei. Noch zwanzig Meter bis zum Raketenwerfer. Plötzlich tauchte der MG-Schütze wieder aus dem Dach des Hunvees auf und rief dem Syrer etwas zu. Fadi Bin Hammad ignorierte das Rufen und sprintete die letzten zehn Meter Richtung Raketenwerfer. Im gleichen Moment prasselte eine Salve aus dem Maschinengewehr des Humvees, die kurz vor dem Syrer in den Asphalt einschlug. Der schnappte sich im Flug den Raketenwerfer und sprang seitlich von der Straße.

»Feuer!«, brüllte der Coach. Was jetzt passierte, war kein fairer Kampf, sondern glich einem Gemetzel. Die ISAF-Soldaten saßen in der Falle. Unter dem Konvoi explodierten gleichzeitig punktgenau achtzig Tellerminen und ließen die Fahrzeuge trotz ihres Gewichtes und ihrer schweren Panzerung durch die Luft fliegen wie Spielzeugautos. Einige wurden ein paar Meter weit geschleudert, andere kippten auf die Seite und überschlugen sich mehrfach. Ausnahmslos alle zwanzig Fahrzeuge fingen sofort Feuer. Fadi Bin Hammad hatte sich wieder aufgerappelt, seinen Raketenwerfer geschultert und das erste Geschoss auf den vorderen Humvee, der seitlich auf der Straße lag, abgefeuert. Das Fahrzeug explodierte mit einem riesigen Feuerball. Im selben Moment tauchte aus Richtung Norden der Kampfhubschrauber Mil Mi-24 D auf, schoss seine Raketen zielgenau auf den Konvoi und drehte wieder ab. Verzweifelt versuchten sich die Männer aus den brennenden Fahrzeugen zu befreien. Von den Flanken deckten die beiden Norweger, Morgan Lampart und der Coach die Soldaten, die sich aus den Flammen retten konnten, mit Maschinen-gewehrsalven und Granatwerfern ein. Die Szenerie erinnerte an den Überfall der Japaner auf Pearl Harbour, der die Amerikaner damals vollkommen unvorbereitet getroffen hatte. Für die ISAF-Soldaten gab es aus diesem flammenden Inferno kein Entkommen mehr. Zwei Bundeswehrsoldaten schafften es, sich aus einem der hinteren Eagles zu befreien und entkamen mit etwas Glück dem Kugelhagel, der auf sie niederging. Sie liefen die Straße abwärts zurück und wollten es bis hinter die nächste Kurve schaffen. Doch da lauerte bereits Ibrahim Al Mawardi und mähte die beiden mit seiner Maschinenpistole gnadenlos nieder. Um 6.25 Uhr war alles vorbei.

Die ersten Sonnenstrahlen bahnten sich ihren Weg durch die Berggipfel. Aus tosendem Kampflärm war von einer zur anderen Sekunde Totenstille geworden. Nur das Knistern der Flammen war noch zu hören. Der Coach wies seine Männer über Headset an, auf die Straße zu gehen und nach Überlebenden zu suchen. Nach zehn weiteren Minuten war klar: Alle neunzig ISAF-Soldaten waren dem Hölleninferno zum Opfer gefallen. Die meisten waren elendig in ihren Fahrzeugen verbrannt. Einige wenige lagen in ihren Blutlachen erschossen auf dem Asphalt. Etwa einhundert Meter oberhalb der Szenerie hatten Professor Al Mawardi, Dr. Shapourzadeh und Dr. Muratov das Massaker beobachtet. Niemand sagte ein Wort. Obwohl die Operation perfekt und auf den Punkt gelungen war, waren sie in Anbetracht der Bilder, die sich ihnen darboten, vollkommen geschockt. Die Effektivität und die Brutalität der von ihnen geschaffenen Killermaschinen war beängstigend. Dr. Muratov war der Erste, der das Schweigen brach. »Professor, Sie müssen den Hubschrauber ordern. Wir müssen hier weg und zwar sofort.«

Für einen Moment starrte der Professor ihn mit leerem Blick vollkommen teilnahmslos an. Er war noch nicht aus seiner Schockstarre erwacht. Unterdessen sammelten sich die Männer auf der Straße, nachdem sie die Waffen aus den Anhöhen wieder nach unten transportiert hatten. Von den Hubschraubern war noch nichts zu hören und zu sehen.

»Verdammt, was machen die da oben?«, rief der Coach. »Wenn wir hier nicht augenblicklich verschwinden, kriegen wir Besuch von ein paar F-35. Die patrouillieren in diesem Gebiet routinemäßig und werden uns wahrscheinlich gleich entdecken.«

Etwa fünf Minuten später landete der Transporthubschrauber Mil Mi-8 direkt auf der Straße einige Meter nördlich des Kampfszenarios. Die Männer verstauten provisorisch die Waffen und sprangen in die geöffnete Ladeluke. Etwa zweihundert Meter südlich stolperten die drei Ärzte den Hang herunter. Der Professor hatte sichtlich Mühe Schritt zu halten.

»Holt sie«, wies der Coach die beiden Norweger an. Im gleichen Moment schoss mit lauten Getöse eine F-35 im Tiefflug über Gowarah Sang hinweg. Jan Aage Quist schulterte den Professor und hievte ihn in den Hubschrauber. Dreißig Sekunden später hob die Mil Mi-8 ab und stotterte sich knatternd wie eine alte Harley, in den mittlerweile strahlend blauen Morgenhimmel.

»Die haben uns gesehen. Das kann heikel werden«, warnte einer der Piloten.

»Ich weiß«, antwortete der Coach. »Wenn wir jetzt Richtung Kabul fliegen, laufen wir denen geradezu ins offene Messer. Wir müssen in den Bergen bleiben und fast über den Boden kriechen. Das ist unsere einzige Chance. Wir müssen versuchen, durch den Hindukusch in nordöstlicher Richtung nach Tadschikistan zu fliegen und wenn wir die Grenze überquert haben, Kurs auf Duschanbe zu nehmen.«

»Und wo wollen Sie den Treibstoff herbekommen? Wir können von Glück reden, wenn wir es überhaupt bis zur Grenze schaffen. Dieses voll beladene Ungetüm immer wieder intervallmäßig zwischen Berg und Tal zu bewegen, kostet fast doppelt so viel Sprit, wie konstant in drei- bis viertausend Meter Höhe zu fliegen.«

Die Aussagen des Piloten leuchteten ein. Der Coach wollte den Professor nach seiner Meinung fragen. Doch der kauerte wie ein Kleinkind vollkommen paralysiert und zu keinem klaren Gedanken fähig in der Ecke der Rückbank.

»Also gut«, traf der Coach die Entscheidung. »Wir müssen das Risiko eingehen. Rauf mit dem Kasten.«

»**Sind** Sie eigentlich komplett wahnsinnig, Bauer? Ich hoffe für Sie, dass Sie lediglich unfähig sind, das könnte man dann noch zu ihrer Entlastung vorbringen. *Sie* sind Schuld, dass da heute Nacht neunzig Soldaten brutal abgeschlachtet wurden. Sind Sie sich darüber eigentlich im Klaren? Wieso haben Sie nicht das getan, was ich Ihnen befohlen habe? Sind Sie taub oder einfach nur dämlich?«

Chief Broderick brüllte so heftig, dass seine Halsschlagader anschwoll wie ein Gartenschlauch. Tom wusste, dass er jetzt am besten gar nichts sagte, sondern warten musste, bis der knallrote Kopf des Chiefs wieder einen einigermaßen normalen Farbton angenommen hatte. Ganz unrecht hatte sein Chef nicht. Aber selbst ein Special Agent der CIA konnte die Vorschriften der internationalen Schutztruppen in Afghanistan nicht mal so eben außer Kraft setzen. Er hatte alle Hebel in Bewegung gesetzt, um die sogenannte schnelle Eingreiftruppe so zügig wie möglich nach Mazari Sharif zu beordern. Er hatte sogar erreicht, dass mit Colonel Kenneth Bloomfield ein Marine die Einsatzleitung übernommen hatte. Die Truppe scharrte mit den Hufen, wartete aber lange Zeit vergeblich auf den Marschbefehl, weil irgend so ein Sesselfurzer in der ISAF-Kommandatur erst den Papierkram erledigen musste. Als die Männer schließlich grünes Licht erhielten, war es bereits zu spät. Die Vögel waren, wie erwartet, bereits ausgeflogen.

Als die ISAF-Soldaten das Areal in Mazari Sharif durchsuchten, waren die Zugänge zu den unterirdischen Räumen und Gängen durch den Steinschutt der durch Raketenbeschuss zerstörten Gebäude verschüttet. Danach durchkämmten die Einheiten die gesamte Innenstadt von Mazari Sharif, ohne allerdings noch irgendeine Spur von den Flüchtigen zu finden. Sie hatten sich scheinbar in Luft aufgelöst.

Als sich der Chief wieder etwas beruhigt hatte, stellte Tom Bauer eine Verbindung zu Colonel Bloomfield her, der dem Chief bestätigte, dass die Verzögerung des Einsatzes vom ISAF- Oberkommando ausging und Tom Bauer nichts falsch gemacht hätte. Im Gegenteil: Er habe rund um die Uhr versucht, Druck zu machen. Leider vergebens.

»Was ist denn da los? Hat die Army denn da überhaupt nichts mehr zu sagen? Wird da neuerdings jeder Kampfeinsatz erst diskutiert? Das kann ich gar nicht glauben. Ich werde mich direkt an den Präsidenten wenden. Immerhin sind dort wegen deren Unfähigkeit Amerikaner gestorben. Ich fasse es nicht.«

Zumindest hatte der Chief eingesehen, dass der Fehlschlag nicht auf Toms Konto ging. Allerdings änderte das nichts an der Tatsache, dass viele Männer ihr Leben lassen mussten, weil offenbar die Kompetenzverteilung bei den ISAF–Truppen wieder mal völlig unklar war. Womöglich mussten die Soldaten zuerst einen schriftlichen Antrag stellen, bevor sie den Feind bekämpfen durften und dabei hoffen, dass sie das korrekte Antragsformular erwischten.

Offiziell wurden die Taliban für den Anschlag auf den ISAF-Konvoi verantwortlich gemacht. Niemand durfte erfahren, dass womöglich Ex-Marines in die Sache verwickelt waren. Das würde alles nur noch komplizierter machen, als es ohnehin schon war. Letztendlich wurde dieses Attentat mit verheerender Wirkung de Facto im Auftrag der Al Kaida ausgeführt. Niemand zweifelte daran, dass Professor Al Mawardi entweder selbst Mitglied der terroristischen Vereinigung war oder aber zumindest in deren Namen handelte. Wenn denn tatsächlich Ex-Marines unter der Führung eines ehemaligen Elitesoldaten der U.S.-Army für diese Terroristen arbeitete, war das schlichtweg die größte Katastrophe der jüngsten amerikanischen Militärgeschichte. Und Tom Bauer war mehr denn je fest davon überzeugt, dass eine handvoll Männer aus der ehemaligen Sondereinheit *Sniper* unter der Führung von Master Sergeant Maynard Deville von den Terroristen gegen Bezahlung angeheuert worden waren.

»Wir haben alles in der Luft was fliegen kann, Chief. Wir werden die Bande erwischen. Nachdem die Nachricht dieses Massakers in Kundus bekannt geworden war, wurden die Herren dort endlich wach. Plötzlich geht alles. Und das auch noch ganz schnell.«

»Das wird die Männer nicht wieder lebendig machen, Bauer, glauben Sie mir. Obwohl das alles ein riesiger Skandal ist, müssen wir wohl vorerst die Füße stillhalten. Wenn das alles in der Öffentlichkeit bekannt wird, können wir unseren Hut nehmen. Und der Erste, der zum Hutständer geht, wird dann wohl der Präsident der Vereinigten Staaten von Amerika sein.«

Morgan Lampart tippte dem Coach auf die Schulter. Das gewaltige Rattern der Rotoren ließ eine normale Unterhaltung nicht zu. Er deutete auf die beiden Piloten, die offenbar Funkkontakt hatten. Der Coach nickte zum Zeichen, dass er verstanden hatte und wandte sich an das Cockpit: »Was ist los?«, rief er den Piloten zu. Der Co-Pilot nahm die Kopfhörer ab, drehte sich um und beugte sich vor: «Das waren die Männer vom 24 D. Die haben nach unserer Position gefragt.«

»Sie haben ja wohl nicht geantwortet, oder?«

»Selbst, wenn ich gewollt hätte, wäre das nicht möglich gewesen. Momentan ist jeglicher Funkkontakt abgerissen. Die Anfrage ist schon vor ungefähr zwanzig Minuten gestellt worden. Habe sie aber eben erst über die Box abhören können. Aber das heißt ja wohl, dass sie sich noch rechtzeitig in Sicherheit bringen konnten. Ist ja mal 'ne gute Nachricht. Die Schlechte ist, dass es mit unserem Treibstoffvorrat langsam aber sicher zu Ende geht.«

»Wie weit kommen wir noch?«

»Laut Anzeige noch ungefähr hundertfünfzig Kilometer, aber bis zur Grenze nach Tadschikistan sind es noch mindestens hundert Kilometer mehr.«

Der Coach fluchte leise in sich hinein. Wenn sie hier in dieser Einöde des Hindukusch herunter müssten, wäre guter Rat teuer. Erstens wäre ein Landemanöver im Hochgebirge ohnehin schon brandgefährlich und das nächste Problem wäre, wie sie je von dort wieder wegkommen würden. Sich zu Fuß über mehr als einhundert Kilometer Hochgebirge zu bewegen, war praktisch ausgeschlossen. Zudem wurde es nachts hier so kalt, dass sie wahrscheinlich erfrieren würden.

»Was können wir tun?«, erkundigte er sich beim Co-Piloten.

»Wir haben noch zweihundert Liter Kerosin in Kanistern als eiserne Reserve. Das würde uns gut hundert Kilometer weiter bringen. Aber zum Tanken müssten wir landen.«

Er zeigte auf die schneebedeckten Gipfel der unter ihnen liegenden Berge. «Wo bitte soll das hier gehen?«

»Und wenn wir langsamer fliegen?«, fragte der Coach.

»Die Geschwindigkeit ist nicht das Problem, sondern das Gewicht. Wäre schon hilfreich, wenn wir ein paar hundert Kilo weniger an Bord hätten.«

Der Coach nickte und drehte sich zu Morgan Lampart um: «Frank, der ganze Mist hier muss raus.« Er zeigte auf die Raketen- und Granatwerfer. »Bringt alles zur hinteren Ladeluke. Auch die Munitionskisten, die beiden Maschinengewehre und die Schnellfeuerwaffen. Wir werfen das Zeug ab.«

Jan glaubte seinen Ohren nicht zu trauen, als er im Auto die fünfzehn Uhr Nachrichten hörte:

»In der Nacht von Freitag auf Samstag wurde auf einen Konvoi der internationalen Schutztruppen in Afghanistan ein brutaler Terroranschlag verübt. Bei Gowarah Sang, achtzig Kilometer nördlich von Kabul, haben Kämpfer der Taliban einen mit neunzig ISAF-Soldaten besetzten Fahrzeugkonvoi überfallen und mit schweren Waffen beschossen. Nach ersten Berichten gab es keine Überlebenden. Unter den Getöteten sollen sich auch Bundeswehrsoldaten befinden. Einzelheiten sind noch nicht bekannt. Der Verteidigungsminister hat in einer ersten Stellungnahme angekündigt, so schnell wie möglich nach Afghanistan zu fliegen, um sich direkt vor Ort zu informieren. Der gestrige Anschlag war bereits der dritte in diesem Monat, bei dem auch deutsche Soldaten getötet wurden.«

Er war gerade auf dem Weg nach Haus, um seinen Trainigsanzug, den er am Morgen des Überfalls in Abtnaundorf getragen hatte, zu holen und in die Gerichtsmedizin zu bringen. Der Schock saß tief. Er musste kurz anhalten und fuhr auf den Parkplatz des Hauptbahnhofes. Er griff zum Handy und rief Hannah an.

»Verdammte Scheiße, Hannah, der Devil und seine Leute haben in Afghanistan ein Massaker veranstaltet. Neunzig Tote. Unvorstellbar. Das heißt ja dann wohl, dass Tom sie nicht mehr erwischt hat. Das ist glatter Wahnsinn.«

Hannah hatte die Nachricht noch nicht gehört. Im ersten Moment verschlug es ihr die Sprache. »Was, das kann doch wohl nicht wahr sein. Hast du schon mit Tom gesprochen?«

»Nein, aber ich werde versuchen, ihn schnellstens zu erreichen. Wenn ich bei Josie war, fahre ich sofort zu Steven. Wir treffen uns in einer Stunde vor dem Lindner.«

Absolut unvorstellbar, dass Maynard Deville zu einer solchen Tat fähig ist, dachte Jan, allerdings galt der Devil in mancher Hinsicht als unberechenbar. Wer ihn zum Gegner hatte, befand sich alles andere, als in einer beneidenswerten Situation. Offensichtlich waren die Soldaten bestens ausgerüstet und extrem gut vorbereitet. Dass Männer wie Morgan Lampart oder Kees Schuitemans knallharte und kompromisslose Kämpfer waren, war ihm nicht neu. Aber dass diese ihm vertrauten Kameraden einen derart hinterhältigen und feigen Anschlag auf das Leben ihrer Landsleute verüben könnten, hätte er niemals für möglich gehalten. Und tat das immer noch. »Da stimmt was nicht«, schüttelte er den Kopf. »Die wurden genauso manipuliert wie Rommel, Johnny oder Jimmy. Aber wie?«, dachte Jan laut.

Der Schlüssel lag irgendwo in Berlin. Sie mussten Dr. Shapourzadeh ausgiebig in die Mangel nehmen. Vielleicht wäre es besser, wenn er die Sache selbst in die Hand nehmen würde. Offiziell lag nichts gegen den Mann vor. Hubertus von Echternach hatte ihn zwar observieren lassen, aber dabei keine bahnbrechenden neuen Erkenntnisse gewonnen. Bis auf die Tatsache, dass Skutin in seiner Praxis aufgetaucht war und dass er die Tochter von Dr. Muratov als Mitarbeiterin beschäftigte. Das allein reichte aber nicht, um vom Richter eine Abhörgenehmigung zu bekommen. Jan beschloss mit Steven nach Berlin zu fahren und jetzt alle verfügbaren Mittel auszuschöpfen. Ob legal oder nicht, spielte nach den jüngsten Ereignissen gar keine Rolle mehr.

»**Wir** haben alles versucht. Das Problem ist, dass vor Ort die ISAF das Sagen hat und nicht die CIA. Die unnötige Zeitverzögerung in Kundus hat neunzig Männern das Leben gekostet.« Tom war konsterniert. Zwar hatte Chief Broderick schnell erkannt, dass Tom nicht schuld an diesem Desaster war, doch das war im Moment auch kein Trost. Hätten diese Paragraphenreiter der internationalen Schutztruppe auf ihn gehört, stände man jetzt nicht vor diesem Scherbenhaufen.

»Ich hab das selbst oft genug erleben müssen, Tom. Die U.S.-Marines sind vor allem bei den Engländern und Franzosen so beliebt wie ein geplatztes Furunkel am Hintern. Ich hatte nicht nur einmal Ärger mit denen. Untereinander war die Nationalität nie ein Problem. Bei den *Snipern* waren wir sechzehn Männer aus acht verschiedenen Nationen. Da war stets einer für den anderen da, völlig unabhängig von Rang und Herkunft. Du weißt doch sicher noch ganz gut, dass es immer wieder zu Kompetenschwierigkeiten zwischen ISAF und CIA kam, wenn geheime Opera-tionen durchgeführt wurden, ohne das Oberkommando vorher zu informieren. Da flogen regelmäßig die Fetzen. Die Europäer wollten sich von den Amis nicht die Butter vom Brot nehmen lassen. So ist das noch heute, da habe ich keinen Zweifel.«

»Leider hast du recht, Jan. Vielleicht hätte ich den Einsatz gar nicht anmelden sollen. So wie früher. Scheiß auf den Ärger, verdammt.« Tom war niedergeschlagen. Er fühlte sich schuldig. Objektiv gesehen war er es sicher nicht. Er hatte sich an die Vorschriften gehalten. Doch diesen offensichtlichen Fehler würde er mit Sicherheit kein zweites Mal begehen.

»Wir müssen diese Verbrecher finden. Das war mit Sicherheit noch nicht alles. Gowarah Sang war nur die Ouvertüre, womöglich nicht mehr als ein finaler Testlauf. Wir müssen davon ausgehen, dass die jetzt die ganz große Bühne nutzen wollen. Die wollen ein Spektakel inszenieren, dass die Welt so bisher noch nie gesehen hat. Tom, wir dürfen jetzt niemanden mehr um irgendeine beschissene

Erlaubnis fragen. Wir müssen handeln und zwar schnell«, zeigte sich Jan zu allem entschlossen.

»Unsere Männer haben etwa eine Stunde nach diesem fürchterlichen Massaker einen Hubschrauber in der Nähe von Bamyan, der aus östlicher Richtung im Tiefflug unterwegs war, zur Landung gezwungen. Wahrscheinlich haben die die Terroristen irgendwo in der Nähe der A 76 bei Gowarah Sang abgesetzt. Möglich ist sogar, dass der Helikopter am Einsatz selbst beteiligt war. Er war mit Abschussvorrichtungen für Boden-Luft-Raketen ausgestattet. Die Experten vor Ort vermuten, dass der Anschlag sowohl mit Landminen, als auch mit Raketen, die aus der Luft abgefeuert wurden, durchgeführt wurde. Eine F-35, die kurz nach dem Anschlag das Gebiet überflogen und unverzüglich Meldung an das Hauptquartier gemacht hatte, hatte Sichtkontakt zu einem Helikopter, der sich Richtung Westen bewegte.«

»Wahrscheinlich Russen, oder?«, vermutete Jan.

»Nein, der Helikopter war zwar ein russisches Model der Marke Mil Mi-24 D, aber die beiden Piloten waren Tadschiken aus Duschanbe. Sie fliegen für ein privates Unternehmen und haben angeblich Geschäftsleute von Mazari Sahrif nach Bamyan und Kabul geflogen. Sie haben uns ihre Genehmigungen vorgelegt, anhand derer sie den Afghanischen Luftraum nutzen dürfen. Der Flug war sogar ordnungsgemäß bei den Behörden in Mazari Sharif angemeldet worden.«

»Was soll denn der ganze Mist, Tom?«, fuhr Jan aufgebracht dazwischen.. »Der Mil Mi-24 D ist ein reinrassiger Kampfhubschrauber, der, glaube ich, zehn oder zwölf Männer aufnehmen kann. Der hat die Truppe ins Einsatzgebiet geflogen, ein paar Raketen auf den Konvoi abgefeuert und sich aus dem Staub gemacht, als die F-35 aufkreuzte. So war das und nicht anders.«

»Mag sein, Jan. Aber es wurden weder Waffen noch Munition an Bord gefunden. Die hatten nicht mal 'ne Makarov dabei. Wir hatten keine Handhabe, den Hubschrauber weiter festzuhalten.«

»Das ist jetzt wohl ein schlechter Witz. Was für Idioten waren denn da am Werk? Wenn die sich die Mühe gemacht hätten, einmal mit der Hand über die Abschussvorrichtungen zu wischen, hätten sie anschließend Brandblasen gehabt. Zumindest jedoch schwarze

Pfoten von den Pulverrückständen.«

Für einen Moment schwieg Tom. Er wusste, dass sein Freund recht hatte. Dann fuhr er fort. »Im Moment rätseln wir noch, wie sich die Terroristen samt ihrer Waffen so schnell aus dem Staub machen konnten. Entweder hat der von uns kontrollierte Hubschrauber die Männer kurz vor seiner Entdeckung irgendwo abgesetzt oder es ist ein zweiter Helikopter im Spiel. Mittlerweile ist ausgeschlossen, dass sie auf dem Landweg geflohen sind.«

»Du kannst davon ausgehen, dass sie exakt *die* Variante gewählt haben, die euch am Unmöglichsten erscheint. Ich sage das ungern zum hundertsten Mal: Wenn tatsächlich Maynard Deville diese Truppe anführt, dann muss man mit allem rechnen. Seit ihr schon mal auf die Idee gekommen, dass die nach Osten über den Hindukusch getürmt sind?«

»Jan, bei allem Respekt. Ein vollgepackter Helikopter mit einer Reichweite von vierhundert Kilometern und einer Gipfelhöhe von maximal 4.000 Metern soll nach Osten durch den Hindukusch fliegen? Mit welchem Ziel? Da gibt es weit und breit nichts außer Schnee und Eis.«

»Und genau deshalb haben sie diese Route gewählt. Weil ihr das für unmöglich haltet.«

»Jetzt mach mal halblang. Wir suchen selbstverständlich überall. Auch in diesem Gebiet. Allerdings konnte in den letzten beiden Stunden kein Flugobjekt in diesem Bereich ausgemacht werden.«

»Dann schickt da mal ein paar F-35 hin. Die Satelliten können aufgrund der tiefhängenden Wolken und des Dunstschleiers, der sich durch die Täler zieht, kaum etwas erkennen. Das ist in etwa so, als wenn du ein Reiskorn in der Milchsuppe suchst. Und noch etwas, Tom: Der Mil Mi-8 verfügt über sechs Zusatztanks mit jeweils zweihundert Liter Kerosin. Da schaffen die selbst voll beladen und unter diesen schwierigen Bedingungen fast achthundert Kilometer. Das könnte auf jeden Fall reichen, um bis nach Tadschikistan zu gelangen. Im Osten verläuft an der Grenze zu Afghanistan die MA 1. Die Straße führt nach Westen bis zur Hauptstadt Duschanbe. Natürlich ist es schwierig für die Piloten, dieses vollbesetzte Ungetüm mit einer maximalen Gipfelhöhe von 4.500 Metern über die zum Teil noch höheren Berge zu schaukeln. Wahrscheinlich müssen sie sich unterwegs notgedrungen von unnützem Ballast trennen, aber das ist das geringste Problem.«

»Was ist mit Pakistan? Das wäre nur etwa die Hälfte der Strecke, die du vermutest?« fragte Tom.

»Niemals. Die Pakistani bewachen ihre Grenzen Tag und Nacht mit modernster Elektronik. Die pflücken den Hubschrauber vom Himmel ohne mit der Wimper zu zucken. Außerdem liegen da ein paar Sechstausender dazwischen, wenn mich nicht alles täuscht. Da kommen die nie und nimmer drüber.«

»Klingt einleuchtend. Ich werde veranlassen, das Gebiet nach Nordosten genauer unter die Lupe zu nehmen. Colonel Bloomfield wird zwei F-35 da raus schicken.«

»Aber diesmal ohne Anfrage bei den Verbündeten, oder?«, wollte Jan sich vergewissern, ob Tom seine Lektion gelernt hatte.

«Worauf du einen lassen kannst, mein Freund!«

Der Mai neigte sich dem Ende zu. Der viele Regen hatte auch ohne die Unterstützung der Sonne, die sich in den letzten beiden Wochen dezent zurückgehalten hatte, die Region vom deprimierenden Grauschleier in satt leuchtendes Grün verwandelt. Die Temperaturen waren mit knapp achtzehn Grad noch ausbaufähig, aber der kommende Monat Juni versprach Besserung, sagten jedenfalls die Wetterfrösche der Tagesschau.

Steven und Jan waren auf dem Weg Richtung Berlin. Hannah blieb in Leipzig, um die Aktivitäten rund um die Interfood GmbH im Auge zu behalten. Auf der A9 herrschte reger Verkehr. Der dichte Sprühregen und die damit verbundene rutschige Fahrbahn verlangten nach Zurückhaltung, was die Betätigung des Gaspedals anging. Steven fuhr mit seinem Spezial-Mercedes-Viano vorweg, Jan folgte ihm in dem von Hannah geliehenen silbergrauen BMW X 3. Wie lange eigentlich hatte er schon seinen Audi Super 90 nicht mehr bewegt? Der stand noch eingemottet in Hannahs Garage und wartete, genau wie Jan, auf die ersten Sonnenstrahlen, um wieder am täglichen Leben teilnehmen zu dürfen. Die Ereignisse der letzten Wochen hatten verhindert, dass er seinen geliebten Oldtimer wieder in Betrieb nehmen konnte. Allerdings wäre der Wagen viel zu auffällig gewesen, um damit Dienstfahrten zu absolvieren. Schon gar nicht, um, wie jetzt notwendig, in Berlin Verdächtige zu observieren. Also musste sich sein automobiles Lieblingsstück noch ein paar Tage gedulden, um am süßen Duft des Frühlings zu schnuppern. Wie gern hätte er sich jetzt ganz Old School eine Musikkassette eingelegt und dem analogen Sound einer Doors-LP gelauscht. Pustekuchen. Also tat er, was unvermeidbar war. Er griff ins Handschuhfach und fingerte Hannahs CD-Tasche hervor.

»Mal sehen, was wir denn hier so finden?«

Den Blick abwechselnd auf die Straße und seine auf den Knien liegende CD-Sammlung gerichtet, klebte er mit knapp hundertzwanzig Stundenkilometern auf der rechten Fahrbahn an Stevens Heck. Zu langsam, um im Konzert der Großen auf der Überholspur mitzumischen, schnell genug, um nicht Opfer von rücksichtslosen Lkw-Fahrern mit Bleifuß zu werden, die einem mit grell erleuchteten Scheinwerfern in den Kofferraum zu rauschen drohten.

Puhdys, Karat, City, Silly, Drei Sterne Combo Meissen, Ostrock Klassik, Hannah war im Osten aufgewachsen. Alles Bands, die auch Jan sehr schätzte. Er hatte sich schon in den Siebzigern von seinen Verwandten aus der DDR lieber Amiga-Schallplatten schicken lassen, als bunte Badematten und hölzerne Tischleuchter. Und eigentlich hatte er nichts dagegen, jetzt den *Albatross* von *Karat* oder *Am Fenster* von *City* zu hören. Das war Gänsehautmusik pur. Aber nicht auf der Autobahn. Da musste jetzt was Rockiges her, mit viel Elan und dem nötigen Vortrieb. *Simon and Garfunkel*? *Billy Joel*? *James Blunt*? Alles nicht das Richtige. Ein Königreich für *Molly Hatchet* oder *Monster Magnet*, dachte Jan. Dann die Rettung, für die er schlussendlich selbst gesorgt hatte. Irgendwann musste er diese Scheibe selbst dort reingelegt haben. Sein Gesicht hellte sich auf. Sein Grinsen wurde so breit, dass die Mundwinkel beinahe seine Ohrläppchen besucht hätten. Eine superschlanke Blondine im eleganten schwarzen Abendkleid, auf High Heels mit ellenbogenlangen schwarzen Samthandschuhen und einem breitem, schwarzen Hut zierte das Cover. Sie führte gerade ihren Liebling Gassi. Einen rabenschwarzen Panther mit leuchtenden Augen und blitzenden Reißzähnen. Auf der Rückseite des Klappcovers der Originalplatte wartet der Chauffeur in einem schwarzen Lincoln auf die Dame. Der Kerl lehnt im schwarzen

Anzug mit Dienstmütze lässig an der offenen Beifahrertür. Natürlich reiner Zufall, dass der Typ aussieht wie *Brian Ferry*. *For Your Pleasure*, so der Titel des zweiten *Roxy Music* Albums aus dem Jahre 1973. Da war Jan eben mal stolze achtzehn und gerade im Begriff sein Abitur abzulegen. Bis dahin hießen seine Helden *Black Sabbath, Led Zeppelin, Deep Purple* und natürlich *Doors*. Plötzlich erschien eine Gruppe auf der Bildfläche, die eine ungewöhnliche, fast schon avantgardistische Art von Musik kreierte, die so gar nicht zu dem passen sollte, was gerade im Entstehen war. Led Zeppelin erfand den Blues Rock, Deep Purple den Hard Rock und Black Sabbath den Heavy Metal. Dann kam Roxy Music und spielte plötzlich eine Mischung aus Glamour Rock, Progressive Rock, Independent und Avantgarde. Was war das denn? Ein Sänger, der mehr jaulte, als sang. Ein Keyboarder, der nicht Hammondorgel spielte, sondern mit einem der ersten Syntheziser experimentierte, einem Bläser, der neben dem Saxophon auch Klarinette und Oboe spielte und einem Gitarristen, der seinen sechs Saiten keine süßen Melodien, sondern komprimierte, psychedelische Klangteppiche entlockte. Der Kopf dieser Surrealisten der modernen Musik war ein gewisser *Brian Ferry*, ein Kunstprofessor, der auch die nicht minder surrealen Texte schrieb. Plötzlich musste man Musik nicht nur hören, sondern auch verstehen. Was anfangs so gar nicht ins Ohr gehen wollte, wuchs mit der Zeit. Es gab bei jedem Hördurchgang etwas Neues zu entdecken. Und ohne es zu merken, waren sie plötzlich zur Stelle, die Ohrwürmer. Jan liebte jeden einzelnen Song auf dieser Platte. Und daran hatte sich bis zum heutigen Tage nichts geändert. Ein absoluter All-Time-Favourite. Er legte die CD ein und drückte auf Start:

»There's a new sensation/ a fabulous creation/ a danceable solution/ to teenage revolution./ do the Strand love/ when you feel love/ it's the new way/ that's why we say/ do the Strand!«

Wie immer sang er jedes einzelne Wort mit. Er hatte die Texte förmlich aufgesogen, auswendig gelernt wie damals Gedichte im Deutschunterricht. Mit dem feinen Unterschied, dass er die lernen *musste*, während sich jedes einzelne Wort in diesen Songs autonom in seinem Unterbewusstsein festgebrannt hatte. Unauslöschlich.

So wirkte die Fahrt nach Berlin fast wie eine Art Wellness-Behandlung. Bei stressfreiem, angenehmen Tempo dahin zu cruisen und seine Lieblingslieder zu hören, die die Gedanken in seine Jugendzeit zurückführten, zauberte ihm ein ums andere mal ein süffisantes Lächeln auf die Lippen. Für einen Moment war er abgelenkt vom Alltag, der ihm derzeit wahrlich nicht viel Grund zur Freude bereitete. Dann holte ihn der Text des *Bogus Man* unvermittelt und abrupt wieder in die Realität zurück.

»*The bogus man is on his way/ as fast as he can run/ he's tired but he'll get to you/ and shoot you with his gun.*«

Na klar, Maynard Deville war der *Bogus Man*. Gar kein Zweifel!

Hubertus von Echternach konnte Jans Ausführungen folgen und diese uneingeschränkt nachvollziehen. Er war ein Mann der Praxis. Er verfügte über einen großen Erfahrungsschatz und wusste ganz genau, was sich aus bestimmten Szenarien, die im ersten Moment unverdächtig erschienen, entwickeln konnte. Als sich vor einem Jahr die Hinweise auf einen geplanten Terroranschlag in Berlin verdichteten, wollten seine Vorgesetzten zunächst den Ball flach halten. Sie befürworteten zwar den Ruf nach erhöhter Wachsamkeit der Polizei, warnten aber vor der Hysterie, die entstehen könnte, wenn man der Meldung zu viel Aufmerksamkeit schenkte. Beobachten: Ja. Handeln: Nein.

Es war ein Segen, dass Jan Krüger die Polizeipräsidentin Mechthild Köppe schließlich von der realen Gefahr, die im Verzuge war, überzeugen konnte und so am Ende eine Katastrophe verhindert werden konnte. Dafür war der Einsatzleiter der Berliner Polizei seinem Kollegen aus Leipzig zutiefst dankbar. Die Sache, um die es heute ging, hatte zwar in erster Linie nichts mit einer akuten Gefahr für Berlin zu tun, aber es gab immerhin einen begründeten Verdacht, dass terroristische Aktivitäten vor Ort im Gange waren, die weltweit Auslöser von Terroranschlägen werden könnten. Alles deutete daraufhin, dass es Verbindungen gab zwischen Personen, die in Berlin leben oder geschäftlich tätig sind, und der Gruppe, die mit großer Wahrscheinlichkeit für das verheerende Massaker in Gowarah Sang verantwortlich war. Neunzig tote Soldaten waren Grund genug, auch dem kleinsten Anfangsverdacht nachzugehen.

»Jan, ich gebe Ihnen in allen Punkten recht. Ich bin heute morgen gleich um acht im Büro der zuständigen Richterin aufgekreuzt und habe sie gebeten, mir einen Durchsuchungsbeschluss für alle privaten und geschäftlichen Räumlichkeiten von Dr. Shapourzadeh auszustellen.«

Der große, hagere Mann mit den markanten Gesichtszügen schüttelte mit dem Kopf. »Nichts zu machen. Stattdessen musste ich mir einen Vortrag über die Integrität dieses Mannes anhören. Dr. Shapourzadeh lebe seit mehr als dreißig Jahren in Berlin und wäre als Facharzt für Psychiatrie ein allseits angesehener Bürger, meinte die Richterin. Es gäbe nicht den geringsten Hinweis darauf, dass der Mann mit der Al Kaida oder sonstigen terroristischen Vereinigungen in Kontakt stehe. Sie hat sogar den Staatsanwalt angewiesen, mir auf die Finger zu schauen, damit ich den Mann in Ruhe lasse.« Hubertus von Echternach war verärgert.

»War nicht anders zu erwarten. In der Tat haben wir bisher keine stichhaltigen Beweise. Deshalb müssen wir jetzt aktiv werden. Ohne in seine Privatsphäre einzudringen, werden wir ihm nichts nachweisen können. Deshalb sind Steven und ich hier. Sie müssen uns den Rücken freihalten so gut es geht, Hubertus. Stellen Sie uns ein paar Leute zur Verfügung, die Dr. Shapourzadeh und die Männer um Grigori Tireshnikov rund um die Uhr observieren. Es wird sich sehr schnell herausstellen, dass die Russen eng mit den Terroristen zusammenarbeiten. Jetzt ist es unsere Aufgabe, dafür Beweise zu liefern.«

»Ich werde sehen, was ich im Rahmen meiner Möglichkeiten tun kann. Allerdings wird das nicht so leicht sein. Hier haben die Wände Ohren. Es wird wohl das Beste sein, wenn ich über ihre Aktivitäten im Moment nicht all zu viel weiß. Der Staatsanwalt ist ein bissiger Hund. Er ist jung, neu im Amt und will Karriere machen. Der wird die Aufforderung der Richterin, mir in dieser Angelegenheit auf die Finger zu schauen, mit großem Diensteifer in die Tat umsetzen. Da können Sie sicher sein.«

Noch bevor Jan antworten konnte, riss jemand ohne anzuklopfen die Tür zum Büro des Einsatzleiters auf. Ein kleiner, eher zierlicher Typ mit spitzer Nase und Geheimratsecken betrat den Raum. Ohne sich vorzustellen und grußlos legte der Störenfried, der einen für ihn viel zu großen, dunkelblauen Anzug trug, los: »Hören Sie von Echternach, es gibt eine klare gerichtliche Anweisung, die besagt, dass die Berliner Polizei im Moment keine Ermittlungen gegen Dr. Shapourzadeh durchführt. Halten Sie sich bitte daran. Ich werde Sie im Auge behalten.«

»Ich grüße Sie auch, Herr Staatsanwalt. Hat ihre Mama Ihnen nicht beigebracht anzuklopfen, bevor Sie ein fremdes Büro betreten?«

Jan und Steven konnten sich ein breites Grinsen nicht verkneifen.

»Ja, lachen sie nur, meine Herren. Zu Ihnen komme ich gleich noch.«

Er wandte sich wieder an seinen Einsatzleiter: »Sie haben eine klare, richterliche Anweisung erhalten und das Erste, was sie tun, ist, diese zu unterlaufen? Scheinbar nehmen Sie die Sache nicht ernst. Deshalb werde ich dafür sorgen, dass Sie sich uneingeschränkt und ausnahmslos an die Vorgaben halten.«

Der Staatsanwalt stellte seine Aktentasche auf den Schreibtisch und wandte sich an Jan und Steven. »Und nun zu Ihnen, meine Herren. Ich möchte sie bitten, ihre illegalen Ermittlungen mit sofortiger Wirkung einzustellen. Es gibt hier in Berlin nichts für sie zu tun. Es ist mir auch nicht bekannt, dass wir in Leipzig um Amtshilfe gebeten haben. Also bitte verlassen sie dieses Büro und treten unverzüglich wieder die Heimreise an.«

»Mit Verlaub, Herr Staatsanwalt, woher wollen Sie wissen, dass wir in Berlin ermitteln? Wir statten unserem Kollegen lediglich einen freundschaftlichen Besuch ab. Und wann wir wohin fahren, bestimmen wir immer noch selbst.«

Jan durchbohrte den jungen Juristen mit einem warnenden, stechenden Blick. Der Staatsanwalt versuchte krampfhaft, dem Augenkontakt standzuhalten. Als er merkte, dass er dieses Duell nicht gewinnen konnte, nahm er schließlich seine Tasche vom Tisch und verließ wort- und grußlos das Büro, ohne die Tür hinter sich zu schließen.

»Was für ein Arschloch«, entfuhr es Steven.

»Staatsanwalt Rösler, gerade mit dem zweiten Staatsexamen fertig, keine dreißig, wohnt noch bei Mama. Ein Ekelpaket vor dem Herrn. Tritt auf wie die Axt im Walde. Ist der neue Kettenhund der

Richterin.«

»Der Typ ist kein Problem, Hubertus. Steven wird gleich Tom Bauer informieren. Die CIA wird das BKA bitten, dafür zu sorgen, dass wir hier ungestört unsere Arbeit machen können. Das wird nicht lange dauern, dann wird unser Jungspund wieder auf dem Boden der Tatsachen sein.«

»Sehr gut. Trotzdem wäre es im Augenblick klüger, in die Defensive zu gehen, bis wir auch offiziell grünes Licht erhalten.«

»Einverstanden, Hubertus. Steven und ich beziehen erstmal Quartier und schauen uns danach mal ein bisschen das häusliche Umfeld der Zielperson an. Natürlich mit gebotener Zurückhaltung. Ich denke, dass wir morgen im Laufe des Tages auch die offizielle Legitimation für unsere Ermittlungen erhalten werden. Wir melden uns. Danke für den Kaffee, Hubertus.«

Der Hindukusch erstreckt sich in ostwestlicher Richtung über eine Entfernung von tausendzweihundert Kilometern und ist etwa zweihundertfünfzig Kilometer breit. Die höchsten Berge liegen im östlichen Teil des Gebirges in Pakistan. Der Tirich Mir ist mit fast 7.500 Metern der höchste Berg des Hindukusch und damit fast so hoch, wie die Berge im östlich angrenzenden Himalaya. Der größte Teil des Hindukusch liegt in Afghanistan. Das Gebirge steigt von Westen nach Osten kontinuierlich an und erreicht Gipfelhöhen von über 5.000 Metern, die ganzjährig von Eis und Schnee bedeckt sind.

Die alt gediente Mil Mi-8 hatte enorme Schwierigkeiten sich in der dünnen Luft oberhalb von 4.000 Metern vorwärts zu bewegen. Je mehr sie nach Osten gelangten, desto höher wurden die Berge. Sie ächzte und pumpte, was das Zeug hielt, blieb aber standhaft, als wollte sie beweisen, wozu sie in ihrem Alter noch fähig war. Die besonders kritischen Situationen standen ihr aber erst noch bevor. Entlang der afghanisch-pakistanischen Grenze gab es einige kapitale Brocken von weit über 5.000 Metern Höhe. Die Piloten waren nicht sicher, ob der Hubschrauber, dessen maximale Gipfelhöhe mit 4.500 Metern angegeben war, diese Herausforderung meistern würde. Noch hatten sie weder Sicht noch Funkkontakt zu ihren Verfolgern. Doch die Piloten zweifelten keine Sekunde daran, dass die F-35 noch kommen würden. Das war nur eine Frage der Zeit.

Einem eventuellen Angriff der Jagdflieger wären sie schutzlos ausgeliefert. Bei Sonnenschein und klarem Himmel gab es keine Möglichkeit, sich im Schutze der Wolken zu verstecken. Sie waren unbewaffnet und eine Landung war hier mitten in dem zerklüfteten Hochgebirge unmöglich. An Bord war alles ruhig. Jeff Hunter, Roderick Rosenberg und die beiden Norweger schliefen tief und fest. Morgan Lampart und Kees Schuitemans befanden sich irgendwo im Niemandsland zwischen Schlaf- und Wachzustand.

»Lasst sie schlafen, sie werden sich zwar an nichts mehr erinnern, wenn sie aufwachen, aber mit Sicherheit Fragen stellen, warum wir hier mitten im Hochgebirge umherirren.«

Professor Al Mawardi war wieder vollkommen konzentriert. Die Bilder dieses Gemetzels, die er vor ein paar Stunden mit hatte ansehen müssen, hatten ihn vorübergehend aus dem seelischen Gleichgewicht gebracht. Ohne ein Wort zu sagen, starrte er über eine Stunde lang ins Leere und hockte völlig teilnahmslos in der hintersten Ecke der Kabine.

»Alles wieder in Ordnung, Professor?«, erkundigte sich Dr. Muratov, der zusammen mit dem Coach direkt hinter den Piloten saß und angespannt die riskanten Flugmanöver des Helikopters verfolgte. William Fadi Bin Hammad, Robert Ibrahim Al Mawardi und Fatima Shapourzadeh diskutierten währenddessen in arabischer Sprache die Situation. Im Grunde war ihre Mission ein voller Erfolg. Allerdings war im Moment der Ausgang noch völlig ungewiss. Wenn sie jetzt abstürzten oder von feindlichen Jäger abgeschossen würden, wäre in der Tat alles umsonst gewesen. Die Ergebnisse jahrelanger intensiver Forschungsarbeit hingen am seidenen Faden. Jetzt endlich hatten sie die Möglichkeit, im Kampf gegen die Ungläubigen eine Waffe einzusetzen, gegen die sich der Feind nicht wehren konnte. Sie waren in der Lage, zu jeder Zeit und an jedem Ort der Welt willenlose Attentäter zu produzieren und gegen jedes beliebige Ziel einzusetzen. Dafür mussten sie jetzt nicht mehr länger ihre eigenen Leute opfern. Die Zeit der fundamentalistischen Selbstmordattentäter war ein für allemal vorüber. Jetzt konnten sie den Feind mit seinen eigenen Leuten töten. Die Aussicht, in naher Zukunft zu einem verheerenden Schlag gegen den islamfeindlichen Westen auszuholen, versetzte sie in Euphorie, die durch die momentan prekäre Lage aber deutlich getrübt war.

»Ich bete zu Allah, dass er uns wohlbehalten an unser Ziel führen wird, damit wir ihm weiterhin treue Diener sein dürfen«, kniete Fadi Bin Hammad flehend auf dem Boden des Helikopters. Plötzlich drehte sich der Co-Pilot aufgeregt nach hinten um: »Wir haben Funkkontakt«, rief er laut.

Dr. Muratov und der Coach standen auf und beugten sich so nah wie möglich vor in das Cockpit des Helis. Der Co-Pilot redete hektisch, in welcher Sprache auch immer. Der Coach vermutete, dass er mit einem Landsmann sprach, also wahrscheinlich in irgendeinem tadschikischen Dialekt.

»Die anderen sind wieder in Mazari Sharif. Sind unterwegs zur Landung gezwungen worden. Nach einer umfangreichen Kontrolle hat man sie aber weiterfliegen lassen. Wir sollen versuchen, nach Khorog zu gelangen. Da gibt es einen kleinen Airport. Sie werden dort auf uns warten.«

»Wo liegt Khorog?«, wollte Dr. Muratov wissen.

»Von hier aus in nordwestlicher Richtung an der Afghanischen Grenze in Tadschikistan.«

»Wie weit ist das noch?«, fragte der Coach.

»Etwa hundertfünfzig Kilometer.«

»Was ist mit dem Treibstoff?«

Der Co-Pilot blickte mit sorgenvoller Miene auf die Treibstoffanzeige, klopfte zweimal kurz mit dem Ringfinger dagegen, als wollte er den Zeiger dazu bringen, sich ein Stück weit nach oben zu bewegen.

»Wird knapp, wir müssen langsamer fliegen und etwas runtergehen, um aus den Turbulenzen herauszukommen, dann könnte es klappen.«

Dr. Muratov streckte den Daumen in die Höhe und klopfte dem Coach zuversichtlich auf die Schulter. »Dann nichts wie raus aus diesen verfluchten Bergen. Ab nach Hause.«

»**Wir** haben Sichtskontakt! Das Objekt bewegt sich in nordöstlicher Richtung auf etwa 4.000 Meter Höhe nördlich von Jalalabad im Bereich des Numstan Forest National Reserve.«

»Verstanden«, antwortete Colonel Bloomfeld. «Nehmen sie Funkkontakt zum Objekt auf und fordern sie die Piloten auf, sich zu identifizieren.«

Die beiden F-35 Kampfflugzeuge der U.S.-Air Force in Diensten der ISAF setzten sich links und rechts neben den Hubschrauber und versuchten, Funkkontakt zu den Piloten herzustellen.

»Verfluchter Mist. Wo kommen die denn plötzlich her?«, schrie der Hubschrauber-pilot erschrocken.«

»Ich habe sie in der Leitung. Wir sollen uns identifizieren«, rief der Co-Pilot.

Jetzt sahen auch Dr. Muratov und der Coach aus den Seitenfenstern die tödliche Bedrohung.

»Weisen sie sich als tadschikische Staatsangehörige aus, die für eine Charterfluggesellschaft arbeiten und auf dem Weg von Kabul nach Duschanbe sind, im Auftrag eines tadschikischen Unternehmens.«

Der Kommandant der F-35 gab die Antwort der Piloten an das Hauptquartier in Kundus weiter. Colonel Bloomfield informierte umgehend Tom Bauer.

»Lassen Sie sich auf gar nichts ein, Colonel. Zwingen Sie den Helikopter zur Landung. Wir dürfen kein Risiko eingehen.«

Colonel Bloomfield gab die Anweisung an den Kommandanten der Kampfjets weiter. »Drehen sie sofort Richtung Südosten ab und fliegen sie das Ziel Jalalabad an. Das ist eine Anordnung der Kommandantur der ISAF.« Der Kommandant wiederholte seine Forderung. Der Co-Pilot des Hubschraubers hatte den Funkkontakt auf die Bordlautsprecher gestellt.

»Fragen Sie nach den Gründen«, rief der Coach dem Co-Piloten zu.

Der Kommandant der F-35 gab keine Antwort auf die Frage, sondern wiederholte laut und deutlich seine Forderung, sofort nach Südosten abzudrehen.

»Wie weit ist es noch zur Grenze nach Pakistan?«, fragte der Coach.

»Die liegt nördlich direkt vor uns, vielleicht noch zehn Kilometer.«

»Gut, halten Sie direkt darauf zu und versuchen Sie, ein Stück weit in den pakistanischen Luftraum zu fliegen.«

Der Co-Pilot nickte. Trotz der prekären Lage zeigte sich ein leichtes Grinsen auf seinem Gesicht.

»Was soll das? Wenn wir nicht abdrehen, schießen die uns ab«, befürchtete Dr. Muratov.

»Abwarten, das glaube ich nicht«, blieb der Coach ruhig.

»Sir, der Helikopter reagiert nicht. Erbitte weitere Anweisungen«, meldete der Kommandant. Colonel Bloomfeld holte Rat bei Tom.

»Die lassen uns keine Wahl. Wir können versuchen, sie abzudrängen.«

»Nein, Colonel, erteilen Sie den Befehl zum Abschuss. Wir können uns keinen zweiten Fehler erlauben. Hier geht es um die Sicherheit der Vereinigten Staaten und der ganzen westlichen Welt. Kein Pardon.«

Der Colonel gab dem Einsatzleiter der F-35 den Befehl, das Objekt abzuschießen. »Verstanden, Sir«, gab der kurz und knapp zu Protokoll. Die Kampfflugzeuge flogen eine Schleife, um sich in Angriffsposition zu begeben. Den wehrlosen und schwerfälligen Hubschrauber vom Himmel zu holen, würde nicht weiter schwierig sein.

»Warum drehen die jetzt ab?«, wunderte sich Dr. Muratov.

«Die verschwinden nicht, die bereiten sich zum Abschuss vor«, nahm der Coach dem Doktor jegliche Illusion.

»Wie weit noch bis zur Grenze?«, fragte er den Co-Piloten.

»Müssten sie jeden Augenblick passieren«, rief der mit Schweißperlen auf der Stirn zurück.«

Mittlerweile hatten sich die F-35 hinter den Helikopter gesetzt und bereiteten ihren Angriff aus einer hinteren, erhöhten Position vor. Der Kommandant der führenden Maschine nahm den Helikopter ins Visier und schaltete die Abschussvorrichtung der Boden-Luftraketen scharf. Ein Knopfdruck und der vor ihnen fliegende Hubschrauber würde in Bruchteilen einer Sekunde pulverisiert werden.

»Es gib ein Problem, Sir«, meldete sich plötzlich der Kommandant beim Colonel.

»Wir haben vier Viper im Nacken. Wir befinden uns im pakistanischen Luftraum und müssen den Angriff sofort abbrechen. Die haben uns im Visier.«

Als die Piloten des Hubschraubers die vier pakistanischen F-16

Jäger sahen, drehten sie wieder leicht nach Westen ab, um den Luftraum über Pakistan zu verlassen, flogen aber hartnäckig an der Grenzlinie entlang weiter.

»Sir, wir brechen die Aktion ab und starten einen neuen Versuch, wenn wir wieder im afghanischen Luftraum sind.«

Der Colonel hatte keine Wahl. Er bestätigte. Tom Bauer konnte es nicht fassen. »Dieser verfluchte Devil. Der Kerl ist mit allen Wassern gewaschen. Der wusste genau, dass die pakistanischen F-16 sofort zur Stelle sein würden. Kein Land der Welt bewacht seine Grenzen schärfer als die Pakistani. Die sind bis auf die Zähne bewaffnet, während die Menschen im Land Hunger leiden.«

»Sie sollen es erneut versuchen, Colonel. Die dürfen uns nicht entkommen, koste es, was es wolle. Schicken sie notfalls Verstärkung. Dann müssen wir halt einen Konflikt mit Pakistan riskieren. Aber der Hubschrauber muss vom Himmel.«

Die F-35 Jäger flogen eine erneute Schleife nach Westen zurück in den afghanischen Luftraum und versuchten jetzt, den Helikopter aus westlicher Richtung zu attackieren.

»Hier spricht der Pilot des tadschikischen Helikopters. Können Sie mich hören?«

»Wir hören Sie, sprechen Sie«, antwortete der Pilot einer der silbernen F-16 Fighting Falcons, wie die U.S.-Kampfjets in pakistanischen Diensten genannt wurden.

»Wir sind eine zivile Maschine auf dem Weg von Kabul nach Khorog. Die Amerikaner wollen uns ohne Grund zur Landung zwingen und drohen uns mit dem Abschuss. Wir bitten um Hilfe.«

»Verlassen Sie umgehend den pakistanischen Luftraum und setzen Sie ihren Flug Richtung Khorog fort. Wir werden Ihnen die Amerikaner vom Hals halten.«

Lauter Jubel brach im Cockpit des Helikopters aus. Im gleichen Moment rauschten die vier F-16 Jets über den Helikopter hinweg Richtung Westen in den afghanischen Luftraum direkt auf die beiden F-35 zu, die erneut Kurs auf den Helikopter genommen hatten. Aus dem Seitenfenstern konnten sie beobachten, wie die zwei F-35 den ihnen entgegenkommenden F-16 Jägern seitlich ausweichen mussten. Der Kommandant der F-35 machte Meldung ans Hauptquartier: »Sir, wir werden von den Pakistani weiter abgedrängt, obwohl wir uns wieder im afghanischen Luftraum befinden. Bitten um weitere Anweisungen.«

Der Colonel informierte Tom Bauer. »Scheinbar helfen die Pakistani dem Hubschrauber. Wenn wir nicht abdrehen, riskieren wir den Abschuss unserer Maschinen.«

»Haben Sie Verstärkung in Marsch gesetzt?«, wollte Tom wissen.

»Positiv, Sir. Allerdings werden die noch etwa zwanzig Minuten brauchen, um das Einsatzgebiet zu erreichen.«

»Was empfehlen Sie, Colonel?«

»Im Moment können wir uns nur zurückziehen und in knapp zwanzig Minuten mit einer Sechser- Staffel erneut angreifen.«

Als die Pakistani feststellten, dass die F-35 abdrehten und nach Westen zurückflogen, drehten sie ebenfalls ab, wippten je zweimal mit den Flügeln und verschwanden östlich über die Grenze zurück nach Pakistan.

»Nicht zu früh jubeln. Die kommen garantiert zurück«, ließ der Coach keine Euphorie aufkommen.

»Wie weit ist es noch bis Khorog?«, fragte er den Co-Piloten.

»Noch ein paar Minuten entlang der Grenze, dann drehen wir nordwestlich ab nach Khorog. Nach den Berechnungen des Bordcomputers noch etwa fünfzig Kilometer.«

»Gut, holen Sie alles aus der Kiste raus, was noch drin ist. Wenn es das Gelände zulässt, gehen Sie so weit runter wie nur möglich. Und wenn uns die Sträucher am Sack kitzeln.«

Kurze Zeit später drehte der Helikopter nordwestlich ab und nahm Ziel Richtung Khorog. Der Pilot drückte den Hubschrauber langsam, aber stetig nach unten. Er musste enorm vorsichtig sein, weil die Wolkendecke tief unten in den Hochtälern hing und stellenweise sogar bis zum Boden reichte. Die Talsohlen lagen an dieser Stelle immer noch mindestens auf eintausend Meter Höhe. Für einen Moment stockte den Passagieren des Helis regelrecht der Atem, als die Maschine in die Wolkendecke eintauchte und niemand wusste, wie weit sie noch vom Boden entfernt waren. Als schließlich wieder freie Sicht herrschte, befand sich die Maschine nur knapp hundert Meter über einer Talsohle und steuerte direkt auf einen Berg zu.

»Nach links, zieh die Kiste nach links«, glaubte der Coach zu verstehen, als der Co-Pilot hektisch auf seinen Chef einredete. Deren Sprache verstand er immer noch nicht, aber er sah, dass der Pilot die Maschine ruckartig scharf nach links riss. Alles, was in der Kabine nicht fest verankert war, wechselte abrupt seinen Platz. Die Besatzung flog wild durcheinander. Die Männer, die bis zu diesem Zeitpunkt geschlafen hatten, waren augenblicklich hellwach. Nur mit Mühe umkurvte der Helikopter das sich vor ihm auftürmende Hindernis. Im letzten Moment gelang es dem Piloten, sein Fluggerät wieder unter Kontrolle zu bringen.

»Keine Panik«, rief der Coach. »Wir sind in Sicherheit. Wir mussten durch die tiefhängende Wolkendecke stoßen und befinden uns im Landeanflug auf Khorog in Tadschikistan. Alles bestens. Es geht nach Hause.«

Mittlerweile suchten sechs F-35 Kampfflugzeuge den Luftraum zwischen pakistanischer Grenze und dem gesamtem Grenzgebiet nach Tadschikistan ab.

»Wir haben keinen Sichtkontakt und das Radar zeigt kein Flugobjekt im Umkreis von fünfzig Kilometern.«

Colonel Bloomfield führte dieser Tatbestand zu folgender Schlussfolgerung, die er sofort an Tom Bauer weitergab. »Sir, wir vermuten, dass der Helikopter über die Grenze nach Pakistan geflogen ist und möglicherweise von dort aus wieder Kurs auf Tadschikistan genommen hat.«

»Die Piloten sollen das gesamte Grenzgebiet im Norden zu Tadschikistan absuchen. Irgendwann müssen die da auftauchen.«

»Sir, mit Verlaub, ich habe kein Problem damit, die Staffel nach Pakistan zu kommandieren.«

»Wenn wir sie in den nächsten fünf Minuten nicht finden, werden wir das wohl oder übel tun müssen.«

Der Colonel gab die Anweisungen an den Kommandanten der F-35 Kampfjets weiter.

»Hey, schaut mal raus. Das sieht doch ganz gut aus, oder?« Der Coach sah in ein paar Kilometern Entfernung die im leichten Dunst liegende Hauptstadt der Tadschikischen Provinz Berg-Badachskan. Wie von ihm vorausgesagt, konnten sie im Schutze der dichten Wolkendecke nicht mehr von ihren Verfolgern geortet werden. Sie hatten Khorog mit heiler Haut erreicht. Vor ein paar

Minuten noch hätte er nicht geglaubt, unversehrt das Reiseziel zu erreichen. Ohne die Hilfe der pakistanischen Luftwaffe wären Mensch und Maschine wahrscheinlich zu kleinsten Staubteilchen atomisiert zu Boden geregnet.

Jan und Steven fuhren über den Columbiadamm und die Sonnenallee zum Estrel-Hotel in der Ziegrastraße. Dort mieteten sie ein Doppelzimmer für zunächst zwei Übernachtungen. Eigentlich hatten die beiden vor, in Stevens Van zu übernachten. Für diese Fälle hatte er Isomatten und Schlafsäcke an Bord. Doch einmal am Tag mussten sie sich schließlich duschen und die Toilette aufsuchen. Zu diesem Zweck wollten sie sich ins Hotel begeben. Sie ließen Hannahs X3 in der Hotelgarage zurück und fuhren denselben Weg zurück nach Kreuzberg. Sie parkten den Van, ungeachtet der Warnungen durch den Staatsanwalt Rösler, direkt und demonstrativ vor dem Landeskriminalamt und liefen den Tempelhofer Damm, der ein paar hundert Meter weiter in die Mehringstraße überging, nordwärts. Nach knapp einem Kilometer lag links an der Einmündung zur Manfred-von-Richthofenstraße in einem großen dreigeschossigen Eckgebäude im ersten Stock die Praxis von Dr. Shapourzadeh. Sie sahen sich nach einem Platz in der Nähe des Hauses um, wo Steven seinen Spezial-Van in Stellung bringen konnte. Je näher er am Gebäude stand, desto größer wurde die Chance, die Abhörelektronik ziegerichtet und effektiv einsetzen zu können. Mit Spezialrichtmikrophonen wollte Steven die Praxisräume anpeilen und nach Ausschalten sämtlicher Störgeräusche relevante Gespräche mithören und aufzeichnen. Auf der dem Gebäude gegenüberliegenden Seite befand sich ein großer Parkplatz, der Luftlinie hundertfünfzig Meter entfernt lag.

»Von dort drüben müsste das eigentlich möglich sein«, zeigte Steven auf den Parkplatz, «vor allem stehen uns da keine Bäume und Masten im Weg.«

Während Steven zurücklief, um den Van zu holen, versuchte Jan herauszufinden, ob das Gebäude eine Tiefgarage hatte. Er ging um das Haus herum auf die Rückseite, wo er durch ein offenes Tor auf den Hinterhof gelangte. Über einem Gittertor hing ein Schild mit einem großen blauen P. Das musste die Einfahrt zur Tiefgarage sein. Direkt daneben befand sich eine Tür, die allerdings von außen mit einen runden, silbernen Knauf versehen war. Die Tür ließ sich nur von innen öffnen, es sei denn, man war im Besitz der richtigen Schlüssel. Er ging zum Gittertor und versuchte in das Dunkel der Garage zu blicken. Im selben Moment ging das Licht an und eine Frau betrat durch eine Metalltür, die wahrscheinlich vom Treppenhaus in die Garage führte, das Untergeschoss. Sie lief herüber zu einem roten Opel Astra. Als sich das Rollgitter öffnete und der Wagen die Garage verließ, schlüpfte er im letzten Moment durch das sich wieder schließende Tor ins Innere des Parkhauses. Da er damit rechnen musste, dass die Tiefgarage videoüberwacht war, versuchte er so unauffällig wie möglich in Richtung Tür zum Treppenhaus zu gehen. Er blieb im Türrahmen stehen, in der Annahme, sich jetzt im toten Winkel der Überwachungskamera zu befinden.

Seine Augen mussten nicht lange suchen. Fast gegenüber der Tür stand ein mächtiger schwarzer Porsche Cayenne mit dem Kennzeichen B-S 100. Der Fünf–Liter-Bolide gehörte mit großer Sicherheit der Zielperson, die offensichtlich gute Beziehungen zur Zulassungsstelle hatte. Solch ein Promi-Kennzeichen war alles andere als leicht zu ergattern. Da wechselten unter dem Tisch dann schon mal ein paar illegale Euro den Besitzer. Jan hatte genug gesehen. Er stieg die Treppe hinauf ins Erdgeschoss und verließ das Haus durch die Eingangstür.

Steven hatte mittlerweile seinen Wagen in Stellung gebracht. Von außen war der graue Mercedes Viano vollkommen unverdächtig. Die schwarzen Scheiben waren mittlerweile bei solch großen Fahrzeugen nichts Besonderes mehr und ließen keine neugierigen Blicke ins Wageninnere zu. Rundherum war der Wagen komplett gepanzert. Wenn Steven an der Arbeit war, hatten selbst die versiertesten Panzerknacker keine Chance, ins Innere des Wagens zu gelangen. Ansonsten unterschied sich der Viano äußerlich kaum von einem normalen Serienfahrzeug, das vielmehr den Eindruck eines luxuriösen Campingbusses vermittelte. Die Optik fiel zwar auf, riss aber niemanden vom Hocker.

Steven setzte sich an seinen Arbeitsplatz und startete den Haupt-rechner, der sämtliche Überwachungsmaßnahmen steuerte. Jan zeigte ihm das Fenster von Dr. Shapourzadehs Büro. Es lag im ersten Stock des Gebäudes nach vorn zur Straße heraus in einer Entfernung von knapp hundertzwanzig Metern zum Van.

»Ich denke, dass wir da problemlos intervenieren können«, be-merkte Steven und drückte Jan einen Mini-Peilsender in die Hand.

»Ich brauche hier noch ein paar Minuten, um die Technik einzu-stellen und zu starten. »Du solltest derweil versuchen, dieses klei-ne Spielzeug unter dem Wagen unseres Freundes zu platzieren, falls wir bei der Verfolgung den Kontakt verlieren.«

Jan schnappte sich den Minisender und machte sich auf dem Weg in die Tiefgarage, die er diesmal problemlos durch den Hauptein-gang betrat. Steven brachte zuerst ein Richtmikrofon in Stellung, das in der Lage ist, Töne in höchster Qualität aus weiter Entfer-nung aufzufangen. Daneben installierte er ein Parabolmikrofon, das den empfangenen Schall bei Bedarf tausendfach verstärken konnte. Dann zielte er mit dem Infrarot-Laser direkt auf die Fens-terscheibe des Arztbüros. Die Scheibe des abzuhörenden Raumes wird mit diesem Gerät angestrahlt. Dabei wird ein Teil des Laser-lichtes vom Glas reflektiert. Schwingt die Glasscheibe unter dem Einfluss des Luftschalles, wird auch der reflektierte Laserstrahl dadurch beeinflusst. Das Empfangsgerät kann aus dem reflektie-renden Laserstrahl wieder ein hörbares Sprachsignal erzeugen. Die Ergebnisse waren einwandfrei. Schon nach wenigen Minuten waren die Geräte perfekt auf Ort und Entfernung eingestellt. Die Stimme Dr. Shapourzadehs war laut und deutlich auf Stevens Kopfhörern vernehmbar. Außer seiner Stimme, war noch die einer Frau zu hören. Die beiden unterhielten sich über die Schlafproble-me der Dame, die wohl bereits einem etwas älteren Semester an-gehörte. Er legte den Kopfhörer beiseite und begann, den Compu-ter der Zielperson ins Visier zu nehmen. Dazu benutzte er *Carnivo-re*, ein Software-Programm des FBI zur Überwachung von E-Mails, Chats und zur Auflistung von Internetadressen, die die Zielperson besucht hat. Nach wenigen Minuten war er im Besitz von Dr. Shar-pourzadehs E-Mail Adresse. Jetzt konnte er damit beginnen, den Computer des Psychiaters anzuzapfen, um an alle relevanten Informationen zu gelangen.

»Alles erledigt. War allerdings ziemlich knapp. Das Vögelchen will gerade ausfliegen«, rief Jan, als er leicht außer Atem zurück in den Wagen stieg.

Steven schaute auf die Uhr. »Kurz nach drei. Ein bisschen früh für den Feierabend, oder?«

»Vielleicht macht er jetzt Hausbesuche? Wir sollten auf jeden Fall dranbleiben.«

»Gut, aber lass mich erst noch die Daten speichern, sonst muss ich alle Einstellungen erneuern, wenn wir wieder vor Ort sind.«

Der schwarze Porsche Cayenne passierte das Tor des Hinterhofes und bog nach rechts ab. Nur knapp hundert Meter weiter fuhr er wieder rechts in die Mehringstraße stadtauswärts. Der Peilsender markierte mit einem dickem roten Punkt die Position des Porsches.

»Eine Minute noch«, bat Steven um Geduld. Dann setzte sich der graue Viano in Bewegung. Der Verkehr war noch nicht so dicht, wie zur Feierabendzeit. Aber die vielen Ampeln verhinderten ein zügiges Vorankommen. Allerdings nicht beim Doktor, dem die Ampelphasen auf seinem Nachhauseweg schon in Fleisch und Blut übergegangen waren. Vom schwarzen Cayenne war jedenfalls nichts mehr zu sehen.

»Er fährt den Tempelhofer Damm runter Richtung A 100«, deutete Jan auf den roten Punkt auf dem Bildschirm des Navigationssystems.

»Ganz schön flott unterwegs, der gute Mann«, bemerkte Steven.

»Bei so einer Rakete unterm Hintern reizt es natürlich, den Fuß aufs Gaspedal zu drücken«, lachte Jan.

»Soll er doch. Der Weg ist das Ziel«, im gleichen Moment drückte Steven den Kickdown bis zum Anschlag durch. Mit der brachialen Wucht einer Dampflokomotive schoss der Viano dermaßen vehement vorwärts, dass Jan unvermittelt in die Rücklehne des Beifahrersitzes gepresst wurde. Steven grinste: »600 Flucht-PS«, lachte er. »In fünf Sekunden von null auf Hundert bis 250 Stundenkilometer erreicht sind.«

»Schön, sehr schön, was für Überraschungen hat denn diese Höllenmaschine sonst noch zu bieten?«

»Na ja, manchmal wäre es sicher hilfreich, wenn die Karre auch fliegen könnte. Aber ich kann dich beruhigen: Kann sie nicht.«

»Gut zu wissen«, richtete sich Jan wieder auf und schüttelte den Kopf.

»Der ist jetzt im Westend auf die Heerstraße abgebogen. Sieht aus, als wenn der nach Potsdam will. Da wohnen doch die Reichen und Schönen von Berlin, oder?«

»Was ist der Typ denn? Reich oder schön?«, fragte Steven.

»Ich würde sagen: Ganz schön reich, wahrscheinlich.«

»Verdient man als Psychiater so viel Geld?«

«Keine Ahnung. Aber vielleicht wohnt der Doktor ja auch irgendwo zur Untermiete. Ein-Raum-Appartement im Souterrain oder so was.«

Der Porsche Cayenne bog bei Amaliendorf von der Heerstraße auf die Potsdamer Chaussee ab. Nach ein paar Kilometern verließ der Wagen die Hauptstraße und fuhr auf Höhe des Krampnitzsees nach links in eine untergeordnete Straße.

«Sieht eher aus wie 'n Feldweg. Tritt mal 'nen bisschen drauf, wäre gut, wenn wir Sichtkontakt herstellen könnten, bevor er am Ziel ist.«

Steven gab seinem Pferdchen die Sporen.

»Hier links rein«, rief Jan ihm zu, als Steven drauf und dran war, die Abfahrt zu verpassen.

»Rotkehlchenweg, na dann«, bemerkte Jan.

Sie fuhren auf einem engen, aber asphaltierten Weg durch ein Wäldchen, das an den See grenzte. Als sich der Weg verzweigte, sahen sie rechts die Bremslichter des Porsches, der vor einem großen, gusseisernen Tor abstoppte.

»Fahr weiter, wir drehen irgendwo dahinten um und gehen dann besser zu Fuß.«

Rechts vor der Einfahrt, vor dem gut sichtbar ein großes Schild *Privatweg - Unbefugte verboten!* stand, hielten sie und stellten ihr Gefährt ab. Jan nahm die Kamera vom Sitz und gab Steven ein Handzeichen, zunächst im Wagen zu warten.

»Lass durchklingeln, wenn jemand kommt. Mal sehen, ob ich ein paar brauchbare Bilder machen kann.«

Am Ende des etwa zweihundert Meter langen Privatweges begann das Grundstück, das von einer zwei Meter hohen Mauer aus grauem Granit umgeben war. Das mächtige gusseiserne, weiße Eingangstor gab durch die verzierten Verstrebungen einen Blick auf das dahinter liegende Terrain frei. Auf beiden Seiten des Tores thronte oberhalb jeweils eine Überwachungskamera. Jan ging ein Stück abseits des Weges auf das Tor zu und erkannte eine mit weißem Kies befestigte Zufahrt auf ein mit Blumen geschmücktes Rondell direkt vor der Eingangstür der riesigen weißen viktorianischen Villa. Mächtige weiße Säulen erhoben sich majestätisch neben der zweiflügligen Eingangstür aus feinstem Mahagoni. Links neben dem Haus war zu erkennen, dass das Grundstück weiter unten direkten Zugang zum Krampnitzsee hatte. Lange würde er hier nicht unentdeckt bleiben. Er drückte einige Male auf den Auslöser und bewegte sich langsam am Wegesrand zurück zu Steven.

»Nettes, kleines Anwesen. In dieser Lage sicher unter zehn Millionen nicht zu bekommen. Ich hätte auch Seelenklemptner werden sollen.«

»Vielleicht hat er geerbt«, mutmaßte Steven.

»Klar, das war vorher der Sommersitz vom Schah von Persien und der Doktor hat ihn immer behandelt, wenn er auf Stippvisite in Berlin war. Aus Dankbarkeit hat er ihm sein kleines Feriendomizil überlassen.«

»So wird's gewesen sein«, lachte Steven.

»Hier können wir vorerst nichts mehr tun. Am besten wir fahren zurück ins Estrel. Mal sehen, was Hannah zu berichten hat. Gleich morgen früh gehen wir wieder vor der Praxis in Position.«

Langsam und mit weitaus mehr Gefühl, als man diesem antikem, klobigem Fluggerät zugetraut hätte, begann der Hubschrauber mit dem Landeanflug auf Khorog. Schließlich durchstieß die Maschine auch die Dunstglocke, die aus den Bergen in die Täler zog und setzte bei strahlendblauem Himmel ein paar Meter neben der eigentlichen und auch einzigen Start- und Landebahn des Khorog Airports auf. Dass sie dabei einem Flugzeug in die Quere kommen könnte, war relativ unwahrscheinlich. Nur etwa alle zwei Wochen funktionierte der Flugverkehr zwischen der Hauptstadt Duschanbe und Khorog. Wenn überhaupt. Die Tickets kosteten glatte siebzig Dollar und waren bei einem durchschnittlichen Monatseinkommen von umgerechnet fünfzig Dollar für den normalen Tadschiken kaum zu bezahlen.

Inzwischen waren alle zwölf Passagiere der Mil Mi-8 wach, hatten ihren Dämmerschlaf beendet. Bei denen, die die letzten Stunden bewusst erlebt hatten, wich so langsam die Anspannung aus den Gesichtern.

»Was ist los mit dir?«, fragte ein sichtlich entspannter Jeff Hunter, als sich William Fadi Bin Hammad mit Blick gen Himmel bei Allah bedankte.

»Der da oben hat die Maschine nicht geflogen, bedank dich lieber bei denen da vorn«, zeigte er auf die Piloten, die den Hubschrauber sicher gelandet hatten.

Roderick Rosenberg war bester Laune. »Das ist das erste Grün, das ich seit einer Woche sehe«, freute er sich über die Bäume, die sich am Rande des Pamir Rivers in sattem Grün gen Himmel streckten.

Die beiden Norweger gähnten noch müde vor sich hin, wirkten aber genau wie Morgan Lampart und Kees Schuitemans entspannt. Sie hatten alle Tests hinter sich. Nun wollten sie nur noch nach Hause. Dass sie sich nicht an den Ablauf der letzten knapp vierundzwanzig Stunden erinnern konnten, beunruhigte sie überhaupt nicht. Das war schließlich ein Hinweis darauf, dass die Tests erfolgreich verlaufen waren.

»Schau dir die Männer an, Dschafer. Sie sind wieder hellwach, ahnen aber nicht mal ansatzweise, was zuletzt passiert ist. Ihr Erinnerungsvermögen ist, was die vergangenen gut zwanzig Stunden anbelangt, komplett gelöscht. Sie wissen nicht mehr, was sie getan haben.«

»Freu dich nicht zu früh, Igor. Ob das so ist, wie du sagst, wird sich wohl erst zeigen, wenn wir mit ihnen gesprochen haben.«

Robert Ibrahim Al Mawardi, dem immer noch die Angst in den Knochen steckte, fasste seinen Onkel am Arm und zog ihn ein Stück zur Seite: «Wir müssen hier schleunigst wieder verschwinden, Onkel. Hier fliegen jeden Moment die Fetzen. Wahrscheinlich haben die uns längst entdeckt und die F-35 Jäger sind schon auf dem Weg hierher. Glaube mir, denen ist völlig egal, ob wir hier in Tadschikistan oder in Afghanistan oder sonst wo sind. Hier wird`s gleich ungemütlich.«

»Junge, nur die Ruhe. Es ist bereits alles vorbereitet.« Er zeigte auf ein Flugzeug, das direkt vor dem kleinen, baufälligen Abfertigungsgebäude stand. Wir steigen um und sind hier in den nächsten fünfzehn Minuten wieder verschwunden.«

Der Professor wandte sich an die Gruppe: »Meine Dame, meine Herren! Sie haben zehn Minuten Zeit, die Toilette aufzusuchen und sich etwas frisch zu machen. Die Antonow wird uns dann wohlbehalten nach Duschanbe bringen. Verpflegung und Getränke sind bereits an Bord. Wir sind etwas unter Zeitdruck, weil wir in Duschanbe den Anschlussflug nach Moskau nicht verpassen wollen.«

Der Coach stand etwas abseits vom Geschehen und beobachtete mit dem Fernglas den Luftraum. Das Problem war, dass die F-35 erst zu sehen sein würden, wenn sie zum unmittelbaren Sturzflug auf den Khorog Airport ansetzen würden. Dass sie kommen würden, war ihm klar, das es nicht mehr lange dauern würde, auch. Also mussten sie vom Rollfeld herunter. Er ging zu den Piloten herüber und riet ihnen, den Hubschrauber zurückzulassen und mit ihnen nach Duschanbe zu fliegen. Scheinbar führte das Angebot zu Meinungsverschiedenheiten zwischen den beiden. Wild gestikulierend schrien die Tadschiken aufeinander ein. Schließlich nahm der Co-Pilot seinen Rucksack und lief über die Landebahn den anderen Männern hinterher. Der Pilot fluchte laut und unverständlich und stieg wieder in den Helikopter. Der Coach hatte weder Zeit noch Lust, den Mann umzustimmen. Vielleicht hatte er Glück, konnte etwas Treibstoff ergattern und rechtzeitig wieder in der Luft sein. Die Aussichten dafür waren aber eher gering. Sein Problem.

Als die Gruppe die weiß-blaue Antonow AN 28 der Tajik Air bestieg, sahen sie, wie die Polizei und andere Sicherheitskräfte am Zaun vor dem Flughafengebäude eine Gruppe von knapp dreißig Personen durch den Einsatz von Waffen vom Gelände zurücktrieb. Aufgebracht bewarf die Menge die Ordnungshüter mit Steinen und Lehmklumpen. Schlagstöcke und Fäuste flogen.

»Das ist die erste Maschine seit zwei Wochen und sie dürfen trotz gültiger Tickets nicht mitfliegen. Klar, dass die sauer sind.« Professor Al Mawardi zeigte durchaus Verständnis für die Reaktion der

Leute. Andererseits war er natürlich froh darüber, dass die Piloten der Mil Mi-24 D sofort ihre Charterflugfirma benachrichtigt hatten und die prompt reagiert hatte. Vollkommen ungewöhnlich für diesen Teil der Welt. Hier hatten die Menschen noch ein anderes Verhältnis zur Zeit. Meistens musste man froh sein, wenn überhaupt etwas passierte. Da fielen ein paar Tage Verspätung noch unter den Terminus Karenz. Irgendwann würde die nächste Maschine aus der Hauptstadt in Khorog landen und die paar Glücklichen, die sich ein Ticket leisten konnten, ans Ziel ihrer Wünsche bringen. Meistens waren das Ausländer, die über Duschanbe nach Istanbul wollten. Von dort aus erreichten sie problemlos jeden Punkt auf dem Globus.

Die Motoren heulten auf und die zwei Propellerturbinen begannen ihren Dienst. Die Antonow bot achtzehn Passagieren Platz. Nicht gerade komfortabel, aber funktionell. An der rechten Seite des Ganges befanden sich sechs Doppelsitze, links vom Gang eine Reihe von sechs Einzelplätzen. Für das Gepäck stand im Heck ein kleiner Laderaum zur Verfügung.

»Wie bei uns in Amsterdam in der Straßenbahn. Da musst du einen roten Knopf drücken, wenn du aussteigen willst«, scherzte Kees Schuitemans.

»Sei vorsichtig. Wenn du das hier machst, betätigst du den Mechanismus für den Schleudersitz«, lachte Morgan Lampart.

Das in die Jahre gekommene russische Luftschiff beschleunigte und hob sachte in Richtung Norden ab. Die Reisegeschwindigkeit der Antonov An 28 lag bei etwa 350 km/h bei einer Flughöhe von 3.000 Metern. Die Entfernung zwischen Khorog und Duschanbe betrug gut 550 Kilometer. Würde man die Strecke mit dem Auto über die M41, die entlang des Panj Rivers an der tadschikisch-afghanischen Grenze durch das Gebirge führte, zurücklegen, würde man sicher zwei ganze Tage benötigen. Die Antonow würde das jetzt in knapp drei Stunden bewältigen.

Die Maschine befand sich noch im Steigflug, als der Coach durch das Seitenfenster zwei F-35 Kampfflugzeuge erblickte, die Khorog gerade nordwärts überflogen hatten und nun zu einer Schleife zurück ansetzten. Kein Zweifel. Sie hatten die Mil Mi-8 auf dem Rollfeld des Khorog Airports entdeckt. Dr. Muratov hatte die Jets ebenfalls gesehen und warf dem Coach einen kurzen Blick zu, der wohl pure Erleichterung zum Ausdruck bringen sollte. Das war knapp. Verdammt knapp sogar. Sie musterten die anderen Passagiere an Bord, die offenbar nichts von der bevorstehenden Katastrophe bemerkt hatten. Der Coach blickte den Doktor mit zusammen-gekniffenen Augen an und schüttelte leicht den Kopf. Dr. Muratov nickte, er hatte verstanden. Noch drei Stunden und sie hätten alles überstanden.

Der Kommandant der führenden F-35 meldete Sichtkontakt zum gesuchten Objekt. »Der Hubschrauber steht auf dem Rollfeld des Khorog Airports. Keine weiteren Flugzeuge zu erkennen. Keine Personen auf dem Gelände zu sehen.«
Colonel Bloomfeld gab die Information direkt an Tom Bauer weiter: »Wir befinden uns im tadschikischen Luftraum. Kann sein, dass uns die Russen gleich einen Besuch abstatten. Die glauben ja immer noch, dass sie für das gesamte Gebiet der ehemaligen Sowjetunion zuständig sind.«
»Geben Sie Befehl zum Abschuss. Wenn notwendig, legen Sie den ganzen Flughafen in Schutt und Asche. Wir müssen die Typen erwischen. Entschuldigen können wir uns später.«
»Verstanden, Sir«, fasste sich der Colonel militärisch kurz und gab den Befehl an den Kommandanten der F-35 weiter. Die beiden Kampfjets flogen eine erneute Schleife und nahmen ihr Ziel von Westen her ins Visier. Die beiden Maschinen flogen fast parallel nebeneinander. Der Kommandant stellte sein Zielgerät auf den Mil Mi-8 ein, der Pilot der zweiten F-35 peilte das Abfertigungs-gebäude des Flughafens an. Mit Abflug der Antonow nach Duschanbe hatte sich die protestierende Menge mittlerweile aufge-löst. Auch die Einsatzkräfte der Polizei hatten das Feld geräumt. Da weder heute noch morgen ein weiterer Flug von oder nach Duschanbe zu erwarten war, machten sich auch die beiden einzi-gen Angestellten der Tajik Air auf den Heimweg. Für sie gab es nichts mehr zu tun.
Sie hatten gerade die Straße zum Flughafen überquert, als sie von einen ohrenbetäubenden Donner über ihren Köpfen überrascht wurden. Sie sahen die F-35 Jets von Norden her im Tiefflug über

den Flughafen rasen und dann Richtung Gebirge nach Süden wieder in den Himmel aufsteigen. Im Grunde war es nicht ungewöhnlich, die Kampfflugzeuge der ISAF auch diesseits der Grenze anzutreffen. Manchmal zeigten auch pakistanische F-16 Jets oder russische MiG Präsenz in dieser Grenzregion und ließen die Muskeln spielen, ohne dass es je zu einem gravierenden Zwischenfall gekommen wäre. Deshalb nahmen die Menschen hier die Verletzungen des tadschikischen Luftraumes auch mit Gelassenheit auf. Die Regierung in Duschanbe protestierte zwar offiziell gegen das unerlaubte Eindringen in ihr Hoheitsgebiet, ohne jedoch bei den Beteiligten auf offene Ohren zu stoßen.

Doch diesmal kam es anders, als die beiden Männer der Tajik Air es erwartet hatten. Als sie glaubten, die F-35 am Horizont verschwinden zu sehen, beobachteten sie erstaunt, wie die Jäger eine Schleife flogen und im Formationsflug zurück Richtung Flughafen rasten. Sie blieben am Straßenrand stehen und waren gespannt, was passieren würde. Für eine Landung waren die F-35 viel zu schnell. Für einen normalen Überflug zu Beobachtungszwecken wiederum viel zu niedrig. Was sollte das werden? Die beiden Männer sahen sich fragend an, um im gleichen Moment durch die Druckwelle zweier unglaublich heftiger Detonationen über die Straße geschleudert zu werden wie welke Blätter im Herbstwind.

Die beiden Luft-Boden-Raketen vom Typ AGM-65 Maverick, die auf den Hubschrauber und auf das Flughafengebäude abgefeuert worden, machten das gesamte Gelände des Airports dem Erdboden gleich. Es blieb kein Stein auf dem anderen. Metallteile des Helikopters mischten sich mit Gesteinsbrocken, Ziegelresten und Glasscherben der Abfertigungshalle und regneten auf die am Boden liegenden Männer ab. Vor ihnen stiegen hohe Flammen und dichter Rauch gen Himmel und trübten das strahlende Blau in aschefarbenes Grau. Fassungslos versuchten die leicht verletzten und im Gesicht blutenden Männer wieder auf die Beine zu kommen. Aus welchem Grunde die ISAF soeben ihren kleinen zivilen Flughafen bombardiert hatte, war ihnen schleierhaft. Hier gab es keine militärischen Aktivitäten. Und die Taliban hatten sich in diesem Gebiet schon monatelang nicht mehr blicken lassen. Die beiden Flughafenangestellten sahen, wie die F-35 im Norden drehten und wieder zurückkamen.

»Ach du Scheiße, die kommen zurück. Lauf Freund, lauf so schnell du kannst.«

Doch die Kampfjets hatten es kein zweites Mal auf ihr Ziel abgesehen. Sie stiegen südwärts in die Höhe und verschwanden schließlich über den Bergen Richtung Afghanistan.

Der tadschikische Pilot der Mil Mi-8 stand fassungslos ein paar hundert Meter entfernt an der M41 und wartete auf den Tankwagen, der ihm ein paar Liter Kerosin bringen sollte. Das hatte sich jetzt offenbar erledigt. Gut, dass die Treibstoffvorräte am Flughafen aufgebraucht waren. Nur diesem Umstand hatte er zu verdanken, dass er noch am Leben war. Wie durch ein Wunder wurde bei dem Angriff niemand getötet. Bis auf die leicht verletzten Tajik Air Mitarbeiter hatten keine weiteren Personen Schaden genommen.

Punkt fünf Uhr morgens klingelte der Weckdienst der Rezeption des Estrel Hotels. Fünf Minuten später stand Jan unter der Dusche. Das herrlich warme Wasser auf seinem Rücken trug zwar zu seinem Wohlbefinden bei, machte ihn aber nicht wach. Wenn jetzt Hannah hier wäre, dachte er. War sie aber nicht. Unerschrocken drehte er den Knopf mit dem roten Punkt nach links. Warmes Wasser wurde lauwarm, dann kalt und schließlich eiskalt. Ein kurzer Kampfschrei und der kalte Guss wurde von seiner Haut akzeptiert. In Afghanistan wäre er froh darüber gewesen, jeden Morgen kalt duschen zu dürfen. Wasser war dort wertvoller als Öl. Manchmal sah sein Körper tagelang keinen einzigen Tropfen davon. Frisch wie der Morgentau rubbelte er seinen nassen Body mit dem Frotteehandtuch ab und schlüpfte in Hemd und Jeans. Frühstück gab es erst ab halb sieben. Das würden sie sich irgendwo aus einem Backshop in der Nähe ihres Beobachtungspostens an der Mehringsstraße besorgen. Kurz vor halb sechs wurde er von der Drehtür auf den Vorplatz des Hotels ins Halbdunkel des noch jungen Berliner Tages ausgespuckt. Der graue Viano stand schon abfahrbereit gegenüber am Straßenrand. Typisch Steven. Immer einen Schritt voraus. Manchmal nervig, aber meistens effektiv.

Steven Goldblum war ein Typ, der andere Menschen veranlasste, ihn kaum wahrzunehmen. Er war äußerlich genau das, was man allgemein als biederen Durchschnitt bezeichnete. Er war zurückhaltend, unauffällig und wortkarg. Zumindest in der Öffentlichkeit. Würde er einen Banküberfall verüben, würden sich selbst die Überwachungskameras nicht mehr an ihn erinnern. Er war stets präsent und unsichtbar zugleich. Perfekt für jemanden, der andere observieren sollte. Neben den einzigartigen technischen Möglichkeiten, die ihm zur Verfügung standen, hatte er einen besonderen Instinkt dafür entwickelt, wann und wo er etwas Bestimmtes zu tun hatte. Seine Arbeit war gnadenlos effektiv.

Steven war ein schlanker, gut 1,90 Meter großer Mann. Mit seiner leicht gebeugten Haltung und den astdünnen Extremitäten wirkte er bieder und unsportlich. Sein Gesicht war von kantigen Zügen geprägt, seine leicht eingefallenen Wangen ließen die lange, spitze Nnase noch mehr zur Geltung kommen. Die hohe Stirn zog sich weit über den Haaransatz nach hinten und der blonde Haarkranz, der seinen schmalen und länglichen Kopf umgab, war an manchen Stellen schon ergraut. Hätte er statt Jeans und kariertem Holzfällerhemd eine Toga getragen, wäre er problemlos als Double von Gaius Julius Cäsar durchgegangen. Von dem hatte er vielleicht auch seinen unglaublichen Verstand und seine überragende Intelligenz. Er war Amerikaner, sprach aber weitere sieben Sprachen. Sein Deutsch war grammatikalisch einwandfrei, seine Aussprache akzentfrei. Niemand, der ihn traf, würde glauben, dass er einem waschechten U.S.-Marine gegenüberstand.

Steven wollte unbedingt zur Army. Er war absoluter Technikfreak und er liebte Bücher und Filme, die mit Geheimdiensten und Spionage zu tun hatten. Um seinen Traum zu erfüllen, meldete er sich nach erfolgreichem Informatikstudium freiwillig. Er absolvierte den Grundwehrdienst und schaffte es schließlich, sich für die Ausbildung zum Elitesoldaten zu qualifizieren. Niemand in seiner Einheit, seine Person eingeschlossen, glaubte anfangs daran, dass er auch nur die erste Ausbildungswoche überstehen würde.

»Da gab es schwarze, einfach gestrickte Muskelpakete. Es gab schwarze, intelligente Muskelpakete. Da waren weiße, strohdumme Muskelpakete und weiße, ausgesprochen clevere Muskelpakete. Und dann gab es mich: Ein kalkweißes, kopfgesteuertes Paket aus Haut und Knochen.«

So beschrieb Steven die ersten Eindrücke seiner Spezialausbildung. Wie sollte er nur jemals diesen unüberwindbaren Hindernisparcour bewältigen? Wie sollte er an einem Strick auf einen zwanzig Meter hohen Turm klettern und anschließend mit einer Handwinde freihängend am einem Stahlseil nach unten rasen, ohne sich alle Knochen im Leib zu brechen? Wie sollte er im Nahkampf gegen einen zwei Meter Hünen von 120 Kilogramm bestehen? Niemals würde er in voller Ausrüstung einen über hundert Meter breiten, eiskalten Fluss durchschwimmen können. Was am ersten Tag völlig unmöglich erschien, sah nach einer Woche schon besser aus. Wo nach einer Woche langsam Fortschritte zu sehen waren, gab es nach zwei Wochen schon erste akzeptable Ergebnisse. Die Kameraden, die anfangs über ihn lachten, respektierten ihn später für sein unglaubliches Durchhaltevermögen. Seine überragenden Fähigkeiten in der taktischen Ausbildung brachten ihm schnell den Beinamen »The Brain« ein. Nach einem halben Jahr hatte er es geschafft. Er hatte das Stahlbad der knüppelharten Ausbildung zum Navy Seal erfolgreich absolviert. Viele Männer mit weitaus besseren körperlichen Voraussetzungen waren schon früh gescheitert. Als Steven bei der Prüfung als einer der Letzten aus dem Hindernisparcour kam, standen die Kameraden anfeuernd und applaudierend Spalier und ließen ihn im Ziel hochleben. Der diese letzte Prüfung abnehmende, stets unnachgiebige, knüppelharte und ansonsten vollkommen herzlose Ausbilder Staff Sergeant »The Bulldog« Barnes, drückte kurz vor dem letzten Hindernis respektvoll unauffällig auf die Stoppuhr. Wegen lausiger zehn Sekunden würde dieser Mann garantiert nicht durchfallen, dachte er.

Von zu Beginn gut sechshundert Rekruten, hatten am Ende knapp einhundert Soldaten die härteste Militärausbildung der Welt erfolgreich abgeschlossen. Steven Goldblum war einer davon. Jan, selbst ausgebildeter Elitesoldat, mit der Statur eines Zehnkämpfers, wusste, welche Höllenqualen ein Navy Seal in der Ausbildung zu erleiden hatte. Wer diesen Weg gegangen war, dem musste man einfach den größtmöglichsten Respekt zollen. Aber nicht nur deshalb waren Jan und Steven Brüder im Geiste. Sie lagen in fast allen Dingen auf einer Wellenlinie. Ihre Sichtweisen waren oft erstaunlich deckungsgleich. Das ging oft soweit, dass die nonverbale Kommunikation völlig ausreichte, um dem Anderen etwas Wichtiges mitzuteilen. Mal war es ein Blick, mal eine leichte Handbewegung oder auch nur ein Schulterzucken. Mehr war oft nicht nötig. Sie waren ein eingespieltes Team, seit sie im letzten Jahr gemeinsam den Al Kaida Anführer Tahir Sharif Al Fakri zur Strecke gebracht hatten.

»Ausgeschlafen?«, lachte ihn Steven an, als der die Schiebetür des Wagens öffnete. Der saß bereits vor seinen Computern.

»Nein, abgebrochen«, antwortete Jan.

»Wer nicht schläft, braucht auch nicht abzubrechen. Ein Soldat schläft nie, er ruht. Kennst du doch, oder?«

»Hör doch auf, Mann. Du säufst doch literweise Kaffee und Red Bull. Da schlafen ja nicht mal mehr deine Füße ein.«

Steven grinste und hielt einen dampfenden Porzellanbecher in die Höhe.

»Hör auf zu meckern und trink erstmal 'nen gepflegten Morgenkaffee. Der macht gute Laune.«

»Später. Ich nehme meinen Wagen. Dann sind wir nachher flexibler. Wir treffen uns in einer halben Stunde auf dem Parkplatz.«

Steven streckte kurz einen Daumen in die Höhe, nahm ein kräftigen Schluck aus seinem Kaffeebecher und setzte wieder seine Kopfhörer auf.

Steven und Jan hatten gerade auf dem Parkplatz gegenüber der psychiatrischen Praxis in der Manfred-von-Richthofenstraße Stellung bezogen, als gegen halb sieben Jans Handy vibrierte.«

»Wollte mal kontrollieren, ob ihr noch schlaft.«

»Ich schon, Steven nicht«, beantwortete er Hannahs Frage. »Der Typ ist notorischer Nichtschläfer, muss sich um einen ausgeprägten Gendefekt handeln.«

Seine Freundin lachte: «Allein schlafen macht ja auch keinen Bock.«

»Allerdings, aber manchmal brauchen Männer in unserem Alter auch ein bisschen Erholung.«

»Gut, dass du die hinter dir hast, wenn du wieder nach Hause kommst«, lachte die Hauptkommissarin.

»Hört auf mit dem Gesäusel, kann man ja direkt eifersüchtig werden«, schaltete sich Steven ein.

»Wird Zeit, dass sich bei dir frauentechnisch auch mal was tut. Ich glaube, ich hab da genau die Richtige für dich. Das erledigen wir, wenn ihr wieder in Leipzig seid.«

»Willst du etwa einen eingefleischten Junggesellen verkuppeln?«, entrüstete sich Steven.

«Käme mir niemals in den Sinn. Das erledigt die Dame schon selbst. Wirst schon sehen.«

»Jetzt machst du mich aber neugierig. Meine hohen Ansprüche sind allerdings kaum zu erfüllen, das ist dir doch klar, meine Liebe?«, frotzelte Steven.

»Wart's ab und lass dich einfach überraschen.«

Jan schüttelte nur mit dem Kopf: »Frauen! Was soll man da noch sagen? Was gibt's bei euch Neues?«, lenkte er das Thema wieder auf die Arbeit.

»Wir haben Informationen, dass heute Nachmittag eine große Lieferung Kaviar aus Berlin nach Leipzig kommen soll. Ricos Schwager arbeitet beim Zoll. Ich habe gestern Abend mit dem Mann gesprochen. War hochinteressant.«

»Wieso, bisher haben die doch nie was gefunden?«, wunderte sich Jan.

»Kommt immer darauf an, wie gründlich man sucht. Unser Freund Grigori hat im Laufe der Jahre immer einen freundschaftlichen Umgang mit den Zöllnern gepflegt. Mal ein paar Dosen edelsten Kaviars hier, mal 'ne Kiste Krimsekt da oder als Zugabe ein paar Flaschen feinsten russischen Wodkas. Irgendwas ging immer.«

»Und das hat Ricos Schwager mal so eben zugegeben?«, war Jan erstaunt.

»Ich musste ihm natürlich versprechen, davon nichts zu erwähnen. Außerdem hat er mir versichert, dass sie trotzdem kontrolliert haben, wenn eben auch nicht immer gründlich. Es wurde jedenfalls nie was gefunden. Deshalb hat man das Angenehme mit dem Nützlichen verbunden und ab und zu mal ein kleines Präsent entgegengenommen. War ja keine Bestechung im eigentlichen Sinne.«

»So kann man das auch sehen. Hast du ihn gefragt, ob sie auch auf die Idee gekommen sind, dass diese Dosen einen doppelten

Boden besitzen?«

»Nein, natürlich nicht. Den Joker werden wir erst heute Abend ausspielen.«

»Aha und wie willst du das anstellen?«

»Ich bin gleich zusammen mit Rico und Waffel mit dem Staatsanwalt verabredet. Wir hoffen, dass er uns einen gerichtlichen Durchsuchungsbeschluss für die Interfood unter-schreibt. Dann werden wir dem Kollegen Tireshnikov mal richtig auf den Zahn fühlen.«

»Ich weiß nicht, ob das nicht zu früh ist. Wenn ihr nichts findet, wird unser Verhältnis zu Grigori möglicherweise ein für allemal im Eimer sein. Dann kommen wir nicht mehr an ihn heran.«

»Und genau deshalb wird die Drogenfahndung den Einsatz übernehmen. Von uns wird nur Rico dabei sein. Den kennt er nicht. Ich halte mich da vollkommen raus. Bin gespannt, ob er sich anschließend bei uns meldet. Wir wissen offiziell von gar nichts.«

»Hoffentlich geht das gut. Halt mich auf dem Laufenden. Wir schauen mal, was dieser Dr. Shapourzadeh für Leichen im Keller hat. Lass uns telefonieren, sobald es was Neues gibt.«

»Ach und sonst nicht?«, fragte Hannah empört.

»Nein, deine Stimme macht mich nervös. Und ich muss mich hier konzentrieren.«

»Ach ja? Na, dann lasse ich das nächste Mal Rico anrufen. Damit du nicht auf falsche Gedanken kommst.«

»Frauen«, wiederholte Jan, nachdem Hannah aufgelegt hatte.

Nach knapp fünf Stunden Flugzeit setzte die Antonov AN-148 der Rossiya Russian Airlines auf der Rollbahn des Flughafens Domodedovo auf. Jeff Hunter und Roderick Rosenberg hatten zwar während des gesamten Fluges von Duschanbe nach Moskau geschlafen, ausgeruht wirkten sie trotzdem nicht. Dafür waren die letzten Tage viel zu anstrengend gewesen. Aber das hatte ja nun Gott sei Dank ein Ende. Hunderttausend Euro für eine Woche Arbeit, das hatte sich gelohnt. Scheinbar hatten die Versuche einwandfrei funktioniert. Sie konnten sich zwar daran erinnern, wo sie waren und was das Ziel dieses Unternehmens war, alle Einzeleinheiten dieser Operation waren jedoch aus ihrem Gehirn gelöscht. Das beunruhigte sie jedoch nicht. Sie wussten, dass die Medikamente, die ihnen verabreicht worden waren, verhindern sollten, dass die Soldaten fortwährend an ihre Kampfeinsätze zurückdachten und dass diese Erinnerungen noch Jahre später folgenschwere Traumata auslösen konnten. Genau diesen Effekt sollten die von Professor Al Mawardi getesteten Medikamente verhindern. Aus ihrer Sicht taten sie das auch. Etwaige Nebenwirkungen verspürten sie bisher nicht. Im Großen und Ganzen hatten sie sich also in den Dienst einer guten Sache gestellt. Jetzt hatten sie nur noch einen Wunsch: Sie wollten nach Hause. Umso größer war die Enttäuschung, als Dr. Muratov den Männern mitteilte, dass der Weiterflug nach Frankfurt erst am nächsten Tag erfolgen sollte.

»Wir beziehen Quartier in einem Moskauer Hotel. Dort werden wir noch einige Abschlusstests vornehmen und die Ergebnisse unserer Feldversuche besprechen. Ich denke, dass sie dann ab Morgen Nachmittag ausgeschlafen die Heimreise antreten können.«

Aus der Gruppe war ein mehr oder weniger leichtes Murren zu vernehmen.

»Was soll das denn jetzt?«, grollte Morgan Lampart. »Das war so nicht vereinbart.«

Auch die beiden Norweger waren alles andere als erbaut: »Es war von einer Woche die Rede. Heute Abend sind bereits acht Tage vorüber. Verarschen können wir uns allein.«

Der Coach ergriff das Wort: »Ihr habt recht, Männer, aber wir mussten leider einige Zeitverzögerungen in Kauf nehmen und dieser Abschlusstest ist absolut notwendig. Nur so können die Wissenschaftler herausfinden, wie die Medikamente bei den einzelnen Probanden angeschlagen haben und ob es eventuell Nebenwirkungen gegeben hat. Also habt bitte noch diesen einen Tag Geduld.«

»Hat der Typ kein zu Hause, oder was?«, flüsterte Kees Schuitemans.

Als die Männer müde und schlecht gelaunt aus dem Flugzeug stiegen, war die Stimmung auf dem Nullpunkt.

Am späten Abend bestellten sich Professor Al Mawardi, Fadi Bin Hammad und Ibrahim Al Mawardi ein Taxi. Eine halbe Stunde später betraten sie die Syrische Botschaft an der Mansurovski Per. Im ersten Stock wurden sie von einer kleinen, dunkelhaarigen Mitarbeiterin in das Empfangszimmer geleitet. Sie nahmen am Konferenztisch Platz und wurden mit Tee und Wasser bewirtet. Nach zehn Minuten Wartezeit öffnete sich die Doppeltür zum Nebenzimmer. Mit ausgebreiteten Armen ging der Meister auf Professor Al Mawardi zu, der sich von seinem Stuhl erhob.

»Allah wird dich reich belohnen für deine edlen Taten, mein Freund. Du bist das Schwert, mit dem wir unsere Feinde schlagen. Du hast ihnen die Antwort auf die feigen Morde an unseren heiligen Führern gegeben. An diesen Tag werden sich die Gläubigen für alle Zeiten erinnern.«

Er nickte den anderen Männern höflich zu und setzte sich zu ihnen. Der Professor berichtete dem Meister von den erfolgreichen Tests, die am heutigen Abend mit den Kontrolluntersuchungen der Probanden vorerst beendet waren.

»Das war sehr gute Arbeit, Dschafar. Doch du weißt auch, dass wir diese Männer in keinem Fall wieder gehen lassen dürfen.«

Die beiden anderen Männer am Tisch schauten sich irritiert an.

»Was, wieso? Die Tests sind beendet. Wir können die Leute nicht länger festhalten«, empörte sich Fadi Bin Hammad.

Der Meister sah ihn mit strafenden Blick an: »Mein Sohn, du solltest nur sprechen, wenn du gefragt wirst. Ich lasse dir diese Unhöflichkeit durchgehen, weil du dich als tapferer Kämpfer erwiesen hast. Aber nun hüte deine Zunge.«

Professor Al Mawardi machte eine beschwichtigende Handbewegung in Richtung seiner Vertrauten.

»Entschuldige Meister, aber es gibt tatsächlich keinen Grund, die Männer nicht gehen zu lassen. Sie können sich praktisch an nichts erinnern. Sie wissen nur, dass sie zu medizinischen Tests in Afghanistan waren. Mehr nicht.«

Der Meister trank einen Schluck Tee und lehnte sich in seinen Sessel zurück. Er lächelte. »Aber, Dschafar, du bist ein großer Wissenschaftler. Leider verschließt du deine Augen vor der Realität. Sie werden die Männer nicht einfach nur befragen, wenn sie nach Hause kommen. Sie werden mit allen erdenklichen Methoden arbeiten, um sie zum Sprechen zu bringen. Und wer sagt denn, dass sie diese Mittel nicht besitzen, um aus ihnen die Wahrheit herauszuquetschen. Das Risiko ist doch viel zu groß. Warum sollen wir uns darauf einlassen?«

Fadi Bin Hammad und Ibrahim Al Mawardi stieg die Zornesröte ins Gesicht. Sollten sie die Männer etwa töten?

»Was also sollen wir tun, Meister?«, fragte der Professor.

Der Meister zögerte mit seiner Antwort. Dann beugte er sich zum Professor vor und flüsterte ihm zu: »Du musst deine Aufgabe erfüllen. Je eher, desto besser. Und wenn dir das Wohl dieser Männer so am Herzen liegt, dann brecht ihr schon morgen auf, um zusammen die größte aller bisher bekannten Heldentaten zu vollbringen. Warum sollen wir jetzt wieder unnötig Zeit verstreichen lassen? Deine Leute haben bewiesen, wozu sie imstande sind. Das müssen wir nutzen. Und zwar so schnell wie möglich.«

»Bei allem Respekt, Meister. Die Männer sind erschöpft. Wir haben noch keinen Plan, wie wir diese Aufgabe bewältigen sollen. Uns fehlen Waffen, Munition und Sprengstoff. Wie sollen wir das alles in so kurzer Zeit organisieren?«

»Das müsst ihr nicht. Dafür habe ich bereits Sorge getragen. Es ist alles arrangiert. Ich habe euch die Arbeit abgenommen. Ihr müsst unser Vorhaben nur noch in die Tat umsetzen. Morgen früh werden wir alles Notwendige besprechen. Geht jetzt, damit ihr dann ausgeruht euer Werk erfüllen könnt. Allahu Akbar! Allah ist groß!«

Der Meister erhob sich, nickte seinen Besuchern kurz zu und verließ den Raum durch die gleiche Tür, durch die er gekommen war.

»Das ist ja Wahnsinn«, rief Fadi Bin Hammad.

»Sei still, Junge. Willst du uns umbringen?«, fuhr ihn der Professor an.

»Lasst uns gehen. Wir müssen die Lage mit den anderen erörtern. Aber wir werden der Aufforderung des Meisters nachkommen müssen. Es gibt keine Alternative.«

»Der Präsident will Antworten und die nicht erst übermorgen. Das kann doch wohl nicht wahr sein, dass keiner in der Lage ist, so ein paar verschissene Terroristen zur Strecke zu bringen.« Chief Broderick war stinksauer. Aber diesmal auf eine andere Art und Weise. Tom meinte in seinen Augen so etwas wie Angst, ja sogar Panik auszumachen. »Über neunzig Tote, davon fünfunddreißig Amerikaner. Das war der härteste Schlag gegen die Vereinigten Staaten seit Nine/Eleven. Und das während meiner Amtszeit. Ich denke, ich brauche mir den Strick nicht zu nehmen, der wird mir auf dem Silbertablett präsentiert. Das wird eine öffentliche Hinrichtung wie sie die Welt noch nicht gesehen hat.« Die Angst schlug in pure Verzweiflung um. Der Chief wirkte hilflos wie ein Kleinkind. So hatte Tom diesen mächtigen, stark übergewichtigen Mann, noch nicht erlebt. Er tat ihm fast schon leid.

»Chief, Sie haben alles getan, was in Ihrer Macht stand. Das Problem lag eindeutig bei der Kommandantur der ISAF in Kundus. Hätten die Typen Colonel Bloomfield umgehend grünes Licht für den Einsatz in Mazari Sharif gegeben, wären die Terroristen jetzt nur noch ein Häufchen Asche auf dem afghanischen Wüstenboden.«

Fast schon dankbar schaute Chief Broderick Tom an. »Aber das ist noch längst nicht alles. Wieso waren die nicht in der Lage mit der hochmodernsten Militärtechnik der Welt diese beiden Hubschrauber zu orten? Und als man sie schließlich gefunden hatte, waren zwei F-35 nicht fähig, trotz Bedrängnis durch ein paar längst verrostete pakistanische F-16, diese Terrorbande zu pulverisieren. Man sollte die beiden Piloten für den Friedensnobelpreis vorschlagen.« Tom erschrak vor sich selbst. Er redete jetzt fast schon wie der Chief in Hochform.

Der wiederum schöpfte aus Toms Aussagen umgehend neuen Mut. »Sie sagen es, Tom. Wir waren praktisch die einzigen, die wussten, was überhaupt los war. Die Drecksarbeit hätten schon die Militärs vor Ort verrichten müssen. Darauf hatten wir schließlich keinen Einfluss.« Der Chef der CIA war augenblicklich wieder oben auf. »Außerdem haben wir ja immerhin noch was unternommen. Haben wir doch, Tom, oder nicht?«

»Selbstverständlich, Chief. Ich habe Colonel Bloomfield angewiesen, notfalls auch ohne die Legitimation der ISAF, den russischen Helikopter auch über die Grenzen hinaus zu verfolgen und ohne Rücksicht auf Kollateralschäden zu eliminieren.«

»Und? Spannen Sie mich nicht so auf die Folter. Hatten Sie Erfolg?«

»Die gute Nachricht ist, dass die F-35 Jets den Hubschrauber auf dem Flugplatz von Khorog in Tadschikistan aufgespürt und zerstört haben. Dazu haben sie gleichzeitig noch das gesamte Terminal in

Schutt und Asche gelegt. Die schlechte Nachricht ist, dass die Flüchtigen wohl kurz vor dem Angriff mit einer Antonov nach Duschanbe entkommen konnten. Allerdings ist das noch nicht bestätigt. Aber die Piloten der Kampfjets haben kurz vor ihrem Einsatz so eine Maschine im Luftraum über Khorog gesichtet. Hätten sie das sofort gemeldet, hätte ich zweifellos den Befehl zum Abschuss gegeben. Und dann ist da noch was, Chief.«

Sein Chef blickte ihn mit weit aufgerissenen Augen und vorgestreckten Kopf an, als wollte er Tom die Worte aus dem Mund starren. »Nun reden Sie schon, Tom. Lassen Sie sich nicht jedes Wort aus der Nase ziehen.«

Tom merkte, wie ihm sein Auftritt im Chefbüro von Minute zu Minute mehr Spaß machte. Er war gerade im Begriff, seinem Chef den Arsch zu retten. Eigentlich müsste er ihn für das, was er in den letzten Wochen zu erleiden hatte, den Hunden zum Fraß vorwerfen. Aber er tat es nicht.

»Wieso hat die ISAF den Konvoi von Kabul nach Kundus nicht gestoppt? Die wussten doch, dass nach den unbekannten Hubschraubern gefahndet wird. Sie hätten abwarten müssen, bis die Sache geklärt worden war. Der Verantwortliche muss dafür seinen Kopf hinhalten. Das war grob fahrlässig. Er allein hätte diese Katastrophe verhindern können.« Tom kam sich vor wie der Chefankläger vorm Bundesgericht. Als er sich so reden hörte, wurde ihm erst richtig klar, wie recht er eigentlich hatte. Die Schuldigen für dieses Massaker waren sicher nicht in Langley zu suchen.

Der Chief hatte mittlerweile seine Fassung wiedergefunden. Die Krise schien überstanden. Jetzt hatte er die Argumente, die er brauchte, um den Präsidenten von seiner Kompetenz als CIA-Chef zu überzeugen. Er hatte alles richtig gemacht. Jetzt war er in der Lage, die Schuldigen zu benennen.

»Ich hab ja schon immer gewusst, dass Sie was auf dem Kasten haben, Tom. Das war gute Arbeit. Sie haben was gut bei mir.«

Tom richtete seinen Blick leicht verlegen zu Boden. Unterm Strich war es auch ihm nicht gelungen, dieses unglaubliche Desaster zu verhindern. Aber er war auch realistisch genug, um zu wissen, dass das gar nicht in seiner Macht stand.

»Chief, bei allem Respekt. Wir sollten jetzt nicht so tun, als wenn die Sache erledigt wäre. Ich will Ihnen ja ihre wiedererlangte gute Laune nicht kaputt machen. Aber das Schlimmste, befürchte ich, steht uns erst noch bevor.«

»Was, wieso? Wie meinen Sie das, Tom?«

»Nicht nur ich bin der Meinung, dass der Anschlag von Gowarah Sang nur ein finaler Testlauf war. Die haben aller Voraussicht nach noch eine viel größere Sache geplant. Wir müssen diese Typen finden, bevor sie noch größeres Unheil anrichten können. Und diesmal darf niemand mehr versagen.«

»**Soeben** ist der Lkw auf den Hof gefahren. Wir warten auf Anweisungen.« Die beiden Polizisten in Zivil hatten die Aufgabe, die Ankunft der neuen Lieferung sofort zu melden.

»Gut, danke. Warten Sie, bis wir vor Ort sind.« Rico Steding informierte die Kollegen von der Drogenfahndung. »In zehn Minuten ist Abfahrt. Wollen doch mal sehen, ob die uns auch aufs Kreuz legen können.«

Zwanzig Minuten später rasten vier Einsatzfahrzeuge der Leipziger Drogenfahndung mit Blaulicht, aber ohne Sirene, auf das Gelände der Interfood GmbH. Die Gabelstapler hatten gerade begonnen, die Paletten mit feinstem russischen Kaviar in die Halle zu bringen. Der Einsatzleiter Ronny Kujau wies die Arbeiter an, sofort ihre Tätigkeit einzustellen. Im gleichen Moment stürzte Olga aus dem Bürogebäude auf den Hof. »Was ist denn hier los?«, erkundigte sie sich entrüstet.

Rico Steding ging auf die Frau zu, fasste sie leicht am Oberarm und zog sie ein Stück zur Seite. »Holen Sie Ihren Chef, junge Frau. Der wird jetzt hier gebraucht.«

Aufgeregt fingerte Olga ein Handy aus ihrer Jackentasche. Nach einem kurzen Gespräch in russischer Sprache, von dem Rico nur ein paar Fetzen verstand, mehr gab sein Schulrussisch nicht mehr her, gab sie den Auftrag ihres Chefs an Rico weiter.

»Der Chef bittet Sie, so lange zu warten, bis er vor Ort ist. Er ist gerade auf dem Weg von Dresden nach Leipzig und wird in etwa einer halben Stunde hier sein.«

»Richten Sie ihm aus, dass es mir leid tut, aber wir haben einen gerichtlichen Durchsuchungsbeschluss und werden diesen jetzt ohne weitere Zeitverzögerung ausführen. Sie können selbstverständlich als Vertreterin der Firma alle unsere Maßnahmen begleiten. Wir werden jetzt die Spürhunde ins Lager schicken und anschließend einige Stichproben nehmen. Vor allem von der Lieferung Beluga, die gerade eingetroffen ist. Bitte sorgen Sie dafür, dass sich sofort alle Angestellten auf dem Hof versammeln. Wir werden ihre Personalien aufnehmen.«

Im gleichen Moment stoppten die Polizisten eine schwarze Mercedes E-Klasse , die gerade auf den Hof der Interfood fahren wollte.

»Wer ist der Mann?«, fragte Rico bei Olga nach.

»Das müsste Wladimir Skutin sein, der Stellvertreter vom Chef.«

»Na, da hat er den wohl vorgeschickt«, bemerkte Rico und gab den Beamten über Funk den Befehl, den Mann durchzulassen. Skutin war noch gar nicht ganz aus dem Wagen ausgestiegen, als er entrüstet lospolterte: »Was soll die Scheiße, he? Jetzt weiß ich auch, warum die Ärsche vom Zoll nicht kontrolliert haben. Den Spaß habt ihr heute für euch aufgehoben, wie?«

Rico ging auf Skutin, dessen rechtes Knie eingegipst war, zu: »Jetzt halten Sie mal die Luft an und weisen sich erstmal aus.«

»Sie wissen doch genau, wer ich bin, Herr Oberkriminalidiot«, konnte sich Skutin nicht beherrschen.

Rico winkte zwei Kollegen heran und gab ihnen ein Zeichen, den auf den Beinen wackeligen Skutin festzunehmen. Als sie ihn packten, um ihm Handschellen anzulegen, wehrte dieser sich trotz seiner körperlichen Einschränkung vehement.

«Ihr glaubt wohl, Ihr könnt euch alles erlauben. Dich kriege ich noch, Bulle, darauf kannst du einen lassen.«

»Ja ja, klar. Abführen und Personalien aufnehmen. Bei der geringsten Kleinigkeit nehme ich Sie mit aufs Revier, Skutin. Dann können Sie sich ein paar Tage in Untersuchungshaft abreagieren.«

Die Beamten zerrten den Russen gegen leichten Widerstand in den VW-Bus.

Nach knapp zwanzig Minuten kamen die Hundeführer aus der Lagerhalle. »Negativ, Chef. Die Hunde haben nichts gefunden. Sollen wir sie noch auf den Lkw schicken?«

»Danke, nicht nötig Männer. Bis auf einen Hund könnt ihr unsere Vierbeiner zurückbringen. Wir werden jetzt das große Dosenöffnen beginnen. Mal sehen, ob Hannah recht hatte?«

Rico versammelte die verbliebenen Beamten samt Spürhund vor dem Lkw.

»Unsere Vermutung ist, dass diese Kerle mit dem Doppelten-Boden-Trick arbeiten. Also öffnet ihr die Dose oben an der Metallasche und schüttet den Inhalt in die Eimer. Dann müsst ihr versuchen mit einem Dosenöffner oder einem Messer den Unterboden aufzumachen.«

Zur Demonstration griff sich Rico die erste Dose von der Palette, auf der sich nach seiner Rechnung exakt 2.500 Einheiten befanden. Inzwischen hatten die Beamten die Transportverpackung von der Palette entfernt und die Stahlbänder durchtrennt. Er zog die Metallöse nach hinten, rollte das Oberblech zurück und schüttete den edlen Kaviar in den Eimer. Danach wischte er mit einem Haushaltstuch den Boden sauber.

»Dann wollen wir mal.« Er setzte den Dosenöffner von innen auf dem Grund der Dose an. »Sollte hier ein doppelter Boden verwendet worden sein, muss der aber verdammt flach sein«, dachte sich Rico. Er wusste bereits, dass er nichts finden würde.

»Fehlanzeige. Trotzdem: Weitermachen.«

Die anderen Beamten fingen an, nacheinander die Dosen zu öffnen, zu entleeren und nach einem doppelten Boden zu untersuchen. Ohne jeden Erfolg.

»Wie weit seid ihr?«, erkundigte sich Hannah telefonisch, die gespannt auf das Ergebnis wartete.

»Wahrscheinlich war das Ganze hier ein Schlag ins Wasser. Wir haben bestimmt hundert Dosen aufgemacht. Nichts. Wir brechen gleich ab.«

»Rico, ihr müsst weitermachen. Die haben wahrscheinlich pro Palette immer nur ein paar Dosen frisiert. Und die werden sich wahrscheinlich genau in der Mitte des Würfels befinden. Also da, wo im Normalfall gar keine Kontrolle erfolgen kann und auch niemals erfolgt ist. Scheiß egal. Ihr müsst die ganze Palette auseinandernehmen und wenn das bis morgen früh dauert.«

»Das sind ja glänzende Aussichten. Bist du dir sicher, dass wir da was finden? Selbst der Hund konnte auf der Palette nichts erschnüffeln.«

»Wie auch? Das Zeug liegt praktisch vakuumverpackt zwischen zwei Metallböden. Da riechen selbst die Hunde nichts.«

»Moment, Hannah, ich muss Schluss machen, der Chef persönlich fährt gerade vor.«

Die Ruhe selbst stieg Grigori Tireshnikov aus seiner Luxuslimousine.

»Aber meine Herren, was machen Sie denn da? Der kostbare Kaviar. Den soll man genießen, nicht einfach in gewöhnliche Plastikeimer kippen.«

Rico Steding und Ronny Kujau wiesen sich aus und zeigten Grigori ihren Durchsuchungsbeschluss.

»Sie hätten mich nur fragen brauchen, dann hätte ich sie auch ohne großartige Formalitäten eingeladen und selbstverständlich persönlich an der Kontrolle teilgenommen. In über zehn Jahren haben die Zollkontrollen bei uns nichts Verdächtiges finden können. Und wissen Sie auch warum?« Er beantwortete seine Frage selber. »Weil bei uns außer Lebensmitteln nichts zu finden ist.«

Trotz der Unschuldsbeteuerungen des Chefs fuhren die Beamten mit der Kontrolle fort. Aber auch Hannahs Vermutungen gingen ins Leere. Sie hatten auch nach drei Stunden und fast zweihundert Dosen keine Drogen ans Tageslicht befördern können. Rico musste sich beim Inhaber entschuldigen und kleinlaut die Aktion beenden. Ein Fehlschlag auf der ganzen Linie. Olga saß bereits im Büro und formulierte die Schadensmeldung.

Während Steven versuchte, das Handy von Dr. Shapourzadeh zu orten, hörte Jan über Kopfhörer, wie der Psychiater mit einer Frau, die unter ernsthaften Depressionen litt, in seinem vorderen Behandlungszimmer sprach. Er hatte eine unglaublich einfühlsame und beruhigende Art. Er sprach leise, aber deutlich. Bei besonderen Aussagen hob er seine Stimme etwas, um die Wichtigkeit zu unterstreichen. Er erwies sich darüber hinaus als guter Zuhörer, unterbrach seine Patientin nicht, ließ sie in Ruhe ausreden. Eine Eigenschaft, die die meisten Seelenklemptner leider vermissen ließen. Die hörten sich mit Vorliebe selber reden, dachte Jan.

Unvermittelt tippte Steven ihm zweimal kurz auf die Schulter, er nahm seine Kopfhörer ab und drehte sich um. Auf dem Bildschirm, vor dem Steven saß, tauchte in Großformat der Kopf von Tom Bauer auf: »Guten Morgen. Ich hoffe, ihr seid schon fleißig am Werk.«

»Moment mal, wie spät ist es denn jetzt bei euch?«, erkundigte sich Jan.

»Fünf Uhr morgens, wir sind immer noch sechs Stunden früher dran, als ihr. Wird sich wohl auch nicht mehr ändern«, sagte Tom.

»Schläfst du eigentlich nie?«, fragte Steven.

»Ab und zu schon. Aber heute Nacht nicht. Bei uns ist die Hölle los. Der Chief muss in ein paar Stunden dem Präsidenten eine Erklärung liefern, wieso wir das Desaster von Gowarah Sang nicht verhindert haben. Aber ich denke, wir können ihn davon überzeugen, dass die Versager eher bei der ISAF zu suchen sind. Das wird wieder für reichlich Zoff in der NATO sorgen. Hätten die Colonel Bloomfield ohne erst ihren Papierkram zu erledigen sofort die Einsatzgenehmigung erteilt, hätten wir jetzt keine neunzig Toten. Und um die Terroristen müssten wir uns keine Sorgen mehr machen.«

»Also habt ihr die Kerle noch nicht erwischt?«, erkundigte sich Steven.

»Nein, wir haben sie verfolgt, aber unsere F-35 Jets haben sich von ein paar lausigen pakistanischen F-16 gefürchtet und haben den Schwanz eingezogen. Später konnten wir zwar den Hubschrauber, mit dem die Bande über die tadschikische Grenze nach Khorog geflüchtet ist, auf dem Flugplatz zerstören, aber da saßen die schon im Flieger nach Duschanbe. Shit happens.«

»Wisst ihr, wohin die geflüchtet sind?«, fragte Jan.

»Nach unseren Informationen sind die wohlbehalten und vollzählig in Moskau eingetroffen. Unser Agent vor Ort ist an denen dran, aber solange die in Russland sind, können wir natürlich nichts unternehmen.«

»Habt ihr mittlerweile Erkenntnisse, ob Maynard Deville tatsächlich dabei ist? Auf den Fotos der Überwachungsdrohne über Mazari Sharif ist ein Mann zu sehen, der ihm ähnelt. Leider war sein Gesicht nicht zu erkennen.«

»Geht uns im Moment genauso. Elf der zwölf Personen sind einwandfrei identifiziert. Es sind vier Männer aus deiner ehemaligen

Einheit, die beiden Ex-Marines Hunter und Rosenberg und die zwei Syrer. Das Ärzteteam besteht aus Professor Al Mawardi, dem Russen Dr. Muratov und Fatima, der Tochter von Dr. Shapourzadeh. Die zwölfte Person ist aller Wahrscheinlichkeit nach Maynard Deville. Wir wissen jedenfalls, dass er sich momentan nicht in Australien aufhält.«

»Wir versuchen Hinweise darauf zu finden, dass Dr. Sapourzadeh sowohl Kontakte zur Russenmafia als auch zur Al Kaida hat. Eine seiner Mitarbeiterin ist die Tochter von Dr. Muratov, die offenbar mit Wladimir Skutin verbandelt ist. Und der ist enger Mitarbeiter von Grigori Tireshnikov, dem Inhaber der Interfood GmbH, die fast täglich ihre Lkw zwischen Moskau und Berlin pendeln lässt.«

»Skutin? Der Name kommt mir bekannt vor«, warf Tom ein.

»Wladimir ist der Bruder von Pjotr Skutin, der letztes Jahr in Leipzig der Russenmafia unter der Führung von Oberst Gorlukov angehörte.«

»Langsam schließt sich der Kreis. Jetzt müssen wir diese Bande endlich erwischen, damit sie nicht noch größeren Schaden anrichten kann. Im Grunde leben da die alten Seilschaften zwischen Russenmafia und Al Kaida wieder auf. Nur, dass die Russen diesmal ihre Drogen nicht ausschließlich mit Waffen bezahlen, sondern mit wissenschaftlichem Know how«, stellte Tom fest.

»Und sie liefern nicht nur die Software, sondern sorgen auch für die passende Hardware. Dr. Muratov ist sozusagen eine Zugabe, die in diesem Spiel für die Terroristen unverzichtbar ist«, ergänzte Jan.

»Auf jeden Fall scheinen diese Experimente aus ihrer Sicht ein voller Erfolg zu sein. Dass, was die CIA in den achtziger Jahren mit dem Programm MK-Ultra begonnnen, aber niemals vollendet hat, haben Professor Al Mawardi und Dr. Muratov offenbar bis zur Perfektion weiterentwickelt. Sie sind anscheinend in der Lage, den perfekten Attentäter zu schaffen. Der *Manchurian-Candidate* ist Realität geworden. Unvorstellbar, aber wohl leider wahr.«

»Das ist auch die einzig logische Erklärung dafür, dass einige meiner Männer da mitmachen. Sie glauben anscheinend tatsächlich, dass sie Teil einer wissenschaftlichen Untersuchungsreihe sind und werden dafür sicher sehr gut bezahlt. Den meisten meiner ehemaligen Leute geht es finanziell nicht besonders gut. Viele haben nicht mal Arbeit. So haben die sie geködert. Ich bin absolut sicher, dass die Männer nicht wissen, was da wirklich passiert. Was wiederum bedeutet, dass ihr weiterentwickeltes Mindcontrolling-Programm anscheinend perfekt funktioniert.«

»Und damit den Beweis liefert, dass sowohl Romminger als auch Morisson und Henderson unschuldig sind«, ergänzte Steven.

»Ja, wenn es uns denn gelingt, nachzuweisen, dass hinter der ganzen Sache die Terroristen stecken«, antwortete Jan.

»Aber dafür müssen wir die erstmal in die Finger kriegen«, meinte Steven.

»Wir arbeiten dran. Das ist genau das richtige Stichwort. Unsere Profiler haben achtundvierzig Stunden rund um die Uhr ungefähr tausend Patronenhülsen nach Fingerabdrücken untersucht. Schließlich sind sie auf einer Hülse eines 9 mm Geschosses, das von einer Makarov abgefeuert wurde, fündig geworden. Sie haben die Ergebnisse mit dem Material verglichen, das Steven uns geschickt hat. Und siehe da, die Fingerabdrücke auf der Hülse sind zu fünfundneunzig Prozent mit dem Abdruck auf dem Plastikverschluss der Spritze identisch, den Jan in Hendersons Wohnung gefunden hat.«

»Lass mich raten«, warf Jan ein, »die gehören zu einem der Syrer, stimmt's?«

»So ist es, mein Freund. William Fadi Bin Hammad, ehemaliger Elitesoldat bei den Marines. Aus deren Kartei haben wir auch seinen Abdruck. Hat er wohl nicht mehr dran gedacht. Der internationale Haftbefehl ist bereits ausgestellt worden. Als Chief Broderick das erfahren hat, hat er seine dreihundert Pfund ungefähr einen Meter in die Höhe geschraubt. Aus dem Stand. Die Renovierungsarbeiten sind bereits in vollem Gange.«

Steven und Jan lachten herzlich. Das waren wirklich gute Nachrichten. Trotzdem bisher alles nicht mehr als Einzelteile eines Puzzles, das sie erst noch zusammensetzen mussten.

»Alles noch kein Grund zur Euphorie. Wenn die jetzt erneut zuschlagen, ohne das wir das verhindert haben, war unsere ganze Arbeit sinnlos. Wir müssen diese Typen erwischen. Also versucht, diesem Dr. Shapourzadeh auf die Schliche zu kommen. Vielleicht gelangen wir ja über ihn an entscheidende Hinweise. Wir werden versuchen, an der Gruppe in Moskau dranzubleiben. Sobald diese Leute das Land verlassen, müssen wir zuschlagen. Und diesmal ohne Verzögerung.«

Bis kurz nach dreizehn Uhr hatte sich so gut wie nichts getan. Jan und Steven machten sich gerade über ein paar Hamburger her, als Steven mit vollem Mund einige undefinierte Laute ausstieß und dabei hektisch auf den Bildschirm deutete, der den Haupteingang zum Gebäude im Focus hatte. Zwei Männer in dunklen Anzügen betraten den Hausflur. Offenbar hatten sie ihren Wagen auf dem Hof hinterm Haus geparkt und waren außen herum gegangen. Als sie die Tür zum Treppenhaus öffneten, sahen sie sich zu allen Seiten um, offenbar wollten sie sicherstellen, dass sie nicht beobachtet werden.

»Die Visage kenn ich«, rief Jan, »das ist der Typ, der mich vor ein paar Tagen im Estrel Hotel provozieren wollte. Er war einer der Kerle, die Hannah und mich in der schwarzen E-Klasse verfolgt und beobachtet haben.«

Steven legte sein Fastfood beiseite und setzte die Kopfhörer auf. Im gleichen Moment kam ein weiterer Mann im grauen Anzug mit einem Aktenkoffer die Mehringsstraße aus Richtung Tempelhofer Damm den Gehweg entlang. Er trug einen hellen Trenchcoat über dem Arm und verschwand im Hauseingang, ohne sich vorher umzusehen. Offenbar hatte er es eilig.

»Ist das nicht dieses Babyface von Staatsanwalt? Ich glaub, mich laust der Affe. Was will der denn hier?«, wunderte sich Steven.

»Jetzt weißt du auch, warum der Kollege unbedingt die Ermittlungen gegen Dr. Shapourzadeh auf Eis legen wollte. Wahrscheinlich steht der auf der Gehaltsliste der Russen ganz oben.«

Steven gab Jan ein Zeichen, dass er das zweite Paar Kopfhörer benutzen sollte. Dann justierte er seine Überwachungsgeräte, um einen optimalen Empfang zu gewährleisten.

»Fuck, da macht einer das Fenster zu«, entfuhr es Steven. »Jetzt wird's schwierig.«

Zwar waren die unterschiedlichen Stimmen aus dem Büro des

Psychiaters noch zu hören, allerdings ohne dass der genaue Wortlaut zu verstehen war. Steven arbeite fieberhaft an den Einstellungen, um den Empfang zu optimieren, allerdings ohne allzu großen Erfolg.

»Lass gut sein. Allein aus Lautstärke und Tonfall geht doch deutlich hervor, dass bei denen der Kittel brennt. Wir haben den Haufen aufgescheucht. Anscheinend macht sich Nervosität breit. Die wissen, dass wir hier sind und ihnen an den Kragen wollen. Die Kugel rollt, wir müssen nur auf Ballhöhe bleiben.«

Nach gut zehn Minuten war der Staatsanwalt schon wieder verschwunden. Ein kurzer Abstecher während der Mittagspause, um seinen Klienten zu warnen, dachte Jan. Weitere fünf Minuten später verließen auch die beiden »Gorillas« das Gebäude. Die schwarze Mercedes Limousine kam aus der Hofeinfahrt, bog zweimal nach rechts ab und raste die Mehringsstraße in Richtung Süden stadtauswärts davon.

Jan sprang auf, packte seine Jacke und riss die Schiebetür auf: »Mal sehen, was die jetzt vorhaben. Ich häng mich dran.«

Kurz darauf gab er dem X3 die Sporen, um den Mercedes zu verfolgen. Zweimal kurz hintereinander war es bereits dunkelgelb, als er über die Kreuzung fuhr. Fünf Minuten später war klar, dass die beiden Kurs auf Potsdam nahmen. Er ließ genügend Abstand, um nicht aufzufallen, musste aber im dichten Verkehr darauf achten, den Vordermann nicht aus den Augen zu verlieren. An dem Abzweig zum Rotkehlchenweg auf Höhe des Krampnitzsees musste der Mercedes an einer roten Ampel halten. Drei Fahrzeuge dahinter stand Jans grauer BMW X 3. Als er in den Rückspiegel sah, wurde er von zwei hoch angebrachten Scheinwerfern geblendet. Offensicht ein Geländewagen, der zu dicht aufgefahren war. Tatsächlich bog der schwarze Mercedes nach links in die Straße zu Dr. Shapourzadehs Villa ein. Jan zögerte einen Moment, bog dann aber auch langsam in den Rotkehlchenweg ein. Nach etwa fünfzig Metern stoppte der Wagen kurz vor der Einmündung in den Privatweg zum Grundstück des Psychiaters. Hier war die Straße bereits unbefestigt und so eng, dass nur ein Fahrzeug Platz hatte. Rechts neben der Straße verlief ein kleiner Graben. An der linken Seite stand ein zwei Meter hoher Drahtzaun, der ein Grundstück zur Straße begrenzte. Jan hielt etwa zwanzig Meter hinter dem Mercedes, als er abermals von den aufdringlichen Scheinwerfern im Rückspiegel geblendet wurde. Der Wagen hinter ihm fuhr so dicht auf, dass er fast die Stoßstange des BMW rammte. Gleichzeitig leuchteten die Rückfahrscheinwerfer der E-Klasse vor ihm auf.

»Verdammt«, ärgerte sich Jan, der jetzt realisierte, dass er in einen Hinterhalt geraten war. Wie konnte er nur so blöd sein. Einen Meter vor ihm hielt der Mercedes an. An Flucht war gar nicht zu denken. Sie hatten ihn klassisch ausgetrickst. Er saß in der Falle. Zu allem Überfluss war er auch noch unbewaffnet. Jeden Moment würden die Typen aussteigen und seinen Wagen mit halbautomatischen Waffe durchlöchern wie einen Schweizer Käse. Jans Gehirn arbeitete fieberhaft an einer Lösungsmöglichkeit. Er war darauf trainiert, auch in scheinbar aussichtslosen Situationen immer noch einen Ausweg zu finden. Diese Fähigkeit war jetzt gefragt. Zwar würde ihn diesmal kein Stromstoß für eine zu langsame Reaktion bestrafen und daran erinnern, dass er sich entschieden zu viel Zeit gelassen hatte, aber die Konsequenzen wären in diesem Falle viel schlimmer.

»Scheiße, Scheiße«, er schlug mit der rechten Hand ein paar mal aufs Lenkrad. Er musste sich was einfallen lassen. Aber was? Noch immer regte sich nichts in den Fahrzeugen, die ihn in die Zange genommen hatten. Bis zur Einmündung nach links in den Privatweg waren es schätzungsweise dreißig Meter. Wenn er aus seinem Wagen springen würde, würden sie ihn abknallen, bevor er überhaupt einen Schritt getan hätte. Nein, er musste seinen BMW als Waffe und Schutzhülle gleichsam benutzen. Mit größtmöglichem Drehmoment von gut vierhundertfünfzig Newtonmetern und der Power von zweihundertfünfunddreißig Pferdestärken musste er versuchen, die vor ihm stehende E-Klasse die dreißig Meter nach vorn zu schieben, um dann in den Weg bis zum Tor des Anwesens zu gelangen. Dann nichts wie raus aus dem Auto und zu Fuß durch den Wald die Biege machen, dachte er.

Jan trat das Gaspedal im Leerlauf zweimal kräftig durch und wollte gerade den Wahlhebel der Automatik auf S stellen, als der Fahrer des Wagens vor ihm ausstieg und auf ihn zukam. Er hielt mit der rechten Hand gut sichtbar ein Handy in die Höhe. Ein Waffe war nicht erkennen. War das vielleicht nur ein übler Trick, um ihn widerstandslos zu erledigen? Jan ließ die Seitenscheibe zwanzig Zentimeter herunter. Der kleine, aber kräftige, dunkelhaarige Typ im schwarzen Designeranzug schob Jan das Mobiltelefon durch die schmale Öffnung ins Fahrzeuginnere.

»Telefon, Herr Kommissar, ist wohl ziemlich dringend«, grinste er ihn an.

Jan nahm das aufgeklappte Nokia-Handy an. »Ja?«, meldete er sich kurz und bündig.

»Aber Herr Kommissar, was machen Sie denn da? Warum schnüffeln Sie hinter mir her und verfolgen meine Leute.« Es war die Stimme von Dr. Shapourzadeh. »Ich habe Ihnen doch alle Fragen beantwortet und stehe auch für weitere Nachfragen immer gern zur Verfügung. Vereinbaren Sie einfach einen Termin und wir plaudern bei einer netten Tasse Tee. Ich habe nichts zu verbergen.«

»Wie schön. Wissen Sie eigentlich, wo sich ihre Tochter momentan aufhält, Herr Doktor?«

»Selbstverständlich. Sie lebt und arbeitet in New York. Warum fragen Sie?«

»Wann hatten Sie denn das letzte mal Kontakt zu ihr?«

»Was soll diese Frage? Worauf wollen Sie überhaupt hinaus?«

»Vielleicht ist die Idee mit dem Termin gar nicht so schlecht, Herr Doktor. Wie wär's mit gleich?«

»Rufen Sie mich heute Abend auf meinem Handy an. Mein Assistent gibt Ihnen die Nummer.«

Jan klappte das Mobilfon zu und reichte es wieder aus dem Fenster. Der Mann nahm es in Empfang, steckte es in die rechte Hosentasche und zog aus der anderen eine Visitenkarte hervor.

»Nehmen Sie die untere Nummer, da erreichen Sie den Chef auf jeden Fall. Nichts für ungut, mein Freund.«

Der schwarze Geländewagen hinter ihm war inzwischen verschwunden. Die Männer vor ihm bogen nach links in den Privatweg ein. Jan wendete und fuhr zurück nach Kreuzberg.

Professor Al Mawardi traf sich mit Dr. Muratov, Frau Dr. Shapourzadeh, seinem Neffen Ibrahim und dessen Freund und Kollegen Fadi in der Lounge des Ritz-Carlton Hotels in der Tverkaya Ulitsa unweit vom Roten Platz gelegen.

»Was der Meister von uns verlangt, war vorher nicht vereinbart. Wir haben besprochen, dass wir nach dem letzten ultimativen Test zunächst Ruhe einkehren lassen wollen, bis sich die Wogen geglättet haben. Nun verlangt er plötzlich, dass wir seinen Plan umgehend in die Tat umsetzen.«

Der Professor blickte besorgt in die Runde. »Wir sind nicht vorbereitet und haben den Männern gesagt, dass ihr Engagement heute zu Ende geht. Wir wollten in aller Ruhe und mit absoluter Sorgfalt ein neues, geeignetes Team für unseren großen Tag zusammenstellen. Im Moment bin ich ratlos. Was sollen wir nun machen?«

»Zunächst mal, Professor, sind Ihre Sorgen unbegründet. Hier in Moskau sind wir im Augenblick absolut sicher. Es wäre allerdings ein Problem, wenn sie alle morgen wieder in die Heimat zurückkehren würden. Die CIA erwartet sie schon am Flughafen. Die wissen doch längst, wer hinter dem Anschlag steckt.«

Dr. Muratov outete sich als absoluter Realist.

»Mag sein, Doktor, aber die haben keinerlei Beweise. Sie mögen uns in Mazari Sharif aufgespürt und beobachtet haben, aber danach haben sie unsere Spur verloren. Und in Gowarah Sang haben wir keine Spuren hinterlassen.«

Sichtlich stolz saß Fadi Bin Hammad erhobenen Hauptes in der Runde.

»Die Männer würden selbst einen Lügendetektortest überstehen. Sie wissen rein gar nichts. Und wir können den rein wissenschaftlichen Zweck unserer Mission jederzeit lückenlos dokumentieren. Wir waren in Afghanistan, um abschließend ein wirksames Anti-Traumata-Medikament zu testen. Sie werden nicht in der Lage sein, das Gegenteil zu beweisen.«

»So sicher wäre ich mir da nicht«, warf der Coach ein, der mittlerweile zu der Gruppe gestoßen war. »Man lässt immer Spuren zurück. Einen Fußabdruck, Fingerabdrücke, irgendeinen Stofffetzen oder einen Tropfen getrocknetes Blut. Die Palette lässt sich beliebig fortsetzen. Die werden dort jeden Kieselstein umdrehen, bis sie was gefunden haben. Das Risiko, denen jetzt ungebremst in die Arme zu laufen, ist meiner Meinung nach im Augenblick viel zu groß. Wir sollten in den kommenden Tagen alle unsere zuverlässigen Quellen anzapfen und versuchen zu erfahren, ob die CIA irgendwas Stichhaltiges gegen uns in der Hand hat.«

Ibrahim Al Mawardi nickte zustimmend. »Sind wir nicht naiv. Ich kenne ihre Methoden. Sie werden die Wahrheit aus jedem einzelnen, den sie in die Finger kriegen, herausquetschen. Dass ein Geständnis möglicherweise unter Folter erzwungen wurde, interessiert später keinen mehr. Dabei werden sie weder dich, Onkel, noch Fatima schonen. Im Moment können wir auf gar keinen Fall zurückkehren.«

»Aber wie sollen wir das denn den Männern erklären? Sollen wir ihnen die Wahrheit sagen? Sie werden nicht bleiben, selbst wenn wir das wollten.«

Der Professor machte keinen glücklichen Eindruck. Er hatte sich vor vielen Jahren als junger Mann und radikaler Fundamentalist, der er damals war, dem Kampf gegen die Ungläubigen verschrieben. Aber mittlerweile war viel Zeit vergangen. Fast zwanzig Jahre hatte er nichts von der Organisation gehört, bis ihn der Meister vor einem halben Jahr vollkommen überraschend in die Pflicht genommen hatte. Die Zugehörigkeit zur Al Kaida war nicht kündbar. Sie galt ein Leben lang. Mittlerweile war Dschafar Al Mawardi aber eher Familienvater, Wissenschaftler und vor allem Bürger der Vereinigten Staaten. Dieses Land war seine Heimat geworden. Seine Einstellung zum Terror hatte sich in den letzten zwanzig Jahren nicht nur verändert, sondern war vor allem nach Nine/Eleven ins Gegenteil umgeschlagen. Mittlerweile war er mehr Amerikaner als Syrer, auch wenn er seine Wurzeln nie verleugnet hat. Und mit der Religion nahm es der Wissenschaftler auch nicht mehr so genau. An seinen letzten Besuch einer Moschee konnte er sich nicht mehr erinnern. Auch seine Frau und seine Kinder waren nicht streng gläubig. Anders verhielt es sich da bei seinem Bruder und seinen Neffen. Sie waren nach wie vor fanatische Moslems, tief fundamentalistisch geprägt und hatten sich dem Kampf gegen die Ungläubigen verschrieben. Dschafar konnte sich noch gut an ihren fast schon irrationalen Jubel erinnern, als die Türme des World Trade Centers in sich zusammenstürzten und über dreitausend Menschen unter sich begruben. Er musste vorsichtig sein. Ibrahim Al Mawardi und Fadi Bin Hammad würden ihn sofort ans Messer liefern, wenn er versuchen würde, sich seiner Aufgabe zu entziehen. Natürlich hatte es ihn als Wissenschaftler und Psychiater fasziniert, ein Serum zu entwickeln, dass einen Menschen veranlassen konnte, bestimmte Dinge gegen seinen Willen zu tun und anschließend jegliches Erinnerungsvermögen an diese Taten zu verlieren. Es war eine Herausforderung, an der selbst die hochbezahlten Wissenschaftler der CIA auf der ganzen Linie gescheitert waren. Es machte ihn ein wenig stolz, dass *er* es nun geschafft hatte. Dass dies nur mit der tatkräftigen Hilfe ehemaliger KGB-Männer und russischer Wissenschaftler möglich war, war dabei eher zweitrangig. Der Erfolg war untrennbar mit seinem Namen verbunden. Die Russen würden ohnehin den Mund halten. Sie wurden dafür schließlich fürstlich entlohnt.

»Wir sollten jetzt vor allem die Ruhe bewahren. Ich denke, ich kann die Männer noch etwas hinhalten. Vor allem dann, wenn wir sie die kommenden Tage weiter gut bezahlen.« Der Coach strahlte absolute Souveränität aus.

»Selbstverständlich, Geld spielt in diesem Zusammenhang keine Rolle. Nennen Sie mir eine Summe. Ich werde dafür sorgen, dass Sie den gewünschten Betrag bekommen.« Professor Al Mawardi nahm das Hilfsangebot des Coaches dankend an.

»Ich möchte sie bitten, in den kommenden Stunden und Tagen absolute Funkstille einzuhalten. Keine Anrufe bei der Familie, bei Freunden oder Bekannten. Dann empfehle ich, morgen das Hotel zu wechseln und an einen ruhigeren Ort zu gehen. Hier in der Nähe des Roten Platzes ist es viel zu gefährlich. Hier wimmelt es von Agenten und V-Männern. Das Problem mit unseren Männern werde ich regeln, sobald ich weiß, wie der Plan aussieht und wann wir zuschlagen wollen.«

Die Eiseskälte des Coaches erschreckte selbst die beiden Syrer. Warum tat er das alles überhaupt? Nur für Geld? Sie wussten nicht mal genau, ob der Coach überhaupt Amerikaner war. Er hatte zwar für die ISAF in Afghanistan gekämpft, aber aus welchem Land er kam, entzog sich ihrer Kenntnis. Er sprach zwar perfekt Englisch, hatte aber einen deutlich vernehmbaren Akzent. Aber den hatten sie auch. Und sie waren Amerikaner. Zweifellos. Bei den Marines dienten mittlerweile Soldaten aus allen ethnischen Bevölkerungsgruppen. Schwarze, Asiaten, Indianer und Latinos. Die Vorfahren vieler weißer Soldaten kamen aus Irland, Italien oder Polen. Die Army war ein Spiegelbild der amerikanischen Bevölkerung. Ein Schmelztiegel von Menschen aus vielen Ländern und Nationen. Und einer dieser Männer war eben der Coach. Woher er, seine Eltern oder Großeltern stammten, war letztlich völlig ohne Belang.

»Wir werden erfahren, was unsere Aufgabe sein wird. Bisher weiß ich nur, dass sie angeblich alles, was bisher geschehen ist, in den Schatten stellen soll.«

»Aber ein Anschlag von derartiger Größe muss doch langfristig geplant werden?«, meldete sich Fatima Shapourzadeh zu Wort. »So etwas kann doch Monate dauern, wenn nicht Jahre.«

»Ich bin sicher, dass der Meister uns morgen seinen Plan vorstellen und erläutern wird. Er hat ja gesagt, dass bereits alles Notwendige in die Wege geleitet wurde. Wir werden nur diejenigen sein, die seinen Plan ausführen sollen«, meinte der Coach.

Ibrahim und Fadi nickten zustimmend in die Runde.

»Gut, dann warten wir ab, was uns aufgetragen wird. Danach werden wir mit den Männern reden.«

»Aber was machen wir, wenn sie nicht mehr mitmachen wollen?«, erkundigte sich Fatima.

»Sie werden dabei sein. Dafür werde ich sorgen.«

Der Coach sah der Ärztin tief in die Augen. Sein eiskalter Blick ließ sie erstarren. Sieht so der Teufel aus?, fragte sie sich.

»Ich konnte mittlerweile einzelne Fragmente zusammensetzen«, berichtete Steven. »Staatsanwalt Rösler hat den Psychiater davor gewarnt, dass die Polizei ihn ins Visier nehmen würde. Er könne die Ermittlungen nicht länger verhindern. Das wäre viel zu auffällig. Er solle in den kommenden Tagen kürzer treten. Was immer er damit auch gemeint haben mag.«

»Was war mit den anderen beiden Männern?«, erkundigte sich Jan.

»Die haben sich nicht am Gespräch beteiligt. Aber nachdem Rösler gegangen war, hat der Doktor sie beauftragt, nach Potsdam zu fahren und ich zitiere, *klar Schiff zu machen*. Er meinte, es könne in den nächsten Tagen unangemeldeten Besuch geben.«

»Hört sich so an, als wenn der gute Mann doch etwas zu verbergen hat. Das schreit ja gerade danach, sich da mal näher umzusehen. Aber ohne Durchsuchungsbefehl wird das wohl schwierig werden.«

»Und den wird uns dieser Milchbart wohl nur über seine Leiche besorgen«, stellte Steven fest.

»Was bedeutet, dass wir uns dort wohl unbefugt Einlass verschaffen müssen«, meinte Jan.

»Das wird aber nach den heutigen Ereignissen kaum möglich sein. Die haben uns im Auge und werden das Gelände und das Haus bewachen wie Fort Knox. Da kommen wir weder unbeschadet rein noch raus. Das Risiko ohne die geeignete Ausrüstung und personelle Unterstützung zu intervenieren, ist im Moment viel zu groß.«

»Stimmt, aber wenn wir warten, haben die alle Beweise längst weggeschafft.«

»Dann lass uns mit Hubertus von Echternach beraten, was wir tun können«, schlug Steven vor.

»Das dauert viel zu lange. Wenn wir da nachsehen wollen, dann noch heute.«

»Wie bitte? Das ist doch viel zu gefährlich. Du hast keinerlei Ortskenntnisse und überhaupt keine Ahnung, wie viele Leute sich da aufhalten. Und du weißt nicht, wo sie die Alarmanlagen installiert haben. Wenn du Pech hast, kommst du gerade mal über die Umzäunung. Danach könnte es sein, dass du glaubst, du stehst bei voll eingeschaltetem Flutlicht im Mittelkreis des Olympiastadions. Allein auf weiter Flur im gleißenden Spotlight der Flutlichtmasten.«

»Ich geb dir recht, Steven. Jedenfalls für den Moment. Ich werde zunächst mal beobachten, was sich da tut. Eine Überwachungskamera steht direkt am Eingangs-tor. Mal sehen, von wo die ihren Saft bezieht. Vielleicht kann ich das Stromnetz lahmlegen.«

»Schön, wunderbar. Gut, dass du dafür das geeignete Werkzeug dabei hast. Und das nicht vorhandene Nachtsichtgerät wird dir auch gute Dienste leisten. Ganz abgesehen von deinen Blendgranaten und automatischen Waffen. Mann, Jan, du bist total nackt, wenn du da unvorbereitet aufkreuzt. Wenn du dich unbedingt umbringen lassen willst: Deine Entscheidung.«

Steven war sauer. Das war nicht nur dumm, was sein Freund vorhatte, sondern im höchsten Maße gefährlich. Er würde sich an einer solch unsinnigen Aktion jedenfalls nicht beteiligen.

»Du kennst mich doch, Steven. Ich denke, ich kann das Risiko einschätzen. Wenn es zu brenzlig wird, beschränke ich mich auf meine Beobachtungen. Vielleicht kriegen wir sie, wenn sie das Zeug abtransportieren wollen.«

»Was denkst du, um was es da geht? Waffen, Drogen, Geld oder was ganz anderes?« fragte Steven.

»Wir haben uns bisher gewundert, warum der Zoll bei den Kontrollen der Lkw niemals fündig geworden ist. Jetzt kann ich mir denken, warum.«

»Du meinst, weil die gar keine Drogen geschmuggelt haben?«

»Nein, zweifellos haben sie das und tun das noch immer. Aber eben nur bis nach Berlin. In Polen werden sie nicht kontrolliert. Da wird alles über Schmiergeld geregelt. An der Grenze nach Deutschland finden keine Kontrollen mehr statt.«

»Ja, aber was ist mit der Strecke von Frankfurt/Oder nach Berlin? Da wird doch regelmäßig kontrolliert. Ich kann mich erinnern, dass bei Königs-Wusterhausen der Zoll einen festen Kontrollpunkt eingerichtet hat. Da wären sie doch mit absoluter Sicherheit irgendwann mal erwischt worden.«

Jan schaute Steven nachdenklich an. Doch er wusste genau, warum die Russen bisher ungeschoren davon kamen und lieferte auch prompt die Erklärung.

»Ich kann mich erinnern, dass mir Sergej Ristov mal erzählt hat, dass sie gerade das Stück zwischen polnischer Grenze und Berlin immer besonders vorsichtig waren. Auf den Autobahnen A12 und A13 haben sie nur Laster fahren lassen, die sauber waren. Einen Teil der Transporter, die die heiße Ware an Bord hatten, haben sie über die Nebenstrecken bis Berlin geschickt. Schau mal hier.«

Jan hatte am Computer die Karte für den Großraum Berlin bis zur polnischen Grenze aufgerufen.

»Von Frankfurt/Oder aus nehmen sie die Landstraße über Vierlinden, Müncheberg und Rüdersdorf bis Berlin-Schöneberg. Und von da aus direkt durch das Stadtgebiet nach Potsdam zum Anwesen des ehrenwerten Dr. Shapourzadeh.«

Steven nickte. »Durchaus möglich. Wird denn auf den Nebenstrecken nicht kontrolliert?«

»So gut wie nie. Da fehlt das Personal. Außerdem fährt garantiert immer ein Scout vorweg und leitet die Fahrzeuge um, wenn irgendwas im Busche ist. Im Grunde genommen ganz einfach. Risiko gleich null.«

»Aber wie machen sie das dann auf der A9 nach Leipzig oder auf der A4 nach Dresden?«

»Hast du doch schon gehört. Da bekommen die freundlichen Zöllner immer ihren Obolus, den sie auch gern in Empfang nehmen, weil sie da angeblich noch nie was gefunden haben und in Zukunft auch nichts finden werden.«

»Weil sie bestochen worden sind?«

»Nein, weil dort keine Schmuggelware transportiert wird. Die lagert da schon längst bei unserem Freund in Berlin.«

»Und wie kommt das Zeug dann nach Ostdeutschland?«

»Sie teilen die Drogen in kleinere Mengen auf und benutzen ihre Geländewagen. Deshalb gibt es davon auch eine ganze Flotte bei der Interfood. Die M-Klassen sind alle mit Fünf-Liter-Motoren ausgestattet. Da siehst du nur noch 'ne Staubwolke, wenn die Gas geben. Und das Prinzip beim Transport ist das gleiche wie zwischen Frankfurt/Oder und Berlin. Ein Beobachtungsfahrzeug fährt ein paar Kilometer vorweg und meldet etwaige Kontrollen. Dann verlassen die Transporter die Autobahn und fahren über Nebenstrecken. Oder sie steuern eine Raststätte an und warten, bis der Spuk vorüber ist.«

»Deshalb hat Josie auch Spuren von Drogen in Rasienkovs Wagen gefunden. So läuft der Hase also. Hätte ich jetzt nicht besser erklären können«, sagte Steven, dem Jans Ausführungen logisch erschienen.

»Ach, übrigens, Hannah hatte da so eine Idee. Du könntest doch unsere kleine, nette Frau Doktor mit ihren hochhackigen Schuhen mal zum Essen einladen. Bei einem Gespräch unter Frauen hat sie ja in höchsten Tönen von dir geschwärmt. Ich glaube, da hast du 'nen dicken Stein im Brett.«

Steven wurde augenblicklich knallrot.

»Was? Bist du etwa schwul, oder wie?«, wurde Jan direkt.

»Sag mal, spinnst du jetzt, oder was? Was soll das denn heißen?«, entrüstete sich Steven.

»Wieso, wäre doch nicht schlimm. Ich finde Schwule total nett. Die haben wenigstens noch Manieren. Außerdem ist Homosexualität mittlerweile gesellschaftlich voll akzeptiert. Es muss sich Gott sei Dank niemand mehr verstecken.«

»Hast du 'nen Knall? Wenn wir damals bei den Marines 'ne Tunte geoutet hätten, was meinst du, was da losgewesen wäre?«

»Konntest das also ganz gut verbergen?«, nahm Jan ihn hoch.

»Könnte sein, dass du dir gleich 'nen Satz warme Ohren fängst, mein Lieber. Bei der Army nannten sie mich nur den *Jewish Stallion*. Du kannst dir sicher vorstellen, warum.«

Jan platzte fast vor Lachen. Diese Art von Schlagfertigkeit kannte er bisher gar nicht bei seinem Freund. »Wieso, warst du bei der Kavallerie?«, legte er noch einen drauf.

»Ja, aber als Pferd«, konterte Steven trocken.

»Na gut, aber im Ernst. Du solltest dich mal ein bisschen um die Kleine kümmern. Ich glaube, sie wartet darauf.«

»Wenn du meinst. Schau'n mer ma, wie euer Kaiser Franz immer so schön sagt«, hakte Steven das Thema ab.

Die Zimmertür fiel mit einem unangenehmen lauten Knarren ins Schloss. Das Geräusch wäre tagsüber kaum aufgefallen, aber jetzt, um ein Uhr morgens, durchbrach es die Nachtruhe wie eine nervige Kreissäge, die gerade in Betrieb genommen wurde. Jan erschrak, verharrte kurz und lauschte, ob sich irgendwo etwas regte. Dann schloss er die Zimmertür und lief auf leisen Sohlen den Flur entlang zum Treppenhaus. Um diese Zeit den Fahrstuhl in Bewegung zu setzen, wäre sicher keine gute Idee gewesen. Als er die Tür zur Tiefgagrage öffnete, schaltete sich automatisch das Licht ein. Wahrscheinlich würde der Typ an der Rezeption ihn über die Überwachungskamera sehen können. Aber das ließ sich leider nicht vermeiden. Er stieg in Hannahs X3, öffnete über einen Kordelzug das Garagengitter und brauste davon. Nach gut zweihundert Metern hielt er seitlich auf dem Parkstreifen. Aus dem Handschuhfach holte er eine große Stabtaschenlampe und eine Kombizange hervor. Unterm Beifahrersitz zog er ein paar Lederhandschuhe und eine schwarze Wollmütze heraus. Dann schob er ein

Magazin in seine SIG Sauer P6 und lud die Waffe durch. Ein zweites Magazin legte er auf den Beifahrersitz zu den anderen Utensilien. Eine professionelle Ausrüstung sah sicher anders aus, aber dafür war jetzt keine Zeit mehr. Wahrscheinlich hatten die Männer von Dr. Shapourzadeh eh schon gründlich aufgeräumt. Vielleicht aber auch nicht. Und diese Option musste Jan nutzen. Wer zu spät kommt, den bestraft das Leben. Oder er findet nicht mehr das, wonach er sucht. Die Fahrt durch die beinahe menschenleere Innenstadt heraus nach Potsdam dauerte weniger als eine halbe Stunde. Unterwegs überdachte er noch mal seine geplante Vorgehensweise. Wahrscheinlich war es das Beste, sich zunächst mal auf die Beobachtung von Haus und Grundstück zu konzentrieren, um möglichst viel Informationen zu sammeln und sich den geeigneten Ort zum Überqueren des Zaunes zu suchen.

Den BMW parkte Jan an der Potsdamer Chaussee direkt vor der Einmündung zum Rotkehlchenweg. Den Rest des Weges musste er zu Fuß zurücklegen. Vorsichtig näherte er sich über den unbeleuchteten Privatweg dem Anwesen des Psychiaters. Er durfte dem Eingangstor nicht zu nahe kommen, um nicht den dort installierten Bewegungsmelder auszulösen. Die Überwachungs-kamera würde ihn sofort erfassen. Das wäre gleichsam das schnelle Ende seiner Mission. Er bewegte sich so nah wie möglich dicht am Zaun des angrenzenden Grundstückes entlang. Am Ende dieses Zaunes holte er einmal tief Luft und sprintete zwischen einer Baumreihe hindurch, um nach wenigen Metern auf den unbefestigten Waldweg zu gelangen, der parallel zur Umzäunung des Anwesens verlief. Zu seiner Erleichterung blieb es dunkel. Er war noch weit genug vom Tor entfernt. Der Bewegungsmelder reagierte nicht. Der Zaun rechts von ihm, der das Anwesen nach Norden begrenzte, war zusätzlich durch eine dichte, etwa zwei Meter hohe Dornenhecke gesichert. Da gab es kein Durchkommen. Nach fast hundert Metern knickte der Zaun rechtwinklig nach Süden ab. Um sich dort weiterzubewegen, musste er sich einen Weg durch sperriges Unterholz und dichtes Gestrüpp bahnen. In der Dunkelheit kein einfaches Unterfangen. Zumal das Knacken der morschen Äste, auf die er trat, einen Höllenlärm verursachte. Er musste sich vorsichtig und vor allem möglichst geräuschlos vorwärts bewegen.

Nach etwa fünfzig Metern endete die Dornenhecke. Allerdings befand sich vor dem mannshohen Drahtzaun ein schier undurchdringliches Dickicht von Bäumen, Sträuchern und Unkraut. Jetzt hätte er gut eine Machete gebrauchen können. Er kämpfte sich durch den dichten botanischen Vorhang bis direkt an den Zaun vor und bekam so einen relativ freien Blick auf Haus und Grundstück. In diesem Zusammenhang von einem *Haus* zu sprechen, schien Jan im Moment wenig angemessen. Das imposante Bauwerk, das sich vor ihm auftürmte, war eine riesige, dreistöckige, weiße Villa, im Kolonialstil erbaut, mit großen, wuchtigen Säulen vor dem Haupteingang. Merkwürdigerweise befand sich auf dem gesamten Grundstück, jedenfalls auf dem Teil, den er einsehen konnte, kein einziger Baum. Vorsichtig berührte er mit einer Fingerspitze den Drahtzaun. Keine Reaktion. Kein Strom. Er setzte sich in die Hocke und versuchte, im Dunkeln durch sein Fernglas in die Fenster zu sehen. Überall im Haus war es ruhig. Nirgendwo brannte Licht, bis auf die Leuchter im Eingangsbereich. Er beschloss, zunächst abzuwarten und nach weiteren Kameras, Bewegungsmeldern und Alarmanlagen Ausschau zu halten. Wenn er an dieser Stelle versuchen würde, den Drahtzaun, der oberhalb zudem noch durch spitze, rasiermesserscharfe Metallstifte gesichert war, zu überwinden, müsste er noch ungefähr fünfzig Meter über freies Gelände bis zum Haus hinüberlaufen. Er mochte sich gar nicht erst ausmalen, was auf diesem Weg alles passieren konnte. Im gleichen Moment stockte ihm der Atem. Aus der Dunkelheit hinter dem Haus lösten sich zwei schwarze Gestalten. Zwei große, kräftige Hunde, wie Jan zumindest schemenhaft erkennen konnte. Dobermänner oder Rottweiler, schätzte er. Sie waren noch zu weit von ihm entfernt, als dass sie ihn hätten wittern können. Das konnte sich aber schnell ändern. Unter diesen Umständen zu versuchen, auf das Gelände zu gelangen, erschien ihm jetzt nicht besonders ratsam.

Auf dem Parkplatz vor dem Gebäude standen zwei größere Fahrzeuge. Wahrscheinlich der Porsche Cayenne des Doktors und die schwarze M-Klasse, die ihn vor ein paar Stunden zusammen mit der Mercedes-Limousine in die Falle gelockt hatte. Dahinter konnte er noch das Heck eines weiteren Fahrzeuges erkennen. Sah ganz nach der schwarzen E-Klasse aus. Die beste Möglichkeit, mit heiler Haut auf das Grundstück zu gelangen, war wohl, mit einem Boot über den Krampnitzsee zur Südseite vorzudringen. Jedenfalls gab es dort keine Einfriedung. Keine Zäune, keine Anpflanzungen, keine Gräben. Ein Landungssteg führte ein paar Meter auf das Wasser hinaus. Die Überwachung dieses Abschnittes konnte Dr. Shapourzadeh getrost seinen vierbeinigen Freunden überlassen. Hätte er eine Betäubungspistole dabei gehabt, hätte er jetzt versucht, sich durch das Unterholz bis zum Seeufer durchzuschlagen, die Hunde geräuschlos außer Gefecht zu setzen und sich zum Haus vorzuarbeiten. Aber mit einer Kombizange konnte er diese Monster wohl kaum ruhig stellen. Steven hatte recht gehabt. Natürlich. Ein einzelner Mann, zudem noch ohne geeignete Ausrüstung, konnte diese Festung nicht einnehmen. Wahrscheinlich war das gesamte Gelände technisch so perfekt gesichert, dass es nicht mal notwendig war, regelmäßig Wachen patrouillieren zu lassen, was aber vielleicht auch zu auffällig gewesen wäre. So schützte eben nur ein gut situierter Berliner Bürger sein Hab und Gut vor unbefugten Übergriffen. Und das taten in dieser exponierten Wohngegend wohl alle Eigentümer. Ausnahmslos. Obwohl es ihm nicht gefiel und er viel lieber zur Attacke übergegangen wäre, reifte in ihm der Entschluss, den geordneten Rückzug anzutreten. Bei allem guten Willen: Hier konnte er im Moment nichts mehr tun.

»Verdammte Scheiße«, zischte er kleinlaut und machte sich auf den Rückweg. Vorsichtig und geduckt bahnte er sich seinen Weg durch das dichte Gehölz. Mittlerweile war es drei Uhr morgens. In einer guten halben Stunde wäre er zurück im Estrel. Von seiner nächtlichen Tour würde niemand etwas erfahren. Wohl oder übel müssten sie heute Vormittag zu Hubertus von Echternach fahren und ver-suchen, mit seiner Hilfe einen Durchsuchungsbeschluss für die Villa des Psychiaters zu erwirken. Vielleicht gab es ja, vorbei an Staatsanwalt Rösler, einen direkten Weg zum Richter.

Als Jan den letzten Meter aus dem Gebüsch auf den Weg springen wollte, traf ihn unvermittelt und wuchtig ein Gewehrkolben an der linken Schulter. Er taumelte, verlor das Gleichgewicht und stürzte zu Boden. Instinktiv rappelte er sich trotz heftiger Schmerzen sofort wieder auf und griff nach seiner Waffe. Ein erneuter, harter Schlag aufs Handgelenk lies seine P6 durch die Luft fliegen. Er konnte in der Dunkelheit keinen Meter weit sehen. Wahrscheinlich waren die Angreifer mit Nachtsichtgeräten ausgerüstet. Jan taumelte orientierungslos über den Waldweg, als sich von hinten ein kräftiger Arm um seinen Hals legte und ihn zurückriss. Gleichzeitig hielt der Angreifer ihm seine Waffe an die Schläfe. Eine zweite dunkle Gestalt, die sich vor ihm aufgebaut hatte, schlug ihm mehrfach kräftig mit der Faust in die Magengrube. Jan krümmte sich vor Schmerzen, wollte nach den Männern treten, aber seine Attacken gingen ausnahmslos ins Leere. Ohne ein Wort zu sprechen, zerrten sie ihn unsanft den Weg am Zaun entlang zum Eingangstor des Anwesens. Anscheinend hatten die Männer den Bewegungsmelder deaktiviert, als sie den Hof verließen, um ihn zu attackieren. Jedenfalls blieb es stockdunkel, als sie auf den Vorplatz des Anwesens gelangten. Kurz vor der schwach beleuchteten Eingangstür zur Villa blieben sie stehen. Der eine Kerl hielt Jan weiter von hinten fest, der andere baute sich mit einer Pistole in der Hand vor ihm auf und zielte auf seinen Kopf. Die Männer trugen schwarze Wollmützen mit Sehschlitzen. Offenbar benötigten sie hier ihre Nachtsichtgeräte nicht mehr.

»Nächtlicher Einbrecher in Notwehr erschossen, so wird das wohl morgen in der BZ stehen«, der russische Akzent in der Stimme der Männer war unüberhörbar.

»Was soll der Blödsinn? Ich bin nirgendwo eingebrochen. Habe lediglich einen kleinen Nachtspaziergang gemacht. Am besten, sie holen den Doktor, dann können wir die Sache aufklären.«

Jan versuchte seine Angst zu unterdrücken und einen möglichst gefassten Eindruck zu vermitteln.

»Der schläft, Herr Kommissar. Und er hat es gar nicht gern, dabei gestört zu werden. Was wollen Sie eigentlich hier? Suchen Sie was Bestimmtes?«

»Ich konnte nicht schlafen. Da dachte ich mir, dass mir ein wenig frische Luft gut tun würde.«

Wieder krachten zwei heftige Schläge in seine Magengrube. Der Typ, der hinter ihm stand, spannte laut vernehmlich den Hahn der Pistole, die er ihm an den Kopf gepresst hielt. Der andere machte einen Schritt zurück, als wollte er mit der Sauerei, die hier gleich entstehen würde, nicht seine Jacke beschmutzen. Jan musste reagieren. So, wie sich die Lage darstellte, hatten die Kerle tatsächlich vor, ihn zu erschießen und dann irgendwo zu verscharren, oder im angrenzenden See zu versenken. Er musste sich wehren. Zumindest musste er es irgendwie versuchen.

Jan schlug mit dem rechten Ellenbogen nach hinten aus, verfehlte aber knapp sein Ziel. Das war dann wohl der letzte Rettungsversuch. Definitiv. In Erwartung des finalen Schusses schloss er die Augen. Plötzlich vernahm er ein kurzes Stöhnen und konnte hören, wie die Waffe des Angreifers zu Boden fiel. Ein Schwall warmer Flüssigkeit spritzte an seinen Hinterkopf und lief ihm im Nacken herunter. Der Griff des Angreifers löste sich von seinem Hals und irgendeine Hand stieß ihn unsanft zu Boden. Fast gleichzeitig vernahm er ein kurzes, dumpfes, zweimaliges Ploppen. Der Mann, der ihm gegenüber gestanden hatte, sackte zu Boden wie eine Marionette, deren Fäden man gekappt hatte und ließ dabei ebenfalls seine Pistole fallen. Jan versuchte irgendetwas zu erkennen, aber außer den beiden am Boden liegenden Männern, sah er gar nichts. Er rappelte sich auf und blickte sich um. Nichts. Da war niemand außer ihm und den beiden überwältigten Männern.

Vorsichtig untersuchte er die zwei am Boden liegenden schwarzen Gestalten. Kein Puls mehr. Plötzlich vernahm er vom See her lautes, schnell näherkommendes, bedrohliches Hundegebell. Die Männer waren tot. Einer lag mit aufgeschlitzter Kehle in einer immer größer werdenden schwarzen Blutlache, der andere einen Meter weiter mit zwei Löchern mitten auf der Stirn. Von seinem Schutzengel war nichts zu sehen. So unbemerkt, wie er gekommen war, war er auch wieder verschwunden. Ein Gespenst, aus dem Nichts erschienen und irgendwo wieder unbemerkt ins Nirvana abgetaucht. Plötzlich bemerkte er, dass ein merkwürdiger Geruch in der Luft lag. Würzig, süßlich und ungemein intensiv. Irgendwoher kannte er diesen aufdringlichen aber trotzdem aromatischen Duft. Im gleichen Moment schossen etwa hundert Meter entfernt von ihm die beiden schwarzen Hunde auf ihn zu. Jan sprintete, so schnell er konnte, in Richtung Tor, das sich anscheinend automatisch wieder geschlossen hatte. Mit einem Hechtsprung sprang er in das Gitter des eisernen Tores und hangelte sich nach oben. Zwei mächtige Rottweiler schnappten nach ihm, als er seinen Körper über die scharfen Kanten der oberen Begrenzungsstifte rollte und auf der anderen Seite zu Boden fiel. Mit schmerzender Schulter und zerrissener Kleidung suchte Jan augenblicklich das Weite.

Kurz nach halb acht stieg Steven in den Fahrstuhl. Im Frühstücksraum war schon reger Betrieb. Er hielt Ausschau nach Jan. Vergeblich. Sehr ungewöhnlich, dachte er, aber heute war *er* eben mal der Erste. Er setzte sich an einen Vierer-Tisch mit Blick zur Straße und bestellte ein Kännchen Kaffe und Rühreier, als der Vibrationsalarm seines Handy einen Anruf meldete. Erstaunt stellte er fest, wer der Störenfried war. »Tom, du benutzt momentan eine unsichere Verbindung, das ist dir hoffentlich klar?«

»Guten Morgen, Steven. Kein Problem, ich wollte nur wissen, warum der Schwarze Drache mal wieder sein Handy abgeschaltet hat?«

»Hat er? Keine Ahnung. Hab ihn heute Morgen noch nicht gesehen. Aber er müsste jeden Moment runterkommen. Wir sind zum Frühstück verabredet.«

»Das kann ich auch gleich einnehmen. An Schlaf ist momentan hier nicht zu denken.«

»Achte auf deine Gesundheit, Tom. Diese ewigen Nachtschichten gehen an die Substanz. Bist auch keine zwanzig mehr.«

»Vielen Dank für den Hinweis, aber dieses Verbrecherpack von Terroristen kümmert sich nun mal einen Dreck um meine Schlafgewohnheiten. Sie haben vor etwa einer Stunde meinen Informanten in Moskau aus dem Verkehr gezogen. Aufgesetzter Kopfschuss. Exitus.«

»Oh, Shit. Das tut mir leid. Das heißt mit anderen Worten: Wir haben die Bande aus den Augen verloren?«

»Genau so ist es. Er hatte vorm Ritz-Carlton Stellung bezogen, damit sie ihm nicht durch die Lappen gehen. Aber irgendjemanden war das wohl aufgefallen. Ich bin gerade mit unserer Botschaft in Verbindung. Wir brauchen sofort Ersatz. Wir haben uns die Fotos, die die Drohne in Mazari Sharif von der Gruppe geschossen hat, noch mal genauer angesehen. Es gibt jetzt eine relativ scharfe Vergrößerung von einem Bild, auf dem der vermeintliche Maynard

Deville zu sehen ist. Ich hab's dir bereits auf deinen Rechner geschickt. Der Typ hat im Nacken 'ne auffällige Tätowierung. Ist von oben ganz gut zu sehen. Ich vermute, dass das irgendwas mit *Brother* oder *Brotherhood* oder so ähnlich zu tun hat. Schau dir das bitte mal an. Aber das Interessante daran kommt erst noch: Der Kerl, der vor ein paar Wochen unter dem Namen Jeremy Bates in die Staaten eingereist ist, hatte scheinbar auch ein Tattoo im Nacken. Ich denke, dass ist eindeutig zu sehen. Wir haben den echten Bates nach Maynard Deville gefragt. Er kennt ihn angeblich nicht, obwohl sie nur dreißig Kilometer entfernt voneinander aufgewachsen sind. Wir wissen nur, dass Bates schon öfter in Deutschland war. Ein Bruder von ihm lebt in Hannover. Sein Neffe ist wiederum mit einer Frau verheiratet, deren Bruder als Bundeswehrsoldat in Afghanistan war. Sagt dir der Name Thomas Ritter was?«

»Stand dieser Name nicht auf Jans Liste seiner ehemaligen Einheit? Aber ich werde ihn fragen, wenn er denn heute noch erscheint.«

»Gibt's was Neues von diesem Psychologen aus Berlin?«, fragte Tom.

»Der hat Dreck am Stecken. Das steht mal fest. Jan vermutet, dass er seine Villa als Versteck und Zwischenlager für Drogen nutzt. Als er sich gestern da umsehen wollte, ist er in eine Falle geraten.«

»Was, wieso weiß ich davon nichts?«, entrüstete sich Tom.

»Ist ja nichts passiert. Die Gangster haben ihn per Handy mit diesem Dr. Shapourzadeh verbunden, der ihm angeboten hat, alle seine Fragen zu beantworten. Er wüsste überhaupt nicht, warum die Polizei ihn im Visier hätte. Die sind irgendwann nachher auf einen Kaffee verabredet.«

»Jan soll mich anrufen, sobald er wieder auf der Bildfläche erschienen ist. Egal, wie spät es ist. Wird mal wieder Zeit, dem Kameraden ins Gewissen zu reden. Guckt euch schnellstens die Fotos an und gebt mir Nachricht. Ach, und das Wichtigste hätte ich fast vergessen: Unsere Leute haben gestern Abend ein Gespräch von Fatima Shapourzadeh abgehört. Die hat ihren Vater in Deutschland angerufen. Sie sagte ihm, dass sie noch ein paar

Tage in Moskau bleiben wird und dass ihre Mission ein voller Erfolg war. Ihr Vater hat sie sofort ermahnt, ihn nicht über diese Verbindung anzurufen. Der ist richtig sauer geworden. Ich habe es dir geschickt. Hört's euch mal an. Na, dann noch Guten Appetit, Steven.«

Als Jan kurz vor acht immer noch nicht unten war, ging Steven zur Rezeption und ließ sich mit seinem Zimmer verbinden. Nichts. Er zog sein Handy aus der Tasche und wählte Jans Nummer. »*The person you've called is temporarely not available*«, piep, piep, piep, »*The person you've called….*«

»Sorry, habe wohl etwas zu lange geschlafen«, stand Jan plötzlich hinter ihm.

»Hoffentlich wenigstens gut?«, erkundigte sich Steven.

»Allerdings, war auch mal notwendig. Habe wohl den Wecker nicht gehört.«

»Ist auch schwierig, wenn dein Handy ausgeschaltet ist. Tom versucht schon seit geraumer Zeit, dich zu erreichen. Ist ganz schön sauer. Hattest du ihm nicht versprochen, über dein Diensthandy jederzeit erreichbar zu sein?«

»Ja ja, aber der Akku war leer und ich hab vergessen, das Ding aufzuladen.«

»Na gut, macht ja nichts«, sagte Steven und klopfte ihm freundlich auf die Schulter. Mit schmerzverzerrtem Gesicht ging Jan in die Knie.

»Ah, verdammt. Schön ist's, wenn der Schmerz nachlässt.«

Steven sah ihn erstaunt an.

»Äh, nichts Schlimmes. Hab mich wohl heute Nacht irgendwie verlegen. Jetzt brauche ich erstmal 'nen starken Kaffee.«

Steven informierte ihn über Toms Anruf. »Eine Tätowierung im Nacken? Maynard hat, so viel ich weiß, am ganzen Körper irgendwelche bunten Bilder. Allerdings keine gestochenen Tatoos, sondern so 'ne Art aufgemalte Stammeszeichen. Ich kann mich allerdings nicht daran erinnern, dass er einen Schriftzug im Nacken trug. Hat er vielleicht nach seiner Army-Zeit machen lassen.«

»Und was ist mit diesem Thomas Ritter?«, fragte Steven.

»Dolph? Der gehörte zu meiner Einheit in Afghanistan. Ist aber schon längst nicht mehr bei der Bundeswehr. Habe mal mit ihm telefoniert, um ihn nach Rommel zu befragen. Rommel hat ja behauptet, Thomas Ritter hätte ihn angerufen, um ihn zu überreden, mit ihm zu diesem Kameradschaftstreffen nach New York zu reisen. Dass dieser Bates irgendwie mit ihm verwandt ist, kann Zufall sein. Vielleicht aber auch nicht. Ich kümmere mich darum.«

Von seinem nächtlichen Ausflug erzählte er Steven erstmal nichts. Der würde ihm wahrscheinlich gehörig die Leviten lesen. Zurecht, wie er selber wusste.

»Lass uns heute Morgen zuerst ins Präsidium fahren. Hubertus muss noch mal versuchen, einen Durchsuchungsbeschluss für die Villa zu besorgen. Es gibt doch wohl noch andere Staatsanwälte als diesen Rösler. Heute Nachmittag treffe ich mich mit Dr. Shapourzadeh. Dann werde ich ihn mit ein paar Fakten konfrontieren. Bin mal auf seine Reaktion gespannt.«

»So, ein letztes Frühstück und dann ab zum Flughafen. Hab die Schnauze echt gestrichen voll. Ab nach Hause.«

Jeff Hunter war guter Dinge, als er um Punkt sieben Uhr morgens den Frühstücksraum im Ritz-Carlton betrat.

»Wir werden zunächst zusammen nach Frankfurt fliegen. Von da aus haben alle Anschluss in ihre Heimatländer. Schätze, dass wir von dort aus direkt nach New York weiterfliegen können«, mutmaßte Roderick Rosenberg »Da ist das Wetter auf jeden Fall besser als in Moskau. Ist bald Sommer, aber hier hat noch nicht mal der Frühling Einzug gehalten«, schüttelte er den Kopf

»Das werden die schon organisiert haben. Hat ja bisher auch alles ganz gut geklappt«, stellte Jeff fest.

Die anderen Mitglieder der Gruppe waren bereits eingetroffen und saßen jeweils zu viert an einem Tisch. Während die Laune bei Morgan Lampart, Kees Schuitemans und den beiden Norwegern Jan Aage Quist und Olebjörn Dahl bestens war, schien die Lage am Tisch von Professor Al Mawardi, Dr. Shapourzadeh und Dr. Muratov eher angespannt. Sie diskutierten zwar im Flüsterton, aber dennoch sichtlich aufgebracht mit dem Coach. Von Fadi Bin Hammad und Ibrahim Al Mawardi war noch nichts zu sehen. Jeff und RoRo wünschten allen einen guten Morgen und nahmen am Tisch neben ihren Kameraden Platz.

»Wohl dicke Luft da drüben, wie?« , fragte Jeff die Männer im Vorbeigehen.

»Das geht schon seit einer Viertelstunde so. Die sind sich wohl nicht einig. Aber egal. Hauptsache, wir hauen hier bald ab.«

Die anderen drei am Tisch nickten zustimmend. »Habt ihr die beiden Schwarzfüße gesehen?«, wollte Kees Schuitemans wissen.

»Nee, keine Ahnung. Wahrscheinlich sind die noch beim Morgengebet«, lachte Jeff und begutachtete mit RoRo das Buffet.

Kurz danach erschienen auch die beiden Syrer. Grußlos und mit ernster Miene marschierten sie direkt auf den Vierertisch der Funktionäre zu.

»Habe gerade einen Anruf aus der Botschaft bekommen. Du solltest besser mal dein Handy einschalten, Onkel«, bemerkte Ibrahim Al Mawardi mit scharfem Unterton.

»Sie sagten nur, sie hätten das Problem für uns erledigt. Wir sollten bei Gelegenheit mal die Nachrichten hören. Um Punkt zehn Uhr steht der Bus für uns bereit.«

Fadi Bin Hammad warf sowohl die Prawda als auch die Iswestija auf den Frühstückstisch.

»In beiden Zeitungen wird in kurzen Meldungen über das Attentat von Gowarah Sang berichtet. Sie gehen davon aus, dass die Taliban für den Anschlag verantwortlich sind. Allerdings hätten diese vehement dementiert. Die ISAF wollte noch keine Stellung nehmen, solange der Fall nicht ausreichend untersucht worden sei. Bei dem Attentat sind neunzig Soldaten ums Leben gekommen, darunter acht Frauen. Es war bisher der blutigste Anschlag auf einen ISAF-Konvoi seit zehn Jahren. Die russische Regierung um Präsident Putin und Ministerpräsident Medwedjew haben den Angehörigen der Opfer ihr Beileid ausgesprochen und den feigen Anschlag auf Schärfste verurteilt.«

»Woher können Sie so gut russisch?«, wollte Dr. Muratov wissen.

»Die Botschaft hat uns gerade die Übersetzung des Artikels an die Rezeption gefaxt. Deshalb sind wir ein paar Minuten später dran«, erläuterte Fadi Bin Hammad.

»Hauptsache die Männer kriegen diesen Artikel nicht in die Finger. Aber was meinen die mit dem Problem, das sie für uns beseitigt hätten?«, wollte der Professor wissen.

»In den Sieben-Uhr-Nachrichten kam gerade durch, dass die Polizei heute Nacht einen Toten auf der Straße vor dem Ritz-Carlton aufgefunden hätte. Der Mann saß regungslos in seinem Auto und hatte sich dort offenbar selbst erschossen. Die Tatwaffe lag im Fußraum direkt vor ihm. Die Untersuchung ergab, dass ausschließlich die Fingerabdrücke des Toten auf der Waffe sichergestellt werden konnten. Die Identifizierung des Unbekannten dauert momentan noch an.«

»Ich hab ja gesagt, dass es hier vor Agenten nur so wimmelt. Der ist wohl von ihren Leuten erledigt worden, nehme ich an, Herr Professor?«, stellte der Coach fest. Professor Al Mawardi saß mit hochrotem Kopf vor seinem Frühstücksteller. Das war alles zu viel für ihn. Für Mord und Totschlag war er nicht geschaffen. Er hatte sein Leben ganz und gar in den Dienst der Wissenschaft gestellt und hatte jetzt plötzlich nur noch mit Gewaltorgien zu tun. Spürbar mitgenommen stimmte er dem Coach zu.

»Der Meister und seine Leute halten uns den Rücken frei. Sie wollen verhindern, dass man uns beschattet. Deshalb werden wir auch gleich an einen unbekannten Ort gebracht. Dort werden wir erfahren, wie es weitergeht. Sie müssen jetzt mit den Männern sprechen und ihnen mitteilen, dass ihr Job noch nicht beendet ist. Kriegen Sie das hin?«, wollte er vom Coach wissen.

»Das sollte kein großes Problem werden. Sie stellen die vereinbarten Geldmittel zur Verfügung. Alles andere regele ich.«

»Und was ist, wenn die sich weigern, weiter mitzumachen?«, zweifelte Fatima Shapourzadeh.

»Dann wird es heute wohl noch mehr Tote geben, deren Identifizierzungen mit Schwierigkeiten verbunden sein werden. Der Meister kennt keine Gnade. Er wird jeden liquidieren, der jetzt aussteigen will. Und das gilt nicht nur für die Männer«, stellte der Professor unmissverständlich klar.

Nach dem Frühstück versammelte der Coach die Männer auf seinem Zimmer. Die beiden Syrer waren auch dabei. Die anderen sollten nach wie vor nicht wissen, dass sie nicht Teil der Versuchsreihe gewesen waren. Der Coach blickte in die fragenden Gesichter seiner Leute.

»Kurz und knapp, Männer: Wir fahren heute noch nicht nach Hause.«

Weiter kam er nicht. Die Männer begannen aufgeregt und wild durcheinander zu rufen und zu reklamieren.

»Hey, was soll denn die Scheiße? Unser Auftrag ist erledigt. Wir wollen nach Hause«, schrie Jeff Hunter empört.

»Ihr könnt ja gern weitermachen. Für mich ist hier Schluss. Definitiv.«

Morgan Lampart stand von der Bettkante auf und wollte sich am Coach vorbei zur Tür drängeln. Der hielt ihn am Arm fest.

»Frank, jetzt mach keinen Scheiß. Lass mich doch erstmal ausreden.«

Der Engländer sah den Coach wütend an. Dann atmete er einmal resigniert aus, drehte sich um und setzte sich wieder.

»Also gut. Schieß los, auch, wenn das wenig bringen wird.«

Der Coach hob beschwichtigend die Arme. »Selbst wenn wir wollten, Kameraden, im Augenblick ist es nicht möglich, nach Hause zurückzukehren.«

»Und wieso nicht?«, rief Kees Schuitemans gereizt dazwischen.

»Weil wir mit dem Anschlag auf den ISAF-Konvoi in Verbindung gebracht werden.« klärte der Coach auf.

»Was für ein Anschlag? Was haben wir damit zu tun?«, wollte Jan Aage Quist wissen.

»Die Taliban haben vorgestern Nacht bei Gowarah Sang einen Konvoi der ISAF überfallen und abgeschlachtet. Es gab neunzig Tote. Und wir waren zum Zeitpunkt in der Nähe und haben unsere Tests durchgeführt. Die Luftaufklärung hat uns entdeckt und gemeldet, dass *wir* den Anschlag ausgeführt hätten. Da für Erklärungen keine Zeit war, sind wir über den Hindukusch nach Tadschikistan geflüchtet. Nur mit viel Glück und Geschick der Piloten konnten wir den F-35 Kampfjets entfliehen. Jetzt suchen die natürlich nach uns.«

»Ach du dicke Scheiße. Dann müssen wir eben das Missverständnis aufklären. Sollte doch nicht so schwierig sein« , schlug Olebjörn Dahl vor.

»Wie blöd seid ihr eigentlich, ihr naiven Idioten? Hab mir doch gleich gedacht, dass hier ein falsches Spiel betrieben wird. Glaubt ihr vielleicht, ich habe nicht mitgekriegt, was abgelaufen ist. Mir war, kurz bevor wir den Hubschrauber nach Gowarah Sang bestiegen haben, schlecht geworden. Ich musste mich übergeben. Dabei habe ich wohl diese Tabletten ausgekotzt. Die Wirkung hat wohl deshalb viel früher nach-gelassen. Jetzt ist mir klar, dass ich doch nicht geträumt habe, als ich den gesamten Konvoi durch die Luft fliegen gesehen habe.« Morgan Lampart war entsetzt. «Die haben uns von Anfang an für diesen Scheiß missbraucht und du hast das gewusst«, fauchte er den Coach an.

»Nun mal ganz ruhig. So war das nicht. Als wir dort ankamen, hatte die Falle der Taliban schon zugeschnappt. Wir konnten nichts tun und mussten tatenlos zusehen. Wir haben nichts mit der Sache zu tun«, log Fadi Bin Hammad.

»So ist es. Was aber nichts an der Tatsache ändert, dass wir momentan auf allen Fahndungslisten stehen. Deshalb sollten wir uns erstmal aus der Schusslinie bewegen und noch ein paar Tage warten, bis sich die Sache aufgeklärt hat.«

»Das ist doch Mumpitz. Wir sollten uns stellen und die Sache sofort aufklären. Wir können doch nicht ewig davonrennen«, war die Meinung von Roderick Rosenberg.

»Natürlich könnten wir das tun. Aber was wollt ihr denen denn erzählen, wenn ihr euch an nichts mehr erinnern könnt? Glaubt mir, es ist das Beste, einfach noch mal ein paar Tage unterzutauchen, bis die Sache abgeschlossen ist. Es ist ohnehin für alle klar, dass die Taliban dahinter stecken. Der Professor hat sich bereit erklärt, euch die Überstunden großzügig zu bezahlen. Um Punkt zehn werden wir hier abgeholt.«

»Und wie lange soll das Versteckspiel noch dauern? Meine Frau macht sich Sorgen. Ich habe ihr gesagt, dass ich in einer Woche zurück bin«, meinte Morgan Lampart.

»Nicht nur deine Frau, Frank, auch unsere Familien werden sich Sorgen machen. Wir müssen sie informieren«, forderte Kees Schuitemans.

»Das werden wir. Aber momentan müssen wir weiterhin unbedingt Funkstille einhalten. Der Professor wird über die Botschaft dafür sorgen, dass eure Familien von der kleinen Verzögerung erfahren. Sie benutzen abhörsichere Verbindungen.«

»An welche Summe hat denn der Professor so gedacht?«, funkelten bei Jeff Hunter mittlerweile die Dollarzeichen in den Augen.

»Noch mal Hunderttausend. Und zwar sofort. In bar.«

Gemurmel machte sich im Hotelzimmer breit. Offenbar war das eine Ansage, die alle sofort verstanden hatten. Schließlich waren alle hier, weil sie das Geld dringend brauchten. Sie machten sich zwar Gedanken darüber, woher sie hier in Moskau mal eben so eine Menge Geld bekommen sollten, aber Hauptsache war, es wurde bezahlt. Die meisten der Männer waren zu Hause arbeitslos, existierten von Gelegenheitsjobs als Wachleute oder Leibwächter. Mit insgesamt zweihundert-tausend Euro auf dem Konto ließ es sich da schon weit beruhigter leben. Das würde vielleicht sogar reichen, um sich eine neue Existenz aufzubauen.

Jeff Hunter träumte davon, sich eine Farm im Wyoming zu kaufen. Roderick Rosenberg wollte zusammen mit seinem Bruder ein Waffengeschäft in ihrer Heimatstadt Pittsburgh eröffnen. Er wollte schon immer weg aus New York. Diese Hektik dort raubte ihm den Verstand. Jetzt endlich hätte er die Möglichkeit dazu.

»Also gut, wenn es denn so ist, wie du sagst, dann werden wir wohl besser noch hier bleiben. Aber keine Spielchen mehr. Wir wollen nicht belogen werden. Ab jetzt wird mit offenen Karten gespielt«, sprach Jan Aage Quist das Schlusswort.

Fadi Bin Hammid und Ibrahim Al Mawardi tauschten Blicke der Erleichterung aus.

»Gut gemacht«, flüsterten sie dem Coach beim Verlassen seines Zimmers zu.

»**Bitte** setzen Sie sich. Kaffee, Tee, Wasser?«, empfing Dr. Shapourzadeh seinen Gast höflich.

»Nein, danke«, lehnte Jan ab. »Mir ist jetzt ehrlich gesagt nicht nach einem gemütlichen Fünf-Uhr-Tee. Irgendwie skurril, aber vor ein paar Stunden wollten Sie mich noch umbringen lassen und jetzt behandeln Sie mich wie einen willkommenen Gast. Ist das Ihre Strategie? Der Wolf im Schafspelz?«

Der Psychiater setzte sich hinter seinen Schreibtisch und schob seine Brille zurecht. »Ich wollte Sie umbringen lassen? Aber warum denn das? Wie kommen sie darauf, Herr Kommissar?«, wunderte sich der Doktor, wie immer in seiner ruhigen und gelassenen

Art, die aus Jans Sicht schon mehr als aufreizend herüberkam.

Der Typ ist eiskalt, dachte er. Nur die Ruhe bewahren und nicht provozieren lassen, das ist genau das, was er will. Wahrscheinlich zeichnet er das Gespräch auf, um mich dann beim Staatsanwalt als unbeherrscht und vielleicht sogar gewalttätig darzustellen, ging ihm durch den Kopf.

»Was haben Sie eigentlich mit den beiden Leichen gemacht? Verbrannt, verscharrt, im See versenkt?«

»Sie haben in der Tat eine blühende Phantasie, Herr Krüger. Wie kommen Sie nur auf solch einen abstrusen Unsinn? Sie steigern sich da in etwas hinein, was es in der Realität gar nicht gibt. Ich wollte und ich will Sie doch nicht umbringen lassen und von irgendwelchen Leichen habe ich keine Kenntnis.«

Der Mann ließ seinen Blick nicht sinken und strahlte eine ungeheure Selbstsicherheit aus. Fast war Jan geneigt, diesem freundlichen, absolut seriös wirkenden Mann Glauben zu schenken.

Du kannst mich nicht einlullen, dachte Jan. Ich weiß genau, was du vor hast.

»Letzte Nacht gab es zwei Tote auf ihren Grundstück. Ich nehme mal an, dass das ihre freundlichen Assistenten waren. Sie müssen sie doch heute Morgen gefunden haben. Oder wurden die von ihren Höllenhunden gefressen?«

Der Doktor atmete tief durch, lehnte sich weit zurück in seinen Schreibtischstuhl und verschränkte die Hände hinterm Kopf.

»Dass ich das auch richtig verstehe: Sie waren also letzte Nacht auf meinem Grundstück und haben dort zwei Tote entdeckt? Warum haben Sie dann nicht Ihre Kollegen alarmiert? Oder haben Sie diese Männer etwa selbst getötet? Und von welchen Hunden reden Sie eigentlich?«

Jan hielt dem Blick des Arztes stand. Er musste sich zwingen, nicht die Beherrschung zu verlieren.

»Es gab Hinweise, dass Sie in ihrem Haus Drogen lagern. Deshalb wollte ich mir das Grundstück mal genauer ansehen. Da haben mich diese Männer gestellt und mir ein Messer an den Hals gedrückt.«

»Und dann haben Sie die kurzerhand umgebracht?«, fiel der Doktor ins Wort.

»Nein, dazu wäre ich wohl nicht mehr in der Lage gewesen. Da war noch jemand.«

»Aha, und wer war das?«, fragte der Doktor erstaunt.

»Das weiß ich nicht. Er war genau wie diese Männer schwarz gekleidet und vermummt.«

»Sie haben ihn also nicht gesehen, geschweige denn erkannt?«

»Nein, aber er hat einem ihrer Männer die Kehle durchgeschnitten und dem anderen zwei Kugeln in den Kopf gejagt. Genauso schnell und unerkannt, wie er gekommen war, war er auch wieder verschwunden.«

Dr. Shapourzadeh stand auf, steckte seine Hände in den Kittel und begann im Raum herumzulaufen. Er schüttelte leicht sein Haupt, als wollte er verdeutlichen, um welch schwierigen Fall es sich bei diesem Patienten handelte.

»Also sind die beiden Männer von einem Phantom, einem Geist, einem Gespenst oder ähnlichem umgebracht worden?«

»Nein, sicher nicht. Der Mann war real. Ohne ihn läge ich jetzt wohl mit aufgeschlitztem Hals und einem Betonklotz am Bein auf dem Grund des Krampnitzsees.«

»Haben Sie eine Ahnung, wer denn diese Toten waren? Haben Sie diese Männer erkennen können?«

»Dazu war keine Zeit mehr, sonst hätten mich die Kampfhunde in Stücke gerissen.«

»Aha, natürlich, die Kampfhunde. Die hätte ich fast vergessen.«

Der Mann im weißen Kittel sah Jan schon fast mitleidig an. Eben so wie ein Psychiater einen Schizophrenen beäugt, dessen Geisteszustand sich auf einem mehr als bedenklichen Level befindet.

»Mir ist völlig klar, worauf Sie hinauswollen. Aber mit diesen Spielchen kommen Sie bei mir nicht weit. Haben Sie eigentlich Ihre beiden Assistenten heute schon gesehen? Ich meine natürlich lebendig?«

Der Doktor ging zurück zu seinem Schreibtisch. Er betätigte die Sprechtaste seiner Telefonanlage.

»Ach, Fräulein Muratova. Bitte sind Sie so nett und schicken mir mal Mehdi und Omar rein, bevor sie wieder gehen. Danke. Ich brauche jetzt erstmal einen starken Kaffee und Sie sollten auch einen trinken, Herr Kommissar.«

Der Doktor stellte zwei große Porzellanbecher auf den Schreibtisch und nahm eine Thermoskanne von der Anrichte unter dem Fenster. Jan hatte schon Bedenken, er würde das Fenster schließen wollen, tat das aber glücklicherweise nicht. Mit einer Seelenruhe und einer Gelassenheit, die ein normaler Mensch bei solchen Anschuldigen niemals an den Tag legen könnte, goss er die beiden Becher randvoll mit heißem, aromatisch duftenden Kaffee.

»Der kommt aus meiner Heimat. Ist ein Gemisch aus schwarzen und grünen Kaffeebohnen. Dazu ein ganz kleiner Schuss Cognac. Die Menge ist kaum der Rede wert. Aber erst dadurch kann sich dieses einzigartige, orientalische Aroma entfalten.«

«Ist denn Alkohol in ihrer Religion nicht streng verboten?«, zeigte sich Jan überrascht.

»Ach, wissen Sie, Herr Kommissar, die kleinen Sünden machen das Leben doch erst lebenswert. Da drückt Allah auch mal ein Auge zu. Leider können wir die nicht einfach wegbeichten wie bei den Katholiken. Um diese äußerst praktische Einrichtung beneide ich diese Leute manchmal.«

»Bei dem, was Sie auf dem Kerbholz haben, sollten Sie sich einen eigenen Beichtstuhl zulegen, Doktor. Wissen Sie eigentlich schon, dass ihre Tochter auf der internationalen Fahndungsliste steht. Sie war an dem Anschlag auf die ISAF-Soldaten bei Gowarah Sang beteiligt. Neunzig tote Frauen und Männer. Allah wird sehr zufrieden sein mit ihr. Respekt.«

Irgendwie musste dieser Kerl doch aus der Ruhe zu bringen sein. Jan fixierte den ihm gegenübersitzenden Mann mit stechendem Blick. Jetzt musste eine Reaktion erfolgen. Wahrscheinlich würde er sagen, dass seine Tochter in den USA sei und er nicht wüsste, wovon ich rede, dachte Jan.

»Wie kommen Sie denn auf so etwas?«, lachte der Doktor. »Sie war zwar letzte Woche in Afghanistan, um dort Testreihen zur Entwicklung von verschiedenen Antidepressiva und Anti-Traumata-Medikamenten durchzuführen, hat dort aber bestimmt niemanden getötet. Soviel ich weiß, haben sich die Taliban bereits zu den Anschlägen bekannt. Das hat jedenfalls die Kommandantur der ISAF bestätigt. Schauen Sie mal hier. Ich lese zwar grundsätzlich keine Bild-Zeitung, aber Omar hat sie mir gleich heute Morgen auf den Schreibtisch gelegt.«

Taliban bekennen sich zu Attentat bei Gowarah Sang. Rache für den Tod ihres Führers Tahir Sharif Al Fakri. Weitere Terroranschläge in aller Welt angekündigt!

Vorerst hatte er Jan den Wind aus den Segeln genommen. Was sich noch verstärken sollte, als plötzlich seine beiden Assistenten das Büro betraten.

»Das sind Mehdi und Omar«, stellte der Doktor seine Mitarbeiter vor. «Aber Sie kennen sich ja bereits, denke ich.«

Der kleinere und jüngere der beiden hatte Jan gestern das Handy ins Auto gereicht. Der große, hagere Typ mit der Hakennase, war der Mann, der ihn im Estrel-Hotel so provozierend angesehen hatte. Die zwei waren es auch, die Hannah und ihn vor ein paar Tagen beobachtet und verfolgt hatten.

»Für Tote sehen sie aber noch ganz lebendig aus, was meinen Sie, Herr Kommissar?«

»Allerdings, aber ich habe ja nicht behauptet, dass *diese* beiden Herren getötet worden sind. Ich sagte ja bereits, dass ich sie nicht erkennen konnte. Fakt ist, dass heute Nacht zwei Männer vor ihrem Haus umgebracht worden sind und die Leichen nun offenbar spurlos verschwunden sind.«

Der Doktor sah seine Männer fragend an.

»Wir wissen wirklich nicht, wovon Sie reden, Herr Kommissar. Die Alarmanlage ist intakt und hat letzte Nacht nicht reagiert. Sobald jemand das Grundstück unbefugt betritt, wird er von den Bewegungsmeldern erfasst und von den Scheinwerfern angestrahlt. Die Überwachungskameras melden über ein akustisches Warnsignal den oder die Eindringlinge. Wir hatten anfänglich Probleme mit den Karnickeln. Die Anlage hat fast jede Nacht zwei- bis dreimal reagiert. Dann ist es den Technikern schließlich gelungen, sie so einzustellen, dass sie erst alle Bewegungen ab einem halben Meter Höhe meldet. Also im Normalfall nur Menschen und vielleicht noch Rehe oder große Hunde.«

»Womit die Frage nach ihren »Höllenhunden«, oder was auch immer Sie gesehen haben wollen, beantwortet ist«, ergänzte der Doktor.

»Also sind ihre Dobermänner nur tagsüber draußen?«, hakte Jan sofort nach.

»Bis die Alarmanlage eingeschaltet wird«, verplapperte sich Omar. Sofort erntete er einen strafenden Blick von seinem Chef, der umgehend versuchte, den Fauxpas seines Angestellten zu reparieren. »Diese beiden Kuscheltiere gehören meiner Frau. Das sind Schoßhunde, die vor einem Eichhörnchen Reißaus nehmen. Mehr Angst als Vaterlandsliebe. Aber die können Sie nicht gesehen haben, weil sie nachts im Haus sind. Außerdem würden die, wie gesagt, niemals einen Menschen angreifen.«

»Verstehe. Aus diesem Grund haben Sie die vorhin auch nicht erwähnt«, warf Jan ironisch ein.

»So ist es«, antwortete Dr. Shapourzadeh, der provokativ auf sein Uhr schaute.

»Na dann hoffe ich, dass ich alle Fragen zu ihrer Zufriedenheit beantworten konnte.

Ich habe in ein paar Minuten den nächsten Patienten.«

»Ja, natürlich. Woher kennen Sie eigentlich Grigori Tireshnikov?«

»Grigori wen?«, fragte der Doktor.

»Der Mann, für den Sie die Drogen zwischenlagern.«

»Langsam wird ihre Paranoia zu einem ernsten medizinischen Problem, Herr Kommissar. Ich bitte Sie, machen Sie sich nicht auch noch komplett lächerlich.«

»Habe ich nicht vor. Einer von Tireshnikovs Leuten ist zuletzt des Öfteren in ihrer Praxis gesehen worden.«

»Da müssten Sie mir schon den Namen nennen. Ich kann mich schließlich nicht an alle meine Patienten erinnern.«

»Wladimir Skutin, die rechte Hand von Grigori.Er hat offenbar einen guten Draht zu Fräulein Muratova, der Tochter des Wissenschaftlers Dr. Muratov, der für den KGB das sowjetische Mind-Control-Program geleitet und seine bahnbrechenden Ergebnisse an die Terroristen verkauft hat.«

»Mit welchen wahnwitzigen Phantasien wollen Sie mich eigentlich noch überraschen? Das ist wirklich abenteuerlich. Natürlich kenne ich Dr. Muratov. Er ist ein Kollege aus Moskau. Eine Kapazität auf seinem Gebiet. Er hat mich gebeten, seine Tochter für ein Jahr nach Berlin zu holen. Sie will anschließend hier Psychologie studieren. Ab und zu taucht hier so ein Kerl auf, der ihr nachstellt.

Womöglich ist das dieser Skutin. Wir haben ihm mittlerweile zu verstehen gegeben, dass er das bitte unterlassen möchte. Und nun bitte, Herr Kommissar, wir können unsere Unterhaltung gern ein anderes Mal fortsetzen, aber jetzt habe ich zu arbeiten.«

Jan erhob sich von seinem Stuhl. Als er neben Mehdi und Omar stand, versuchte er sich an Größe und Statur der nächtlichen Angreifer zu erinnern. Nein, das waren andere Männer. Größer und viel kräftiger, dachte er.

»Ach, eins noch, Herr Doktor: Staatsanwalt Rösler wird Ihnen nicht mehr lange Rückendeckung geben können. Vielleicht hat es diesmal noch gereicht, um den Hals aus der Schlinge zu ziehen. Aber spätestens seitdem Ihre Tochter auf der Fahndungsliste steht, sind seine Möglichkeiten erschöpft. Ich danke Ihnen für ihre oscarreife schauspielerische Leistung, Herr Doktor. Die wird Ihnen aber auch nicht mehr von Nutzen sein. Ich komme wieder. Schneller als Ihnen lieb sein wird.«

Als Jan das Büro verließ, erntete er verständnislose Blicke von Mehdi und Omar.

»Wie konnte ich nur annehmen, dass ihr Luschen mich letzte Nacht überwältigt habt? So wie ihr aussieht, könnt ihr nicht mal 'ner wehrlosen Oma die Handtasche klauen.«

»**Harte** Nuss, oder?«, merkte Steven an. »Der hat auf alles eine Antwort. Interessant war natürlich, von deinem nächtlichen Ausflug zu erfahren. Schön, dass du mich eingeweiht hast.«

»Ich hatte überhaupt nicht vor, da reinzugehen. Die Sicherheitsvorkehrungen waren viel zu umfangreich. Die haben mich draußen vor dem Zaun erwischt.«

»Kannst dem da oben danken, dass du noch unter uns weilst.«

»Ich glaube nicht, dass der Typ, der mich da rausgehauen hat, da oben wohnt. Ich denke eher, dass er ein ganzes Stück weiter unten beheimatet ist: In Down Under.«

»Maynard Deville?«, fragte Steven.

»Keine Ahnung. Aber die Art und Weise wie er die Kerle erledigt hat, weist schon darauf hin. Das war kein Amateur. Und vor allem der Umstand, dass er kam und ging wie aus dem Nichts.«

»Na ja, mein Lieber, da kenne ich mindestens noch einen, der das drauf hat. Im Übrigen lernen das alle Navy Seals. Sogar so ein untalentierter Soldat, wie ich es war, hat da einiges mitbekommen. Womit ich sagen will, dass dein Retter zumindest ein erstklassig ausgebildeter Elitesoldat gewesen sein muss.«

»Ja, aber da war noch was«, fügte Jan hinzu, «dieser eigenartige Geruch.«

»Wieso? Hat der für seine One-Man-Show extra Duftkerzen aufgestellt?«, scherzte Steven.

»Genau das ist es, Steven. Als der Mann wieder im Dunkeln verschwunden war, lag so ein intensiver, würziger, süßlicher Duft in der Luft. Ich wusste, dass ich den irgendwoher kannte. Jetzt weiß ich es: Unmittelbar bevor wir zu einem Einsatz aufbrachen, hat Maynard Deville in unserem Gerätezelt stets irgend so ein indianisches Ritual abgehalten. Wir ließen ihn dabei immer in Ruhe. Hatten uns schon daran gewöhnt. Ein- oder zweimal bin ich da rein und musste ihn holen, weil die Zeit drängte. Er hatte so 'ne Art Altar aufgebaut. Auf dem standen Unmengen von Duftkerzen. Genau dieser spezielle Duft, dieses unglaublich intensive Aroma lag gestern Abend in der Luft, wenn meine Wahrnehmung mich nicht gänzlich im Stich gelassen hat.«

»Aber absolut sicher bist du dir nicht?«, fragte Steven.

»Nein, weil mir klar ist, wie unwahrscheinlich es ist, dass es Maynard Deville war, der ja allem Anschein nach momentan in Russland weilt und die Gruppe von diesem Al Mawardi anführt.«

»Hast du die beiden Männer, die er getötet hat, erkannt?«

»Nein, die waren maskiert. Als ich nachsehen wollte, haben sich die Hunde auf mich gestürzt. Ich musste mich in Sicherheit bringen. Aber als ich vorhin den beiden Assis vom Doktor gegenüberstand, war mir klar, dass die es nicht waren.«

»Logisch. Die leben ja noch,« warf Steven ein.

»Das auch, aber Größe und Statur stimmten nicht mit den Angreifern überein. Das waren zwei richtige Brocken. Der Typ, der mich festgehalten hat, hatte einen Griff wie 'ne Schraubzwinge. Ich habe versucht, ihn zu überwältigen, hatte aber keine Chance.«

»Also waren das Söldner. Womöglich Russen, die ihr Drogendepot überwacht haben. Wäre ja mal interessant, sich die Hunde von Frau Doktor anzusehen, oder?«, schlug Steven vor.

»Wir müssen versuchen, schnellstens die Legitimation für eine Hausdurchsuchung zu bekommen. Die Spurensicherung wird da auf jeden Fall was finden. So gründlich können die da gar nicht sauber gemacht haben.«

»Ich habe die Aufzeichnungen deines netten Gesprächs mit dem Doktor sofort an Tom und an Hannah weitergeleitet. Die Qualität der Aufnahme ist erstklassig. Er war im Übrigen so lange souverän, bis du ihn mit dem Haftbefehl für seine Tochter konfrontiert hast. Das wusste er offenbar noch nicht.«

»Ich denke schon, das Dr. Shapourzadeh mit seinen Kollegen Al Mawardi und Muratov in Verbindung steht. Der weiß genau, was läuft. Mich würde überhaupt nicht wundern, wenn unser feiner Herr Doktor der Drahtzieher dieser ganzen Terrorbande ist. Irgendwie laufen ja wohl hier in Berlin die Fäden zusammen. Er ist das Bindeglied zwischen der Al Kaida und der Russenmafia.«

»Aber wenn der Mann schon seit über dreißig Jahren in Deutschland ist, wieso wird er dann erst jetzt aktiv?«

»Erstens wissen wir gar nicht, ob er jetzt das erste Mal tätig ist und zweitens ist das gar nicht ungewöhnlich, dass die Al Kaida ihre Schläfer jahrelang nicht kontaktiert und dann zu einem Zeitpunkt aktiviert, der für diese Leute selbst absolut überraschend kommt. Die Al Kaida-Mitgliedschaft erlischt niemals, denk daran.«

Steven nickte zustimmend. »Tom hat uns Bilder von dem vermeintlichen Maynard Deville geschickt. Vergrößert und gestochen scharf. Schau dir die mal an.«

Steven rief die entsprechende Fotodatei auf und scrollte die erste Aufnahme auf maximale Größe. «Tom meinte, du solltest dir das Tattoo im Nacken dieses Mannes genau ansehen.«

Jan beugte sich nach vorn, als ob er dadurch noch naher dran wäre. Für einen Moment schwieg er. «Sieht tatsächlich so aus, als wenn zu Beginn das Wort *Brother* zu erkennen ist.«

»Ja und hinter dem *r* noch ein *h* zu sehen ist«, ergänzte Steven.

»Tom glaubt, dass dort das Wort *Brotherhood* steht.«

»Möglich. Aber so eine Tätowierung hatte keiner meiner Soldaten. Jedenfalls nicht während ihrer Dienstzeit in Afghanistan. Allerdings ist das gut zehn Jahre her.«

»Vielleicht hat das ja irgendetwas mit diesem Warriors Club zu tun.

Da haben sich doch ein paar deiner Männer in den letzten Jahren regelmäßig getroffen. Kann doch sein, dass die da so eine Art militärische Brüderschaft gegründet haben?«, mutmaßte Steven.

»Könnte sein. Wir müssen die Männer auf jeden Fall befragen.«

»Und uns mal ihre Tattoos ansehen«, ergänzte Steven.

Nachdem sich Jan alle Fotos genau angesehen hatte, konnte er immer noch nicht mit Gewissheit sagen, ob dieser Mann tatsächlich Maynard Deville war.

»Der Typ ist auf alle Fälle ein Profi. Er wusste genau, dass die Drohne ihn erfassen würde. Deshalb trug er diese Schirmmütze tief ins Gesicht gezogen, bewegte sich mehr als sparsam und sah immer nach unten. Größe und Statur passen zu Deville. Aber wir hatten einige Männer in unserer Einheit, die so gebaut waren. Die beiden Norweger zum Beispiel. Das waren unglaubliche Hünen. Echte Wikinger. Selbst Rommel ist nicht gerade ein Hänfling.«

»Und dieser Thomas Ritter?«, fragte Steven.

Jan stutzte. »Wie kommst du jetzt ausgerechnet auf den?«

»Weil Tom in Erfahrung gebracht hat, dass ein Bruder von diesem Bates, mit dessen gefälschten Papieren Deville wohl in die Staaten eingereist ist, in Hannover lebt.«

»Ja, das hat er mir erzählt. Wir müssen das überprüfen.«

»Hab ich schon. Sein Sohn, also Jeremy Bates Neffe, ist mit einer Eleonora Kaufmann verheiratet und wohnt in Garbsen bei Hannover. Und wie es der Zufall will, ist diese Dame eine jüngere Halbschwester eines gewissen Thomas Ritter.«

Jan zog überrascht die Augenbrauen hoch.

»Allerdings habe ich, wie erwähnt, mit Tom Ritter vor etwa zwei Wochen telefoniert. Da war er in Hannover. Zu diesem Zeitpunkt war die gesamte Gruppe um Al Mawardi längst rekrutiert und aktiv. Außerdem kann ich mir nicht vorstellen, dass Dolph, wie wir ihn nannten, in diese Sache verwickelt ist. Er ist einfach nicht der Typ für solche Dinger. Ich kenne ihn als einen charakterlich einwandfreien Mann. Trotzdem: Ich werde ihn noch mal anrufen.«

»Ich habe vorhin mit Hannah gesprochen. Die war außer sich, als sie von deinem Auftritt erfahren hat. Du solltest sie dringend anrufen. Rasienkov und Skutin sind wieder auf freiem Fuß. Tireshnikovs Anwälte haben sie gegen Kaution rausgeholt. Rico Steding lässt sie allerdings auf Schritt und Tritt überwachen. Die laufen uns nicht weg.«

»Wäre wohl auch nicht schlecht, wenn wir hier Verstärkung kriegen könnten. Ich werde Hannah und Rico bitten, nach Berlin zu kommen. In Leipzig können sie im Moment nichts tun. Wir haben hier dermaßen ins Wespennest gestochen, dass Dr. Shapourzadeh und seine Leute reagieren müssen. Jetzt müssen wir dranbleiben.«

»Scheiß auf die Genehmigung, Agent Bauer. Ich habe beim Präsidenten nachgefragt, ob wir da so ohne Weiteres reinplatzen dürfen. Wissen Sie, was der geantwortet hat? »

Chief Broderick beantwortete sich seine Frage gleich selbst: »Stellen Sie diesen Saustall auf den Kopf. Ich werde mich später bei den Syrern für den bedauernswerten Irrtum entschuldigen. Der Mann hat Eier. Nicht schlecht für einen Schwarzen, was, Bauer?« Der Chief lachte tief und dreckig.

»Damit hab ich kein Problem, Chief. Wir haben bereits alle notwendigen Schritte eingeleitet, um die Bande hochgehen zu lassen.«

»Na, da bin ich aber mal neugierig«, wollte der Chief mehr Informationen.

»Gegen elf der zwölf Mitglieder der Gruppe haben wir Haftbefehle erwirkt. Offiziell stehen jetzt Dschafar Al Mawardi, Robert Ibrahim Al Mawardi, William Fadi Bin Hammad, Fatima Shapourzadeh und die beiden Ex-Marines Jeff Hunter und Roderick Rosenberg auf der Fahndungsliste von FBI, CIA und NSA. Wir haben alle befreundeten Staaten um Amtshilfe gebeten. Zusätzlich werden die beiden Norweger Jan Aage Quist und Olebjörn Dahl sowie der Engländer Morgan Lampart und der Niederländer Kees Schuitemans von Interpol gesucht. Die Behörden in Australien haben ebenfalls zugestimmt und wollen Maynard Deville aufspüren und verhaften. Ein Problem gibt es momentan nur mit den Russen. Dieser Dr. Muratov arbeitet unserer Ansicht nach immer noch für den russischen Geheimdienst. Aus diesem Grund wird er wohl vom Kreml geschützt. Sobald der Mann jedoch Russland verlässt, bekommen wir Amtshilfe, zumindest von allen europäischen Verbündeten.«

»Hört sich gut an. Die sollen meinetwegen ihre Anschläge irgendwo am Arsch der Welt ausführen, Hauptsache die kommen hier nicht mehr rein. Haben Sie alles Notwendige veranlasst, Tom?«

»Selbstverständlich, Chief. Hier landet kein Flugzeug und es legt kein Schiff an, das nicht gründlich nach diesen Leuten durchsucht worden ist.«

»Aber halten Sie die Augen offen. So eine Panne wie mit diesem Bates können wir uns nicht noch mal erlauben. Obwohl der das ja schlau angestellt hat. Nötigt schon fast wieder meinen Respekt ab.«

»Was diesen Bates angeht, haben die Deutschen mittlerweile eine neue Spur. Womöglich war der Mann gar nicht Maynard Deville, sondern ein anderer ehemaliger Soldat der Sondereinheit *Sniper* aus Hannover.«

Hanover? Das liegt doch da irgendwo in Maine, oder?«

»Nicht schlecht, Chief. Aber diesen Ort gibt es auch in Iowa, Kansas oder Ohio. Insgesamt sogar achtzehn Mal in den Vereinigten Staaten. Schreibt sich aber nur mit einem *n*. Ich meine Hannover mit zwei *n*. Liegt in Deutschland und ist die Hauptstadt des Bundeslandes Niedersachsen.«

»Ich scheiß auf das Kaff. Kann von mir aus auch mitten in China liegen. Finden Sie raus, was an der Sache dran ist.«

»Wir haben weiter veranlasst, alle Diensträume von Professor Al Mawardi an der Universität von New York zu durchsuchen und haben die entsprechenden Genehmigungen für seine privaten Häuser. Das Gleiche gilt für Fatima Shapourzadeh und die beiden anderen Syrer. Natürlich auch für Jeff Hunter und Roderick Rosenberg. Davon betroffen sind auch die Familien und alle in den USA lebenden Verwandten. Wir haben die zuständigen Sheriffs der betroffenen Städte und Gemeinden angewiesen, alle Verdächtigen intensiv zu durchleuchten und zu verhören. Einen entsprechenden Fragenkatalog haben wir denen schon zukommen lassen. Zusätzlich zu diesen Maßnahmen haben wir bereits die New Yorker Rechtsanwaltskanzlei Abelman und Smith auf den Kopf gestellt und haben den Warriors Club in Manhattan durchsucht. Die Ergebnisse stehen im Moment noch aus. Ich rechne damit in rund vierundzwanzig Stunden.«

Der Chief nickte zufrieden. »Und Sie glauben auch, dass dieser Syrer in Deutschland der Drahtzieher der ganzen Sache ist?«, wollte der CIA-Direktor wissen.

»Nach den neuesten Erkenntnissen von Jan Krüger und Steven Goldblum ist das durchaus möglich. Er arbeitet eng mit der Russenmafia zusammen, die Drogen von der Al Kaida kauft und denen dafür Waffen liefert, oder wie in unserem Fall, das komplette Know-how des Mind-Controlling-Programs des KGB inklusive der dazugehörigen Menpower in Person dieses Wissenschaftlers Dr. Muratov. Die Tochter von Dr. Muratov arbeitet in der Praxis dieses Dr. Shapourzadeh. Seine Tochter wiederum ist die Assistentin von Professor Al Mawardi und bei dieser ganzen Aktion mit von der Partie.«

»Warum haben Sie diesen Typen dann noch nicht verhaftet?«, wunderte sich der Chief.

»Weil der Mann anscheinend große Rückendeckung bei der Berliner Staatsanwaltschaft genießt. Krüger und Goldblum versuchen gerade vergeblich, einen Durchsuchungsbeschluss für die Geschäftsräume und das Privathaus von dem Kerl zu bekommen. Deshalb war Krüger auch letzte Nacht auf eigene Faust unterwegs. Aber das Gelände war gesichert wie Fort Knox. Zwei Profi-Killer hätten ihn um ein Haar umgelegt. Kam gerade noch mit heiler Haut davon.«

»Verdammt, was sind diese Deutschen bloß für Korinthenkacker? Dieser ganze Papierkram ist doch für'n Arsch. Deshalb haben die Krauts auch den Krieg verloren. Mussten für jeden Schuss, den sie abgefeuert haben, erst 'ne Unterschrift vom Führer holen.« Wieder grölte sich der Chief gutgelaunt ein voluminöses Lachen aus seinem Nilpferdschlund. »Spaß beiseite, Tom. Wie geht's jetzt da in Russland weiter? Wen können wir da hinschicken, der sich nicht so blöd anstellt wie dieser Dummkopf, der sich da hat einfach abknallen lassen?«

»Wir wissen, dass sie heute Morgen mit einem Bus vom Ritz-Carlton in Moskau abgeholt worden sind. Wir haben die Passagierlisten aller abgehenden Flüge aus Moskau und Umgebung gecheckt. Nichts. Im Moment wissen wir nicht, wo die sind. Aber wir werden das herausfinden. Die kommen jedenfalls nicht aus Russland raus, ohne dass wir das bemerken.«

»Mensch, Bauer, wir sind die CIA, zum Teufel nochmal. Machen Sie den Russen mal richtig Feuer. Wir sind nicht hinter ein paar Falschparkern her, sondern hinter international gesuchten Terroristen. Die können ebenso gut morgen den Kreml in die Luft jagen. Ich werde den Präsidenten bitten, unseren Botschafter zu Putin zu schicken. Trotzdem, Tom, fädeln Sie von meinetwegen irgend 'nen illegales Ding ein. Am besten wäre eine geeignete Sondereinheit vor Ort, die sofort zuschlägt.«

»Bei allem Respekt, Sir, das ist vollkommen unmöglich. Das wissen Sie.«

»Ich habe gehört, Sie wollen mein Nachfolger werden, Bauer? So jedenfalls nicht. Und wissen Sie auch warum? Weil Sie ein Gewissen haben. Wenn Sie das nicht bei Zeiten über Bord werfen, können Sie diesen Job niemals machen. Merken Sie sich meine Worte.«

Am späten Nachmittag unterbrachen Steven und Jan ihre Observation und fuhren Richtung Polizeipräsidium, um mit Hubertus von Echternach zu sprechen. Es musste doch irgendeinen Weg geben, an einen Durchsuchungsbeschluss für Dr. Shapourzadehs private und geschäftliche Räumlichkeiten zu kommen. Jan hatte Tom gebeten, offiziell beim Bundeskriminalamt zu intervenieren, um das LKA in Berlin anzuweisen, für das notwendige Papier zu sorgen. Die Richter taten sich gewöhnlich leichter, wenn eine Anfrage für einen Durchsuchungsbefehl von so weit oben wie möglich kam. Im Treppenhaus vor dem Büro des Polizeichefs klingelte Jans Handy.

»Da bin ich aber froh, dass ich in diesem Leben noch mal mit dir reden darf. Was machst du? Bist du noch ganz bei Sinnen? Wie konntest du nur so leichtsinnig sein?» Hannah war stinksauer. Es war wohl wieder mal an der Zeit, ihrem Freund so richtig ins Gewissen zu reden.

»Hallo, mein Schatz. Ja, ich freue mich auch, von dir zu hören. Und du hast recht. Kommt so nicht wieder vor. Das musste ich schon Steven versprechen.«

Jan hörte im Hintergrund Musik und Motorengeräusch.

»Sitzt du gerade im Auto?«

»Und ob. Man kann dich ja anscheinend nicht lange allein lassen. Bin auf der A9 auf dem Weg nach Berlin.«

»Ist Rico bei dir?«, fragte Jan.

»Nein, wir können ja Leipzig nicht vollkommen unbeaufsichtigt lassen. Er koordiniert zusammen mit Jungmann und Krause die Überwachung der Interfood GmbH und hat dafür gesorgt, dass Tireshnikov, Rasienkov und Skutin rund um die Uhr observiert werden. Außerdem will er morgen früh nach Polen. Er ist in Zgorzelec mit seinem alten Freund Arkadius Bak verabredet. Er hat ihm gestern schon die Liste der Kennzeichen des gesamtem Interfood-Fuhrparks zukommen lassen. Die Polen wollen in den nächsten Tagen eine Großaktion starten und alle Fahrzeuge der Interfood, die sie erwischen können, systematisch in die Einzelteile zerlegen. Die sind da nicht so zimperlich wie die deutsche Polizei. Die gehen da dran wie Max an die Graupen.«

»Hört sich gut an. Was läuft denn da für Musik. Das kenne ich doch.«

»Ostdeutsches Kulturgut, mein Lieber. Schon mal was von *Karat* gehört? Hab ich alles noch auf meinen Original-Kassetten, direkt vom Radio aufgenommen. Mit dem Mikrophon. Ist echt Kult.«

»Seit wann hat die Leipziger Polizei wieder Kassettendecks in ihren Dienstfahrzeugen?«

»Die haben alle längst CD-Player.«

»Ach, dann hörst du das auf deinen Walkman?«

»Nein, dein Wagen besitzt ja Gott sei Dank noch so ein schönes altes Retro-Kassettenradio.«

Jan blieb glatt die Spucke weg. Nein, oder? Das konnte ja wohl nicht wahr sein. »Willst du etwa damit sagen, dass du mit meinem Audi fährst?«

»Na klar, wofür steht der denn in unserer Garage?«

»Mensch, Hannah, bist du denn von allen guten Geistern verlassen. Der war doch noch für den Winter eingemottet. Da ist überhaupt kein Öl drin. Keine Bremsflüssigkeit, kein Scheibenwasser, gar nichts. Der Reifendruck ist gleich null und und und ... Ich kriege gleich 'nen Herzinfarkt.«

»Ich bin zwar 'ne Frau und sogar blond, aber Ausnahmen bestätigen ja bekanntlich die Regel. Selbstverständlich habe ich das gestern alles in Ordnung bringen lassen. Hatte bei den Kollegen vom Fuhrpark noch was gut. Die haben das Schmuckstück fahrbereit gemacht. Waren übrigens mächtig beeindruckt von dem erstklassigen Zustand.«

»Ehrlich, Hannah, da fehlen mir die Worte. Ich hoffe, du hast wenigstens Super Plus getankt?«

»Selbstverständlich. Die Kollegen haben mir damit den Tank bis zum Anschlag gefüllt. War alles im Service inbegriffen. Die Maschine surrt wie ein Kätzchen.«

Hannah drehte die Musik lauter.

»Auf den Meeren aus Glut und Zärtlichkeit/ Will ich fahren, so lang ich immer leb/ Und jedem Sturm ins Auge sehen. Wo kein Anker bis auf den Boden reicht/ Und kein Dach mir meine Sterne nimmt/ Und das Gefühl ist unerschöpflich.«

Jan hörte in erstaunlich guter Klangqualität *Auf den Meeren* von *Karat.*

»Ist schon ein Jammer. Die Guten gehen immer zu früh. *Herbert Dreilich, Tamara Danz,* aber wie heißt es so schön: Only the good die young.«

Jan konnte ihr schon nicht mehr böse sein. Wenn da Fachleute am Werk waren, werden sie seinem Lieblingsstück schon nichts zu Leide getan haben. Dieser Audi Super 90 aus dem Jahr 1976 war wirklich ein Schmuckstück und gehörte zu den sehr wenigen gut erhaltenen Exemplaren, die noch auf deutschen Straßen unterwegs waren. Wann immer es zeitlich ging, schraubte und putzte er an seinem Oldtimer herum. Obwohl der Wagen in einem einwandfreiem Zustand war, bewegte er ihn ausschließlich im Sommer. Im Mai wurde er fahrtauglich gemacht und spätestens Mitte Oktober wieder eingemottet. Dieses Jahr war er spät dran. Aber die derzeitige berufliche Lage ließ im Moment nun mal keine Zeit für sein Hobby.

»Du, hör mal, Steven und ich stehen vor der Bürotür von Hubertus. Am besten du fährst direkt ins Estrel und checkst da ein. Wenn wir hier fertig sind, kommen wir sofort zu dir. Fahr bloß vorsichtig. Nicht schneller als hundertvierzig, hörst du?«

»Geht klar, Chef. Bis gleich.«

»Frauen«, seufzte Jan, »ich kann das gar nicht glauben.«

Steven lachte. »Nun stell dich mal nicht so an. Ist doch alles im grünen Bereich. Du hast echt Glück, Mann. Kannst dich nachher gleich auf zwei richtig geile Fahrgestelle freuen.«

Hubertus von Echternach riss die Bürotür auf. »Kommt mit, nicht hier. Dicke Luft.«

Er packte Jan an der Schulter. «Lasst uns in die Kantine gehen, einen Kaffee trinken.«

»Was ist los? Hektik?«, fragte Steven.

»Vor zehn Minuten hat Staatsanwalt Rösler die Tür aufgerissen und ist in mein Büro gestürmt. Was ich mir erlauben würde, seine Autorität zu untergraben. Das hätte Folgen. So etwas ließe er sich nicht gefallen.«

»Wieso? Was war denn los?«, erkundigte sich Jan.

Hubertus von Echternach griff in die Innentasche seines Jacketts und brachte einen weißen Briefumschlag zum Vorschein.

»Hier«, wedelte er in der Luft herum. »Kam vor einer halben Stunde mit dem Boten vom Gericht. Der Durchsuchungs-beschluss.«

»Das ging ja schneller, als erwartet. Tom wollte das BKA kontaktieren und darum bitten, dafür zu sorgen, dass wir alle nötigen Vollmachten erhalten«, erklärte Jan.

»Dachte ich mir schon. Jedenfalls ist Rösler total ausgeflippt. Das Problem wird leider sein, dass er jetzt von der Sache weiß und seinen Schützling informieren wird.«

»Was gleichsam bedeutet, dass wir so schnell wie möglich zuschlagen müssen«, stellte Steven folgerichtig fest.

»Morgen früh Punkt sechs Uhr stehen wir mit zwei kompletten Teams vor seiner Praxis und vor seinem Wohnhaus.«

»Donnerwetter, Hubertus. Hoffen wir, dass der Typ nicht bis dahin alle Beweise vernichtet hat und wir noch was finden werden«, sprach Jan dem Kollegen seine Anerkennung aus.

»Schneller ging's wirklich nicht. In so kurzer Zeit werden die nicht alle Spuren verwischen können. Wenn da tatsächlich Drogen in seinem Haus gelagert worden sind, werden die Hunde anschlagen«, war sich der Polizeichef sicher, fündig zu werden.

»Dann müssen wir wohl eine Nachtschicht einschieben. Vielleicht erwischen wir die sogar auf frischer Tat.« Jan war zuversichtlich, dieses Mal mehr Erfolg zu haben als letzte Nacht.

»Dacht ich mir's doch, dass sie dahinter stecken«, fegte der Staatsanwalt wie ein Irrwisch in die Kantine direkt auf den Tisch der drei Männer zu.

»Glauben sie ja nicht, dass sie damit durchkommen. Ich habe gerade eine einstweilige Verfügung gegen den Durchsuchungsbeschluss auf den Weg gebracht. Vollkommen unverhältnismäßig. Es gibt ja nicht mal einen Anfangsverdacht. So funktioniert die deutsche Rechtsprechung nicht, meine Herren, so nicht«, erhob Staatsanwalt Rösler belehrend den Zeigefinger.

»Entschuldigung, Herr Staatsanwalt.« Jan sah den Juristen an und zeigte auf sein linkes Ohr.

»Was? Was soll da sein?«, fragte er genervt und griff sich hinter seine Ohrmuschel.

»Na, das Grüne da hinter ihrem Ohr. Das wird wohl noch ein bisschen dauern, bis sie das los sind. Da hilft kein Waschen und kein Putzen. Da hilft nur jahrelange Erfahrung und etwas mehr Gelassenheit.«

Steven und Hubertus grinsten über das ganze Gesicht.

»Sie werden schon noch auf dem Boden der Tatsachen landen, meine Herren. Und der Aufschlag wird hart. Das kann ich Ihnen versprechen.«

Rösler war vollkommen außer sich. Eine solche Respektlosigkeit einem Staatsanwalt gegenüber konnte er kaum glauben.

»Ich glaube, Sie müssen los«, sagte Steven.

»Wieso, wohin denn?«, fragte Rösler erstaunt.

»Na, zu ihrem Freund, petzen«, frotzelte Jan.

Wutentbrannt verließ der Staatsanwalt die Kantine.

»Na, geht doch«, rief ihm Steven hinterher.

»Ich habe den für Herrn Romminger zuständigen Staatsanwalt die Berichte der forensischen Untersuchungen der Profiler in Langley in Abschrift zukommen lassen. Tom Bauer hat sie mir freundlicherweise gemailt. Die Fingerabdrücke dieses Bin Hammad, die man auf den Patronenhülsen vom Anschlag in Gowarah Sang gefunden hat, sind ja auch auf dem Verschluss der Spritze sichergestellt wurden, die er offensichtlich diesem Henderson vor der Tat in New York injiziert hat. Mittlerweile steht wohl auch zweifelsfrei fest, wie dieses Serum zusammengesetzt ist. Es ähnelt stark dem

Mittel, mit dem das MK-Ultra-Programm der CIA in den Siebzigern experimentiert hat. Mit dem kleinen, aber feinen Unterschied, dass dieses Zeug anscheinend einen hundertprozentigen Wirkungsgrad erreicht und damit nahezu in Perfektion funktioniert. Das sollte zunächst mal ausreichen, um die Anklage gegen Herrn Romminger auszusetzen.«

Das waren endlich mal gute Nachrichten. Ein Besuch bei Rommel stand eh schon auf der Agenda. Jetzt würden sie ihn vielleicht sogar schon zu Hause antreffen.

Vom Handy aus wählte Jan die Festnetznummer von Tom Ritter in Hannover. Der Ruf ging heraus, zunächst nahm aber niemand ab. Als er schon wieder auflegen wollte, meldete sich schließlich doch noch jemand: »Hallo?«, hörte Jan am anderen Ende der Leitung.

»Jan Krüger hier, Tom, bist du das?«

Die Verbindung war leicht gestört. Es knackte und rauschte bedenklich.

»Ja, hallo Jan. Das ist aber eine Überraschung. Erst meldest du dich fast zehn Jahre nicht mehr und jetzt schon das zweite Mal innerhalb von zwei Wochen?«

»Ja, entschuldige, Tom. Aber es geht immer noch um Rommel. Du weißt, er sitzt wegen Mordes im Berliner Gefängnis.«

»Ja ja, natürlich. Schlimme Sache. Gibt's da was Neues?«, wollte Tom Ritter wissen.

»Nicht wirklich. Aber wir bemühen uns, den Fall aufzuklären. Vielleicht kannst du mir helfen«, sagte Jan.

»Oh, würde ich gern. Aber ich wüsste nicht wie«, entgegnete Dolph, wie Tom Ritter von seinen ehemaligen Kameraden in Afghanistan genannt wurde.

»Hast du den Namen Jeremy Bates schon mal gehört?«, wollte Jan wissen.

»Äh, Moment. Ja, das ist, glaube ich, der Name des Onkels meines Schwagers aus den Staaten. Oder meinst du einen anderen?«

«Nein, genau den meine ich. Hast du diesen Mann schon irgendwann mal getroffen?

Persönlich, meine ich?«

»Ja, aber das ist schon lange her. Muss wohl 2006 gewesen sein.

Meine Schwester ist mit seinem Neffen Jason verheiratet. Sie ist Krankenschwester und Jason hat damals als Assistenzarzt an der Uniklinik Hannover gearbeitet.«

»Und dann haben sie hier in Deutschland geheiratet?«, erkundigte sich Jan.

»Nein, in Wyoming. Im Elternhaus ihres Ehemannes. War eine riesige Feier damals. Der ganze Ort war eingeladen. Ich glaube, die Party hat drei Tage gedauert«, lachte Tom.

Die Verbindung war immer noch schlecht. Es hörte sich eher an, als würde man nach Sibirien telefonieren und nicht in das nur dreihundert Kilometer entfernte Hannover.

»Wir wissen ja schon seit langem, dass Maynard Deville auch aus Wyoming stammt. Er ist nur knapp dreißig Kilometer entfernt vom ehemaligen Wohnort deines Schwagers aufgewachsen. Wusstest du das?«

»Ja, natürlich, Jan. Der ist sogar zusammen mit den Bates-Brüdern zur High-School gegangen. Und er war als Gast zur Hochzeit eingeladen. Du kannst dir sicher vorstellen, wie wir uns angeguckt haben, als wir uns plötzlich nach fünf Jahren am Arsch der Welt wieder getroffen haben. Das Wort Zufall ist da fast schon eine Untertreibung.«

»Ja, das kann ich mir vorstellen. Weißt du, ob der Devil heute noch Kontakt mit den Bates hat?«, fragte Jan.

»Oh, keine Ahnung. Hast du mir nicht erzählt, dass er jetzt in Australien lebt?«

»Ja, das stimmt. Aber möglicherweise ist er in eine üble Sache verwickelt, deshalb muss ich ihn finden«, sagte Jan.

»Meinst du etwa die Geschichte mit Rommel?«

»Nein, ich meine das Massaker von Gowarah Sang in Afghanistan.«

Einen Moment lang blieb es ruhig. Dann sagte Tom zögerlich: »Ja, ich habe davon gelesen. Üble Sache. Aber haben nicht die Taliban die Verantwortung dafür übernommen?«

»Angeblich ja. Trotzdem ist es möglich, dass der Devil, auf welche Weise auch immer, beteiligt war.«

»Gibt es denn konkrete Hinweise für diesen Verdacht?«, wollte Tom wissen.

Jan wurde vorsichtig. Mehr durfte er nicht sagen. Er hatte ohnehin schon viel zu viel erzählt. »Er ist mit einem gefälschten Reisepass in die USA eingereist. Selbst die Fingerabdrücke hat er perfekt kopiert. Und er sah haargenau aus wie Jeremy Bates.«

»Was? Das kann ja wohl nicht wahr sein. Maynard Deville hat sich als Jeremy Bates ausgegeben? Es gibt doch überhaupt keine Ähnlichkeit zwischen den beiden. Bates ist eher klein und rundlich, trägt eine Brille. Wirklich? Wahnsinn!«, konnte es Tom Ritter kaum fassen.

»Ach, Dolph, entschuldige, aber ich muss dir diese Frage stellen. Hast du in den letzten zwei Wochen das Land verlassen?«

»Kein Problem, Jan. Ist schon klar, dass meine Verbindung zu Bates einen Verdacht aufkommen lässt. Du machst schließlich nur deine Arbeit. Aber nein, mein Freund, ich war die ganze Zeit hier in Hannover. Das letzte Mal im Ausland war ich vor zwei Jahren. Da hat Hannover 96 bei Atletico Madrid in der Euro-League gespielt. Das wollte ich mir nicht entgehen lassen. Gab allerdings 'ne saftige Packung.«

Irgendwie klangen Tom Ritters Antworten wie auswendig gelernt. Als hätte er diesen Anruf und diese Fragen erwartet. Es gab dafür zwar keine Beweise, aber Jan beschlich so ein ungutes Gefühl. Er musste jetzt härtere Geschütze auffahren. »Sag mal, Tom, ich muss morgen früh nach Braunschweig«, log er. »Was hältst du davon, wenn ich mal auf 'nen Kaffee nach Hannover komme? Wollten wir doch ohnehin mal machen?«

Jan wartete leicht angespannt auf die Antwort. Sein Gefühl sagte ihm, dass Tom Ritter einen Grund finden würde, um abzusagen.

»Gute Idee, Jan. Ruf mich doch kurz an, bevor du aus Braunschweig losfährst. Dann treffen wir uns in der Stadt in einem netten Cafe'. Ich freu mich drauf.«

»Gut, Dolph. Ich melde mich. Danke für dein Verständnis wegen meiner direkten Fragen.«

»Da nicht für, mein Freund. Bis morgen.«

Kurz nach neun Uhr bestieg die Gruppe um Professor Al Mawardi und Dr. Muratov den Reisebus, der sie vom Ritz-Carlton abholte. Außer ihnen waren noch der Fahrer und ein Vertreter aus der Syrischen Botschaft, der sie zu ihrem Reiseziel geleiten sollte, mit an Bord. Die Männer waren missgelaunt und mürrisch. Niemand sprach ein Wort. Man hätte eine Stecknadel fallen hören können, wenn nicht der Motorenlärm die Stille jäh durchbrochen hätte. Anstatt zum Flughafen zu fahren und die Heimreise anzutreten, befanden sie sich jetzt auf einem Trip ins Ungewisse. Keiner wusste, wohin es gehen sollte und was dann weiter geschehen würde. Immerhin schien heute Morgen die Sonne. Trotzdem war es für den ersten Junitag noch viel zu kalt. Noch immer waren Bäume zu sehen, die vollkommen kahl waren. Vielleicht hatte das aber auch mit der Luft- und Umweltverschmutzung in Moskau zu tun. Die Bäume waren womöglich ganz einfach abgestorben. Wen würde das wundern? Die Belastung mit Schwermetallen in Luft, Boden und Wasser war im Großraum Moskau extrem hoch.

Der Bus verließ das Zentrum der Stadt in westlicher Richtung über die Povartskaya Ulitsa. Diese ging nahtlos in die Zwenigorodskoye Shosse und die Ulitsa Mrewiniki über. Schließlich gelangten sie auf den Prospekt Marshala Zhukova, dem ersten Teilstück der M 9. Sie passierten den Severo Zapadnyy Tunnel und fuhren auf der Noworizhskoye Shosse die M 9 weiter südwestlich aus dem Großraum Moskau heraus. Nach einer knappen Stunde Fahrt verließ der Bus schließlich die M 9 bei Stepanovskoye.

Moskau war eine wirklich beeindruckende, prächtige Großstadt mit vielen Sehenswürdigkeiten. Nur knapp achtzig Kilometer weiter zeigte sich der krasse Gegensatz. Die Männer konnten die Schlaglöcher in der Fahrbahndecke nicht mehr zählen. Rechts und links der Straßen und Wege standen graue, alte, baufällige Häuser, die mal dringend etwas Farbe benötigt hätten. Selbst die Menschen waren schwarz und grau gekleidet. Ein Farbfernseher war hier vollkommen überflüssig. Tristesse, wohin das Auge sah. Der Bus fuhr durch die nächste kleine Ortschaft mit dem Namen Istra. Irgendwo auf der linken Seite war zwischen den Bäumen hindurch ein Schloss oder ein Gutshof zu sehen. Die Hinweisschilder waren in Kyrillisch und deshalb für die Männer unverständlich. Schließlich verließ der Reisebus die befestigte, geteerte Straße und gelangte auf einen steinigen Feldweg, der in ein dichtes Waldgebiet hineinführte. Nach etwa zwei Kilometern bogen sie nach rechts in einen noch holprigeren, kleinen, unbefestigten Waldweg. Hundert Meter weiter fuhren sie auf ein großes, zweiflügliges Metalltor zu. Rechts und links davon befand sich eine zwei Meter hohe Mauer aus rotbraunen Ziegelsteinen mit S-Drahtrollen darauf. Davor zwei Wachtposten Stellung bezogen. Sie trugen Jeans und schwarze Lederjacken und waren jeweils mit einer Kalaschnikow bewaffnet. Der syrische Begleiter gab dem Fahrer ein Zeichen zu halten und stieg aus. Nach kurzer Diskussion öffneten die Männer das Tor und der Bus fuhr auf einen großen, breiten, befestigten Hof. Auf beiden Seiten des Areals befanden sich Hallen mit Spitzdächern aus rotem Ziegel. Die Anlage machte einen sauberen, sehr gepflegten Eindruck. Der Bus überquerte den Hof und fuhr auf ein zweistöckiges Wohngebäude zu. Der langgestreckte Bau hatte insgesamt sechs Eingänge und in der Mitte ein großes Hauptportal. Genau davor machte der Fahrer Halt. Im gleichen Augenblick kamen zwei Männer aus dem Haus und begrüßten den Syrer und Dr. Muratov, der mittlerweile ausgestiegen war. Nach einer kurzen Besprechung wandte sich der Russe an die Gruppe.»So, meine Herren, wir werden jetzt hier Quartier beziehen.«

Er zeigte auf einen kleinen, dürren Mann mittleren Alters mit einem Rattengesicht. »Das ist Boris. Er wird Ihnen Ihre Zimmer zeigen. In einer halben Stunde werden sie zu einer ersten Lagebesprechung abgeholt.«

Während die Männer Boris folgten, führte der andere Mann Professor Al Mawardi, Dr. Muratov und die beiden Amerikaner mit arabischen Wurzeln, Fadi Bin Hammad und Ibrahim Al Mawardi, in einen großen Saal im ersten Stock des Gebäudes, der aussah wie eine ehemalige Offiziersmesse. Kurz davor gab er Fatima Shapourzadeh, die sich der Gruppe unaufgefordert angeschlossen hatte, ein Zeichen, dass sie vor der Tür zu warten hätte. Er bot ihr freundlich, aber bestimmt einen Sessel neben der Eingangstür an. Als sie protestieren wollte, nickte ihr Professor Al Mawardi kurz zu, dass sie sich fügen sollte. Sie tat es.

»Willkommen, im Namen des Propheten begrüße ich euch in unserer bescheidenen Unterkunft.«

Der Meister wies den Männern einen Platz an einem großen runden, schweren Holztisch in der Mitte des Raumes zu. Zwei junge, verschleierte Frauen servierten Tee und frisches Obst. Er war anscheinend bester Laune. Der Mann aus der Syrischen Botschaft, der den Bus begleitet hatte, saß links von ihm. Zu seiner Rechten hatte sich ein kräftiger, etwas gedrungen wirkender Typ niedergelassen. Er war irgendwo Anfang vierzig, sein Haaransatz befand sich bereits merklich auf dem Rückzug. Der Kerl schaute grimmig drein, beäugte die Neuankömmlinge argwöhnisch. Der Meister stellte seine beiden Adjudanten vor.

»Links neben mir sitzt Fatmir, stellvertretender Syrischer Botschafter in Moskau. Und der nette junge Mann rechts ist Wladimir Skutin, der den Besitzer dieser wunderbaren Anlage vertritt, der leider heute unabkömmlich war. Wladimir ist heute Morgen extra aus Deutschland angereist.«

Der Meister hob sein Teeglas: »Ich freue mich, euch hier heute wohlbehalten nach Abschluss einer rundum erfolgreichen Mission empfangen zu dürfen.«

Er trank vorsichtig einen Schluck aus dem heißen, dampfenden Teeglas und stellte es mit leicht wackliger Hand wieder auf den Tisch zurück.

»Nun, wir befinden uns hier auf dem Gelände einer ehemaligen Kaserne der Roten Armee. Nach dem Zusammenbruch der Sowjetunion hat unser alter Freund Alexander Gorlukov dieses Areal aufgekauft und mit großem Aufwand modernisiert. Hier lagern mittlerweile große Mengen Waffen und Sprengstoff aus den ehemaligen Beständen der Sowjetarmee. Sharif Tahir Al Fakri und Oberst Gorlukov haben hier regelmäßig ihre Geschäfte getätigt. Die Drogenlieferungen wurden stets über die Syrische Botschaft abgewickelt und mit Diplomatenfahrzeugen hierher gebracht. Im Gegenzug wurden Container mit Waffen beladen und mit einer Maschine der Syrischen Regierung nach Damaskus geflogen. Nach dem Tod der beiden Männer lassen wir nun als ihre legitimen Nachfolger dieses Geschäft wieder aufleben. Der Eigentümer dieses Areals ist ein Verwandter des verstorbenen Oberst Gorlukov. Er hat die Anlage von der Witwe des Oberst übernommen und sie ausgezahlt. Dann hat er die jahrelangen, guten Kontakte zu unserer Organisation wieder hergestellt und ist seitdem unser verlässlicher Geschäftspartner.«

Sein Nebenmann räusperte sich. Dann übernahm er das Wort. «Im Namen meines Chefs und Vorgesetzten möchte ich Ihnen seine herzlichsten Grüße aussprechen und ihn gleichzeitig entschuldigen. Er hat momentan in Deutschland keinen leichten Stand. Die Polizei und der Zoll veranstalteten in den letzten Wochen immer wieder Großrazzien, um die Drogenlieferungen aufzuhalten und zu konfiszieren. Bisher gab es jedoch keinerlei Schwierigkeiten. Doch vor kurzem ist wieder dieser Polizist aus Leipzig, ein ehemaliger Elitesoldat der ISAF in Afghanistan, aufgetaucht, der im letzten Jahr an der Ermordung von Oberst Gorlukov und Tahir Sharif Al Fakri beteiligt war. Er versucht mit allen Mitteln, uns aufzuhalten und zu vernichten.«

»Es ist unseren Freunden leider bis heute nicht gelungen, diesen Mann zu liquidieren«, warf der Meister mit scharfer Zunge ein.

Skutin sah ihn wütend an: »Genauso wenig wie den Mudschaheddin, die es weder in Afghanistan noch in Deutschland geschafft haben, ihren Erzfeind, den Black Dragon, zu töten.«

»Wie ist das möglich, dass ein einziger Mann derlei Schwierigkeiten bereiten kann?«, fragte Ibrahim Al Mawardi.

»Eben, das fragen wir uns auch. Aber um dieses Thema ein für allemal aus der Welt zu schaffen, bin ich heute extra in Vertretung meines Chefs hier angereist. Wir müssen eine Lösung finden, um diesen Kerl endgültig von der Bildfläche verschwinden zu lassen«, meinte Skutin.

»Eigentlich kaum vorstellbar, dass ein einzelner Mann derartige Probleme machen kann. Ich denke jedoch, dass wir dafür die richtige Person auswählen werden, der diese Angelegenheit diskret und zuverlässig erledigen kann«, sagte der Meister.

»Das wäre ganz im Sinne meines Chefs«, antwortete Wladimir Skutin.

»Nun möchten meine Glaubensbrüder und ich uns zum Mittagsgebet zurückziehen. Ich danke meinen russischen Freunden für ihre Freundschaft und ihre Loyalität. Selbstverständlich sind sie zu unserem gemeinsamen Mittagsmahl eingeladen, das in einer halben Stunde hier in der ehemaligen Offiziersmesse stattfinden wird.«

Der Meister erhob sich und verließ, gefolgt von seinen muslimischen Brüdern, den Raum durch eine Seitentür. Dahinter befand sich eine Art Bibliothek mit einem großen, pompösen Schreibtisch aus schwerem Eichenholz. Davor standen vier leicht gepolsterte Stühle in Reihe. An der Wand hingen große, wahrscheinlich sehr wertvolle Gobelins, die alle auffällig die Farbe Rot bevorzugten. Eine über die gesamte Raumbreite ausgedehnte Fensterfront ließ das notwendige Tageslicht in den ansonsten eher dunkel gehaltenen Raum fluten. Gegenüber vom Schreibtisch befand sich ein großer, aus grauen Bruchsteinen gemauerter Kamin, in dem ein paar Holzscheite glimmten. Wieder erschienen die zwei orientalischen Schönheiten und servierten Tee, etwas Gebäck und eine Schüssel mit Feigen und Datteln.

»Ein widerlicher Typ, dieser Skutin. Wie der auf uns herabblickt. Als wären wir der Abschaum dieser Erde. Er ist ein Rassist und ein Nazi. Leider müssen wir uns mit ihm arrangieren. Ich verstehe gar nicht, warum Viktor so einen Dummkopf beschäftigt? Aber gut, das ist seine Sache. Hauptsache die Geschäfte laufen gut. Und das tun sie.«

Der Meister lehnte sich in seinen überdimensionierten Schreibtischsessel zurück, atmete einmal tief durch, um dann fortzufahren: »Aber nun zu unserem eigentlichen Thema. Wir haben uns mit der Hilfe der Russen in den Besitz einer wertvollen Waffe gebracht. Der Anschlag bei Gowarah Sang war eine Demonstration, wie wir diese in Zukunft einsetzen werden.«

Er blickte Professor Al Mawardi tief in die Augen: »Dschafar, sage mir, sind wir bereits in der Lage, unabhängig von Dr. Muratov und den Russen dieses Know how einzusetzen?«

Der Professor ahnte bereits, dass seine Antwort unangenehme Folgen für seinen Kollegen haben könnte, wusste aber, dass er hier die Wahrheit sagen musste: »Fatima hat die Gruppe bereits vollkommen allein auf diesen letzten, erfolgreichen Versuch in Afghanistan vorbereitet. Sie hat für jeden Mann die richtige Dosierung gefunden und ist nun auch in der Lage, das Serum ohne fremde Hilfe zu erstellen.«

Der Meister nickte zufrieden. »Gut, dass heißt, dass wir die Hilfe des Russen nicht mehr benötigen, oder?«

Der Professor wurde unruhig. Würde er die Frage bejahen, befürchtete er, dass dies das Todesurteil für seinen Kollegen bedeuten könnte. Würde er verneinen, würde der Meister möglicherweise ihm die Schuld daran geben: »Nun ja, es wäre sicher von Vorteil, wenn Dr. Muratov uns noch beratend zur Seite stehen würde, falls es Komplikationen gibt.«

»Unsinn, Onkel, Fatima beherrscht sowohl die Herstellung als auch die Anwendung des Serums. Und zwar so gut, dass die Männer vorher nicht mal mehr verbal auf ihre Aufgabe eingeschworen werden mussten. Wir konnten sie mit klaren Befehlen während des Einsatzes problemlos lenken. Es war, als würden wir Roboter programmieren. Sie hat das Mittel völlig allein optimiert. Das hätte dieser Russe niemals geschafft. Wir brauchen den Kerl nicht mehr, Onkel.«

Dem Meister gefiel die klare Ansage Ibrahims. Das war ein Mann, der ihm behagte. Hart und unnachgiebig. Der Professor war ihm viel zu verbindlich und weich.

»Sehr gut. Wir werden uns bei Dr. Muratov in aller Form bedanken und ihn noch heute zurück nach Moskau schicken. Er kann ohnehin das Land nicht verlassen, ohne verhaftet zu werden. Genau wie alle anderen, steht er auf der Fahndungsliste der CIA und aller westlichen Länder. Soll er sich hier verstecken, bis niemand mehr an ihn denkt. «

»Aber das gilt doch auch für die anderen Männer«, warf Fadi Bin Hammad sichtlich aufgeregt ein.

»So ist es, mein Sohn. Sobald irgendjemand aus dieser Gruppe Russland in Richtung Heimat verlässt, wird er verhaftet. Was gleichsam bedeutet, dass diese Männer für unser Vorhaben nutzlos geworden sind.«

Der Professor sackte immer tiefer in seinen Stuhl. Sein Herz begann zu rasen, Schweißperlen liefen ihm von der Stirn, sein Atem wurde schwer. Irgendetwas stimmte nicht mit ihm. Sorgenvoll wandte sich sein Neffe an ihn: »Onkel, was ist? Geht es dir nicht gut?«

Wie versteinert und mit eiskaltem Blick starrte der Meister auf den Professor, der immer weiter in sich zusammenfiel. Als er seinem Neffen antworten wollte, stieß er plötzlich einen Schwall weißen Schaum aus, der langsam an seiner Jacke herunterlief. Ibrahim sprang auf und zog ihn wieder auf den Stuhl zurück. Das Weiße in den Augen seines Onkel verfärbte sich zunehmend rot, aus seinem Mund war nur noch ein schwaches Röcheln zu vernehmen. Aus seiner Nase lief Blut.

»Was ist mit ihm?«, rief Fadi entsetzt. Der Meister beobachtete die Szene vollkommen rührungslos.

Schließlich atmete der Professor noch einmal lang und tief aus, dann sackte er in sich zusammen und rutschte vom Stuhl auf den wertvollen orientalischen Teppich. Sein Lebenslicht war erloschen.

»Arsen - ist doch immer wieder interessant, wie schnell und zuverlässig es wirkt. Und es hat den Vorteil, dass es gleichzeitig farblos, geruchlos und völlig geschmacklos ist. Für unsere Zwecke weitaus besser geeignet als Zyankali, das auffällig nach Bittermandel riecht und schmeckt«, stellte der Meister nüchtern fest.

Entsetzt sprang Ibrahim auf und wollte sich auf den Meister stürzen. Doch der hielt ihm blitzschnell, wie aus dem Nichts, eine geladene Makarov vor die Nase.

»Setz dich, Ibrahim und wage es nie wieder, dich gegen mich zu erheben. Ihr müsst noch viel lernen. Der Professor war voller Zweifel. Er war unsicher und labil. Er stand nicht mehr hinter unserer Sache. Er war ein Ungläubiger, hatte seit Jahren keine Moschee mehr zum Gebet aufgesucht. Ich konnte ihm nicht länger trauen. Er hätte uns verraten.«

»Niemals«, schrie Ibrahim aufgebracht, »er war Wissenschaftler, kein Soldat. Es war schwierig für ihn, all die Menschen sterben zu sehen. Aber trotzdem hätte er uns niemals verraten.«

Der Meister erhob seine Hand zum Zeichen, dass Ibrahim augenblicklich schweigen sollte.

»Die Aufgabe, die jetzt vor uns liegt, hätte er nicht mehr bewältigen können. Er hätte die Nerven verloren. Wir können uns nicht das geringste Sicherheitsrisiko leisten. Ihr beiden seit aus einem anderen Holz geschnitzt. Ihr seit Soldaten und ihr seit gläubig. Alle anderen sind für den bevorstehenden Einsatz nicht mehr geeignet.«

Fadi legte Ibrahim beschwichtigend die Hand auf die Schulter.

»Der Meister hat recht. Du weißt, wie sehr unsere letzte militärische Operation deinen Onkel mitgenommen hatte. Man sah ihm an, dass er das Töten der Ungläubigen als Unrecht empfand. Er war längst kein gläubiger Muslim mehr. Er hätte sich an keiner weiteren Aktion mehr beteiligt.«

»Das ist die Wahrheit, Fadi. Ich danke dir für deine weisen Worte. Was wir jetzt tun werden, mein Sohn«, wandte er sich an Ibrahim, »kann nur ein Krieger Gottes tun, der bereit ist, für Allah und den Islam zu sterben. Ihr habt bewiesen, dass ihr würdig seit. Allah wird euch ins Paradies aufnehmen und euch reich belohnen. Wenn nicht nach dem kommenden Einsatz, dann nach einem späterem. Allahu Akbar!«

»Du sagtest, dass alle anderen für die kommende Aufgabe nicht mehr geeignet seien?« fragte Fadi vorsichtig.

»So ist es, mein Sohn. Da, wo ihr hingehen werdet, können diese Männer euch nicht mehr begleiten. Ihre Identität ist den westlichen Behörden bekannt. Es ist uns nicht möglich, ihnen in der Kürze der Zeit andere Papiere zu besorgen. Zudem sind sie nicht mehr bereit für einen weiteren Einsatz. Sie sind mürrisch, sie wollen nach Hause. Im Moment wissen sie noch nicht, was sie getan haben. Wenn sie es jedoch erfahren, werden sie sich gegen uns wenden. Dieses Risiko können wir unmöglich eingehen.«

Fadi und Ibrahim wussten, was das bedeutete.

»Mit dieser Sache werdet ihr nichts zu tun haben. Darum kümmern sich meine Leute.«

Einen Augenblick lang kehrte Ruhe ein. Niemand sprach. Der Meister erhob sich aus seinem Schreibtischsessel und ging um die Stühle herum. Hinter den beiden Männern stehend, legte er den beiden jeweils eine Hand auf die Schulter. »Etwas anders verhält es sich mit dem Mann, den ihr den Coach nennt. Er ist intelligent und clever. Niemand kennt ihn. Nur ihr wisst, wer er ist oder wie er heißt. Die CIA konnte ihn auf den Aufnahmen bisher nicht identifizieren. Er ist ein Söldner, der für Geld kämpft. Er wird zwar ebenfalls nicht an unserer bevorstehenden Aufgabe teilnehmen können, aber er wird uns noch anderweitig von großem Nutzen sein.«

Der Meister konnte im Spiegel über seinem Schreibtisch zwei fragende Gesichter erkennen.

»Wir werden ihn mit nach Deutschland nehmen. Da er nicht gesucht wird, kann er problemlos einreisen. Wir werden ihm dort das von ihm geforderte Geld in bar auszahlen und dann von ihm verlangen, an einem weiteren Einsatz teilzunehmen.«

»Aber du sagtest doch gerade, dass er nicht an der nächsten Mission teilnehmen wird?«, hakte Ibrahim nach.

»Das wird er auch nicht. Wir brauchen ihn für eine andere Aufgabe, die ebenso dringend erledigt werden muss.«

»**Tom** hat mir gerade gemailt, dass Chief Broderick mächtig Druck macht. Die wollen den Kreml zur Zusammenarbeit bewegen, um die Terroristen zur Strecke zu bringen. Angeblich befinden die sich irgendwo in der Nähe von Moskau und tüfteln gerade einen erneuten Anschlag aus«, berichtete Steven.

»Kann mir nicht vorstellen, dass die Russen kooperieren. Die haben zwar den Anschlag von Gowarah Sang offiziell verurteilt, liefern aber gleichzeitig Waffen an den Iran und Syrien. Die werden den Teufel tun und die CIA bei einer Aktion in ihrem eigenen Land unterstützen. Keine Chance. Wir müssen die Bande schnappen, wenn sie Russland verlassen. Und das werden sie früher oder später. Ich kann mir nicht vorstellen, dass die den Kreml in die Luft jagen wollen. Ihr Ziel liegt in den USA oder in Deutschland. Nach dem vereitelten Anschlag auf den Berliner Fernsehturm ist es durchaus möglich, dass sie auf Rache aus sind und eine neue, vielleicht noch größere Aktion in Berlin planen.«

Steven schaute Jan nachdenklich an: »Möglich, aber die Typen stehen doch schon überall auf den Fahndungslisten. Die kommen nirgendwo mehr rein. Nicht in Deutschland und schon gar nicht in die Vereinigten Staaten.«

Jan nickte zustimmend. «Und das ist der Punkt, der mir große Sorgen bereitet. Meine Männer sind manipuliert und missbraucht worden. Im juristischen Sinne sind sie nicht schuldfähig. Weder Morgan Lampart noch Kess Schuitemans oder die beiden Norweger sind irgendwelche eiskalten Verbrecher geschweige denn gewaltbereite Terroristen. Sie haben sich aus finanzieller Not heraus für dieses Experiment anheuern lassen, ohne zu wissen, was dort wirklich passiert. Das mag blauäugig gewesen sein, aber zunächst mal nicht strafbar. Die Al Kaida weiß längst, dass die Männer identifiziert sind und deshalb nicht mehr für ihre Zwecke geeignet sind. Sie werden sie töten, Steven. Wenn sie es nicht schon getan haben.«

»Aber diese Männer sind doch keine Anfänger. Mittlerweile werden sie doch wohl realisiert haben, was in Afghanistan passiert ist. Das ging jetzt tagelang durch sämtliche Medien. Wenn die eins und eins zusammenzählen können, dann wissen sie doch, was ihnen jetzt bevorsteht. Zumal dort womöglich sogar ein Maynard Deville dabei ist.«

»Ist er das?«, fragte Jan.

Steven wirkte irritiert. »Wieso, zweifelst du etwa noch daran?«

Jan schaute seinen Freund und Partner lange an, bevor er antwortete: «Mittlerweile wäre ich sogar froh, wenn er dort wäre. Die Überlebenschance meiner Männer wäre dadurch weitaus größer. Kann mir kaum vorstellen, dass der Devil die Absichten der Terroristen nicht längst durchschaut hätte. Und zwar *bevor* der Anschlag auf Gowarah Sang ausgeführt wurde. Ich denke nicht, dass er so etwas zugelassen hätte. Außerdem hat Maynard Deville eine tiefe Abneigung gegen Medikamente. Er hat in seinem ganzen Leben noch keine Pille aus der Herstellung eines Pharmakonzerns geschluckt. Er vertraut nur seinen indianischen Heilkräutern.«

»Also denkst du, dass der große Unbekannte nicht der Devil ist?«, schlussfolgerte Steven.

Jan zuckte mit den Schultern. »Ich habe ihn zehn Jahre nicht mehr gesehen. In dieser Zeit kann viel passiert sein. Der Maynard Deville, den ich kenne, ist auf jeden Fall nicht dort.«

»Also käme das aus deiner Sicht auch Thomas Ritter in Frage?«, wollte Steven wissen.

»Unwahrscheinlich. Aber morgen wissen wir mehr. Du musst unbedingt so schnell wie möglich alle nur erdenklichen Informationen über diesen Mann besorgen. Vor allem musst du feststellen, ob er eine Rufumleitung an seinem Festnetztelefon eingerichtet hat. Als ich heute mit ihm telefoniert habe, hatte ich den Eindruck, dass er weit weg war. Mehr als diese dreihundert Kilometer von Berlin bis Hannover. Klang fast so, als wäre er irgendwo draußen gewesen. Ich fahre morgen früh Richtung Hannover und rufe ihn eine Stunde vor meiner Ankunft an. Wir installieren eine Fangschaltung, um seinen Standort zu ermitteln. Wenn er mir allerdings, wie ich vermute, morgen unter irgendeinem fadenscheinigen Grund absagt und nicht zum Treffen erscheint, steht er auf der Liste der Verdächtigen ganz weit oben. Von der Statur her könnte er der Mann auf dem Foto sein, das die Drohne in Mazari Sharif geschossen hat. Er hatte damals verblüffende Ähnlichkeit mit dem schwedischen Schauspieler Dolph Lundgren. Er sah genauso aus, wie dieser Drago, der Gegenspieler von Sylvester Stallone in einem dieser Rocky-Filme. Er hatte sich sogar seinen militärischen Kurzhaarschnitt hellblond gefärbt.«

Jans Handy klingelte: »Es gibt ein Problem, Jan. Die haben nicht aufgepasst in Leipzig. Wladimir Skutin ist gestern Abend von Leipzig nach München geflogen. Und von dort aus, wie wir gerade ermitteln konnten, weiter nach Moskau. Der Staatsanwalt hatte ihm bei seiner Freilassung auf Kaution zur Bedingung gemacht, Leipzig nicht ohne seine Genehmigung verlassen zu dürfen. Hat ihn aber wohl nicht gejuckt. Den werden wir so schnell nicht wiedersehen.«

Hannah war sauer. Rico Steding und seine Leute sollten Tireshnikov, Rasienkov und Skutin rund um die Uhr observieren. Scheinbar mit wenig Erfolg.

»Der ist nur ein kleines Licht, Hannah. Der Kopf der Russenmafia ist allem Anschein nach Grigori Tireshnikov. Den dürfen sie allerdings nicht aus den Augen verlieren. Du musst Rico noch mal Dampf machen.«

»Schon geschehen. Rico hat mir versichert, dass nicht noch ein Fehler passieren wird. Ich bin gerade im Präsidium bei Hubertus. Nach Rücksprache mit der Staatsanwaltschaft wird Rommel noch nicht aus der Untersuchungshaft entlassen. Allerdings hat der Staatsanwalt zugesichert, die Sachlage auf Grund der neuen Erkenntnisse aus den Unterlagen der CIA zu prüfen und den Fall gegebenenfalls neu zu bewerten. Wir müssen abwarten.«

»Gut, warte dort auf mich, Hannah. Wir müssen heute noch unbedingt mit Rommel sprechen. Ich habe da so eine Ahnung, dass er uns nicht die ganze Wahrheit erzählt hat.«

Nach vorn gebeugt und mit hängenden Schultern betrat Carl Georg Romminger den Besucherraum der Justizvollzugsanstalt Moabit. Der Wärter nahm ihm die Handschellen ab und baute sich mit verschränkten Armen demonstrativ neben der Tür auf. Rommel hob seinen Blick erst, als er sich zu Jan und Hannah an den Holztisch gesetzt hatte. Er wirkte, als wäre er in den letzten beiden Wochen um zehn Jahre gealtert. Tiefe Ringe zeichneten sich unter seinen Augen ab, die Wangen wirkten eingefallen, sein Blick war trüb und leer.

»Ich frag dich jetzt nicht, wie's dir geht. Man sieht's«, eröffnete Jan das Gespräch.

Rommel wirkte sehr niedergeschlagen, als hätte er alle Hoffnung aufgegeben. »Ist doch eh alles gelaufen. Die werden mich hier nicht mehr rauslassen. Nicht morgen und nicht in hundert Jahren. Ich habe einen Mann erschossen, einen angesehenen Politiker, einen treusorgenden Ehemann, einen liebevollen Familienvater. Ich weiß da zwar nichts von, aber die Beweislage scheint ja wohl eindeutig.«

»So glasklar wie das noch vor ein paar Tagen aussah, ist das längst nicht mehr, mein Freund. Es gibt eindeutige Hinweise darauf, dass Johnny, Jimmy und der Fish, nachdem sie hypnotisiert und mit Medikamenten vollgepumpt wurden, als Todesschützen missbraucht worden sind. Die CIA kennt auch schon die Namen der Verdächtigen. Die Typen gehören der Al Kaida an. Sie haben in Afghanistan einen Anschlag auf die ISAF ausgeführt und dabei neunzig Menschen getötet. Und wenn mich nicht alles täuscht, mein Lieber, bist du diesen Männern schon mal begegnet.«

Rommel hob seinen Kopf, sein Gesichtsausdruck sollte anscheinend totale Ahnungslosigkeit widerspiegeln. Aber Jan kannte seinen Gegenüber. Nirgendwo auf der Welt lernte man einen Mann besser kennen als in einem gemeinsamen Kampfeinsatz. Dies war ein Moment, wo jeder noch so kleine Fehler, jede minimale Unachtsamkeit, jede marginale Nachlässigkeit den Tod bedeuten konnte.

»Du warst in New York bei diesem Kameradschaftstreffen, oder?« fragte Jan und sah Rommel tief in die Augen.

Der zuckte mit den Schultern, senkte seinen Blick hinunter auf den Holztisch, um nicht in Jans Gesicht sehen zu müssen.

»Und wenn schon, was ändert das denn?«

»Oh, 'ne ganze Menge, Carl. Du hast mir nicht die Wahrheit gesagt. Wir konnten uns einmal bedingungslos vertrauen, weißt du noch? Du erinnerst dich doch noch, Carl, oder?«

Rommel sah wieder zu Jan auf. Seine Augen strahlten fast schon feindselig.

»Wir haben uns zehn Jahre nicht mehr gesehen. In dieser Zeit ist viel passiert. Weiß ich, auf welcher Seite du stehst? Als wären die Beweise gegen mich nicht schon erdrückend genug gewesen. Da musste ich mich nicht noch zusätzlich belasten. Ich war nur vorsichtig.«

»Wir wollen dir helfen, Carl. Deswegen sind wir hier. Das solltest du jetzt endlich registrieren. Es gibt keine Alternative. Andere Freunde hast du nicht. Aber wenn du das anders siehst, musst du es sagen, dann gehen wir wieder.« Hannah war sauer. Wie dumm war dieser Typ eigentlich?, dachte sie.

»Schon gut, Hannah«, beschwichtigte Jan, der die Gedanken seiner Freundin erahnte.

»So ganz Unrecht hat Rommel nicht. Ich bin auch nicht mehr so sicher, wie ich über meine ehemaligen Männer denken soll. Zehn Jahre sind in der Tat eine lange Zeit. Aber umso froher bin ich, seit ich weiß, dass ihr alle unschuldig seid. Leider bin ich mir da bei zwei anderen Personen nicht so sicher.«

»Du meinst den Devil und …?«, fragte Rommel.

»Dolph«, ergänzte Jan. »Du warst mit ihm zusammen in New York, stimmt's?«

Carl Romminger blickte wieder zu Boden. Er brauchte offensichtlich eine kurze Pause. Schließlich nickte Rommel leicht, aber vernehmbar.

»Wer war noch dabei, Rommel? Komm, Junge, das ist wichtig. Raus mit der Wahrheit.«

»Fast alle, Jimmy, Johnny, der Fish, Hägar, Dolph und Howie », antwortete Rommel.

»Und der Devil?«

Carl nickte.

»Was ist mit diesen beiden Amerikanern syrischer Abstammung?«

»Du meinst wahrscheinlich Will und Rob?«

»Ja, William und Robert, genau die meine ich. Was ist da abgelaufen im Warriors Club? Wollten die beiden Typen euch anheuern?«

»Nein, soviel ich weiß, nicht. Mich haben sie jedenfalls nicht ange-

377

sprochen. Aber zu fortgeschrittener Zeit gab es Ärger wegen denen.«

Jan schaute Carl fragend an.

»Na ja, Jimmy und Johnny hatten vorgeschlagen, so 'ne Art Verbindung zu gründen. So wie bei den Studenten. Einen Bund fürs Leben. Einer für alle, alle für einen, so das Motto. Erst haben wir noch darüber gelacht. Später, als wir dann das eine oder andere Bier intus hatten, nahm die Sache Formen an.«

»Und aus welchem Grund gab es Ärger mit den beiden Syrern?«, fragte Hannah.

»Einige waren der Meinung, dass wir keine Araber aufnehmen sollten. Gegen das Pack hätten wir schließlich gekämpft. Deshalb könnte man sich ja wohl jetzt schlecht mit denen verbünden.«

Und wie haben die beiden reagiert?«, wollte Jan wissen.

»Sie meinten, dass wir das vielleicht morgen noch mal besprechen sollten, wenn alle wieder bei klarem Verstand wären. Einer von denen, ich weiß nicht mehr wer, sagte, dass sie Amerikaner wären, dass sie für ihr Land gekämpft hätten und es ihnen eine Ehre wäre, unserer Gemeinschaft beizutreten. Aber sie würden selbstverständlich auch eine gegenteilige Entscheidung akzeptieren. Diese Haltung hatte bei den anderen Männern einen tiefen Eindruck hinterlassen. Wir einigten uns darauf, die Sache zu überdenken.«

»Und dann habt ihr diese Verbindung gegründet?«, fragte Hannah.

»Ja, noch in derselben Nacht. Der Wirt hat einen Tätowierer kommen lassen und dann haben wir uns zum Zeichen der Zusammengehörigkeit diesen Schriftzug stechen lassen.«

Rommel blickte in zwei fragende Gesichter, dann drehte er sich um und zog seinen Kragen herunter. Jan und Hannah konnten erkennen, dass Ronmel ein Tattoo im Nacken trug, von dem aber nur der obere Teil zu erkennen war.

»*Brotherhood Of Warriors,* der Name unserer Verbindung.«

»Und du bist sicher, dass sich die anderen Männer auch haben tätowieren lassen?«, fragte Jan.

»Ja, ich denke schon. Hab aber nicht so genau drauf geachtet. Will und Rob sind auf jeden Fall vorher gegangen.«

»Also auch Tom Ritter und Steven Howard?«, hakte Jan nach.

»Ja, auch Dolph und Howie, soweit ich mich erinnere«, bestätigte

Rommel.

»Und der Devil?«

Rommel zuckte mit den Schultern. »Kann sein. Gesehen hab ich's nicht.«

Die halbe Stunde war längst vorbei. Wieso meldete sich niemand?, dachte er. »Die haben uns anscheinend vergessen.« Morgan Lampart schaute aus dem Fenster des Doppelzimmers, das er zusammen mit Kees Schuitemans bezogen hatte. Der Niederländer lag auf dem Bett und las in einer Illustrierten, die allerdings schon ein paar Monate alt war und wohl von einem Vorgänger zurückgelassen worden war. Viel verstehen konnte er nicht, aber es war seit mehr als einer Woche die erste Zeitung, die er in der Hand hielt.

»Kein Computer, kein Handy, kein I-Pad. Wenn man's nicht hat, merkt man erst, wie abhängig man von diesem Zeug geworden ist. Ich habe nicht die geringste Ahnung, was in den letzten acht Tagen in der Welt passiert ist.«

»Das sollten wir auch nicht. Das war von denen so geplant. Aber irgendetwas ist geschehen. Und das sollen wir möglichst nicht erfahren. Ich hab da so ein merkwürdiges Gefühl. Hier stimmt was nicht, Cheese. Vielleicht sollten wir den Herren jetzt mal endlich ein paar Fragen stellen.«

Morgan öffnete die Zimmertür, um sich zu erkundigen, wie es denn jetzt hier weiterginge. Weit kam er nicht. Ein kleiner, rundlicher Typ mit einem Seehund-schnauzer und lichtem schwarzem Haar hielt ihm eine Kalaschnikow unter die Nase. In gebrochenem Englisch forderte er ihn auf, wieder ins Zimmer zurückzugehen.

»Moment mal, mein Freund«, war Morgan Lampart sauer, »sind wir jetzt hier etwa Gefangene, oder was?«

»Go back in your room«, raunzte ihn der kleine Dicke an.

»Das heißt *Go back into your room,* du Spastiker«, berichtigte ihn Morgan wütend. »So und jetzt mach, dass du aus dem Weg kommst.«

Blitzschnell schlug der Engländer mit dem linken Arm den Gewehrlauf nach oben und verpasste der Wache einen harten Schlag auf die Nasenwurzel. Als der Russe nach hinten taumelte, ließ er seine

Waffe fallen. Morgan hob sie auf und rammte dem am Boden liegenden Mann den Gewehrkolben auf das Brustbein. Augenblicklich gingen dessen Lichter aus. Er lief den Flur entlang an den anderen Zimmern vorbei, um nachzusehen, was los war. Als er die Treppe erreicht hatte, vernahm er unten deutlich Stimmen. Zwei Männer verließen gerade das Gebäude. Morgan ging ans Fenster, das den Blick nach vorn zum Hof freigab. Erstaunt sah er, wie die beiden Männer in einen schwarzen Mercedes mit Leipziger Kennzeichen einstiegen. Den Fahrer kannte er nicht. Der andere Mann war Dr. Muratov. Die Wachtposten öffneten das Tor und der Wagen rauschte davon. Vorsichtig schlich Frank, wie ihn seine Freunde in Anlehnung an den Chelsea-Star Frank Lampard nannten, die Treppe hinunter in die Empfangshalle. Vor der Tür stand ebenfalls ein bewaffneter Posten, der allerdings von dem Vorfall im ersten Stock nichts mitbekommen hatte. Frank lehnte das Gewehr vorsichtig gegen den Treppenabsatz und wollte sich von hinten an den Wachposten heranschleichen, um ihn unschädlich zu machen.

»Was machen Sie denn da?«, hörte er plötzlich eine Frauenstimme hinter sich. Frank und der Wachposten drehten sich gleichzeitig um. Sofort richtete der Mann seine Waffe auf den Engländer.

»Schon gut, nehmen Sie das Gewehr runter«, wies Fatima Shapourzadeh den Posten an.

»Was ist hier eigentlich los?«, fragte Frank erbost. «Warum werden wir bewacht? Sind wir jetzt plötzlich ein Problem für ihre Leute?«

Fatima war bemüht, die Situation zu entspannen. »Nein, natürlich nicht. Aber diese Wachleute sind vom Besitzer der Anlage darauf gedrillt, niemanden unbeaufsichtigt herumlaufen zu lassen. Hier lagern allerhand Waffen und Sprengstoff. Sie wollen kein unnötiges Risiko eingehen.«

»Warum lässt man uns so lange warten? Wir sitzen da oben bereits über eine Stunde. Wie soll's denn jetzt weitergehen?«

Fatima nahm die Kalaschnikow an sich, die am Treppengeländer lehnte.

»Wo haben Sie die denn her?«, wollte sie wissen.

»Die gehört dem Komiker da oben. Macht gerade 'nen Mittagsschläfchen.«

»So, so«, antwortete Fatima. »Es tut mir leid, dass sie solange warten mussten, aber der Professor hat vor ein paar Minuten einen Herzanfall erlitten. Wir mussten uns erst um ihn kümmern.«

»Was ist mit ihm? Hat er überlebt?«

»Leider nicht. Als sie mich riefen, war er bereits tot. Der Stress. Das war alles zu viel für ihn. Jetzt müssen wir in Ruhe überlegen, wie es weiter geht.«

»Das ist sehr bedauerlich, Frau Doktor, aber die Männer wollen nach Hause. Und zwar so schnell es geht. Ich glaube nicht, dass sie bereit sind, hier noch länger zu verweilen. Am besten wäre es, wenn wir noch heute den Rückflug antreten würden.«

»Ja natürlich. Ich verstehe. Ich werde umgehend mit Dr. Muratov sprechen und ihn bitten, uns die Tickets für die Heimreise auszuhändigen.«

Erstaunt sah Frank die Frau an. »Daraus wird wohl nichts werden. Der ist vor ein paar Minuten abgehauen. Er hatte seine Reisetasche dabei. Sah nicht danach aus, als wollte er wiederkommen.«

»Was, sind Sie sicher?« , fragte Fatima irritiert.

»Ohne Zweifel. Der gute Mann hat sich vom Acker gemacht.«

»Gut, ich werde William und Robert bitten, die gesamte Gruppe umgehend in der Offiziersmesse zu versammeln. Gehen Sie bitte so lange auf ihr Zimmer zurück.«

»Mit Sicherheit nicht. Ich werde Sie begleiten.«

Frank fasste Fatima am Arm und schob sie vor sich her die Treppe hinauf. Oben angekommen gingen sie den Flur nach rechts direkt auf den großen Saal zu. Kurz bevor sie dort eintrafen, öffnete sich die Tür und die zwei Syrer verließen den Raum.

»Was wollt ihr denn hier? Wir haben euch doch ausdrücklich gebeten zu warten«, rief Fadi Bin Hammad.

»Worauf denn bitte? Vielleicht klärt uns mal langsam jemand auf, was hier für ein Spielchen betrieben wird. Erschrocken sah der Syrer das Gewehr in Franks Hand.

»Was wollen Sie denn mit der Waffe, Morgan?«, fragte Ibrahim besorgt, der sich an Fadi vorbei nach vorn geschoben hatte.

»Ein bisschen Druck machen, Freunde. Die Männer wollen nach Hause. Am besten noch heute. Also solltet ihr euch mal langsam um die Tickets kümmern. Oder hat Dr. Muratov die bei seiner etwas überstürzten Abreise aus Versehen mitgenommen?«

»Es ist alles in Ordnung, Morgan. Wir werden morgen Mittag zurückfliegen. Dr. Muratov ist gerade auf dem Weg zum Flughafen, um die einzelnen Flüge zu buchen«, log Fadi Bin Hammad.

»So, ist er? Warum hat er dann sein ganzes Gepäck mitgenommen, wenn er vorhat, gleich wieder zurückkommen?«

Frank nahm die Kalaschnikow in Anschlag. »Schluss jetzt mit dem Theater, Freunde. Der Professor ist tot. Dr. Muratov hat sich vom Acker gemacht und ihr wolltet wohl auch gerade verschwinden. Wird langsam Zeit, mit der Wahrheit herauszurücken. Also, was läuft hier? Und überlegt euch genau, was ihr sagt«, ermahnte Frank die beiden Männer und lud demonstrativ seine Waffe durch.

»Lassen Sie den Unsinn, Morgan«, versuchte Fatima zu beschwichtigen, »wir setzen uns jetzt zusammen und besprechen in aller Ruhe die Lage«, schlug sie vor.

»Einen Teufel werden wir tun. Ich hatte von Anfang an den Verdacht, dass ihr uns nur für eure Zwecke benutzt. Wie viele Menschen haben wir umgebracht? Zehn, hundert oder tausend? Auf jeden Fall wirkt das Zeug, mit dem ihr uns vollgepumpt habt. Keiner kann sich daran erinnern, was in der letzten Woche passiert ist.«

Er sah die beiden Syrer wütend an. »Ihr schon, ihr verdammtes Terroristenpack. Meint ihr vielleicht, ich hätte nicht bemerkt, dass ihr das Zeug nicht genommen habt. Das war von Beginn an so geplant. Und jetzt wollt ihr uns über die Klinge springen lassen. Deswegen habt ihr diese fiesen Typen da draußen angeheuert. Wollt euch wohl selbst nicht die Hände schmutzig machen?«

»Nimm die Waffe runter, Frank« , befahl die Stimme hinter ihm. »Schön langsam auf den Boden legen.« Die Stimme gehörte dem Coach, der sich auf leisen Sohlen von hinten herangeschlichen hatte.

»Du steckst also mit diesen dreckigen Typen unter einer Decke? Hätte ich mir fast denken können. Wieso tust du das? Wieviel haben sie dir geboten, du Schwein?«

»Halt's Maul, Frank. Los dreh dich um und dann vorwärts.«

Der Coach brachte Frank zurück in sein Zimmer und verstärkte die Wachen auf dem Flur. Dann ging er mit den beiden Syrern und

Fatima zurück, um den Meister aufzusuchen. Der hatte von dem Vorfall nichts mitbekommen.

»Seid wachsam. Ich habe euch gesagt, dass diese Männer ein Risiko sind. Ich werde mich darum kümmern, wenn ihr weg seit. In einer Stunde werdet ihr abgeholt und in die Syrische Botschaft nach Moskau gebracht. Dort werden euch eure neuen Pässe ausgehändigt. Ihr reist noch heute Abend als Syrische Diplomaten getarnt nach Deutschland. Zusammen mit diesem Ungläubigen, dessen Identität den Behörden unbekannt ist, fliegt ihr direkt nach Berlin. Meine Freunde aus der Syrischen Botschaft in Berlin werden euch in Empfang nehmen und auf eure Aufgabe vorbereiten. Du, mein ungläubiger Gefährte, hast einen anderen Auftrag zu erfüllen: Töte den Black Dragon! Er wird dir in Berlin praktisch auf dem Silbertablett serviert.«

Der Coach zeigte augenscheinlich keine Reaktion auf die Aufforderung des Meisters, seinen ehemaligen Kommandeur zu liquidieren. Doch Fatima konnte erkennen, dass ihn diese Mitteilung bis ins Mark getroffen hatte. Bis auf ein leichtes Zucken mit den Augenbrauen war ihm die unliebsame Überraschung kaum anzusehen, aber seine Körpersprache verriet der erfahrenen Psychologin, dass der Mann zutiefst erschüttert war. Er war von Kopf bis Fuß angespannt, drohte förmlich zu explodieren. Aber nichts dergleichen geschah. Der Mann war Elitesoldat, gewohnt, Befehle zu empfangen und diese ohne sie zu hinterfragen, auszuführen. Der Meister reichte dem Coach ein kleines Tütchen mit einem farblosen Pulver.

»Trink einen Tee mit ihm. Es wird sein letzter sein.«

Der Coach schüttelte den Kopf. »Nein, so zu sterben hat kein tapferer Soldat verdient. So töten nur alte Waschweiber, keine Kämpfer.«

Der Meister überhörte diese offensichtliche Provokation. Letztendlich war es ihm egal, auf welche Weise der Coach seinen Erzfeind umbringen würde. Wichtig war nur, dass er endlich sterben würde.

»Wir werden dich für deine Dienste fürstlich entlohnen.«

Er gab dem Mann hinter ihm ein Zeichen vorzutreten. Es war derjenige, der den Bus von Moskau aus hierher begleitet hatte. Der stellte dem Coach eine kleine, braune Reisetasche vor die Füße.

»Das sind fünfhunderttausend Euro in kleinen, gebrauchten Scheinen. Fadi wird die Tasche als Diplomatengepäck mit an Bord nehmen. Er wird dir das Geld in Berlin aushändigen. Wenn du deine Aufgabe erfüllt hast, bekommst du die zweite Hälfte und bist ein freier Mann.«

»**Keine** guten Nachrichten, Thomas Ritter hat große Probleme. Er hat mehrere Unternehmen gegen die Wand gefahren und dabei einen riesigen Schuldenberg angehäuft. Da sind Forderungen im hohen sechsstelligen Bereich entstanden. Es laufen Verfahren gegen ihn wegen Veruntreuung von Firmengeldern und sogar wegen Diebstahls und Erpressung. Ein Wunder, dass der überhaupt noch frei herumläuft.« Steven schob Jan einen Computerausdruck über den Tisch, auf dem er alles schwarz auf weiß nachlesen konnte.

»Leider kein Einzelfall. Die meisten Veteranen haben große Schwierigkeiten nach Ende ihrer langen Dienstzeit wieder den Weg zurück ins zivile Leben zu finden.«

»Und das ist leider noch nicht alles. Ritter hat familiäre Probleme. Er lebt getrennt von seiner Frau und den beiden Kindern, die allerdings schon erwachsen sind. Momentan wohnt er in einem kleinem Appartement am Bischofsholer Damm in Hannover und hält sich derzeit mit Arbeitslosenhilfe und gelegentlichen Jobs bei einer Sicherheitsfirma über Wasser. Ob er wieder anderweitig liiert ist, konnte ich bis jetzt nicht klären.«

»In dieser Lage käme ein gut bezahlter Söldnerjob natürlich wie gerufen. Aber spätestens heute Nachmittag werden wir wissen, ob Dolph was mit der Sache in Afghanistan zu tun haben könnte oder nicht«, glaubte Jan.

»Wann wollt ihr euch treffen?«, fragte Hannah.

Jan sah auf die Uhr. Es war kurz nach neun. »Ich werde ihn gleich anrufen. Wenn er sich meldet, werde ich vorschlagen, dass wir uns gegen vierzehn Uhr in Hannover treffen.«

»Du glaubst aber nicht, dass er kommen wird?«, deutete Hannah seinen zweifelnden Gesichtsausdruck.

Jan zuckte mit den Schultern: »Keine Ahnung. Er hat bei unserem ersten Telefonat eine Rufumleitung benutzt. Leider konnten wir in der Kürze der Zeit nicht feststellen, an welchem Ort er sich befand.

Allerdings ist es nichts zwangsläufig verdächtig, wenn jemand die eingehenden Anrufe vom Festnetz aufs Handy umleitet.«

Hannah, Jan und Steven saßen immer noch am Frühstückstisch im Estrel-Hotel. Die letzte Nacht war anstrengend, aber schön.. Hannah und Jan waren schon früh aufs Zimmer gegangen, ohne allerdings viel zu schlafen. Sie hatten sich schließlich eine knappe Woche nicht gesehen.

Steven saß noch bis in die Morgenstunden in seinem Van, um zu arbeiten. Er musste die notwendigen Informationen über Thomas Ritter beschaffen und dabei unter anderem auch die Datenbank der CIA nutzen. Das funktionierte am besten, wenn in Langley nach sechs Uhr abends die Mehrzahl der Mitarbeiter die Griffel fallen ließen. Dann hatte er den besten Zugriff auf alle Rechner und Dateien.

Eine Viertelstunde später hob Steven den Daumen, um anzuzeigen, dass er bereit war. Die Fangschaltung wurde aktiviert. Jan wählte Tom Ritters Privatnummer in Hannover. Der Ruf ging raus. Als auch nach dem zehnten Klingeln niemand an den Apparat ging, kappte Jan die Verbindung. »Verdammt, Dolph, wo bist du?«, hätte Jan liebend gern gewusst.

Was Steven und Hannahs skeptische Blicke bedeuteten, war ihm vollkommen klar.

»Das heißt noch lange nicht, dass er der Mann ist, den wir suchen. Ich versuch's in einer halben Stunde nochmal. Jetzt kümmern wir uns zunächst um unseren Freund Dr. Shapourzadeh.«

Um Punkt sechs Uhr morgens standen die Einsatzkommandos vor den Türen von Dr. Shapourzadehs Praxis in Kreuzberg und seinem Privathaus in Potsdam.

»Hubertus wird uns umgehend informieren, sobald die Aktion abgeschlossen ist. Wir fahren schon mal raus nach Kreuzberg, halten uns jedoch im Hintergrund.«

»Ich kann mir nicht vorstellen, dass bei der Sache was rauskommt. Die waren doch längst gewarnt und hatten Zeit genug aufzuräumen.«

Hannah war trotzdem optimistisch. »Heutzutage ist es fast unmöglich, nicht irgendwelche Spuren zu hinterlassen. Die Zeiten von

Fingerabdrücken und Textilfasern sind längst überholt. Wenn in Potsdam tatsächlich über längere Zeit Drogen gelagert wurden, müssten sie die Bude schon bis auf die Grundmauern abfackeln, wenn sie die Spuren verwischen wollten. Und selbst aus der Asche würden fähige Profiler noch die notwendigen Beweise hervorzaubern. Unsere Freundin Josie ist dafür das beste Beispiel.«

»Wäre vielleicht gar nicht schlecht, wenn sie hier wäre«, meinte Hannah.

»Stimmt, aber warten wir doch erstmal die Ergebnisse ab«, schlug Jan vor.

Im selben Moment machte sich Jans Handy bemerkbar. »Teilnehmer unbekannt«, sah er beim Blick auf das Display.

Steven gab ihm ein Zeichen, zu warten, setzte seine Kopfhörer auf und startete die Fangschaltung. Als er den Daumen hob, nahm Jan das Gespräch an.

»Hallo Jan, Tom hier. Hab gerade erst gesehen, dass du mich angerufen hast. Bist du schon in Braunschweig?«

»Nein, Tom, aber ich könnte problemlos so gegen vierzehn Uhr in Hannover sein.«

»Wird für mich schwierig, weil ich immer noch beruflich in Berlin bin. Die Angelegenheit hat länger gedauert, als erwartet. Ich kehre erst heute Abend nach Hannover zurück.«

Hannah und Steven, die das Gespräch mithörten, gestikulierten wie wild durcheinander. Wenn Jan das richtig interpretierte, wollte Steven, dass er das Gespräch mit Tom solange, wie eben möglich, weiterführte und Hannah zeigte ihm an, dass er sich hier in Berlin mit ihm verabreden sollte.

Jan versuchte, beiden gerecht zu werden. «Was machst du in Berlin, Tom?«, fragte er.

»Eine geschäftliche Sache. Ich bin für einen Sicherheitsdienst hier, der die Fans von Hannover 96 zu Auswärtsspielen begleitet. Wir haben eine Besprechung mit den Verantwortlichen von Hertha BSC und der Berliner Polizei.«

»Ach ja, okay. Dann könnten wir uns doch vielleicht auch später in Berlin treffen? Ist für mich von Leipzig aus ein Katzensprung.«

»Und was wird aus deinem Termin in Braunschweig?«

Jetzt musste Jan improvisieren. »Der ist privat. Das kann ich noch ein, zwei Tage verschieben.«

Am anderen Ende der Leitung trat eine kurze Pause auf. »Ja, gut. Ich denke, dass wir am späten Nachmittag alles erledigt haben«, antwortete Tom Ritter mit Verzögerung.

»Hört sich gut an. Dann komme ich nachher eben mal von Leipzig rüber. Sollen wir achtzehn Uhr festhalten?«

»Passt, Jan, ich ruf dich an, sobald ich fertig bin.«

Die Verbindung wurde beendet. Steven hockte vor seinem Bildschirm und versuchte fieberhaft, den Anruf zurückzuverfolgen und das Handy zu orten. Gespannt sahen ihm Hannah und Jan über die Schulter.

»Bingo, Freunde. Berlin Alexanderplatz.«

»Bist du sicher?«, hakte Jan nach.

Steven nickte.

»Und der Mann, mit dem du gerade gesprochen hast, war zweifellos Thomas Ritter?«, fragte Hannah.

»Ganz sicher«, sagte Jan und wandte sich an Steven. »Kannst du die Passagier-listen der Flüge von Moskau nach Berlin checken?«

»Von gestern und heute?«

»Ja bitte, und wir brauchen die Bilder der Überwachungskameras vom Flughafen. Er wird mit Sicherheit nicht unter seinem richtigen Namen eingereist sein.«

Wieder nickte Steven. »Kein Problem, dürfte nicht all zu lange dauern.«

»Glaubst du wirklich, dass Tom Ritter unser Mann ist? Was will er dann in Berlin? Und wo sind die anderen Mitglieder der Gruppe? Nach allem, was wir bisher wissen, glaube ich nach wie vor, dass Maynard Deville die Person ist, nach der wir suchen.«

»Mag sein, Hannah, aber ich weiß erst mehr, wenn ich mit Tom Ritter gesprochen habe. Bin mal gespannt, ob er mir erzählt, dass er mit Rommel in New York zum Veteranentreffen war. Kannst du sein Handy weiter im Auge behalten?«

»Das könnte ich, aber im Moment ist es ausgeschaltet oder der Akku ist leer oder wurde entfernt.«

Jan kratzte sich am Hinterkopf. »Tja, merkwürdig. Wieso tut er das, wenn er nichts zu verbergen hat. Könnte aber auch tatsächlich sein, dass sein Akku aufgeladen werden muss. Wie auch immer.

Heute Abend sind wir schlauer.«

»Du willst dich doch wohl nicht allein mit ihm treffen, oder?«, zickte Hannah.

»Nein, ich nehme meine P6 mit«, konterte Jan.

Steven konnte sich ein Grinsen nicht verkneifen, enthielt sich aber schlauerweise jeden Kommentars.

»Ich bleibe auf jeden Fall in deiner Nähe, ob du willst oder nicht. Schon mal auf den Gedanken gekommen, dass das eine Falle sein könnte, Herr Polizeiober-kommissar?«

»Sie hat recht, Jan. Ist wohl kaum Zufall, dass der Kerl plötzlich in Berlin aufkreuzt. Die wissen doch über Dr. Shapourzadeh oder die Russen längst, dass du momentan in Berlin bist. Die Sache stinkt zum Himmel, wir müssen vorsichtig sein.«

»Möglich, dass ihr recht habt. Wir werden uns an einem öffentlichen Ort treffen. Irgendwo in einem gut besuchten Café auf dem Kudamm.«

»Dann werde ich an einem der Nebentische sitzen«, bestand Hannah auf Begleitschutz.

»Ich bleibe mit dem Van in der Nähe, um nötigenfalls sofort einzugreifen«, ergänzte Steven. Als Jan etwas sagen wollte, hob Steven Einhalt gebietend die Hand. »Keine Widerrede. So wird's gemacht, Jan, basta.«

»**Verdammt** ruhig hier, wahrscheinlich sind die alle längst ausgeflogen. Wir müssen irgendwas unternehmen. Die haben uns nicht mehr auf dem Zettel.«

Kees Schuitemans beschlich ein ungutes Gefühl. Morgan Lampart stand an der Tür zum Flur und versuchte mitzubekommen, was sich da draußen tat. Vorsichtig drückte er die Klinke herunter, um die Tür zu öffnen, doch sie war verschlossen.

»Scheiße, *Frank*, wir müssen hier sofort raus, egal, wie.«

Der Niederländer wollte nicht mehr warten, bis die Russen sie erledigen würden.

»Bleib ruhig, *Cheese*. Wir müssen abwarten, bis sie reinkommen. Dann werden wir versuchen, sie zu überwältigen.«

»Wie denn, ohne Waffen?«, fragte Kees.

Frank grinste. Offensichtlich hatte er eine Idee.

»Na, dann verrat mir doch mal deinen Plan. Kann's kaum erwarten.«

»Das hier ist mein Plan«, verblüffte Frank seinen Leidensgenossen und brachte eine Makarov zum Vorschein, die er unter der Matratze seines Bettes versteckt hatte.

Die Gesichtszüge seines Gegenüber entspannten sich. »Wo zum Teufel hast du die Knarre her?«, fragte Kees verwundert.

»Du wirst es nicht glauben, aber die hat mir der Coach zugesteckt, als er mich hierher zurückgebracht hat.«

»Was soll denn diese Nummer? Auf welcher Seite steht der Kerl eigentlich?«

»Der Typ war immer schon ein Buch mit sieben Siegeln. Könnte mir vorstellen, dass er anfangs genauso wenig gewusst hat, was hier abgeht, wie wir. Vielleicht macht er im Moment nur gute Miene zum bösen Spiel und hat vor, diese Terrorbande zu erledigen?«

»Sieht fast so aus, sonst hätte er mir wohl nicht die Waffe zugespielt.«

Draußen auf dem Flur waren Schritte zu hören. Dem Vernehmen nach näherten sich die Männer der Zimmertür. Frank gab Kees ein Zeichen zurückzubleiben, wenn die Tür geöffnet würde, dann lud er seine Pistole durch und versteckte sie hinter seinem Rücken. Der Schlüssel im Türschloss drehte sich. Mit vorgehaltener Kalaschnikow betrat eine Wache das Zimmer. »Los, mitkommen!«, befahl der Mann.

»Moment bitte«, rief Kees, der einen Meter seitlich von Frank stand und so tat, als wolle er sich seinen Schuh zubinden. Der Wachsoldat drehte sich zu Kees um und richtete die Waffe auf ihn. Im selben Moment zog Frank die Makarov und schoss dem Mann in den Kopf. Als der nach vorn wegsackte, drückte Frank ein zweites Mal ab und streckte den verdutzten Hintermann ebenfalls nieder. Kees sprang vor und schnappte sich die Kalaschnikow des vor ihm liegenden Mannes und stürzte hinter Frank hinaus auf den Flur. Am Ende des Ganges hörten sie, dass Männer die Treppe heraufkamen und drückten sich jeweils rechts und links vom Gang in einen Türrahmen. Als die ersten beiden Männer den Flur erreicht hatten, feuerten Kees und Frank aus vollen Rohren Richtung Treppenabsatz. Tödlich getroffen stürzten die Männer übereinander.

»Mach schon, hol die Jungs da raus«, rief Frank Kees zu und sprintete den Flur hoch. Er entriss den beiden Toten ihre Waffen und zog sich sofort wieder zurück.

»Weg von der Tür«, brüllte Kees und zerschoss mit einem kurzen Feuerstoß das Türschloss.

»Los, raus hier«, rief er den beiden Norwegern zu. Als sie auf den Flur hinaus traten, ließ Frank die beiden erbeuteten Gewehre über den Fußboden rutschen. *Olli* und *Hägar*, wie die beiden Nordmänner von ihren Kameraden genannt wurden, ergriffen die Waffen und pressten sich Deckung suchend an die Flurwand.

»Vorrücken und Flur sichern«, befahl Frank den Männern.

Während die Norweger die zehn Meter zum Ende des Ganges spurteten, feuerte Frank Richtung Treppenabsatz, um seinen Männern den Vormarsch zu decken. Währenddessen befreite Kees auch Jeff Hunter und Roderick Rosenberg aus ihrem Zimmer. Vorsichtig lugte Frank von oben die Treppe herunter. Unten hörte er Stimmen, die aufgeregt durcheinander riefen. Dieses Nadelöhr mussten sie passieren, ob sie wollten oder nicht. Frank setzte auf das Überraschungsmoment. Er gab Kees ein Zeichen, dicht hinter ihm zu bleiben. Dann schnappte er sich eine leere Blumenvase, die auf einer Anrichte im Treppenhaus stand, und schleuderte sie scheppernd die Treppe hinunter. Im gleichen Augenblick krachten Schüsse. Als erfahrener Soldat nahm Frank sofort wahr, dass aus zwei Gewehren gleichzeitig gefeuert wurde. Als die Schüsse verstummten, sprang er die ersten Stufen der Treppe hinunter, beugte sich weit über das Geländer und feuerte in den Flur des Haupteinganges. Kees drückte sich an ihm vorbei bis zum ersten Treppenabsatz und tat es ihm gleich. Die zwei Norweger rückten mit ihren Waffen im Anschlag vor, überholten die beiden und eröffneten sofort das Feuer auf die Wachsoldaten, die sich im Erdgeschoss in die hinterste Ecke des Treppenhauses zurückgezogen hatten. Frank und Kees folgten den Männern. Alle vier Gewehre auf die Posten gerichtet, deckten sie die Wachmannschaft mit Dauerfeuer ein. Teile der Holzvertäfelung und große Brocken Wandputz flogen durch die Eingangshalle. Einer der Wachleute wagte sich vor, um das Feuer zu erwidern, lief aber direkt in den Kugelhagel von Franks Kalaschnikow. Als Kees um

Frank herum in den unteren Flur rannte, war der zweite Wachmann plötzlich verschwunden.

»Die ziehen sich zurück, schnappt euch die Waffen«, rief Frank Jeff und RoRo zu. »Wir müssen das Gebäude sichern. Mal sehen, wie viele von den Typen hier noch rumlaufen?«

Nachdem die Männer das Gebäude durchsucht hatten, versammelten sie sich wieder im Flur zum Haupteingang.

»Keiner mehr da. Die wollten uns eiskalt abservieren. Aber Vorsicht, vor dem Haupttor könnten noch Wachen postiert sein«, gab Frank zu bedenken.

»Wir müssen hier weg, bevor die Verstärkung aufkreuzt. Die haben mit Sicherheit Alarm geschlagen.«

»Fragt sich nur wohin?«, gab Kees zu bedenken.

»Jedenfalls erstmal hier raus. Dann besorgen wir uns einen fahrbaren Untersatz und versuchen zurück nach Moskau zu kommen«, schlug Frank vor.

»Irgendwo im Haus müssen die Monitore der Überwachungskameras stehen.«

Sie mussten nicht lange suchen. Direkt unter der Treppe befand sich eine Tür mit einer Glasscheibe, durch die Computerbildschirme zu erkennen waren. Frank schlug die Scheibe mit dem Gewehrkolben ein und öffnete die Tür von innen. Roderick Rosenberg begann die Dateien der Überwachungskameras nacheinander zu öffnen. Sämtliche Räume im Haus waren menschenleer, auch die Hallen, in denen Munition und Waffen lagerten, waren verwaist. Zur allgemeinen Überraschung zeigten die Außenkameras keinerlei Aktivitäten um das gesamte Gelände herum. Auch vor dem Haupttor war niemand mehr zu sehen.

»Das waren insgesamt sechs Mann. Fünf davon haben wir erwischt. Der andere muss hier noch irgendwo sein. Haltet die Augen offen, schnappt euch die Waffen und dann nichts wie raus hier.«

Frank verließ zusammen mit den Männern das Hauptgebäude. Auf dem Hof mussten sie höllisch aufpassen. Irgendwo im Gebäude konnte der sechste Wachsoldat an einem Fenster Position bezogen haben, um auf die Gruppe zu feuern, die sich ohne jegliche Deckung Richtung Eingangstor bewegte.

»Zu allen Seiten sichern«, befahl Frank.

Die Männer richteten ihre Augen aufmerksam auf die Fenster des Hauptgebäudes und auf die Dächer der Hallen, die in der Schräge mit Dachluken versehen waren. Der Kerl konnte überall lauern. Als die Gruppe kurz vor dem Tor stand, eröffnete der Wachsoldat aus einem Fenster des oberen Stockwerkes des Hauptgebäudes das Feuer. Frank und seine Leute warfen sich auf den Boden und hielten nach Deckung Ausschau.

»Elf Uhr«, schrie Kees Schuitemans.

»Gebt mir Feuerschutz«, rief Hägar und sprang auf, um die letzten Meter zum Tor zu laufen und es zu öffnen. Plötzlich krachte ein Schuss aus einem Fenster auf zwei Uhr. Der Angreifer hatte seine Position gewechselt und gezielt auf den Norweger geschossen, der gerade im Begriff war, das Tor aufzumachen. Wie vom Blitz getroffen riss es Hägar von den Beinen. Die anderen Männer sprangen auf und feuerten im Rückwärtslaufen auf das Fenster, aus dem vermeintlich die Schüsse kamen. Jeff und RoRo packten Hägar an den Armen und schleiften ihn, so schnell sie konnten, durch das offene Tor. Als Letzter passierte Frank den Ausgang und zog das Tor unter dem Schusshagel des Wachsoldaten hinter sich zu. Von innen prasselten die Geschosse gegen das Metall des sich schließenden Tores.

»Wie sieht's aus?«, erkundigte sich Frank.

»Nicht gut. Der Schuss ging direkt in die Lunge. Wir müssen versuchen, die Blutung zu stoppen.«

Schwer atmend lag Hägar auf dem Bauch.

»Erstmal müssen wir hier verschwinden. Wir laufen in den Ort zurück. Aber passt auf, die können jeden Moment zurückkommen.«

Olli lud Hägar über die Schulter und trug seinen schweren Kameraden ein Stück weit bevor Kees übernahm. Der Mann war ein Brocken von Kerl. Sie kamen nur langsam voran. »Versteck dich mit Hägar dort drüben am Waldrand und press ihm irgendwas auf die Wunde. Sobald wir uns ein Fahrzeug besorgt haben, holen wir euch ab.« Frank sah keine andere Möglichkeit.

»Ich bleib bei Ihnen«, bot Kees an. »Beeilt euch.«

Frank hob den Daumen und gab den anderen Männern ein Zeichen, ihm im Laufschritt zu folgen.

Noch vor dem Ortseingang sahen sie plötzlich einen Lkw auf sich zukommen. Als er näher kam, war zu erkennen, dass es sich um einen tarngrünen Ural 375 mit Doppelachse handelte. Im Führerhaus saßen zwei Männer. Frank gab Roro und Jeff zu verstehen, dass sie sich zu beiden Seiten der Straße verstecken sollten. Er warf sein Gewehr seitlich in die Büsche und stellte sich mit beiden Armen winkend mitten auf die Straße, um den Laster anzuhalten. Der Ural verlangsamte seine Fahrt, als die Männer Frank auf der Straße wild gestikulierend entdeckten. Für einen Moment schien es, als wollte der tonnenschwere Lastwagen gar nicht stoppen. Jeff legte schon an, um zu feuern, als schließlich die aufheulenden Bremsen das Ungetüm doch noch zum Stehen brachten. Frank ging zur Fahrertür und klopfte zweimal kurz an. Offenbar waren sich die Männer im Führerhaus nicht einig, was sie tun sollten. Der Fahrer kurbelte die Seitenscheibe herunter und sprach Frank auf Russisch an. Im gleichen Moment hatte RoRo sich an die Beifahrertür geschlichen und riss sie mit einem Schwung auf. Er hielt den Männern seine Kalaschnikow unter die Nase und brüllte: »Dawai, Dawai!«.

Die Russen hatten verstanden und kletterten ohne Gegenwehr aus ihrem Fahrerhaus. Frank schnappte sich den Fahrer und schlug ihn mit dem Gewehrkolben nieder. RoRo führte den anderen um das Führerhaus herum zur Fahrertür. Er war Techniker, kein Killer. Frank schüttelte verständnislos den Kopf und streckte den Beifahrer ebenfalls nieder.

»Nicht dein Ding, wie? Geht aber leider nicht anders. Wir können die Typen nicht mitnehmen. Fesselt und knebelt sie und versteckt sie in den Büschen.«

Frank setzte sich hinters Lenkrad und fuhr zurück, um die anderen drei Männer abzuholen.

»**Chief** Broderick hat zu einem fürchterlichen Rundumschlag ausgeholt. Der hat alles verhaftet, was Beine hat und umgehend nach Langley schaffen lassen.«

Tom Bauer war hörbar entsetzt. Eine vergleichbare Aktion hatte es seines Wissens in den letzten fünfzig Jahren bei der CIA nicht gegeben.

»Dem Präsidenten flattert momentan eine Protestnote nach der anderen ins Weiße Haus. Das kümmert den Chief im Moment augenscheinlich einen Dreck. Wahnsinn, was hier gerade abläuft.«

»Beruhige dich Tom. Wenn mich nicht alles täuscht, ist es jetzt bei euch vier Uhr morgens. Normalerweise solltest du um diese Zeit schlafen. Du machst dich noch vollkommen fertig.«

Jan machte sich Sorgen um seinen Freund. In der letzten Zeit hatte er fast regelmäßig in den Nachtstunden angerufen. Der Druck, ein bevorstehendes Attentat der Al Kaida auf amerikanischen Boden zu verhindern, war immens groß. Diesen Alptraum galt es mit allen Mitteln zu verhindern. Die Heimatschutzbehörden in den USA arbeiteten rund um die Uhr daran, den Terroristen auf die Spur zu kommen. Und Tom Bauer galt nun mal als Spezialist in der Terrorbekämpfung. Schlaf war jetzt ein Luxus, den er sich später gönnen würde.

»Der Chief hat eine Razzia in der Syrischen Botschaft durchgeführt und dabei die Pässe aller Mitarbeiter beschlagnahmt. Zudem hat er allen Botschaftsangehörigen verboten, bis auf Weiteres das Gelände der Botschaft zu verlassen. Die CIA hat die Zufahrt zum Gebäude hermetisch abgeriegelt. Da kommt keiner mehr rein oder raus. Dann hat er alle Angehörigen von Professor Al Mawardi verhaften lassen und von New York nach Langley bringen lassen, wo sie momentan der Reihe nach verhört werden. Seinen Bruder, seine Söhne und Neffen, ja sogar seine Frau und seine Tochter hat er nicht verschont. Glaub ja nicht, dass er die mit Samthandschuhen anfasst. Da ist der nächste Skandal vorprogrammiert. Vor ein paar Minuten haben sie Amin Bin Hammad in Chief Brodericks Büro gebracht. Er ist Anwalt bei Abelman und Smith in New York und der Bruder von Fadi Bin Hammad, der beim Anschlag in Gowarah Sang dabei war. Wir vermuten, dass er die beiden Senatoren ausgesucht hat, die dann von den Männern deiner Einheit erschossen worden sind, nachdem sie vorher von Professor Al Mawardi und seinen Mitarbeitern gezielt und offenbar erfolgreich mit Medikamenten und gezielter Hypnose manipuliert worden waren. Fest steht bereits, dass die beiden Politiker zum Klientel der New Yorker Anwaltskanzlei gehörten und Amin Bin Hammad Einsicht in deren Akten hatte und diese wahrscheinlich an seinen Bruder weitergegeben hat.« Tom musste erstmal durchatmen.

»Allerhand los bei euch. Aber mit Wattepusten kommen wir jetzt nicht weiter. Ich denke, die Aktion vom Chief ist absolut notwendig, wenn auch am äußersten Rande der Legalität. Aber die Terroristen sind auch nicht gerade die Erfinder der Genfer Konvention. Die scheren sich einen Dreck um die Rechte anderer Menschen. Wir sind gezwungen, mit allen verfügbaren Mitteln zurückzuschlagen. Bedenken sind hier leider Fehl am Platz«, stärkte Jan dem CIA-Chef den Rücken.

»Ja, Jan, ich weiß. Aber glaub mir, so ein brutaler Hund wie Chief Broderick werde ich niemals sein können. Du hättest ihn vorhin mal sehen müssen. Der stampft durchs Gebäude wie ein wild gewordener Elefant und schnaubt dabei wie ein angriffslustiges Rhinozeros. Der hat regelrecht Schaum vorm Mund. Ich fürchte, dass Amin Bin Hammad nicht eher aus seinem Büro herauskommt, bis er alles gestanden hat. Ist nur die Frage, ob er das noch aus eigener Kraft schafft oder hinausgetragen werden muss. Der hat beim Verhör so einen ganz üblen Typen von einem Spezialeinsatzkommando der NSA dabei. Bei uns nennen sie den nur »Schlingen-Harry«. Angeblich hat der bisher noch jeden zum Reden gebracht.«

»Klingt nicht gerade nach einem Kaffeekränzchen. Hoffentlich lohnt sich der ganze Aufwand. Viel Zeit haben wir nicht mehr. Gibt's was Neues zum Aufenthaltsort der Gruppe um Professor Al Mawardi?«

»Das ist das nächste Problem. Nachdem der Bus sie vom Ritz-Carlton in Moskau abgeholt hat, haben wir ihre Spur verloren. Wir haben vor ein paar Stunden lediglich einen Hinweis von unserer Botschaft erhalten, dass Dr. Muratov offensichtlich wieder in Moskau eingetroffen ist. Fest steht bisher nur, dass keine der gesuchten Personen von einem russischen Flughafen aus nach Westeuropa oder in die USA geflogen ist. Allerdings könnte es natürlich sein, dass sie mit gefälschten Papieren unterwegs sind. Wir haben jedenfalls die schärfsten Sicherheitsmaßnahmen angeordnet, die je in der Geschichte der Vereinigten Staaten veranlasst worden sind. Und unsere europäischen Verbündeten haben uns ihre volle Unterstützung zugesagt.«

»Was haben die Nachforschungen zu Maynard Deville ergeben?«, fragte Jan weiter.

»Gestern morgen hat mir Rothman mitgeteilt, dass ihn die Polizei auf dem Marktplatz von Crockwell festgenommen hat.«

»Was?« entfuhr es Jan.

»Es war allerdings nur sein Bruder, wie sich im Nachhinein herausgestellt hat«, klärte Tom auf.

»Wusste gar nicht, dass der Devil 'nen Bruder hat«, antwortete Jan verwundert.

»Die haben uns ein Foto geschickt. Ich lass das gleich mal Steven zukommen. Bin gespannt, was du sagst.«

»Wieso, sehen die beiden sich so ähnlich?«

»Wie eineiige Zwillinge, sind sie aber nicht. Sein Bruder ist zwei Jahre jünger als Maynard. Aber auf zwanzig Meter Entfernung kannst du sie nicht voneinander unterscheiden.«

»Ich hoffe, die haben aus dem herausbekommen, wo der Devil zu finden ist?«

»Ja, natürlich. Angeblich hat Maynard seinen Bruder gebeten, ein paar Wochen für ihn einzuspringen, er hätte einige wichtige Dinge zu erledigen. Danach hätte er seit zehn Tagen nicht mehr mit ihm gesprochen. Das wäre aber nicht ungewöhnlich. Manchmal wäre sein großer Bruder wochenlang ohne jeglichen Kontakt zur Außenwelt in der australischen Wildnis verschwunden, um zu jagen und zu meditieren.«

»Verdammt noch mal, der Kerl ist und bleibt ein Phantom«, ärgerte sich Jan.

»Scheint so, dass Rothman und Brown auf der Farm in Crockwell nicht Maynard, sondern seinen Bruder angetroffen haben. Das bedeutet, dass er wahrscheinlich schon zu diesem Zeitpunkt spurlos von der Bildfläche verschwunden war. Was wiederum ein Indiz dafür ist, dass er tatsächlich von diesen Terroristen angeheuert wurde.«

»Kann sein. Aber momentan sieht es für mich so aus, als wäre Tom Ritter unser Mann. Angeblich ist er in Berlin. Ich hab mich mit ihm heute Nachmittag verabredet. Bin gespannt, ob er kommt.«

»Sei vorsichtig, Jan. Geh jetzt bloß kein unnötiges Risiko ein.«

»Schon klar, aber wenn ich da mit 'ner ganzen Armada von Aufpassern auflaufe, wird er mir wohl kaum sein Herz ausschütten. Ich denke, ich kann ihn ganz gut einschätzen. Normalerweise würde sich weder Tom Ritter, noch Maynard Deville oder jeder andere Soldat der Sondereinheit *Sniper* für so eine dreckige Aktion zur Verfügung stellen. Im Fall Tom Ritter könnten allerdings finanzielle und persönliche Dinge eine Rolle spielen. Dem Mann steht das Wasser bis zum Hals, er braucht dringend Kohle. Aber ob das als Motiv ausreicht, sich auf einen solch verwerflichen Deal einzulassen?«

»Keine Ahnung, Jan. Du hast ihn viele Jahre nicht gesehen.«

Um kurz nach elf meldete sich Hubertus von Echternach: »Habe gerade Nachricht aus dem Labor bekommen. Im Keller des Wohnhauses von Dr. Shapourzadeh wurden einwandfrei Spuren von Heroin und Kokain gefunden. Und zwar jede Menge. Die hatten anscheinend zu wenig Zeit, dass Zeug wegzuschaffen und danach noch gründlich sauber zu machen. In der Praxis wurde der private Laptop sowie sein persönliches Handy beschlagnahmt. Den Computer an der Rezeption durften wir leider nicht mitnehmen, da das den Betrieb dort stillgelegt hätte. Wir haben aber einen Experten vor Ort, der sämtliche Dateien darauf sichtet und kopiert. Staatsanwalt Rösler ist auch aufgekreuzt. Der passt auf wie ein Schiesshund. Aber er kann nichts machen. Ihm sind die Hände gebunden.«

»Und wo steckt der Doktor?«, wollte Jan wissen.

»Tja, das ist das Problem. Untergetaucht, würde ich sagen. Ich bin gerade dabei, einen Haftbefehl zu besorgen. Mein Gefühl sagt mir allerdings, dass wir den guten Mann so schnell nicht wiedersehen. Sobald ich den Wisch in den Händen habe, schreibe ich ihn zur Fahndung aus.«

»Wie sieht's mit der Freilassung von Rommel aus?«, erkundigte sich Jan.

»Der Richter sichtet noch die Unterlagen. Wir müssen abwarten. Aber eine interessante Neuigkeit gibt es noch. Wir haben die Russen etwas genauer unter die Lupe genommen. Dieser Grigori hat scheinbar überall seine Finger im Spiel. Er ist der Besitzer des Le Pigalle, einem Nobelpuff in Berlin-Mitte. Geschäftsführer ist ein gewisser Wladimir Skutin.«

»Wie überraschend«, warf Jan ein.

»Wir haben uns da heute morgen mal umgesehen. Unsere Leute konnten dort auf einer Pinwand im Büro einige sehr aufschlussreiche Fotos sichten.«

»Die Bundeskanzlerin und der Berliner Bürgermeister liegen im Separee im Clinch, oder wie?«, flachste Jan.

»Na ja, ganz so weit weg bist du damit gar nicht. Kaum zu glauben, aber wahr: Der Bundestagsabgeordnete Dr. Björn Lutzius und unser junger Freund Dr. Rösler sind in trauter Gemeinsamkeit mit ein paar leicht bekleideten Damen zu bestaunen, flankiert von unseren Freunden Skutin und Tireshnikov.«

»Donnerwetter, was für 'ne intime Runde! Fehlt nur noch der Doktor, dann hätten wir die ganze Truppe vereint.«

»Deinem Wunsch kann ich sofort nachkommen: Auch der honorige Doktor Resul Shapourzadeh zählt zu den Stammgästen. Er ist dort zwar unter einem anderen Namen bekannt, aber sein Konterfei klebt ebenfalls fein säuberlich an der Pinwand.«

»Sieh mal einer an. Ist sein Deckname bekannt?«

»Nach Sichtung der Gästelisten kann da eigentlich nur ein Name in Frage kommen: Reza Pahlavi.«

Jan lachte laut und herzlich. «Humor hat er jedenfalls, das muss man ihm lassen. Der Schah von Persien als Stammgast in einem Berliner Puff. Das hat was.«

Auch Hubertus musste lachen. »Nur gut, dass er sich nicht als Ayatollah Khomeini ausgegeben hat. Kannst du dir den vorstellen, wenn der da im Kaftan...«

»Schon gut, ich will's gar nicht wissen.«

Jan fiel auf, dass Hubertus von Echternach ihn immer öfter duzte. Eigentlich redeten sie sich mit dem Vornamen und Sie an. Aber irgendwo waren die beiden Brüder im Geiste. Die Chemie stimmte, keine Frage. Bei nächster Gelegenheit wollte Jan ihm sowieso das *du* anbieten.

»Wir haben den Kontakt zu der Terrorgruppe in Moskau verloren. Wahrscheinlich haben sie sich in Klausur begeben, um nach erfolgreichem Abschluss ihrer Tests nun den einen ultimativen Schlag zu planen und in die Tat umzusetzen. Die CIA befürchtet einen Anschlag in den USA oder in Deutschland. Um genauer zu sein: New York oder Berlin könnten die vorrangigen Ziele sein. Aus meiner Sicht spricht viel für Berlin. Erstens haben sie hier mit Dr. Shapourzadeh einen erstklassigen Kontaktmann, der wohl auch der Drahtzieher bei den neuerlichen Geschäften zwischen Russenmafia und Al Kaida war und zweitens ist da nach dem missglückten Anschlag auf den Fernsehturm im letzten Jahr noch eine Rechnung offen.«

»Durchaus möglich. Dazu kommt, dass sie auch über den Landweg von Moskau nach Berlin gelangen können. Das heißt, dass wir auf jeden Fall die Kontrollen an den Grenzübergängen nach Polen verschärfen müssen.«

»Gut, aber ich glaube nicht, dass sie uns da ins Netz gehen werden. Sie könnten auch mit dem Schiff über die Ostsee kommen oder mit einem Privatflugzeug oder 'nem Hubschrauber irgendwo kurz hinter der Grenze landen. Zudem werden sie im Besitz von gefälschten Papieren sein. Wird nicht einfach werden, die Bande zu erwischen.«

»Nein, aber wir werden den BND bitten, die Flugüberwachung der Bundeswehr einzuschalten und müssen die Küstenwachen entlang der Ostsee informieren, vermehrt Kontrollen auf See durchzuführen.«

»Würde mich nicht wundern, wenn die so dreist sind und mit einem stinknormalen Linienflug aus Moskau direkt nach Berlin fliegen«, mutmaßte Jan.

»Kaum anzunehmen. Zoll und Polizei an den Flughäfen in ganz Deutschland sind in Alarmbereitschaft und bereits mit den Fotos der verdächtigen Personen ausgestattet. Sie haben die Anweisung jede auch nur im Ansatz verdächtige Person festzuhalten. Außerdem können sie im Flugzeug weder Waffen noch Sprengstoff transportieren.«

»Das werden sie auch nicht müssen, Hubertus. Jede Wette, dass Dr. Shapourzadeh mit Hilfe seiner russischen Freunde schon längst alles besorgt und bereitgestellt hat, was die für ihre teuflischen Pläne benötigen.«

»Könnte sein. Wie gehen wir jetzt weiter vor?«, fragte Hubertus von Echternach.

»Ich schlage vor, dass du dir schnellstens den Staatsanwalt vor-
knöpfst und ihm klarmachst, in welch beschissener Lage er sich
befindet und dass es besser für ihn wäre, mit uns zu kooperieren.
Ich bereite mich auf das Treffen mit meinem Freund Tom Ritter
vor. Schätze, dass wir im Laufe des Tages auch noch was aus
Langley hören werden. Die CIA hat den Kreml bei der Suche nach
den Terroristen offiziell um Hilfe gebeten. Und möglicherweise
bringen die Befragung von Bin Hammadis Bruder und den Angehörigen des Professors noch wichtige Details ans Tageslicht. Tom
Bauer hat mir versprochen, sich sofort zu melden, wenn's was
Neues gibt.«

Hannah, Steven und Jan sahen sich das Foto von Maynard Devilles Bruder an.
»Kaum zu glauben, dass das sein Bruder sein soll. Ich hab ihn
zwar lange nicht mehr gesehen, aber der sieht haargenau aus wie
der Devil. Die Ähnlichkeit ist verblüffend. Man könnte tatsächlich
annehmen, es handele sich um eineiige Zwillinge.«
»Es kommt noch besser«, deutete Steven an. »Mittlerweile steht
fest, dass es noch zwei weitere Geschwister gibt. Er hat noch eine
Schwester Isabel, die immer noch in ihrer Heimatstadt in Wyoming
lebt und dort mit dem Bürgermeister verheiratet ist. Und neben
seinem Bruder Melvin, der hier auf dem Foto zu erkennen ist, gibt
es noch einen dritten Deville. Sein Name ist Micky. Er ist drei Jahre
älter als Maynard. Während Melvin ebenfalls in Australien lebt,
wohnt Micky nach wie vor in den Staaten. Er war genau wie seine
Brüder bei den Marines. Er lebt jetzt in Chicago und betreibt mit
seiner Frau ein Waffengeschäft. Scheint in der Tat die bevorzugte
Branche von Ex-Marines zu sein.«
»Der Devil hat selten über private Dinge gesprochen. Er war still
und introvertiert, ein absoluter Eigenbrödler, der lieber in Ruhe
gelassen werden wollte. Trotzdem verstand er sich immer gut mit
seinen Kameraden. Was wohl daran lag, dass jeder wusste, dass
er sich im Einsatz bedingungslos auf ihn verlassen konnte. Wie
auch immer, im Moment spielt die Tatsache, dass er möglicherweise zwei ihm ähnelnde Brüder hat, keine entscheidende Rolle.
Wir müssen weiter versuchen, ihn zu finden. Es sei denn, die Sa-

che hat sich nach meinem Treffen mit Tom Ritter erledigt.«

»Glaubst du das?«, fragte Hannah.

»Frag mich mal nach unserem Gespräch. Im Moment wissen wir nicht, wer dieser zwölfte Mann ist. Vielleicht ist es der Devil, womöglich Dolph, vielleicht aber auch jemand, an den wir im Moment noch gar nicht gedacht haben. Möglich, dass dieser Mann ja überhaupt nichts mit meiner ehemaligen Einheit zu tun hat.«

Jan spürte in seiner Hosentasche den Vibrationsalarm seines Handys. Erschrocken kramte er es hervor. Irgendwie musste er aus Versehen auf lautlos gestellt haben. Dicke Finger, kleine Tasten. Das war ihm nicht das erste Mal passiert.

»Hallo Jan, wir sind hier schneller fertig geworden als wir dachten. Meine Kollegen wollen jetzt auch gleich zurück nach Hannover. Aber ich kann genauso gut später den ICE nehmen. Wann kannst du frühestens hier sein?«

Jan sah auf die Uhr. Es war viertel nach zwölf.

»In etwa zwei Stunden. Also gegen vierzehn Uhr. Aber wenn du nicht solange warten willst, können wir unser Treffen auch auf die nächsten Tage verschieben, wenn ich in Braunschweig bin.«

Hannah riss erstaunt die Augen auf. Warum machte er Tom Ritter dieses Angebot? Das würde doch die ganze Sache unnötig verzögern. Sie brauchten Ergebnisse. Und zwar schnell.

»Nein, kein Problem. Ich hab Zeit. Wo sollen wir uns treffen?«, reagierte Tom entspannt.

Jan hatte sich bereits nach einem geeigneten Treffpunkt umgesehen. Es sollte ein möglichst belebter Ort mit viel Publikumsverkehr sein, wo der ein oder andere Beamte in Zivil nicht besonders auffiel.

»Was hältst du vom Café Kranzler am Kudamm Ecke Joachimstaler Straße?«

»Donnerwetter. Nobel geht die Welt zu Grunde. Aber nur, wenn du zahlst«, lachte Tom.

»Für zwei Tassen Kaffee wird's noch reichen. Also bis um zwei.«

»Schön, ich freu mich.«

Jan sah Steven und Hannah nachdenklich an. »Hätte eher erwartet, dass er meine Vorlage aufnimmt und das Treffen verschiebt.«

»Was also gleichsam bedeutet, dass du ihn auf der Liste der Verdächtigen weit oben stehen hattest?«, fragte Hannah.

Jan nickte. »Irgendwo schon. Verdammter Mist, was läuft hier eigentlich? Wer ist dieses verfluchte Arschloch bloß? Echt zum Kotzen. Irgendwie kommen wir nicht richtig weiter.« Jan war frustriert.

»Ruhig Blut. Warte doch mal ab, was der Mann von sich gibt. Eigentlich liegt der Fall doch ganz klar: Wenn der tatsächlich diese Tätowierung im Nacken trägt, zählt er zum engeren Kreis der Verdächtigen.«

»Wenn's so einfach wäre. Das würde zunächst lediglich heißen, dass er auf diesem Veteranentreffen in New York war. Mehr aber auch nicht«, stellte Jan fest.

»Mach mal halblang, Jan. Du hast anhand der Fotos, die die U.S.-Drohne in Afghanistan geschossen hat, selbst gesagt, dass es sich um Dolph handeln könnte. Und dieser Mann hatte eben so eine Tätowierung im Nacken. Wenn wir jetzt die Informationen über Tom Ritter, die Steven ans Tageslicht befördert hat, addieren, müssen wir nur noch eins und eins zusammenzählen.«

»Hannah hat recht, Jan. Du wirst ihm gleich mächtig auf den Zahn fühlen müssen. Deshalb werden wir auch in der Nähe bleiben. Wenn der Typ 'ne Waffe dabei hat, kann's gefährlich werden. Vielleicht haben die Terroristen ihn gekauft, um dich umzubringen. Das Ganze kann auch 'ne üble Falle sein.«

»Jetzt lasst mal die Kirche im Dorf. Dann hätte er sicherlich nicht einem Treffen im Café Kranzler zugestimmt, sondern wir wären irgendwo auf einem abgelegen Rangierbahnhof in Köpenick gelandet. Nein, ich denke, er will herausfinden, was wir wissen oder er hat mit der ganzen Geschichte tatsächlich nichts zu tun.«

»Als du mit Hubertus telefoniert hast, hab ich die Sicherheitsfirmen abtelefoniert, mit denen der Verein Hannover 96 zusammenarbeitet. Da gibt es eine Firma namens Red Rainbow. Der Chef erzählte mir, dass sie wiederum mit einigen Subunternehmern kooperieren, die dann das Sicherheitspersonal für ihre Veranstaltungen stellen. Einer davon ist ein gewisser Siggi. Der wäre heute in Berlin, um die Sicherheitsmaßnahmen für das Bundesligaspiel zwischen Hertha BSC und Hannover 96 in zwei Wochen abzusprechen. Und für diesen Siggi würde auch ein Typ namens Thomas arbeiten. Ob der allerdings Ritter mit Nachnamen heißt, wusste er auch nicht.

Also kann gut sein, dass Dolph dir die Wahrheit gesagt hat, was den Grund seines Aufenthaltes in Berlin angeht.«

Plötzlich hob Steven die Hand. »Mal Ruhe, bitte.«

Er setzte sich die Kopfhörer auf und wirkte absolut konzentriert. »Eine Streife hat gerade den Wagen von Dr. Shapourzadeh gefunden. Er steht im Tiergarten in der Rauchstraße. Direkt vor dem Eingang zur Syrischen Botschaft.«

Pünktlich um 19:05 Uhr startete die Boeing 735 der Lufthansa vom Moskauer Flughafen Scheremetjewo zum Rückflug nach Berlin. An Board saßen drei syrische Diplomaten, die von ihrer Regierung von Moskau nach Berlin versetzt worden waren, um ihren Dienst in der Botschaft ihres Landes in der Bundesrepublik Deutschland aufzunehmen. Die zweieinhalb Stunden Flugzeiten wollten sie nutzen, um nach den Strapazen der letzten Tage ein wenig zu schlafen. Doch weder Abdul Abu Salama, noch Khasib Ismail Aziz oder Samura Bint Samed fanden die nötige Ruhe, sich zu entspannen. Was würde sie in Deutschland erwarten? Wie würde ihre neue Aufgabe aussehen? Wurden bereits alle Vorbereitungen für ihren großen Tag getroffen?

Zwei Reihen hinter ihnen saß der Coach, der den Eindruck vermittelte, als wäre er die Ruhe selbst. Er befand sich in einer Art Dämmerschlaf. Im Gegensatz zu den drei Syrern hatte er nichts zu befürchten. Die deutschen Behörden würden nichts zu beanstanden haben. Nach ihm wurde auch nicht gefahndet.

Für ihre neuen Passfotos mussten die beiden syrischen Männer Haare und Bart opfern und sich eine Brille zulegen. Die Haare ihrer Begleiterin wurden gestutzt und brünett gefärbt. Anstatt ihrer Brille trug sie jetzt hellblaue Kontaktlinsen. Würde das alles ausreichen, um unerkannt die strengen Kontrollen zu passieren? Sie genossen Diplomatenstatus und durften nach internationalem Recht gar nicht durchsucht werden. Sie hofften, dass ein Wagen der Syrischen Botschaft sie direkt vom Rollfeld abholen würde. Das würde auf jeden Fall ihr Nervenkostüm erheblich schonen.

Kurz nach 21:30 Uhr landete ihre Maschine auf dem Flughafen Berlin-Schönefeld. Die Anspannung stieg. Diese Hürde mussten sie noch nehmen. Sie verließen das Flugzeug und bestiegen den

Shuttlebus zum Terminal. Von einem Empfangskomitee war weit und breit nichts zu sehen. Die beiden Männer waren verärgert. Musste man sie jetzt noch derart auf die Probe stellen? Sie betraten das Flughafengebäude und folgten den anderen Passagieren zur Gepäckausgabe. Augenblicklich beschlich sie ein Gefühl, als würde es hier von Polizisten und Zollbeamten nur so wimmel. Sie versuchten so normal wie möglich zu wirken, um ja nicht aufzufallen, aber oftmals bewirkte dieses krampfhafte Bemühen genau das Gegenteil.

Die Beamten hatten einen Blick für Leute, die etwas zu verbergen hatten. Im Normalfall handelte es sich lediglich um ein paar Stangen Zigaretten oder zwei, drei Flaschen Whiskey, die man nicht verzollen wollte und deshalb irgendwo ganz unten im Koffer versteckt hatte. Aber wer so etwas zum ersten Mal machte, schwitzte gewöhnlich Blut und Wasser, wenn ein Uniformierter nur in ihre Nähe kam. Beim nächsten Mal würden sie ihre Mitbringsel lieber gleich ordnungsgemäß verzollen. Die paar Euro, die man einsparen wollte, waren die nervliche Anspannung nicht wert.

Als die drei ihre Rollkoffer vom Gepäckband genommen hatten, steuerten sie auf den Ausgang zu. Die beiden Männer stoppten kurz und gaben ihrer Begleiterin ein Zeichen, dass sie vorgehen sollten. Es musste ja nicht gleich jedem auffallen, dass die drei als Gruppe zusammengehörten.

Der Coach stand bereits an der Zollkontrolle und unterhielt sich vollkommen entspannt mit den Beamten. Offenbar war die Stimmung dort vorn locker und gelöst. Er scherzte mit einer Polizistin, die zusammen mit einem Kollegen hinter den Zollbeamten Stellung bezogen hatte. Ohne, dass sein Gepäck kontrolliert wurde, verabschiedete er sich freundlich, in dem er sich kurz zum Gruße mit dem Zeigefinger gegen die Stirn tippte.

»Und wenn sie es sich anders überlegen, rufen sie mich an«, rief er der kleinen, attraktiven Polizistin in akzentfreiem Englisch zu. Der Typ hatte Nerven wie Drahtseile. Schließlich war auch sein Pass eine Fälschung.

Als Samura Bint Samed an der Reihe war, trat einer der Polizisten nach vorn und sprach kurz leise mit dem Zollbeamten. Der nickte und bat Samura, ihm zu folgen. Hilfesuchend sah sie sich nach ihren zwei Begleitern um, die weiter hinten in der Schlange standen. »Scheiße, Mann. Das dürfen die doch gar nicht. Sie hat einen Diplomatenpass.«

Abdul löste sich aus der Warteschlange und wollte nach vorn zur Hilfe eilen. Khasib hielt ihn jedoch an der Schulter zurück. »Ruhig Blut, Bruder. Das wird schon gut gehen. Sie ist stark. Sie wird die Situation meistern.«

Die Beamten baten Samura in ein kleines Büro direkt hinter dem Schalter. »Einen Moment bitte, Sie werden hier gleich abgeholt. Setzen Sie sich so lange. Möchten Sie vielleicht eine Tasse Kaffee?«, fragte einer der Polizisten freundlich.

»Danke, wirklich nett, aber im Moment nicht. Gibt es irgendwelche Schwierigkeiten?«, erkundigte sich Samura.

Die Beamten ignorierten ihre Frage und verließen das Büro, ohne zu antworten. Gleich würde sich die Tür öffnen und man würde sie verhaften und mitnehmen, befürchtete sie. Das wäre das vorzeitige Ende ihrer Mission. Was wäre ihr Leben dann noch wert? Sie hätte sich niemals auf die Forderung des Professors einlassen sollen, mit nach Afghanistan zu reisen. Man hatte ihr erzählt, dass sie dort lediglich die Wirkung von neu entwickelten Psychopharmaka erproben wollten, die posttraumatische Nachwirkungen bei Soldaten, die in einem Krieg irreparable psychische Schäden genommen hatten, abbauen sollen. Nicht mehr und nicht weniger. Was bei Gowarah Sang passiert war, hatte sie vorher nicht gewusst und schon gar nicht gewollt. Sie war ebenso wie die Soldaten nur benutzt worden. Doch jetzt gab es kein Zurück mehr. Niemand würde ihr glauben. Samura war den Tränen nahe, als sich die Tür zum Büro öffnete und zwei Beamte ihre Begleiter in den Raum führten.

»Einen Augenblick bitte noch, die Kollegen nehmen sie gleich in Empfang.«

Die Männer in ihren grünen Uniformen verschwanden wieder. Abdul und Khasib hatten Angst, wollten aber unbedingt vermeiden, in Panik auszubrechen. »Die haben nichts gegen uns in der Hand. Sobald wir Gelegenheit dazu haben, rufen wir den Botschafter an. Wir haben Diplomatenstatus. Sie dürfen uns nicht festhalten«, machte Abdul den beiden anderen Mut.

»Da wäre ich mir nicht so sicher, mein Freund. Wenn die der Meinung sind, dass die innere Sicherheit gefährdet ist, handeln die genauso so konsequent wie die Amerikaner. Wahrscheinlich kreuzen hier gleich ein paar Typen von der Heimatschutzbehörde auf. Am besten, wir versuchen zu verschwinden.« Khasib zeigte auf die zweite Tür im Raum, die offensichtlich direkt in die Abfertigungshalle hinter der Zollkontrolle führte. Er stand auf, sah sich vorsichtig um und ging die fünf Schritte zur Tür, um nachzusehen, ob sie verriegelt ist. Als er die Hand auf die Klinke legte, wurde die Tür im selben Moment von außen geöffnet.

»Seid willkommen, meine Brüder«, rief ihnen der Syrische Botschafter zu. »Ich hoffe, ihr hattet eine angenehme Reise. Tarek und Yassin kümmern sich um euer Gepäck«, deutete er auf die beiden Männer in seiner Begleitung.

»Vielen Dank, dass sie auf uns gewartet haben, meine Herren«, wandte sich der Botschafter an die beiden Polizisten.

Der Stein, der den drei Neuankömmlingen vom Herzen fiel, war so groß, dass er wohl das halbe Flughafengebäude unter sich begraben hätte, wenn er tatsächlich zu Boden gefallen wäre. Als die schwarze Mercedes S-Klasse den Flughafen verließ und Richtung Tiergarten davonbrauste, waren die drei in Sicherheit. Aber wo war eigentlich der Coach abgeblieben? Würden sie ihn wohl je wiedersehen? Wie auch immer. Das spielte jetzt auch keine Rolle mehr. Sie hatten ihre Aufgabe und er die seine.

Langsam und schwerfällig setzte sich das Ungetüm in Bewegung. Frank hatte Probleme, diesen alten, schweren Kasten in Fahrt zu bringen. Der V8-Viertakter röhrte wie ein Zwölfender in der Brunftzeit. Das Fünfganggetriebe erwies sich als hakelig und äußerst sperrig. Nur mit Zwischengas und viel Gefühl in den Händen konnte Frank in den nächsthöheren Gang schalten. Er wagte einen Blick auf die Tankanzeige, die laufend hin und her schwankte wie ein Pendel. Frank hatte keine Ahnung, wieviel Diesel noch im Tank war. Er wusste aber von ähnlich schweren Fahrzeugen, dass die manchmal voll beladen fast fünfzig Liter Diesel durch den Vergaser jagten.

»Keine Ahnung, wie weit wir mit dem Ding kommen«, merkte Frank an. Jeff und RoRo saßen mit im Führerhaus und wussten auch keine Antwort.

»Wie weit ist das bis Moskau?«, fragte Jeff.

»Ich denke, gut eine Stunde Fahrt. Also irgendwo zwischen achtzig und hundert Kilometer, wenn der Sprit reicht.«

Sie durchquerten den Ort Stepanovskoye, um auf die M 9 Richtung Hauptstadt zu gelangen. Mit etwa fünf Tonnen Nutzlast beladen, schaffte der Lkw gerade mal 70 km/h Höchstgeschwindigkeit. Doch Frank hielt es für ratsam, etwas langsamer zu fahren, um weniger Diesel zu verbrauchen. Die Ladefläche war leer. Bis auf den verletzten Hägar und den beiden anderen Männern, die sich um ihren Kameraden kümmerten. Der Norweger hatte viel Blut verloren und musste schnellstens in ein Krankenhaus gebracht werden. Nach gut vierzig Minuten Fahrtzeit auf der M 9 sahen sie die ersten Schilder Richtung Moskauer Zentrum.

»Hast du auch nur annähernd 'ne Ahnung, was wir jetzt machen sollen?«, fragte Jeff.

»Ich denke, wir sollten versuchen, uns zur Britischen Botschaft durchzuschlagen. Die wird wahrscheinlich nicht so scharf bewacht sein, wie die Vertretung der USA. Die Russen passen auf wie die Schießhunde. Die fangen die Leute schon weit vor den Gebäuden ab und kontrollieren sie. Die wollen verhindern, dass ihre Landsleute in den westlichen Botschaften um politisches Asyl nachsuchen.«

»Weißt du, wo wir hin müssen?«, erkundigte sich Jeff. Frank schüttelte den Kopf.

»Nein, aber ich nehme an, dass die Botschaften alle im Regierungsviertel um den Kreml herum liegen. Also fahren wir zunächst mal ins Zentrum, in der Hoffnung, dass wir nicht schon vorher angehalten werden.«

»Was sollen wir mit unseren Waffen machen?«, wollte RoRo wissen.

»Am besten irgendwo unter den Sitzen verstecken. Könnte mir denken, dass wir die noch brauchen werden«, antwortete Frank, der vorhin noch der Meinung war, die Waffen unterwegs zu entsorgen, falls man in eine Kontrolle gerate. Doch ihm war auch klar, dass sie sich notfalls mit Gewalt Zutritt zur Botschaft verschaffen müssten.

Ächzend und schnaubend quälte sich der Ural einen Anstieg hoch und passierte das Ortsschild der russischen Hauptstadt. Auf dem Kutuzovskiy Prospekt fuhren sie Richtung Innenstadt. Frank setzte den Blinker und hielt in einer Parkbucht. »Ich geh da mal rein und frag mal, ob die im Internet die Adresse der Botschaft raussuchen können.«

»Gute Idee. Aber beeil dich, sonst kassieren die uns, bevor wir überhaupt nur in die Nähe der Botschaft gekommen sind.«

Frank überquerte die Straße und betrat das Gebäude, über dem in großen Lettern *Intermark Serviced Apartments Expo* zu lesen war. Wahrscheinlich ein Hotel Garni, ausschließlich zum übernachten, ohne Frühstück und Mittagessen. An der Rezeption saß eine dunkelhaarige Frau mittleren Alters, die etwas argwöhnisch auf den im Tarnzeug gekleideten Mann aufsah. Frank versuchte so locker wie möglich zu wirken und setzte sein Sonntagsgesicht auf.

»Entschuldigen Sie, junge Frau«, strahlte er die Dame an, «können Sie mir vielleicht sagen, wie ich zur Britischen Botschaft komme. Ich habe leider im Moment keinen Zugang zum Internet. Vielleicht könnten Sie mal für mich nachsehen?«

Die leicht pummelige Mitvierzigerin hinter dem Tresen verzog keine Miene. Sie sah ihn an, als wollte er gerade die Invasion Moskaus einleiten. Es war für Frank nicht zu erkennen, ob sie ihn überhaupt verstanden hatte. Die Engländer setzten ja immer voraus, dass die ganze Welt ihre Sprache spricht. Er hoffte inständig, dass die Russin jetzt nicht zum Telefonhörer griff, um die Polizei anzurufen.

»Sie haben doch nicht etwa irgendeine schlimme Sache vor, Cowboy, oder ?«, fragte sie in absolut brauchbarem Englisch, natürlich mit ausgeprägtem russischen Akzent.

»Kommt ganz darauf an, was Sie meinen, schöne Frau«, grinste Frank die Dame an.

Irina, so stand auf ihrem Namensschild oberhalb der Brusttasche ihrer dunkelblauen Bluse zu lesen, lächelte. Das Eis war gebrochen. Sie drehte sich um und googelte an ihrem Computer die Adresse der Botschaft.

»Smolenskaya 10. Sie sind im Prinzip schon auf dem richtigen Weg«, antwortete sie ganz im Stile Radio Eriwans. »Sie fahren jetzt den Kutuzovkiy Prospekt weiter nach Norden und überqueren dann die Brücke über die Moskwa. Dort gelangen Sie auf die Ulitsa Novyy Arbat und nach etwa einem Kilometer biegen Sie rechts in die Smolenskaya ein. Dürfte nicht schwer zu finden sein.«

»Spasibo«, bedankte sich Frank auf russisch und griff nach der Hand der Dame, um einen Handkuss anzudeuten.

»Wie aufmerksam. Sind in England alle Männer so nett?«, säuselte Irina.

»Auf jeden Fall. Wir sind ein höfliches Volk. So hat uns die Queen erzogen.«

Als Frank durch die Drehtür verschwand, winkte er Irina zum Abschied noch mal freundlich zu.

»So, nichts wie weg hier. Nicht, dass die Alte jetzt doch noch zum Hörer greift«, beeilte sich Frank, den uralten russischen Truck wieder in Bewegung zu setzen. Beim Anlassen spuckte der Ural 375 eine riesige schwarze Wolke aus. Frank konnte für einen Moment im Außenspiegel nichts mehr erkennen und fuhr erst an, als sich der Qualm einigermaßen verzogen hatte.

Mittlerweile neigte sich der schöne Junitag dem Ende entgegen. Um kurz nach achtzehn Uhr überquerte der Ural 375 die Moskwa und fuhr auf die Ulitsa Novyy Arbat. In der Innenstadt herrschte dichter Verkehr. So fiel das schwere Militärfahrzeug wenigstens nicht sofort auf. Nach knapp einem Kilometer bog Frank in die Smolenskaya ab. Schon nach wenigen Metern lag rechts die Britische Botschaft. Ein mehrstöckiger, ziemlich hässlicher, hellblauer Plattenbau aus den Sechzigern. Auf der Straße davor standen zwei Polizeifahrzeuge. Auf dem Gehweg vor dem Haupteingang patrouillierten russische Soldaten und kontrollierten alle, die den Weg in die Botschaft nehmen wollten. Direkt vor der Glastür des Eingangs standen zwei Soldaten der königlichen Garde und bewachten quasi pro Forma den Eingangsbereich. Frank fuhr an der Botschaft vorbei, die Straße ein Stück weiter herunter und hielt dann rechts am Bürgersteig. Er sah im Rückspiegel, dass die Soldaten und Polizeibeamten bereits auf sie aufmerksam geworden waren. Die Männer gestikulierten und deuteten aufgeregt in ihre Richtung.

»Viel Zeit haben wir nicht mehr. Wir müssen eine Entscheidung treffen. Sofort.« Frank sah seinen Beifahrern entschlossen in die Augen.

»Was immer du auch vor hast, Frank, wir machen mit.« Jeff und RoRo vertrauten dem Engländer. Ohne ihn wären sie erst gar nicht bis hierher gekommen. Wahrscheinlich lägen sie jetzt mit einer Kugel im Kopf irgendwo in der Nähe von Istra im Straßengraben. Allein er hatte sie gerettet. Und natürlich der Coach, der Frank die Makarov zugesteckt hatte.

»Gut«, sagte Frank entschlossen, »dann geht auf Tauchstation und haltet euch fest. Warum vorher aussteigen, wenn wir auch mit dem Lkw da reinkommen können?«

Frank wendete den Ural auf der Smolenskaya. Dazu musste er mehrfach vor und zurücksetzen. Die ständige Schalterei zwischen erstem Gang und dem Rückwärtsgang ersetzte mindestens eine gute Stunde Krafttraining. Mittlerweile kam ihnen schon das erste Polizeifahrzeug mit eingeschaltetem Blaulicht entgegen. Nach geglücktem Wendemanöver trat Frank das Gaspedal des rollenden Ungetüms bis zum Anschlag durch und versuchte, den rollenden Wandschrank mit dem CW-Wert eines Ozeanriesen auf Touren zu bringen.

Der blaue Moskwitsch der Polizei schoss schräg über die Fahrbahn auf sie zu und wollte ihnen den Weg versperren. Als die Polizisten merkten, dass Frank wenig Lust verspürte anzuhalten, sprangen sie aus dem Wagen und brachten sich in Sicherheit. Der Ural schob das lästige Hindernis mühelos zur Seite. Die Ordnungshüter zogen ihre Pistolen und zielten in Richtung Lastkraftwagen.

»Bleibt unten. Gleich hagelt's blaue Bohnen«, warnte Frank seine Leute. Nach weiteren hundert Metern riss er das Lenkrad des Boliden abrupt nach links und trat das Gaspedal durch. Der sperrige Ural schoss über den Bürgersteig hinweg und bahnte sich unaufhaltsam seinen Weg in den gläsernen Eingangsbereich der Britischen Botschaft. Erschrocken sprangen die russischen Soldaten zur Seite, feuerten aber nicht. Die beiden englischen Wachposten flüchteten augenblicklich ins Innere des Gebäudes. Von der Wucht des Aufpralls wurde ein Loch von der Größe eines Scheunentores in die Front des Botschaftsgebäudes gerissen. Es hagelte Glassscherben und Gesteinsbrocken, gemischt mit Holz und Kunststoffteilen. Der Ural 375 hatte sich mindestens zehn Meter tief in die Eingangshalle der Botschaft gebohrt, als Frank voll auf die Bremse trat. Die Geschwindigkeit war durch den heftigen Aufprall bereits stark gedrosselt, so dass der Lkw fast unmittelbar zum Stehen kam. Frank, Jeff und RoRo blieben bis auf ein paar kleine Schnittwunden an Händen und im Gesicht unverletzt.

»Los, raus hier und sichern«, schrie Frank. Die russischen Soldaten wollten gerade in die Botschaft stürzen, als ihnen die drei Männer ein paar Salven aus ihren Kalaschnikows vor die Füße jagten.

»Verschwindet, ihr Arschlöcher. Ihr befindet euch auf britischem Hoheitsgebiet.«

Um seine Worte zu unterstreichen, schoss Frank den Russen nochmals gezielt vor die Stiefelschäfte. Sichtlich eingeschüchtert zogen sie sich bis auf den Bürgersteig zurück, wo sich mittlerweile eine stattliche Anzahl von Neugierigen versammelt hatte. Die Russen keiften die Passanten an und forderten sie auf, weiterzugehen.

»Nehmen sie die Hände hoch und lassen sie die Waffen fallen«, hörten die Männer eine Stimme hinter sich. Dem Tonfall nach war das die Stimme eines waschechten Engländers. Wahrscheinlich aus London, mutmaßte Frank. Hinter ihnen standen die beiden Gardesoldaten mit ihren Gewehren im Anschlag, Dahinter lugten drei Männer in zivil hervor. Der kleinste und wohl auch älteste von ihnen bahnte sich einen Weg durch die Trümmer hindurch zum Lkw.

»Was um Himmels Willen haben sie denn vor? Haben sie etwa Sprengstoff geladen?«, erkundigte sich der Mann aufgeregt.

»Dann hätten Sie diese Frage nicht mehr stellen können, Lord Etherington«, antwortete Morgan Lampart in waschechtem Cockney.

»Sie sind Brite, verdammt noch mal. Haben Sie keinen anderen Parkplatz gefunden?«, ließ der Lord den berühmten englischen schwarzen Humor aufblitzen.

»Wir hatten leider keinen Anwohnerausweis, Sir. Morgan Lampart, mein Name, Second Lieutenant der Royal Air Force. Habe mich mit meinen Kameraden ein bisschen verlaufen. Wäre schön, wenn Sie uns helfen könnten.«

Um 13:30 Uhr machte Jan sich auf den Weg Richtung Kurfürstendamm. Bei dem schönen Wetter bereitete es ihm Vergnügen mit
seinem ockerfarbenen Audi Super 90 durch Berlin zu cruisen. Aus
der engen Tiefgarage des Estrel-Hotels an der Sonnenallee heraus, würde er gut zwanzig Minuten bis zum Café Kranzler benötigen. Hannah und Steven fuhren direkt dorthin und sahen sich nach
einem günstigen Stellplatz für den Überwachungswagen um. Nach
kurzer Suche hatten sie Glück, dass genau an der Ecke Ku-
damm/Joachimstaler Straße ein weißer Ford Transit einer Berliner
Schnellreinigung das Feld räumte und Steven sein Gefährt etwa
dreißig Meter entfernt vom Café Kranzler einparken konnte. Während Hannah sich schon mal im Café umsah, begann Steven mit
den Vorbereitungen für den Abhörvorgang. Hannah wählte, mit
einem kleinen Sender versehen, einen Platz direkt am Fenster zur
Joachimstaler Straße. Sie würde diesen solange blockieren bis Jan
eintraf. Dadurch war optimaler Empfang gewährleistet. Zehn Minuten vor zwei betrat Jan das Café und steuerte direkt auf Hannahs
Tisch zu. Sie schüttelte kurz den Kopf, um zu signalisieren, dass
von Tom Ritter noch nichts zu sehen war. Dann stand sie auf,
wechselte zu einem kleineren Tisch für zwei Personen in der Mitte
des Raumes, bestellte einen Cappuccino und kramte eine Mode-
zeitschrift aus ihrer Umhängetasche.

»Hast du ihn schon gesehen?«, fragte sie Steven unauffällig, der
den Eingangs-bereich zum Café auf dem Bildschirm hatte, und die
Personen, die dort ein- und ausgingen so nahe heranzoomen
konnte, dass er jeden einzelnen Pickel in ihren Gesichtern erkennen konnte. Einen Mann, der auf die Beschreibung von Tom Ritter
passte, hatte er jedoch noch nicht ausgemacht.

»Negativ, ist ja noch 'n bisschen Zeit, oder?«, antwortete Jan, der
von seinem Platz aus Stevens Wagen sehen konnte. Durch dessen dunkle Scheiben hindurch war rein gar nichts zu erkennen.
Der Spezial-Van der CIA wirkte wie ein ganz normaler Mercedes
Viano, der Geschäftsleute durch die Gegend kutschierte oder einer
gut situierten Familie mit mehreren Kindern gehörte. Kurzum: Er
fiel nicht besonders auf. Und das sollte er schließlich auch nicht.

Jan sah auf die Uhr. Es war fast Viertel nach zwei. Von Tom Ritter war nichts zu sehen. Offenbar hatte er sich die Sache doch noch anders überlegt. Oder er konnte gar nicht erscheinen, weil er überhaupt nicht in Berlin war. Sicher würde ihn gleich ein Anruf oder eine SMS erreichen, dass ihm kurzfristig etwas dazwischen gekommen sei und er leider nicht kommen könne. Wahrscheinlich hielt er sich noch immer bei Professor Al Mawardis Leuten auf und war damit beschäftigt, den nächsten Anschlag vorzubereiten, dachte Jan. Zum Teufel noch mal, das machte doch alles keinen Sinn. Tom Ritter ein Terrorist? Unglaublich und völlig abwegig. Sollte er sich so in diesem Menschen getäuscht haben? Aber wenn er Dolph das nicht zutraute, dann schon gar nicht dem Devil. Beide haben mit Haut und Haar gegen die Taliban und den Terror gekämpft und dabei über viele Monate tagtäglich unter schwierigsten Bedingungen ihr Leben aufs Spiel gesetzt. Diese Männer werden doch nicht plötzlich zu Terroristen, nur weil sie vielleicht in finanziellen Schwierigkeiten steckten, zweifelte Jan. Außerdem schien es zumindest Maynard Deville als Farmbesitzer und Viehzüchter, der zweimal wöchentlich seine Produkte auf dem Markt in Crockwell verkaufte, wirtschaftlich gut zu gehen. Der hatte doch problemlos sein Auskommen. Tom Ritter schien dagegen nach Stevens Recherchen weitaus mehr Probleme zu haben. Schließlich schob er, durch diverse Geschäftspleiten bedingt, einen Berg von Schulden vor sich her. Dadurch bedingt, hatte er wohl auch erheblichen Ärger mit seiner Frau. Aber er hatte einen Job bei einem Sicherheitsdienst und war offensichtlich darum bemüht, sein Leben wieder in Ordnung zu bringen.

In Chief Broderick brodelte es immer noch. Dieser arabische Anwalt war eine harte Nuss. Härter, als er erwartet hatte. Hatte sich weder von seinen Fragen, noch von der Anwesenheit Schlingen-Harrys beeindrucken lassen. Jetzt musste er schwerere Geschütze auffahren. Aber nicht in seinem Büro. Da wurde er zu oft gestört. Außerdem war er, von seiner Wut getrieben, total unvorbereitet in das Verhör gegangen. Mittlerweile aber hatte Tom Bauer dafür gesorgt, dass genügend Fakten und belastendes Material zusammengetragen worden waren. Um Amin Bin Hammad zusätzlich einzuschüchtern, hatte er angeordnet, ihn in einer Zelle im Keller des CIA-Gebäudes übernachten zu lassen. Das war zwar nicht ganz legitim, aber wenn er den Mann erstmal als Terrorist überführt hatte, würde man über diese Kleinigkeit großzügig hinwegsehen. Und wenn nicht, würden die Hausanwälte sich per Vordruck in aller Form bei dem Betroffenen entschuldigen.

Diesmal ließ der Chief den Delinquenten in ein Verhörzimmer im ersten Stock des CIA-Headquarters bringen. Kein Fenster, nur Neonlicht. Gepolsterte Wände und Türen, damit nichts von dem, was dort geschah, nach draußen gelangte. Als er dort eintraf, hatte Tom Bauer, der mit von der Partie sein würde, bereits alle Vorbereitungen getroffen. Das gesamte Belastungsmaterial lag geordnet und griffbereit vor ihnen auf einem zerkratzten Holztisch. Um die Laune des Chiefs aufrechtzuerhalten, hatte Tom eine Kanne schwarzen Kaffee und eine kleine Kiste feinster Zigarillos bereitstellen lassen. Ohne einen bestimmten Pegel an Koffein und Nikotin in der Blutbahn war der schwergewichtige Mann ungenießbar, litt permanent unter Entzugserscheinungen.

»Wenn ich in Rente gehe, fangen Sie bei mir als Butler an, Bauer. Dann machen wir uns ein schönes Leben und die können ihren Dreck hier allein machen. Lassen Sie sich bloß nicht überreden, diesen Schweinejob von mir zu übernehmen. Sie machen die ganze Drecksarbeit und die feinen Herren da oben spielen den ganzen Tag Golf und Abends bumsen sie Fünfhundert–Dollar-Nutten. Und wenn was schief geht, dann haben *Sie* am Ende noch die Schuld. Macht keinen Spaß mehr, Bauer, glauben Sie's mir.«

Tom Bauer musste grinsen. »Da haben Sie wohl recht, Chief. Aber für die Rente bin noch ein wenig zu jung. Ich habe, wie gewünscht, Schlingen-Harry im Nebenraum geparkt. Um in die richtige Stimmung zu kommen, schaut er sich gerade *Missing in Action* mit Chuck Norris an.«

Der Chief lachte. »Ist doch der Streifen, in dem Colonel Braddock die Schlitzaugen im Alleingang fertig macht, oder?«

»Respekt Chief, Sie kennen sich aus.«

Die Tür öffnete sich und begleitet von zwei Beamten wurde Amin Bin Hammad in den Verhörraum gebracht. Von den Umständen der letzten, wenig komfortablen Nacht gezeichnet, setzte er sich mit zerknittertem schwarzem Armani-Anzug und tiefen Ringen unter den Augen auf den verschraubten Metallstuhl gegenüber an den Tisch. »Das wird ein Nachspiel haben. Sie glauben doch wohl nicht, dass Sie mich hier einfach ohne jeglichen Grund verhaften und festhalten können. Wann kann ich denn endlich mein verbrieftes Recht wahrnehmen und mit meinem Rechtsbeistand und meiner Familie telefonieren?«

Tom goss dem Chief einen Becher heißen, tiefschwarzen Kaffe ein. Extra stark mit fünf Stück Würfelzucker. Ohne sich zu bedanken, zog er das noch dampfende Heißgetränk näher zu sich heran und atmete das Aroma tief ein. »Herrlich, oder? Das hält mich in Form. Was wäre das Leben ohne diese wunderbare schwarze Brühe?«

»Freut mich für Sie. Aber ich möchte jetzt endlich wissen, aus welchem Grund Sie mich hier her entführt haben? Anders kann ich diesen Tatbestand nicht bezeichnen.«

»Sie können das nennen, wie Sie wollen, Herr Anwalt. Vielleicht ist das gestern bei Ihnen nicht so ganz angekommen. Hier geht es nicht um ein paar Strafzettel wegen Falschparkens oder Geschwindigkeitsübertretungen. Das hier ist eine Frage der nationalen Sicherheit. Aber was erzähle ich? Sie wissen doch ganz genau, warum Sie hier sind. Und ich kann Ihnen nur den freundschaftlichen Rat geben, uneingeschränkt mit uns zu kooperieren. Wir wissen bereits alles, leugnen ist zwecklos und macht Ihre Lage nur noch schlimmer.«

Amin Bin Hammad schüttelte den Kopf. «Nein, nein, so nicht, meine Herren. Ich hätte gern gewusst, was mir konkret zur Last gelegt wird?«

Der Chief atmete einmal tief ein. Das war ein untrügliches Zeichen, dass er bereit war, den Kampf aufzunehmen. »Was Sie gern hätten, interessiert mich einen Dreck. Wir hätten gern von Ihnen gewusst, wann und wo der geplante Terroranschlag der Al Mawardi-Gruppe stattfinden soll?«

»Was, sind Sie komplett wahnsinnig? Terroranschlag der Al Mawardi-Gruppe? Was weiß ich denn, sehe ich etwa aus wie ein Terrorist?«

»Wenn Sie mich so fragen, ja, wie ein dreckiger hinterfotziger Bombenleger. Genauso sehen Sie aus.«

415

Der Rechtsanwalt glaubte seinen Ohren nicht zu trauen. »Was erlauben Sie sich? Sind Sie Rassist? Alle Menschen mit braunen Augen und schwarzen Haaren sind dann wohl Terroristen Ihrer Ansicht nach oder wie darf ich Ihre Einlassung verstehen?«

Tom Bauer blickte seinem Vorgesetzten fest in die Augen und schüttelte kaum vernehmbar mit dem Kopf.

»Hören Sie, Mr. Bin Hammad, wir wissen, dass Sie Ihrem Bruder geholfen haben, konkrete Ziele für deren Attentate auszusuchen. Mittlerweile zählt ihr Bruder Fadi neben Ibrahim Al Mawardi zu den international meistgesuchten Terroristen. Diese beiden haben den Anschlag auf die ISAF-Truppen in Gowarah Sang geplant und ausgeführt. Und Sie haben die Attentate auf die Senatoren eingefädelt und dabei geholfen, die Männer, die auf die Politiker geschossen haben, auszusuchen und zu manipulieren.«

Amin Bin Hammad zeigte sich entsetzt. »Mein Bruder soll ein Terrorist sein? Wie kommen Sie denn darauf? Er war bei den Marines, hat für sein Vaterland gekämpft und arbeitet jetzt als Wissenschaftler an der Universität von New York. Das ist doch der blanke Unsinn, den Sie da erzählen.«

Tom öffnete den Aktendeckel der vor ihm liegenden Mappe. Er entnahm drei Porträtfotos in DIN-A-4 Größe und schob sie seinem Gegenüber über den Tisch. »Kennen Sie diese Männer?«

Der Anwalt sah kurz auf die Bilder und nickte. »Ja, natürlich sind mir diese Personen bekannt. Die Fotos waren ja oft genug in den Medien zu sehen.«

»Das ist ja mal ein Anfang«, übernahm der Chief wieder das Kommando.

»Was für ein Zufall, dass alle drei Senatoren zu den Klienten von Abelman und Smith gehören, finden Sie nicht auch?«

Amin Bin Hammad zuckte mit den Schultern. »Ich weiß nur, dass Senator O'Brien von unserer Kanzlei vertreten wird. Dass auch Carrington und Coleman zum Klientel von Abelman und Smith gehören, ist mir nicht bekannt. Tut mir leid.«

»Mir auch. Mir tut leid, dass Sie immer noch nicht auf dem Weg der Wahrheit angelangt sind. Aber wir kriegen die Kurve noch, das verspreche ich Ihnen. Wenn Sie nicht gewusst haben wollen, dass die beiden anderen Senatoren von Ihrem Arbeitgeber vertreten wurden, warum haben Sie sich dann von der Chefsekretärin«, der Chief zögerte einen Moment, weil ihm der Name entfallen war, »Mrs. Angela Hurst«, half ihm Tom Bauer. »Ja, danke. Also, warum haben Sie sich dann von Mrs. Hurst deren Akten kommen lassen?«

»Daran kann ich mich nicht erinnern. Tut mir leid. Es gehen jeden Tag unzählige Akten über meinen Schreibtisch. Da kann ich mich nicht an jede einzelne erinnern.«

»Müssen Sie ja auch nicht. Dafür habe Sie ja ihre Mitarbeiter.« Tom Bauer griff wieder in die Mappe und wedelte mit einem Schriftstück. «Das hier ist die eidesstattliche Erklärung der Mrs. Angela Hurst, dass sie am 22. April dieses Jahres die Akten der Senatoren Timothy O' Brien, Milton Carrington und Andrew Coleman von ihr, auf Ihre Anfrage hin, bekommen haben. Erst nach einer Woche haben Sie die Unterlagen zurückgegeben. Zeit genug, um sie zu studieren, zu kopieren und anschließend an Ihren Bruder weiterzugeben.«

»Vollkommener Blödsinn. Das ist doch reine Routine, dass ich mir Akteneinsicht zu den Fällen verschaffe, die vor meiner Zeit bei Abelman und Smith abgehandelt worden. Das wird sogar von mir verlangt, dass ich jederzeit auf dem Laufenden bin, was unser Klientel angeht. Selbstverständlich werden alle Akten streng vertraulich behandelt. Da geht nichts nach draußen. Ich habe Familie, einen guten Job und ein ganz passables Leben. Glauben Sie, dass setze ich so einfach aufs Spiel? Also, Ihre Verdächtigungen sind vollkommen aus der Luft gegriffen. Ich habe mir nicht das Geringste vorzuwerfen.«

Der Chief verlor langsam die Geduld. »Also alles reine Zufälle? Ausgerechnet die drei Senatoren, deren Akten Sie sich Mitte April angesehen und bis ins kleinste Detail studiert haben, werden einen Monat später von Ihrem Bruder und seinen Leuten erschossen. Woher hatten die Terroristen denn all diese gezielten Informationen? Woher wussten die, wann sich diese Männer wo aufhalten? In welchen Restaurants sie zu Mittag aßen, in welchen Clubs sie zweimal die Woche Golf spielten und in welchen zweifelhaften Etablissements sie wann welche Nutten fickten?«

Der Chief kam langsam in Form. Geduld zählte ohnehin nicht zu seinen Stärken. Tom musste jetzt aufpassen, dass sein Boss sich nicht in Rage redete. Damit würde er bei diesem abgezockten Typ von Anwalt wohl kaum weiterkommen. Oder doch? Amin Bin Hammads Körpersprache ließ bereits zu wünschen übrig. Er war in seinem Stuhl merklich zusammengesackt, ließ die Schultern hängen und sein Blick war ständig nach unten gerichtet.

»Hören Sie, Amin, ich darf Sie doch so nennen, die Fakten sprechen eindeutig gegen Sie. Sie haben sich in den letzten Wochen mehrfach mit ihrem Bruder und Ibrahim Al Mawardi getroffen. Dabei haben Sie ihnen alle Informationen über diese Senatoren geliefert. Und Sie haben denen auch den Tipp gegeben, sich im Warriors Club nach den geeigneten Männern für ihre teuflischen Versuche umzusehen. Wir wissen, dass der Besitzer des Clubs ebenfalls ihr Klient ist. Sie haben ihn persönlich bei einer Räumungsklage gegen seinen Vermieter vertreten. Und das mit Erfolg, wie wir erfahren haben. Der hat Ihnen erzählt, dass in seinem Laden eine Reihe von Ex-Marines verkehren. Unter anderem die Männer aus der Einheit *Sniper*, die in Afghanistan Jagd auf die Taliban gemacht haben. Durch die Bank erstklassige Scharfschützen. Sie haben sich von dem Mann die Namen und Adressen von John Henderson, Dean Morisson und Warren Fisherman geben lassen. Etwas unvorsichtig von Ihnen, Ihre Sekretärin damit zu beauftragen, alle notwendigen Informationen über diese Männer zu beschaffen.«

Tom Bauer griff in seine Mappe und zauberte ein weiteres Papier zum Vorschein.

»Hier ist die nächste eidesstattliche Erklärung von Mrs. Gloria Woodcock, in der sie bestätigt, diese Aufgabe in Ihrem Auftrag übernommen zu haben. Und zwar, lassen Sie mich nachsehen, am 28. April.«

»Aus der Nummer kommen Sie nicht wieder raus, Kollege. Wie wäre es jetzt mal mit einem umfassenden Geständnis? Wissen Sie, dieser ganze Scheiß interessiert mich schon gar nicht mehr. Ist eh Schnee von gestern. Nicht mehr zu ändern. Was geschehen ist, ist geschehen. Jetzt ist nur noch eines von Bedeutung: Wir müssen diese Bastarde schnappen, bevor die ihren nächsten Anschlag ausführen. Und Sie können uns dabei helfen. Und damit auch sich selbst.« Der Chief hatte sich etwas beruhigt und war um ein gewisses Maß an Sachlichkeit bemüht. Würde Bin Hammad diese Vorlage aufnehmen oder immer noch versuchen, zu leugnen und seine Unschuld zu betonen?

»Sind Sie eigentlich gläubig?«, fragte Tom Bauer.

Amin schaute überrascht auf. «Wie kommen Sie denn jetzt darauf?«

»Beantworten Sie doch bitte einfach meine Frage«, blieb Tom hartnäckig.

»Früher war ich das. Sicher. Aber heute? Was glauben Sie hat ein Anwalt, der die renommierteste Kanzlei New Yorks vertritt, für ein Ansehen, wenn er in diesen Zeiten nach 9/11 dem Islam angehört? Ich habe seit Jahren keine Moschee mehr von innen gesehen. Ich habe gelernt, mich aus religiösen Dingen herauszuhalten. Im Namen der Religionen wurden in der Geschichte der Menschheit die größten Schlachten geschlagen, die meisten Kriege geführt. Damit habe ich längst abgeschlossen.«

»Und Ihre Kinder? Was ist mit denen?«, wollte Tom wissen.

»Die halten das ebenso. Sie kümmern sich eher um die weltlichen Dinge. Sie studieren beide Rechtswissenschaften in Harvard.«

Der Chief sah Amin mit stechendem Blick in die Augen. Ohne seinen Blick abzuwenden, gab er Tom ein Zeichen, weiteres belastendes Material zu Tage zu fördern. Tom entnahm der Mappe einen ganzen Stoß Fotos. Die waren gestochen scharf und äußerst aussagekräftig. Tom stand auf, ging um den Tisch herum und hielt dem Anwalt nacheinander jede einzelne Aufnahme unter die Nase.

»Schauen Sie mal hier. Das sind doch Sie, oder? Das sind Fotos, die in einem Zeitraum von zwei Wochen gemacht worden sind. Genauer gesagt, vom 18. Mai bis zum 2. Juni. Also sozusagen brandaktuell. Es zeigt Sie beim Betreten und Verlassen der Moschee der islamischen Bruderschaft in Manhattan an der 130. West, Ecke 113 th Street. Sie waren in diesen gut vierzehn Tagen über zwanzig Mal dort. Für einen Atheisten eine stolze Leistung, Sir. Hut ab.«

Plötzlich klopfte es an der Tür zum Verhörraum.

»Jetzt nicht«, brüllte der Chief. Ungeachtet dessen öffnete sich die Tür und Agent Rothman betrat den Raum. »Entschuldigen Sie,

Chief, aber es gibt da ein paar Neuigkeiten. Könnte wichtig sein.«

Der schwergewichtige Boss hatte keine Lust aufzustehen und winkte den Beamten zu sich. Rothman flüsterte dem Chief konspirativ ins Ohr und verschwand wieder.

»So, mein Freund, ich denke, das reicht jetzt. Sie haben uns lange genug zum Narren gehalten. Wir brauchen jetzt Ergebnisse. Wie es aussieht, ist ihr Bruder wieder auf dem Kriegspfad. Ihr geschätzter Freund und Landsmann Professor Al Mawardi hat scheinbar seine Aufgabe erfüllt. Er wurde in der Nähe von Moskau tot aufgefunden. So ein alter Mann kann schon mal zu einem Klotz am Bein werden, wenn es um höhere Ziele geht. Dieser Dr. Muratov ist wohl dem Vernehmen nach wieder in den Schoß des KGB zurückgekehrt und die sechs Soldaten, die ihre Leute für ihre diabolischen Experimente angeheuert hatten, haben Asyl in der Britischen Botschaft in Moskau erhalten. Und, wie es aussieht, haben ihr Bruder, sein Freund Ibrahim und die einzige Frau im Team, Fatima, Moskau mit gefälschten Pässen verlassen. Wohin, ist derzeit noch unklar. Also, Amin, was haben die vor? Und lügen Sie mich nicht mehr an. Meine Geduld mit Ihnen ist endgültig am Ende.«

»Ohne einen Rechtsbeistand sage ich gar nichts mehr. Ich habe Rechte, wie jeder andere Bürger der Vereinigten Staaten. Auch bei der CIA befinden wir uns nicht in einer rechtsfreien Zone.« Trotzig wie ein kleines Kind verschränkte der Mann seine Arme vor der Brust und richtete seinen Blick zur Decke.

»Tom, holen Sie doch bitte mal den Rechtsbeistand für unseren Gast herein. Der wird ihm sicher etwas auf die Sprünge helfen.«

Tom Bauer hatte verstanden. Jetzt wurde Phase zwei des Verhörs eingeläutet. Er verließ den Raum und kam kurze Zeit später mit Schlingen-Harry zurück. Als die beiden Männer das Verhörzimmer betraten, zuckte Amin Bin Hammad zusammen. Die Zuversicht in seinem Blick schien plötzlich wie weggeblasen.

»Das ist Harry. Ich habe Sie ja schon gestern mit ihm bekannt gemacht. Harry ist Spezialist für Hals-, Nasen-und Ohrenprobleme. Also so was ähnliches wie ein HNO-Arzt. Mit dem Unterschied, dass es den Patienten nach seiner fachkundigen Behandlung eher etwas schlechter als besser geht. Er hat eben seine ureigenen

Methoden. Aber die wirken. Immer.«

Harry stellte seine braune Ledertasche auf den Tisch, die in der Tat einem Arztkoffer ähnelte. Er entnahm zwei bleistiftartige Metallstäbe, die an einem Ende wie eine Kugelschreibermine aussahen. Er zog sich demonstrativ seine Gummihandschuhe über, stellte sich hinter den Anwalt, zog seine Arme auf den Rücken und fixierte sie mit Armbändern aus Hartplastik.

»Was denn, wollen Sie mich jetzt etwa foltern? Wie im Mittelalter? Sind Sie denn alle komplett wahnsinnig? Lassen Sie diesen Unsinn.« Amin Bin Hammad hatte Angst, war aber gleichsam wütend. Konnte es tatsächlich sein, dass diese Männer vorhatten, ihn zu misshandeln?

»Wissen Sie, Amin, als vor gut zehn Jahren Ihre Glaubensbrüder zwei Verkehrs-flugzeuge in den Twin-Towers versenkten, machten sich die Politiker große Vorwürfe nicht auf die fortwährenden Terrorwarnungen der Central Intelligence Agency rechtzeitig und nachhaltig reagiert zu haben. Und die Verantwortlichen der CIA haben damals nichts dagegen unternommen. Die Verantwortung hatte ja schließlich die Regierung. Das war ein Fehler, wie wir heute wissen. Meine Aufgabe ist es, diesen Fehler nicht ein zweites Mal zu begehen. Und das werde ich nicht. Vollkommen egal, zu welchen Mitteln ich greifen muss. Also erzählen Sie uns jetzt alles, was Sie wissen, oder Harry wird die notwendigen Informationen aus Ihnen herausholen.«

Tom war angespannt, blieb aber äußerlich ruhig. War das Ganze nur ein Bluff oder würde der Chief tatsächlich gleich die Anweisung zur Folter erteilen? Noch blieb Amin Bin Hammad standhaft.

»Ich habe Ihnen alles gesagt. Wie wollen sie eigentlich der Öffentlichkeit meine Verletzungen erklären, wenn ich hier wieder draußen bin?«

»Ist schon manch einer böse gestolpert und die Treppe runtergefallen. Alles tragische Unfälle mit oftmals unschönen Verletzungen. Hab schon vor Jahren angemerkt, dass die Stufen viel zu schmal sind. Aber auf mich wollte ja keiner hören. Also zum letzten Mal verdammt, reden Sie.«

Das war's dann wohl, dachte Jan und zuckte mit den Achseln. Hannah schüttelte den Kopf und signalisierte ihm, die Aktion abzubrechen. Seit einer halben Stunde warteten sie auf Tom Ritter. Jan machte eine beschwichtigende Handbewegung und zeigte Hannah sein Handy zum Zeichen, dass er ein letztes Mal versuchen würde, Dolph anzurufen.

Doch wieder erwischte er nur die Mailbox, die den Anrufer bat, eine Nachricht zu hinterlassen. Als Jan gerade um einen Rückruf bitten wollte, hörte er Hannahs Stimme: »Entschuldigung, Herr Ober«, rief sie laut und unhöflich durch das Café, «ich hätte gern noch 'nen Capuccino, wenn das möglich ist.«

Als Jan zu ihr herübersah, lenkte sie seine Aufmerksamkeit per Blickkontakt auf den Eingangsbereich. Und dort stand er: Ein großer, kräftiger Kerl mit militärischem Kurzhaarschnitt in einer schwarzen Jack Wolfskin Jacke und dunkelblauen Jeans. Als er Jan sah, hob Tom Ritter kurz winkend den Arm und steuerte mit großen Schritten auf seinen Tisch zu. Mit einem Lächeln im Gesicht machte er eine entschuldigende Geste.

»Mensch, Jan, tut mir echt leid. Ich hab die U-Bahn verpasst und hatte da unten keinen Empfang, sonst hätte ich dich angerufen. Schön, dass du so lange gewartet hast.«

Jan stand auf und umarmte seinen alten Kameraden .»Tom, mein Freund, wieso bist du nicht älter geworden? Rank und schlank, wie immer und kein graues Haar. Kompliment.«

»Musst du gerade sagen. Dir haben die letzten zehn Jahre aber auch nicht viel anhaben können.«

»Man tut, was man kann. In meinem Job muss ich fit bleiben, sonst kommen die noch auf die Idee, mich vorzeitig zu pensionieren.«

Tom lachte. »Wie bist du eigentlich bei der Polizei gelandet? Hast du etwa mit Mitte vierzig noch mal die Schulbank gedrückt?«

»Nein, nein«, beruhigte ihn Jan, «ich war ja bereits bei der Polizei, bevor ich zur Bundeswehr ging. Damals hatte ich keine Lust mehr auf Streifendienst, hab stattdessen im jugendlichem Leichtsinn nach einer echten Herauforderung gesucht.«

»Und gefunden. Was du in Afghanistan geleistet hast, war aller Ehren wert.«

»Nicht ich, Tom, *wir*. Wir hatten einfach eine unglaublich starke

Truppe beisammen. Allein hätte ich gar nichts erreicht.«

Mittlerweile war die Bedienung an ihren Tisch gekommen. Eine mittelgroße, schlanke und gutaussehende Blondine mit ausgesprochen weiblichen Attributen nahm kess lächelnd ihre Bestellung auf.

»Einen grünen Tee und ein Stück Erdbeerkuchen mit viel Sahne, bitte.« Tom taxierte die junge Dame mit großen Augen und regem Interesse.

»Stimmt was nicht mit mir?«, fragte sie schmunzelnd.

»Entschuldigen Sie, junge Frau, kann es sein, dass Sie Wasser im Knie haben?«

»Wie bitte? Wie kommen sie denn darauf?«

»Weil gerade meine Wünschelrute ausschlägt.«

Dolph, wie Tom Ritter von seinen Freunden genannt wurde, wollte sich über seinen anzüglichen Witz halb tot lachen. Die junge Frau schüttelte den Kopf, musste dann aber mitlachen.

»Je oller, je doller, wa?«, berlinerte sie.

»Doll ja, aber noch lange nicht oll«, protestierte Dolph energisch.

»Immer noch der Alte. Vor dir war ja noch nie 'n Rock sicher.«

»Ach, Jan, das Leben ist ernst genug,. Da muss man ab und zu mal ein bisschen Spaß machen. Das hat mir immer geholfen, vor allem dann, wenn's mal gerade wieder nicht so gut lief.«

Jan sah seinen Freund lächelnd an und nickte. »Hast wohl recht. Leider ist mir das Lachen in meinem Job als Bulle manchmal abhanden gekommen. Dafür passiert einfach zu viel Mist auf der Welt.«

»Stimmt allerdings. Aber Typen wie wir lassen sich nicht unterkriegen, stimmt's?«

»Nein, wir sind ja schon einmal durch die Hölle gegangen, das härtet ab. Als ich vor zehn Jahren wieder bei der Polizei in Hamburg anfing, dachte ich, dass ich schon alles gesehen hätte, dass mich nichts mehr umhauen würde. Aber ich hab schnell feststellen müssen, dass das ein gewaltiger Irrtum war. In den letzten Jahren hab ich erfahren müssen, zu was Menschen alles imstande sind. Wir haben in Leipzig 'ne Menge Ärger mit der Russenmafia und hier in Berlin konnten wir vor einem Jahr im allerletzten Moment den Anschlag der Al Kaida auf den Fernsehturm verhindern.«

»Ja, habe ich mitbekommen. Aber was machst du als Leipziger Polizist in Berlin?« »Irgendwo sehen die mich als so'ne Art Anti-Terror-Experten. Hat wahrscheinlich damit zu tun, dass die Taliban im letzten Jahr hinter mir her waren. Da gab es einen Anführer, dessen Sohn und Bruder ich angeblich in Afghanistan getötet haben soll. In den letzten Jahren war der Kerl in der Hierarchie der Al Kaida weit nach oben gerückt, war sogar nach dem Tod Osama Bin Ladens deren Führer. Die haben mit allen Mitteln versucht, mich zu erledigen. Bin nur mit Glück davongekommen.«

»Du redest von Tahir Sharif Al Fakri?«, erkundigte sich Dolph.

»Ja, du erinnerst dich an ihn?«, fragte Jan .

»Sein Name wurde als Nachfolger Bin Ladens ja immer wieder genannt. Ich habe das vor allem im Internet verfolgt. Ich konnte mich daran entsinnen, dass ich diesen Namen in Kundus mehr als nur einmal gehört habe. Der Typ war doch der Anführer dieser äußerst aggressiven Gruppe der Mudschaheddin. Ein brandgefährlicher Zeitgenosse. Kannst du dich daran nicht mehr erinnern?«

»Doch, klar, selbstverständlich. Aber dass *du* das noch weißt, alle Achtung.«

»Und der Typ wollte dich umlegen? Wahnsinn. Afghanistan wird uns nie mehr loslassen. Solange wir leben, Jan.«

»Wohl wahr, mein Bester. Um ein Haar hätte Al Fakri sein Ziel erreicht.«

»Aber du hast ihn schließlich erledigt, oder?«

»Nicht direkt. Er kam bei einem Feuergefecht mit der polnischen Polizei ums Leben. Genau wie sein Verbündeter Oberst Gorlukov, dem Chef der Russenmafia, mit dem er seine Drogen- und Waffendeals machte.«

»Also habt ihr richtig aufgeräumt?«

»Ja, aber leider nur für kurze Zeit. Die Nachfolger dieser beiden sind längst in Amt und Würden und führen ihre dreckigen Geschäfte fort. Und das ist genau der Punkt, warum ich mit dir reden muss, Dolph.«

»Mit mir? Wieso? Wegen der Sache mit Rommel?«

Jan nickte. »Ja, es sind einige Fragen aufgetaucht, die ich klären muss.«

»Na ja, wenn ich helfen kann, gern. Ich wüsste allerdings gar nicht wie.«

»Du hast mir bei unserem ersten Telefonat vor circa drei Wochen erzählt, dass Rommel dich angerufen hätte und dich dazu überreden wollte, gemeinsam mit ihm an einem Veteranentreffen unserer ehemaligen Einheit in New York teilzunehmen.«

Dolph nickte: »Ja, aber ich hab abgelehnt, hab ich dir doch erzählt.«

»Rommel hat mir was anderes erzählt.«

Tom Ritter rutschte nervös auf seinem Stuhl herum. »Was? Das verstehe ich nicht.«

»Nein? Wirklich nicht?«

»Was hat er denn gesagt?«

»Er sagte, dass du *ihn* angerufen hättest und von Anfang an Feuer und Flamme für diese Sache warst. Ich weiß längst, dass du bei diesem Treffen im Warriors Club in Manhattan dabei warst. Was ich nicht weiß, ist, warum du das mir gegenüber unbedingt verschweigen wolltest?«

Dolph zuckte die Achseln und verdrehte die Augen. Er zögerte mit seiner Antwort. Irgendwie schien es ihm peinlich zu sein, seinen alten Freund und Kommandanten angelogen zu haben.

»Mensch, Jan, ich wollte nicht noch eine Baustelle aufmachen. Ich hatte in letzter Zeit genug Scheiße am Hacken, da musste ich nicht noch mit einem Mann in Verbindung gebracht werden, der gerade einen Menschen erschossen hatte. Sowas kann ich im Moment brauchen wie Eiterpickel am Hintern.«

»Ist das die einzige Erklärung, oder hattest du noch andere Gründe, mir das zu verschweigen?«

«Nein, nein«, protestierte Dolph. «Wie steht's denn überhaupt um Rommel? Konntet ihr mittlerweile was rausfinden?«

Obwohl Jan merkte, dass Dolph mit dieser Frage vom eigentlichen Thema ablenken wollte, beantwortete er sie: »Ja es scheint so, als wäre er tatsächlich durch Drogen und Medikamente gefügig gemacht worden und hätte anschließend unter dem Einfluss von Hypnose gehandelt. Aus diesem Grund war er für diese Tat wahrscheinlich nicht verantwortlich.«

»Und woher wisst ihr das?«

Jan war klar, dass er nicht zu viel erzählen durfte, solange Dolph im Verdacht stand, der Mann zu sein, den sie suchten.

«Es gibt da Erkenntnisse der CIA, dass die Al Kaida mit der tatkräftigen Hilfe von Ex-KGB-Leuten das MK-Ultra Programm der Amis aus den Siebzigern fortgeführt und perfektioniert haben.«

»Und du glaubst, die Typen haben sich Rommel geschnappt, ihn einer Art Gehirnwäsche unterzogen und dann durch Drogen derart manipuliert, dass er unbewusst einen Mord begangen hat. Mann, Jan, da kriegt man ja Angst.«

»So in etwa. Genaueres wissen wir noch nicht«, bemühte sich Jan, nicht mehr preiszugeben, als im Augenblick notwendig. Aber eigentlich wollte *er* doch die Fragen stellen. Er musste das Heft des Handelns wieder in die Hand nehmen.

»Wer von unserer alten Truppe ist noch zu diesem Treffen gekommen?«, fragte er.

Dolph überlegte kurz, tat so, als würde er sich die Bilder der Männer im Geiste vor Augen halten. »Tja, da waren zunächst die Amis Johnny Henderson, Jimmy Morisson, der Fish und Howie. Neben Rommel und mir ist noch Hägar aus Norwegen angereist.«

»Und der Devil? War der auch dabei?«, hakte Jan nach.

Dolph sah sein Gegenüber prüfend an. Scheinbar war ihm klar, dass Jan längst wusste, dass Maynard Deville auch bei diesem Treffen war. Es hatte also gar keinen Sinn, zu flunkern.

»Ach ja, natürlich. Der Devil war auch da. Hielt sich aber wie immer total im Hintergrund. Du kennst ihn ja.«

»Das dachte ich bis vor kurzem auch«, antwortete Jan.

»Wieso, stimmt was nicht mit ihm?«

»Ehrlich gesagt, ich weiß es nicht. Fakt ist, dass ich seit gut einem Monat versuche, ihn zu erreichen, aber der Kerl ist wie vom Erdboden verschluckt. Weißt du vielleicht, wo er sich gerade aufhält?«

»Er hat uns erzählt, dass er jetzt in Australien lebt und dort eine kleine Farm besitzt. Baut Gemüse an und züchtet Rinder und Schafe.«

»Ja, das ist uns bekannt. Aber da ist er schon seit ein paar Wochen nicht mehr gesehen worden. Wusstest du, dass er einen Bruder hat, der ihm zum Verwechseln ähnlich sieht?«

»Nein, hat er mir gegenüber nie erwähnt. Aber warum suchst du ihn eigentlich?«

Jan antwortete nicht auf die Frage. Stattdessen hakte er weiter nach. »Ihr habt doch an diesem Kameradschaftsabend beschlossen, eine Verbindung zu gründen, oder? Hast du dir auch diese Tätowierung stechen lassen?«

»Ach, dieser Blödsinn! Du meinst die *Brotherhood Of Warriors*? Ruckzuck hatten die Jungs zwei Typen aus so'nem Tattoo-Studio angekarrt. Die Amis waren ganz wild drauf. Hatten natürlich auch schon kräftig getankt.«

»Und du, was ist mit dir? Hast du dir auch so einen Spruch auf die Schultern tätowieren lassen?«

Dolph lachte. »Nein, natürlich nicht. Meine Frau hätte mich sofort zu Hause rausgeschmissen, wenn ich mit so einem Schriftzug im Nacken aufgekreuzt wäre. Vielleicht hätt ich's machen sollen. Bin ein paar Tage nach meiner Rückkehr aus den Staaten dann ohnehin von ihr vor die Tür gesetzt worden.«

Jan blieb am Ball. »Was war mit dem Devil?«

»Du meinst, ob der bei dem Scheiß mitgemacht hat?«

Jan nickte.

»Die Frage kannst du dir doch wohl selber beantworten. Erstens hat der wohl an seinem ganzen Körper keine Stelle mehr frei, wo so'n Tattoo Platz finden würde und zweitens trägt der doch ausschließlich seinen indianischen Kram auf der Pelle. Nee, der hat da nicht mitgemacht und Hägar übrigens auch nicht. Ich glaube, dass nur die vier Amis diesen Nonsens durchgezogen haben.«

»Da waren an dem Abend noch zwei andere Männer dabei, die nicht in unserer Einheit waren, oder?«, wollte Jan wissen.

»Ja, zwei Amis, die ursprünglich irgendwo aus dem arabischen Raum stammen. Echt nette Kerle. Die wollten unbedingt dazugehören und sich ebenfalls tätowieren lassen. Aber irgendeiner, ich weiß nicht mehr wer, hat dann ein paar unschöne Bemerkungen fallen lassen. Nach dem Motto, dass irgendwelche Drecksaraber ja wohl nicht zu einer rein arischen Kämpfergemeinschaft gehören könnten. So oder so ähnlich haben die sich ausgedrückt. Erst dachte ich, dass es jetzt Zoff geben würde,. aber die beiden sind ganz ruhig geblieben. Sie haben daraufhingewiesen, dass sie Amerikaner seien und als Marines genauso für ihr Land gekämpft hätten wie alle anderen Anwesenden. Und dass es eine Ehre für sie wäre, dieses Tattoo zu tragen. Sie schlugen vor, dies bei einem der nächsten Treffen noch mal zu besprechen.«

Jan war klar, dass er jetzt zu einem Punkt kommen musste, der für ihn, aber auch für Dolph unangenehm werden würde. »Also hast du dieses Tattoo bei dir nicht machen lassen?«

»Nein, verdammt, sagte ich doch bereits. Aber warum ist das denn so wichtig?«

»Weil wir einen Mann mit diesem oder einem ähnlichen Tattoo suchen. Er hat die Gruppe geführt, die den Anschlag von Gowarah Sang auf den ISAF-Konvoi ausgeführt hat. Und weil er jetzt möglicherweise bei einem noch viel größeren Attentat dabei sein wird. Vielleicht sogar hier in Berlin.«

Tom Ritter starrte Jan an. Eine Mischung aus Enttäuschung, Verwunderung und Feindseligkeit war in seinem Gesicht zu erkennen. »Verstehe, deshalb wolltest du mich treffen. Du glaubst, ich könnte dieser Typ sein, den ihr sucht. Deswegen hast du auch Verstärkung mitgebracht.«

Er sah zu Hannah hinüber und dann aus dem Fenster in Richtung Stevens Van.

»Hast du was mit der Kleinen da drüben? Ist echt 'ne heiße Braut. Eine Kollegin von dir?«

»Ja, Dolph. Sie ist meine Kollegin *und* meine Freundin.«

Pötzlich stand Tom Ritter auf, zog seine Jacke aus und ging herüber zu Hannah. »Hallo, Hannah, Tom meine Name, aber das weißt du ja schon. Wenn ich mich schon ausziehen soll, dann doch lieber vor einer schönen Frau.« Er drehte ihr den Rücken zu und zog seinen Pullover und das T-Shirt, das er darunter trug, mit einem Ruck zusammen über seinen Kopf. Ein mächtiger Rücken, breit und muskulös, wurde vor ihren Augen freigelegt.

»Na, meine Teuerste, zufrieden?«, fragte Dolph.

Hannah blickte auf seinen Rücken und sah dann leicht kopfschüttelnd zu Jan herüber. Keine Spur von einem Tattoo.

Als Hannah und Jan das Café Kranzler verließen, fing sie Steven direkt am Eingang ab. »Ist wohl doch nicht unser Mann, oder?«

Jan sah seinen Freund nachdenklich an. »Wir müssen uns die Bilder, die die Drohne in Mazari Sharif geschossen hat, noch mal genauer ansehen. Vielleicht haben wir was Wichtiges übersehen. Fest steht jedenfalls, dass Dolph dieses Tattoo nicht auf dem Rücken trägt. Aber heutzutage kann man so ein Ding auch so gut mit einem Laser entfernen, dass kaum Spuren zurückbleiben. Du musst versuchen herauszufinden, was der Kerl die letzten zwei Wochen gemacht hat. Nimm dir mal seine Arbeitgeber vor, da wird's doch sicher Dienst- und Einsatzpläne geben. So ganz habe ich Dolph noch nicht von der Liste gestrichen.«

Hannah stimmte ihm zu. »Sehe ich auch so. Der Mann hatte auf alle Fragen eine Antwort. Klang zum Teil wie auswendig gelernt. Und der blanke Rücken bedeutet zunächst mal nicht, dass da vielleicht vorher nicht doch was war. Am liebsten hätte ich mir das mal genauer angesehen, aber nach zwei Sekunden hatte der seinen Pullover schon wieder runtergezogen. Na ja, wer steht schon gern minutenlang halbnackt im Café Kranzler?«

»Bevor ich's vergesse«, hakte Steven ein, «hab gerade einen Anruf von Hubertus erhalten. Vor ein paar Minuten ist Dr. Shapourzadeh in Begleitung von Staatsanwalt Rösler im Präsidium aufgekreuzt. Der gute Mann möchte eine Aussage machen. Hubertus bat mich, euch zu informieren. Ihr sollt so schnell wie möglich dazukommen. Er wartet mit der Vernehmung, bis ihr da seid.«

»Eine Sorge weniger. Müssen wir den Kerl wenigstens nicht mehr suchen«, kommentierte Hannah.

»Dann lasst uns hier keine Wurzeln schlagen. Hannah, du fährst mit Steven vor. Ich beeile mich, werde aber wohl ein paar Minuten länger brauchen.«

Kaum hatte er den Satz beendet, sprintete Jan los. Die Fußgängerampel zur gegenüberliegenden Seite des Kudamms war gerade grün geworden. Er überquerte die Berliner Nobelmeile und lief schnellen Schrittes die Joachimstaler Straße hinunter. Nach dreihundert Metern hielt er sich links und bog in die Augsburger Straße ab. Ein gutes Stück weiter lag links vor ihm der Los Angeles Platz, wo er seinen Wagen im Parkhaus abgestellt hatte. Hier hatte er nach längerem Suchen einen Parkplatz im zweiten Untergeschoss gefunden. Jede angebrochene Stunde kostete fünf Euro. Eine absolute Frechheit, dachte Jan. Aber den Leuten war das scheinbar völlig egal. Das Parkhaus war trotz der gesalzenen Gebühren rammelvoll. Als er die Treppe in das zweite Untergeschoss nahm, hatte er plötzlich das Gefühl, dass ihm jemand folgte. Auf den belebten Straßen draußen war ihm nichts aufgefallen. Er hatte sich aber auch nicht umgedreht, weil er in Eile war. Jan konnte plötzlich Schritte hinter sich hören. Er blieb kurz stehen und lauschte. In diesem Moment schien sein Verfolger ebenfalls abzuwarten. Dann ging er weiter. Vielleicht hatte er sich ja auch getäuscht. Er passierte die Brandschutztür zum zweiten Untergeschoss und hielt sich sofort rechts. Nach wenigen Metern verschwand er hinter einem Pfeiler des hell erleuchteten Parkhauses und lugte vorsichtig um die Ecke, den Eingang zum zweiten Untergeschoss im Visier. Er wartete eine knappe Minute, aber niemand ging durch diese Tür. Dann setzte er seinen Weg fort. Er musste fast bis auf die entgegengesetzte Seite des Parkdecks laufen. Irgendwo im Abschnitt C 2 hatte er seinen Audi Super 90 abgestellt. Zwischen all den vornehmlich schwarzen und silbergrauen Fahrzeugen leuchtete das frische Ockergelb seines Oldtimers schon von weitem hell und klar. In dieser Situation ein Vorteil, wenn man nicht auf diese Modefarben abfährt, dachte er.

Als er die Tür des Audis aufschloss, bemerkte er plötzlich im Augenwinkel einen Schatten, der zwischen zwei in der Reihe vor ihm parkenden Autos verschwand. Er hielt inne und vergewisserte sich zu allen Seiten, ob jemand in seiner Nähe war. Wohl alles Einbildung, dachte er und öffnete die Fahrertür.

In gleichen Moment schnellte urplötzlich seitlich hinter dem neben ihm parkenden silbernen Audi A4 eine schwarz gekleidete Person hervor und eröffnete ohne Vorwarnung das Feuer. Das erste Geschoss schlug nur Millimeter hinter seinem Nacken in die Kopfstütze ein. Jan konnte den Luftzug der abgefeuerten Kugel auf seiner Haut spüren. Der zweite Schuss ließ mit einem lauten Scheppern das Fenster auf der Beifahrerseite zerbersten. Überall im Innenraum flogen Glasscherben und Schaumstofffetzen herum. Jan griff instinktiv nach seiner Waffe, die in der rechten Seitentasche seiner Lederjacke steckte. Doch diesmal ging sein Griff ins Leere. Die P6 hatte er vor dem Treffen mit Tom Ritter ins Handschuhfach seines Wagens gelegt und es danach abgeschlossen. Das Schloss gehörte damals nicht zur Serienausstattung. Er hatte es selbst nachträg-

lich eingebaut. Dummerweise, wie er jetzt leidlich feststellen musste. Das war's dann wohl, dachte Jan, als der Schütze die fünf
Schritte zur Fahrertür zurückgelegt hatte und unmittelbar seitlich
hinter ihm stehend seine Pistole mit Schalldämpfer auf ihn richtete.
Er hatte keine Chance, an seine Waffe zu kommen, geschweige
denn zu fliehen. Ihm gingen unzählige Gedanken gleichzeitig durch
den Kopf, als wollte er sich im allerletzten Augenblick seines Da-
seins an alles Gute und Schöne, was ihm das Leben bis heute
geschenkt hatte, erinnern. Das Letzte, an das er dachte, bevor er
die Augen schloss und auf den Einschlag des Projektils wartete,
war das unglaublich verführerische Lächeln seiner Freundin Hannah, als er das erste Mal ihr Dienstzimmer im Leipziger Polizeipräsidium betrat. Innerhalb eines Herzschlages hatte er sich in diese
Frau verliebt. Dann vernahm er das dumpfe Ploppen des Schall-
dämpfers. Als wenn es ihm helfen würde, riss er zum Schutz beide
Arme hoch vor seinen Kopf. Merkwürdig, dass das noch möglich
war, nachdem der Schuss bereits abgefeuert worden war, dachte
er. Dann drehte er seinen Kopf vorsichtig zur Seite und sah durch
seine gekreuzten Arme hindurch, wie die Person, die auf ihn geschossen hatte, vor seiner Fahrertür in sich zusammensackte und
mit dem Kopf gegen das Blech seines Wagens knallte. Er brauchte
einen Augenblick, um zu realisieren, dass er nicht tödlich getroffen
war. Dann trat er mit Wucht von innen gegen die halb geöffnete
Fahrertür, die vehement auf den Körper des am Boden liegenden
Angreifers prallte. Doch der rührte sich nicht mehr. Jan sprang aus
dem Auto, stürzte sich auf die auf dem grauen Kunststoffboden
liegende Person und riss ihr die Waffe aus der Hand. Als er aufstand, starrte er entsetzt auf das riesige Loch im Hinterkopf des
Toten. Für einen kurzen Moment verfiel er in Schockstarre. Dann
begann er langsam und vorsichtig mit vorgehaltener Waffe die
Umgebung auf dem Parkdeck abzusuchen. Als er freien Blick auf
die Ausgangstür zur Treppe hatte, bemerkte er, wie ein großer,
kräftiger Mann in blauen Jeans und einer schwarzen Jacke, ohne
sich umzudrehen, das Parkhaus verließ. Der Typ bewegte sich
keineswegs hektisch, sondern zielstrebig und unauffällig. So verließ nur ein Profi einen Tatort. Den Kopf sah er nur von hinten.
Unter einer dunklen Schirmmütze glänzte lediglich die speckige

Haut eines stierähnlichen Nackens. Von einem Haaransatz keine Spur. Jan rannte, so schnell er konnte, über das Parkdeck zur Tür und wollte die Verfolgung aufnehmen. Kurz vor Erreichen des Ausgangs flog die Tür von innen auf und eine Gruppe von Frauen und Männern kamen ihm, sich im fröhlichen Smalltalk unterhaltend, entgegen. Als die Frauen die Waffe in Jans Hand bemerkten, kreischten sie sofort hysterisch los. Die Männer drückten sich ängstlich mit dem Rücken an die weiß getünchte Wand des Treppenhauses.

»Keine Panik, Polizei!«, rief er und drängelte sich an ihnen vorbei die Treppe hoch. Oben angekommen, hielt er Ausschau nach dem Mann. Er lief vor bis zur Augsburger Straße und suchte mehrmals in beiden Richtungen. Die Passanten, die die Pistole in seiner Hand wahrnahmen, beschleunigten sofort ihren Gang. Manche rannten weg, so schnell sie konnten. »Da, der Wahnsinnige, der hat 'ne Waffe in der Hand«, entsetzte sich ein gut gekleideter junger Mann, um ebenfalls sofort die Flucht anzutreten.

Jan kümmerte sich nicht um die Leute und versuchte nach wie vor, irgendwo die gesuchte Person zu erspähen. Aber so sehr er sich bemühte, der Mann war verschwunden. Schließlich gab er auf, drehte sich um, lief zurück zur Tiefgarage und sah, wie kurz hintereinander drei Fahrzeuge aus dem Bauch des Parkhauses ausgespuckt wurden. Die ersten beiden, ein blauer Golf und ein roter Astra erweckten kaum seine Aufmerksamkeit. Doch das dritte Fahrzeug war dafür umso interessanter. Die schwarze Mercedes E-Klasse überholte sofort nach der Ausfahrt mit quietschenden Reifen die vor ihm fahrenden Autos und rauschte davon. Vom Kennzeichen konnte Jan auf die Entfernung von gut hundert Metern nur das B für Berlin, einen einzelnen Buchstaben, gefolgt von einer dreistelligen Zahl, erkennen. Wobei die letzte Zahl eine 0 war. Dann rannte er den Weg zurück, die Treppe herunter und durchquerte zügig das zweite Untergeschoss bis zu seinem Wagen. Irgendwo hatte er eine Ahnung, dass er den Toten kennen würde. Entweder stammte der Typ aus dem Dunstkreis der Russen oder er gehörte zu den Terroristen. Als er um den Pfeiler vor seinem Audi herum ging, stockte ihm kurz der Atem. Der Tote war weg. Spurlos verschwunden. Wie vom Erdboden verschluckt. Mit einem Einschussloch im Hirn konnte der sich unmöglich von selbst hier wegbewegt haben, dachte Jan. Aber die Erklärung war ihm ja gerade vor seiner Nase davongefahren. Der Attentäter war nicht allein. Als Jan seinen Retter verfolgte, hatten sie den Toten in den Mercedes geladen und waren abgehauen.

Beim Anblick seines zerschossenen Oldtimers hätte er heulen können. »Diese Dreckschweine«, seufzte er frustriert. Jan war total vernarrt in seinen Oldtimer. Ganz normal war diese innige Beziehung sicher nicht, jede Beule im Blechkleid seines Audis bereitete ihm fast schon physische Schmerzen. »Scheißkerle«, Jan war sauer.

Eine knappe halbe Stunde später traf er mit seinem ramponierten Gefährt im Polizeipräsidium ein. Mittlerweile war es Viertel nach vier. Auf seinem Handy hatte er acht unbeantwortete Anrufe von Hannah. Als er das Gebäude betrat, kam Steven ihm schon entgegen. »Wo bleibst du denn? Wir haben dich schon mehrfach angerufen.« Dann entdeckte er auf Jans Lederjacke die Reste von Scherben vermischt mit kleinen weißen Kügelchen aus Schaumstoff. »Hast du vorher noch 'nen Abstecher im Baumarkt gemacht, oder was?«

»Nee, Steven, ich war im zum Einkaufen im Gemüseladen und hab mir dabei fast ein paar blaue Bohnen eingehandelt.«

Steven zuckte mit den Schultern. Er verstand nur Bahnhof.

»Mann, da hat schon wieder so'n Arsch auf mich geschossen und dabei meinen Wagen demoliert. Diesen Typen drehe ich den Hals um, wenn ich die erwische. Es reicht jetzt.« Jan war immer noch wütend. »Reden wir später drüber. Wo ist Hubertus?«

Steven führte Jan in den ersten Stock. Vor dem Verhörraum standen zwei Beamte. Als Jan an ihnen vorbeigehen wollte, stieß der Kleinere von beiden ihm die flache Hand vor die Brust.

»Halt, wo wollen Sie hin? Ihren Ausweis bitte.«

Blitzschnell packte Jan, der immer noch tierisch geladen war, den ausgestreckten Arm des Polizisten und drehte ihn auf den Rücken. Als der Kollege zu Hilfe eilen wollte, stieß er den Mann mit Schwung nach vorn. Die beiden Männer prallten heftig frontal zusammen und krachten zu Boden.

»Wusste gar nicht, dass die hier Stan Laurel und Oliver Hardy beschäftigen. Kennt ihr nicht, ihr Pfeifen? Die heißen so wie ihr ausseht: Dick und Doof.«

Ohne anzuklopfen, betrat Jan den Verhörraum. Er bekam gerade noch mit, wie Steven sich draußen bei den beiden Beamten entschuldigte und sie über Jans Identität aufklärte. Als er eintrat, richteten sich mehr oder weniger überrascht alle Blicke auf ihn. Hubertus von Echternach schaute auf seine Armbanduhr und zuckte mit den Schultern. »Wir hatten Sie etwas eher erwartet. Ist was passiert?«, fragte der Polizeichef leicht angesäuert und wunderte sich über die schmutzige Kleidung seines Leipziger Kollegen.

»Nein, nein, alles in Ordnung. Ich wäre da fast nur gerade jemandem in die Schusslinie geraten. Halb so wild. «

Hubertus kräuselte seine Stirn und blinzelte Hannah fragend an. Die zuckte nur mit den Schultern.

»Na, jetzt sind Sie ja da. Ich denke, dass sich die anwesenden Personen hier im Raum kennen. Gut, also Herr Dr. Shapourzadeh hat der Polizei angeboten, sie bei den Ermittlungen im Fall Carl Georg Romminger zu unterstützen, so weit es in seiner Macht steht. Des Weiteren hat er seine Verbindungen zu den russischen Geschäftsleuten Grigori Tireshnikov und Wladimir Skutin bestätigt. Vielleicht erzählen Sie unserem werten Kollegen Krüger, was Sie uns bereits gesagt haben. Bitte in Kurzform.«

Der Psychiater sah zum Staatsanwalt hinüber, der kurz zustimmend nickte. »Also gut. Dann noch mal von vorn. Selbstverständlich wäre es besser gewesen, ich hätte Kommissar Krüger gleich alles erzählt, aber ich wollte mir unnötigen Ärger ersparen. Als er jedoch bei seinem nächtlichen Besuch auf dem Grundstück meiner Villa in Potsdam fast von den russischen Wachleuten getötet wurde, machte ich mir heftige Vorwürfe. Ich habe Grigori und Wladimir in ihrem Club Le Pigalle kennengelernt. Ich bin seit ein paar Jahren geschieden, müssen Sie wissen. Ich habe weder Lust noch Zeit, irgendwo Frauen kennenzulernen. Ist mir ehrlich gesagt viel zu mühsam. Vor geraumer Zeit, vor eineinhalb Jahren etwa, hat mich Wladimir, als er Fräulein Muratova von der Arbeit abholte, in seinen Club eingeladen. Zunächst habe ich dankend abgelehnt, aber ein paar Wochen später wurde ich neugierig und schaute mir den

Laden mal näher an. Und ich muss gestehen, dass es mir dort gefallen hat. Sie haben sich wirklich unglaublich intensiv um mich bemüht. Die Damen dort haben ein gewisses Niveau, wenn Sie verstehen, was ich meine. Das ist keine billige Absteige, sondern ein höchst anspruchsvolles Etablissement. Kurz und gut: Ich wurde Stammgast und meine Kontakte zu Grigori und Wladimir intensivierten sich. Außerdem lernte ich dort mit der Zeit eine ganze Reihe von Persönlichkeiten aus Wirtschaft, Politik und Showgeschäft kennen. Kaum zu glauben, welche prominenten Leute da verkehren. Wie Sie ja bereits wissen, habe ich dort auch den Staatsanwalt kennengelernt.«

Staatsanwalt Rösler räusperte sich. »Selbstverständlich war ich rein beruflich dort. Es ging um einen Mord an einer russischen Prostituierten, den wir dann mit Hilfe von Grigori Tireshnikov aufklären konnten. Sie wissen, der Fall dieses bayrischen Bundestagsabgeordneten Dr. Rinksmeier, der bei seinen Fesselspielen mit der jungen Dame zu weit gegangen war und sie dabei erdrosselt hat. Wir konnten den Fall erfolgreich aufklären. Ging danach bundesweit durch die Medien.«

»Schon klar, Herr Dr. Rösler und die nächsten fünfzig Besuche in dem Puff haben Sie genutzt, um sich bei ihren kriminellen Freunden zu bedanken«, bemerkte Jan sarkastisch.

»Ich muss doch sehr bitten, Herr Krüger«, echauffierte sich der Staatsanwalt.

Hubertus sah Jan strafend an. »Schon gut, schon gut«, lenkte er beschwichtigend ein. »Bitte fahren Sie fort, Herr Doktor Shapourzadeh«, sagte Hubertus.

»Irgendwann erzählte mir Grigori, dass seine Firma ungemein hochwertige Ware von Russland in den Westen exportierte. Sie suchten da in Berlin noch ein ruhiges und vor allem sicheres Zwischenlager. Allerdings wäre es unglaublich schwer, das richtige zu finden. Ich bot ihm spontan meine Villa in Potsdam an. Allein der Keller hat eine Grundfläche von gut 600 m² und stand im Grunde leer. Sie müssen wissen, dass ich nach der Trennung von meiner Frau vollkommen allein dort gewohnt habe. Meine Tochter ist ja schon vor über acht Jahren zum Studium nach New York gegangen. Da habe ich vor gut einem Jahr beschlossen, mir ein Appartement in der Nähe meiner Praxis zu mieten. Was sollte ich nach Feierabend noch immer eine Dreiviertelstunde in die Einöde heraus nach Potsdam fahren, um dort mutterseelen-allein Däumchen zu drehen? Hier in Kreuzberg konnte ich wenigstens am Leben teilnehmen. Bin ja schließlich noch nicht tot.«

»Und Sie wussten nicht, wozu Grigori ihre Villa missbrauchte?«, fragte Hannah.

«Nein, keine Ahnung. Ab und zu habe ich Omar da rausgeschickt, um im Haus nach dem Rechten zu sehen. Meine Wohnräume haben sie, wie vereinbart, nicht betreten. Für die Wachleute und deren Hunde haben sie unten am Seeufer mein Gartenhäuschen genutzt. Ansonsten hatten sie nur die Schlüssel zu den Kellerräumen.«

»So, nun wissen Sie ja, was die dort gelagert haben. Wenn Grigori und Wladimir aussagen, dass Sie von der Sache gewusst haben, haben Sie keine guten Karten, Doktor«, erwähnte Jan.

»Er hat es nicht gewusst. Deswegen kommt er jetzt ja zur Polizei. Er war total entsetzt, als ich ihm von den Drogenfunden in seinem Haus erzählt habe«, empörte sich Dr. Rösler.«

»Nein, ich wusste es wirklich nicht. Sie mögen mich als naiv bezeichnen. Mag sein, dass ich es auch bin. In diesem Fall mögen sie Recht haben. In einem anderen Fall, so hoffe ich, war ich ein wenig wachsamer.«

»So, waren Sie? Na, da sind wir jetzt aber mal gespannt«, warf Jan ironisch ein. Noch konnte er nicht einschätzen, ob Rösler und Dr. Shapourzadeh die Wahrheit sagten oder nur eine oscarreife schauspielerische Leistung ablieferten.

»Als ich das Foto des ermordeten Bundestagsabgeordneten in den Zeitungen gesehen habe, erkannte ich den Mann sofort wieder. Dr. Lutzius war ebenfalls Stammgast im Le Pigalle. Ein netter, junger Mann aus Bayern, der, unter der Woche getrennt von seiner Familie, Anschluss suchte. Übrigens muss ich zu seiner Ehrenrettung erklären, dass er nicht einmal mit einem Mädchen aufs Zimmer gegangen ist. Jedenfalls nicht in meinem Beisein. Und ich war ja lange Zeit so gut wie jeden Abend dort. Ich hatte das Gefühl, dass er dorthin kam, weil er nicht die Abende allein in seinem Hotelzimmer verbringen wollte. Als ich erfuhr, dass man den jungen Mann erschossen hatte, fragte ich Wladimir, ob er darüber etwas wüsste. Seine Antwort schockierte mich. Er deutete an, dass Dr. Lutzius ein Geschenk ihrer Organisation an meine muslimischen Glaubensbrüder war. Erst nachdem Sie bei mir gewesen waren, Herr Kommissar, wurde mir klar, was Wladimir gemeint hatte. Wissen Sie, meine Tochter ist die Assistentin von Professor Al Mawardi. Der Mann ist Wissenschaftler und betreibt intensive Forschungen auf dem Gebiet der gezielten Manipulation durch Hypnose. Sie wollen beweisen, dass es sehr wohl möglich ist, Menschen durch Hypnose und gezielte Gehirnwäsche unter Verabreichung bestimmter Drogen und Medikamente derart zu manipulieren, dass sie Dinge tun, die sie bei vollem Bewusstsein niemals tun würden, ohne sich später an ihre Taten zu erinnern. Eines Tages rief mich Dr. Muratov aus Moskau an und erzählte mir, dass er durch die Vermittlung eines Geschäftspartners von Grigori Tireshnikov nun eng mit den Amerikanern zusammenarbeiten würde. Die Amerikaner hätten von den Forschungen des KGB in den achtziger und neunziger Jahren in Russland noch viel lernen können. Der Wissensvorsprung des russischen Testprogramms gegenüber dem amerikanischen Forschungsprogramm MK-Ultra sei enorm. Man stände jetzt aber gemeinsam vor dem Durchbruch. Dazu wollte man Testpersonen auswählen, die sowohl in Deutschland als auch in den USA die Wirksamkeit des weiterentwickelten und nahezu perfektionierten Programms zur gezielten Gehirnwäsche bestätigen sollten. Als ich von der Sache mit Herrn Romminger hörte, fiel bei mir der Groschen. Carl Georg Romminger war bei mir seit vielen Jahren Patient. Ich denke, ich konnte ihm in vielen intensiven Sitzungen über die Zeit hinweg helfen, seine Traumata, die er während seines Afghanistaneinsatzes erlitten hatte, zu besiegen. Wir hatten wirklich ein ganz enges Verhältnis. So intensiv wie es eben zwischen Arzt und Patienten sein kann. Mir war sofort klar, wie die Dinge zusammenhingen. Meine Assistentin Fräulein Muratova hat die Personalie Romminger an ihren Freund Wladimir, natürlich unerlaubt, weitergegeben. Er war ein ehemaliger traumatisierter Soldat und darüber hinaus ein unglaublich guter Scharfschütze. Im Grunde die perfekte Versuchsperson. Und Dr. Lutzius, ein glühender Verfechter des Afghanistaneinsatzes der Bundeswehr, stellte ein lohnendes Ziel für die Terroristen dar.«

»Sie nehmen jetzt zum ersten Mal das Wort Terrorist in den Mund, Doktor. Woher wussten Sie, dass Professor Al Mawardi mit der Terrorszene in Verbindung stand?«, wollte Hubertus wissen.

»Nachdem ich erfahren hatte, dass neben dem Mord in Berlin ähnliche Taten in den USA begangen wurden und ich die Verbindung zwischen Dr. Muratov und Professor Al Mawardi kannte, war mir klar, dass es sich bei diesen Morden um diese Tests handeln musste, von denen Dr. Muratov mir gegenüber gesprochen hatte.«

»Haben Sie mit Ihrer Tochter darüber geredet?«, fragte Hannah.

»Ja, natürlich. Aber sie ist ja noch viel naiver, als ich es bin. Für sie ist Professor Al Mawardi ein Gott. Sie hielt es für völlig absurd, dass dieser Mann ein Terrorist sei. Als sie mit der Gruppe nach Afghanistan gereist war, um dort die Feldversuche vorzubereiten, hat sie nicht geahnt, was dort passieren würde. Erst als sie Gowarah Sang miterleben musste, wurde ihr klar, was dort ablief. Glauben Sie mir, sie war total erschüttert über das, was dort geschehen war. Aber sie war intelligent genug, um gute Miene zum bösen Spiel zu machen. Hätte sie gedroht, die Sache zu verraten, wäre sie auf der Stelle getötet worden. Jetzt kann sie aus dieser Sache nicht mehr aussteigen. Ich habe große Angst um sie.« Dem Psychiater liefen die Tränen die Wangen herunter.

»Wo ist Ihre Tochter jetzt, Doktor?«, wollte Jan wissen.

»Ich weiß es nicht. Zuletzt hatte ich Kontakt mit ihr, als sie in Moskau war. Dann hat die Gruppe um Professor Al Mawardi Moskau mit unbekanntem Ziel verlassen. Seitdem habe ich nichts mehr von ihr gehört.«

»Gut, ich denke, das reicht fürs Erste. Ich werde im Moment keinen Haftbefehl gegen Dr. Shapourzadeh beantragen. Allerdings werden wir Ihren Pass einziehen, Doktor und wir müssen Sie bitten, Berlin nicht zu verlassen. Ich lasse Sie jetzt nach Hause bringen.«

Das war der erste vernünftige Satz, den Jan von Staatsanwalt Dr. Rösler gehört hatte. Niemand im Raum erhob Einwände, Dr. Shapourzadeh zunächst nach Hause zu entlassen. Seine Ausführungen erschienen glaubhaft und schlüssig. Zudem deckten sie sich weitgehend mit dem aktuellen Erkenntnisstand der Polizei.

»Beindruckender Auftritt. Aber was wirklich Neues hat er uns nicht erzählt«, meinte Hannah.

Jan wusste noch nicht so genau, was er von dieser Sache halten sollte. »Nein, aber er hat zumindest unsere Vermutungen bestätigt. Langsam wird die Sache rund.«

»Stimmt«, pflichtete ihm Hubertus von Echternach bei. »Allerdings wissen wir immer noch nicht, wann und wo die Terroristen zuschlagen wollen. Es wäre ungemein hilfreich, wenn der Doktor schnellstens Kontakt mit seiner Tochter aufnehmen könnte. Vielleicht wird sie uns helfen können.«

Jan sah den Einsatzleiter der Berliner Polizei an. »Vielleicht aber auch nicht, Hubertus.«

»**Der** Chief hat Amin Bin Hammid mächtig in die Mangel genommen. Du weißt, den Bruder von Fadi. War 'ne echt harte Nuss, der Kerl. Obwohl wir ihm lückenlos darlegen konnten, dass nur er die drei Senatoren ausgesucht und deren Namen und Daten an die Terroristen weitergegeben haben konnte, versuchte er, sich bis zuletzt aus der Sache herauszuwinden.«

»Aber am Ende hat er dann doch alles gestanden?«, wollte Jan wissen.

»Ja, hat er. Aber die Umstände, unter denen er geredet hat, waren vorsichtig formuliert, etwas fragwürdig.«

«Aha, verstehe«, murmelte Jan. «Ist denn unter diesen *Umständen,* wie du es nennst, sein Geständnis überhaupt verwertbar?«

»Auf jeden Fall. Zum Schluss hat er ohne Druck und im Beisein eines Rechtsbeistandes das Vernehmungsprotokoll unterschrieben. Der Chief hatte zwischendurch angedroht, ihm eine Spezialbehandlung von Schlingen-Harry zu verabreichen, aber dazu kam es gottlob nicht. Nach gut vier Stunden Verhör hat Amin dem Druck nicht mehr standgehalten. Der Chief hatte den Mann nach allen Regeln der Kunst fertiggemacht. Am Ende war Amin vollkommen am Boden zerstört, hatte nur noch den Wunsch, den Raum zu verlassen. Er hatte ohnehin keine Chance mehr, aus der Nummer heil herauszukommen. Wir hatten zuviel belastendes Material über ihn zusammengetragen. Es steht einwandfrei fest, dass Amin Bin Hammad seinem Bruder Fadi die Informationen über die Senatoren geliefert hat. Und von ihm stammt auch der Tipp, sich im Warriors Club umzusehen, um dort die richtigen Männer für ihre teuflischen Zwecke anzutreffen und anzuwerben. Amin kannte den Besitzer. Er hatte ihn zuvor anwaltlich vertreten. Der hatte ihm von seinem Laden und den Männern, die dort regelmäßig verkehrten, erzählt.«

»War Amin nur Informant oder gehört er, wie sein Bruder Fadi, der Al Kaida an?«

«Das wissen wir noch nicht. Aber er hat gewusst, was sein Bruder und seine Gesinnungsgenossen vorhatten. Das streitet er zwar noch ab, aber auch dafür werden wir Beweise finden. Auf jeden Fall haben wir den Mann aus dem Verkehr gezogen.«

»Habt ihr ihn gefragt, ob er weiß, wo sich sein Bruder im Moment aufhält?«, erkundigte sich Jan.

»Ja, natürlich. Aber welche Überraschung: Er wusste es angeblich nicht.«

»Das könnte durchaus sein, Tom. Was die jetzt vorhaben, weiß sicher nur ein kleiner Kreis. Sie haben den Professor liquidiert, weil er drohte, die Nerven zu verlieren. Sie wollten die Soldaten, die sie angeheuert hatten, töten, weil die ihre Schuldigkeit getan hatten und nun zu einem Sicherheitsrisiko geworden waren. Sie mussten damit rechnen, dass die Männer auf die Barrikaden gehen würden, wenn sie erst realisierten, dass sie bitterböse missbraucht worden waren. Kann mir vorstellen, dass die Al Kaida noch gar nicht weiß, dass die Männer noch am Leben sind. Habt ihr euch um die Leute gekümmert?«

»Haben wir, Jan. Die Männer sind in Sicherheit. Der Verletzte ist außer Lebensgefahr. Sie befinden sich immer noch in der Britischen Botschaft. Morgen werden sie zusammen nach London ausgeflogen. Alles ist gut.«

Jan war erleichtert zu hören, dass es Morgan Lampart, Kees Schuitemans und Olebjörn Dahl gut ging und sich Jan Aage Quist wieder auf dem Weg der Besserung befand. Die beiden Amerikaner Jeff Hunter und Roderick Rosenberg kannte er zwar nicht, aber natürlich freute er sich auch über deren Rettung.

»Habt ihr mittlerweile eine Spur von Fadi Bin Hammad und seiner Gruppe?«

»Wir sind rund um die Uhr dabei, sämtliche Optionen zu prüfen. Wir kontrollieren alle Flughäfen in den USA und in Europa, wo Interpol uns hervorragend unterstützt. Wir gehen davon aus, dass die Gruppe, die den Anschlag in Gowarah Sang verübt hat, nur noch aus vier Personen besteht. Fadi Bin Hammad, Ibrahim Al Mawardi, Fatima Shapourzadeh und Maynard Deville.«

»Habt ihr mittlerweile Beweise, dass der vierte Mann tatsächlich der Devil ist?«, hakte Jan nach.

»Es spricht nach wie vor vieles dafür, aber hundert Prozent sicher sind wir nicht.«

»Verstehe. Ich kann der Sache mit dem Devil noch etwas Nahrung geben. Habe mich heute Nachmittag mit Tom Ritter in Berlin getroffen. Wir überprüfen gerade, wo er sich in den letzten zwei Wochen aufgehalten hat. Fakt ist, dass er dieses Tattoo der *Brotherhood Of Warriors* nicht auf dem Rücken trägt. Damit scheidet er aller Wahrscheinlichkeit aus dem Kreise der Verdächtigen aus.«

»Gut zu wissen, aber dir ist doch klar, dass man sich solch ein Tattoo von einem kompetenten Schönheitschirurgen nahezu vollständig entfernen lassen kann?«

»Sicher, aber es bleiben immer ein paar Narben zurück. Hannah hatte die Gelegenheit, kurz von einem Meter Entfernung auf seinen nackten Rücken zu schauen. Da war nichts. Überhaupt nichts.«

»Wenn du es sagst, Jan«, antwortete Tom ohne die letzte Überzeugung in seiner Stimme.

»Da ist noch was. Als ich nach unserem Treffen in die Tiefgarage zu meinem Wagen ging, hat mir so'n Typ aufgelauert und auf mich gefeuert. Als er mir den finalen Schuss verpassen wollte, ist er von irgendjemandem von hinten erledigt worden. Ich konnte nicht erkennen, wer das war. Aber als ich die Verfolgung aufnahm, sah ich einen Mann, der die gleiche Kleidung trug wie Tom Ritter. Ich denke, er hat mir das Leben gerettet.«

»Hast du dir die Frage gestellt, woher dein Freund wusste, dass dich dort jemand umbringen wollte?«

»Sicher. Irgendwas stimmt nicht mit Tom Ritter. Die Russenmafia und die Al Kaida wollen mich erledigen. Wenn er zu diesem Haufen gehört, würde er mich doch wohl kaum beschützen. In diesem Falle würde er auch nicht mehr lange leben. Nein, Tom, Dolph ist nicht der Mann, der der Terrorgruppe um Bin Hammad angehört. Trotzdem hat er irgendwas mit dieser ganzen Sache zu tun. Aber wir werden noch herausfinden, welche Rolle er in diesem undurchsichtigen Spiel einnimmt. Ich glaube, ich muss mich noch mal dringend mit Carl Georg Romminger unterhalten. Ich denke, dass der mir ein paar wichtige Details verschwiegen hat, was deren Treffen im New Yorker Warriors Club angeht.«

»Okay, dann habt ihr auch noch jede Menge Arbeit. Übrigens haben die Vernehmungen der gesamten Al Mawardi Familie ergeben, dass der Professor seine Angehörigen vollständig aus dieser Sache herausgehalten hat. Auch sein Bruder, der Vater von Ibrahim, wusste absolut gar nichts und zeigte sich zutiefst erschüttert über die Verbindung seiner männlichen Verwandten zur Al Kaida. Der Chief hat die ganze Sippe an den Lügendetektor anschließen lassen. Des Weiteren haben die Hausdurch-suchungen und die Razzien an deren Arbeitsplätzen keine relevanten Ergebnisse gebracht. Bis auf die Tatsache, dass diese Menschen durch die Aktionen der Sicherheitsbehörden wohl für immer und ewig gebrandmarkt sind. Für ihr Umfeld steht jetzt fest, dass die Al Mawardis ausnahmslos Terroristen sind. Diese Menschen sind vollkommen erledigt, die bekommen in den Vereinigten Staaten kein Bein mehr an die Erde.«

»Das ist natürlich bitter, aber nach 9/11 nicht weiter verwunderlich. Die Menschen haben Angst. Und wenn dann jemand tatsächlich Terroristen in der Familie hat, muss er sich über das Verhalten der Öffentlichkeit nicht wundern.«

»So ist es, Jan. Wir werden jetzt noch mal das gesamte Material sichten und überprüfen. Im Grunde wissen wir jetzt, wie die ganz Sache abgelaufen ist. Mal sehen, was ich für Henderson und Morisson tun kann. So, wie es momentan aussieht, sind sie tatsächlich unschuldig. Aber wir werden das erst beweisen können, wenn wir dieses verdammte Serum in den Händen haben, das die den Männern verabreicht haben. Zumindest haben wir erreicht, dass es bis auf Weiteres keinen Prozess gegen die Männer geben wird. Sie sitzen zurzeit wieder in Untersuchungshaft in New York und Dallas.«

Am Abend des 4. Juni wurde Carl Georg Romminger vorzeitig aus der Untersuchungshaft entlassen. Die Berliner Staatsanwaltschaft hatte den Bericht der Central Intelligence Agency und die neuesten Erkenntnisse des Bundeskriminal-amtes ihrer Entscheidung zu Grunde gelegt. Allerdings erhielt Rommel die Auflage, Berlin nicht ohne Zustimmung der Polizei zu verlassen. Auf die Verhängung eines Hausarrestes wurde allerdings verzichtet.

Jan und Hannah fuhren hinaus nach Moabit, wo Rommel zuletzt inhaftiert worden war. Kurz nach achtzehn Uhr öffnete sich das Gefängnistor und entließ den Delinquenten zunächst vorüberge-hend in die Freiheit. Rommel sah alles andere als gut aus. Er hatte ein paar Kilo abgenommen. Die Falten in seinem Gesicht waren tiefer geworden. Sein Haar schien in den letzten zwei Wochen noch mehr ergraut zu sein. In gebückter Haltung und mit kurzen, kleinen Schritten zog er seinen Rollkoffer, der widerspenstig über das Kopfsteinpflaster holperte, hinter sich her. Wer ihn so sah, konnte sich nur schwer vorstellen, dass dieser Mann mal einer der fähigsten Elitesoldaten der Bundeswehr war. In den letzten vier-zehn Tagen schien Rommel um zwanzig Jahre gealtert. Ein paar Meter vor Hannahs X3 hielt er kurz inne, stellte seinen Koffer ab, streckte seinen Körper und die Arme gen Himmel und atmete ganz tief ein.

»Ihr könnt euch gar nicht vorstellen, wie schön es ist, die Sonne zu sehen, das satte Grün der Bäume und nebenbei die frische, unge-siebte Luft in die Lungen zu saugen. Ich bin kein Wellensittich, der sein ganzes Leben in einem Käfig verbringt. Ich bin ein Adler, der frei durch die Lüfte schwebt. Da drinnen hätte ich's keine Woche länger ausgehalten.«

Jan stieg aus und lud Rommels Gepäck in den Kofferraum.

»Willkommen in der Freiheit, Carl«, empfing ihn Hannah freundlich. »Sollen wir dich nach Hause fahren?«

»Nein, nur das nicht. Da bin ich ja schon wieder allein. Meine Frau arbeitet noch. Die kommt erst heute Abend heim. Hoffe ich jeden-falls.«

»Weiß sie denn schon, dass du wieder frei bist?«, wollte Jan wis-sen.

»Ja, ich hab sie heute Mittag angerufen und sie hat gesagt, dass sie zwar heute etwas länger bei ihrem Chef bleiben muss, weil der irgend so'nen dämlichen Empfang hat, aber dann später noch nach Hause kommen will.«

»Gibt wohl mal wieder eine seiner Homo-Partys, wie?«, flachste Jan, der, wie Rommel wusste, überhaupt nichts gegen Schwule und Lesben einzuwenden hatte, ihm damit aber sagen wollte, dass seine Frau sicher kein Verhältnis mit ihrem Chef hatte.

»Schon klar, Jan. Bau mich ruhig auf. Ich kann's gebrauchen. Das mit meiner Frau wird schon wieder. Wir haben in den letzten Wochen täglich telefoniert. Wenn das hier alles überstanden ist, verschwinden wir aus Berlin. Wir werden ganz woanders neu anfangen.«

»Hört sich gut an. Sollten wir vielleicht auch mal drüber nachdenken, Hannah«, grinste Jan.

»Klar, wir schmeißen alles hin und ziehen nach Markranstädt in die Datsche meiner Großeltern, bauen Bio-Gemüse an und züchten weiße Karnickel.«

Hannah verdrehte die Augen. »Männer, keinerlei Stehvermögen. Beim ersten Widerstand sofort aufgeben und abhauen. Reißt euch mal zusammen, ihr beiden.«

»Wo sie recht hat, hat sie recht«, lächelte Rommel. »Aber für uns ist das die einzig richtige Entscheidung. Mein Elternhaus in Stuttgart wird in ein paar Monaten frei. Die Mieter ziehen aus. Mein Bruder will mir helfen, einen Job beim Sicherheitsdienst bei Daimler-Benz zu bekommen und meine Frau kann vielleicht wieder bei unserem alten Hausarzt in der Praxis arbeiten. Schön, wenn das alles klappen würde. So, aber jetzt brauch ich erstmal 'nen richtigen Kaffee und ein Stück Schwarzwälder Kirsch. Ich lad euch ein. Hab 'nen paar Euro beim Tütenkleben gemacht.«

Hannah ließ den Motor an und gab Gas. Der X3 entwickelte so einen gewaltigen Schub, dass die Räder auf dem glatten Kopfsteinpflaster durchdrehten.

»Oh, Entschuldigung, aber ich dachte mir, dass du hier ganz schnell weg willst, Carl. Wo soll es denn hingehen?«

»Wir machen heute zur Feier des Tages richtig einen auf nobel und fahren ins Cafe' Kranzler«, schlug Rommel vor.

Hannah und Jan sahen sich überrascht an. Dann mussten beide

lachen. »Auf jeden Fall, Carl. Wir waren auch schon lange nicht mehr da«, antwortete sie.

Eine gute halbe Stunde später saß das Trio in dem Berliner Nobelcafe' am Kurfürstendamm. Dass Jan und Hannah heute schon das zweite Mal dort waren, würde wohl niemandem auffallen. Die Bedienungen hatten mittlerweile gewechselt. Der Kaffee war aber noch genauso gut wie vor fünf Stunden. Natürlich hatten Hannah und Jan Rommel nicht ganz ohne Grund aus dem Gefängnis abgeholt. Sie mussten dringend ein paar Dinge mit ihm klären. Jan ergriff als Erster das Wort.

»Es sind in den letzten Tagen noch ein paar Fragen aufgetaucht, Rommel. Du hast mir doch erzählt, dass ihr euch im Warriors Club dieses Tattoo habt stechen lassen?«

»Ja, stimmt. *Brotherhood Of Warriors.* Ein bisschen verrückt, wie? Vielleicht hatten wir auch schon ein bisschen zu viel getrunken. Andererseits sind mir die Jungs damals richtig ans Herz gewachsen. Wir waren schon eine tolle Truppe, nicht wahr, Jan?«

»Waren wir, Rommel. Auf jeden Fall«, bestätigte Jan. »Ich erinnere mich, dass du sagtest, dass sich alle außer Maynard Deville dieses Tattoo haben machen lassen.«

Rommel machte sich mit Heißhunger über sein Stück Schwarzwälder Kirsch her und nickte dabei beiläufig.

»Das heißt, dass auch Dolph dieses Tattoo trägt?«

»Glaub ja, wieso fragst du? Hab ich doch schon gesagt.«

»Warum lügst du, Carl?«, fragte Jan mit scharfem Unterton.

»Was, wieso? Wie meinst du das?« Rommel legte seine Gabel zur Seite und schaute Jan verwundert an.

»Dolph hat sich diesen Schriftzug nicht tätowieren lassen. Wir haben ihn heute Mittag getroffen. Er ist momentan aus beruflichen Gründen in Berlin. Er hat uns seinen blanken Rücken gezeigt. Da war nichts, aber auch gar nichts von einem Tattoo zu sehen. Wenn wir dir weiterhin helfen sollen, Rommel, dann musst du jetzt mal langsam mit der Wahrheit rausrücken. Das ist bereits das zweite Mal, dass du uns Unwahrheiten auftischst.«

Der Angesprochene hielt kurz inne, dann schob er seinen Teller, auf dem noch das halbe Stück Torte stand, mit einem Ruck von sich weg. »Was soll das? Habt ihr mich nur abgeholt, um mich zu verhören, oder was?«

»Nein, aber jetzt geht es nicht mehr nur um dich, sondern darum, einen möglicherweise kurz bevorstehenden Terroranschlag der Al Kaida zu verhindern. Du musst uns sagen, was du weißt. Und zwar jetzt. Das ist deine letzte Chance, wieder auf die rechte Bahn zu kommen, mein Lieber. Ich weiß längst, dass du dich für dieses Experiment freiwillig zur Verfügung gestellt hast. Du wusstest ganz genau, dass du unter dem Einfluss von Medikamenten und Drogen auf einen Menschen schießen solltest. Die Indikation befand sich zu diesem Zeitpunkt noch in der Erprobungsphase. Sie wollten bei dir ausprobieren, welche Dosis für welches Körpergewicht gebraucht wird. Wie viel Geld haben sie dir dafür gegeben? Auf jeden Fall genug, um vorerst aus deinen finanziellen Schwierigkeiten herauszukommen, oder?«

Jan war nicht ganz sicher, ob das alles genauso war, wie er erzählte, aber er musste Rommel jetzt aus der Reserve locken. Es war einfach keine Zeit mehr, um dauernd um den heißen Brei herumzureden. Carl Georg Romminger schaute mit leerem Blick aus dem Fenster. Zunächst schien es, als wollte er überhaupt nichts mehr sagen. Es verging eine gute Minute, bevor er tief Luft holte und endlich anfing zu reden.

»Als das mit meinen Depressionen anfing, war ich total verzweifelt. Mein ganzes Leben schien in die Brüche zu gehen. Zuerst verlor ich meinen Job, dann meine Familie und zuletzt auch noch unser Haus, weil ich die Raten nicht mehr zahlen konnte. Dann riet mir ein Bekannter, einen Psychologen aufzusuchen. Ich war gleich bei drei Seelenklemptnern hintereinander. Doch das half alles nicht. Es wurde eher schlimmer. Ich dachte schon an Selbstmord, als ich durch einen Zufall an Dr. Shapourzadeh geriet. Das war meine Rettung. Resul hat es tatsächlich geschafft, mich innerhalb kürzester Zeit zu stabilisieren und mir einen Weg aufzuzeigen, wie ich meine Depressionen überwinden konnte. Während meiner Behandlungen entwickelte sich so was Ähnliches wie ein freundschaftliches Verhältnis zwischen Arzt und Patient. Irgendwann offenbarte auch er mir seine Probleme. Eines Tages fragte er mich, ob ich nicht Lust hätte, mal mit in seinen Club zu kommen. Das tat ich und es gefiel mir so gut, dass wir öfter zusammen dort hingingen.«

»Und dort lerntest du Tireshnikov und Skutin kennen?«, warf Jan ein.

Rommel nickte. »Ja, die beiden waren Freunde von Resul und haben sich unglaublich um uns bemüht. Irgendwann fragte mich Wladimir nach meiner Vergangenheit. Er meinte, sie könnten jemanden mit meinen Fähigkeiten brauchen. Dann erzählte er mir, dass er als Geschäftsmann an der Entwicklung eines neuen, bahnbrechenden Medikamentes beteiligt sei. Dies sei zur Zeit noch in der Erprobung und er suche geeignete Testpersonen. Er erklärte mir, dass ich eine Menge Geld damit verdienen könnte. Zunächst dachte ich, dass ich, wie in solchen Fällen üblich, über einen längeren Zeitraum irgendwelche Pillen schlucken sollte. Doch dann wurde er eines Abends deutlicher. Er offenbarte mir, dass ich unter dem Einfluss dieses Medikamentes meine Fähigkeiten als Scharfschütze unter Beweis stellen sollte. Sie würden mir ein Ziel vorgeben, auf das ich dann nach Einnahme dieses Mittels und anschließender hypnotischer Behandlung schießen sollte. Wenn alles planmäßig verliefe, könnte ich mich danach an die Tat selber nicht mehr erinnern. Mit Hilfe dieses neuen Medikaments wollten sie endlich traumatisierten Soldaten helfen, ihre bösen Erinnerungen und die damit verbundenen Depressionen zu heilen.«

»Und das hast du geglaubt?«, wunderte sich Hannah.

»Ich hab Resul gefragt, was er von der Sache halten würde. Er meinte scherzhaft, dass ein solches Medikament ihn wohl arbeitslos machen würde. Er glaubte aber nur bedingt an den Erfolg dieser Sache. »Daran forschen die Amerikaner schon seit den Siebzigern. Kann mir kaum vorstellen, dass die Russen jetzt den Amis so weit voraus sind. Aber möglich ist es. Allerdings solltest du vorsichtig sein. Niemand kennt das Risiko. Du weißt nicht, was du deinem Körper damit antust.«

»Aber du hast es trotzdem gemacht«, stellte Jan fest.

»Als mir Wladimir hunderttausend Euro in bar auf den Tisch blätterte, konnte ich nicht widerstehen. Wie gesagt, ich hatte zu dem Zeitpunkt einen Haufen Schulden, war praktisch zahlungsunfähig. Total Pleite, Bankrott, wie du willst.«

»Und dann hast du einfach mal so auf den Abgeordneten geschossen?«, empörte sich Hannah.

»Nein, das lief anders«, fuhr Rommel fort. »Wir trafen uns am Abend vor dem Attentat im Le Pigalle. Resul war nicht dabei. Sie stellten mir Dr. Muratov vor, den Leiter der experimentellen Studien. Er teilte mir mit, dass er mich an diesem Abend medikamentös einstellen wollte und dass dann am nächsten Morgen der Feldversuch stattfinden würde. Auf meine Frage, wie der denn aussehen würde, sagte er mir, dass er mir das erst unmittelbar vor Ausführung des Experimentes mitteilen könnte.«

»Wir haben in deinem Haus ein Foto von Dr. Lutzius gefunden, auf dessen Rückseite die Handynummer von Wladimir Skutin stand.«

»Ja, ich weiß. Der Abgeordnete war ebenfalls Stammgast im Le Pigalle. Skutin erzählte mir, dass dieser Typ ein Schwein sei. Ein korrupter Politiker, der seine Frau betrügt. Ein Kriegstreiber dazu, der die Bundeswehrsoldaten in Afghanistan in den Tod schickt, während er im Puff Champagner säuft und die Edelnutten vögelt.«

»Und das hast du geglaubt?«, fragte Hannah.

»Und wie. Ich habe einen regelrechten Hass auf diesen Typen entwickelt. Als ich zu Hause das Foto von dem Kerl fand, war das Maß voll. Ich wollte ihn nur noch tot sehen. Ich nehme an, das sie mir im Club schon ständig was in mein Glas geschüttet hatten. Im Nachhinein ist mir klar, dass sie mich gezielt mit Medikamenten vollgepumpt und manipuliert haben. Sie schürten gezielt meinen Hass auf diesen Mann.«

»Was passierte dann am nächsten Morgen unten am See?«, wollte Jan wissen.

»Wladimr und ein Typ namens Viktor holten mich zu Hause ab und fuhren mich raus nach Zeuthen. Ich hatte die halbe Nacht nicht geschlafen. Dr. Muratov war in meinem Haus und hat mich um vier Uhr morgens geweckt, um mir ein Serum zu spritzen und mir ein paar Tabletten zu verabreichen. Dann hat er mir wieder erzählt, was für ein Schwein Dr. Lutzius wäre und dass er unbedingt sterben müsste. Danach verspürte ich einen derart abgrundtiefen Hass gegen diesen Politiker, dass ich ihn am liebsten sofort mit meinen eigenen Händen erwürgt hätte.«

»Gut und dann haben dich die Russen abgeholt«, nahm Jan den Faden wieder auf.

»Ich weiß noch, wie ich in den Wagen stieg und wie auch die beiden Russen mir gebetsmühlenartig eingetrichtert haben, dass der Mann unbedingt sterben müsste. Was danach passiert ist, weiß ich allerdings nicht mehr. Ich konnte mich am nächsten Tag tatsächlich an gar nichts mehr erinnern. Auch nicht, als die Nachricht vom Mord an Dr. Lutzius durch die Medien ging.«

»Aber irgendwie hast du es dann doch erfahren?«, fragte Hannah.

»Zwei Tage später kamen Dr. Muratov und Waldimir Skutin zu mir und fragten mich, wie es mir ginge. Ich hatte keine Probleme. Ich fühlte mich gut. Sie schienen sichtlich erfreut über mein Wohlbefinden und bedankten sich noch mal für mein Engagement. Ich fragte sie, ob sie die Sache mit Dr. Lutzius schon gehört hätten? Die beiden sahen sich lächelnd an und nickten.

»Schlimme Sache«, meinte Wladimir. »Wer macht so was? Einfach mal so einen Menschen erschießen, unfassbar!«

»Und wann hast du realisiert, dass du derjenige warst, der den Mann erschossen hat?«, fragte Hannah.

»Einen Tag später rief mich Resul an und bat mich, in seine Praxis zu kommen. Er machte einen angeschlagenen Eindruck. Dann erzählte er mir von den durch Gehirnwäsche und Medikamenten manipulierten Attentätern, die sowohl von der CIA als auch vom KGB als menschliche Tötungsmaschinen eingesetzt worden waren. Die Attentate auf die Kennedy-Brüder waren aller Wahrscheinlichkeit nach von in dieser Weise manipulierten Tätern ausgeführt worden. Zwar gelten diese Annahmen bis heute als blanke Theorie, aber Resul war davon überzeugt, dass so etwas durchaus möglich sei. Er kannte Dr. Muratov und wusste, dass der die Forschungen an dem ursprünglich von den Amerikanern ins Leben gerufene Mind-Controlling Project MK-Ultra fortgeführt und weiterentwickelt hat. Er selbst habe sich dafür nur am Rande interessiert. Dr. Muratov habe ihm erzählt, dass es da ein paar reiche russische Geschäftsleute gäbe, die sehr an der Weiterentwicklung dieses Programms interessiert wären. Sie würden ihm große Summen an Geld zur Verfügung stellen, um die Forschungen voranzutreiben und endlich zu einem brauchbaren Ergebnis zu führen. Offensichtlich war Dr. Muratov vor gut einem halben Jahr der Durchbruch gelungen. Jetzt konnte sowohl das Serum als auch das begleitende Medikament in die Erprobungsphase gehen. Ich wäre der Erste gewesen, der unter Einfluss von Medikamenten in Verbindung mit Hypnose einen Menschen erschoss, ohne zu wissen, was er tat und anschließend keinerlei Erinnerungsvermögen mehr an die Tat selber hatte. Ich konnte nicht glauben, was ich da gerade gehört hatte. Ich war total geschockt.«

Rommels Blick war immer noch stur aus dem Fenster gerichtet. Hannah und Jan mussten die Dinge, die sie gerade gehört hatten, erstmal sacken lassen. Nicht, dass sie besonders überrascht waren, über das, was Rommel ihnen gerade erzählt hatte. Im Grunde wussten sie längst, wie die Dinge zusammenhingen. Nur die Rolle von Dr. Shapourzadeh schien in einem anderen Licht zu erscheinen. Hatte er wirklich mit der ganzen Sache nichts zu tun? Fest stand, dass die Russen der Al Kaida versprochen hatten, ihnen das notwendige Know-how auf dem Gebiet der Gehirnwäsche und gezielten Manipulation von Attentätern durch neu entwickelte Psychopharmaka zu liefern. Der führende russische Wissenschaftler und Ex-KGB Offizier Dr. Muratov war von Tireshnikov und Skutin für viel Geld gekauft worden, um der Al Kaida das fertige Produkt zu liefern. Die Verbindung nach New York zu Professor Al Mawardi wurde wahrscheinlich über Dr. Fatima Shapourzadeh hergestellt. Möglicherweise ohne das Wissen ihres Vaters. Aber woher hatten die Al Kaida Männer Fadi Bin Hammad und Ibrahim Al Mawardi die Namen der Ex-Marines aus der Sondereinheit *Sniper*? War das wirklich nur der Hinweis von Fadis Bruder Amin, der als Anwalt den Inhaber des Warriors Club vertreten hatte? Welche Veranlassung sollte der Wirt Bradley gehabt haben, um mit Amin Bin Hammad über seine Gäste zu sprechen? Vielleicht hatte der Anwalt ihn aber auch gezielt danach gefragt, weil er genau wusste, was die Al Kaida im Schilde führte. Das würde gleichsam bedeuten, dass auch Amin Bin Hammad ein Terrorist ist. Oder gab es da noch einen Hinweis von anderer Stelle? Schließlich durchbrach Jan das minutenlange Schweigen. «Hast du mit den Russen über deine militärische Vergangenheit gesprochen, Rommel?«, fragte Jan.

»Ja, mehrfach. Die wollten alles wissen. Und zwar ganz genau.«

»Hast du dabei auch die Namen der anderen Männer unserer Einheit erwähnt?«

»Nein, so weit ich mich erinnern kann nicht.«

»Aber du hast ihnen von dem Kameradschaftstreffen in New York erzählt, oder?«, wollte Hannah wissen.

Rommel zögerte einen Moment, als müsste er über die Frage erst nachdenken. »Ja, darüber habe ich mit denen gesprochen. Aber Namen sind da nicht gefallen, so weit ich mich auch in diesem Fall erinnern kann.«

»Und du bist sicher, dass diese Männer, die sich William und Robert nannten und aussahen wie Araber, schon am ersten Abend eures Treffens anwesend waren?«

»Ja, ja, die waren da, kein Zweifel«, antwortete Rommel.

Hannah sah Jan an, um sich dann noch mal an Carl zu wenden. »Gut, das würde bedeuten, dass der Hinweis auf Henderson, Morisson und Fisherman allein von Amid Bin Hammad stammte. Es sei denn, du hast gegenüber Dr. Shapourzadeh während der Zeit deiner Behandlung diese Männer mal erwähnt.«

»Ja, natürlich. Er weiß alles über mich. Er hat mir auch geraten, nach New York zu diesem Treffen zu fahren. Er meinte, dass dies sicher helfen würde, meine Vergangenheit ein Stück weit aufzuarbeiten.«

»Also kann der Hinweis auf die Männer unserer Einheit auch von Dr. Shapourzadeh über seine Tochter an Professor Al Mawardi gelangt sein«, schlussfolgerte Jan.

»Was wiederum bedeutet, dass der Kerl doch nicht so harmlos ist, wie er sich gibt«, ergänzte Hannah.

»Lass uns noch mal auf diesen Abend im Warriors Club zu sprechen kommen«, fuhr Jan fort. »Also nach dem letzten Stand der Dinge haben sich weder Maynard Deville noch Tom Ritter tätowieren lassen. Wieso eigentlich nicht? Und jetzt bitte die Wahrheit, Rommel!«

»Es gab Streit zwischen uns, ob Robert und William nun der *Brotherhood of Warriors* angehören sollten, oder nicht. Dolph war strikt dagegen. Erstens, weil sie mit der Einheit *Sniper* nichts zu tun hatten und zweitens, weil wir sie seiner Meinung nach zu wenig kannten. Ich glaube aber, er hatte auch ein Problem damit, dass sie arabischer Abstammung waren.«

»Und der Devil?«, fragte Hannah.

»Maynard hätte sich so oder so nicht tätowieren lassen. Sein ganzer Körper war ohnehin mit diesen indianischen Motiven vollständig ausgebucht. Aber ich merkte, dass er diesen beiden Arabern nicht traute. Er fühle sich nicht wohl in deren Gegenwart, sagte er mir, als wir uns auf der Toilette trafen. »Diese Männer führen nichts Gutes im Schilde, mein Freund. Ich kann es in ihren Augen lesen. Sie sind gefährlich.«

»Und als dann dieser Tattoo-Künstler in den Club kam, haben sich Johnny, Jimmy, der Fish und du tätowieren lassen?«

»Ja, Robert und William haben erstmal Abstand davon genommen, weil sie Dolph und den Devil nicht provozieren wollten. Aber ein paar Tage später, als wir schon wieder abgereist waren, haben Johnny und die anderen Amis sie anscheinend ermuntert, sich ebenfalls tätowieren zu lassen.«

»Aber du weißt nicht, ob das auch tatsächlich geschehen ist?«, vergewisserte sich Jan.

»Nein, Dolph und ich waren ja schon wieder zu Hause.«

»Du hast gesagt, dass sich außer dir noch Johnny, Jimmy und der Fish dieses Tattoo haben stechen lassen. Was war denn mit Hägar und Howie. Die waren doch an diesem Abend auch dabei?«

»Ich hab ja bereits gesagt, dass wir in dieser Nacht einiges gepichelt hatten. Johnny hatte mir erzählt, dass sie sonst kaum Alkohol trinken, aber zur Feier unseres Treffens eine Ausnahme machten. Außer dem Devil hatten alle ziemlich einen im Kahn. Außerdem hatte dieser Tattoo-Fuzzy noch einen Kumpel dabei, der ihm half. Ehrlich gesagt, kann ich nicht mit letzter Gewissheit sagen, was mit Hägar und Howie war. Aber wenn ich mich richtig erinnere, wollten sie bei der Sache unbedingt mitmachen.«

»Also nimmst du an, dass die beiden auch dieses Tattoo im Nacken tragen?«

Rommel nickte: »Ich gehe davon aus.«

Wieder war es Hannah, die zuerst eine Schlussfolgerung zog. »Kann es sein, dass der Typ auf dem Foto Hägar ist? Ich meine, Größe und Figur würden passen. Der Kopf ist allerdings kaum zu erkennen, weil der Mann ständig ein Cappy trägt.«

»Nein, nein, der Typ ist nicht Jan Aage Quist. Zum einen ist der viel kräftiger, um nicht zu sagen, dicker als Dolph oder der Devil und zweitens trägt Hägar lange schwarze Locken, die zwar in den letzten zehn Jahren leicht ergraut, aber sicher nicht weißblond geworden sind«, erklärte Jan.

»Und was ist mit Howie? Der trug doch auch immer diese Drago-Frisur?«, hatte Rommel plötzlich einen Geistesblitz.

»Gute Frage, was ist eigentlich mit Howie? Weißt du, was er jetzt macht?«, fragte Jan.

»Also Howie machte eigentlich einen guten Eindruck. Er war vielleicht etwas fülliger geworden, aber ansonsten sah er topfit aus. Ein paar Falten hier und da, aber immer noch die gleiche Frisur wie vor zehn Jahren. Ein paar graue Strähnchen waren allerdings nicht zu übersehen.«

»Und was treibt er jetzt so? Hat er Familie, einen Job?«

»Na ja, so ganz viel hab ich nicht mit ihm gesprochen. Er ist wohl erst vor kurzem im Rang eines Colonels aus der Army ausgeschieden. Danach hat er angeblich den einen oder anderen Job als Bodyguard angenommen. So, wie ich mich erinnern kann, hat er gesagt, dass er immer noch solo ist. War ja nie so der Typ, der in Familie machte.«

Jan griff augenblicklich zum Handy. Wieso war ihm diese Option nicht schon viel eher eingefallen?

»Steven, du musst dringend eine Personenüberprüfung durchführen. Captain oder Colonel Steven Howard. Er war bis vor ein paar Jahren Offizier bei den Navy Seals. Soweit ich mich erinnern kann, stammt er irgendwo aus einem Nest in Oklahoma und war, bevor er in Afghanistan im Einsatz war, in Florida stationiert. Könnte sogar in Cape Canaveral gewesen sein. Ist dringend, gib Gas.«

Die Terroristen haben versucht, alle Männer, die im Warriors Club verkehrten, anzuheuern. Warum sollte dann ausgerechnet Steven Howard nicht angesprochen worden sein? Verdammt und zugenäht, dachte Jan, warum fällt mir das erst jetzt auf?

»**Die** Krauts haben gepennt, Bauer. Wie kann man nur so dämlich sein?«

Der Chief wusste nicht, ob er lachen oder weinen sollte. »Hier, sehen Sie sich das an. Hat mir Rothman gerade reingereicht.«

Er schob Tom Bauer ein Schriftstück über den Schreibtisch. »Die Typen sind gestern von Moskau nach Berlin geflogen. Angeblich drei syrische Botschaftsangehörige, die von Russland nach Deutschland versetzt worden sind. Da hätten doch die Alarmglocken klingeln müssen. Ich fasse es nicht.«

Das Fax stammte von der Britischen Botschaft aus Moskau. Offensichtlich war denen aufgefallen, was den Deutschen eher unverdächtig erschien. Möglicherweise hatten die Männer um Morgan Lampart, die in der Britischen Botschaft um Hilfe gebeten hatten, die entscheidenden Hinweise gegeben. Immerhin kannten sie die drei noch auf freiem Fuß befindlichen Terroristen und konnten sie trotz ihres stark veränderten Aussehens identifizieren. Die Russen hatten auf Anfrage der Briten Kopien der Pässe, die bei der Ausreise am Flughafen Scheremetjewo von allen ausländischen Fluggästen angefertigt werden, bereitwillig übersandt.

»Da geb ich Ihnen recht, Chief. Ich werde sofort den BND benachrichtigen. Das haben die offensichtlich übersehen, unglaublich, wirklich unglaublich.«

Chief Broderick erhob sich aus seinem komfortablen Schreibtischstuhl. Er bewegte sich schwerfällig, fast wie in Zeitlupe, herüber zur edlen Anrichte aus feinstem Mahagoni. Er hielt eine Karaffe mit erlesenem schottischen Malt in die Höhe und warf Tom einen fragenden Blick zu, der immer noch mit dem Fax in der Hand vor dem Schreibtisch stand. »Ist zwar noch früh am Tag, aber auf den Schock muss ich mir erst mal 'nen kleinen Schluck genehmigen. Wollen Sie auch einen?«

Tom schüttelte den Kopf.« Nein, vielen Dank. Ich denke, ich sollte so schnell wie möglich die Deutschen informieren.«

»Ach, Blödsinn, Bauer, jetzt zieren Sie sich nicht so. Trinken Sie einen mit. Allein macht das keinen Spaß. Außerdem hab ich das längst veranlasst. Rothman hat unsere Botschaft in Berlin kontaktiert. Die leiten das schon an die richtige Stelle weiter.« Chief Broderick füllte zwei Gläser fast zur Hälfte mit Whiskey. Das ist mindestens ein dreifacher, erschrak Tom.

»Los runter damit, Bauer. Wenn Sie mal 'n Großer werden wollen, müssen Sie ab und zu auch einen heben.«

Der Chief grinste spitzbübisch und prostete seinem Special Agent zu. Mit einem Schwung kippte er den Drink hinunter, als wenn man einen vollen Eimer Wasser in den Schlund eines Nilpferdes schütten würde, beobachtete Tom, der sich beim Trinken ungleich schwerer tat. Aber er schaffte es immerhin, sein Whiskeyglas in zwei Ansätzen zu leeren.

»Gar nicht so schlecht für einen halben Kraut, Bauer. Sie trinken wahrscheinlich lieber Bier. In vielen Generationen vererbt, wie?«

Diesmal grunzte der Chief sich ein sonores, tiefgrollendes Lachen aus seinem nach Sprit müffelnden Rachen. Der Mann war der geborene Rassist. Er selbst schien irische Vorfahren zu haben. Genau wusste Tom das nicht. Chief Broderick hatte wenig übrig für die Schwarzen, die Latinos, die Chinesen und Italiener. Und obwohl die Indianer ja schließlich die Ureinwohner Amerikas waren, behandelte sie der Chief wie Menschen zweiter Klasse, für die er so seine ureigenen Bezeichnungen hatte. Die Schwarzen bezeichnete er gern als *Kohlenkästen*, manchmal auch als *Dachpappen* oder *Teertonnen*. Wenn er besonders wütend war, ließ er sich auch schon mal zu einem *beschissenen Nigger* hinreißen. Die Latinos waren für ihn *Pfefferfresser* oder *Rotzbremsen*. *Verkackte Straßendingos* war einer seiner beliebtesten Ausdrücke. Chinesen nannte er grundsätzlich *Schlitzaugen, Reisfresser* oder *Gelbe Säcke*. Italiener waren die obligatorischen *Spaghettifresser* oder auch *Schmalspurmafiosi*. Aber auch für die von ihm ungeliebten Europäer hatte er wenig schmeichelhafte Schimpfwörter in seinem Repertoire. Die Deutschen waren die *Krauts,* die Franzosen die *Froschfresser* und die Engländer nannte er mit Vorliebe *Teebeutel*. Aber irgendwo besaß Chief Broderick einen Freifahrtschein. Selbst der Präsident war vor seinen wortgewaltigen Ausbrüchen nicht immer erbaut. Irgendwann hörte Tom ihn mal am Telefon sagen, dass Barack Obama für einen *Neger* doch ein fantastischer Kerl wäre. Tom hatte sich damals gefragt, mit wem er da wohl gerade gesprochen hatte. Bei jedem anderen wäre das wohl die letzte Amtshandlung gewesen. Und das natürlich zu Recht. Aber der Chief konnte sich das scheinbar erlauben. Aus dem Weißen Haus war immer wieder zu hören, wie sehr der Präsident seinen CIA-Chef schätzte. Offensichtlich verzieh ihm der Präsident seine kleinen Fehler, weil er wusste, dass Chief Broderick im höchsten Maße für diese wichtige Position geeignet war, wie kein anderer zuvor. Außerdem besaß das Staatsoberhaupt der USA jede Menge Humor und soll, als er mal wieder von den wenig schmeichelhaften Aussagen des Chiefs in Kenntnis gesetzt worden war, effektiv gekontert haben. »Bestellen Sie diesem fetten, irischen Weißbrot, er soll die Schnauze halten und einfach nur seine Arbeit machen.« Ob diese Anekdote der Wahrheit entsprach, wusste Tom nicht. Aber so wie er den Präsidenten einschätzte, war das nicht unmöglich.

»Also, Bauer, wie es aussieht, hat es diese Terrorbande diesmal auf die Deutschen abgesehen. Schlecht für die *Krauts,* aber enorm praktisch für uns. Trotzdem rücken wir hier keinen Millimeter von unseren Sicherheitsvorkehrungen ab. Immerhin könnte es ja sein, dass dieser Deville alias Bates sich noch in den USA herumtreibt. Der syrische Anwalt bleibt in Haft. Die anderen aus seiner Sippe haben wir unter Beobachtung gestellt. Die Familie dieses arabischen Psychoonkels hat mit der ganzen Sachen wohl nichts zu tun. Wir haben bei denen alles auf den Kopf gestellt. Außer ihm und seinen Neffen erscheinen die weitestgehend unverdächtig zu sein. Aber auch diese Typen lassen wir natürlich nicht aus den Augen.«

Der Chief vermied es, diese Männer bei ihrem Namen zu nennen. Alles, was mit einem *el* oder *al* zu tun hatte, fiel in den Bereich Terrorismus. Die hatten es eben nicht verdient, auch noch namentlich von ihm erwähnt zu werden.

»Können wir jetzt nicht Henderson und Morisson aus der Haft entlassen?«, fragte Tom vorsichtig.

Der Chief blieb unnachgiebig. »Und nachher stellen wir fest, dass die sich doch haben kaufen lassen. Dann stehen wir da wie die Vollidioten. Nein, wir müssen die Terroristen schnappen und dieses Zeug, das die ihren menschlichen Werkzeugen einflößen, in die Finger kriegen. Stellt sich heraus, dass die Wirkung tatsächlich so effektiv ist, wie es scheint, dann können wir die Jungs laufen lassen. Im Moment ist das Risiko noch zu groß. Können sich doch wunderbar noch ein paar Wochen auf Staatskosten sattfressen.«

Tom nickte. Ihm war klar, dass er nicht weiter nachhaken brauchte. Womöglich hatte der Chief ja sogar recht.

»Vielleicht sollten wir unsere Leute nach Berlin schicken. Immerhin sind zwei von den Typen Staatsbürger der Vereinigten Staaten. Und sie stehen bei uns auf der Fahndungsliste. Die *Krauts* vermasseln das doch ohne unsere Hilfe.«

Viel Vertrauen in die deutsche Polizei hatte der Chief offensichtlich nicht. Aber nachdem ihnen die Terroristen so einfach durchs Netz geschlüpft waren, war diese Einstellung im Moment wenig verwunderlich.

In der Morgendämmerung verließen zwei schwarze Mercedes-Limousinen klammheimlich den Hof der Syrischen Botschaft in der Rauchstraße 35. Eine halbe Stunde später war ein Treffen mit den Russen vereinbart. Dazu hatte man sich in den großzügigen Büroräumlichkeiten des Nachtklubs Le Pigalle im Zentrum von Berlin in der Nähe des Kurfürstendamms verabredet. Der Meister verließ nur ungern heimisches Terrain, aber in diesem Falle war ein Treffen im Gebäude der Syrischen Botschaft wenig ratsam. Die Berliner Polizei überwachte rund um die Uhr sämtliche Aktivitäten um das Botschaftsareal.

Zehn Minuten später verließen im Schutze der Dunkelheit fünf Personen schnellen Schrittes das Botschaftsgebäude durch eine Hintertür und wurden auf der Rückseite des Grundstücks von einem schwarzen Mercedes-Viano abgeholt.

Unterdessen unternahm die Polizei eine entspannte Stadtrundfahrt, als sie den beiden E-Klassen folgten, die kreuz und quer durch Berlin irrten. Als die Beamten das Ablenkungsmanöver endlich bemerkt hatten, war der Meister mit seinen Leuten längst am Ziel.

»Es ist doch verwunderlich, wie die simpelsten Agententricks immer und immer wieder funktionieren.« Mit einem Lächeln im Gesicht schüttelte der Meister sein weises Haupt.

Um kurz vor halb acht betraten die Männer den Club. Wladimir Skutin nahm sie in Empfang und führte sie ins vornehme Büro seines Chefs. Viktor hatte bereits am Konferenztisch Platz genommen. Als der Meister den Raum betrat, erhob er sich und umarmte ihn wie einen Freund.

»Willkommen in meinem kleinen Reich, meine Freunde. Bitte

nehmt Platz. Ich hoffe ihr hattet eine angenehme Anreise.«

Er gab den beiden Männern an der Tür ein Zeichen, dass sie umgehend für das leibliche Wohl der Gäste zu sorgen hatten.

»Danke, Viktor Ich hoffe dass unser Gespräch genauso angenehm verlaufen wird. Allerdings müssen wir vorab ein paar wichtige Dinge klären.«

Viktor machte eine gönnerhafte Geste. »Aber mein Freund, entspann dich. Es gibt nichts, worüber wir nicht reden können. Und wenn es Probleme gibt, werden wir sie lösen. So einfach ist das.«

»Weniger einfach gestaltete sich bisher offenbar die Liquidierung des Black Dragons. Du hast diese Aufgabe übernommen und mir versprochen, dass du sie umgehend erledigst. Das ist jetzt aber fast vier Wochen her. Vom Ableben des Zielobjekts habe ich jedoch bisher keinerlei Kenntnis erhalten. Deshalb gehe ich davon aus, dass der Mann noch am Leben ist.«

Viktor wollte gerade zur Antwort ansetzen, als Wladimir das Wort ergriff. »So weit ich mich erinnere, seid ihr selbst nicht besonders erfolgreich bei der Jagd auf den Schwarzen Drachen gewesen. Innerhalb der letzten Woche hatten wir ihn zweimal so gut wie erledigt, als ihm in letzter Sekunde Unbekannte zu Hilfe kamen und unsere Männer aus dem Hinterhalt töteten. Und da stelle ich mir die Frage, wer diese unsichtbaren Helfer wohl waren?« Mit hasserfülltem Blick starrte Wladimir die Gäste am Tisch an.

»Was willst du damit andeuten? Glaubst du vielleicht, dass *wir* ihm geholfen haben?« Fadi Bin Hammad war aufgebracht. Was bildete sich dieser ungläubige Kommunist eigentlich ein?

»Sachte, sachte, meine lieben Freunde«, beruhigte Viktor die Männer.

»Natürlich wissen wir, dass ihr nichts damit zu tun habt. Aber merkwürdig ist die Sache schon. Es sieht beinahe so aus, als hätte dieser Mann unsichtbare Schutzengel. Wie sonst konnte er jedes Mal in letzter Sekunde gerettet werden?«

»Ihr wisst doch, wie gefährlich dieser Mensch ist. Er ist kräftig wie ein Bär und schlau wie ein Fuchs. Man kann ihn nicht einfach töten wie einen ganz normalen Mann. Der Black Dragon ist wie eine Katze. Er bersitzt neun Leben. Wie oft haben wir ihn schon umgebracht. Aber er hat es trotzdem jedes Mal überlebt. Genau diese

Erfahrung macht ihr im Augenblick. Ihr denkt, ihr habt ihn erledigt, aber plötzlich ist er wieder da. Ich kann euch verstehen und mache niemandem einen Vorwurf. Ich denke jedoch, dass wir uns nun endgültig selbst um dieses Problem kümmern sollten. Und ich weiß auch schon, wie.«

»Na, da bin ich ja mal gespannt«, spottete Wladimir. »Vielleicht kann Allah ja vorher seine Schutzengel aus dem Weg räumen und euch damit den Rücken freihalten. Leider ist unser Draht zu dem da oben nicht so gut. Ich glaube, Gott und Allah haben eines gemeinsam: Sie mögen beide keine Versager.«

Die Muslime am Tisch fanden diesen Scherz wenig erbaulich und starrten Wladimir böse an. Auch Viktor zog es vor, nicht zu lachen.

»Weißt du, Wladimir, ich denke, dass weder Gott noch Allah etwas mit eurem Versagen zu tun haben. Ihr habt euch einfach zu dumm angestellt und euch vom Black Dragon überlisten lassen. Aber beim nächsten Mal werden wir schlauer sein als er. Ihr könnt mich beim Wort nehmen.«

»Na gut, dann wäre das ja geklärt. Lasst uns über erfreulichere Dinge sprechen. Wir haben alles besorgt, was ihr für euer Vorhaben benötigt. Jede Menge Sprengstoff, Waffen und Munition. Deine Leute können heute Nachmittag mit Wladimir in unser Lager fahren und sich dort bedienen. Die Bezahlung regeln wir mit der nächsten Lieferung Anfang Juli.«

Viktor strahlte. Er wollte unbedingt gute Miene zum bösen Spiel machen. Das Geschäft mit der Al Kaida befand sich nach wie vor im Aufbau. Er hatte bei den Terroristen noch längst nicht den Status erreicht, den einst Oberst Gorlukov genossen hatte. Daran musste er arbeiten. Die Drogen, die sie vornehmlich von den Taliban bezogen, waren hundertmal mehr wert als der Waffenschrott aus den Restbeständen der ehemaligen Roten Armee.

»Das ist sehr schön, Viktor, aber Waffen und Sprengstoff sind für unser Vorhaben zweitrangig. Ich habe dir bereits gesagt, was wir brauchen. Wie sieht es denn damit aus?«

Augenblicklich verfinsterten sich Viktors Gesichtszüge.

»Mit diesem Zeug handeln wir nicht, mein Freund. Das habe ich dir bereits gesagt. Außerdem bin ich etwas besorgt, wenn ich ehrlich sein soll. Was wollt ihr mit einer halben Tonne Arsen?«

Der Meister sprach leise mit Fadi und Ibrahim. Alle drei schienen etwas ungehalten zu sein. Schließlich nickten die beiden jungen Männer ihrem Meister zu, der wieder das Wort ergriff. »Haben wir euch schon mal gefragt, was ihr mit den ungeheuren Mengen Drogen anstellt, die wir euch liefern?«

Als niemand antwortete, fuhr er fort. »Ihr tötet damit Menschen. Viele Menschen, junge Menschen. Und das nur, um eure unglaubliche Gier nach Profit zu sättigen. Trotzdem bekommt ihr von uns, was ihr wollt.«

»Verstehe, natürlich. Aber uns wäre in diesem Falle wohler, wenn ihr uns sagt, was ihr damit vorhabt. Ich möchte gern auch weiterhin meinen Kaffee genießen, ohne mich danach im Todeskampf auf dem Fußboden zu wälzen. Mit einer solchen Menge Arsen könntet ihr das Trinkwasser einer ganzen Großstadt vergiften. Wenn ihr das in New York oder Los Angeles macht, ist mir das scheißegal. Aber hier in Berlin oder gar in Moskau fände ich das weitaus weniger lustig.«

»Eure Bedenken lassen sich ganz einfach zerstreuen, mein Freunde. Ihr macht einfach in den nächsten zwei Wochen mit euren Familien und Freunden Urlaub. In Russland, auf den Seychellen oder den Malediven. Wo es euch gefällt. Ihr habt es euch verdient.«

Diesmal steckten die Russen die Köpfe zusammen und besprachen sich. Dann ergriff wieder Viktor das Wort. Also gut, wir werden sehen, was wir tun können. Wir werden drei oder vier Tage brauchen, um diese Menge zu beschaffen. Dann melden wir uns.«

»Ihr habt genau achtundvierzig Stunden. Wenn ihr bis dahin nicht geliefert habt, betrachte ich unsere geschäftlichen Beziehungen als beendet.«

Dem Chef der Russenmafia liefen so langsam die Schweißperlen übers Gesicht. Noch hatte er nicht die leiseste Ahnung, wo er fünfhundert Kilogramm Arsen herbekommen sollte. Vielleicht sollte er versuchen, die radikalen Muslime davon zu überzeugen, dass es schier unmöglich wäre, eine solche Menge von diesem hochwirksamen Gift in der Kürze der Zeit zu besorgen. Doch er kannte den Meister. Er wollte Rache für das missglückte Attentat auf den Berliner Fernsehturm vor rund einem Jahr. Er wollte Rache für den

Tod seines geliebten Anführers und Onkels Tahir Sharif Al Fakri. Er wollte Rache für die vielen ermordeten Muslime in Afghanistan und in seinem Heimatland Syrien. Er wollte Rache an den Ungläubigen, weil diese keinen Respekt vor dem Islam hatten. Und es gab sicher noch einige Gründe mehr, sich an der westlichen Welt zu rächen. Es war absolut zwecklos, mit diesen radikalen Fundamentalisten zu diskutieren. Sie hatten nur noch ein Ziel: Möglichst viele Ungläubige auf einmal zu töten. Nur das würde sie zufriedenstellen.

»**Wir** benötigen alle nur erdenklichen Informationen über Captain Steven Howard, ehemals Ausbilder bei den Navy Seals. Könnte mittlerweile auch Major oder Colonel sein, wenn er noch im Dienst ist. Wenn ich mich recht erinnere, war Howie, wie wir ihn nannten, ungefähr zehn Jahre jünger als ich. Müsste jetzt Mitte bis Ende vierzig sein.«

Jan ärgerte sich immer noch, dass er diesen Mann bisher überhaupt nicht auf seiner Rechnung hatte. Dabei war auch er ein großer, austrainierter Typ mit militärisch kurz geschnittenem, dunkelblondem Haar. Er legte selbst in Afghanistan immer sehr viel Wert auf ein korrektes Äußeres. Wenn mal gerade kein Friseur zur Verfügung stand, rasierte er sich den Schädel auf Bartstoppellänge kahl. Captain Howard war normalerweise ein ruhiger, zurückhaltender Typ, der allerdings zuweilen auch zu cholerischen Ausbrüchen neigte. Dann explodierte er wie ein Vulkan und man war gut beraten, ihm aus dem Weg zu gehen. Jan hatte oftmals Mühe, seinen aufbrausenden Charakter zu beruhigen. Im Kampfeinsatz entpuppte er sich als das krasse Gegenteil. Wenn es zur Sache ging, war er hoch konzentriert, handelte besonnen und bedacht. Wie alle anderen Männer der Einheit *Sniper,* war auch er ein glänzender Scharfschütze. Captain Howard zählte zu den wenigen Spezialisten, die ihre Ziele schon auf mehr als tausend Metern Entfernung auch unter schwierigen Bedingungen exakt getroffen hatten.

Steven Goldblum nahm seine Kopfhörer ab. Trotz dieser Plastikschalen auf den Ohren hatte er gehört, was Jan ihm gesagt hatte.

»Muss ich das jetzt noch mal wiederholen?«, erkundigte sich Jan genervt.

Dann bemerkte er, dass Steven kreidebleich im Gesicht war.

»Äh, nein, nein, hab schon verstanden.«

»Was ist los? Du siehst aus, als wenn du gleich aus den Latschen kippen würdest«, raunzte Jan ihn an.

»Scheiße Jan, das ist los. Eine Riesenscheiße«, war Steven fast der Verzweifelung nahe. »Eben erreichte uns eine Meldung der Britischen Botschaft in Moskau. Gestern Mittag gab es einen Überfall auf zwei Fahrzeuge, die eine Gruppe von Männern aus der Britischen Botschaft zum Flughafen Scheremetjewo bringen sollten. Unbekannte schossen mit Schnellfeuergewehren auf die Wagen, als sie an einer Ampel halten mussten. Während der erste Wagen noch einigermaßen glimpflich davon kam, weil er geistesgegenwärtig bei Rot über die Kreuzung hinweg geflüchtet war, wurde der zweite in einen Unfall verwickelt. Der Fahrer und drei weitere Männer in diesem Wagen wurden getötet. Zwei Männer, die im ersten Fahrzeug saßen, erlitten zum Teil schwere Schussverletzungen, sind aber mittlerweile außer Lebensgefahr.«

Schlagartig änderte sich auch bei Jan die Gesichtsfarbe. »Unsere Männer?«, fragte er zögernd.

Steven nickte. »Morgan Lampart, Kees Schuitemans und Olebjörn Dahl sind tot. Jeff Hunter und der ohnehin schon schwerverletzte Jan Aage Quist wurden angeschossen. Nur Roderick Rosenberg blieb unverletzt. Dazu starb der Fahrer des zweiten Wagens, während der des ersten mit einer leichten Schussverletzung überlebt hat.«

Jan war erschüttert, brauchte einen Moment, um sich zu sammeln. »Verdammter Mist. Da steckt doch garantiert dieser Dr. Muratov dahinter. Wahrscheinlich hat der Kerl ein Killerkommando auf die Männer angesetzt«, schimpfte er.

»Oder die Al Kaida hat Wind davon bekommen, dass die Männer noch leben und zusammen mit ihren Leuten aus der Syrischen Botschaft dafür gesorgt, dass sie nicht entwischen konnten. Immerhin waren das wichtige Zeugen.«

»Jetzt können wir nur hoffen, dass Hägar die Sache überlebt. Er ist der einzige, der uns sagen kann, ob der Coach tatsächlich einer von meinen ehemaligen Männern ist.«

»Wieso? Wir können doch Hunter und Rosenberg genauso gut die Fotos zeigen. Sie
werden den Mann auch identifizieren können.«
»Sehr optimistisch, Steven. Die Aufnahmen, die wir von meinen Leuten haben, sind zehn Jahre alt und älter. Nicht mal ich konnte ja bisher mit Gewissheit sagen, wer der Mann auf den Fotos ist. Und zehn Jahre können einen Menschen stark verändern.«
Die Schiebtür des Vans wurde mit einem Ruck geöffnet. Hannah, die gerade noch im Präsidium gewesen war, stieg ein. »Jan, warum gehst du nicht an dein Handy? Tom versucht dich schon seit mehr als einer halben Stunde zu erreichen.«
»Ach, verdammter Mist«, fluchte Steven, der jetzt erst das rote Blinklicht an seiner Sattelitentelefonanlage bemerkte. »Hab das Signal vorhin lautlos gestellt, als ich den Anruf aus der Britischen Botschaft erhalten habe.«
Hannah schüttelte den Kopf. »Euch kann man auch keine zwei Minuten aus den Augen lassen. Tom hat mir berichtet, dass drei verdächtige Personen aus der Syrischen Botschaft in Moskau vorgestern Abend nach Berlin geflogen sind. Sie sind mit gefälschten Papieren eingereist und haben sich scheinbar äußerlich stark verändert. Die CIA hat die Kopien der Ausweise, die bei der Ausreise aus Russland bei allen Ausländern angefertigt werden, von den russischen Behörden angefordert und auch problemlos erhalten. Tom hat sie dann an die Britische Botschaft nach Moskau geschickt. Dort wurden die drei einwandfrei identifiziert. Morgan Lampart und die anderen Mitglieder der Gruppe haben Fadi Bin Hammad, Ibrahim Al Mawardi und Fatima Shapourzadeh trotz der äußeren Veränderungen sofort erkannt. Polizei und Zoll am Berliner Flughafen haben anscheinend nichts bemerkt. Kaum zu glauben, aber wahr. Tom wollte umgehend 'ne Mail mit Fotos und den dazugehörigen Decknamen schicken.«
Der Drucker lief bereits. »Schon da«, vermeldete Steven und zeigte Jan das Papier. »Abdul Abu Salama, alias Fadi Bin Hammad, Khasib Ismail Azizm oder auch Ibrahim Al Mawardi und eine gewisse Samura Bint Samed, bei der es sich zweifellos um Fatima Shapourzadeh handelt. Das ist doch nicht zu fassen. Sind die denn total unfähig? Wofür werden diese Schnarchnasen eigentlich be-

zahlt?«, empörte sich Jan.

»Na ja, leider gibt es noch mehr von diesen Stümpern. Heute Morgen haben unsere fleißigen Kollegen zwei Fahrzeuge, die die Syrische Botschaft in der Rauchstraße verlassen haben, geschlagene zwei Stunden durch den dichten Stadtverkehr verfolgt. Als die dann unverrichteter Dinge wieder zur Rauchstraße zurückgekehrt sind, haben unsere Leute dann auch endlich bemerkt, dass sie komplett verarscht worden sind. Währenddessen sind die Personen, die wir suchen, durch den Hinterausgang flöten gegangen. Wir haben eine Zeugenaussage, die bestätigt, dass etwa zur selben Zeit ein schwarzer Transporter fünf Personen an der Rückseite der Botschaft abgeholt hat. Ein Ex-Kollege war mit seinem Hund Gassi gegangen. Dem kam die ganze Aktion verdächtig vor. Deshalb hat er sofort im Präsidium angerufen.«

»Alte Schule eben. Da können sich die jungen Dachse mal 'ne Scheibe von abschneiden«, kommentierte Jan.

»Kommt noch besser, Freunde. Der gute Mann hat sich sogar das Kennzeichen notiert. Der Wagen gehört der Interfood GmbH aus Leipzig. Zufälle gibt's.«

»Also hat Grigori seinen Freunden von der Al Kaida hilfreich unter die Arme gegriffen. Jetzt wird's natürlich verdammt schwierig, die Typen zu finden. Wollen wir hoffen, dass wir denen noch rechtzeitig auf die Spur kommen. Wir müssen sofort nach Tireshnikov, Skutin und Rasienkov suchen.«

»Sollen wir sie zur Fahndung ausschreiben?«, fragte Steven.

»Nein, wir dürfen sie nicht aufschrecken. Sie sollen sich ruhig in Sicherheit wiegen. Wir müssen sie lautlos und ohne großes Aufsehen schnappen. Und zwar schnell.«

Berlin war wirklich eine beeindruckende Stadt. Er war nie zuvor in Deutschland gewesen und hatte sich hier alles ganz anders vorgestellt. Er dachte immer, die Deutschen wären so ähnlich wie die Japaner: Bienenfleißig, superordentlich und total korrekt. Allerdings hielt er sie auch für stur, verschlossen und humorlos. Der typische Deutsche agierte nicht, er funktionierte.

In den USA prägte noch immer das Bild des hässlichen Deutschen, das sich während des Krieges in den Köpfen der Menschen festgesetzt hatte, die Vorstellung der Amerikaner, wenn man mit ihnen über Deutschland sprach. Deshalb überraschte es ihn umso mehr, was er hier in den letzten beiden Tagen erlebt und gesehen hatte. Berlin entpuppte sich als ein bunter Schmelztiegel vieler Nationen. Die Menschen waren aufgeschlossen, hilfsbereit und freundlich. Irgendwo erinnerte ihn die deutsche Hauptstadt sogar an New York. Das hätte er vorher nicht mal im Traum für möglich gehalten. Eigentlich schade, dass er nur hier war, um einen schwierigen, äußerst unangenehmen Auftrag auszuführen. Wenn diese Sache erledigt war und er danach dank des Kopfgeldes wieder ein einigermaßen normales Leben führen könnte, würde er vielleicht sogar eines Tages zurückkehren. Doch jetzt hatte er zunächst seine Aufgabe zu erfüllen.

Nach seinem Abschied aus der Army im Rang eines Colonels hatte er eine Abfindung im hohen fünfstelligen Bereich erhalten. Zusammen mit dem bis dahin gesparten Geld hatte er sich ein kleines Häuschen in der Nähe von Miami gekauft. Kurz danach lernte er Martha kennen, die in einem Hotel in Key West als Empfangschefin arbeitete. Er hatte sich auf Anhieb in sie verliebt und war fest davon überzeugt, sein Glück gefunden zu haben. Ein alter Freund hatte ihm einen gut bezahlten Job als stellvertretender Leiter der Yachthafen-Security in Miami Beach vermittelt. Doch bereits nach einem Jahr wurde er wieder gefeuert, weil sich eine Reihe von Einbrüchen und Diebstählen ereignet hatten und er angeblich nicht in der Lage gewesen wäre, diese aufzuklären geschweige denn zu unterbinden. Als er arbeitslos wurde, änderte sich sein Leben schlagartig. Irgendwann wusste er mit seiner Zeit nichts Besseres anzufangen, als in Casinos und Spielhallen abzuhängen, um dort Tage und Nächte hindurch zu zocken. Es dauerte nicht lange, bis er körperlich total down und finanziell absolut pleite war. Er klapperte alle möglichen Freunde und Bekannte ab, lieh sich Geld und verspielte es sofort wieder. Als seine Kreditlinie überschritten war, ließ er sich auf die dubiosen Geschäfte eines Kredithais ein. Zuerst verlor er sein Haus, dann verließ ihn auch noch Martha, die lange Zeit zu ihm gehalten hatte. Der Schock saß tief. Nach nur drei Jahren nach seiner Entlassung aus der Army stand er vor einem riesigen Scherbenhaufen, der fortan sein Leben bestimmen sollte. Er musste sich vor den Geldeintreibern der Kredithaie verstecken und Miami Hals über Kopf verlassen und suchte Unterschlupf bei seinem Bruder in einem gottverlassenen Nest irgendwo in Nebraska. Dort fühlte er sich einigermaßen sicher vor seinen Verfolgern, bis eines Tages überraschend Johnny Henderson bei seinem Bruder anrief. Der hatte auf der Suche nach ihm über die Verwaltung der Army erfahren, dass er noch einen Bruder oben in Nebraska hatte. Scheinbar war es nicht sonderlich schwierig gewesen, ihn aufzuspüren. Nach Johnnys Angebot, sich mit seinen ehemaligen Kameraden zu treffen, verbrachte er ein paar schlaflose Nächte. Schließlich entschloss er sich doch, nach New York zu fahren und an dem Veteranentreffen im Warriors Club teilzunehmen. Er wollte seinen Bruder und dessen Familie nicht länger durch seine Anwesenheit gefährden. Wenn Johnny ihn gefunden hatte, würde das kurz über lang auch den Geldeintreibern gelingen. Und die würden gewiss nicht zimperlich mit seiner Familie umgehen. Als er dann von den beiden Männern das Angebot erhielt, einen Job als militärischer Berater innerhalb einer medizinischen Versuchsreihe anzunehmen, bei der die Effektivität von Anti-Traumata-Medikamenten an Soldaten getestet werden sollte, zögerte er nicht lange. Er konnte zwei Fliegen mit einer Klappe schlagen. Er würde gutes Geld verdienen und verschwand durch seinen Auslandsaufenthalt zumindest vorübergehend aus dem Focus seiner Jäger.

Als er mit seinen Männern in den Bergen von Gowarah Sang eintraf, hielt er das Geschehen zunächst für einen weiteren Versuch in der Testreihe. Als ihm jedoch klar wurde, dass es dort tatsächlich um einen hinterhältigen Anschlag auf die Soldaten der ISAF ging, war es zu spät, um auszusteigen. Es gab kein Zurück mehr. Wie in Trance erledigte er seine Aufgabe in den Bergen des Hindukusch, sich immer wieder einredend, dass er nichts anderes tat, als vor gut zehn Jahren: Er kämpfte gegen den Feind. Er tötete die Taliban. Er tat nur seine Pflicht.

Als er später das unmoralische Angebot erhielt, für ein Kopfgeld von einer Million Euro einen Mann zu töten, zögerte er nicht lange. Auch nicht, als er erfuhr, um wen es sich dabei handeln sollte, denn dies war seine ultimativ letzte Chance und die einzig wählbare Option für ihn weiterzuleben. Er durfte jetzt nur an sich selbst denken, auch wenn ihm der Auftrag, den er zu erledigen hatte, unglaublich schwer fiel.

Die erste Rate des Geldes hatte er bereits erhalten. Ein Fahrer der Syrischen Botschaft in Berlin hatte ihm eine Tasche mit 500.000 Euro in bar und kleinen, gebrauchten Scheinen in ein Schließfach des Potsdamer Bahnhofs gelegt. Den Schlüssel hatte er in einem Briefumschlag im Hotel Stadt Hamburg auf seinen Namen hinterlegt. Auf dem Couvert stand nur der Name Mr. Smith.

Nach Erledigung seines Auftrags würde dieser Vorgang noch am gleichen Tag wiederholt werden. Dann würde er sich mit einer Million Euro in der Tasche irgendwo auf der Welt ein schönes Plätzchen suchen, wo er noch mal von vorn anfangen würde. Aber so weit war es noch nicht. Jetzt galt seine ganze Konzentration nur noch dieser schwierigen und wohl letzten Aufgabe, die er als Soldat zu erledigen hatte.

»**Keine** Spur von den Russen in Leipzig. Rico hat sich noch mal die Interfood GmbH vorgenommen und sich dort ein bisschen umgesehen. Auf Nachfrage wurde ihm mitgeteilt, dass die gesamte Geschäftsführung im Urlaub und erst in zwei Wochen wieder erreichbar wäre. Unsere Leute haben alle relevanten Orte in der Stadt überprüft. Rasienkov war in der Firma genauso wenig erreichbar, wie in den Balkan-Stuben oder in seinen diversen Spielhallen.«

»Schon klar, Hannah. Langsam wird's brenzlig. Die Herren verschwinden von der Bildfläche und tauchen erst wieder auf, wenn der ganze Spuk vorüber ist.«

»Ein weiteres Indiz dafür, dass die Terroristen tatsächlich einen Anschlag in Berlin geplant haben«, nahm Steven den Ball auf.

»Und der steht wahrscheinlich unmittelbar bevor«, ergänzte Jan.

»Denkt ihr wirklich, dass Grigori und seine Leute aus diesem Grund vorsorglich Berlin verlassen haben?«, wollte Hannah wissen.

»Wir werden heute Abend das *Le Pigalle* besuchen. Mal sehen, ob wir da nicht irgendwas in Erfahrung bringen können. Aber zunächst müssen wir mit Hubertus reden, ob er damit einverstanden ist, die drei Syrer auf die Fahndungsliste zu setzen. Diese Entscheidung können wir nicht treffen.«

»Nein, natürlich nicht. Aber wir können nach ihnen suchen. Und dabei kann uns möglicherweise Dr. Shapourzadeh behilflich sein. Immerhin wird seine Tochter als Terroristin eingestuft. Ihm muss doch daran gelegen sein, sie zu finden, bevor es zu spät ist.«

»Oder auch nicht. Kann auch sein, dass uns der werte Herr Doktor fürchterlich an der Nase herumführt und er ebenfalls zur Al Kaida gehört. Möglicherweise haben die ihn beauftragt, für die entsprechende Verwirrung bei den deutschen Behörden zu sorgen, um von dem gesuchten Terrortrio abzulenken. Wir müssen den Kerl noch mal in die Mangel nehmen. Und diesmal ohne Samthandschuhe.«

Jan war fest entschlossen, dem Psychiater nachdrücklich kräftig auf den Zahn zu fühlen. »Ehrlich gesagt, glaube ich dem Mann kein Wort. Der ist gerissen wie Reineke Fuchs. Kann mir doch keiner erzählen, dass seine Tochter bisher noch keinen Kontakt zu ihm aufgenommen hat. Du musst ihn auf jeden Fall weiter abhören, Steven, auch, wenn er wohl nicht so dämlich sein wird, mit seiner Tochter zu telefonieren. Entweder trifft er sich irgendwo heimlich mit ihr oder die schreiben sich Mails über einen uns unbekannten Account.«

»Hubertus hat Leute auf ihn angesetzt, die ihn nicht aus den Augen lassen. Der kann nicht mal aufs Klo gehen, ohne dass wir ihn im Visier haben.«

Mittlerweile saßen Hannah, Steven und Jan schon fast vier Stunden im Van, hatten die Nachricht von Tom erhalten und diskutierten darüber, wie die weitere Vorgehensweise aussehen sollte. Gegen Mittag plagte die Männer schließlich der Hunger.

»Wir müssen unbedingt mal was Festes zu uns nehmen. Mein Magen beschwert sich schon über den vielen Kaffee. Wie wär's mit ein paar saftigen Hamburgern?«

Jan sah Hannah an, dass sie nicht besonders begeistert von seinem Vorschlag war.

»Für dich natürlich Chicken Mac Nuggets und einen gemischten Salat, mein Herz.«

»Weißt du, bevor du dir Gedanken über die nächste Mahlzeit

machst, solltest du dir erst mal neue Unterwäsche kaufen. Der Vorrat ist erschöpft. Und deinen Spezi kannst du auch gleich damit versorgen«, sah sie provokant zu Steven hinüber.

»Moment mal, Fräulein, was soll das denn heißen? Rieche ich etwa unangenehm? Kann ja wohl nicht sein.«

Steven erhob sich von seinem Arbeitsplatz und öffnete demonstrativ eine große, beige Klappe über dem überdimensionalen Computerbildschirm.

»So, dann wirf doch mal bitte einen Blick hier hinein, Fräulein Saubermann.«

Hannah fiel fast die Kinnlade herunter. Das gesamte geräumige Abteil unter dem Wagendach war mit fein säuberlich aufgestapelter, frischer Unterwäsche gefüllt.«

Jan fing herzhaft an zu lachen. Auch er war überrascht über das, was da unverhofft zum Vorschein kam.

»Hey, Kumpel, lass mal 'n paar frische Shorts rüberwachsen. Wenn hier alles vorbei ist, kauf ich dir 'n paar neue.«

»So was Edles kannst du dir gar nicht leisten: *Hugo Boss* und *Calvin Klein*. Wenn du

die Dame deines Herzens mit 'ner billigen Unterbuchse vom Discounter erobern willst, wirst du nicht mal mehr dazu kommen, das Ding auszuziehen, so schnell hat dich das Mädel vor die Tür gesetzt.«

»Na ja, übertreib's nicht, Steven. Der Inhalt ist wohl immer noch wichtiger als die Verpackung. Aber so ganz Unrecht hast du natürlich nicht.«

Jetzt lachten alle drei.

»Also her damit, Steven. Wir haben in Afghanistan auch immer regelmäßig die Unterwäsche getauscht. Jeder mal mit jedem. So stanken wir wenigstens alle gleich.«

»Pfui Teufel, Jan. Wie unappetitlich. Kannst deine Burger gleich allein essen.« Hannah war ein hartgesottenes Mädchen. So schnell konnte sie nichts aus der Fassung bringen, aber beim Tatbestand der mangelnden Hygiene hörte es bei ihr auf. Sie nahm sofort wahr, wenn jemand unangenehmen Körpergeruch ausdünstete. Das konnte bisweilen schon mal einen Brechreiz bei ihr auslösen.

»Halt du die Stellung, Steven. Hannah und ich fahren mal schnell zu McDonald's. Hast du 'nen besonderen Wunsch?«

»Packt ein, was ihr kriegen könnt. Ich habe Hunger wie ein Wolf.«

Die beiden verließen den Van. Bei diesem herrlichen Wetter war es eine Schande, so wenig an der frischen Luft zu sein. Aber sie waren ja schließlich nicht in Berlin, um die Sommerfrische zu genießen. Trotzdem empfanden sie die Wärme, die für Anfang Juni mit fast fünfundzwanzig Grad absolut ungewöhnlich war, wohltuend für Körper und Seele.

Während Hannah den X3 aus der Tiefgagrage des Hotels holte, kontrollierte Jan, ob seine Handys auf Empfang waren und ob es irgendwelche neuen Nachrichten gab. Der Mann, der auf der gegenüberliegenden Straßenseite gut hundert Meter entfernt mit seinem weißen 3er BMW unter einer Pappel im Schatten parkte, fiel ihm nicht auf.

Hannah und Jan fuhren die Sonnenallee stadteinwärts. Der nächste Fastfood-Laden befand sich am Hermannsplatz. Nach einigen hundert Metern bemerkte Jan, wie Hannah immer wieder nervös in den Rückspiegel sah.

»Ist was?«, fragte er kurz.

»Der weiße BMW hinter uns stand den ganzen Morgen am Straßenrand vor unserem Hotel. Da saß so'n Typ mit hellen, kurzen Haaren und 'ner Sonnenbrille drin. Der ist mir schon aufgefallen, als wir nach dem Frühstück in den Van gestiegen sind. Und als wir gerade wieder rauskamen, saß der da immer noch. Und jetzt folgt er uns.«

Jan sah in den rechten Seitenspiegel, konnte aber nur ein Teil des Wagens erkennen, nicht den Fahrer.

»Wir sind gleich da. Mal sehen, was er dann macht«, schlug Jan vor.

Hannah nickte und äugte ein weiteres Mal in den Rückspiegel. Nach wenigen Minuten hielten sie vor dem McDonald's am Hermannsplatz. Der potentielle Verfolger fuhr, ohne zur Seite zu sehen, die Sonnenallee geradeaus weiter.

»Hast du den schon mal irgendwo gesehen?«, fragte Hannah.

Jan zuckte mit den Schultern. »Keine Ahnung. Langsam sehen wir wohl Gespenster.« Allerdings verschwieg er Hannah, dass er schon gestern mehrfach das Gefühl hatte, ständig beobachtet zu werden. Einerseits musste er stets auf der Hut sein, denn die Al Kaida würde nicht eher Ruhe geben, bis sie ihn getötet hätten, andererseits durfte er nicht der Paranoia verfallen, hinter jedem Baum einen Attentäter zu vermuten. Er musste einfach weiter seinem messerscharfen Verstand und seiner untrüglichen Intuition vertrauen. Nach dem Anschlag im Parkhaus, bei dem der unbekannte Attentäter in letzter Sekunde von einem bisher nicht identifizierten Schutzengel ausgeschaltet worden war, konnte jederzeit ein erneuter Versuch unternommen werden, ihn zu eliminieren. Doch jetzt würde er wachsamer sein. Und vor allem bewaffnet.

Als Hannah und Jan gut eine Stunde später im Präsidium eintrafen, fiel ihnen sofort die ungewohnte Hektik auf. Alle möglichen Leute rannten schnellen Schrittes kreuz und quer durch die Flure und hatten keinen Blick für die Neuankömmlinge. Das Büro des Einsatzleiters der Kriminalpolizei war leer, die Tür stand sperrangelweit offen.

»Entschuldigung, wo finden wir Herrn von Echternach?«, fragte Hannah eine junge Beamtin im Nebenzimmer, die vertieft vor ihrem Bildschirm hockte. Sie hob ihren Kopf und zeigte mit dem Daumen zu einer Durchgangstür in ihrem Büro: »Sitzung mit dem BND. Das kann dauern.«

Hannah bedankte sich und zuckte mit den Schultern. »Und jetzt? In die Kantine? Abwarten und Kaffee trinken?«

»Erstens kann ich heute keinen Muckefuck mehr sehen und zweitens haben wir dafür im Moment keine Zeit.« Er zeigte auf die Zwischentür. »Mal sehen, was da los ist.«

Als Hannah sah, dass Jan im Begriff war, einfach mal eben in das Meeting zu platzen, hielt sie ihn kurz am Arm zurück. »Denkst du, dass das eine gute Idee ist?«

Im selben Moment öffnete sich die Tür des Konferenzzimmers und Staatsanwalt Dr. Rösler erschien auf der Bildfläche. Er machte einen zerknirschten Eindruck. »Ach, unsere Leipziger Verstärkung. Wollen sie jetzt auch noch ihren Senf dazugeben?«

Jan blieb gelassen. »Was ist los, Herr Staatsanwalt, warum so verärgert?«, erkundigte er sich.

»Wir sind den Fall los. Das ist los. Wir sind raus. Sie können nach Hause fahren.«

Dr. Rösler zog seinen beigefarbenen, etwas zu langen Trenchcoat über, schnappte seine abgewetzte, braune Aktentasche und verließ fluchtartig das Büro. Jan klopfte kurz zweimal an die Tür und stürzte in den Konferenzraum. Die Blicke der Männer am runden Tisch richteten sich schlagartig auf ihn. Hubertus von Echternach stand auf und ging zwei Schritte auf ihn zu. »Ist im Moment ungünstig, warten Sie doch bitte in meinem Büro auf mich. Wir sind hier gleich fertig.«

Er schob Jan vorsichtig zurück zur Tür.

»Nein, nein, warten Sie. Kommissar Krüger, nehme ich an? Hab schon einiges von Ihnen gehört.« Einer der in schwarzen Anzügen gekleideten Männer, der vor Kopf am Konferenztisch saß, erhob sich. »Mein Name ist Dr. Braun, leitender Ermittler des Bundesnachrichtendienstes. Die anderen Herren hier am Tisch sind Mitarbeiter des BND und des BKA. Habe eine gute Nachricht für Sie: Ab jetzt übernehmen wir diesen Fall. Wir haben von der CIA konkrete Hinweise auf einen bevorstehenden Terroranschlag in Berlin erhalten und wurden bereits umfassend informiert. Die Sache hat mittlerweile Ausmaße angenommen, die das Schlimmste befürchten lassen. Diese Aufgabe ist für die Polizei mittlerweile einfach nicht mehr zu bewältigen. Von jetzt an übernehmen die großen Jungs.«

»Und die Kleinen sollen wieder zurück in die Sandkiste, mit Schaufel und Förmchen spielen, wie? Sie wissen doch überhaupt nicht, was hier vorgeht. Bis sie geschnallt haben, was hier läuft, liegt Berlin längst in Schutt und Asche«, überzeichnete Jan die Lage bewusst.

»Bitte Jan, das hat doch im Moment keinen Sinn. Bitte gehen Sie und warten in meinem Büro auf mich.« Hubertus von Echternach schob Jan aus dem Raum und schloss die Tür.

»Das glaub ich jetzt nicht. Was für ein aufgeblasener Fatzke! So ein Milchgesicht, der gerade mal die Schulbank verlassen hat, soll jetzt die Terroristen aufhalten? Wahnsinn, sag ich nur, absoluter Wahnsinn.« Jan war entsetzt.

Hannah zog an Jans Jacke und sorgte dafür, dass er sich wieder ein wenig beruhigte.

»Lass gut sein, Jan. Wir verkrümeln uns erstmal. Da ist das letzte Wort sicher noch nicht gesprochen.«

Die beiden verließen das Büro der jungen Beamtin, die ihnen völlig fassungslos hinterher starrte. Dann nahmen sie Kurs auf das Dienstzimmer des Einsatzleiters. Zu ihrer Überraschung hatte es sich dort Staatsanwalt Dr. Rösler mit einem Kaffee und einer Zigarette gemütlich gemacht.

»Na, ist das nicht prächtig? Die machen hier ′ne Welle, diese Typen, als hätten sie bereits alles im Griff.«

»Haben die gesagt, was sie wissen?", versuchte Jan den Staatsanwalt aus der Reserve zu locken.

»Die haben gar nichts gesagt. Sie haben heute Morgen um sieben Dr. Shapourzadeh verhaftet und ihn anschließend über vier Stunden verhört. Der Mann sitzt wie ein Häufchen Elend unten im Keller in einer Einzelzelle und ist vollkommen fertig.«

»Haben Sie nach dem Verhör mit ihm reden können?«, wollte Jan wissen.

»Nein, aber angeblich hat der BND neue Informationen von ihm erhalten und wisse nun, was zu tun sei.«

»Wie bitte? Dann hat der Doktor der Berliner Polizei und der Staatsanwaltschaft gegenüber gelogen?«

»Ach, hören Sie doch auf mit diesen vollkommen deplatzierten Vermutungen. Glauben Sie vielleicht, dass ich als Staatsanwalt einen Lügner schütze? Ich kenne den Mann schon ′ne ganze Weile. Er ist längst nicht so selbstbewusst, wie das den Anschein hat. Ich würde ihn sogar eher als gänzlich unbedarft bezeichnen. Die Russen haben seine Gutmütigkeit ausgenutzt und die ihnen zur Verfügung gestellten Kellerräume als Drogenlager benutzt. Er war total konsterniert, als er das von mir erfahren hat. Die Russen haben einen alten, einsamen Mann in ihrem Sex-Club hofiert und ihm die Freundschaft angetragen. Er hat wirklich geglaubt, dass dieser Viktor sein Freund sei.«

»Und die Sache mit Dr. Lutzius?«, fragte Hannah.

»Resul war völlig fertig, als er hörte, dass man den Mann erschossen hatte. Er konnte nicht glauben, dass sein langjähriger Patient und Freund Romminger der Täter gewesen sein sollte. Erst nachdem Sie ihn aufgesucht hatten, fing er langsam an, die Zusammenhänge zu erahnen. Er wusste von seinen Kollegen Professor Al Mawardi und Dr. Muratov, dass die Forschungen im Bereich von Anti-Traumata Medikamenten weit fortgeschritten waren. Er hatte allerdings keine Ahnung davon, dass das alles nur Tarnung für ein Programm zur gezielten Gehirnwäsche von gesteuerten Attentätern war. Seine Tochter hat das wahrscheinlich von Anfang an gewusst. Sie hat zusammen mit Professor Al Mawardi und Dr. Muratov die Versuchsreihe entwickelt und diese an ausgesuchten Probanden getestet. Offenbar mit Erfolg, wie der Anschlag von Gowarah Sang beweist. Darauf dürfen sie Resul gar nicht ansprechen. Er glaubt fest daran, dass seine Tochter mit diesen Dingen nichts zu tun hat und dass alles nur ein großes Missverständnis ist.«

»Wenn mich nicht alles täuscht, waren Sie doch auch regelmäßiger Gast im Le Pigalle?«, lockte Jan den Staatsanwalt.

»Ja, aber warum denn wohl? Weil ich Resul schützen wollte und ihm mehrfach gesagt habe, er solle da nicht mehr hingehen.«

»Aber er hat nicht auf Sie gehört?«, fragte Hannah.

»Das sind doch alles meine lieben Freunde, hat er gesagt. Ich weiß gar nicht, was du hast. Ich fühle mich sehr wohl hier.«

Dr. Rösler schüttelte den Kopf. »Er war dort ständig von den schönsten Frauen umgeben. Er hat sie behandelt wie Damen. Er hat mit ihnen Sekt getrunken und gelacht. Er hat sie in den Arm genommen und sie haben sich an ihn gekuschelt. Er hat sich gefühlt wie ein Pascha. Aber glauben Sie nicht, dass es auch nur einmal zu sexuellen Handlungen gekommen wäre. Dieser Rasienkov hat die Mädchen immer wieder aufgefordert, Resul zu verführen. Er wollte etwas gegen ihn der Hand haben, um ihn gefügig zu machen. Aber der hat immer lächelnd abgelehnt. Wir sind doch nicht verheiratet, meine Liebe. Das ist eine Sache zwischen Ehepartnern, nicht für Freunde, hat er den Mädchen gesagt. Es war schon fast rührend. Und da waren ein paar Kaliber dabei, Herr Kommissar, dass kann ich Ihnen flüstern. Wenn die mich so hofiert hätten, wäre ich am Ende garantiert schwach geworden.«

»Sind Sie aber nicht?«, wollte Hannah wissen.

»Leider nein«, war der Staatsanwalt ehrlich.

»Und Sie haben den Russen auch nicht den einen oder anderen

Gefallen getan?«, hakte Jan nach.

Dr. Rösler drückte seine Zigarette aus und trank einen Schluck Kaffee, der mittlerweile nur noch lauwarm war. »Im Gegenteil. Ich hab versucht, Beweise für meine Vermutungen zu sammeln. Dazu hab ich ihnen den einen oder anderen wertlosen Tipp geben. Nicht mehr und nicht weniger.«

»Und haben Sie denen auch erzählt, wann und wo Kontrollen oder gar Razzien durchgeführt werden?«

»Ja, weil es meines Erachtens ohnehin nicht viel gebracht hätte, ein paar Päckchen Koks aus dem Radkasten eines Geländewagens zu fischen. Dieser Kleinkram bringt uns in dieser Sache nicht weiter. Ich wollte wissen, wo sie ihr Lager haben. Dass sich dieses ausgerechnet in der Villa meines Freundes Resul befand, ist fast schon aberwitzig. Aber er hat es nicht gewusst. Und ich wäre niemals darauf gekommen. So einfach ist das.«

»**Das** war nicht besonders clever von Ihnen, Jan. Ich wollte Sie aus der Sache raushalten. Ihr Name war noch gar nicht gefallen. Bis Sie da plötzlich reingeplatzt sind. Jetzt habe ich die Anweisung erhalten, Sie und Hannah umgehend nach Hause zu schicken. Sie sollen Berlin noch heute verlassen und zurück nach Leipzig fahren. Dieser Dr. Braun hat schon meinen Kollegen Wawzryniak angerufen und um Bestätigung gebeten, dass sie sich morgen früh wieder zum Dienst in Leipzig gemeldet haben.« Hubertus von Echternach stand im Türrahmen zu seinem Büro und sah aus wie ein geprügelter Hund. »Die sind hier plötzlich ohne Voranmeldung mit Dr. Shapourzadeh im Schlepptau aufgetaucht und wurden zudem auch noch von der Polizeipräsidentin Mechthild Köppe begleitet. Wir können nichts mehr tun. Ich habe Anweisungen erhalten, meine Leute bereitzuhalten und nur auf ausdrücklichen Befehl von diesem Braun zu handeln. Alles was ich tun kann, ist abwarten.«

»Schon in Ordnung, Hubertus. Niemand macht Ihnen Vorwürfe. Tom Bauer hatte mir erzählt, dass Chief Broderick alle relevanten Unterlagen an den Bundesnachrichten-dienst geschickt hat. Er glaubt, dass er die Sache damit los ist. Hätte mir denken können, dass das hier auftauchen. Dass das allerdings so schnell ging, überrascht mich jetzt auch«, sagte Jan.

Total frustriert verließen Hannah und Jan das Präsidium. »Wir fahren ins Estrel und brechen unsere Zelte dort ab. Dann nimmst du meinen Wagen und fährst sofort zurück nach Leipzig. Mein Audi ist hier viel zu auffällig.«

Hannah sah ihren Freund verwundert an. »Und du, willst du etwa entgegen den Anweisungen in Berlin bleiben?«

Jan nickte. »Du musst versuchen, Waffel dazu zu bringen, dass er unsere Anwesenheit morgen früh gegenüber dem BND bestätigt.«

»Mensch, Jan, bist du jetzt total verrückt geworden? Der setzt doch nicht seine Pension aufs Spiel. Würde ich auch nicht tun. Du kommst jetzt mit. Du kannst doch hier im Moment ohnehin nichts tun.«

»Und dann? Glaubst du vielleicht, die Typen verlangen in der Not wieder nach uns? Eher schneiden die sich 'nen kleinen Finger ab. Wenn ich jetzt hier verschwinde, sind wir endgültig raus aus der Nummer.«

Jans Handy klingelte.

»Wo seid ihr?«, wollte ein hörbar aufgeregter Steven Goldblum wissen.

»Wir verlassen gerade den Ort der Schande, mein Lieber«, antwortete Jan sarkastisch.

»Also haben die euch schon mitgeteilt, dass ihr aus der Sache raus seid?«

»Ja, woher weist du das?«

»Weil ich vor ein paar Minuten einen Anruf von Tom bekommen habe. Ich soll dir sagen, dass du momentan nichts unternehmen sollst. Er kommt morgen Abend nach Berlin und informiert den Bundesnachrichtendienst vor Ort über den Stand der Ermittlungen in Langley. Im Moment ruft er dich nicht an, um nicht den Verdacht zu schüren, den Anweisungen des BND nicht Folge zu leisten. Ich habe den Befehl, mich umgehend bei diesem Oberleutnant Dr. Braun zu melden, um dort weitere Instruktionen zu erhalten. Kann aber auch sein, dass die mich wieder direkt nach Hause schicken. Die lassen sich sicher nicht gern von einem CIA- Mitarbeiter in die Karten gucken.«

»Dann melde dich mal bei diesem Milchgesicht. Aber erzähl dem nichts. Vielleicht kannst du ja sogar erfahren, was die jetzt vorhaben. Hannah und ich fahren zurück nach Leipzig. Gib mir bitte umgehend Nachricht, wie es da weitergeht.«

Jan legte auf und erntete strafende Blicke.

»Warum lügst du ihn an?«

»Weil es besser für ihn ist, wenn er nicht weiß, dass ich hierbleibe.«

»Und du willst tatsächlich nicht mit zurückfahren?«

»Nein, Hannah, ich muss jetzt vor Ort sein. Ich muss unbedingt Fatima Shapourzadeh finden. Das ist unsere einzige Chance, noch rechtzeitig zu erfahren, was die Terroristen vorhaben.«

»Und wie bitte willst du das anstellen?«

»Vertrau mir, meine Liebe, ich werde sie finden.«

Hannah wurde wütend. »Was soll das denn heißen? Hast du jetzt auch schon Geheimnisse vor mir? Vielen Dank auch.«

»Ach was, Blödsinn. Aber es ist besser, wenn wirklich niemand weiß, was ich vorhabe. Dann können sie am Ende auch nur mich allein dafür verantwortlich machen, wenn die Sache schief geht.«

Diesmal meldete sich Hannahs Handy.

»Hubertus von Echternach. Sind Sie allein, Hannah? Können wir reden?«

»Ja, ja natürlich. Ich bin mit Jan auf dem Weg ins Hotel. Es hört sonst niemand mit.«

»Gut, ich rufe nämlich vom Apparat meiner Frau an. Bitte löschen Sie am Ende unseres Gesprächs sofort die Eingangsbestätigung auf ihrem Handy.«

»Ja, ist klar. Selbstverständlich.« Hannah konnte der Stimme des Anrufers seine Aufgeregtheit entnehmen.

»Eigentlich darf ich gar nicht mehr mit Ihnen reden. Aber die Sache ist wichtig. Ich habe vor einigen Minuten noch mal mit Dr. Shapourzadeh gesprochen. Er hat *doch* eine Nachricht von seiner Tochter erhalten.«

»Ja, ich höre«, war Hannah gespannt.

»Am besten zitiere ich, was dort geschrieben wurde: *Hallo Vater! Du und deine Lieben müssen Berlin sofort auf unbestimmte Zeit verlassen. Ein Terroranschlag der Al Kaida steht unmittelbar bevor. Werde erst später erfahren, was exakt geplant ist. In Liebe: Fati-*

ma. Was immer das auch heißen mag.«

Jan machte Hannah ein Zeichen, ihm ihr Handy zu reichen.

»Weiß dieser Braun von der Nachricht?«

»Leider ja.«

»Das bedeutet nichts anderes, als dass wir nicht mehr viel Zeit haben, Hubertus. Die haben was geplant, was unglaublich viele Menschenleben kosten wird und wahrscheinlich jeden Einwohner Berlins treffen kann. Deshalb die Warnung an ihren Vater, die Stadt sofort zu verlassen.

»Und haben Sie bereits irgendeine Ahnung, was das Ziel der Terroristen sein könnte?«, wollte Hubertus wissen.

»Nein, nicht konkret. Jedenfalls nicht das, woran diese Pfuscher vom Geheimdienst denken.«

»Die sprechen von einem Attentat auf den Reichstag oder auf das gesamte Regierungsviertel. Sie rechnen damit, dass die Al Kaida mit fremdgesteuerten Killern und Selbstmordkommandos einen Frontalangriff inszenieren wollen. Am Wochenende kommen die europäischen Außenminister zu einem Gipfeltreffen in Berlin zusammen. Der BND glaubt, dass die Terroristen es darauf abgesehen haben und zu diesem Zeitpunkt zuschlagen werden.«

»Dann sollen sie das ruhig weiter glauben, Hubertus. Ich garantiere Ihnen, dass die Kollegen falsch liegen.«

»Verdammt noch mal, was machen wir denn jetzt?« Hubertus von Echternach war der Verzweiflung nahe.

»Zunächst mal die Ruhe bewahren. Bleiben Sie über das Handy ihrer Frau auf Empfang. Ich tausche meines mit Hannah. So bleiben wir jederzeit in Kontakt. Halten Sie mich bitte über die Aktivitäten der Bundesbehörden auf dem Laufenden und erzählen Sie niemandem, dass ich in Berlin bleibe. Ich weiß jetzt, was zu tun ist.«

»Gut, aber lassen Sie mich nicht dumm sterben. Ich habe die Verantwortung für diese Stadt. Ich werde mit allen Mitteln verhindern, dass die Al Kaida hier ein Blutbad anrichten wird. Der BND, das BKA, die CIA oder wie sich diese Kameraden sonst noch alle schimpfen, sind mir scheißegal. Wo waren die denn, als die Bombenleger uns im letzten Jahr fast den Fernsehturm aus dem Stadtbild entfernt hätten?«

»Mit dem Hintern auf dem Sofa. Zuhause bei Mutti«, antwortete Jan.

»So ist es. Ich traue diesen Wichtigtuern nicht von hier bis zur Tür. Aber noch mal, Jan, bitte informieren Sie mich jederzeit über den neusten Stand. Ich stehe mit meinen Leuten Gewehr bei Fuß. Tag und Nacht rund um die Uhr. Ich habe alle Einheiten der Berliner Polizei in Alarmbereitschaft versetzt.«

»Verstanden, Hubertus. Sie hören von mir.«

Hannah konnte kaum glauben, was sie da gerade gehört hatte.

»So, du weißt also, was die vorhaben? Interessant. Darf man an diesem Wissen teilhaben, oder ist das auch zu gefährlich für so ein dummes Landei wie mich?«

»Ich weiß definitiv gar nichts. Aber langsam lässt sich das Puzzle zusammensetzen. Für einen Anschlag auf den Reichstag oder sonst ein großes Gebäude oder Areal haben die doch viel zu wenig Leute. Zwei Männer und eine Frau sollen den Reichstag stürmen? Die schaffen es nicht mal, die erste Absperrung zu überwinden.«

»Woher willst du wissen, dass die nicht hier noch mehr Mittäter haben. Schläfer gibt es überall mehr als genug. Und dann sind da noch die Russen. Vielleicht helfen die denen«, gab Hannah zu Bedenken.

»Ist durchaus möglich, dass die noch andere Helfer haben. Glaube ich aber nicht. Die beiden Syrer Bin Hammad und Al Mawardi haben die Sache mit Hilfe von Fatima Shapourzadeh geplant. Die kennt Berlin wie ihre Westentasche. Und für das, was die vorhaben, brauchen sie sonst niemanden mehr. Und was die Russen angeht: Die liefern Waffen und Sprengstoff, aber werden sich nicht, jedenfalls nicht wissentlich, an irgendwelchen terroristischen Anschlägen beteiligen. Das sind Leute, denen es ausschließlich um ihren Profit geht. Die haben wahrscheinlich keine Ahnung davon, was die Terroristen vorhaben. Allerdings hab ich so ein merkwürdiges Gefühl, dass es diesmal nicht nur Waffen und Sprengstoff sind, was sie ihren Geschäftspartnern liefern sollten. Ich hoffe allerdings, dass ich falsch liege. Sonst wird's echt schmutzig.«

»Wie meinst du das?«, erschrak Hannah.

»Na ja, ich denke da an chemische oder sogar bakteriologische

Waffen. Die Russen besorgen denen irgendwo aus den Bio-Labors des ehemaligen KGB Pockenviren oder Ebola- oder Typhuserreger und klauen sich irgendwo ein Flugzeug, das für den Sprühmitteleinsatz in der Landwirtschaft geeignet ist. Was dann passiert, brauch ich ja wohl nicht weiter auszuführen.«

Hannah wurde kreidebleich. «Deshalb also hat sie ihren Vater gewarnt, die Stadt zu verlassen.«

»So ist es. Wollen wir hoffen, dass ich falsch liege.«

»Und weist du mittlerweile, wer der Typ ist, der dich töten soll?«

»Das ist doch wohl nicht schwer zu erraten. Wahrscheinlich der Kerl, der mich fast schon im Parkhaus erwischt hätte.«

»Tom Ritter?«

Jan zuckte mit den Schultern. »Wenn er derjenige ist, der mit dem Terrorkommando in Afghanistan war und den wir auf dem Foto gesehen haben, dann ist das möglich. Aber Dolph hat dieses Tattoo nicht auf dem Rücken und er hat für die entsprechende Zeit ein Alibi. Außerdem scheint er ja im Parkhaus wohl eher mein Retter gewesen zu sein.«

»Also doch Maynard Deville?«

»Schon eher. Aber mein Gefühl sagt mir, dass auch der Devil nicht der ist, den wir suchen. Ich habe so eine Ahnung, dass ich ohne die Hilfe des Devils gar nicht mehr leben würde.«

»Weil du ihn in Leipzig gesehen hast?«, fragte Hannah.

»Nein, weil ich ihn gerochen habe.«

»Wie bitte?«, fragte sie ungläubig nach.

»Dieser Geruch, der in der Luft lag, als mich die beiden Killer auf dem Grundstück von Dr. Shapourzadeh erledigen wollten, erinnerte mich an diese Räucherkerzen, die Maynard Deville in unserem Camp in Kundus ständig brennen hatte.«

»Ja, aber wer kommt denn dann überhaupt noch in Frage?«, wollte sie wissen.

»Schau doch mal in den Rückspiegel. Ich denke, die Frage werden wir womöglich bald beantworten können.«

Als Hannah mit ihrem X3 in die Zufahrt zur Tiefgarage abbog, fuhr der weiße BMW die Straße am Estrel-Hotel geradeaus und hielt knapp hundert Meter weiter am rechten Straßenrand.

»Verhält der sich nicht für einen Verfolger ein bisschen zu auffällig? Merkt doch 'nen Blinder, dass der uns beobachtet.«

»Oder er will mich nervös machen, mich zu einem verhängnisvollen Fehler verleiten. Wir unternehmen nichts. Rauf aufs Zimmer, einpacken und abhauen.«

Jan beschloss, das Doppelzimmer für die heutige Nacht noch nicht zu kündigen. Soll sein Verfolger doch glauben, er würde dort weiter wohnen. Jetzt musste er erstmal dafür sorgen, dass Hannah möglichst unbemerkt das Hotel wieder verlassen konnte.

Während sie in der Tiefgarage ihre Taschen im Audi verstaute, verließ Jan das Hotel durch den Haupteingang. Der weiße 3er-BMW stand noch immer auf seinem Platz. Vorsichtig bewegte er sich auf das Fahrzeug zu. Der Wagen war leer. Jan blieb direkt vor dem BMW stehen. Um Hannah zu verfolgen, hätte der Kerl jeden Moment zurückkommen müssen, aber solange Jan dort stand, war das wohl kaum möglich. Es sei denn, er würde eine Konfrontation in aller Öffentlichkeit riskieren.

Der auffällig ockergelbe Audi Super 90 verließ die Tiefgarage und bog links ab Richtung Sonnenallee. Hannah und Jan hatten sich bereits auf dem Zimmer verabschiedet, deshalb sah er sich demonstrativ den Wagen des Verfolgers an, anstatt die Aufmerksamkeit seiner Freundin zu widmen. Als Hannah weg war, wartete Jan noch gute zehn Minuten, bevor er zurück ins Hotel ging. Jetzt musste er versuchen, seinen Schatten abzuschütteln. Er hatte Wichtigeres zu tun. Das Duell mit seinem Kontrahenten musste warten.

Möglichst unauffällig sah er sich im Foyer des Hotels um. Nach den Vorfällen der letzten Tage war er vorsichtiger geworden. Seine P6 verwahrte er geladen und entsichert in seiner Jackentasche. In seinem Stiefelschaft steckte ein rasierklingenscharfes Kampfmesser. Als ihm nichts Besonderes auffiel, fuhr er mit dem Fahrstuhl bis in den dritten Stock, stieg dort aus und nahm die Treppe hinunter in die Tiefgarage. Hannah hatte sein Gepäck bereits in den X3 geladen und den Schlüssel auf das rechte Hinterrad gelegt. Als er die Hotelausfahrt verließ, stand der weiße BMW noch immer auf seinem Platz. Jan trat den Kickdown durch bis zum Anschlag und rauschte die Sonnenallee hinunter Richtung Innenstadt. Beim

Blick in den Rückspiegel stellte er zufrieden fest, dass ihm niemand folgte. Er durchquerte Kreuzberg und fuhr die Urbanstraße weiter, dann über das Hallesche Ufer bis zum Reichspietschufer. Auf Höhe der Stauffenbergstraße bog er rechts ab und passierte das Maritim-Hotel auf seinem Weg zur Tiergartenstraße. Dort hielt er sich links und fuhr über die Hofjägerallee hinweg Richtung Diplomatenviertel, bis er schließlich links in die Rauchstraße einbog. Schon nach wenigen Metern lag rechts das Gebäude der Syrischen Botschaft. Die große zweistöckige, weißgraue viktorianische Villa war nicht besonders gesichert. Ein hüfthoher Eisenzaun trennte das mit hohen Laubbäumen bewachsene Botschaftsgelände vom Bürgersteig. Keine Security, kein Wachdienst, keine Polizei. Hatte Hubertus ihm nicht gesagt, dass die Botschaft rund um die Uhr observiert wird?

Jan fuhr im Schritttempo an dem Gelände vorbei und prüfte, ob in den parkenden Fahrzeugen Personen saßen, die aussahen, wie zivile Polizeibeamte. Fehlanzeige. Wieso war die Polizei hier nicht präsent, obwohl vermutet wurde, dass sich die gesuchten Terroristen in diesem Haus aufhielten? Aber möglicherweise hatten sich die Beobachter gut versteckt und befanden sich irgendwo in einem benachbarten Gebäude, von wo aus sie freien Blick auf das Zielobjekt hatten. Gegenüber auf der anderen Straßenseite befand sich ein riesiger, moderner Flachdachkomplex aus Glas und Metall. Den vielen Flaggen, die davor gehisst waren, zufolge, handelte es sich hier um einen ganzen Komplex von verschiedenen Botschaften. Jan erkannte unter anderem die kanadische, die norwegische und die schwedische Flagge. Wahrscheinlich hatte der Bundesnachrichtendienst oder das Bundeskriminalamt in einer der westlichen Vertretungen darum gebeten, ihren Leuten ein Büro zu Beobachtungszwecken zur Verfügung zu stellen. Allerdings schien das nicht besonders effektiv zu sein, sonst wären ihnen die Terroristen nicht entwischt, als sie sich durch den Hinterausgang davonmachten. Ob Fatima Shapourzadeh sich noch hier aufhielt, würde er wohl nur herausfinden, wenn er selber im Gebäude nachsehen würde.

Jan fuhr die Rauchstraße bis zur nächsten Kreuzung und bog dann rechts ab. Ein paar Meter weiter parkte er rechts am Straßenrand unterhalb hoher Laubbäume. Er wollte die Zeit bis zum Dunkelwerden nutzen, um nach einem Weg zu suchen, möglichst unerkannt auf das Botschaftsgelände zu gelangen. Dann würde er versuchen, irgendwo ein Schlupfloch in das Gebäudeinnere zu finden. Er hoffte, dort auf Fatima Shapourzadeh zu treffen oder zumindest Hinweise auf den Aufenthaltsort der Terrorgruppe zu erhalten.

»Mensch, Jan, hauen Sie da sofort ab. Brauns Männer haben Sie bereits im Visier. Weg da, aber schnell.« Hubertus von Echternach riskierte viel mit diesem Anruf. Wenn der BND herausfinden würde, dass er Jan gewarnt hatte, könnte ihn das seinen Job kosten.

Jan hatte die Zeit genutzt, um einen Weg auf das Gelände der Botschaft auszukundschaften. Was er dabei allerdings vorfand, machte ihn nicht besonders zuversichtlich. Von hinten auf das Areal zu gelangen, war praktisch unmöglich. Erstens lag noch ein Grundstück direkt davor und zweitens war die Rückseite des Botschaftsgeländes mit einem gut drei Meter hohen Stacheldrahtzaun gesichert. Wie auf einem Fußballfeld standen an allen vier Ecken des Grundstücks hohe Masten mit mehreren, großen Halogenscheinwerfern, die wahrscheinlich mit einer Vielzahl von Bewegungsmeldern verbunden waren. An dieser Stelle zu intervenieren, stellte keine Option dar. Der einzige Weg dort hinein führte demnach direkt durch das Eingangsportal. Vielleicht sollte er versuchen, sich unter irgendeinem Vorwand Zutritt zu verschaffen und sich dann freundlich, aber mit vorgehaltener Waffe, nach dem Verbleib der jungen Dame zu erkundigen.

Als ihn der Anruf von Hubertus von Echternach erreichte, hatte er das Gelände gerade einmal rundherum inspiziert und war wieder am Haupteingang in der Rauchstraße angelangt. Als er die Straße hinunter sah, bemerkte er zwei Männer in dunklen Anzügen, die ihm auf dem Bürgersteig zielstrebig und schnellen Schrittes entgegenkamen. Ohne in Panik zu geraten, drehte Jan sich langsam um und wollte in die entgegengesetzte Richtung verschwinden. Aber auch diese Möglichkeit erwies sich bereits als hinfällig. Aus dem Gebäudekomplex gegenüber der Syrischen Botschaft überquerten gerade zwei weitere, diskret in dunkel gekleidete, Männer die Rauchstraße und schnitten ihm den geordneten Rückzug ab. In

Bruchteilen einer Sekunde musste er sich entschieden, mit welchem der Pärchen er gleich ein Tänzchen wagen würde. Er atmete einmal tief durch, machte kehrt und ging langsam auf die Männer zu, die ihm von oberhalb der Rauchstraße entgegenkamen. Er fühlte, wie das Adrenalin sturzbachartig in seine Adern strömte. Einer der Männer sprach in sein Mikrofon, das er am Handgelenk trug. Als Jan noch etwa zwanzig Meter von seinen Widersachern entfernt war, hörte er, wie plötzlich hinter ihm ein Fahrzeug mit hoher Geschwindigkeit und quietschenden Reifen in die Rauchstraße einbog. Der Wagen raste bis auf seine Höhe und machte eine Vollbremsung. Es roch streng nach verdampftem Kautschuk.

»Hierher, Herr Kommissar. Steigen Sie ein. Na los, machen Sie schon«, brüllte der Beifahrer hektisch durch das geöffnete Fenster. Jan erkannte Omar, einen der Assistenten von Dr. Shapourzadeh. Einen Wimpernschlag lang überlegte er, was er tun sollte. Mit den beiden Typen vom BND würde er spielend fertig werden, aber wahrscheinlich würden sie ihn lang genug aufhalten, bis ihnen die anderen Männer zu Hilfe kamen. Und vier gegen eins bedeutete eine deutliche Verringerung seiner Chancen, diesen Kampf als Sieger zu beenden. Mit einem Satz sprang Jan vom Bürgersteig auf die Straße, riss die rechte Hintertür der schwarzem E-Klasse auf und hechtete mit viel Schwung auf die Rückbank. Im gleichen Moment gab Mehdi, der den Wagen fuhr, Vollgas. Zurück blieb eine Wolke aus grauem Qualm und schwarzem, verbranntem Gummi. Jan richtete sich auf und blickte durch das Heckfenster zurück in die völlig überraschten Gesichter der BND-Männer.

»Das war knapp, Herr Kommissar. Die wollten Ihnen wohl ans Leder, diese Typen, wie?«, fragte Omar.

»Ist wohl so«, antwortete Jan. »Die *Men in Black* Fraktion hat die Ermittlungen übernommen und hat uns vor die Tür gesetzt. Offiziell ist die Polizei raus aus den Ermittlungen. Bei Terroralarm übernimmt der Staatsschutz, das sind die Regeln. Wer sich dem widersetzt, wird umgehend aus dem Verkehr gezogen.«

»Und genau das wäre da wohl eben gerade passiert, oder?«

»Vielleicht, vielleicht aber auch nicht. Schließlich war ich in der Überzahl. Ein ausgebildeter, erfahrener Einzelkämpfer gegen vier Milchbärte. Das wäre eine Kleinigkeit für mich gewesen.«

»Aha, deswegen haben Sie auch die Flucht ergriffen«, stellte Omar süffisant fest.

»Wissen Sie, Omar, das Problem ist, dass sich vier minderjährige Beamte des Bundesnachrichtendienstes mit gebrochenen Knochen, jeder Menge Blutergüssen und einer Unzahl von Schwellungen im Gesicht nicht besonders gut in meiner Akte machen würden. Könnte mich einen erheblichen Teil meiner Pension kosten. Das war mir der Spaß dann auch nicht wert.«

Mehdi und Omar lachten dreckig. »Schade, eigentlich hatten wir doch erstklassige Logenplätze für diesen interessanten Fight.«

Jan schmunzelte. »Wieso wart ihr eigentlich ausgerechnet in diesem Moment zur Stelle? Zufall oder sucht ihr hier was Bestimmtes?«

Omar drehte sich um. »Unser Chef will, dass wir unter allen Umständen seine Tochter finden. Er macht sich große Sorgen. Er glaubt nicht, dass sie freiwillig bei dieser Sache mitgemacht hat.«

Jan zuckte mit den Schultern. »Nach unseren Erkenntnissen hat niemand Fatima gezwungen, an diesen terroristischen Aktionen teilzunehmen. Ich glaube, dass sie mit Ibrahim Al Mawardi liiert ist und der sie überredet hat, sich dem Dschihad anzuschließen. Fest steht, dass sie am Massaker von Gowarah Sang beteiligt war. Und zwar ohne mit Medikamenten und Drogen vorher gefügig gemacht worden zu sein. Im Gegenteil. Sie als Wissenschaftlerin hat die Männer mit diesen Mitteln vollgepumpt, damit sie als fremdgesteuerte Attentäter ihren Willen umsetzen. Sie ist keineswegs nur eine Mitläuferin. Sie ist ein wichtiger Bestandteil dieser Terrorbande.«

»Scheint so«, bestätigte Mehdi. »Sie hat ihren Vater aufgefordert, aus Berlin zu verschwinden, damit er keinen Schaden nimmt. Wissen Sie, was die Typen vorhaben?«

Jan schüttelte den Kopf. »Nein, aber genau aus diesem Grund muss ich Fatima finden, bevor es zu spät ist.«

Omar nickte: »Dann haben wir das gleiche Ziel. Wir haben die Botschaft schon den ganzen Tag observiert. Wir glauben nicht, dass sie noch hier ist. Aber wir haben da so eine Ahnung, wo sie sich möglicherweise aufhalten könnte.«

»Na dann, worauf warten wir noch?«, fragte Jan.

»Ich werde euch heute wieder verlassen. Alles ist vorbereitet für den großen Tag. Unsere russischen »Freunde«, er betonte das Wort mit offensichtlichem Sarkasmus, »konnten uns zwar nicht geben, wonach wir verlangt haben, aber ich habe längst einen anderen Weg gefunden. Unser Bruder Mahmut hat dafür gesorgt, dass wir alles bekommen haben, was wir wollten. Und zwar mehr als genug. Er hat das Fahrzeug bereits beladen und für den Einsatz vorbereitet. Er wird euch begleiten und euch den rechten Weg zeigen. Am Ende des dritten Tages von heute an werden die Ungläubigen einen hohen Preis dafür zahlen, dass sie unseren Bruder und Führer Tahir Sharif kaltblütig ermordet haben. Aber auch der Tod unserer Väter, Söhne und Brüder in Afghanistan verlangt nach Vergeltung. Was uns im letzten Jahr nicht gelungen ist, werden wir dieses Mal vollenden. Das Ausmaß unseres Erfolges wird das Ereignis vom 11. September 2001 in den Schatten stellen. Damals starben dreitausend Ungläubige. Diesmal werden es zehnmal so viel sein. Allah wird stolz auf euch sein, meine Söhne. Er wird euch verzeihen, wenn ihr nicht den Märtyrer-Tod sterben werdet. Wenn es aber sein muss, müsst ihr euch opfern. Fadi und Ibrahim: Ihr werdet Sprengstoffgürtel tragen. Wenn sie euch entdecken, bevor die Aufgabe vollbracht ist, dann nehmt so viele Ungläubige wie möglich mit in den Tod. Während ihr euren Platz im Paradies sicher habt, wird den Ungläubigen der Weg dorthin verwehrt bleiben. Allah wird diese Bastarde in die Hölle schicken. Allahu Akbar, Allahu Akbar!«

Der Meister erhob sich und nickte allen Anwesenden zum Abschied zu. Dann verschwand er mit seinen Begleitern aus einer Nebentür des Sitzungssaales der Syrischen Botschaft.

»Es ist mir eine große Ehre, meine Dienste im Kampf gegen die Ungläubigen anbieten zu dürfen. Ich habe viele Jahre auf diesen großen Tag warten müssen. Nun ist er endlich da. Allahu Akbar!«

Der kleine, gedrungen wirkende Kurde, mit einem riesigen, schwarzgrauen Schnurrbart und wuscheligem, eher grauem als schwarzem, Haar, verneigte sich vor seinen beiden Mitstreitern, die er gerade erst kennengelernt hatte. Der Endvierziger Mahmut Sahbaz, ein streng gläubiger Moslem, war bereits vor über dreißig Jahren nach Berlin gekommen. Seine Familie galt schon seit langem als vollständig integriert. Alle drei Brüder und seine vier Schwestern konnten einen Schulabschluss vorweisen und hatten einen ordentlichen Beruf erlernt. Und das war vor allem bei muslimischen Frauen nicht unbedingt der Normalfall. Vor zehn Jahren hatte er zusammen mit einem Freund eine kleine Kanalreinigungsfirma gegründet und galt in der Branche als fleißig, kompetent und zuverlässig.

Vor etwa fünf Jahren hatte er in der Moschee beim Freitagsgebet zwei, ihm bis dahin unbekannte, Männer kennengelernt, die ihn davon überzeugten, für die gerechte Sache einzutreten. Wie sich später herausstellen sollte, handelte es sich um radikalislamistische Fundamentalisten, die den Auftrag hatten, Gläubige für den Dschihad anzuwerben. Sie vertraten die Ideologie, dass die Feinde des Islams bekämpft und zerstört werden müssen. Zu jeder Zeit und an jedem Ort der Welt. Allah hat zum Dschihad, zum Heiligen Krieg gegen die Ungläubigen aufgerufen. Und dem, der sich daran beteiligen würde, werde unermesslicher Ruhm und große Ehre zu Teil werden. Als Märtyrer zu sterben und ins Paradies einzuziehen, wäre das Größte, was einem gläubigen Moslem auf dieser Welt widerfahren könnte. Die Familien, die Freunde und seine muslimischen Glaubensbrüder würden stolz auf ihn sein und ihn beneiden.

»Wir danken dir, Bruder, dass du uns zur Seite stehst. Wir werden morgen in aller Frühe zu dir kommen und die Planung für unser gemeinsames, erfolgreiches Unternehmen ein letztes Mal besprechen. Mach dich bereit. Wir werden Allah einen glänzenden Sieg schenken. Er wird stolz auf seine Söhne sein. Allahu Akbar!«

Mehdi navigierte seinen Mercedes durch den dichten Berliner Feierabendverkehr. Das erste Mal seit knapp einer Woche zogen am Horizont dunkle Wolken auf und kündigten Regenschauer an.

»Wir wissen, dass mindestens noch zwei weitere Personen mit Fatima aus Moskau eingereist sind. Auch sie hatten syrische Pässe mit Diplomatenstatus«, setzte Jan die Unterhaltung fort.

»Wir haben heute Mittag beobachtet, wie ein Wagen mit vier Männern auf das Botschaftsgelände gefahren ist. Es sah so aus, als wenn das ein hochrangiger Diplomat in Begleitung zweier Bodyguards war. Der vierte Mann schien ein Fahrer der Botschaft zu sein. Auf jeden Fall hat ihn der syrische Botschafter an der Eingangstür empfangen wie einen alten Freund. Irgendwann kurz nach vier haben wir uns einen Kaffee geholt und als wir wieder zurückkamen, haben wir Sie in dieser brenzligen Situation vorgefunden. Dabei haben wir nicht mehr darauf geachtet, ob der Wagen, der die Männer gebracht hatte, noch auf dem Gelände stand oder nicht.«

Omar sah Mehdi fragend an: »Oder ist dir das aufgefallen?«

»Nein, aber einer dieser Männer, die wir dort gesehen haben, kam mir irgendwie bekannt vor. Ich weiß allerdings im Moment nicht, wo ich den einordnen soll.«

Mehdi fuhr so zügig es eben ging die Bismarckstraße stadtauswärts, die nach einigen wenigen Kilometern auf den Kaiserdamm in Westend überging. Als sie schließlich die Heerstraße erreicht hatten, war der Verkehr nicht mehr ganz so dicht wie im Innenstadtbereich um den Tiergarten herum.

»Wahrscheinlich haben sich in der Botschaft Mitglieder der Al Kaida zu einem Meeting getroffen. Die können sich mit ihrem Diplomatenstatus überall völlig frei bewegen. Die Behörden haben nicht mal das Recht, deren Fahrzeuge anzuhalten, geschweige denn, sie zu kontrollieren. Und das Gelände der Botschaft dürfen sie schon gar nicht betreten. Dieser Bereich gilt als syrisches Hoheitsgebiet und darf nur mit ausdrücklicher Genehmigung der Syrer aufgesucht werden. Alles andere wäre ein schwerwiegender Verstoß gegen internationales Recht. Und im Gegensatz zu den Amerikanern, die unlängst einfach mal so eben eine Razzia in der Syrischen Botschaft in Washington durchgeführt haben, können sich die Deutschen keine Zuwiderhandlung erlauben, ohne gleich wieder in die rechte Ecke gestellt zu werden. Diesen Tatbestand nutzen diese Halunken natürlich uneingeschränkt zu ihrem Vorteil.«

Mehdi stellte das Radio, das bis dahin nur leise im Hintergrund zu hören war, ganz auf lautlos: »Verdammt noch mal, da soll mich doch der Teufel holen. Wo sie gerade die Al Kaida genannt haben, Herr Kommissar. Jetzt weiß ich, wo ich diesen Typen schon mal gesehen habe. Vor ein paar Tagen gab es im Fernsehen irgendwo einen Bericht über Osama Bin Laden und seinen Nachfolger, Al Fakri, oder wie der hieß. Dort meinten sie, dass die nach dessen

Tod im letzten Jahr wohl wieder ein neues Oberhaupt gefunden hätten. Dann blendeten sie das Foto genau dieses Mannes ein. Ich werd verrückt, das war der Al Kaida-Führer, den wir in der Botschaft gesehen haben. Das ist ja'n Ding.«

Mehdi verriss fast das Lenkrad vor Aufregung.

»Das ist nicht unmöglich. Die Gerüchte sagen, dass der Nachfolger von Tahir Sharif Al Fakri direkt aus dessen engerem Umfeld stammt. Al Fakri war Franzose, lebte in Paris. Es wird gemunkelt, dass sein ehemaliger Sekretär in seine Fußstapfen getreten wäre. Dabei soll es sich womöglich um einen seiner Neffen handeln. Sein Name ist allerdings bisher unbekannt. Moment, Moment, ich hab's gleich,« wurde Mehdi immer hektischer.

»Ich habe früher alle Karl May Bücher gelesen. Der hieß so ähnlich, wie dieser *Hadschi Halef Omar Ben Hadschi Abul Abbas Ibn Hadschi Dawuhd Al Gossarah.*«

»Donnerwetter«, applaudierte Omar, »wusste gar nicht, dass ich so einen hochgebildeten Freund habe.«

»Warte, warte, ich glaube, der Name war«, Mehdi zögerte noch einen Moment, dann platzte es förmlich aus ihm heraus, »Hassan Omar Bin Khalib! Ja, genau, Hassan Omar Bin Khalib, so hieß dieser Typ. Der erinnerte mich sofort an den Band *Durchs Wilde Kurdistan* mit *Kara Ben Nemsi,* was so viel bedeutet wie Karl, der Deutsche.«

»Gut möglich«, bestätigte Jan, »und du bist sicher, dass das der Mann war, der heute Mittag die Syrische Botschaft betreten hat?«

»Bombensicher, Herr Kommissar, wenn ich diesen Ausdruck als Nicht-Terrorist benutzen darf.«

»Wenn der Kerl tatsächlich der neue *Meister* war, wie ihn seine Männer nennen, dann können wir jetzt wohl absolut sicher davon ausgehen, dass hier zeitnah in Berlin eine Al Kaida-Aktion bevorsteht. Ich kannte diesen Namen bisher noch nicht und ich nehme an, dass selbst die CIA bisher noch im Dunklen tappt, was den Nachfolger von Al Fakri anbelangt. Der Bundesnachrichtendienst um diesen Wichtigtuer Braun hat ohnehin keine Ahnung, was hier gespielt wird. Die erwarten einen Anschlag auf den Reichstag, wenn dort Anfang der Woche das Treffen der europäischen Außenminister stattfinden wird.«

»Und das glauben Sie nicht, Herr Kommissar?«, fragte Omar nach.

»Nein, das benutzen die höchstens als Ablenkungsmanöver. Die Al Kaida ist eine straff geführte, logistisch bestens aufgestellte Organisation mit militärisch auf hohem Niveau ausgebildeten Leuten. Sie tun selten das, was man von ihnen erwartet. Sie nutzen sehr oft das Überraschungsmoment, was uns leider Nine/Eleven schmerzlich vor Augen geführt wurde. Außerdem haben sie für einen Anschlag von solchem Ausmaß nach unseren Erkenntnissen viel zu wenige Leute vor Ort. Selbst wenn sie in Deutschland kurzfristig noch ein paar Schläfer geweckt haben, wird das nicht ausreichen, um solch eine umfangreiche Aktion durchzuführen. Ich denke, dass sie etwas vorhaben, wozu sie nur wenige, allerdings hochqualifizierte, Leute brauchen. Deshalb haben sie zwei ehemalige Elitesoldaten der US-Army und eine auf ihrem Gebiet führende Wissenschaftlerin nach Deutschland gebracht.«

»Ja, aber was haben die denn dann ihrer Meinung vor?«, erkundigte sich Mehdi, der mittlerweile über die Wilhelmstraße auf die Potsdamer Chaussee gefahren war.

Jan war nicht sicher, ob er nicht schon zu viel erzählt hatte und beschloss, seine Vermutungen zunächst besser für sich zu behalten. Könnte ja sein, dass die beiden alles brühwarm an ihren Chef weitergaben und der es dann, wie auch immer, seiner Tochter erzählen würde. Unwahrscheinlich, aber denkbar.

»Wenn ich das wüsste, hätten wir jetzt ein großes Problem weniger«, blieb Jan in der Defensive.

Mittlerweile hatten sie den Krampnitzsee erreicht. Als Mehdi jedoch nicht direkt in den Rothkehlchenweg einbog, fragte Jan verwundert nach. »Ging das hier nicht links zur Villa?«

»Sicher«, bestätigte Omar, »aber wir nehmen einen anderen Weg. Wir verzichten einfach bei unserem Besuch auf die Voranmeldung. Sonst fliegt das Vögelchen aus, bevor wir überhaupt einen Fuß auf das Grundstück gesetzt haben.«

Nach einigen hundert Metern bog Mehdi von der Potsdamer Chaussee links zum Bootshafen ab. »Der Doktor hat sich vor ein paar Jahren ein kleines Motorboot zugelegt, um bei schönem Wetter entspannt auf dem See zu schippern. Aber wie das immer so ist, wenn die Reichen ein neues Spielzeug haben: Ein, zweimal benutzt und dann wird's in die Ecke gestellt. Ich hoffe, dass Sprit im Tank ist.«

Kurz nach achtzehn Uhr parkte Mehdi die schwarze E-Klasse auf dem Schotterplatz vor dem Bootshaus am Krampnitzsee. Dann gingen sie zusammen hinunter zum Anlegesteg. Omar zeigte auf ein weißes Motorboot, das mit einer blauen Plane abgedeckt war.

»Da ist ja unser gutes Stück. Ist mistneu. Vielleicht drei- oder viermal benutzt im letzten Sommer. In diesem Jahr überhaupt noch nicht.«

Sie entfernten die Abdeckung. Darunter kam ein schnittiges, viersitziges Motorboot der gehobenen Ausstattung zum Vorschein, mit einem regelrechten Boliden von Außenbordmotor. Omars Gesichtszüge entspannten sich, als er den Deckel des Benzintanks öffnete.

»Das müsste reichen. Rasen können wir ohnehin nicht. Mal sehen, ob unser Kumpel sofort anspringt. Er steckte den Schlüssel, der gut versteckt auf einer kleinen Ablage unter dem Lenkrad klebte, ins Zündschloss und drehte ihn einmal kurz nach rechts. Der Motor antwortete mit einem spontanen, sonorem Grollen.

»So stelle ich mir das vor«, war Omar zufrieden. Dann stellte er den Motor wieder ab.

»Wir müssen warten, bis es dunkel ist. Dann werden wir Fatima einen kleinen Überraschungsbesuch abstatten.«

»Wenn sie da ist«, gab Jan zu Bedenken.

»Wo sollte sie sonst sein? Das Haus steht leer und sie hat einen Schlüssel. Niemand kommt auf dieses extrem gesicherte Grundstück. Die Russen haben das Areal abgeschirmt wie Fort Knox. Da ist sie absolut sicher.«

»Außer natürlich vor uns«, grinste Omar. »Wir fahren mit dem Boot bis an den Anleger des Grundstücks. Hinter der Sommerhütte, gleich unten am Wasser, befindet sich der Sicherungskasten für die Bewegungsmelder. Den müssen wir nicht mal aufbrechen.« Omar wedelte mit einem kleinen Schlüssel. »Mother's little helper«, triumphierte er. »Im Dunkeln schleichen wir uns bis zum Kellereingang. Schlüssel ebenfalls vorhanden.«

»Was ist mit den Russen?, erkundigte sich Jan.

»Längst über alle Berge. Nach der Razzia haben die kalte Füße bekommen und sich vom Acker gemacht«, berichtete Omar. »Mittlerweile haben Viktor und seine Freunde Berlin vollständig den Rücken gekehrt. Die kleine Muratova hat uns erzählt, dass sie für ein paar Wochen zurück nach Moskau geht. Angeblich will sie ihren Vater besuchen. Wir nehmen an, dass Tireshnikov und seine Leute ebenfalls von den Terroristen gewarnt wurden«, ergänzte Mehdi.

»Trotzdem sollten wir vorsichtig sein. Könnte doch sein, dass Fadi Bin Hammad und Ibrahim Al Mawardi bei Fatima im Haus sind », gab Jan zu bedenken.

»Wohl kaum, Herr Kommissar. Die sind in der Syrischen Botschaft und haben heute Mittag an dem Meeting mit ihrem großen Meister teilgenommen. Außerdem werden die nicht unnötig auf den Schutz der Botschaftsmauern verzichten.«

»Was Fatima eigentlich auch nicht gern getan hat. Aber Frauen sind nun mal im beruflichen Umfeld des Meisters nicht erwünscht. Deshalb musste sie vorüber-gehend ins Exil. Kann aber sein, dass sie nach der Abreise des Chefs wieder in die Botschaft zurückkehren wird. Aber im Moment befindet sie sich noch in der Villa. Kein Zweifel.«

Langsam wurde es dunkler. Dicke, schwarze Wolken hatten sich bedrohlich über dem See zusammengezogen. Es hatte leicht angefangen zu regnen. Vereinzelt wirbelten kräftige Windboen über das glatte, ruhige Wasser. Trotzdem war es mit fast zwanzig Grad noch immer angenehm warm. Omar startete den Motor des Außenborders und zog vorsichtig den Gashebel zurück. Fast schon sanft bewegte sich das Boot rückwärts aus der Anlegestelle. Er drehte den Bug des Schiffes in Fahrtrichtung und gab Gas. Mit einem kräftigen Ruck schnellte das Gefährt nach vorn. Jan wurde unvermittelt in seinen edlen Ledersitz gedrückt.

»Sachte, sachte Leute, das Ding beschleunigt ja wie'n Ferrari.«

»Festhalten, Herr Kommissar. Nicht, dass Sie noch baden gehen«, grinste Omar.

Nach gut der Hälfte der Strecke, drosselte Mehdi merklich das Tempo.

»Den Rest absolvieren wir im Schleichfahrtmodus.«

Das hatte allerdings zur Folge, dass der Regen, der vorher übers

Boot hinweg geweht war, nun ins Innere prasselte.

»Kragen hoch und durch. Wir sind gleich da.«

Langsam und nahezu lautlos legte das Motorboot am Steg des Grundstückes an. Im Haus war alles dunkel. Im Obergeschoss waren sämtliche Rollläden herunter gelassen. Womöglich hatte Fatima sich dort oben zurückgezogen. Während Mehdi und Jan das Boot festmachten, schlich Omar zur Rückseite des Sommerhäuschens und entfernte die Sicherungen für die Bewegungsmelder.

»Letztes Mal haben mich hier zwei Dobermänner begrüßt«, merkte Jan an.

»Castor und Pollux. Die konnten keiner Fliege was zu Leide tun, Herr Kommissar. Die sind zahm wie Lämmer. Aber die hat Frau Doktor mitgenommen.«

»Dann können die das nicht gewesen sein. Das waren zwei ausgewachsene Killer. Um ein Haar hätten die mich zu Frikassee verarbeitet.«

Omar lachte. »Schon klar, dass waren die Kampfhunde der Russen. Die mussten sie beide erschießen, weil die Idioten die Köter so scharf gemacht hatten, dass sie selbst von ihnen angegriffen wurden. Die liefen nur nachts draußen herum. Tagsüber waren die im Keller eingesperrt. Also keine Gefahr. Hier gibt's keine Hunde mehr.«

»Dann wollen wir mal«, übernahm Mehdi die Planung für die weitere Vorgehens-weise, »wir laufen jetzt rüber zur Rückseite des Hauses und gehen durch den Außeneingang in den Keller. Für die Tür haben wir ebenfalls einen Schlüssel. Problematisch wird's erst, wenn der Zugang vom Keller zum Untergeschoss verschlossen ist. Dann müssen wir's hiermit versuchen.«

Mehdi hielt einen hakenähnlichen Gegenstand in den Händen, mit dem er wohl vorhatte, die verriegelte Tür zu öffnen.

»Ist so'ne Art Spezialwerkzeug für ganz schwierige Fälle. Hat mich eigentlich noch nie im Stich gelassen.«

»Da im Erdgeschoss kein Licht brennt, wird sich Fatima voraussichtlich im Obergeschoss aufhalten. Wenn sie uns nicht bemerkt, dürfte es kein Problem werden, sie zu überwältigen. Ich gehe davon aus, dass sie bewaffnet ist und ich habe wirklich keine Ahnung, wie sie reagieren wird, wenn sie uns sieht. Haben Sie 'ne Knarre dabei, Herr Kommissar?«

Jan nickte. »Die werden wir nicht brauchen. Wenn wir im Haus sind, gehe ich zunächst allein nach oben. Unter dem Gewicht von drei ausgewachsenen Männern dürfte die Treppe heftige Geräusche verursachen, es sei denn, sie besteht wider Erwarten aus Beton.«

»Nein, nein, das ist eine sehr schöne, mit Ornamenten verzierte, fast schon antike Holztreppe. Am besten Sie ziehen die Schuhe aus, das wäre am sichersten.«

Mittlerweile war es stockdunkel geworden. Der Mond wurde von grauschwarzen Wolken verdeckt. Im Haus war es absolut duster. Die Straßenlampen vor dem Grundstück waren erloschen. Hatte Omar wohl eine Sicherung zu viel herausgeschraubt. Man sah die Hand vor Augen nicht mehr.

»Hat wenigstens einer von euch 'ne Taschenlampe dabei?«, fragte Jan.

»Nein, aber Moment, im Boot liegt eine. Ich hole sie.«

Mehdi drehte sich um und war Sekunden später nicht mehr zu sehen.

»Und ihr glaubt wirklich, dass das Mädchen hier ist?«, vergewisserte sich Jan bei Omar.

»Hundertprozentig, Herr Kommissar. Das ist der einzige Ort, den sie hier kennt und sie hat die Schlüssel. Außerdem hat der Chef ihr gesagt, dass das Haus leer steht, nachdem die Russen abgehauen sind.«

»Bingo«, flüsterte Mehdi leise hinter ihnen und ließ die Taschenlampe zweimal kurz aufblinken. Ich denke, wir sind dann so weit.«

Die drei Männer bewegten sich langsam auf dem vom Regen rutschigen Rasen durch die rabenschwarze Nacht Richtung Kellereingang.

Dann ging plötzlich alles ganz schnell. Jan hörte das Pfeifen und den Einschlag des Geschosses fast gleichzeitig. Er kannte dieses Geräusch. Wer diesen grellen Pfeifton wahrnahm, wusste, dass es einen Bruchteil einer Sekunde später einschlagen würde. Dann konnte man nur noch hoffen, dass es den Nebenmann erwischte und nicht einen selbst. Das war zwar in höchstem Maße unchristlich, aber durchaus menschlich.

»Runter«, schrie Jan und zerrte Omar mit sich zu Boden. Zwei weitere Schüsse folgten kurz hintereinander.

»Ist jemand getroffen?«, wollte Jan wissen.

»Nein, antworteten seine beiden Begleiter fast unisono.«

»Los, zurück zum Bootshaus, schnell«, befahl Jan.

Wieder fielen Schüsse, die aber ihr Ziel verfehlten. Es gelang den drei Männern, sich hinter dem Sommerhäuschen am Bootsanleger in Sicherheit zu bringen.

»Verdammte Scheiße, da will wohl jemand nicht gestört werden. Das waren Warnschüsse. Ohne Infrarot hätte der uns gar nicht sehen können. Ich frage mich nur, warum der uns nicht erledigt hat. Auf die Entfernung war es schwieriger vorbeizuschießen, als zu treffen«, stellte Jan fest.

»Wieso der? Das ist Fatima, wer denn sonst?«

»Wenn sie derart professionell mit einer Präzisionswaffe umgehen kann, dann ist das durchaus möglich. Aber da oben sitzt ein Profi. Die Schüsse im Dunkeln absichtlich so knapp daneben zu setzen, ist verdammt schwierig. So was können nur ausgebildete Scharfschützen.«

»Uns was jetzt?«, fragte Mehdi.

»Ganz einfach: Rein ins Boot und nichts wie weg hier, bevor es sich der Typ da oben anders überlegt«, meinte Omar.

»Aber wenn wir jetzt in den Kahn steigen, hat der Kerl uns doch voll im Visier. Das ist doch Selbstmord«, entgegnete Mehdi.

»Der will, dass wir verschwinden. Mehr nicht. Sonst lägen wir schon mausetot auf dem Rasen«, erklärte Jan.

Den beiden Arabern war es nicht wohl in ihrer Haut. Am liebsten hätten sie ihre Deckung bis zum Morgengrauen nicht verlassen. Jan musste etwas nachhelfen.

»Was ist, wenn der Kerl jetzt hier raus kommt? Er kann uns im Dunkeln sehen, wir ihn nicht. Da können wir uns gleich selbst die Kugel geben, Freunde. Los, ihr Memmen, vorwärts.«

Widerwillig und ängstlich bewegten sich Omar und Mehdi über den Anleger zum Motorboot. Jan wartete noch einen Moment. Dann sah er zu seinem Entsetzen einen roten Punkt auf Omars Rücken. Ein kurzes Pfeifen, ein dumpfes Ploppen und Omars Körper krachte auf den hölzernen Boden des Anlegers.

»Verdammt, runter mit euch,« schrie Jan, der sich offensichtlich getäuscht hatte. Wieder zerriss ein gellender Pfeifton die Luft. Danach hörte Jan nur noch, wie einer der beiden Männer ins Wasser fiel.

»Omar, Mehdi, was ist? Meldet euch« , rief Jan in die Dunkelheit. Keine Antwort.

»Was ist hier los, zum Teufel noch mal?«, fluchte Jan leise vor sich hin. »Was ist das für ein verdammtes Schwein? Tut so, als wollte er uns verjagen und knallt uns dann kaltblütig ab, als er ein besseres Schussfeld hat.«

Obwohl er wusste, dass es ihm wenig nutzte, zog er seine P6 aus der Jackentasche und spähte vorsichtig um die Ecke des Sommerhäuschens Richtung Villa, als wenn er plötzlich in der Dunkelheit hätte etwas erkennen können.

»Kommen Sie da raus, Herr Major. Dann können wir noch einen Moment plaudern, bevor ich Sie erschieße. Wäre doch schade, wenn Sie einfach so abtreten würden, ohne zu erfahren, warum, oder?«

Jan zuckte zusammen. In der rabenschwarzen Stille der Nacht klang die Stimme des Mannes wie Donnerhall, obwohl er eigentlich völlig normal sprach.

Jan versuchte, sich zu konzentrieren und beschloss zu antworten, auch auf die Gefahr hin, dass er damit seine exakte Position verraten würde.

»Wenn Sie mich erledigen wollen, müssen Sie sich schon die Mühe machen und zu mir rüber kommen«, rief er Richtung Villa.

»So, glauben Sie. Ist Ihnen etwa gerade ein Licht aufgegangen?«, lachte der Kerl.

»Wie blöd bin ich eigentlich?«, tadelte Jan sich selbst. Er erhob sich vorsichtig aus der Hocke und tastete sich an der hinteren Wand der Sommerhütte nach oben. Irgendwo hier musste doch dieser verflixte Sicherungskasten sein.

»Nun kommen Sie schon, Major. Machen Sie es sich nicht schwerer als nötig. Lassen Sie uns die Sache hinter uns bringen. Enttäuschen Sie mich nicht. Sterben Sie wie ein Mann.«

Die Stimme kam immer näher. Während sie jedoch erst von vorn zu kommen schien, hörte er sie jetzt eher von der Seite. Offensichtlich machte der Mann einen großen Bogen um die Hütte, um sich ein günstigeres Schussfeld zu verschaffen. Jan tastete immer noch an der Rückwand nach diesem Kasten. Hätte er nur vorhin genauer hingesehen, als Omar die Sicherungen entfernt hatte. Er versuchte, Zeit zu gewinnen und nahm das Gespräch wieder auf. »Wieso nennen Sie mich Major? Kennen wir uns irgendwo her?« Tatsächlich konnte er die Stimme des Mannes nicht identifizieren. Trotzdem war er irgendwo froh, in diesem Kerl da draußen weder Maynard Deville noch Tom Ritter zu erkennen. Aber was half ihm diese Erkenntnis jetzt noch? Im Moment nicht viel. Erst jetzt fiel ihm auf, dass der Mann zwar gut Deutsch sprach, aber einen relativ ausgeprägten Akzent hatte. Engländer oder Amerikaner. So wie der nuschelte, eher Amerikaner, dachte Jan. Als damals in Afghanistan die Männer für die Sondereinheit *Sniper* ausgesucht wurden, achtete Tom Bauer darauf, dass fast alle etwas Deutsch sprachen, zumindest aber verstehen konnten. Der einzige, der insgesamt fünfzehn Männer, der nicht mal auf Deutsch *Guten Tag* sagen konnte oder wollte, war Maynard Deville. Die Amerikaner, die Kanadier, die Engländer und die Franzosen sprachen alle sehr gut Deutsch. Die beiden Norweger, die Holländer und die Belgier sogar nahezu akzentfrei. Also, wenn der Typ da draußen ein Mann aus meiner ehemaligen Einheit ist, wer, verflucht noch mal, kann das dann sein?, überlegte Jan fieberhaft. Dann erschrak er. Er hatte zwar endlich den Kasten gefunden, aber Omar hatte die Sicherungen offenbar vollständig herausgeschraubt und irgendwo unten auf dem Rasen verstreut.

»Scheiße, Scheiße, Scheiße«, jammerte Jan deprimiert. Jetzt war guter Rat teuer. Jeden Moment würde der Kerl auf ihn feuern. Er saß in der Falle. Entkommen unmöglich. Er hatte während seiner Militärzeit gelernt, dass es immer eine letzte Option gab. Oftmals sah diese so aus, dass Angriff die beste Verteidigung darstellte. Damit rechnete der Gegner in einer Situation absoluter Überlegenheit am wenigsten. Doch in welche Richtung sollte sein Vorstoß gehen? Jetzt zum Boot zu laufen und dann auch noch damit zu verschwinden, war absolut unmöglich. Da könnte er sich besser gleich selbst eine Kugel in den Kopf jagen. Der Weg zum Haus war verstellt. Rechts von ihm trennte der zwei Meter hohe Stacheldrahtzaun das Grundstück vom angrenzenden Wald. Keine Chance, da herüber zu kommen.

»Nun machen Sie schon, Major, wir werden doch nur beide unnötig nass bei diesem Schweinewetter.«

Jetzt war die Stimme bedrohlich nahe. Allerdings schien sie nun wieder etwas mehr von vorn zu kommen. Offenbar wechselte der Kerl ständig seine Position, weil er annehmen musste, dass Jan bewaffnet war und er nicht in einen Zufallstreffer laufen wollte.

»Wer immer Sie auch sind und was immer Sie auch von mir wollen, wenn Sie mich erledigen wollen, dann müssen Sie mich schon holen«, wiederholte Jan.

Was hatte der Typ da eben gesagt? Wir wollen nicht unnötig nass werden? Er vielleicht nicht, aber für mich ist das möglicherweise ein Ausweg, dachte Jan. Er erhob sich langsam aus der Hocke, drückte sich etwa zwei Meter an der Rückwand des Sommerhäuschens entlang und lugte vorsichtig um die Ecke. Dann sprintete er los. Er hatte ungefähr zwanzig Meter zurückzulegen, bis er das Ufer des Krampnitzsees an der Grundstücksgrenze erreicht hätte. Im Laufen schoss er mehrfach blindlings durch die Dunkelheit in die Richtung, in der er den Angreifer vermutete. Die Schüsse machten in der Stille der Nacht einen Lärm wie eine Panzerhaubitze. Dann warf er die Waffe weg und rannte, so schnell er eben konnte, ins Wasser und tauchte mit einem mächtigen Hechtsprung unter.

Offenbar war es ihm gelungen, seinen Widersacher zu überraschen. Erst nach dem dritten oder vierten Tauchzug begann sein Gegner, auf ihn zu schießen. Das erste Projektil zischte nur knapp an seiner Schulter vorbei. Das Geräusch, das dabei verursacht wurde, klang wie ein tiefes Gurgeln, ein donnerndes Grollen, wie geradewegs aus dem Höllenschlund des Leibhaftigen. Dann folgten der zweite und der dritte Schuss, die ihn gottlob wieder verfehlten. Jan befürchtete, dass der nächste Versuch sein Aus bedeuten könnte.

In voller Bekleidung durch den eiskalten See zu tauchen, war natürlich alles andere als einfach. Seine Kleidung wurde schwer wie eine Bleiweste. Die dicken Stiefel beeinträchtigten die Bewegungen der Beine ungemein. Er merkte, dass er kaum vorwärts kam. Der sandige und schlammige Boden trübte das ohnehin nicht sehr saubere Wasser. Jan konnte rein gar nichts sehen. Klassischer Blindflug knapp zwei Meter unter der Wasseroberfläche. Wie weit war er bereits vom Ufer entfernt? Zwanzig Meter, dreißig Meter? Viel weiter jedenfalls nicht. Er musste die Richtung ändern und versuchen den Bootsanleger zwischen sich und den Schützen zu bringen, um dann am Ufer entlang Richtung Wald zu schwimmen.

In dem Moment, als er sich nach links bewegte, schlug ein Projektil in seinen rechten Fuß ein. Instinktiv zog Jan sofort das Bein an und kam dabei aus seinem Schwimmrhythmus. Wieso verspürte er keine Schmerzen? Wahrscheinlich war seine Adrenalin-ausschüttung momentan dermaßen hoch, dass sein Körper weder Schmerz noch Kälte fühlte.

Mittlerweile war er mehr als eine Minute unter Wasser. Seine Lungen verlangten nach Sauerstoff, seine Kehle brannte und der Druck in seinem Kopf warnte ihn, es nicht auf die Spitze zu treiben. Weitere gut dreißig Sekunden später drohte ihm sein Körper mit Ohnmacht, ließ ihn aber zunächst noch gewähren.

Jan kannte seine Position nicht. Befand er sich noch im Schussfeld des Angreifers? Es war nun schon ein Weile her, dass der letzte Schuss an ihm vorbeigerauscht war. Aber das konnte Taktik sein. Der Kerl wartet, bis ich mich in Sicherheit wäge und auftauche, dachte Jan. Dann beschloss er, nach links wieder Kurs auf das Ufer zu nehmen. Er hoffte inständig, bereits das bewaldete Ufer neben dem Grundstück erreicht zu haben. Als er mit seinen Händen Wurzeln und dichtes Geäst ertasten konnte, wagte er es schließlich, vorsichtig und leise aufzutauchen. Viel erkennen konnte er nach wie vor nicht. Allerdings erschien es ihm, als wenn er in einer Entfernung von gut zwanzig Metern die weißen Bootsplanken der Yacht am Anleger zum Grundstück ausmachen konnte. Er atmete tief ein. Wie lange war er eigentlich unter Wasser geblieben? Drei Minuten oder länger, schätzte er, ohne genau zu wissen, wie lange er tatsächlich ohne einen einzigen Atemzug zu nehmen, getaucht war.

Wo war der Kerl jetzt? Würde er versuchen, ihn zu finden, oder hatte er für den Moment aufgegeben? Vielleicht besorgte er sich eine Lampe, stieg ins Boot und suchte im Wasser nach ihm? Oder er würde versuchen, durch den dichten Wald zum Ufer vorzustoßen, um ihn da zu erwischen? Das war zwar mühsam, aber nicht unmöglich. Jan beschloss, noch einen Moment einfach still zu verharren und zu lauschen. Die Kälte stieg langsam aber sicher in seinen Knochen hoch. Seltsamer-weise schmerzte sein getroffener Fuß immer noch nicht. Seine Atmung beruhigte sich langsam wieder. Was war mit Omar und Mehdi? Sie waren zwar getroffen worden, aber lebten ja vielleicht noch. Sie brauchten möglicherweise seine Hilfe. Aber wie sollte er das anstellen?

Er tastete nach dem Handy, das er in seiner Jackentasche fand. Dummerweise hatte er es vorhin ausgeschaltet. Er glaubte eigentlich alles über Hannah zu wissen. Aber den Pincode ihres Handys kannte er nicht. Er zermarterte sich den Kopf. Er konnte doch jetzt nicht einfach hier verschwinden und die beiden Männer ihrem Schicksal überlassen. Umständlich zog er sich langsam unter dem Einsatz seiner letzten Kräfte am bewucherten Ufer entlang Richtung Bootsanleger. Dabei versuchte er, so wenig Geräusche zu produzieren wie möglich.

Der Regen, der nach wie vor auf das Wasser prasselte, verursachte in der Dunkelheit und in der Stille beinahe die Lautstärke einer aufgedrehten Dusche. So war das leichte Plätschern des Wassers, das er beim Versuch, sich dem Bootsanleger zu nähern, produzierte, nicht zu hören. Schließlich erreichte er die Pfosten unter dem Bootssteg. Etwa drei Meter vom Ufer entfernt klammerte er sich an einen der hölzernen Pfeiler und lauschte aufmerksam nach verdächtigen Geräuschen. Aber er hörte nur den Regen, der auf dem Wasser niederging. War der Kerl noch da oder war er wieder ins Haus zurückgegangen, um sich von einem der Fenster aus auf die Lauer zu legen? Zumindest hatte er da oben mit seinem Infrarotzielgerät die beste Übersicht über das gesamte Areal.

Jan war völlig klar, dass er nicht noch viel länger im Wasser bleiben konnte. Die Außentemperatur war für Anfang Juni zwar immer noch mit gut fünfzehn Grad relativ hoch, aber die Sonne hatte in den vergangenen Tagen noch nicht die Kraft entwickelt, das Wasser des Sees auf die gleiche Temperatur zu erwärmen. Das würde sicher noch drei bis vier Wochen dauern. Er schätzte, dass das

Thermometer momentan nicht mehr als zehn Grad in diesem kühlen Nass anzeigte. Arschkalt, sozusagen. Er fing bereits leicht an, zu zittern. Langsam tastete er sich an den Pfeilern entlang zum Ufer, ohne dabei die Deckung unter dem Steg zu verlassen. Dann kletterte er an der grundstücksentfernten Seite aus dem Wasser, immer darauf bedacht, möglichst wenig Lärm zu verursachen. Noch immer verspürte er keinerlei Schmerzen im Fuß. Als er an der Böschung lag, zog er das rechte Bein an und versuchte, seinen Stiefel auszuziehen. Zuerst zog er das Kampfmesser aus dem Schaft. Dann schaffte er es schließlich unter enormen Anstrengungen, den völlig mit Wasser durchtränkten Lederstiefel von seinem Fuß zu entfernen. Immer noch keine Schmerzen. Er tastete seinen Fuß ab. Nichts. Aber er hatte doch die enorme Wucht gespürt, als das Projektil in seinen Schuh eindrang. Dann untersuchte Jan den Schuh. Zu seiner Erleichterung stellte er fest, dass das Geschoss in den Absatz des Stiefels eingedrungen war und dort feststeckte. Das nenne ich doch mal deutsche Wertarbeit, dachte Jan. Oder wurden die Camel-Stiefel in Amerika produziert? Jan zog die Socke aus, wrang das Wasser aus und zog dann Strumpf und Stiefel wieder an. Dann robbte er die Böschung hoch, bis er die Rückseite des Sommerhauses erreicht hatte. Immer noch war alles total ruhig. Totenstille. Irgendwo ein paar Meter weiter musste seine Sig-Sauer P6 liegen. Es sei denn, der Angreifer hatte sie aufgehoben und mitgenommen. Jetzt danach zu suchen, war ohnehin vollkommen unmöglich.

Jan drehte sich Richtung Wasser und versuchte, zu erkennen, ob dort irgendwo vielleicht Mehdi und Omar lagen. Aber nach wie vor gab die tiefschwarze Nacht keinen Blick frei. Obwohl sich die Augen bereits etwas an die Dunkelheit gewöhnt hatten, war immer noch alles stockfinster. Vorsichtig spähte er um die Ecke, um zum Haus hinüber zu sehen. Immer noch kein Licht. Auch nicht in den Ritzen der Rollläden im ersten Stock. Wo war der Kerl? Jan überlegte, ob er nicht einfach bis zum Morgenrauen hier hinter der Hütte sitzen bleiben sollte. Aber schnell verwarf er diesen Gedanken. Irgendwann würde er müde werden und dann einschlafen. Diesen Luxus konnte er sich in seiner Situation nicht erlauben. Eigentlich war er ja nur zurückgekommen, um nach Mehdi und Omar zu suchen. Aber von den beiden fehlte jede Spur. Wahrscheinlich schwammen sie schon mit dem Gesicht nach unten im Krampnitzsee.

Plötzlich bemerkte Jan seitlich von ihm einen schmalen Lichtkegel. Jemand suchte offensichtlich mit Hilfe einer Taschenlampe das Areal ab. Kurz stockte ihm der Atem. Dann ging er in die Hocke, um sprungbereit zu sein, wenn ihn der Lichtstrahl entdeckt hätte. In der rechten Hand hielt er einsatzbereit sein Kampfmesser. So leicht sollte es der Kerl nicht haben. Er würde sich so teuer verkaufen wie nur eben möglich. Vielleicht lag ja diesmal das Überraschungsmoment auf seiner Seite. Wahrscheinlich glaubte der Typ, dass er noch im Wasser schwamm und versuchen würde, das Boot zu erreichen. Tatsächlich ging der Mann seitlich an dem Sommerhaus vorbei direkt auf das Ufer zu. Am Licht der Lampe konnte Jan ausmachen, wo er sich befand. Jetzt oder nie, dachte er. Er erhob sich langsam und schlich vorsichtig ein paar Meter nach links Richtung Lichtkegel. Dann beschleunigte er und sprang schließlich mit einem heftigen Satz auf seinen Angreifer. Der ging sofort zu Boden. Mit einem harten Schlag auf das Handgelenk des Gegners erreichte er, dass der die Taschenlampe fallen ließ. Dann packte Jan den auf dem Rücken liegenden Widersacher an der Gurgel und drückte zu. Diesem stählernen Griff würde er nicht mehr entkommen. Jan war wild entschlossen, den Kerl zu töten. Würde er ihn loslassen, musste er damit rechnen, dass der Mann noch eine Pistole oder ein Messer in der Hand hielt und ihn damit ins Jenseits beförderte. Hart, unnachgiebig und konsequent, wenn es im Kampf um Leben und Tod ging, das hatte er im Krieg gelernt. Jan bemerkte, dass von seinem Gegner überraschend wenig Gegenwehr kam. Einen Elitesoldaten im Nahkampf zu töten, war kein Kinderspiel.

»So, du Drecksau, jetzt wollen wir doch mal sehen, wer du bist«, raunzte Jan den Mann an, der verzweifelt nach Luft schnappte. Mit der linken Faust schlug Jan dem Kerl zweimal kurz hintereinander kräftig auf den Körper. Dann rollte er sich zur Seite und griff nach der im nassen Gras liegenden Taschenlampe. Als er damit in das Gesicht seines röchelnden Kontrahenten leuchtete, konnte seine Überraschung nicht größer sein. Vor ihm lag eine junge Frau, die verzweifelt nach Luft rang.

»Fatima?«, fragte Jan.

Unfähig zu sprechen, antwortete sie mit einem leichten Nicken.

»Wo ist der Typ mit dem Gewehr? Gehört der zu Ihnen?«, fragte Jan leise. Er merkte, dass die junge Frau vor Angst und Schmerzen am ganzen Körper zitterte.

»Beruhigen Sie sich. Ich werde Ihnen nichts tun. Ich bin Polizist.«

Sie schüttelte den Kopf und fing beim Versuch, zu sprechen, an zu husten. Jan schaltete die Taschenlampe aus und half Fatima auf die Beine. Dann zog er sie hastig hinter das Sommerhäuschen in Deckung..

»Dieser Mann hat vorhin versucht, in die Villa einzudringen. Ich habe mich auf dem Dachboden versteckt. Ich glaube, die suchen nach mir«, stotterte sie mit schmerzverzerrtem Gesicht.

»Wer sucht nach Ihnen, Fatima?«

»Die beiden Männer, mit denen ich nach Berlin gekommen bin.«

»Warum suchen die nach Ihnen? Sie gehören doch auch zu dieser Terrorbande, oder wollen Sie mir vielleicht weismachen, dass Sie damit nichts zu tun haben?«

Fatima wollte antworten, musste aber zuerst tief durchatmen, was in ihrem Brustkorb brannte wie Feuer.

»Ich wusste doch überhaupt nicht, was die vorhatten. Erst nach dem Attentat von Gowarah Sang habe ich erkannt, dass ich einem Terrorkommando angehören sollte. Ich hielt den Angriff auf die ISAF-Soldaten zunächst für eine weitere, gut inszenierte Übung. Aber als dort plötzlich das Blut in Strömen floss und die Menschen starben, war mir klar, worauf ich mich eingelassen hatte. Es gab fortan leider nur eine Möglichkeit, wenn ich überleben wollte: Gute Miene zum bösen Spiel zu machen. Hätte ich mich verdächtig verhalten, hätte der Meister mich genauso umgebracht wie den Professor. Ich hatte unglaubliche Angst. Dann habe ich hier in Berlin die erste Möglichkeit zur Flucht genutzt. Unter dem Vorwand, dass der Meister gewöhnlich keine Frauen bei wichtigen Besprechungen dulden würde, habe ich mich von einem Fahrer der Botschaft ins Maritim-Hotel bringen lassen. Dann habe ich mir in der Stadt ein Taxi genommen und bin hier nach Potsdam raus gefahren. Die Syrer wissen nichts von diesem Haus und die Russen sind allesamt auf Empfehlung des Meisters nach Moskau abgereist.«

»Haben Sie den Mann erkennen können, der versucht hat, hier einzubrechen?«

War im Dunkeln sehr schwierig. Groß, kräftig, aber schlank.«

»Also nicht einer Ihrer Freunde?«

»Nein, aber der Figur nach war er dem Mann, der in Afghanistan für die Feldversuche mit den Soldaten zuständig war, sehr ähnlich. Er ist ja auch mit uns zusammen von Moskau nach Berlin geflogen. Aber danach haben wir ihn nicht mehr gesehen.«

»Der Mann ist Ihnen hierher gefolgt. Er hat sofort auf uns geschossen, als wir aus dem Boot gestiegen sind.«

Die junge Frau runzelte die Stirn. »Uns, wieso uns?«

»Weil ich zusammen mit Omar und Mehdi mit dem Motorboot ihres Vaters über den See hierher gekommen bin. Der Typ hat uns überrascht und mit einer Präzisionswaffe mit Infrarotsichtgerät auf uns gefeuert. Ich glaube, er hat die beiden erwischt. Ich konnte mich nur mit einem Sprung ins Wasser retten.«

»Das heißt, dieser Kerl könnte sich immer noch hier irgendwo herumtreiben?«

»Könnte sein. Glaube ich aber nicht. Der hätte Sie doch nicht unbehelligt hier herumlaufen lassen, oder?«

»Vermutlich nicht.«

»Fatima«, Jan fasste die Frau fest an beiden Schultern und sah ihr im Lichte der Lampe direkt in die Augen, «was haben die Terroristen vor? Sie müssen mir das jetzt sagen.«

Die junge Frau schüttelte den Kopf. »Ich weiß es nicht. Fadi und Ibrahim haben kein Wort darüber gesprochen und beim Meeting heute Mittag durfte ich nicht dabei sein. Das einzige, was ich weiß, ist, dass die Russen große Mengen von irgendeiner Chemikalie besorgen sollten. Sie haben aber immer nur von *dem Zeug* gesprochen. Sie meinten, es wäre verdammt schwierig, dass *Zeug* unentdeckt nach Deutschland zu bringen. Sie hätten schon genug Probleme damit, die Drogen zu transportieren, ohne dass sie auffliegen würden. Der einzige Weg wäre *das Pulver,* so wie er es diesmal nannte, in den Kaviardosen im Mittelblock der Paletten zu verstecken. Aber das würde mindestens eine Woche dauern, bis man die Ladung präpariert und versandfertig gemacht hätte. Der

Meister war stinksauer auf seine Verbündeten, hatte aber offensichtlich vorgesorgt. Also gehe ich davon aus, dass Fadi und Ibrahim *das Zeug,* wie sie es nannten, mittlerweile erhalten haben.«

»Kommen Sie«, Jan half ihr vorsichtig auf, »ich bringe Sie ins Haus zurück.«

Unter starken Schmerzen stand die junge Frau auf. Die Schläge, die ihr Jan auf den Brustkorb versetzt hatte, zeigten ihre Wirkung. Möglicherweise waren einige Rippen gebrochen, zumindest jedoch stark geprellt.

»Tut mir leid,« entschuldigte er sich, »aber ich bin davon ausgegangen, dass ich mich gegen den Unbekannten zur Wehr setzen musste.«

»Schon gut, ist ja nicht Ihre Schuld. Ich werd's überleben«, zeigte Fatima für Jans Handeln Verständnis. Vorsichtig führte er die verletzte Frau über den nassen Rasen nach vorn zum Haupteingang. Die Tür stand offen.

»Keine Panik, ich hab nur vergessen, sie hinter mir zuzuziehen«, erklärte Fatima.

Jan schaltete die Außenbeleuchtung ein, die ausreichte, einigermaßen deutlich das gesamte Areal zu überblicken. Dann lief er über den Rasen zurück zum Sommerhaus, hob die Sicherungen, die verstreut auf dem Boden lagen, auf und schraubte sie wieder in den Kasten. Als er wieder zurück zum Haus ging, bestrahlten die Scheinwerfer der Flutlichtmasten das gesamte Grundstück taghell und verwandelten die Schwärze der Nacht in angenehmes, leicht gelbliches Licht. Im ersten Moment musste Jan die Augen zusammenkneifen, die vom plötzlichen Lichteinfall geblendet worden. Dann suchte er in der Nähe des Ufers nach seiner Waffe. Die P6 lag versteckt in einem kleinen Beet mit wild wucherndem Gras. Deshalb hatte sie sein Kontrahent wohl auch nicht sofort gefunden. Er holte ein Ersatzmagazin aus seiner immer noch vor Nässe triefenden Jackentasche, steckte es in seine Sig-Sauer und lud die Waffe durch.

»Schon besser«, sagte er erleichtert und ging zurück zum Haus.

»**Polizeioberkommissar** Krüger, bitte verbinden Sie mich mit der Mordkommission, Dimitroffstraße«, verlangte Jan von der Dame in der Hotline der Leipziger Polizei. Nach kurzem Warten meldete sich eine männliche Stimme.

»Mordkommission Steding«, klang es kurz und trocken durch die Leitung.

»Hallo Rico, Jan hier. Was machst du um diese Zeit noch im Büro?«

»Mensch, Gott sei Dank, wir haben schon geglaubt, dir sei was passiert. Wo bist du?«

»Ist 'ne lange Geschichte, Rico, aber mir geht's gut. Ich bin in Potsdam im Haus von Dr. Shapourzadeh. Ich habe seine Tochter Fatima bei mir. Heute Abend wollte uns hier einer kräftig ans Leder. Mit ein bisschen Glück sind wir davongekommen. Der Typ hat es dann glücklicherweise vorgezogen, wieder zu verschwinden.«

»Verdammt, hast du 'ne Ahnung, wer das gewesen sein könnte?«, fragte Rico.

»Wahrscheinlich keiner von denen, die wir bisher verdächtigt haben. Möglicherweise war es der Mann, den wir unter dem Begriff *Coach* schon die ganze Zeit zu identifizieren versuchen. Mittlerweile hab ich da einen ganz konkreten Verdacht, der sich mit den Beobachtungen von Fatima deckt, die den Kerl kurz am Fenster gesehen hat, als er in das Haus einbrechen wollte.«

»Was hast du jetzt vor? Dir ist doch hoffentlich klar, dass du offiziell aus den Ermittlungen raus bist, oder?«

»Schon klar, Rico. Das Problem ist allerdings, dass der BND null Ahnung hat, was hier tatsächlich vor sich geht. Die glauben, dass die Terroristen den Reichstag stürmen wollen. Und das an dem Tag, an dem die Außenminister der EU in Berlin zusammenkommen. Da wird allerdings ein dermaßen großes Aufgebot an Polizisten und Sicherheitskräften vor Ort sein, dass nicht mal 'ne Fliege durch dieses engmaschige Gitternetz schlüpfen könnte. Die Terroristen würden es nicht mal aus ihrer Tür heraus bis zum Bürgersteig schaffen, ohne dass man sie verhaften würde. Ich habe jedenfalls einen komplett anderen Verdacht, der sich nach den Aussagen von Fatima auch immer mehr verdichtet«, gab Jan zu Protokoll.

»Hannah deutete da was an. Glaubst du wirklich an einen Anschlag mit chemischen oder biologischen Waffen?«

Jan zögerte mit seiner Antwort. »Ehrlich gesagt, ich weiß es nicht. Aber sie werden sicher nicht noch mal versuchen, den Fernsehturm zu sprengen. Ich denke, dass die hier in Berlin Helfer haben, die eng mit der Syrischen Botschaft in Verbindung stehen. Dort haben sie ihre Zentrale. Da laufen alle Fäden zusammen. Der Anschlag ist bereits komplett vorbereitet worden, vermute ich. Die beiden Syrer aus den USA werden ihn ausführen. Und es dürfte klar sein, dass man mit zwei oder drei Leuten nicht den messerscharf bewachten Reichstag stürmen kann. Zudem verdichten sich die Hinweise, dass sie sich irgendwo chemische oder bakteriologische Waffen besorgt haben. Wenn die Russenmafia seit Jahren unbemerkt Drogen nach Deutschland schmuggeln kann, dürfte es für sie auch kein großes Problem darstellen, ein paar Kilogramm hochgiftiger Chemikalien aus dem Bestand der Roten Armee oder des KGB hierher zu schaffen. Und noch viel schlimmer als das wäre, wenn die sich irgendwelche Bakterienstämme oder Virenkulturen besorgt hätten, die sie dann über die Luft in ganz Berlin versprühen würden. Da reicht ein Mann, der mit einem Agrarflugzeug zur Schädlingsbekämpfung unterwegs ist und anstatt der normalen Pestizide Milzbranderreger oder Ebolaviren abregnen lässt. Kaum auszudenken, wie viele Menschenleben eine solche großflächige Verseuchung fordern würde. Deshalb haben die Terroristen auch einige ihrer Freunde und Verbündeten vorgewarnt, Berlin zu verlassen. Würde mich nicht wundern, wenn sich über kurz oder lang das gesamte Personal der Syrischen Botschaft aus dem Staub machen würde.«

Rico Steding stockte der Atem. »Dann passt das, was ich vor einer halben Stunde erfahren habe, absolut ins Bild. Arkadius Bak hat angerufen und mir mitgeteilt, dass sie vor ein paar Stunden kurz vor Frankfurt/Oder auf der polnischen Seite einen Mercedes ML mit russischem Kennzeichen geschnappt haben, der sich nach einem Auffahrunfall vom Acker machen wollte. Als sie ihn gestoppt hatten, versuchte der Fahrer zu fliehen. Bei der Kontrolle des Fahrzeuges haben sie im Reservereifen gut zehn Kilo Heroin gefunden. Der Typ hat natürlich behauptet, von der ganzen Sache nichts zu wissen. Er sollte lediglich den Wagen von Moskau nach Berlin überführen. So weit ist das nichts Ungewöhnliches. Kommt immer mal wieder vor, dass ein Drogentransport auffliegt. Diesmal haben die polnischen Beamten aber noch einen Eimer mit zehn Kilogramm von einem kristallklaren Pulver gefunden. Erst dachten sie, dass es sich dabei um irgendein Reinigungsmittel handelt. Nach der ersten Untersuchung stellte sich dann heraus, dass dieser Kerl doch tatsächlich zehn Kilogramm Arsen bei sich hatte. Um genauer zu sein, um leicht wasserlösliche Arsensäure. Unglaublich, aber wahr.«

»Kann natürlich sein, dass dieses Zeug an die Terroristen geliefert werden sollte. Das ist zwar 'ne ganze Menge, aber immer noch viel zu wenig, um einen flächendeckenden Schaden zu verursachen. Ich denke, dass die Planungen für ihren Anschlag längst abgeschlossen sind und dieser jetzt von den beiden Männern in die Tat umgesetzt werden soll.«

»Was willst du jetzt unternehmen, Jan?«, erkundigte sich Rico.

»Hat Waffel mitgespielt und dem BND meine Anwesenheit in Leipzig bestätigt?«, wollte Jan wissen.

»Mit großen Bauchschmerzen. Aber er hat für dich gelogen, mein Lieber. Hannah ist auch alles andere als glücklich über deinen Alleingang.«

»Dann erzähl ihr bitte nichts von diesem Vorfall heute Abend. Frag sie bitte gleich nach dem Pin-Code für ihr Handy, wenn sie morgen früh ins Präsidium kommt. Ich hab das Ding ausgeschaltet und ganz vergessen, dass ich es ohne Pin-Nummer nicht mehr in Betrieb nehmen kann.«

»Warum rufst du sie jetzt nicht selber an? Sie wird zu Hause sein und sich Sorgen machen?«

»Ich habe ihr versehentlich mein CIA-Handy gegeben. Um der Wahrheit die Ehre zu geben, Rico: Ich kann mich nicht an die Rufnummer erinnern. Ich hab's versucht, aber ich kriege sie einfach nicht mehr zusammen. Liegt wohl daran, dass ich mich so selten selbst anrufe.«

»Hat sie denn keinen Festnetzanschluss?«, wollte Rico wissen.

»Nein, Kosten sparen. Wir sind schlecht bezahlte Beamte, vergiss das nicht.«

»Gut, Jan. Ich mache jetzt hier Feierabend. Auf dem Heimweg fahre ich bei Hannah vorbei und überbringe ihr die Nachricht, dass alles in Ordnung ist. Wir sprechen gleich morgen früh. Pass auf dich auf.«

Jan versuchte herauszufinden, was Fatima Shapourzadeh wusste und welche nützlichen Hinweise sie noch geben konnte. So wie sich die Sache darstellte, war sie erst nach den Morden an den U.S.-Senatoren von Professor Al Mawardi und seinem Neffen Ibrahim angesprochen worden, ob sie als wissenschaftliche Fachkraft an den Feldversuchen zur Erforschung eines neuartigen Anti-Traumata-Medikamentes teilnehmen wollte. Natürlich wollte sie das. Bei einem so bahnbrechenden Ereignis dabei zu sein, war für sie als Psychiaterin schließlich hochinteressant. Dr.Muratov kannte sie zwar flüchtig von einem wissenschaftlichen Kongress in New York, hatte aber niemals näheren Kontakt zu ihm gehabt. Sie wusste lediglich, dass er mit Professor Al Mawardi und ihrem Vater auf einigen Gebieten eng zusammenarbeitete.
Als sie in Mazari Sharif die ersten Tests mit dem hauptsächlich von Dr. Muratov entwickelten Serum durchführte, war sie überrascht, welch positive Ergebnisse gewonnen werden konnten. Zusammen mit einem unterstützenden Medikament von Professor Al Mawardi bewirkte dieses Serum, dass sich die Soldaten nach Beendigung ihrer Testreihen tatsächlich nicht mehr daran erinnern konnten, was sie getan hatten. Dabei zeigte sich, dass die Befehle, die der Coach den Männern gab, jederzeit bereitwillig und ohne Nachfragen ausgeführt worden waren. Vor jedem Feldversuch wurden die Männer etwa eine halbe Stunde lang von Dr. Muratov und dem Professor in eine Art Hypnosezustand versetzt, der sie auf die kommende Aufgabe vorbereitete. Dabei wurden ständig einige wenige Schlüsselwörter benutzt, die der Coach dann im Feldtest immer wieder anwendete, um gewisse Schlüsselreize bei den Männern auszulösen. Wie auf Knopfdruck taten die Männer das, was der Coach ihnen mit wenigen Worten befahl.
»Ich war ein paar Mal draußen mit dabei. Es war irgendwie gespenstisch. Die Soldaten ließen sich bewegen wie Marionetten. Und nach drei, vier Stunden Schlaf zeigten sich die Männer erholt

und vor allem erinnerten sie sich nicht mehr daran, was zuvor passiert war. Faszinierend und beängstigend zugleich. Die Sache schien ein Erfolg auf der ganzen Linie zu sein. Ganz abgesehen davon, dass ein solches Medikament auf dem Markt sehr viel Geld einbringen würde. Stellen Sie sich nur mal vor, sie bräuchten nur noch eine Pille schlucken und ihr Kurzzeitgedächtnis löscht alle unerwünschten Erinnerungen in Ihrem Kopf. Das Langzeitgedächtnis wurde dabei nicht in Mitleidenschaft gezogen. Die Männer wussten immer noch, wer sie sind und wo sie waren. Aber was sie zwei Stunden zuvor gemacht hatten, war wie ausgelöscht.«

Jan hatte Fatima fast schon fasziniert zugehört.

»Wenn ich das richtig verstehe, muss dieses Medikament unmittelbar vor einem Einsatz eingenommen werden, um kurze Zeit später seine volle Wirkung zu entfalten?«

»Richtig. Um die Männer bei ihrem Einsatz zu lenken, bedarf es der Einnahme dieses speziell entwickelten Serums verbunden mit gezielter Hypnose.«

»Und Sie sind nicht auf die Idee gekommen, dass durch diese Art Gehirnwäsche fremdgesteuerte Attentäter geschaffen werden könnten, die jederzeit im Stande wären, furchtbare Dinge zu tun?«, fragte Jan nach.

»Zunächst überhaupt nicht. Es ging mir einzig und allein darum, dabei zu helfen, dieses Anti-Traumata-Medikament zu testen und möglicherweise zu dessen Optimierung beitragen zu können. Was mit dieser Methode der Gehirnwäsche im Zusammenspiel mit solchen Medikamenten und gezielter Hypnose angerichtet werden kann, ist mir erst nach dem Massaker von Gowarah Sang so richtig klar geworden. Das war unmenschlich, brutal und blutrünstig. Ich war geschockt und ich hatte Angst. Vor allem vor Fadi und Ibrahim. Ich kannte sie aus New York als nette Kerle, und war kurz davor, mit Ibrahim Al Mawardi eine intensive Beziehung einzugehen. Aber leider stellte sich später heraus, dass der Mann ein höchst seltsames Gedankengut pflegte. Als junger Mann war er Soldat bei den Marines. Er wollte seinem Land als Patriot treue Dienste leisten. Er war überzeugt davon, das Richtige zu tun. Nach seiner Zeit bei der Army fand er durch Freunde immer mehr den Zugang zur Religion.

Erst überredeten sie ihn, mit in die Moschee zu gehen, dann infiltrierten sie ihn mit fundamentalistischem und radikalem Gedankengut. Er wurde mit der Zeit zunehmend fanatischer. Er begann regelmäßig zu beten, studierte den Koran und konnte den Text ganzer Suren zitieren. Als er merkte, dass ich diesen Dingen eher ablehnend gegenüberstand, kühlte unser Verhältnis deutlich ab. Wir blieben zwar freundschaftlich verbunden, hielten uns aber voneinander fern. Religiöse Fanatiker richten schlimme Dinge an. Damit wollte ich nie etwas zu schaffen haben. Der Professor übrigens genauso wenig. Ihm ging es immer nur um die Wissenschaft. Auch er hat leider viel zu spät gemerkt, was Fadi, sein Neffe, und dieser Dr. Muratov im Schilde führten. Auch er hatte mit ansehen müssen, was in Gowarah Sang geschah und war total entsetzt darüber. Ich sehe noch heute seinen verzweifelten Gesichtsausdruck vor mir, als wir von einer Anhöhe aus dieses schreckliche Massaker verfolgten. In gewisser Weise war er ein welt-fremder, alter Mann. Fast schon manchmal kindlich naiv, aber mit einem ausgeprägten Sinn für Gerechtigkeit. Ich habe ihn angefleht, so zu tun, als wäre er mit all dem einverstanden und würde weiterhin bereitwillig an der Sache weiterarbeiten. Aber er hatte Probleme damit, sich zu verstellen. Das haben die anderen natürlich bemerkt und haben ihn dann in der Nähe von Moskau umgebracht, weil sie ihn als Sicherheitsrisiko einstuften. Der Meister persönlich hat ihn vergiftet. Es ist eine absolute Ironie des Schicksals, dass sie ihn töteten, weil sie glaubten, dass ich als loyale Mitarbeiterin und Mittäterin im Besitz des gesamten notwendigen Know-hows wäre. So brauchten sie ihn nicht mehr. Außerdem hatten sie auch noch Dr. Muratov als Backup, der jederzeit für mich hätte einspringen können.«

»Was er wohl jetzt muss, wenn Sie nicht mehr mitmachen«, ergänzte Jan.

»Ja, kann sein. Ich bin jedoch nicht sicher, ob sie für das, was sie vorhaben, Menschen gezielt manipulieren müssen. Ich glaube, dass Fadi und Ibrahim aus vollster Überzeugung handeln. Denen muss man nichts substituieren, damit sie gefügig werden. Die tragen einen solchen abgrundtiefen Hass in sich, dass sie nicht eine Sekunde zögern würden, für ihr fundamentalistisches Gedankengut zu sterben.«

»Aber wenn sie ihr neu erworbenes Wissen für diesen ultimativen Anschlag gar nicht benötigen, warum haben sie dann vorher diesen ganzen Aufwand betrieben, um ein solches Medikament zu entwickeln?«, wunderte sich Jan.

»Hier geht es um Macht, Herr Kommissar. Es stärkt ihr Selbstbewusstsein, wenn sie wissen, dass sie jederzeit in der Lage sind, ferngesteuerte Attentäter zu produzieren und sie als Killermaschinen einzusetzen. Außerdem kann es ja sein, dass sie auch in der bevorstehenden Aktion auf ihr neu erworbenes Wissen zurückgreifen. Ohne mich wird das allerdings kaum gelingen. Es sei denn, Dr.Muratov kommt aus Moskau nach Berlin und übernimmt bereitwillig meine Aufgaben.«

Jan und Fatima saßen am Küchentisch. Sie hatte ihm trockene Kleidung aus den Restbeständen ihres Vaters besorgt und einen wohltuenden, heißen Kaffee gekocht. Seine nassen Sachen hingen im Badezimmer über der Leine. Der Hüne von fast zwei Metern sah in dem zu kurzen, dafür aber viel zu weiten, Oberhemd aus wie ein Dressmann für Übergrößen. Aber im Moment störte ihn das wenig. Er nahm die Aushilfskleider dankbar an. Hauptsache trocken und warm.

»Wie soll es denn jetzt weitergehen, Herr Kommissar? Wollen Sie mich verhaften?«

»Zunächst mal würde ich Sie hier heute Nacht gern um Asyl bitten. Offiziell dürfte ich gar nicht mehr in Berlin sein. Der Bundesnachrichtendienst hat den Fall übernommen und uns nach Hause geschickt. Offiziell bin ich wieder zurück zu meiner Dienststelle nach Leipzig gefahren. Gleich morgen früh werde ich Kontakt zum Einsatzleiter der Berliner Polizei aufnehmen. Dann werden wir besprechen, was wir tun werden. Es wäre völliger Blödsinn, Sie jetzt diesen Flachpfeifen vom BND zum Fraß vorzu-werfen. Die sperren Sie in die Zelle neben ihren Vater und machen Ihnen kurzerhand den Prozess.«

»Sie können selbstverständlich gern hierbleiben, Herr Kommissar. Ich bin ja froh, wenn ich nicht allein bleiben muss. Glauben Sie, dieser Mann kommt wieder?«

»Keine Ahnung. Aber der wird sein Ziel, mich zu erledigen, sicher nicht aufgegeben haben. Ich werde gleich noch mal runter zum See gehen und nach Mehdi und Omar suchen. Eigentlich hätte ich ja längst die Kollegen rufen müssen. Aber das muss warten, bis wir hier morgen früh weg sind.«

Fatima trank einen großen Schluck aus ihrer Kaffeetasse und nickte.

»Ich schaue mal nach, ob wir nicht noch irgendwo Taschenlampen haben. Dann komm ich mit. Wir suchen gemeinsam.«

Das gut zweitausend Quadratmeter große Grundstück am Rothkehlchenweg war hell erleuchtet. Jan konnte vom Flur der Villa aus über ein Steuergerät die Außenscheinwerfer auf Dauerbetrieb schalten. Er lud seine Waffe durch und ging voran. Hinter ihm folgte in seinem Windschatten eine immer noch verängstigte kleine Frau. Fatima war mit einer mächtigen Stabtaschenlampe bewaffnet, die neben ihrer eigentlichen Funktion auch einen eindrucksvollen Schlagstock abgeben würde.

Mittlerweile war es bereits kurz nach Mitternacht und der Regen hatte aufgehört. Vorsichtig suchten sie jeden Winkel des Areals ab. Dann gingen sie hinunter zum Bootssteg. So gut es ging und so weit der Lichtkegel der voluminösen Lampe reichte, suchten sie die Wasseroberfläche ab. Aber weder dort noch im Motorboot konnten sie die beiden Männer finden. Jan kniete sich auf den Holzsteg und beleuchtete das Wasser darunter. Mit dem gleichen Ergebnis. Nichts. Keine Spur von Mehdi und Omar. Er befürchtete das Schlimmste.

»Haben Sie einen Schlüssel für das Sommerhaus?«, fragte er bei Fatima nach.

»Könnte sein, dass der im Flur am Schlüsselbrett hängt. Soll ich nachsehen?«

»Nein, bleiben Sie hier bei mir. Der Kerl ist womöglich noch irgendwo in der Nähe.«

Jan und Fatima gingen zur Vorderseite des Gartenhauses. Vor den Fenstern hingen undurchsichtige Vorhänge. Jan fasste auf die Türklinke. Zu seiner Überraschung war das Holzhaus nicht verschlossen. Er hielt die Tür fest und schaute sich um.

»Bleiben Sie hier und warten Sie, bis ich Sie rufe.«

Fatima nickte. Dann ging er hinein. Gleich neben dem Eingang im Flur betätigte Jan den Lichtschalter, aber es blieb dunkel.

»Reichen Sie mir bitte mal die Lampe, das Licht funktioniert nicht.« Rechts und links vom Flur gab es jeweils eine Tür. Langsam öffnete er die linke und strahlte in den Raum. Offensichtlich befand er sich im Schlafzimmer. In dem unaufgeräumten Raum standen vier einzelne Betten, die offenbar vor kurzem noch benutzt worden waren. Die Decken und Kissen lagen kreuz und quer verstreut auf dem Holzfußboden.

Er drehte sich um und öffnete vorsichtig die gegenüberliegende Tür. Plötzlich zuckte er zusammen. Auf dem Boden lagen eng zusammengekauert zwei gefesselte Männer. Als er sie im Lichtkegel der Taschenlampe erkannte, starrten sie ihn mit weit aufgerissenen Augen an. Dicke Knebel im Mund verhinderten, dass sie sich artikulieren konnten. Bevor er sich um die Männer kümmerte, leuchtete er zuerst den gesamten Raum aus, der eine Art Kaminzimmer war. Ein großer Ofen und ein Stapel aufgeschichtetes Holz daneben unterstrichen diesen Eindruck. Als er weiter nichts Verdächtiges entdecken konnte, zog er Omar den Knebel aus dem Mund.

»Passen Sie auf, Herr Kommissar, das ist eine Falle. Der Typ läuft hier noch irgendwo rum.«

Jan beugte sich zu Mehdi herunter, der in einer kleinen, klebrigen Blutlache lag. Auch ihn befreite er vom Stoffknäuel in seinem Mund.

»Wo hat es Sie erwischt, Mehdi?«, fragte ihn Jan.

»Der Schweinehund hat mir ins Knie geschossen«, seufzte er.

Er befreite die Männer von den Fesseln.

»So, erstmal raus hier. Wir müssen die Wunde versorgen. In der Villa wird es sicher irgendwo einen Verbandskasten geben.«

Jan und Omar halfen Mehdi auf und stützten ihn, als er einbeinig aus dem Raum humpelte.

»Gott sei Dank«, sagte Jan, »ich dachte schon, der Kerl hätte euch erwischt und in den See geworfen.«

»Nein, ich brauchte die beiden doch noch als Lockvögel. Hat offensichtlich gut funktioniert.«

Den Männern fuhr der Schreck in die Glieder. Als sie gerade das

Holzhaus verlassen wollten, stand der Kerl direkt vor ihnen. Mit dem linken Arm umklammerte er Fatima, in der rechten Hand hielt er sein Gewehr, mit dem er auf die aus der Hütte kommenden Männer zielte.

»Wer sind Sie? Was wollen Sie von uns?«, erholte sich Jan als Erster von dem Schrecken. Sein Kontrahent war komplett schwarz gekleidet und hatte sich eine dunkle Wollmütze mit Sehschlitzen über den Kopf gezogen.

»Das ist er, Herr Kommissar, der Coach, ich erkenne seine Stimme«, schrie Fatima hysterisch.

»Halt einfach dein Maul, du dumme Arabernutte«, raunzte der Kerl sie an. »Sei froh, dass du noch lebst.«

Er drehte sich mit seiner Geisel zur Seite und befahl den Männern sich vor ihm her Richtung Villa zu bewegen. Mit vorgehaltener Waffe folgte er ihnen.

»Kennen wir uns?«, versuchte Jan das Gespräch wieder aufzunehmen.

»Ist lange her, Major. Kompliment, Sie haben sich gut gehalten.«

»Was wollen Sie? Wenn es hier um mich geht, dann lassen Sie die anderen gehen.«

»So einfach ist das nicht. Wenn mein Auftrag erledigt ist, setze ich mich endgültig zur Ruhe. Warum soll ich da noch riskieren, dass mich irgendwelche Zeugen identifizieren können. Die kleine Hure hier weiß ohnehin schon viel zu viel. Und diese beiden Terroristen hier gehörten doch vor zehn Jahren schon zu unserem Beuteschema. Sie erinnern sich doch noch, Major, oder? Oh, wie habe ich diese Bombenleger gehasst. Aber wir haben sie damals reihenweise über die Klinge springen lassen. War ein richtig geiles Gefühl, diesen Typen die Kehlen durchzuschneiden.«

Nein, nicht Maynard Deville und auch nicht Tom Ritter, dachte Jan. Aber er konnte die Stimme immer noch nicht genau zuordnen. Wie war das möglich? Stimmen verändern sich im Laufe der Jahre eigentlich kaum. Er bemühte sich, das Gespräch weiterzuführen. Er musste Zeit gewinnen. Er musste nachdenken. Er musste eine Lösung finden.

»Los rein da und hinsetzen.«

Der Kerl warf Jan drei Hartplastikfesseln zu, wie sie die Polizei neuerdings anstelle der schweren Handschellen benutzte. Sie ließen sich einfach anlegen und waren genauso effektiv wie ihre eisernen Kollegen.

»Hände hinter die Stuhllehnen«, befahl er. »Los, fesseln. Keine Mätzchen, Major, sonst verkürzt sich Ihre Lebenszeit um einige weitere wertvolle Minuten.«

»Er hat den Auftrag vom Meister, den Black Dragon zu töten. Er hat ihm eine Million Euro dafür versprochen«, rief Fatima.

»Halt deine blöde Schnauze, du dämliche Terroristin. Du hast doch bei dem ganzen Mist mitgemacht. Du bist die Erste, der ich 'ne Kugel in den Kopf jage.«

In diesem Moment fiel der Groschen. Derartige Wutausbrüche bekam nur einer in seiner Einheit. Und zwar regelmäßig. Er war der einzige waschechte Choleriker bei den *Snipern*. Jan hatte oftmals Mühe, ihn unter Kontrolle zu halten. Im Kampfeinsatz allerdings war er aber dann die Ruhe und die Abgeklärtheit selbst. Jan hatte sich oft gefragt, wie diese sich widersprechenden Verhaltensweisen zusammenpassten? Aber entscheidend war, dass er sich auf seine Leute verlassen konnte, wenn es ernst wurde. Und das konnte er.

»Howie, was soll das Ganze? Bist du jetzt völlig verrückt geworden?«

»Ach, der Herr Major kann sich plötzlich wieder erinnern? Wie schön. Wen haben Sie denn erwartet? Vielleicht diesen komischen Kauz Maynard Deville? Na ja, dem Irren wäre ja alles zuzutrauen. Den konnte ich eh nie leiden.«

»Was soll das jetzt hier werden, Howie? Bist du neuerdings unter die Kopfgeldjäger gegangen?«

»Ich denke, dass das überhaupt niemanden interessiert. Genau so, wie es keinen gejuckt hat, was aus mir oder meinen Kameraden nach dem Ausscheiden aus der Army geworden ist.« Sein Tonfall wurde ironisch: »Was denn, Sie waren Berufssoldat? Waren Sie etwa auch in Afghanistan? Da haben Sie wohl auch Menschen getötet? Muss ja schrecklich gewesen sein. Da träumen Sie bestimmt noch jede Nacht von, oder? Na, jedenfalls vielen Dank für Ihre Bewerbung. Auf Nimmerwiedersehen. Sie werden auf jeden Fall nichts mehr von uns hören.«

»Ach, du fährst auch diese Mitleidsnummer? Alle anderen haben Schuld, dass es mir so dreckig geht, oder wie?«

»Quatschen Sie nicht so'ne gequirlte Scheiße. Sie wissen ganz genau, wovon ich rede. Ob in den Staaten oder in England oder sonst irgendwo, es kümmert sich keine Sau um das Schicksal von Veteranen. Vom gefeierten Kriegshelden auf direktem Wege zum Abschaum der Gesellschaft. So sieht die Karriere eines Ex-Marines gewöhnlich aus. Sie haben doch mit Johnny Henderson gesprochen. Oder fragen Sie bei Jimmy Morisson nach oder bei anderen ehemaligen Soldaten. Der Staat lässt seine Helden fallen, wie 'ne heiße Kartoffel. Keine Abfindung, keine Rente, keine Versicherung, keine Sozialleistungen. Die Männer müssen sich mit Gelegenheitsjobs durchschlagen, um über die Runden zu kommen. Sie können weder sich noch ihre Familien ernähren. Wissen Sie eigentlich, dass die Selbstmordrate bei ehemaligen Soldaten doppelt so hoch ist wie im Durchschnitt der Bevölkerung? Nein? Das dachte ich mir. Vielleicht ist das ja in Europa anders. In den Staaten musst du dir selber helfen, sonst hilft dir niemand. Und genau das tue ich. Also mache ich das, was ich am besten kann: Leute umbringen. So einfach ist das, Major.«

»Höre ich da so was Ähnliches wie Selbstmitleid? Die Gesellschaft ist Schuld, dass ich so böse bin? Mir kommen gleich die Tränen, Captain. Nur weil ich keinen Job habe, bringe ich doch nicht gleich reihenweise Menschen um. Was ist das für eine verteufelte Logik? Wer unbedingt Arbeit sucht, wird auch welche finden, auch das ist Amerika. Johnny zum Beispiel arbeitet beim Grünflächenamt der Stadt New York, Jimmy ist auf der Farm seines Vaters beschäftigt. Rommel und Dolph arbeiten für einen Sicherheitsdienst. Hast du's denn überhaupt mal mit ehrlicher Arbeit versucht? Solltest du vielleicht mal drüber nachdenken.«

»Danke für die Belehrung, Major. Sie haben wie immer gar nichts verstanden. Aber so kenne ich Sie. Immer schlau schwafeln und nie um eine Ausrede verlegen. Schluss jetzt mit diesem dämlichen Gequatsche.«

Steven Howard zog sein Kampfmesser aus der Seitentasche, stellte sich hinter Omar, der mit gefesselten Händen auf dem Stuhl saß und schnitt ihm urplötzlich mit einem Hieb das rechte Ohr ab.

Lähmendes Entsetzen machte sich breit, Fatima schrie laut und hysterisch auf. Omar war geschockt, blieb stumm, konnte offensichtlich noch gar nicht begreifen, was gerade passiert war.

»So haben die Taliban das doch mit unseren Männern gemacht, oder? Sie haben ihnen alle Weichteile vom Körper geschnitten und sie ausbluten lassen wie abgestochene Schweine. Und das bei lebendigem Leibe. Von wegen Leichenschändung. Das war die offizielle Version für die Angehörigen, wenn sie die verstümmelten Körper ihrer Männer, Väter und Brüder zu Gesicht bekamen.«

Er warf das Ohr demonstrativ auf den Küchentisch.

»Mach dir keine Sorgen, dass dauert noch Stunden, bis du verblutest bist.«

Er ging um ihn herum und setzte die rasiermesserscharfe Klinge auch an das linke Ohr.

»Der Verlust beider Ohren beschleunigt diesen Vorgang allerdings erheblich«, stellte er fest.

»Hören Sie damit auf, Captain Howard, was soll denn das? Lassen Sie die Leute gehen. Sie wollten mich, Sie haben mich. Also lassen Sie die anderen in Ruhe.«

»Nobel geht die Welt zu Grunde, wie? Wie rührend, dass ausgerechnet Sie sich für diese hinterhältige Terrorbande einsetzen. Ich habe selbst gesehen, wie Sie diesen Leuten ohne mit der Wimper zu zucken das Genick gebrochen haben. Was ist los mit Ihnen, Major? Sind Sie plötzlich altersmilde geworden? Das sind doch nur ein paar dreckige Araber, vollkommen wertloses Gesocks.«

»Das war im Krieg. Und das ist lange her. Wir haben gegen die Taliban gekämpft und nicht gegen die afghanische Bevölkerung. Schon gar nicht gegen alle Muslime dieser Welt. Oder willst du jetzt die halbe Weltbevölkerung umbringen? Omar und Mehdi sind weder Soldaten noch Terroristen. Und auch keine fundamentalistischen Muslime. Sie leben und arbeiten seit vielen Jahren in Deutschland und haben sich nichts zu Schulden kommen lassen. Komm langsam zu dir, Howie.«

»Geben Sie sich keine Mühe. Es ist sinnlos.«

Captain Howard legte sein Kampfmesser auf den Tisch. Dann zog er eine Pistole aus seiner Jackentasche, schraubte langsam und sorgfältig einen Schalldämpfer auf die Mündung. Omar starrte apathisch ins Leere. Mehdi verfolgte das Szenario mit absolut ausdruckslosem Gesicht und Fatima wimmerte leise, während ihr die Tränen langsam die Wangen herunterliefen. Jan versuchte es noch mal.

»Hör endlich auf, Howie. Du bist doch nicht plötzlich zum kaltblütigem Mörder geworden. Was ist los mit dir? Hast du denn jeglichen Anstand verloren?«

Der Angesprochene ignorierte die Äußerung und lud die Waffe durch. Dann sah er die vier Personen, die allesamt an den Stühlen gefesselt am Küchentisch saßen, nacheinander an. Nur Jan erwiderte seinen Blick. Die anderen starrten weiter geradeaus oder drehten ihr Gesicht zur Seite. Dann setzte er Fatima die Pistole an den Hinterkopf.

»Um Gottes willen, Howie, lass das! Erschieß mich, aber lass die anderen gehen, verdammt noch mal«, war Jan der Verzweiflung nahe.

Im gleichen Moment durchbrach ein klirrendes Geräusch dieses entsetzliche Szenario. Es klang, als wäre irgendwo ein Teller oder eine Vase zu Boden gefallen und zerbrochen.

»Was war das? Ist noch jemand im Haus? Los rede, du Schlampe.«

Fatima war nervlich am Ende, brachte keinen Ton mehr heraus. Dann schepperte es ein zweites Mal. Das Geräusch schien aus dem ersten Stock zu kommen. Captain Howard drehte sich um und lugte vorsichtig aus der Küchentür. »Was ist das für ein mieser Trick, Major?«

Jan zog die allerletzte Karte. »Gib auf, Howie. Das Haus ist umstellt. Du hast verloren«, bluffte Jan.

»Sie halten mich anscheinend für total meschugge. Kein Schwanz ist da draußen.«

Leicht verunsichert spähte er durch ein Fenster neben der Haustür. Dann krachte es wieder. Diesmal noch lauter. Fast schon als hätte jemand einen Schrank oder eine Kommode umgeworfen. Captain Howard starrte angespannt die Treppe hinauf.

»Komm runter, sonst lege ich augenblicklich die ganze Truppe um. Mach schon, oder muss ich dich erst holen?«

Dann schloss er die Küchentür und stieg vorsichtig mit vorgehaltener Pistole die Treppe hoch. Am Knarren der Stufen konnte Jan hören, dass Captain Howard auf dem Weg ins Obergeschoss war.

»Was war das? Ist da oben jemand?«, fragte er Fatima.

Sie schüttelte den Kopf. »Nein, außer mir ist hier niemand.«

»Vielleicht 'ne Katze?«, hakte Jan nach.

Fatima zuckte mit den Schultern. »Nicht, dass ich wüsste. Ich habe keine gesehen.«

Die Minuten vergingen, nichts passierte. Währenddessen versuchte Jan, sich von den Fesseln zu befreien. Er ließ sich krachend mit dem Stuhl nach hinten fallen. Dabei zerbrach die Lehne. Er stand auf und suchte nach einer Möglichkeit, die Fesseln zu durchtrennen. Irgendwo in der Küche musste sich doch ein Messer finden lassen. Umständlich öffnete er mit dem Rücken zum Küchenblock Schranktüren und Schubladen. Aber ein Messer fand er nicht. Dann schlich er vorsichtig zur Küchentür und öffnete sie so leise es ging. Er entledigte sich der Hausschuhe, die ihm Fatima von ihrem Vater geliehen hatte und stieg barfuss, so leise es ging, die Treppe hoch. Jeden Moment konnte er auf Captain Howard treffen. Dann würde er ihn angreifen und versuchen, seine minimalen Optionen zu nutzen, ihn zu überwältigen. Aber wie groß waren seine Chancen? Zehn zu neunzig gegen ihn? Nein, wohl eher zu optimistisch. Die Möglichkeit, einen mit einer Schusswaffe bewaffneten Elitesoldaten auszuschalten, wenn man selber nicht mal die Hände bewegen kann, tendierte irgendwo gegen null.

Jan hatte den Flur im ersten Stock erreicht. Er drückte seinen Körper in den nächstgelegenen Türrahmen und versuchte, zu lauschen, ob er irgendwo ein Geräusch wahrnehmen konnte. Doch es war absolut ruhig. Totale Stille. Hier im oberen Flur brannte kein Licht. Trotzdem war es hell genug, weil unten im Treppenhaus die volle Beleuchtung brannte.

Plötzlich stieg ihm wieder dieser mittlerweile vertraute, intensive süßlich würzige Geruch in die Nase. Jan verließ vorsichtig seine Deckung und schlich auf leisen Sohlen über den Flur. Die erste Tür rechts von ihm war geschlossen. Er horchte vorsichtig, indem er sein Ohr auf das hölzerne Türblatt drückte. Nichts. Am Ende des Korridors schimmerte Licht durch einen Türspalt. Wahrscheinlich waren dort die Vorhänge nicht zugezogen und das Licht der

Scheinwerfer im Garten erhellte das Zimmer. Der Geruch wurde intensiver, je näher er dem Raum am Ende des Flures kam. Er verharrte noch einmal und horchte, ob sich irgendetwas tat. Immer noch Totenstille. Die Situation erschien geradezu gespenstisch. Hatte sein Widersacher vielleicht gehört, wie er die Treppe herauf geschlichen war und lauerte nun hinter dieser letzten Tür im Korridor? Jan suchte nach der allerletzten Möglichkeit. So hatte er es gelernt und immer, wenn notwendig, auch praktiziert.

Langsam bewegte er sich drei Meter zurück und nahm Anlauf, um mit der vollen Wucht seines massiven Körpers in den Raum zu stürmen. Lauerte Captain Howard tatsächlich hinter dieser Tür auf ihn, stiegen Jans Chancen, den Kerl doch noch zu überwältigen auf die vorher nicht für möglich gehaltenen zehn Prozent. Als Jans Schulter mit einem kauten Knall das Türblatt touchierte, splitterte das Holz in tausend Teile. Wie eine wild gewordene Büffelherde walzte Jan alles nieder, was sich ihm in den Weg stellte. Doch zu seiner Überraschung traf er weder auf Captain Howard noch auf irgendeine andere Person. Das einzige, was er erwischte, war ein niedriger Holztisch, der mitten im Zimmer stand. Durch die Wucht des Aufpralls löste dieser sich im Bruchteil einer Sekunde in sämtliche Einzelteile auf. Geistesgegenwärtig rollte er sich aus der Bauchlage auf den Rücken, in Erwartung, dass Captain Howard seine Waffe auf ihn richtete. Doch der war nicht zu sehen.

Jan stand auf und schaltete das Licht ein. Die Tür zum Balkon stand offen und der Vorhang wehte, vom Wind erfasst, hin und her. Wieder stieg ihm dieser seltsam vertraute Geruch in die Nase, als würde der Geist von Maynard Deville durch diesen Raum schwirren. Dann sah er ihn. Einen riesigen Blutfleck auf dem, mit allerhand Mustern verzierten, hellen Nepalteppich. Ein paar weitere Blutstropfen hatten eine Spur zur Balkontür hinterlassen. Jan öffnete sie vorsichtig und betrat die kleine Terrasse mit Blick auf Garten und See. Aber auch hier war bis auf eine Sitzgarnitur aus Holz und Leder nichts zu sehen. Was war hier passiert? Und vor allem, wo war Captain Howard?

Immer noch vorsichtig und aufmerksam trat Jan den Rückweg an. Unbehelligt kehrte er in die Küche zurück. »Habt ihr noch was von dem Kerl gesehen?«, fragte er, erleichtert, dass den anderen in der Zwischenzeit nichts zugestoßen war.

»Nein, was war denn da oben zum Teufel nochmal los?«, wollte Mehdi wissen.

»Erzähl ich später. Jetzt erstmal nichts wie raus hier.«

Um Punkt acht Uhr morgens war Tom Bauer auf dem Berliner Flughafen Schönefeld gelandet. Bereits eine Stunde später fand das erste Meeting mit der Berliner Landespolizei, den Vertretern des Bundeskriminalamtes und des Bundesnach-richtendienstes statt. Die Polizeipräsidentin Frau Dr.Köppe begrüßte die Anwesenden und übergab dann dem Einsatzleiter der Berliner Polizei, Hubertus von Echternach, das Wort, weil der besser im Thema wäre, als sie selbst.

»Zunächst darf ich Ihnen Thomas Bauer von der CIA vorstellen. Wir haben bereits im letzten Jahr bei der Vereitelung des Anschlages auf den Berliner Fernsehturm und bei der Eliminierung des Al Kaida-Führers Al Fakri eng und am Ende sehr erfolgreich zusammengearbeitet. Da der uns nun vorliegende Fall seine Ursprünge in den USA hat und die CIA über detaillierte Informationen zu den möglichen Tätern besitzt, die im Verdacht stehen, einen erneuten Terroranschlag im Berlin zu planen und auszuführen, hat sich Special Agent Bauer in Absprache mit dem CIA-Direktor Chief Broderick bereit erklärt, die deutschen Behörden in dieser Angelegenheit zu unterstützen. Ich habe Ihnen in Absprache mit dem CIA-Büro in Langley einen Bericht erstellt, der die chronologischen Abläufe der Geschehnisse in den USA im April und Mai dieses Jahres aufzeigt. Ich möchte nun Herrn Bauer bitten, kurz den Sachverhalt aus seiner Sicht zu schildern und uns den derzeitigen Stand der Ermittlungen in den USA näherzubringen.«

Tom zog das Tischmikrophon etwas näher an sich heran und blickte erst einmal abschätzend in die Runde.

»Ja, vielen Dank, Hubertus«, begann er langsam, »zunächst einmal hätte ich gern gewusst, warum Special Agent Krüger nicht an diesem Meeting teilnimmt? Gibt es dafür einen besonderen Grund?«

Er wusste natürlich schon längst von Hubertus von Echternach, dass der BND den Fall an sich gezogen hatte und die Polizei inklusive Jan Krüger von den weiteren Ermittlungen ausgeschlossen hatte und ihnen sogar verboten hatte, in irgendeiner Form weiter tätig zu sein.

Irritiert starrten ihn die Vertreter des Bundesnachrichtendienstes an, dann richteten sie die Blicke auf ihren Chef Dr. Braun, in der Erwartung, dass er von Beginn an klarstellen würde, wer in diesem Fall die Hosen anhätte. Dem war offensichtlich nicht ganz wohl in seiner Haut. Special Agent Krüger von der CIA, sollte das vielleicht ein Witz sein? Der Krüger, den er kannte, war seines Wissens nach nur ein simpler Polizist aus Leipzig, der in Berlin überhaupt nichts zu suchen hatte. Was hatte dieser Mann mit der CIA zu tun?

»Mein Name ist Dr.Braun, leitender Ermittler des Bundesnachrichtendienstes und Verantwortlicher im vorliegenden Fall *Reichstag*, wie wir ihn genannt haben. Selbstverständlich freuen wir uns sehr über Ihre Unterstützung Mr. Bauer, aber Sie sollten sich bitte nicht in die Rekrutierung unseres Personals einmischen. Diese ist allein Sache des BND und dessen leitenden Beamten vor Ort. Wir würden Ihnen im umgekehrten Fall auch nicht vorschreiben wollen, welche Leute sie einsetzen. Also mit Verlaub, wir haben hier die kompetentesten Fachleute am Start. Alles ist wohl durchdacht und geplant. Und so soll das auch bleiben.«

Zufrieden mit sich selbst, lehnte Dr. Bauer sich in seinem Stuhl zurück. Er hatte zu Beginn dieser Konferenz unmissverständlich deutlich gemacht, wer in diesem Fall das Sagen hat. Wozu brauchten sie eigentlich diesen Typ von der CIA? Überflüssig wie ein Kropf, dieser Kerl.

»Also zunächst mal bin ich nicht Zivilist sondern Special Agent. Und schon gar nicht irgendein untergeordneter Beamter vom NYPD oder dem FBI, der lediglich geschickt wurde, um hier einen Anstandsbesuch zu tätigen. Ich bin stellvertretender Direktor der Central Intelligance Agency, wenn Ihnen das ein Begriff ist? Und Special Agent Jan Krüger ist einer unser fähigsten Mitarbeiter, der im letzten Jahr entscheidenden Anteil an der Ergreifung sowohl des Al Kaida-Führers Al Fakri als auch des Chefs der Russenmafia Oberst Gorlukov hatte. Zudem hat er durch vorbildlichen persönlichen Einsatz das Attentat auf den Berliner Fernsehturm verhindert. Ohne ihn hätten auch die Deutschen ihren *Ground Zero* und zwar mitten im Zentrum ihrer wunderbaren Hauptstadt. Ach, und eines noch Herr Braun, Special Agent Krüger wird ab sofort wieder an diesen Ermittlungen als leitender Mitarbeiter der CIA teilnehmen.«

»Also ich darf doch bitten. Ich möchte klar stellen, dass Sie hier lediglich beratend tätig sind und uns nicht vorschreiben können, welche Leute wir in diesem Fall einsetzen«, kehrte Dr. Braun kämpferisch den Platzhirschen heraus.

Die Polizeipräsidenten Mechthild Köppe räusperte sich und ergriff anschließend das Wort.

»Tja, Herr Dr. Braun, wenn Sie sich da mal nicht irren. Ich habe heute morgen ein Fax vom Innenministerium erhalten. Darin steht, dass, in enger Absprache mit dem Weißen Haus und Außenminister Collins, die deutschen Behörden inklusive des Bundesnachrichtendienstes die CIA bei ihren Ermittlungen in Deutschland unterstützen sollen. Special Agent Bauer ist ab sofort weisungsberechtigt gegenüber den Beamten des LKA, des BND und der Polizei. Unterschrieben vom Innenminister Dr. Joachim Schröder. Haben Sie dieses Fax noch nicht vorliegen? Auf dem Verteiler ist Ihr Name jedenfalls aufgeführt.«

Irritiert starrte Dr. Braun nacheinander seine Mitarbeiter an. Warum wusste er nichts von diesem Fax? Seine Gesichtsfarbe wechselte augenblicklich von einem gesunden Rotbraun in ein aschfahles Grau. Wieso hatte man ihm diese Nachricht noch nicht vorgelegt? Wer, verdammt noch mal, hatte da dermaßen geschlampt?

Dann griff er nach dem Schreiben, das die Polizeipräsidentin über den Tisch geschoben hatte und las den Text. Nach außen gefasst, aber innerlich einem brodelnden Vulkan gleichend, fixierte er das Papier. Die Gedanken schwirrten in seinem Kopf herum wie ein Schwarm Fliegen in einem geschlossenen Glas. Was war das denn für eine verfluchte Scheiße? Aber es half alles nichts. Er musste sich sammeln und die bittere Pille schlucken. Er hatte sich zu fügen und diesem arroganten CIA-Knaben den Vortritt zu lassen. Die Tatsache, dass der BND dermaßen durch die Bundesregierung enteiert worden war, lag ihm im Magen wie eine Tonne Blei. Aber er war Beamter und hatte die Anweisungen des Staates ohne Kommentar umzusetzen. Er atmete tief durch, um sich etwas Luft zu verschaffen, bevor er klein beigeben musste. Doch der

Sauerstoff entzündete in seinen Lungenflügeln einen gewaltigen Flächenbrand. Sein Magen verspürte einen Druck, als hätte er gerade einen Tiefschlag mit einem Dampfhammer erhalten.

»Na, dem gibt es wohl nichts hinzuzufügen. Dann treten wir mal artig ins zweite Glied zurück und sind gespannt, was uns die Herren von der CIA denn nun zu diesem Fall zu erzählen haben«, richtete er die Ansprache mit bittersüßem Unterton an seine Mitarbeiter.

»Hören Sie, Dr. Braun, es geht nicht darum, festzustellen, wer hier den Größten hat. Das ist so typisch Mann. Es ist einzig und allein die Aufgabe dieses gesamten Gremiums am Tisch, in kooperativer und effektiver Zusammenarbeit das uns drohende Unheil noch rechtzeitig abzuwenden. Spielen Sie jetzt nicht die beleidigte Leberwurst, sondern stellen Sie ihr für diesen Fall unverzichtbares Know-how zur Verfügung, damit wir am Ende gemeinsam erfolgreich sein werden. Und die Betonung liegt auf *erfolgreich*, meine Herren. Also Schluss jetzt mit diesen Eifersüchteleien und ran an die Arbeit.«

Frau Dr. Mechthild Köppe hatte ein Machtwort gesprochen, das seine Wirkung nicht verfehlen sollte.

»Vielen Dank, Frau Polizeipräsidentin. Ich kann mich Ihrer Aufforderung nur anschließen. Ich werde mich trotz der klaren Anweisungen aus der obersten politischen Ebene nicht als der große Zampano aufspielen und hier alles im Alleingang entscheiden. Wir werden alle Schritte gemeinsam diskutieren und dann zusammen die Entscheidungen treffen. Lassen Sie mich aber, bevor wir beraten, wie wir weiter vorgehen wollen, noch mal zusammenfassen, wie der bisherige Ermittlungsstand der CIA in dieser Angelegenheit aussieht. Zu der von Herrn von Echternach zusammengestellten Mappe, die nahezu alle Fakten zum Fall enthält, haben sich in den letzten Tagen noch einige wertvolle neue Erkenntnisse ergeben, die ich Ihnen nicht vorenthalten möchte.« Wieder schaute Tom in die Runde. Die erhitzten Gemüter schienen sich nach den deutlichen Worten der Polizeipräsidentin allmählich langsam zu beruhigen.

»Also, wie sie ja bereits wissen, begann die ganze Sache mit dem Mord an Senator O'Brien in New York. Wir können mittlerweile sicher sagen, dass der Todesschütze John Henderson durch Medikamente und gezielte Gehirnwäsche manipuliert worden war und deshalb keine Schuld an diesem Verbrechen trägt. Das gleiche gilt für den Mord an Senator Carrington in Dallas und für den versuchten Mord an Senator Coleman in Chicago. In allen drei Fällen wurden die Attentäter auf die gleiche Art und Weise manipuliert und gesteuert. Wir wissen, dass hinter diesen Taten die Gruppe um Professor Al Mawardi steckt, dessen Neffe Ibrahim Al Mawardi einwandfrei der Kopf dieser Bande ist. Er hat einen kongenialen Helfer in seinem Freund und Landsmann Fadi Bin Hammad. Diese beiden Männer sind bei den Marines ausgebildete, ehemalige Elitesoldaten. Sie sind mittlerweile radikale Fundamentlisten und handeln im Auftrag des designierten Al Kaida-Führers Hassan Omar Bin Khalib. Zusammen ergibt das eine hochexplosive Melange. Bin Khalib hatte Professor Al Mawardi befohlen, in enger Zusammenarbeit mit dem Ex-KGB Mann und Wissenschaftler Dr. Muratov, die Forschungen an dem Projekt MK-Ultra wieder aufzunehmen und zu einem erfolgreichen Abschluss zu bringen. Wie wir inzwischen wissen, haben die Russen die Entwicklung dieses Mind-Controlling Programms, das die CIA bereits Anfang der achtziger Jahre eingestellt hat, bis in die heutige Zeit weiter vorangetrieben und dabei bereits brauchbare Ergebnisse erzielt. Es wurde beschlossen, eine Gruppe von Elitesoldaten zu rekrutieren und dann zusammen mit den beiden hochkarätigen Wissenschaftlern zu Feldversuchen nach Afghanistan zu reisen. Dort stellte sich schnell heraus, dass die von Professor Al Mawardi und Dr. Muratov gemeinsam entwickelte Formel zur gezielten Gehirnwäsche nahezu perfekt funktioniert. Das Ergebnis ist dieser fürchterliche Anschlag der Gruppe auf die ISAF-Soldaten bei Gowarah Sang. Ich möchte betonen, dass die angeworbenen Soldaten nichts von dem wahren Grund ihres Einsatzes erfahren haben. Sie konnten sich nach dem Anschlag tatsächlich an nichts mehr erinnern. Einige dieser Männer sind mittlerweile wieder zu Hause, andere leider bei einem Anschlag in Moskau ums Leben gekommen. Die Überlebenden wurden gründlich untersucht und ausgiebig befragt. In ihrem Blut fand man Rückstände von Flunitrazepam und allerlei Drogen, deren Kombination offensichtlich zu den gewünschten

Ergebnissen geführt hat. Dazu bestanden alle Männer den durchgeführten Lügendetektortest ohne jegliche Auffälligkeiten.«

Dr. Braun meldete sich zu Wort. »Was ist mit dem Typ, den sie den *Coach* nannten? Der war doch in die ganze Sache eingeweiht, oder? Haben sie den mittlerweile identifizieren und dingfest machen können?«

Dr. Braun wusste natürlich ganz genau, dass dieser Mann die CIA schon seit Wochen an der Nase herumführte und sie ihn noch nicht gefasst hatten.

»Der Mann ist in der Tat ein Problem. Aber mit der Hilfe von Special Agent Krüger konnten wir den Kerl in der Zwischenzeit einwandfrei identifizieren. Es handelt sich dabei um einen ehemaligen Offizier der Navy Seals, der unter Major Krüger zu der Sondereinheit *Sniper* in Afghanistan gehörte.«

»Sie reden von diesem Phantom Maynard Deville? War das nicht schon lange vollkommen klar, dass er der gesuchte Mann war? Wieso können Sie das erst jetzt bestätigen?«, wollte Dr. Braun wissen und grinste wieder süffisant in Richtung seiner Mitarbeiter.

»Ganz einfach, Dr. Braun, weil der gesuchte Mann nicht Maynard Deville ist«, antwortete Tom trocken.

»So so, na dann spannen Sie uns doch nicht länger auf die Folter«, wartete der BND-Mann auf eine Erklärung.

»Bei diesem Mann handelt es sich aller Wahrscheinlichkeit nach um Steven Howard, genauer gesagt, Captain Steven Howard. Nach seinem Abschied aus der Army im Rang eines Colonels kam Howard mit dem zivilen Leben nicht mehr zurecht und versank im Chaos von Alkohol, Drogen und Spielschulden, die sich im Laufe der Jahre in astronomische Höhen geschraubt hatten. Schließlich ließ sich Howard, der als exzellenter Scharfschütze gilt, als Kopfgeldjäger anheuern, um seine Schulden bei den Kredithaien und der Glücksspielmafia zu bezahlen. So war er leichte Beute für die Al Kaida. Sie haben ihn genau, wie Henderson, Morrison oder Fisherman im New Yorker Warriors Club, wo Ibrahim Al Mawardi und Fadi Bin Hammad regelmäßig verkehrten, kennengelernt und ihn für ihre Zwecke mit einer großen Geldsumme geködert.«

»Aha«, räusperte sich Dr. Braun, »und ist es Ihnen mittlerweile gelungen, diesen Mann festnehmen?«

Tom atmete einmal tief durch und korrigierte seine Sitzposition.

»Nein«, weiter kam er nicht, als ihm Dr. Braun ins Wort fiel.

»Nein? Und aus welchem Grund nicht, wenn man fragen darf?«, triumphierte er.

Tom war genervt, blieb aber gefasst.

»Wir wissen, dass er zusammen mit William Al Mawardi, Fadi Bin Hammad und Fatima Shapourzadeh vor ein paar Tagen von Moskau nach Berlin gekommen ist. Leider ist es den deutschen Behörden nicht gelungen, die Leute am Flughafen zu identifizieren und festzunehmen, obwohl ihnen die Passgierlisten vorlagen, aus denen sie hätten entnehmen müssen, dass syrische Botschaftsangehörige an Bord des Fluges aus Moskau waren. Nicht zu glauben, aber leider wahr«, schoss Tom nun seinerseits ein paar Giftpfeile in Richtung Dr. Braun ab.

»Special Agent Krüger ist sowohl ihm als auch der Tochter von Dr. Shapourzadeh, die sich mittlerweile von der Gruppe abgesetzt hat, auf der Spur. Leider haben wir aber seit gestern Abend keinen Kontakt mehr zu Jan Krüger. Darum müssen wir uns als nächstes kümmern.«

»So, müssen wir? Befindet er sich nicht in Leipzig? Sein Dienststellenleiter hat uns gestern noch bestätigt, dass Herr Krüger seine Arbeit vor Ort bereits wieder aufgenommen hat.«

Diese Information war für Tom nicht neu. Steven Goldblum hatte ihn auf dem Laufenden gehalten. Und er wusste von Jans direktem Vorgesetzten Rico Steding, dass sich sein Freund immer noch in Berlin aufhielt. Hubertus von Echternach hatte ihm erzählt, dass er zuletzt an der Syrischen Botschaft gesehen wurde und er ihn dort vor dem Zugriff des Bundesnachrichtendienstes gewarnt hatte. So, wie es aussah, konnte er sich der Festnahme entziehen. Allerdings wusste niemand, wo er sich im Moment aufhielt.

Tom ging in die Offensive. »Special Agent Krüger hat den Befehl erhalten, weiter in Berlin zu bleiben und seinen Auftrag zu erfüllen. Wir sind momentan dabei, Kontakt zu ihm aufzunehmen und werden ihn dann in die geplante Operation einbinden.«

»Was so viel heißt, dass Sie gar nicht wissen, wo er sich gegenwärtig aufhält und welchen Bockmist er gerade wieder verzapft?«, provozierte Dr. Braun erneut.

»Wer hier bisher welchen Bockmist verzapft hat, ist doch wohl eindeutig zu beantworten. Da müssen Sie schon vor ihrer eigenen Haustür kehren. Wenn Ihre Leute am Flughafen nicht geschlafen hätten, mein Lieber, säßen die Terroristen längst hinter Schloss und Riegel und wir könnten uns diese ganze Nummer hier sparen. Ich schlage Ihnen deshalb vor, Dr. Braun, jetzt einfach mal den Mund zu halten und mich meine Ausführungen zu Ende bringen zu lassen.« Tom hatte Klartext gesprochen.

Dr.Braun lehnte sich beleidigt mit verschränkten Armen in seinen Sessel zurück. Ein deutliches Zeichen, dass er nun wohl ernsthaft in Betracht zog, in die Defensive zu gehen. Tom nahm dessen Reaktion mit Wohlwollen zur Kenntnis.

»Gut, dann fahre ich fort. Das Attentat hier in Berlin, bei dem der Bundestagsabgeordnete Dr. Lutzius ums Leben kam, ist in Zusammenarbeit zwischen Al Kaida und Russenmafia geplant worden. Der mutmaßliche Mörder Carl Georg Romminger war ebenfalls Offizier in der Sondereinheit *Sniper*. Als er zu einem Veteranentreffen nach New York gereist war, lernte er im Warriors Club Al Mawardi und Bin Hammad kennen. Die beiden gaben seine Personalien über Dr. Muratov an die Russenmafia weiter. Die hatten bereits in Berlin im Club Pigalle, der dem Chef der Russenmafia Grigori Tireshnikov gehört, das potentielle Opfer Dr. Björn Lutzius ausgesucht. Übrigens genau wie die drei konservativen U.S.-Senatoren ein glühender Befürworter des Afghanistan-Einsatzes der Soldaten ihres jeweiligen Landes. Ein Mitarbeiter von Tireshnikov, ein gewisser Wladimir Skutin, hat dann in Zusammenarbeit mit Dr. Muratov Romminger auf sein Opfer angesetzt und ihn mit den entsprechenden Medikamenten und der dazugehörigen Gehirnwäsche auf den Anschlag vorbereitet. Wie bereits zuvor die Männer in den USA, konnte sich auch Carl Georg Romminger nach dem Attentat an rein gar nichts mehr erinnern. Auch seine Unschuld ist mittlerweise bewiesen.«

»Wieso erwähnen Sie in diesem ganzen Zusammenhang nicht die Rolle von Dr. Shapourzadeh? Der hat doch da auch seine Finger im Spiel gehabt«, meldete sich Dr. Braun wieder zu Wort.

»Ohne Frage. Aber nicht wissentlich. Die Russen haben schnell gemerkt, dass der Psychiater im Grunde ein naiver Mann ist.

Durch die Tochter von Dr. Muratov - sie leitet in der Praxis des Doktors die Rezeption - der Dr. Shapourzadeh als auch Professor Al Mawardi immer wieder bei internationalen Kongressen begegnet waren, sind die Russen auf den Mann aufmerksam geworden. Sie haben sich in sein Vertrauen geschlichen und den geschiedenen und wohl auch etwas vereinsamten Mann in ihren Sexclub eingeladen, wo sie ihn nach Strich und Faden von den Damen verwöhnen ließen. Er hat ihnen dann irgendwann großzügig die Kellerräume seiner riesigen Villa in Potsdam zur Verfügung gestellt, in der er längst nicht mehr wohnte. Als ihn seine Frau verließ, nahm er sich ein kleines Appartement in Kreuzberg unweit seiner Praxis, um nicht allein in diesem großen Haus leben zu müssen. Die Russen haben das Areal am Krampnitzsee für die Zwischenlagerung ihrer Drogentransporte aus Moskau zu einer wahren Festung ausgebaut. Als dort eine Razzia der Drogenfahndung bevorstand, haben sie davon Wind bekommen und anschließend das Weite gesucht.«

»Aha«, kommentierte Dr. Braun, »und jetzt wollen Sie uns wohl weismachen, dass auch seine Tochter ein unbeschriebenes Blatt ist, oder?«

Tom Bauer zog die Augenbrauen hoch.

»Kein Zweifel, Fatima Shapourzadeh war in Afghanistan und hat am Attentat von Gowarah Sang teilgenommen. Wir glauben allerdings, dass sie von der Sache vorher nichts gewusst hat und ihr erst die Augen geöffnet wurden, als es längst zu spät war. Anschließend hatte sie Angst, auszusteigen, weil sie natürlich wusste, was dann mit ihr geschehen würde. Sie hatte in der Nähe von Moskau mit ansehen müssen, wie ihr Mentor Professor Al Mawardi vom Al Kaida Führer Hassan Omar Bin Khalib eiskalt ermordet wurde, weil sie fürchteten, dass er umfallen würde und ihre gemeinsame Sache verraten würde. Das wissen wir aus den Schilderungen der Soldaten, die das Attentat von Moskau überlebt haben und gottlob wieder, wenn auch auf Umwegen, nach Hause kamen.«

»Hochinteressant, Sir«, ließ Dr. Braun verlauten. »Also ist Fatima Shapourzadeh auch nur ein bedauernswertes Opfer unglücklicher Umstände? Wieso erschließt sich mir das eigentlich nicht so ganz?

Aber Sie sind ja der, der auf alle Fragen eine Antwort hat«, bemerkte er ironisch.

Tom ließ sich nicht aus der Reserve locken. »Selbstverständlich wird sie einige ungeklärte Fragen beantworten müssen und sie wird sich darüber hinaus für die Teilnahme an dem Attentat von Gowarah Sang verantworten müssen. Fakt ist jedoch, dass sie die Absichten der Terroristen anfangs nicht erkannt hat und es dann zu spät war, auszusteigen. Sie hat nun aber die erste Gelegenheit genutzt, um sich endgültig von den Terroristen abzusetzen und sich bereit erklärt, uns im Kampf gegen die Al Kaida mit ihrem Wissen zu unterstützen. Sie wird am Ende des Tages sicher nicht straffrei davonkommen. Das ist ihr auch bewusst.«

»Na, dann sind wir ja alle beruhigt«, blieb Dr. Braun bei seiner Linie. »Sagen Sie mal, Sir, wie konnte es den Terroristen nach diesem verheerenden Massaker in Afghanistan eigentlich gelingen, mit so einem uralten Kasten von Hubschrauber noch von Gowarah Sang aus bis nach Tadschikistan zu fliegen, ohne von der Air Force in der Luft pulverisiert zu werden? Die waren doch stundenlang unterwegs. Haben Sie da eigentlich auch eine plausible Erklärung für?«

Offensichtlich war Dr. Braun besser informiert, als Tom angenommen hatte. Wo in Gottes Namen hatte er diese Geschichte denn her? Blöd war nur, dass die Frage mehr als berechtigt war. Ihm leuchtete ja auch nicht ein, warum die hochmodernen Kampfflugzeuge vom Typ F-35 sich von ein paar alterschwachen pakistanischen F-16 haben vertreiben lassen. Aber angeblich wollte das Weiße Haus einen Konflikt mit der Atommacht Pakistan unter allen Umständen vermeiden. Zudem bewies die Besatzung des russischen Hubschraubers taktisches Geschick und fliegerisches Können. So konnten sie sich dem Zugriff der U.S.-Jets entziehen. Unterm Strich war diese missglückte Aktion der Air Force sicher kein Ruhmesblatt, das in die amerikanische Militärgeschichte eingehen wird. Und wenn doch, dann nur als Beispiel für groben Dilettantismus.

»Wissen Sie, mein Lieber, wenn Sie den deutschen Behörden vorwerfen, sie hätten bei der Einreise der Syrer in Berlin geschlafen und somit beim Zugriff auf die Terroristen versagt, wie würden

Sie denn dann bitte die Aktion der Air Force in Afghanistan bezeichnen? Leichter hätte man doch diese Bande gar nicht eliminieren können. Also ich denke, gerade *Sie* sollten sich mit Kritik an den deutschen Sicherheitskräften vornehm zurückhalten.«

Tom war vollkommen klar, dass Dr. Braun mit dieser Einlassung Recht hatte. Selbstverständlich hätten die Terroristen über dem Hindukusch abgeschossen werden müssen. Aber das war nun nicht mehr relevant. Genauso wenig wie die Tatsache, dass es die Beamten am Berliner Flughafen versäumt hatten, die Syrer aus dem Verkehr zu ziehen. Tom ahnte, dass die Syrische Botschaft womöglich ein paar Euro hatte fließen lassen, dass der ein oder andere Beamte nicht so genau hinschaute. Aber er hütete sich, diesen Verdacht zu äußern. Es waren jetzt genug gegenseitige Vorwürfe gemacht worden. Jetzt musste der Schulterschluss her, um effektiv und zügig gegen die Terroristen vorzugehen. Viel Zeit war jedenfalls nicht mehr.

»Okay«, ich denke, wir sollten jetzt die Lage hier vor Ort besprechen und möglichst schnell zu einer Entscheidung kommen, wie wir weiter vorgehen wollen«, versuchte Tom den Fokus auf das Wesentliche zu richten..

Doch Dr. Braun ließ nicht locker. »Eine Frage hätte ich gern noch beantwortet. War dieser Steven Howard der Mann, der als Jeremy Bates in die USA eingereist ist?«

»Warum wollen Sie das wissen? Das ist doch jetzt nicht mehr von Bedeutung«, antwortete Tom leicht gereizt.

»Oh, doch. Wie konnte es denn passieren, dass die U.S.-Behörden bei diesen extrem umfangreichen Sicherheitsvorkehrungen einen Mann mit gefälschten Papieren einreisen lassen? Sehen Sie, mein Lieber, wie schmal der Grat ist, auf dem Sie und Ihr Verein von der CIA sich bewegen? Die neunzig Toten von Gowarah Sang hätte es nie gegeben, wenn Ihre Leute diesen Howard bei der Einreise in die USA aus dem Verkehr gezogen hätten.«

»Vermutlich doch«, hielt Tom entgegen.

»Was soll das heißen?«, fragte Dr. Braun erbost.

»Das soll heißen, dass dieser Mann nicht Captain Steven Howard war, sondern Maynard Deville«, klärte Tom auf. Wir wissen mittlerweile, das Jeremy Bates und Maynard Deville sich kannten. Beide stammten ursprünglich aus der gleichen Gegend, einem kleinen Nest in Wyoming. Nach dem Tod von Bates hatte seine Frau Maynard seinen Reisepass überlassen und ihm gestattet, die Fingerabdrücke ihres Mannes zu nehmen und zu benutzen. Der Grund dafür war, dass Maynard Deville wegen Verstößen gegen das Betäubungsmittelgesetz nicht mehr hätte von Australien aus in seine Heimat einreisen dürfen. Gegen ihn liegt schon seit einigen Jahren ein Haftbefehl vor. Deville hat dann von einem Spezialisten das Foto austauschen lassen und sich Prothesen für die Finger-kuppen mit Jeremy Bates' Fingerabdrücken erstellen lassen. Ist heutzutage leider kein Problem mehr.«

»Ist ja eine spannende Geschichte, Sir. Wer hat Ihnen denn dieses Märchen aufgetischt?«, hakte der BND-Mann nach.

»Mit Verlaub, Dr. Braun, aber Sie müssen nicht alles wissen. Manchmal gibt es in unserer Branche so was Ähnliches wie Infor-mantenschutz. Selbstverständlich ist das eine strafbare Handlung, die da geschehen ist. Offiziell weiß Bates' Witwe natürlich nicht, wo der Reisepass ihres verstorbenen Mannes geblieben ist. Und ein Maynard Deville ist ihr ohnehin nicht bekannt. Aber noch mal: Wir wissen, dass es Maynard Deville war, der aus Australien zum Veteranentreff nach New York angereist war. Wir vermuten, dass er dann über Kanada wieder ausgereist ist. Das überprüfen wir gerade.«

Dr. Braun grinste überheblich. »Das können Sie sich sparen, Sir. Der Mann, der sich Jeremy Bates nennt, ist schon vor gut zwei Wochen von Toronto über Amsterdam nach Berlin geflogen. Dies-mal haben unsere Beamten scheinbar besser aufgepasst. Sie haben die Fälschung des Ausweises erkannt. Deville wurde fest-genommen, konnte aber bedauerlicherweise noch am Flughafen fliehen. Den Beamten war es ein Rätsel, wie sich ein gefesselter Mann aus einer geschlossenen Zelle befreien konnte. Entweder ist der Typ Copperfield oder er besitzt in der Tat übernatürliche Kräf-te.«

Fast hätte Tom dieser Einschätzung zugestimmt. Er kannte den Devil aus Afghanistan und er wusste um seine außergewöhnlichen Fähigkeiten. Aber im Moment hielt er es für wenig angebracht, dieses Thema zu vertiefen.

»Ich denke, unser Problem ist nicht Maynard Deville. Der hat mit der ganzen Sache nichts zu tun. Wir sollten unsere Energie auf das eigentliche Problem richten. Wie können wir diese Terroristen unschädlich machen, bevor sie erneut Unheil anrichten?«

Hannah konnte nicht schlafen. Sie wälzte sich von einer Seite auf die andere. Immer wieder knipste sie ihre Nachttischlampe an und warf einen argwöhnischen Blick auf die Uhr. Der Zeiger schien sich in Zeitlupe zu bewegen. Am liebsten wäre sie schon gestern Abend wieder zurück nach Berlin gefahren. Rico Steding hatte sie aber davon abgehalten. Er war der Meinung, dass sie da im Augenblick nichts tun könnte. Zudem war er davon überzeugt, dass es Jan gut ginge. Sonst hätten sie mit Sicherheit schon Gegenteiliges gehört. Wieso hatte sie sich nur auf diese bekloppte Idee mit dem Handytausch eingelassen? Dass ihr Jan dann auch noch versehentlich sein CIA-Handy überlassen hatte, setzte der ganzen Aktion die Krönung auf. Damit war es ihr unmöglich, Kontakt zu ihm aufzunehmen. Passwort und Pin-Nummer waren ihr logischerweise unbekannt. Jetzt wäre ein Festnetzanschluss von Nutzen gewesen. Sie hatte unzählige Male versucht, ihn vom Büro aus auf ihrem Handy zu erreichen. Den Spruch *The person you've called is temporarely not available* konnte sie mittlerweile nicht mehr hören. Es war schlichtweg zum Kotzen. Warum in aller Welt hatte Jan dieses beschissene Handy ausgemacht? Oder war vielleicht der Akku leer? Hatte sie ihm überhaupt das Aufladekabel gegeben? Sein eigenes Gerät hatte er nicht in Betrieb, weil er offenbar davon ausging, dass es sich um sein CIA-Handy handelte. Ihm war die Verwechselung offensichtlich noch nicht aufgefallen.

Um kurz nach sechs sprang sie aus dem Bett. Sie fühlte sich wie gerädert. Auch die warme Dusche und der obligatorische Pott schwarzer Kaffee konnten an ihrem maroden Zustand wenig ändern. Sie machte sich Sorgen und die konnte man weder wegwaschen noch einfach herunterspülen.

Um sieben Uhr dreißig, eine glatte halbe Stunde vor Dienstbeginn, betrat sie ihr Büro in der Dimitroffstraße. Von den Kollegen war noch niemand da. Sie ging hinüber in die Telefonzentrale und erkundigte sich, ob Jan zwischenzeitlich angerufen hätte. Doch die Nachtschicht war um kurz nach sechs beendet und die junge Frau, die die Frühschicht übernommen hatte, war auch gerade mal erst eine gute Stunde im Dienst.»Nein, solange ich hier bin, nicht«, antwortete sie auf Hannahs Frage nach einem Anruf ihres Freundes. Sie kehrte zurück in ihr Büro und wählte die Nummer des Landeskriminalamtes in Berlin. Vielleicht konnte ihr Hubertus von Echternach helfen. Doch der war noch nicht im Büro. Es war zum Mäusemelken. War denn morgens um Viertel vor acht auf den Dienststellen der deutschen Polizei noch allgemeine Schlummerstunde? Im selben Moment platzte Rico Steding ihr Dienstzimmer.

»Hab ich mir doch gedacht, dass du schon da bist. Ich konnte dich gestern nicht mehr erreichen. Eigentlich wollte ich noch bei dir vorbeifahren, aber es war schon kurz nach elf, als ich gestern Abend nach Hause gefahren bin. Du kannst dich beruhigen, Hannah, Jan geht's gut. Er hat mich gestern Abend um kurz vor elf angerufen. Gut, dass ich noch im Dienst war. Er wird sich gleich hier melden.«

Hannah war wütend.»Verdammt, Rico, du hättest mich gestern Abend noch informieren müssen. Weißt du überhaupt, was für eine Nacht ich hinter mir habe?«

Rico nickte.»Asche auf mein Haupt, aber ich dachte, du schläfst vielleicht schon. Tut mir leid. Natürlich hätte ich noch bei dir vorbeifahren müssen.«

»Was hat er gesagt? Was ist passiert?«, fragte Hannah ungeduldig.

Als Rico Luft holte, um zu antworten, klingelte das Telefon auf ihrem Schreibtisch.»Eine Berliner Festnetznummer?«, wunderte sie sich.

»Mordkommission Leipzig, Dammüller«, meldete sie sich förmlich.

»Vermisstenstelle Berlin, Krüger.«

»Hast ja offensichtlich deinen Humor nicht verloren, mein Lieber. Warum, verdammt noch mal, meldest du dich nicht? Und jetzt erzähl mir nicht, dass du mich nicht erreichen konntest. Ich hab bis kurz nach zehn im Präsidium gesessen und auf eine Nachricht gewartet.«

Jan erzählte ihr kurz und knapp, was geschehen war. Nachdem sie gestern Nacht mit dem Boot von Dr. Shapourzadeh über den Krampnitzsee zurück zum Anleger an der Potsdamer Chaussee gefahren waren, sind sie mit Mehdis Wagen auf schnellstem Wege in die Charité gefahren, um die Wunde von Omar ärztlich versorgen zu lassen. Die Ärzte wollten zumindest versuchen, das Ohr wieder anzunähen. Anschließend hätten sie sich sofort auf den Weg nach Kreuzberg gemacht. Die beiden bewohnten dort zusammen ein geräumiges Altbauappartement, von dessen Existenz kaum jemand etwas wusste. Dort konnten er und Fatima noch ein paar Stunden schlafen. Jetzt würde er sich zunächst bei Hubertus von Echternach melden und dann ins Präsidium fahren, um alles weitere zu besprechen. Nach seinen Informationen müsste inzwischen auch Tom Bauer in Berlin angekommen sein.

»Rico wollte doch auf dem Heimweg noch zu dir fahren und dich informieren?«

»Männer, kann man sich halt nicht drauf verlassen. Er dachte, ich würde schon schlafen. Wollte mich nicht wecken, hat er gesagt. Da fällt mir nichts mehr ein.« Hannah war sauer.

»Dumm gelaufen, Liebes. Auf jeden Fall brauche ich jetzt dringend deine Pin-Nummer und dein Passwort, damit wir wieder telefonieren können. Sobald ich mit Hubertus und Tom gesprochen habe, melde ich mich wieder. Ich schicke dir dann gleich die Zugangsdaten von meinem Handy. Ich geh mal davon aus, dass du heute noch nach Berlin kommen musst. Richte dich auf jeden Fall schon mal darauf ein.«

Nachdem die zwei ihre Daten ausgetauscht hatten, beendeten sie das Gespräch. Rico hatte in der Zwischenzeit drei randvolle Becher Kaffee organisiert.

»Josie kommt gleich vorbei. Sie bringt was vom Bäcker mit. Ich denke, dass wir jetzt ein ordentliches Frühstück gebrauchen können.«

Nachdem Jan das Gespräch mit Hannah beendet hatte, rief er im Berliner Präsidium an und verlangte nach Hubertus von Echternach.

»Tut mir leid, Herr Kommissar, aber der Chef befindet sich gerade in einer wichtigen Besprechung. Ich darf ihn jetzt nicht stören.«

Freundlich aber bestimmt wies ihn die Sekretärin ab. Jan legte auf und weckte Fatima, die noch fest schlief. Die letzte Nacht hatte unübersehbar an ihren Nerven gezerrt. An Schlaf war gar nicht zu denken, als sie gegen zwei Uhr in Kreuzberg eintrafen. Erst in den frühen Morgenstunden waren ihr vor Erschöpfung die Augen zugefallen.

»Sorry, aber wir haben keine Zeit zu verlieren. Wir müssen sofort ins Präsidium«, entschuldigte sich Jan, als er sie aus dem Bett scheuchte. Er rief ein Taxi und ließ sich zusammen mit Fatima in den Tiergarten fahren, wo er in einer Nebenstraße Hannahs Wagen geparkt hatte. Von da aus machten sie sich mit dem X3 auf den Weg zurück nach Kreuzberg ins Polizeipräsidium. Jan erfuhr dort, dass die Besprechung auf der gegenüberliegenden Seite im Landeskriminalamt stattfand, mit dem Hinweis versehen, dass er da aber jetzt nicht stören dürfte. Er nahm Fatima bei der Hand und lief mit ihr über die Straße in das Gebäude des Landeskriminalamtes. Beim Betreten der Eingangshalle stellte sich sogleich ein Wachmann in den Weg.

»Guten Tag. Wohin wollen Sie?«, fragte er mit scharfem, leicht arrogantem Tonfall.

»Polizeioberkommissar Krüger. Ich muss dringend mit Frau Dr. Köppe sprechen« ,sagte Jan.

»Ihren Ausweis bitte«, verlangte der Mann.

Jan wollte seinen Dienstausweis aus der Brusttasche holen, als ihm klar wurde, dass seine Jacke noch in der Villa von Dr. Shapourzadeh zum Trocknen auf der Leine hing und er ein paar abgetragene, viel zu weite Sachen trug, die ihm Fatima aus dem Kleiderschrank ihres Vaters geborgt hatte. Ungeduscht und unrasiert sah er zusammen mit seinen viel zu großen und unmodernen Klamotten aus wie ein Penner, der gerade auf der Suche nach ein paar Almosen war.

Der Wachmann musterte ihn argwöhnisch. »Wenn Sie sich nicht ausweisen können, möchte ich Sie bitten, das Gebäude umgehend wieder zu verlassen«, befahl er kurz und trocken.

Jan hatte weder die Zeit noch die Geduld, großartige Erklärungen abzugeben, die den Kerl am Ende doch nicht umstimmen würden. Trotzdem startete er einen zweiten Versuch.

»Hören Sie, mir ist vollkommen klar, wie mein Auftritt hier rüberkommt, aber das hat Gründe, die jetzt zu erklären viel zu viel Zeit in Anspruch nehmen würde. Bitte rufen Sie im Büro der Polizeipräsidentin an und lassen Sie ihr mitteilen, dass Kommissar Jan Krüger aus Leipzig gern mit ihr sprechen würde.«

Der Wachmann, ein großer, kräftiger Kerl mit kurzem schwarzem Haar und ebenso dunklen Augen schüttelte genervt den Kopf.

»Bitte leisten Sie meiner Aufforderung Folge und verlassen Sie auf der Stelle das Gebäude«, wiederholte er laut und deutlich.

»Tut mir leid, mein Freund, aber das kann ich nicht. Ich *muss* jetzt in dieses Meeting. Am besten, Sie gehen mir jetzt aus dem Weg, damit ich Ihnen nicht wehtun muss.«

Jan gab Fatima ein Zeichen, dass sie ein paar Schritte zurückweichen sollte. Der Wachmann schien seinen Ohren nicht zu trauen. Ein paar Meter rechts von ihnen saß in einem Glaskasten eine Frau mittleren Alters, die die Szene aufmerksam beobachtete.

»Jetzt reicht's aber, du Penner. Raus jetzt hier, bevor ich dir Beine mache.«

Der Polizist löste den Schlagstock von seinem Gürtel und ging auf Jan los. Mit ausgestrecktem Arm stieß er ihm seinen Gummiknüppel vor die Brust und wollte ihn so bis zum Ausgang vor sich hertreiben. Mittlerweile hatte sich auf der Treppe zum ersten Stock eine kleine Gruppe von Schaulustigen versammelt. Fatima hatte sich Richtung Ausgang zurückgezogen und beobachtete verängstigt, was ein paar Meter vor ihr geschah. Jetzt musste alles schnell gehen. Jan wollte das Überraschungs-moment nutzen und sich den Weg in den ersten Stock freimachen. Blitzschnell ergriff er den Schlagstock, zog ihn an sich und packte den rechten Arm des Wachmannes. Mit einem kräftigen Ruck brachte er den Mann aus dem Gleichgewicht, so dass er nach vorn auf Jan zu stolperte. Als er nah genug war, schlug ihm Jan mit der Linken hart und gezielt unters Kinn. Der Oberkörper des Polizisten bog sich von der Wucht des Schlages nach hinten. Jan ließ den Schlagstock los, packte ihn mit beiden Händen in Schulterhöhe an der Jacke und rammte ihm seine Stirn auf die Nasenwurzel. Wie ein nasser Sack sank der Wachmann zu Boden. Auf der Treppe hörte er entsetzte Schreie. Dann stürzte er hinüber zum Glaskasten.

»In welchem Raum findet die Besprechung mit Frau Dr. Köppe statt? Ich frage nur einmal«, raunzte er die Frau, die sich verängstigt klein machte, an.

»Äh, erster Stock, Zimmer 102. Das Dienstzimmer der Präsidentin. Bitte tun Sie mir nichts«, flehte sie Jan an.

»Hab ich nicht vor. Es sei denn, Sie haben vor, in den nächsten zwei Minuten zum Hörer greifen.«

»Nein, nein, mach ich nicht. Bestimmt nicht.«

»Dann sind wir uns ja einig. Meine Freundin da drüben behält Sie im Auge.«

Er gab Fatima ein Zeichen zu warten und sprintete die Treppe hinauf, jeweils zwei Stufen auf einmal nehmend. Die Gruppe der Gaffer bildete sofort eine Gasse, wagte es nicht, sich ihm in den Weg zu stellen. Oben angekommen, folgte er dem Hinweisschild nach rechts und lief den Gang hinunter, bis er auf der linken Seite, fast am Ende des Korridors, den Eingang zum Besprechungszimmer der Polizeipräsidentin erreicht hatte. Er legte kurz sein Ohr an das Türblatt und glaubte die Stimme von Tom Bauer zu hören. Ohne anzuklopfen riss er die Tür auf.

Mahmut Shabaz fühlte sich nicht wohl in seiner Haut, aber so einen Batzen Geld auf einmal hatte er noch nie in seinem Leben gesehen. Was in aller Welt wollten die Syrer bloß mit diesem klapprigen Flugzeug? Er war nicht mal sicher, dass es den Transport von Friedersdorf bis Adlershof ohne größere Schäden überstehen würde. Ibrahim Al Mawardi hatte ihm aufgetragen, die Piper PA-36 vom Segelflugplatz Friedersdorf abzuholen und direkt auf das verlassene Gelände des ehemaligen Flugplatzes Johannisthal in Adlershof zu bringen. Den Kontakt zwischen den Syrern und seinem Freund Rüdiger Kleinert hatte er selbst hergestellt. Der war bis Anfang der neunziger Jahre als Agrarflieger am ehemaligen Flughafen Tempelhof im Einsatz gewesen und hatte sich nach dessen Schließung darauf spezialisiert, als Pilot von Schleppflugzeugen auf verschiedenen Segelflugplätzen rund um Berlin zu arbeiten. Mahmut war mit Rüdiger schon zusammen zur Schule gegangen. Sein Freund litt wie immer an notorischem Geldmangel, was daran lag, dass er genau wie Mahmut selbst, nicht die Finger von diversen Spielautomaten lassen konnte.

Als Mahmut ihn fragte, ob er für ein paar Tage seine Piper ausleihen könnte, hatte Rüdiger ihn zunächst für verrückt erklärt. Aber als er ihm das dicke Bündel mit Hundert-Euro-Scheinen unter die Nase hielt, leuchteten seine Augen vor Entzücken auf.

»Wo hast du die ganze Kohle her? Leck mich am Arsch, Mann! Wie viel ist 'n das?«

»Zehn fette Riesen, mein Freund. Dafür lädst du deine Rostlaube auf einen Hänger und bekommst sie eine Woche später unversehrt zurück.«

Rüdiger ließ seine Gehirnzellen arbeiten. Der Luftsportclub Interflug hatte zwei Maschinen als Schleppflugzeuge im Einsatz. Gewöhnlich befand sich eine davon in Reparatur. Die Piper A-36 gehörte ihm selbst, die PLZ-106 Kruk, ein polnisches Fabrikat, war Eigentum des Clubs. Soviel er wusste, war die PLZ seit einigen Tagen wieder flugbereit. Er konnte also der Clubleitung vorgaukeln, dass seine Maschine defekt sei und zur Reparatur nach Berlin gebracht werden müsste. Derweil würde er den Schleppbetrieb mit der wiederhergestellten PLZ-106 fortsetzen.

»Wofür brauchst du denn die Kiste? Ist nicht so einfach mit dem Ding umzugehen. Und was ist, wenn du mir die Karre zerlegst? Eine falsche Handbewegung und der Vogel schmiert ab. Äußerst empfindlich, mein Baby. Muss man ein Händchen für haben. Ist wie bei 'ner schönen Frau.«

»Mach dir keine Sorgen. Ich hab einen erfahrenen Piloten, der sich damit bestens auskennt«, flunkerte Mahmut, der im Grunde keine Ahnung hatte, was die Syrer mit dem Flugzeug vorhatten.

»Da will wohl einer illegal seine Mohnfelder spritzen, wie? Mach bloß keinen Scheiß. Nachher hab ich noch die Bullen am Hals.«

Die Piper PA-36 Pawnee Brave 300, so ihre genaue Bezeichnung, war über zwanzig Jahre als Agrarflugzeug zur flächendeckenden Bekämpfung von Schädlingen und Insekten im Dienst. Danach kaufte Rüdiger die ausrangierte Maschine für fast geschenkte achttausend Mark und benutzte sie fortan als Schlepper für Segelflugzeuge. Technisch war die Piper in einwandfreiem Zustand. Sie wurde vor jedem Einsatz gewartet. Ob allerdings die Tanks und die Sprühwerkzeuge noch hundertprozentig funktionsfähig waren, wusste er nicht. Aber er ging davon aus. Was sollte daran schon kaputt gegangen sein?

Um kurz nach neunzehn Uhr verließ Mahmut mit seinem Lieferwagen die A10 bei Königs-Wusterhausen. Er wollte den Transport im Dunkeln durchführen. Erstens war dann weniger Verkehr und zweitens war er nicht schon kilometerweit zu sehen. Nach knapp einer Stunde hatte er sein Ziel erreicht. Auf der Straße von Friedersdorf nach Wolzig bog er nach links in einen kleinen, asphaltierten Weg zum Flugplatz ein. Sein Freund wartete bereits vor dem Clubheim auf ihn und lotste ihn um das Gebäude herum zu einem kleinen Hangar aus Holz und Wellblech. Auf dem mit schwarzen Schottersteinen befestigten Platz stand der Hänger mit der bereits verladenen Piper.

»Du hast doch keine krummen Sachen vor, oder? Hab mir mal so meine Gedanken gemacht. Wenn du damit Scheiße baust, kreuzen die Bullen doch zuerst bei mir auf.«

»Nun mach dir bloß nicht ins Hemd, Rüdiger. Kannst ja immer noch behaupten, dass dir die Maschine geklaut worden ist. Außer uns beiden weiß keiner, wo die Kiste herkommt.«

»Und du weißt wirklich nicht, was deine Auftraggeber mit dem Flugzeug wollen?«, bekam sein Freund allmählich kalte Füße.

»Nein, und ich glaube, dass das auch gut so ist. Was ich nicht weiß, kann ich nicht ausplappern. Die haben mir 'nen Haufen Knete dafür gegeben. Die Hälfte davon hast du eingesackt. Wenn die Kiste nicht am Mittwoch wieder da ist, meldest du sie als gestohlen. Null Risiko. Du weißt von gar nichts.«

Rüdiger nickte, obwohl er sich nicht wohl in seiner Haut fühlte. Aber er wusste, dass er sich auf Mahmut verlassen konnte. Der setzte seinen Lieferwagen zurück und gemeinsam kuppelten sie den zweiachsigen Hänger an die Zugvorrichtung.

»Und hau nicht gleich wieder die ganze Kohle auf 'n Kopp. Da muss 'ne alte Frau lange für stricken. Am Dienstagabend bringe ich dir dein Schätzchen zurück. Entspann dich, alte Socke, Tschau.«

Mühsam setzte sich das Gespann in Bewegung. Der alte Fiat Ducato Diesel hatte auch schon fast fünfzehn Jahre auf dem Buckel. Aber er leistete immer noch treue Dienste. Jetzt musste er nur noch ohne größere Probleme seinen Zielort erreichen. Selbstverständlich hatte Mahmut sich so seine Gedanken gemacht, was die Syrer im Schilde führten. Wozu brauchte man ein Flugzeug zur Schädlingsbekämpfung? Jedenfalls nicht für einen Rundflug über Berlin. Durchaus möglich, dass Hassan Omar Bin Khalib einen Terroranschlag in Berlin vorbereitete. Aus diesem Grunde hatte man ihn ja wohl auch aus seinem jahrelangen Schlaf geweckt. Nun konnte er endlich seine Tapferkeit als Krieger im Dschihad beweisen. Aber es war schon ein gehöriger Unterschied, ob man mit einer terroristischen Bewegung sympathisierte oder aktiv an einem Anschlag teilnahm. Wenn Ibrahim Al Mawardi und Fadi Bin Hammad tatsächlich planten, Berlin mit Hilfe des Agrarflugzeuges, das *er* organisiert hatte, flächendeckend zu kontaminieren, würden womöglich viele unschuldige Menschen sterben. Menschen, die er vielleicht kannte. Schlimmstenfalls würde sogar sein eigene Familie dabei umkommen. Auf was hatte er sich da nur eingelassen? Aber jetzt gab es keinen Weg mehr zurück. Er musste seinen Auftrag erfüllen.

Langsam quälte sich das Gespann auf der A10 Richtung Westen zurück nach Berlin. In etwa einer halben Stunde würde er mit seiner Fracht den Zielort erreicht haben.

Fadi Bin Hammad war unruhig. Wieso war Fatima noch nicht zurück? Sie wollte nur für ein, zwei Stunden in die Stadt gehen und gleich nach der Abreise des Meisters zurückkommen. Jetzt war sie schon fast seit vierundzwanzig Stunden spurlos verschwunden. Sie hatte zusammen mit der Putzkolonne die Botschaft verlassen. So, wie es aussah, war dem Wagen der Gebäudereiniger niemand gefolgt. Dass das nicht ganz ohne Risiko war, leuchtete ihm ein. Aber der Meister duldete nun mal keine Frauen in seinem näheren Umfeld. Jedenfalls nicht offiziell. Und schon gar nicht, wenn sie sich an den Gesprächen der Männer beteiligen wollten. Fatima war jedoch mit ihren kurzen, blond gefärbten Haaren, ihrer modernen westlichen Kleidung und ihrer Sonnenbrille perfekt getarnt. Oder war sie vielleicht doch jemandem aufgefallen? Nein, eher nicht, beruhigte er sich selbst, dafür war sie viel zu clever und vor allem zu vorsichtig.

»Ich glaube, wir haben ein Problem. Der Botschafter hat soeben von einem Informanten erfahren, dass Agenten der CIA in Berlin eingetroffen sind.«

Ibrahim war besorgt. »Du weißt, was das bedeuten kann?«

Fadi sah ihm direkt in die Augen und nickte. »Kann mir aber nicht vorstellen, dass die Deutschen da mitmachen. Die können sich einen Übergriff auf eine Botschaft nicht erlauben. Dann werden sie von der ganzen Welt wieder in die rechte Ecke gestellt. Das fürchten sie wie der Teufel das Weihwasser.«

»Sicher, aber nicht diese Bastarde von der CIA. Du weißt doch, wie so was abläuft. Die übernehmen die volle Verantwortung für diese illegale Intervention und bescheinigen den Deutschen, von nichts gewusst zu haben. Die internationalen Protestnoten landen im Schredder, bevor sie die überhaupt gelesen haben.«

»Aber wenn wir jetzt das Gebäude verlassen, kommen wir keine zehn Meter weit.«

»Mag sein, aber wenn wir hier bleiben, sitzen wir womöglich in der Falle.«

Fadis Gesicht verfärbte sich rot vor Zorn. »Sollen sie doch kommen, diese Hurensöhne. Wenn sie illegal syrischen Boden betreten, werden wir sie vernichten.«

Ibrahim behielt dagegen klaren Kopf. »Aber wir werden auch sterben. Damit hätten wir nichts erreicht. Wahrscheinlich würde man unseren Tod nicht mal offiziell bestätigen. Nein, mein Freund, wir müssen unseren Auftrag erfüllen. Sonst wäre all das, was wir bisher getan haben, vollkommen sinnlos gewesen. Wir müssen den ungläubigen Feinden Allahs eine weitere Lektion erteilen. Sie sollen wissen, dass wir sie auch an ihren verwundbarsten Stellen treffen können. Am Montag ist unser großer Tag. Heute ist Freitag, Tag des Gebetes. Heute werden wir nicht kämpfen.«

Mit Tränen in den Augen sah Fadi seinen Freund an. Ibrahim hatte recht. Er schämte sich, weil er fast die Nerven verloren hätte. In gewisser Weise bewunderte er seinen Freund, weil er die Gabe hatte, auch in den schwierigsten Momenten die Ruhe zu bewahren.

»Was sollen wir tun?«, fragte er demütig.

»Die Lösung ist relativ einfach. Zunächst warten wir, bis Fatima zurückgekehrt ist. Dann lassen wir uns vom Fahrer in die Iranische Botschaft bringen und bitten um Aufnahme. Wir bleiben dort bis Sonntagabend und lassen uns dann am Montag von Mahmut abholen.«

Als Jan das Besprechungszimmer betrat, richteten sich sofort alle Blicke auf ihn. Hubertus von Echternach machte ein erleichtertes Gesicht, die Miene von Tom Bauer erhellte sich von einem Moment zum anderen und Mechthild Köppes Körpersprache drückte kurzfristiges Erstaunen aus. Dagegen guckte Dr. Braun eher grimmig aus der Wäsche. Seine Mitarbeiter sahen kurz zu ihrem Chef hinüber und schlossen sich dann kollektiv seinem mürrischen Gesichtsausdruck an.

»Tschuldigung, dass ich mich verspäte, aber ich bin leider aufgehalten worden.«

Hubertus von Echternach wusste natürlich, dass Jan vor dem Bundesnachrichten-dienst flüchten musste, hielt es aber für besser, dies jetzt nicht mehr zu thematisieren.

Frau Dr. Köppe ergriff das Wort. »Nehmen Sie bitte Platz, Herr Kommissar. Ich kann Ihnen mitteilen, dass alle Missverständnisse zwischen dem BND und Ihnen mittlerweile geklärt sind. Wir können Herrn Dr. Braun keinen Vorwurf machen. Er wurde offensichtlich von der neuen Sachlage nicht rechtzeitig in Kenntnis gesetzt. Insofern hat er korrekt gehandelt, als er die leitenden Beamten der Polizei von diesem Fall abgezogen hat. Das Bundesinnenministerium hat beschlossen, die Leitung der bevorstehenden Operation der Central Intelligence Agency, die von Special Agent Thomas Bauer vertreten wird, zu übertragen. Wir haben uns in der letzten halben Stunde darauf geeinigt, in kollegialer Zusammenarbeit als Einheit an diese schwierige Aufgabe heranzugehen. Dr. Braun ist für den Einsatz der Mitarbeiter vom BND verantwortlich, Herr von Echternach koordiniert die Einsatzkräfte des LKA und der Berliner Polizei. Special Agent Bauer hat das Kommando über die Mitarbeiter der CIA und ist gleichzeitig verantwortlicher Koordinator aller an diesem Einsatz beteiligten Einheiten. Alle Entscheidungen werden letztendlich von ihm getroffen und natürlich auch verantwortet.«

Für einen Moment lag eisiges Schweigen in der trockenen Luft des Besprechungsraumes. Dr. Braun kochte innerlich vor Wut. Was sollte dieser Mist? Wieso traf der Innenminister eine solche Entscheidung? War er als Top-Agent des Bundesnachrichten-dienstes etwa nicht mehr gut genug? Bisher wurden noch alle potentiellen Terroranschläge in Deutschland effektiv im Vorfeld aufgedeckt und verhindert. Dies war ausschließlich der präzisen und kompetenten Arbeit seiner von ihm befehligten Agenten zu verdanken. Aus welchem Grunde sollte im vorliegenden Fall die CIA übernehmen? Unerklärlich. Wahrscheinlich handelte es sich um eine Entscheidung auf höchster politischer Ebene. Es war wohl mal wieder an der Zeit, dass irgendwelche führenden Politiker der Bundesregierung den Amis in den Arsch kriechen mussten. Widerlich. Zum Kotzen. Aber letztendlich leider nicht zu ändern. Jetzt hieß es, gute Miene zum bösen Spiel zu machen.

Dr. Braun räusperte sich kurz. »Also gut, dann machen Sie uns doch mal einen Vorschlag, wie Sie gedenken,in diesem Fall fortzufahren?«

Tom Bauer war natürlich nicht entgangen, dass Dr. Braun und seine Leute innerlich vor Wut schäumten. Ihm war klar, dass er versuchen musste, das angespannte Verhältnis zwischen den Parteien möglichst schnell zu entkrampfen. Jetzt den Sieger aus dem Wettstreit der Geheimdienste herauszukehren, wäre erstens nicht seine Art und zweitens natürlich vollkommen kontraproduktiv.

»Natürlich ist mir bewusst, dass es mehr als ungewöhnlich ist, dass eine ausländische Behörde eingesetzt wird, um die Führung in einem Fall auf nationaler Ebene zu übernehmen. Erst recht dann, wenn so eine kompetente und effektiv arbeitende Organisation wie der Bundesnachrichtendienst in die zweite Reihe rücken soll. Ich gestehe, dass mir das im umgekehrten Fall auch nicht gefallen würde. Deshalb schlage ich vor, den Anweisungen des Innenministers zwar Folge zu leisten, aber in der operativen Arbeit zu relativieren. Wenn Sie gestatten, Frau Polizeipräsidentin, würde ich Dr. Braun, Hubertus von Echternach und Jan Krüger bitten, zusammen mit mir die Einsatzleitung zu bilden, die die weitere Vorgehensweise untereinander bespricht und abstimmt. Wir werden Sie selbstverständlich jederzeit auf dem Laufenden halten und um Ihre Unterstützung bitten, wenn wir kurzfristig die Genehmigung für eine bewaffnete Intervention benötigen.«

So richtig schien Dr. Braun dem Braten nicht zu trauen. »Das ist ja alles schön und gut, Sir. Aber wir haben eine Anweisung unseres obersten Dienstherrn erhalten und werden diese selbstverständlich ohne zu hinterfragen erfüllen. Die CIA hat übernommen und ist in dieser Sache federführend. Der BND wird sich unter meiner Leitung ins zweite Glied zurückziehen.«

»Gut, Herr Dr. Braun. Grundsätzlich eine lobenswerte Einstellung. Aber da ich jetzt als leitender Agent der CIA die bevorstehende Operation führe, entscheide ich auch über die Zusammensetzung der Führungsriege. Wir werden, wie von mir bereits vorgeschlagen, zusammen diskutieren, uns austauschen und dann im von mir skizzierten Dreiergremium - Kommissar Krüger wird beratend tätig sein - alle Entscheidungen treffen. Ich möchte Sie nun bitten, Dr. Braun, uns über den Stand Ihrer bisherigen Ermittlungen in Kenntnis zu setzen und Vorschläge für die weitere Vorgehensweise zu machen.«

Der Angesprochene richtete sich in seinem Stuhl auf. Die Blicke seiner Männer auf sich gezogen, begann er leicht widerspenstig mit der Erläuterung der bisher vom Bundesnachrichtendienst erzielten Ergebnisse.

»Nach unserer Meinung lassen die von uns bis heute erworbenen Erkenntnisse momentan nur den Schluss zu, dass die Al Kaida einen Anschlag auf die Konferenz der Außenminister der Nato-Staaten, die am Montag in Berlin beginnt und bis Mittwoch Abend andauert, geplant hat. Alle unsere bisherigen Informationen deuten darauf hin, dass das Attentat am späten Montagnachmittag erfolgen soll. Dann trifft sich die Delegation der Nato-Staaten mit der Bundesregierung zu einem Meinungsaustausch im Reichstagsgebäude. Wir vermuten, dass sich mit Sprengstoffgürteln bewaffnete Selbstmordattentäter unter die Menschenmenge auf dem Vorplatz des Gebäudes mischen werden und sich dann gewaltsam Zugang zum Reichstag verschaffen wollen. Es gibt mehrere Szenarien, wie sie das bewerkstelligen könnten. Wir glauben, dass ein Stab von Helfern, der die Attentäter unterstützt, bereits einen Plan entworfen hat. Wir müssen auf alles vorbereitet sein. Möglich ist beispielsweise auch, dass bereits Sprengstoff im Reichstag versteckt worden ist, oder aber am Sonntag oder Montag kurz vor der Tat dort deponiert werden soll.«

»Worauf beruhen diese Erkenntnisse?«, fragte die Polizeipräsidentin nach.

»Wir wissen, dass die Russenmafia die Al Kaida ständig mit Waffen und Sprengstoff versorgt. Dafür erhalten sie als Gegenleistung, wie in dieser Runde bekannt, regelmäßig Drogenlieferungen aus Afghanistan. Bis vor kurzem wurde neben den Drogen auch Sprengstoff in der Villa von Dr. Shapourzadeh, dessen Tochter Fatima zum engen Kreis der Terroristen gehört, in Potsdam gelagert. Darüber hinaus wurde von der polnischen Polizei eine Lieferung mit etwa zehn Kilogramm Arsen sichergestellt, die ein russischer Kurier nach Berlin transportieren sollte. Möglicherweise wollen die Terroristen damit im Vorfeld des Anschlages das Wachpersonal und die Leute vom Sicherheitsdienst außer Gefecht setzen, indem beispielsweise ihre Getränke oder ihr Essen kontaminiert werden sollen. Wir müssen zunächst davon ausgehen, dass eine dieser Lieferungen ihr Ziel erreicht hat und die Terroristen im Besitz von größeren Mengen Arsen sind.«

»Vielleicht sogar von mehreren hundert Kilogramm«, meldete sich erstmals Jan Krüger zu Wort. »Ich habe mittlerweile Fatima Shapourzadeh gefunden und sie hat mir gesagt, dass sie es auch für möglich hält, dass die Al Kaida einen Anschlag auf die Berliner Wasserversorgung plant.«

»Wie bitte?«, fragte Dr. Braun entrüstet nach, »wo ist diese Frau?«

»Sie wartet unten am Empfang. Ich schlage vor, dass ich sie zu uns nach oben bitte, dann kann sie Ihnen aus erster Hand berichten.«

»Sind sie jetzt komplett wahnsinnig geworden, Krüger? Wir verhandeln doch nicht mit Terroristen. Die Frau ist augenblicklich festzunehmen und muss sofort verhört werden.«

»Sie will kooperieren, Herr Braun. Es wäre sicher wenig hilfreich, sie jetzt zu verhaften und zu verhören. Sie hat mir glaubhaft versichert, dass sie von den Planungen und Vorhaben der Al Kaida in Berlin nichts gewusst hat. Ebenso wenig wie vom Anschlag in Gowarah Sang. Wenn Sie sich anhören, was sie zu sagen hat, werden Sie einige Dinge im anderen Licht sehen. Vor allem aber kann sie uns noch weitere wichtige Informationen und Hinweise zu Fadi Bin Hammad und Ibrahim Al Mawardi liefern. Und zwar freiwillig. Ob sie das unter der Androhung von Zwang tun wird, glaube ich weniger.«

»Ich denke, Special Agent Krüger hat recht. Wir haben keine Zeit zu verlieren. Ich schlage vor, wir bitten die Dame zu uns und hören uns an, was sie zu sagen hat. Gibt es dann noch Zweifel, können wir sie noch immer in Gewahrsam nehmen. Sie wäre sicher nicht freiwillig hier, wenn sie nicht vorhätte, uns zu helfen.«

Tom Bauer schaute fragend in die Runde.

»Meinetwegen«, aber ich verspreche mir davon gar nichts. Die will nur noch ihre Haut retten. Und die ihres Vaters. Ist doch klar.«

»Das werden wir gleich erfahren«, schaltete sich Mechtild Köppe ein. Sie wandte sich an Jan. »Also, Herr Kommissar, dann holen Sie die junge Dame mal zu uns. Aber lassen Sie sie bitte vorher nach Waffen durchsuchen. Vorsicht ist die Mutter der Porzellankiste.«

Obwohl er wusste, dass Fatima unbewaffnet war, nickte er kurz und erhob sich. Dr. Braun wies zwei seiner Mitarbeiter an, ihn zu begleiten.

»Wenn die junge Frau sich sträubt, werden wir ein bisschen nachhelfen.«

Jan, der schon im Begriff war, die Tür zu öffnen, drehte sich noch mal um.

»Ich gehe allein. Wir sollten nicht den Eindruck erwecken, dass Fatima Shapourzadeh unsere Gefangene ist. Ich weise noch mal eindeutig darauf hin, dass sie absolut freiwillig hier ist.«

Die beiden Beamten schauten ihren Chef fragend an. Widerwillig gab er seinen Leuten ein Zeichen, sich wieder zu setzen. Von Herzen kam diese Aktion nicht, aber Jan war zufrieden. Jetzt würde Fatima die Chance bekommen, sich weitestgehend zu rehabilitieren. Vor allem aber könnte sie wertvolle Hinweise zur Ergreifung der Terroristen Bin Hammad und Al Mawardi liefern, oder sich möglicherweise sogar als Lockvogel aktiv an deren Festnahme beteiligen.

Schnellen Schrittes lief er den Flur entlang. Am Treppenabsatz hielt er Ausschau nach Fatima. Als er sie verließ, hatte sie in einer Sitzgruppe rechts vom Eingang Platz genommen. Dort saß sie nicht mehr. Zwei Stufen auf einmal nehmend stürzte Jan die Treppe herunter. Im Eingangsbereich stand mittlerweile ein anderer Sicherheitsmann. Den ersten hatte er ja bedauerlicherweise aus dem Verkehr ziehen müssen. Mit weit aufgerissenen Augen starrte er Jan an.

»Wo ist die Frau?«, raunzte ihn Jan an.

»Welche Frau? Hier ist außer mir niemand, wie sie sehen.«

»Hören Sie Kollege, ich bin im Moment etwas angespannt. Und das ist nicht gut. Nicht für mich und nicht für Typen, die mich für dumm verkaufen wollen. Hier saß vor ein paar Minuten noch eine Frau. Ich möchte jetzt wissen, wo sie ist, und zwar schnell. »

»Moment, dass kann er nicht wissen«, schaltete sich die Dame vom Empfang ein, die ihren Glaskasten verlassen hatte und auf Jan zukam. »Kurz nachdem Sie nach oben gegangen sind, ist die junge Frau wieder verschwunden.«

»Was? Verdammt, was soll denn das«, schüttelte Jan fassungslos den Kopf.

Die Dame zuckte mit den Schultern. »Mehr kann ich Ihnen auch nicht sagen. Ist nicht meine Schuld. Ich musste mich um den verletzten Wachmann kümmern, den Sie vermöbelt haben.«

Den hatte er schon fast vergessen. »Tut mir wirklich sehr leid, aber ich hatte keine Wahl. Ich musste dringend da hoch. Er hätte eben nur kurz einen Anruf machen sollen, anstatt seine Muskeln spielen zu lassen. Wo ist der Mann jetzt?«

»Die Kollegen haben ihn ins Krankenhaus gebracht.«

Jan zuckte mit den Schultern. »Wie gesagt, es war ein Notfall. Bitte richten Sie ihm aus, dass es mir leid tut. Ich melde mich später bei ihm.«

»Wo warst du? Wir haben uns ernsthafte Sorgen gemacht. Wieso hast du dich nicht gemeldet, verdammt noch mal?« Ibrahim Al Mawardi war erzürnt.

»Ich bin verfolgt wurden. Da habe ich es für das Beste gehalten, mich im Haus meines Vaters zu verstecken. Aber irgendwie muss mir auch dahin jemand gefolgt sein. Ich saß in der Falle und habe mich nicht getraut, das Haus zu verlassen. Erst als es heute Morgen wieder hell wurde, habe ich gewagt, da zu verschwinden. Der Botschafter hat mir gesagt, wo ich euch finden kann. Ich bin dann sofort hierher gekommen.«

Fadi ging zum Fenster und zog die Gardine ein Stück zur Seite.

»Hoffentlich hast du deine Verfolger nicht direkt hierher geführt«, sagte er und schaute aus dem Fenster.

»Hab die U-Bahn genommen und bin das letzte Stück zu Fuß gegangen. Mir ist jedenfalls niemand aufgefallen.«

»Sicher ist es im Moment nirgendwo. Wird Zeit, dass es los geht«, warf Ibrahim ein.

Die Iranische Botschaft in Dahlem an der Podbielskiallee war wesentlich besser gesichert, als das Gebäude der Syrischen Vertretung im Tiergarten. Das gesamte Areal war von hohen Zäunen umgeben und mächtige Bäume und dichte Abpflanzungen verhinderten die Sicht auf das Grundstück. Der iranische Botschafter hatte sofort zugestimmt, als die Syrer um Hilfe baten. Fadi und Ibrahim gaben an, dass die deutschen Behörden in der Syrischen Botschaft eine Razzia in Betracht zogen. Und da ihre Aufenthaltsgenehmigungen seit ein paar Tagen offiziell abgelaufen waren, mussten sie im Falle einer Durchsuchung mit ihrer Verhaftung rechnen. Sobald die Syrische Botschaft die entsprechenden Papiere in den Händen hätte, würden sie zurück in die USA reisen. Der iranische Botschafter war nicht naiv. Ihm war vollkommen klar, dass das wahrscheinlich nicht der Wahrheit entsprach, aber gute Muslime unterstützten sich. Man half, wo man helfen konnte. Und zwar ohne viele Fragen zu stellen. Genau das tat der Mann. Im umgekehrten Fall würden sie das auch für ihn tun.

»Warum hast du uns keine Nachricht geschickt? Wir hätten dir doch helfen können?«, hakte Ibrahim noch mal nach. Fatima zog ihr Mobiltelefon aus der Tasche.

»Keinen Saft mehr. Das muss schon fast leer gewesen sein, als ich die Botschaft verlassen habe. In der Hektik hab ich das Aufladegerät liegen gelassen. Hat einer von euch eins dabei?«

Fatima vermied den Blickkontakt. Sie konnte schon immer schlecht lügen. Dabei hatte sie stets das Gefühl, dass die anderen an ihrem Verhalten sofort erkennen konnten, dass sie nicht die Wahrheit

sagte. Doch als Fadi aufstand und aus seiner Tasche ein Aufladekabel hervorholte, verflog ihr schlechtes Gewissen.

»Na, da hab ich wohl noch mal Glück gehabt, danke dir.«

»Keine Ursache. Sollte aber nicht öfter vorkommen. Könnte womöglich schwerwiegende Folgen haben«, wurde sie von Ibrahim
belehrt.

»Mahmut hat seine Aufgabe erledigt. Er hat das Flugzeug nach
Adlershof gebracht. Ein Freund von ihm hat dort einen Schrottplatz
mit Werkstatt. Der Mann war früher Mechaniker bei der Interflug
und der Lufthansa. Er hat die gesamte Sprühanlage gecheckt und
die Tanks befüllt«, berichtete Fadi.

»Ist dieser Kerl zuverlässig?«, wollte Ibrahim wissen.

»Mahmut hat ihm erzählt, dass es sich bei der Flüssigkeit um
Pflanzenschutzmittel handelt. Allerdings wäre die Aktion nicht ganz
legal, deshalb könnte der Pilot nicht von einem offiziellen Flugplatz
aus starten. Aber wenn sie die Felder jetzt nicht aus der Luft behandeln würden, wäre die gesamte Ernte verloren. Das würde
gleichsam den Bankrott der Besitzer bedeuten. Aus diesem Grund
wäre es besser, niemandem etwas von dieser Aktion zu erzählen.
Tausend Euro Schweigegeld unterstützten seine Bitte nachhaltig.«

»Wer fliegt denn die Maschine überhaupt?«, erkundigte sich Fadi.

»Der Meister wird uns einen Mann aus Frankreich schicken. Wir
treffen ihn Montagmorgen. Er ist bereits detailliert über seinen Einsatz informiert worden«, berichtete Ibrahim.

»Wer ist dieser Mann? Was wissen wir über ihn?«, fragte Fadi
aufgebracht.

Sollten sie sich etwa einem Fremden anvertrauen? Was, wenn
dieser Typ versagt? Dann wäre die ganze Aktion gefährdet.

»Willst du etwa die Entscheidungen des Meisters in Frage stellen?
Er wird den richtigen Mann für diese Aufgabe ausgesucht haben.
Daran zweifle ich keine Sekunde. Und das solltest du auch nicht,
mein Freund«, belehrte ihn Ibrahim.

Fatima wusste immer noch nicht, was eigentlich geplant war und
was ihre Rolle in dem bevorstehenden Szenario sein würde. Sie
versuchte etwas mehr zu erfahren, vermied es aber, zu neugierig
zu sein. Ihr war vollkommen klar, dass sie als Frau nicht allzu viel
mitzureden hatte. Von welchem Flugzeug war die Rede? Womit ist

die Maschine betankt worden? Wieso musste extra ein Pilot aus Frankreich kommen? Welche Rolle spielte dieser Mahmut?

»Ich will ja nicht unhöflich sein, aber ich hätte schon gern gewusst, was meine Aufgabe sein wird, wenn der große Tag gekommen ist? Oder darf ich das noch nicht wissen?«

Sie hatte sich verdammt weit aus dem Fenster gelehnt, das war ihr klar. Aber so wie es aussah, brauchten sie ihre Hilfe. Ansonsten hätte sie ja nicht mit nach Berlin reisen müssen. Oder hatte sich der Plan mittlerweile geändert? Fatima versuchte nach außen einen ruhigen und gefassten Eindruck zu vermitteln. Innerlich zitterte sie allerdings gewaltig. Ibrahim und Fadi schwiegen und namen für einen kurzen Moment Blickkontakt auf, als wollten sie checken, was der andere gerade denkt. Schließlich nickte Ibrahim Fadi aufmunternd zu.

»Du weißt, dass wir es nicht besonders mögen, wenn zu viele Fragen gestellt werden. Jeder bekommt seine Aufgabe. Aber erst dann, wenn wir es für richtig halten. Vielleicht brauchen wir dich und deine Fähigkeiten. Vielleicht aber auch nicht. Deshalb ist es besser, wenn du im Moment noch nicht weißt, was geplant ist. Fadi und ich wissen bisher nicht, ob wir selbst einen Gürtel tragen werden oder ob der Meister einen anderen Mann schicken wird, der diese ehrenvolle Aufgabe übernehmen wird. Wenn wir es nicht selbst tun werden, musst du den Mann auf seinen Einsatz vorbereiten. Genau so, wie du es in Afghanistan getan hast. Wir vertrauen dir und glauben - nein, wir sind sogar sicher - dass du das auch ohne Dr. Muratov schaffen wirst. Du musst dich also noch ein wenig gedulden.«

Fatima schaute Ibrahim in die Augen. »Ich werde mein Bestes tun. Ihr könnt euch auf mich verlassen.«

»Gut, sehr gut. Wir haben keine Sekunde daran gezweifelt, dass du die dir gestellten Aufgaben zur Zufriedenheit des Meisters erfüllen wirst.«

Fadi nickte zustimmend. »Mahmut hat mittlerweile den Sprengstoff von den Russen abgeholt und wird ihn am Zielort an der vereinbarten Stelle verstecken. Wenn unsere Zeit gekommen ist, wird er uns mit seinem Lieferwagen durch die Kontrollen bringen. Ungefähr drei Stunden vor Beginn der Veranstaltung wird seine Firma den

Auftrag erhalten, eine verstopfte Abwasserleitung in einer Herren-
toilette wieder frei zu machen. Ein Freund, der dort beschäftigt ist,
wird den Schaden selbst herbeiführen und ihn dann der Geschäftsführung melden. Da Mahmut dort seit einigen Jahren einen War-
tungsvertrag besitzt, werden sie ihn beauftragen, den Schaden
umgehend zu beheben. Wir werden ihn dann als seine Mitarbeiter
getarnt begleiten.«

»Oder aber die anderen beiden Männer, wenn es der Meister so
will«, ergänzte Ibrahim. »Sobald die Explosionen erfolgt sind, werden die Menschen in Panik ausbrechen. Daraufhin wird Mahmut
das Signal geben. Das Flugzeug wird dann seine todbringende
Fracht über der flüchtenden Menge versprühen. Berlin wird von
den apokalyptischen Reitern heimgesucht, die den Ungläubigen
den Tod bringen werden. Die dreitausend Toten von 2001 werden
um ein Vielfaches übertroffen werden. Viele sterben sofort, aber
noch viel mehr in den Stunden und Tagen danach.«

Fatima war zutiefst erschrocken. Wie konnten diese Männer, die in
den USA aufgewachsen sind und sogar für ihr Land in den Krieg
gezogen sind, plötzlich solch einen radikalen Fundamentalismus
vertreten? In ihren Augen spiegelte sich der blanke Hass. Das war
religiöser Fanatismus pur. Wie konnte es nur dazu kommen? Sie
hatte keine Erklärung dafür. Jetzt musste sie sich darauf konzentrieren, gute Miene zum bösen Spiel zu machen. Sie musste herausfinden, was diese Männer im Schilde führten. Wahrscheinlich
war sie im Augenblick der einzige Mensch auf der Welt, der dieses
Massaker noch verhindern konnte.

Mittlerweile wurde es langsam dunkel. Als Ibrahim aus dem Fenster schaute, waren bereits die Straßenlaternen angegangen. Plötzlich erschrak er. Durch die Bäume hindurch erkannte er zwei Männer, die genau unter einer Laterne standen und zu ihm herauf sahen. Große, kräftige Kerle, dunkel gekleidet. Selbstsicher und provokativ richteten sie ihre Blicke direkt auf Ibrahim.

»Verdammt noch mal, was sind das denn für Typen?«

Er drehte sich um und winkte Fadi zum Fenster. »Schau dir die
mal an. Irgendwo habe ich die schon mal gesehen.«

Fadi stand auf und ging ans Fenster. Er schob vorsichtig die Gardine zur Seite und sah hinunter auf die Straße. Doch außer dem

Laternenlicht in der Abenddämmerung war dort nichts zu sehen.

»Wen meinst du, mein Freund? Da ist niemand.«

Ibrahim sah Fadi über die Schulter. Die Männer waren verschwunden.

Hubertus von Echternach, Tom Bauer und Jan hatten sich nach der Besprechung mit dem Bundesnachrichtendienst in das Büro des Polizeichefs zur weiteren Beratung zurückgezogen, als es an der Tür klopfte. Die Assistentin der Einsatzleitung trat ein. »Besuch für sie, meine Herren.«

Sie trat zur Seite. An ihr vorbei schoben sich Hannah und Steven in das Zimmer.

»Hey, ihr drei. Braucht ihr vielleicht ein bisschen Frauenpower zur Unterstützung?«, fragte Hannah schelmisch in die Runde. Jan sprang freudig überrascht auf, schüttelte Steven die Hand und umarmte seine Freundin.

»Das ging ja flotter, als ich dachte. Kommt, setzt euch.«

»Könnte jetzt erstmal 'nen starken Kaffee gebrauchen«, seufzte Hannah.

»Oh, natürlich. Kleinen Moment.« Hubertus bat seine Assistentin, eine Kanne Kaffee für die Runde aufzusetzen. »Aber bitte nicht Erichs Krönung. Nehmen Sie den Guten. Und sparen Sie nicht an Kaffeepulver. Wir müssen heute ein paar Stunden länger auf den Beinen bleiben.«

»Wohl wahr«, ergänzte Tom Bauer.

»Super, dass ihr so schnell kommen konntet. Wir haben nicht mehr viel Zeit. Wir müssen die Bande finden, bevor es zu spät ist. Es gibt verschiedene Szenarien, die wir allesamt in Betracht ziehen müssen. In der Tat scheint die Annahme des Bundesnachrichtendienstes, dass die Terroristen die Außenministerkonferenz, die ab Montag in Berlin tagt, ins Visier genommen haben, momentan als die wahrscheinlichste Variante«, meinte Hubertus von Echternach.

Tom blickte in die Runde. Jan holte tief Luft und schüttelte mit zusammengekniffenen Lippen den Kopf. »Das ist doch viel zu offensichtlich. Ich halte das eher für ein gezieltes Ablenkungsmanöver. Die Sicherheitsmaßnahmen für diese Veranstaltung sind exorbitant groß. Da sind absolute Profis am Werk. Es wird nichts dem Zufall überlassen. Dort werden fast dreitausend Polizisten und Sicherheitsbeamte vor Ort sein. Es ist praktisch unmöglich, diesen voluminösen Sicherheitsapparat auszutricksen. Da kommt niemand auch nur in die Nähe der Zielpersonen. Und schon gar nicht mit Waffen oder Sprengstoff im Gepäck.«

»Sehe ich genauso«, unterstützte Hannah ihren Freund.

»Dazu kommt die komplette Überwachung durch Kameras am Boden und aus der Luft. Da schlüpft niemand durch, der da nichts zu suchen hat. Und selbst wenn sie möglicherweise schon vor ein paar Wochen irgendwo Sprengstoff deponiert haben sollten, werden die Kollegen von der Spurensicherung das Zeug vorher finden.«

»Ist wohl so«, sah Hubertus von Echternach schließlich ein.

»Momentan drehen BKA und BND in dem Gebiet zwischen dem Reichstag entlang der Straße des 17. Juni bis runter zum Bundesaußenministerium jeden Kieselstein um. Bereits seit heute Morgen ist dieser Bereich für den Durchgangsverkehr komplett gesperrt worden. Hubschrauber kontrollieren jede Bewegung aus der Luft und zeichnen alle Aktivitäten per Videokamera auf. In der Einsatzzentrale drüben im Bundeskriminalamt werten Spezialisten die Bilder im Minutentakt aus. Sehr, sehr unwahrscheinlich, dass denen etwas verborgen bleibt. Selbst die Kanalisation in diesem betroffenen Gebiet wird Zentimeter für Zentimeter abgesucht. Also, wenn die Terroristen da trotzdem durchkommen, dann müsste man ja fast schon Hochachtung vor einer nahezu perfekten logistischen Leistung haben. Nein, ich denke, dass sie diese Veranstaltung lediglich als perfektes Ablenkungsmanöver nutzen«, erklärte Jan.

»Scheint so«, bestätigte Hannah, »aber vielleicht wollen die gar nicht so nah heran ans Geschehen. Möglicherweise verwenden sie auch ihr neu gewonnenes Know-how, wie zum Beispiel im Falle Romminger. Sie manipulieren mit Hilfe dieser Psychologin ein paar ausgebildete Scharfschützen und schlagen aus der Entfernung zu. Sie brauchen nur irgendwo ein paar höhergelegene Fixpunkte. Einen Turm, ein Hochhaus oder vielleicht sogar einen Hubschrauber. Wenn die Männer vom Schlage eines Maynard Deville oder

Tom Ritter am Start haben, ist nichts unmöglich.«

Jan schüttelte den Kopf. »Glaub ich nicht. So viel überragende Sniper gibt es gar nicht, die in der Lage wären, aus dieser Entfernung zu treffen. Außerdem können sie auf diese Art und Weise vielleicht zwei oder drei Leute erschießen, mehr auch nicht. Die anderen würden sich in Sicherheit bringen. Bei solch einer Aktion ständen Aufwand und Ertrag in einem absolutem Missverhältnis. Nein, meine Freunde, die wollen ein Attentat ausführen, das in die Geschichte eingeht. Sie wollen ein Szenario mit möglichst vielen Toten, das es in dieser Form noch nicht gegeben hat.«

Tom Bauer wandte sich an Hannah. »Die Polen haben doch an der Grenze einen russischen Kurier geschnappt, der eine Ladung mit Arsen nach Berlin bringen wollte?«

»Ja, aber das waren nicht mal zehn Kilo. Sicher ausreichend, um ein paar Leute zu vergiften, aber allemal zu wenig, um irgendwo flächendeckend einen Schaden zu verursachen.«

»Ja, aber angenommen, andere Kuriere sind mit ihren Lieferungen durchgekommen. Dann besitzen die Terroristen jetzt möglicherweise genug von dem Zeug, um die Berliner Wasserversorgung komplett zu kontaminieren«, gab Tom Bauer zu bedenken. »Es gibt in und rund um Berlin neun Wasserwerke. Wenn sie sich auf eines davon konzentrieren und dort fünfzig oder hundert Kilo Arsen ins Trinkwasser einleiten, würde das doch mit Sicherheit einige tausend Menschen betreffen?«

»Ganz so einfach ist das nicht, Tom. Obwohl Arsen sehr gut wasserlöslich ist und zudem farb- und geruchlos, würden die riesigen Sandfilter den Großteil davon abfangen, bevor es in die Leitungssysteme gelangt. Das wäre zwar immer noch schlimm genug, würde aber wohl kaum mehr als Übelkeit oder Erbrechen bei den Menschen auslösen. Außerdem wird die Qualität des Trinkwassers mehrfach am Tag geprüft. Die Techniker der Wasserwerke würden Schadstoffe in dieser Menge sehr schnell entdecken und die Wasserversorgung augenblicklich unter-brechen. Ich denke, dass es da noch weitere Frühwarnsysteme gibt, die wir gar nicht kennen. Also, ich denke, diese Baustelle können wir getrost schließen. Trotzdem werden wir die Berliner Wasserbetriebe informieren und warnen.«

Steven hatte die ganze Zeit aufmerksam zugehört, bevor er sich zu

Wort meldete.

»Das einzige, was wir wissen, ist, dass wir nichts wissen, oder? Und wenn wir so weitermachen, sitzen wir hier noch morgen früh herum und malen uns bis dahin die wildesten Szenarien aus. Denkt an das letzte Jahr. Da haben wir uns darauf konzentriert, diese Bastarde zu erwischen, bevor sie zuschlagen konnten. Auch jetzt halte ich das für den einzig vernünftigen Plan. Wir müssen die Ratten aus ihrem Nest locken und erledigen. Ich denke, wir sollten in die Syrische Botschaft gehen und die Typen fassen. Und zwar so schnell wie möglich,«

»Leider fehlt uns jegliche Legitimation, um dort zu intervenieren. Wir sind hier nicht in den USA. Die deutschen Behörden werden uns keine Erlaubnis erteilen, die Botschaft unbefugt zu betreten. Auch wenn der dringende Verdacht besteht, dass sich dort mutmaßliche Terroristen aufhalten. Das einzige, was ich erreichen konnte, ist, dass sie darüber hinwegsehen, wenn wir das Gebäude gezielt observieren wollen. Mehr ist nicht drin. Sie haben einfach Angst vor den internationalen Reaktionen. Das müssen wir respektieren«, klärte Hubertus auf.

Schon am frühen Montagmorgen waren die Einsatzkräfte der Polizei, des LKA, des BND und diverser privater Sicherheitsfirmen, die zur Unterstützung der staatlichen Organe hinzugezogen wurden, vor Ort, um das Gebiet rund um das Reichstags-gebäude und das Brandenburger Tor großräumig abzusperren und zu sichern. Noch schlief Berlin in der Morgendämmerung, aber ein wolkenloser Himmel versprach einen sonnigen, warmen Frühlingstag. Schon seit Samstagvormittag waren Spezialeinheiten mit Spürhunden unterwegs, um in der relevanten Sicherheitszone nach Waffen, Sprengstoff und giftigen Chemikalien zu suchen. Dazu zählte auch das gesamte Netz der Kanalisation. Es galt die höchste Sicherheitsstufe. Wer in das gesperrte Gebiet wollte, musste sich ausweisen und einer Leibesvisitation unterziehen, egal ob es sich um die Polizeipräsidentin oder eine Kraft vom Cateringservice handelte. Aus der Luft überwachten Hubschrauber per Kamera das gesamte Areal und lieferten Live-Bilder an die Einsatzzentrale. Man hatte fast den Eindruck, als wenn tausende von kleinen, schwarzen Arbeitern rund um den Reichstag einen neuen Ameisenstaat aufbauen wollten.

»Ausgesprochen gute Arbeit, Dr. Braun. Deutsche Gründlichkeit in Perfektion. Ein Markenzeichen in aller Welt.« Tom Bauer bemühte sich, den Einsatzleiter des Bundesnachrichtendienstes bei Laune zu halten. Immerhin musste der die bittere Pille schlucken, dass ihm von höchster Stelle ein CIA-Agent vor die Nase gesetzt worden war. Dr. Braun, eher kein Frühaufsteher und daher noch nicht sonderlich gesprächig, bedankte sich für das Lob dann auch nur mit einem kurzem Nicken. So ganz hatte er sich mit dieser für ihn unbefriedigenden Situation noch nicht arrangiert. Am liebsten hätte er die ganze Ami-Bagage zum Teufel gejagt. Die sollten sich lieber jenseits vom großen Teich um ihren eigenen Kram kümmern. Aber jetzt musste er mit dem Status Quo leben. Und das bedeutete, dass er, obwohl er eigentlich ein Heimspiel hatte, im Auswärtstrikot antreten musste. Ärgerlich und vollkommen indiskutabel, aber wohl nicht zu ändern.

Um sechzehn Uhr sollten die Außenminister der Staaten der Europäischen Union mit einem Fahrzeugkonvoi über die Straße des 17. Juni durch das Brandenburger Tor hindurch zum Reichs-tag gebracht werden. Die Limousinen waren durchweg gepanzert und mit schusssicherem Glas ausgerüstet. Jegliche Geschosse von etwaigen verdeckten Scharfschützen waren dagegen unwirksam.

»Wir haben alles im Griff. Es kann allerdings gefährlich werden, wenn die Minister vor dem Reichstag aus den Fahrzeugen steigen und die Treppe hinauf laufen. In diesem Moment wird eine Hundertschaft der Bereitschaftspolizei mit Schutzschilden Spalier stehen und eine Art Tunnel bilden, den die Politiker möglichst zügig passieren sollen. So wie einst eine römische Kohorte in Gefahrensituationen ihren Centurio geschützt hat.«

»Wir haben den Ministern bereits mitgeteilt, dass kein Grund zur Panik besteht und wir auch keine konkreten Hinweise auf ein Attentat haben. Die umfangreichen Sicherheitsmaßnahmen wurden damit begründet, dass die vielen Besucher relativ nah an die Politiker herankämen und wir keine unnötigen Risiken eingehen wollen«, schilderte die Polizeipräsidentin Dr. Mechthild Köppe, die im Gegensatz zu den meisten Anwesenden einen ausgeschlafenen

Eindruck machte.

»Okay, perfekt. Aus dem Bereich der Syrischen Botschaft gibt es keine neuen Informationen. Da tut sich im Moment gar nichts. Die verdächtigen Personen wurden nicht gesichtet. Wir wissen nicht mal, ob sich die Zielpersonen dort noch aufhalten. Bisher haben wir auf eine Intervention verzichtet. Sobald diese allerdings notwendig werden sollte, werden wir mit den Beamten der CIA aktiv und stürmen das Gebäude. Offiziell haben die Deutschen damit nichts zu tun und sind vollkommen außen vor. Das nehmen wir komplett auf unsere Kappe«, sagte Tom.

Dr. Braun nickte erneut, ohne allerdings seinen skeptischen Gesichtsausdruck zu verbergen. Für großartige Dialoge fehlten ihm im Moment die Worte. Ein Kollege sprang in die Bresche und gab den Anwesenden einen aktuellen Lagebericht: »Für die Besucher des Vorplatzes und der Wiesen vor dem Reichstag haben wir insgesamt vier Kontrollpunkte eingerichtet. Die Absperrungen rund um das gesicherte Areal werden zusätzlich überwacht. Da kommt niemand durch. Alle Besucher werden gründlich gefilzt. Größere Taschen und Fotoausrüstungen müssen an den Kontrollen abgegeben werden. Verdächtigen Personen kann im Einzelfall im Vorfeld der Einlass ohne jegliche Begründung verweigert werden.«

»Also allen, die dem Klischee eines typischen Terroristen entsprechen?«, wollte Hannah wissen.

»Wenn das so einfach wäre, würden wir das tun. Aber wenn Sie in der Lage sind, einen Terroristen an seinem Äußeren zu erkennen, würde ich Sie bitten, die Kamerabilder an den Einlässen zu überwachen. Ein Wort von Ihnen und die dementsprechende Person bleibt draußen.«

Diese zynische Bemerkung hatte Hannah getroffen. Aber wer dumme Fragen stellt, darf sich über ebenso dumme Antworten nicht wundern, sah sie ein.

»Mit den Leuten von der Wasserversorgung haben wir gesprochen«, wechselte Jan schnell das Thema. »Die Sicherheitsvorkehrungen, die ohnehin schon sehr hoch sind, wurden nochmals verstärkt. Eine Vergiftung des Leitungswassers sei praktisch unmöglich. Egal an welcher Stelle die Terroristen die Chemikalien einleiten wollten, es gäbe immer noch ausreichend viele Filteranlagen und Frühwarnsysteme, die das kontaminierte Wasser nicht zum Endverbraucher weiterleiten würden.«

»Gut, also konzentrieren wir uns weiter auf das Reichstagsszenario. Oder hat jemand eine bessere Idee?«, fragte die Polizeipräsidentin in die Runde.

»Wir haben selbstverständlich an allen potentiellen Zielen in dieser Stadt die Sicherheitsvorkehrungen erhöht und sind mit Einsatzkräften vor Ort. In ganz Berlin gilt ab heute Morgen Alarmstufe Rot. Sollten die Terroristen doch wider Erwarten ein anderes Ziel gewählt haben, sind wir auch darauf vorbereitet. Wir haben insgesamt zwanzig Hubschrauber im Verfügungsraum auf dem Gebiet des ehemaligen Flughafens Tempelhof stationiert, die im Bedarfsfall in wenigen Minuten die Einsatzkräfte vom Reichstag an jeden anderen Punkt der Stadt verlegen können.«

Mit stolzgeschwellter Brust sah Dr. Brauns Assistent in die Runde, freudig erregt, dass er so ins Rampenlicht geraten war. Tom Bauer war beeindruckt. »Sehr gut. Wäre natürlich noch besser, wenn wir die Typen in den nächsten Stunden dingfest machen könnten, bevor sie Schaden anrichten können. Deshalb fahre ich jetzt rüber zur Syrischen Botschaft und mache mir vor Ort ein Bild der Lage.«

»**Das** muss er sein«, zeigte Mahmut auf einen kleinen, hageren Mann in einem zerknitterten, dunkelgrauen Anzug, der etwas verloren in die Runde blickte.

»Viel zu auffällig, der Typ. Kann sich ja gleich ein Schild um den Hals hängen: Terrorist sucht Komplizen.«

»Sei nicht so vorlaut Ali«, wies er seinen Neffen zurecht, der ihn zum Flughafen begleitet hatte. Mahmut beeilte sich, auf den Mann zuzugehen, bevor er von den Sicherheitskräften, von denen es heute Morgen in Berlin nur so wimmelte, angesprochen werden würde.

»Monsieur Del Pierre?«, sprach er den etwas orientierungslos wirkenden Mann an.

»Qui, c'est moi, bonjour.«

Aus seinen grünen Augen funkelte, sichtlich erleichtert, ein freundlicher Blick.

»Hallo, ich bin Mahmut, das ist mein Neffe Ali. Folgen Sie uns bitte.«

Der Mann reichte den beiden die Hand und setzte seinen Rollkoffer in Bewegung.

»Sprechen sie Deutsch, mein Freund?«, fragte ihn Mahmut.

»Kein einziges Wort. Ehrlich gesagt mag ich die Deutschen nicht so sehr. Sind mir viel zu steif und unfreundlich«, antwortete der Mann in fließendem Arabisch.

Als er in die ratlosen Gesichter seiner Begleiter sah, war ihm klar, dass die kein Wort verstanden hatten.

»Sorry, can we do it in english?«, entschuldigte sich Mahmut für seine fehlenden Arabischkenntnisse. Außer ein paar Sätzen Englisch, die er in der Schule gelernt hatte, sprach er nur noch etwas Türkisch. Als Handwerker in Berlin Kreuzberg war das die Sprache, die wichtiger war als Deutsch.

»Oh, no problem, but my english is not very good. I'm sorry.«

»Geht uns genauso«, verriet Ali, der in der Schule wenig Interesse am Fach Englisch gezeigt hatte. Er spielte lieber Fußball oder hing mit seinen Freunden auf der Halfpipe herum, um Skateboard zu fahren und Hip-Hop zu hören. Das stand eigentlich im krassen Gegensatz zu seinen regelmäßigen Moscheebesuchen. Ali nahm die Religion sehr ernst und vergaß zu keiner Zeit, sich dem Gebet zu widmen. Aus einem kleinen Springinsfeld, der er zu Schulzeiten war, war im Laufe der Jahre ein tiefgläubiger Moslem geworden. Er versuchte eben, die unterschiedlichen Welten, in denen er lebte, in Einklang zu bringen. Dies gelang ihm, wenn auch nicht immer.

Anwar Omar del Pierre war Franzose. Seine Großeltern stammten aus dem Jemen. Sein Vater war Pilot bei der Air France und hatte so früh bei ihm die Leidenschaft für das Fliegen entfacht. Allerdings reichte es bei Anwar nicht zum Flugkapitän. Aus diesem Grund hatte er sich frühzeitig für die Sportfliegerei entschieden. Zusammen mit einem Freund leitete er eine Flugschule in der Nähe von Paris. Um sein Salär aufzubessern, verdingte er sich jahrelang als Agrarflieger. So eine Spezialmaschine zum Düngen der Felder zu fliegen, war alles andere als einfach. Nur wenige Meter über dem Erdboden konnte der kleinste Fehler verhängnisvolle Auswirkungen haben. Eine Unachtsamkeit und die Maschine zerschellte auf dem Boden. Aber Anwar war ein Meister seines Faches. Er hatte deshalb vor allem im Frühjahr immer genug Aufträge, um das nötige Geld für den Aufbau seiner Flugschule zu verdienen. Mit dem Islam hatte er relativ wenig am Hut. Seine Familie war gläubig, aber nicht fanatisch. Er selbst besuchte eine Moschee nur zu feierlichen Anlässen. Nach nur knapp einem Jahr stand sein Unternehmen bereits auf wackeligen Füßen. Sein Partner war mit einem Segelflugzeug abgestürzt und hatte sich dabei schwer verletzt. Das gerade neu erworbene Flugzeug war nur noch Schrott. Um Geld zu sparen, hatten die beiden ihre neue Maschine nicht versichert. Ohne die Hilfe seines Kompagnons und ohne das Geld für die abgestürzte Maschine war es schier aussichtslos, weiterzumachen. Anwar war der Verzweiflung nahe.

Da tauchten eines Tages zwei Männer in seinem Hangar auf und fragten ihn, ob er sie als Agrarflieger ausbilden könnte. Sie wollten innerhalb von nur sechs Wochen in der Lage sein, diese Spezialmaschinen zu beherrschen. Als Anwar den beiden freundlich aber bestimmt mitteilte, dass eine solche Ausbildung unmöglich innerhalb so kurzer Zeit zu bewerkstelligen sei, stellten die Männer ihm einen Aktenkoffer vor die Füße.

»Sieh mal rein und überleg dir dann noch mal, ob das nicht vielleicht doch möglich ist.«

Nur mit Widerwillen und um die Männer nicht zu provozieren, öffnete Anwar den Koffer. Der war prall gefüllt mit Hundert-Euro-Scheinen.

»Das sind hunderttausend Euro, mein Freund. Die gleiche Summe bekommst du, wenn die Ausbildung in diesem Zeitrahmen erfolgreich abgeschlossen ist. Meinst du, du kannst das schaffen?«

Anwar traute seinen Augen nicht. Was waren das für Typen? Wie erfolgreiche Geschäftsleute sahen sie nicht gerade aus. Es waren wie er Franzosen mit arabischen Wurzeln. Dass es sich bei diesen Männern um Fundamentalisten und Terroristen aus dem Umfeld des Al Kaida-Führers Tahir Sharif Al Fakri handelte, erfuhr er erst Wochen später. Was er zu diesem Zeitpunkt noch nicht wusste, war die Tatsache, dass die Al Kaida einmal angeworbene Männer nicht mehr gehen lässt. Entweder sie entschlossen sich zu blindem Gehorsam oder landeten früher oder später mit aufgeschlitzter Kehle in der Seine. Bis vor ein paar Tagen konnte Anwar unbehelligt seine Flugschule betreiben, die er mit dem Geld für die Ausbildung der Terroristen zu einem blühenden Unternehmen ausgebaut hatte. Dann plötzlich standen die Männer des designierten Al Kaida-Führers Hassan Omar Bin Khalib vor seiner Tür und erteilten ihm den Auftrag, nach Berlin zu reisen und dort eine wichtige Mission im Namen Allahs auszuführen. Anwar hatte keine Wahl. Er musste tun, was die Männer von ihm verlangten.

»Wo fahren wir hin?«, fragte Anwar, der zusammen mit Mahmut und Ali auf der vorderen Sitzbank des Fiat Ducato saß.

»Wir bringen dich jetzt direkt nach Adlershof. Dort kannst du dich mit der Maschine vertraut machen und wirst erfahren, was du zu tun hast. Oder hat man dir bereits mitgeteilt, wie unser Plan aussieht?«, wollte Mahmut in gebrochenem Englisch wissen.

»Nein, sie haben mir nur gesagt, dass ich meine Fähigkeiten in den Dienst der Sache stellen soll. Mir wurde aufgetragen, den Anweisungen, ohne zu fragen, Folge zu leisten. Mir ist schon klar, dass ich keinen Rundflug über Berlin absolvieren soll.«

»Gut, wenn wir unser Ziel erreicht haben, werden wir dich mit unserem Vorhaben vertraut machen. Schon heute Abend wirst du ein Held sein, Anwar. Allah wird stolz auf dich sein.«

Alles lief nach Plan. Keine besonderen Vorkommnisse. Die Suche nach verdächtigen Personen verlief genauso ergebnislos, wie das Aufspüren von giftigen Chemikalien, Sprengstoff oder Waffen. Es war bereits kurz vor zwölf, als die ersten Schaulustigen die Kontrollen zu den Vorwiesen des Reichstagsgebäudes passierten, um sich einen möglichst guten Platz weit vorn in direkter Nähe der Absperrung zu sichern. Bereitwillig ließen sie die scharfen Eingangskontrollen über sich ergehen. Die Menschen machten einen entspannten Eindruck, voller Vorfreude, die bekanntesten Politiker Europas einmal ganz aus der Nähe bestaunen zu können. Man hatte fast den Eindruck, dass sie auf dem Weg zu einem Rockfestival waren. Genau genommen war der Unterschied zwischen populären und beliebten Politikern und den Stars aus Film, Fernsehen und Musikbranche eher marginal. Für den Normalverbraucher waren das alles Personen, die sie nur aus den Klatschspalten der Regenbogenpresse kannten.

Hannah, Jan und Steven beobachteten aufmerksam die Bildschirme im Übertragungswagen des Bundesnachrichten-dienstes, der auf dem Vorplatz des Brandenburger Tors direkt neben dem Adlon-Hotel stand. Die Sicherheitskräfte hatten bereits alle ihnen zugewiesenen Positionen eingenommen. Die Kommunikation untereinander wurde direkt von der Einsatzleitung im Übertragungswagen koordiniert. Die Beamten saßen mit Headset vor den Bildschirmen und beobachten aufmerksam jede noch so kleine Bewegung. Dr.Braun schaute seinen Männern leicht angespannt über die Schulter, bereit jederzeit einzugreifen, wenn es notwendig werden würde. Kein Zweifel: Dr. Braun und seine Leute hatten die Lage im Griff. Kaum vorstellbar, dass hier etwas Unvorhergesehenes passieren könnte. Und wenn doch waren sie bestens vorbereitet. Jan hielt einen Terroranschlag am Boden für nahezu ausgeschlossen.

»Wie sieht's mit der Luftüberwachung aus, Dr. Braun«, fragte er nach.

»Das sehen sie doch«, entgegnete der Angesprochene gereizt.

»Die Helikopter kontrollieren das Gebiet großräumig und übermitteln uns Luftbilder im Sekundentakt. Haben Sie vielleicht noch eine bessere Idee?«

Jan verdrehte die Augen, blieb aber ruhig.

»Alles gut. Sie tun, was getan werden muss. Ich denke jedoch, dass, wenn es hier überhaupt einen Anschlag geben sollte, dieser eigentlich nur aus der Luft erfolgen könnte.«

»Ach, interessant. Also, wenn die Terroristen im Besitz von atomar bestückten Langstreckenraketen sind oder einer B-52, die uns eine Atombombe aus 10.000 Metern Höhe auf den Reichstag wirft, dann haben wir wohl schlechte Karten.«

Dr. Braun schüttelte den Kopf, drehte sich um und ließ ein genervtes »Mann, mann, mann« folgen.

»So ganz aus der Luft gegriffen war die Frage meines Kollegen nicht«, rief ihm Steven hinterher.

Dr.Braun blieb stehen und drehte sich wütend um. »Jetzt reicht's aber, Freunde. Gleich kommt ihr mir noch mit einem von der Al Kaida gesteuerten Meteoriteneinschlag, oder dass Allah persönlich den Vorschlaghammer auf den Reichstag krachen lässt.«

»Nein, aber der Einsatz von Boden-Luft-Raketen oder von mit Bomben beladenen Kleinflugzeugen wäre doch durchaus eine realistische Option. Diese Anschlagsarten sind nicht neu«, legte Steven nach.

Dr. Braun bemühte sich um Fassung. »Punkt eins:«, begann er, »um Boden-Luft-Raketen abzufeuern, müssen sie schon das Ziel optisch erfassen können. Punkt zwei: Es kommt niemand mit solch einer großen Waffe auch nur in die Nähe des Zielgebietes und darüber hinaus wird momentan der ganze Großraum Berlin aus der Luft überwacht. Optisch durch unsere Helikopter, die uns laufend diese schönen Bilder schicken und per Radar über die Fluglotsen der Großflughäfen, die sofort melden, wenn sie etwas Verdächtiges auf dem Bildschirm haben. Alle Kleinflughäfen in und um Berlin herum haben bis zwanzig Uhr absolutes Start- und Landeverbot. Alles, was nicht als Verkehrsflugzeug auf dem Radar erscheint, wird sofort erfasst und umgehend identifiziert. Glauben sie mir einfach: Hier geht für die Terroristen gar nichts.«

»Hört sich gut an. Wenn allerdings jemand eine bis unters Dach mit Sprengstoff beladene Cesna auf irgendeinem Stoppelacker vor den Toren Berlins präpariert hat und dann in fünfzig Metern Höhe mit einer Geschwindigkeit von 200 Km/h unterm Radar hindurch schlüpft, wird es sicher schwierig, noch rechtzeitig geeignete Gegenmaßnahmen zu treffen«, sagte Jan.

Dr.Braun schüttelte den Kopf: »Eine blühende Fantasie hat er, der Herr Kommissar. Sie sollten sich nicht so viele Action Thriller reinziehen. Im Übrigen kann ich Ihnen versichern, dass unsere Hubschrauber nicht unbewaffnet sind. In solch einem Falle holen wir diese Maschine umgehend vom Himmel. Am besten machen Sie jetzt erst mal 'ne kleine Kaffeepause und atmen etwas frische Luft. Wir haben hier alles im Griff.«

Hannah wollte etwas sagen, aber Jan legte seine Hand auf ihren Unterarm.

»Sie haben wohl recht, Dr. Braun. Also ihr habt's gehört, lasst uns mal 'nen Break machen.«

Hannah, Steven und Jan machten sich auf den Weg ins Adlon.

»Ich kann das nicht rational begründen, aber mein Gefühl und meine Erfahrung sagen mir, dass etwas passieren wird, was wir bisher noch nicht auf dem Schirm hatten. Hier wird sich jedenfalls überhaupt nichts tun.«

Jan nippte an seinem Cappuccino und starrte mit leerem Blick aus dem Fenster auf den sonnigen Vorplatz des Brandenburger Tors.

»Ich bleibe dabei, die haben was vor, wo sie nur wenige Leute für benötigen«, mutmaßte Steven.

»Glaubt ihr, dass sie tatsächlich planen, das Trinkwasser zu vergiften?«, fragte
Hannah die beiden Männer.

»Ist immer noch eine Möglichkeit, obwohl die Verantwortlichen uns glaubhaft versichert haben, dass das praktisch unmöglich ist«, gab Jan zu bedenken.

»Wozu haben die sich eigentlich die Mühe gemacht, das MK-Ultra Programm so aufwendig weiterzuentwickeln, wenn sie sich die positiven Ergebnisse im Endeffekt nicht zunutze machen?« fragte Steven.

»Irgendwie wird MK-Ultra eine Rolle spielen. Wenn sie keine Scharfschützen manipulieren, dann eben Männer, die Sprengstoffgürtel tragen, oder mit 'nem mit Dynamit beladenen Lkw in irgendein Gebäude rauschen.«

»Möglich und wir sitzen hier und trinken gemütlich Kaffee, während gleich irgendwo ein Inferno auszubrechen droht.« Hannah war genervt.

In diesem Moment meldete sich Jans CIA-Handy. »Wir haben den Laden gestürmt und alles auf den Kopf gestellt. Die Bande ist komplett ausgeflogen. Die haben uns ausgetrickst. Bis auf diesen beschissenen Botschafter und zwei seiner Mitarbeiterinnen war die Bude leer. Keine Terroristen, kein Sprengstoff, keine Waffen, kein Giftgas, nichts, nothing, nada.«

Tom Bauer war restlos bedient. Sie hatten zweifellos zu lange gewartet.

»Habt ihr den Botschafter befragt?«, wollte Jan wissen.

Befragt? Nein, wir haben den nach allen Regeln der Kunst in die Mangel genommen. Er hat uns bestätigt, dass zwei Männer und eine Frau mit syrischen Diplomatenpässen aus den USA bei ihm waren und seine Unterstützung eingefordert haben. Er habe ihnen lediglich ein paar Tage Asyl gewährt und bereits gestern wären sie mit unbekanntem Ziel wieder verschwunden.«

»Grimms Märchenstunde«, kommentierte Jan.

»Ja, obwohl das, was er uns erzählt hat, stimmt. Nur hat er leider das Wichtigste verschwiegen. «

»Mensch, Tom, warum hast du die Antworten nicht aus dem Kerl herausgeprügelt?«, schoss Jan bewusst über das Ziel hinaus.

»Langsam, Jan, du vergisst, dass Beamte des Landeskriminalamtes die Aktion beobachtet haben. Offiziell waren die zwar nicht anwesend, aber das Risiko, einen Diplomaten unter Beobachtung in die Mangel zu nehmen, ist einfach zu groß gewesen. Zudem kann es ja tatsächlich sein, dass die Terroristen ihm nicht auf die Nase gebunden haben, was sie vorhaben.«

»Das kann natürlich sein. Aber wenn doch, haben wir womöglich bereits unsere letzte Trumpfkarte verspielt.«

Jan konnte nicht verstehen, warum Tom nicht mit aller Härte vorgegangen war. Wäre er vor Ort gewesen, hätte er gewusst, was zu tun gewesen wäre, dachte er.

»Glaubst du, dass Fatima wieder zu denen zurückgekehrt ist oder hält sie sich irgendwo versteckt?«, wollte Hannah wissen.

»Ich denke, dass sie zurückgehen *musste*. Sie hatte keine Wahl. Wenn sie es nicht getan hätte, hätte die Al Kaida ihren Vater liquidiert und danach sie. Vielleicht versucht sie ja auch irgendwie mit uns in Kontakt zu treten. Wahrscheinlich hatte sie Angst vor den deutschen Behörden, dass sie ihr nicht glauben würden. Und diese Angst war mit Sicherheit nicht unbegründet. Dr.Bauer hätte sie am liebsten sofort verhaftet, als er hörte, dass sie im Foyer des Landeskriminalamtes wartete. Irgendwo war ich sogar erleichtert, dass sie verschwunden war, als ich sie abholen wollte.«

»Kann ich verstehen«, schaltete sich Steven wieder ins Gespräch ein, »allerdings würden die Typen ohne sie wohl in ziemliche Schwierigkeiten geraten. Nur Fatima ist im Moment in der Lage, die gezielte Manipulation der Attentäter vorzunehmen. Der Professor ist tot und Dr. Muratov in Moskau.«

Jan atmete tief ein und nickte. »Du hast recht, Steven. Ich kann mir jedoch schwer vorstellen, dass sie das tun wird. Sie wird uns helfen, da bin ich sicher.«

»Klar, was denn sonst?«, wurde Hannah wütend.

»Du scheinst die Dame ja extrem gut zu kennen. Werd mal wach, Jan. Du hast gerade selbst gesagt, dass sie Angst um das Leben ihres Vaters hat. Die haben sie doch in der Hand. Sie wird denen helfen, so wahr ich hier sitze.«

»Es stimmt, was Hannah sagt. Davon müssen wir zumindest momentan ausgehen«, pflichtete ihr Steven bei.

»Mag sein, trotzdem gebe ich die Hoffnung nicht auf, dass sie uns helfen wird. Lasst uns wieder rübergehen und sehen, was sich mittlerweile getan hat. Vielleicht geht der Kelch ja doch an uns vorüber.«

»Ja, natürlich und Ostern und Weihnachten fallen auf einen Tag«, stellte Hannah zynisch fest, als sie aufstand und ihre Strickjacke überzog.

»So wie ich gehört habe, stehen die Planungen kurz vor dem Abschluss. Nun ist es an euch, das Schwert des Islam in der Schlacht gegen die Ungläubigen ins Feld zu führen. Tragt es mit Würde und schlagt es mit scharfer Klinge. Seid hart und unnachgiebig gegen unsere Feinde. Allah wird euch reich belohnen.«

»Wir werden unsere Aufgabe zu deiner Zufriedenheit erfüllen, Meister. Die Männer sind bereit für den Dschihad. Jeder ist auf seiner Position, alle kennen ihre Aufgabe. Fatima wird nun den jungen Krieger auf seinen großen Tag vorbereiten. Dann brechen wir auf, um zu kämpfen und einen großen Sieg zu erringen. Die Niederlage für die Ungläubigen wird fürchterlich sein. Allahu Akbar!«

Fadi Bin Hammad sagte genau das, was der Meister hören wollte.

»Allahu Akbar«, antwortete Hassan Omar Bin Khalib, dem es zwar nach wie vor nicht gefiel, dass er *Meister* genannt wurde, weil seine Inthronisation als Führer der Al Kaida noch längst nicht feststand, aber im Moment war das nebensächlich.

»Es ist schön, zu sehen, dass auf euch Verlass ist. Dies kann man von anderen leider nicht behaupten. Es schmerzt mich sehr, hören zu müssen, dass dieser Satan immer noch nicht besiegt worden ist. Er lebt und der Mann, den ihr den Coach nanntet, ist tot. Auch er hat es nicht geschafft, den Black Dragon zu töten. Das ist die bittere Wahrheit.«

Ibrahim und Fadi hatten bereits mehrere Tage nichts mehr von Colonel Steven Howard gehört. Sie waren allerdings auch vollkommen auf ihre Aufgabe fokussiert und hatten gehofft, dass der Coach das Problem endgültig beseitigen würde. Wenn nicht er, wer dann?

»Woher weißt du das, Meister?«, fragte Fadi überrascht.

»Ich weiß es. Diese Antwort sollte dir eigentlich genügen«, war der Meister erzürnt, der es hasste, wenn seine Männer ihm Fragen stellten.

»Eine Katze hat neun Leben, ein Elefant wird über hundert Jahre alt und eine Kakerlake ist in der Lage mit abgeschlagenem Kopf weiterzuleben. Der Black Dragon besitzt mehr Leben als eine Katze, wird älter als ein Elefant und tötet selbst kopflos noch seine Feinde. Menschen können ihn scheinbar nicht besiegen. Nur Allah selbst vermag es, ihn zu töten. Wir wollen beten, dass es ihm bald gelingen möge.«

Ibrahim und Fadi waren verunsichert und verärgert zugleich. Jetzt mussten sie damit rechnen, dass ihnen dieser *Black Dragon* doch noch in die Quere kommt. Aber dann müssten sie dieses Problem eben auch noch lösen.

»Noch heute Abend werden wir gemeinsam einen großen Sieg feiern, meine Freunde. Allah wird euch beistehen. Allahu Akbar!«, hallte die Stimme des Meisters nach.

Nach nur knapp zwei Minuten war das Gespräch beendet. Kein Telefonat durfte länger als maximal drei Minuten dauern. Die Handys wurden ausnahmslos über Pre-Paid-Karten betrieben. SMS oder E-Mails waren verboten und durften nur in Notfällen verwendet werden. Der Feind hörte immer und überall mit. Unnötige Risiken mussten unbedingt vermieden werden.

Um kurz vor vierzehn Uhr betraten zwei Männer in grauen Overalls mit Schläuchen und Leitern im Gepäck den Vorhof der Iranischen Botschaft in der Podbielskiallee 65. Der in die Jahre gekommene Fiat Ducato der Rohrreinigungsfirma Shabaz stand direkt auf dem Parkstreifen vor dem Gebäude. Scheinbar waren in der alten Villa mal wieder Wartungsarbeiten fällig, oder irgendwelche uralten Rohre und Leitungen waren verstopft oder hatten gänzlich ihren Geist aufgegeben. Ein Vorgang, der in Häusern dieses Baujahres nicht selten war. Fadi stand in der Eingangstür und nahm die beiden Handwerker in Empfang. Er bat sie, ihm in den ersten Stock des Gebäudes zu folgen.

Ali und sein Onkel Mahmut waren bereits schweißgebadet vor Nervosität. Dazu gab es allerdings im Moment noch wenig Anlass. Gerade Mahmut hatte seine Aufgaben schnell und zuverlässig erledigt. Er hatte das Flugzeug nach Adlershof überführt und dafür gesorgt, dass es einsatzbereit gemacht wurde. Er hatte die Russen in einer Nacht-und-Nebel-Aktion auf einem Acker zwischen Frankfurt/Oder und Berlin getroffen, die Ladung mit dem tödlichen Gift übernommen und auf den Schrottplatz gebracht. Zusammen mit seinem Neffen Ali hatte er den Piloten vom Flughafen abgeholt, an seinen Einsatzort gebracht und ihn auf seine Aufgabe vorbereitet. Und vor allem hatte er seinen Neffen Ali darin bestärkt, diese ehrenvolle Mission im Namen Allahs auszuführen.

»Du bist der Auserwählte, Ali, du hast großes Glück. Du wirst deiner Familie unermesslichen Ruhm und Ehre bringen. Sie werden unsagbar stolz auf dich sein. Allah wird dich ins Paradies aufnehmen und dort wirst du glücklich und zufrieden in Ewigkeit leben. Wir werden uns wiedersehen, wenn meine Zeit gekommen ist. Allahu Akbar!«

Allerdings musste er gar keine große Überzeugungsarbeit leisten. Ali hatte von seinen fundamentalistischen Freunden immer wieder gehört, dass es das Größte im Leben eines Gläubigen sei, im Dschihad zu kämpfen und zu sterben. Es war für ihn ein lohnenswertes Ziel, der Erste zu sein, der nicht nur redet, sondern auch Taten folgen lässt. Für einen gerade mal Neunzehnjährigen war das unglaublich mutig. Mahmut war sehr, sehr stolz auf seinen Neffen. Sein Bruder, Alis Vater, durfte von alledem allerdings nicht wissen. Er glaubte, sein Sohn würde ein Praktikum absolvieren und wäre bei seinem Bruder Mahmut in besten Händen. Ein fataler Trugschluss, wie sich bald herausstellen sollte.

»Wir danken dir schon jetzt für deinen unermüdlichen Einsatz, mein Freund. Dafür werden wir dich reich belohnen. Solltest du im

Kampf fallen, wird dir dieser Lohn von Allah selbst überbracht. Wir sind zusammen einen weiten und erfolgreichen Weg gegangen. Nun werden wir uns auf das letzte Stück bis zum Ende dieses gemeinsamen Weges vorbereiten.« Anerkennend klopfte Fadi Mahmut auf die Schulter.

Am Ende des Ganges wartete Fatima bereits auf die Neuankömmlinge. Sie war innerlich aufgewühlt, versuchte allerdings nach außen ruhig und entspannt zu wirken. Was sollte sie jetzt tun? Hatte sie überhaupt eine Wahl? Ibrahim und Fadi waren nicht dumm. Sie würden sofort bemerken, wenn sie Ali nun nicht dezidiert auf seine Aufgabe vorbereiten würde. Sie waren in Mazari Sharif einige Male dabei gewesen, als sie zusammen mit dem Professor und Dr.Muratov die Männer mit Medikamenten eingestellt und anschließend durch Hypnose gezielt manipuliert hatte. Sie wussten, in welcher Reihenfolge vorzugehen war. Sie hatten gesehen, welche Menge Flunitrazepam verwendet worden war und welche Drogen dem Cocktail beigemischt wurden. Sie waren zwar keine Psychiater aber immerhin erfahrene Wissen-schaftler, die sich nicht so leicht täuschen lassen würden. Sie durfte ihnen keinen Anlass zum Argwohn bieten. Wenn Fatima jetzt absichtlich Fehler machen würde, könnte sie unter Umständen diesen Terroranschlag verhindern, würde aber ebenso wie ihr Vater sterben müssen. Um sich selbst machte sie sich wenig Sorgen, aber ihren Vater konnte sie nicht so einfach opfern. Sie musste einen Weg finden, wie sie nach getaner Arbeit mit dem Kommissar Kontakt aufnehmen könnte. Sie musste ihn warnen. Egal wie. Noch hatte sie keine Idee, wie sie das bewerkstelligen sollte.

Das Gelände rund um das Brandenburger Tor war mit Polizei, Bundesgrenzschutz und zusätzlichem Sicherheitspersonal vom BKA und BND hermetisch abgeriegelt worden. In der angenehm warmen Mittagssonne bewegten sich zwar alle etwas träge, trotzdem vermittelten sie den Eindruck, in höchstem Maße aufmerksam und wachsam zu sein. Die zuständigen Behörden hatten den Besuch der ausländischen Politiker in Berlin optimal geplant und perfekt organisiert. Was in aller Welt sollte da noch schiefgehen? Wahrscheinlich war es im Moment einfacher, mit bloßen Händen

Fort Knox auszurauben, als unbefugt auf das Gelände zwischen dem Brandenburger Tor und dem Reichstag zu gelangen.

Hannah, Jan und Steven trugen ihre überdimensionalen Zugangsberechtigungen gut sichtbar vor der Brust. Trotzdem ließen sich die Beamten, die vor dem Eingang des Adlon postiert waren, ihre Polizeimarken zeigen. Richtig so, nur nicht schlampen. Nichts dem Zufall überlassen, dachte Jan.

Stevens Handy klingelte. Am anderen Ende der Leitung sprach Hubertus van Echternach. »Unsere Leute haben eine Leiche aus dem Krampnitzsee gefischt. Trieb unter dem Landungssteg der Villa von Dr. Shapourzadeh im Wasser. Tom Bauer ist auf dem Weg von der Rauchstraße ins Präsidium bei der Gerichtsmedizin vorbeigefahren und hat 'nen Blick drauf geworfen. Er glaubt, dass der Tote Steven Howard ist. Er kannte ihn aus seiner Zeit in Afghanistan. Sie haben sich zusammen mit den Ärzten und den Profilern die Fotos angesehen, die Jan von seinen Leuten nach Langley geschickt hat. Die sind der gleichen Meinung. Sie haben in der Rückenmuskulatur des Toten einen Mikrochip entdeckt. Wahrscheinlich ein Sender. Haben ihm wohl die Terroristen, für die er gearbeitet hat, eingesetzt. Vertrauen ist gut, Kontrolle ist besser.«

Jan gab Steven ein Zeichen, dass er ihm das Handy übergeben sollte: »Wie ist er umgekommen? Was war die Todesursache?«, wollte er von Hubertus wissen.

»Der Mann hatte bis auf ein paar Kratzer keine äußeren Verletzungen. Wahrscheinlich Genickbruch. Eine genaue Aussage können die Ärzte erst nach der Obduktion machen.«

»Danke Hubertus, wir beziehen jetzt wieder unsere Posten.«

Jan gab das Handy an Steven zurück. Plötzlich blieb er wie angewurzelt stehen und starrte über den Pariser Platz wie gebannt auf die gegenüberliegende Straßenseite. Ein einzelner Mann stand lässig an einen Laternenpfahl gelehnt und schaute zu der Dreiergruppe herüber.

»Halt mal«, drückte Jan Hannah seine Jacke in die Hand und bewegte sich zügig, aber ohne zu rennen, direkt auf den Mann zu.

»Hey, Sie, bleiben Sie stehen«, rief er und setzte zum Spurt an. Ihn trennten noch knapp fünfzig Meter von seiner Zielperson. Als der Mann sah, dass Jan auf ihn zugestürmt kam, drehte er sich um, begann sich schnell, aber ohne Hektik, in einen Gang zwischen den Häuserfronten zurückzuziehen.

»Halten sie den Mann auf. Schnell, verdammt noch mal«, rief er den uniformierten Beamten zu, die in unmittelbarer Nähe des Flüchtenden standen. Doch die schienen im ersten Moment gar nicht zu realisieren, was Jan von ihnen wollte.

»Wen meinen Sie? Wir sehen hier niemanden.«

»Na, der Typ, der eben an euch vorbei in den Gang gelaufen ist. Wer denn sonst?«

Die Polizisten sahen Jan irritiert an. »Wir haben hier niemanden gesehen, Herr Kommissar.«

»Ja, verflixt noch mal, da ist doch gerade ein Kerl einen Meter an euch vorbei in diesen Gang hinter euch verschwunden. Und ihr habt den nicht gesehen?«

»Bei allem Respekt, in der letzten halben Stunde ist hier garantiert keiner an uns vorbei gelaufen. Sie müssen sich irren.«

Jan schüttelte den Kopf. Hatte er etwa schon wieder Gespenster gesehen? Er drehte sich um und ging wortlos zurück zu seinen Leuten. Hinter sich hörte er die Polizisten tuscheln. »Bei der Kripo wirst du auf Dauer meschugge. Da lauf ich lieber weiter Streife.«

»Was war los Jan? Was hat dich denn geritten?« fragte Hannah.

Schon einmal meinte er Maynard Deville gesehen zu haben. Er war sich ganz sicher, den Devil vor einigen Tagen in Leipzig erkannt zu haben. Als er glaubte, ihn gestellt zu haben, hatte sich dann aber herausstellt, dass er sich wohl getäuscht hatte. Noch mal wollte er sich diese Blöße nicht geben. Besser, er würde seine Entdeckung diesmal für sich behalten. Vielleicht litt er ja mittlerweile tatsächlich unter paranoiden Wahnvorstellungen.

»Ach, nichts. Alles in Ordnung«, ließ er lapidar verlauten.

»Bist du sicher, Jan?«

»Ja ja, alles gut, alles gut«, antwortete er genervt und nahm seine Jacke zurück. In diesem Moment stieg ihm wieder dieser markante, vertraute Geruch in die Nase. Eine Mischung aus verbranntem Kerzenwachs, Kräutern und Gewürzen. Er roch an seiner Jacke. Hatte Hannah ein neues Parfum? Nein, dieses Aroma kannte er schon länger. Genauso hatte es immer im Gerätezelt auf ihrer Basis in Kundus gerochen, wenn Maynard Devil seine Zeremonien

abhielt. Diesen Duft würde er unter tausend anderen heraus riechen. Kein Zweifel. Irrtum aus-geschlossen.

Steven Howard war tot und Maynard Devil hatte ihm gerade am
anderen Ende des Pariser Platzes auf der Straße Unter den Linden gegenübergestanden. Langsam schien er zu begreifen, was in
der Villa am Krampnitzsee geschehen war.

»Bist du sicher, dass dieser Junge die richtige Wahl ist?«, fragte
Fadi skeptisch.

»Nein, aber gibt es für eine solche Aufgabe überhaupt den Richtigen?«, antwortete Ibrahim. »Oder kommen dir plötzlich Zweifel
aufgrund seines Alters?«, legte er provokativ nach.

Fadi wischte sich mit einem Taschentuch den Schweiß von der
Stirn. Langsam aber sicher stieg auch bei den beiden Syrern die
Anspannung. Es war kurz vor sechzehn Uhr. Nur noch wenige
Stunden bis zu ihrem Einsatz.

»Only the good die young. Ich weiß zwar nicht, von wem diese
Weisheit stammt, aber in diesem Fall trifft sie zu. Ali ist fest davon
überzeugt, dass er das Richtige tut. Er ist ein ehrfürchtiger Gotteskrieger, mein Freund, genau wie wir es sind. Er ist bereit im Kampf
gegen die Feinde Allahs sein Leben zu opfern, um nach dem Tode
reich dafür belohnt zu werden. Seine Heldentat wird hm den Weg
ins Paradies ebnen.«

Ibrahim sah Fadi direkt in die Augen: »Aber sicher bist du dir nicht?
Ebenso könnte der Junge kalte Füße bekommen, wenn er realisiert, was in ein paar Stunden auf ihn zukommen wird. Er wäre
nicht der Erste, der im Angesicht des sicheren Todes die Nerven
verliert und versagt.«

»Und genau deshalb müssen wir als Backup bereitstehen. Ich
selbst werde diese Aufgabe übernehmen, wenn Ali es nicht schaffen sollte«, stellte sich Fadi seiner Verantwortung.

Ibrahim nickte und trank einen Schluck Tee. »Genau daran habe
ich auch gedacht. Also ändert sich zunächst nichts an unserem
Plan. Auf Mahmut ist Verlass. Du wirst dich bereithalten und Ali
ersetzen, wenn er doch noch schwach werden sollte. Aber was
machen wir mit Fatima? Ich traue ihr nicht mehr. Sie ist zu einem
Risiko geworden.«

Fadi war irritiert, dass Ibrahim so etwas über seine Freundin sagte. Fatima und er hatten sich an der New Yorker Universität kennen und lieben gelernt. Sie waren bereits seit vielen Jahren ein Paar. Allerdings ahnte Fatima damals nichts von dem religiösen Fanatismus ihres Freundes. Dieser Tatbestand war ihr erst mit den Ereignissen in Afghanistan bewusst geworden. Seitdem war ihr Verhältnis sichtlich abgekühlt und verwandelte sich schließlich nach der Ermordung ihres Mentors Professor Al Mawardi in Eiseskälte.

»Was hast du vor? Willst du sie töten?« Fadi sprach leise, als fürchte er sich vor der Antwort. Ibrahims Miene verdunkelte sich: »Wenn es sein muss. Wir werden gleich sehen, ob sie ihre Aufgabe erfüllt oder ob sie versucht, uns zu täuschen.«

»Wirst du es bemerken, wenn sie die Sache boykottiert? Wir wissen nicht, welche medizinischen Maßnahmen zu treffen sind. Wir kennen weder die Zusammen-setzung der Medikamente, noch wissen wir, in welchen Mengen sie verabreicht werden müssen«, gab Fadi zu bedenken.

»Dann müssen wir eben den Eindruck erwecken, als wüssten wir's. Wir werden ihr gleich keinen Millimeter von der Seite weichen. Sie soll glauben, dass es keinen Sinn hat, uns zu täuschen.« Ibrahim war fest entschlossen. »Und wir werden ihr klarmachen, was mit ihrem Vater geschehen wird, wenn die Sache schief geht.« Fadi war erschrocken, versuchte diesen Tatbestand aber vor seinem Freund zu verbergen. Er kannte Ibrahim seit vielen Jahren. Er war sein bester Freund. Er schätzte seine Intelligenz, seinen Humor und seine ruhige, ausgeglichene Art. Davon war im Moment allerdings nicht mehr viel übrig. Tief aus ihm heraus brach der Hass gegen alles und jeden, der sich seinem fundamentalistischen Gedankengut entgegenstellte. Er hatte dafür seinen Onkel geopfert und wäre jetzt sogar bereit, seine Freundin und Geliebte zu töten. Der Anschlag von Gowarah Sang war schon schlimm genug. Fadi war danach ein anderer Mensch geworden. Auch er war ein Diener des Propheten. Auch er verachtete die Ungläubigen. Auch er hatte am 11. September 2001 die Attentäter auf das World Trade Center als Helden verehrt. Aber eben alles aus der Entfernung. Ohne eigene Beteiligung. Mit großem emotionalem Abstand. Nach Gowarah Sang war jedoch alles anders. Er war dabei gewesen. Er hatte viele unschuldige Menschen sterben gesehen. Schlimmer noch: Er hatte viele davon mit eigener Hand getötet. War das tatsächlich Allahs Wille? Er hatte Zweifel, aber er musste sich jetzt hüten, Schwäche zu zeigen. Jetzt war es eh zu spät. Es gab kein Zurück mehr. Seine Ängste und Zweifel musste er sich für die Zeit danach aufheben. Vielleicht wäre es sogar am besten, wenn er sterben würde. Ein Leben, belastet von dieser ungeheuren Schuld, wäre vermutlich ohnehin nicht mehr lebenswert. Verdammt noch mal, was war nur mit ihm los? Er musste sich sammeln.

Plötzlich stand Fatima in der Tür. Hatte sie etwas von ihrer Unterhaltung mitbekommen? Hoffentlich nicht, dachte Fadi.

»Wir müssen jetzt beginnen. Etwa fünf Stunden nach der Behandlung befindet sich der Wirkungsgrad der Medikamente in Verbindung mit dem Einsatz gezielter Hypnose auf dem Scheitelpunkt. Seid ihr bereit?«, fragte sie selbstbewusst.

Die Blicke der beiden Männer trafen sich für einen Moment. Überraschung spiegelte sich in ihren Augen wider. Waren alle soeben geäußerten Bedenken unnötig gewesen? Fatima machte einen konzentrierten, entschlossenen Eindruck. Keine Spur von irgendwelchen Zweifeln.

Ibrahims Gesichtszüge entspannten sich. Ein leichtes Lächeln kam ihm über die Lippen. »Na, dann wollen wir mal, Freunde, Allahu Akbar«, rief er und folgte Fatima zusammen mit Fadi in ihr provisorisches Behandlungszimmer. Dort hatte Fatima zwei Tische zusammengestellt, mit weißen Laken versehen und hatte Sofakissen als Kopfstütze benutzt. Praktisch und optisch ansprechend. Ali lag bereits vollkommen ruhig und entspannt mit geschlossenen Augen und gefalteten Händen auf dem Tisch. Mahmut fasste die rechte Hand seines Neffen, drückte sie und gab ihm einen Kuss auf die Stirn.

»Gott beschütze dich, mein Sohn.« Dann verließ er den Raum. Wortlos und ohne Blickkontakt. Was jetzt geschehen würde, fiel ihm schwer. Aber es musste sein, davon war er zutiefst überzeugt.

Fadi und Ibrahim setzten sich. Fatima nickte zum Zeichen, dass sie nun mit der Behandlung beginnen würde.

»Er ist vollkommen konzentriert und absolut ruhig. Sehr ungewöhnlich für einen solch jungen Menschen. Ich denke, dass er ganz fest an das glaubt, was er gleich tun wird. Es wird nicht schwierig sein, ihn vorzubereiten. Ich werde euch jeden einzelnen Schritt, den ich jetzt machen werde, erklären«, las Fatima scheinbar Ibrahims Gedanken.

»Danke«, antwortete Fadi, »du kannst beginnen.«

Fatima hob Alis Kopf leicht an und verabreichte ihm nacheinander zehn Tabletten, die er mit einem Glas Wasser ohne zu murren einnahm.

»Ich gebe ihm jetzt zwanzig Milligramm Flunitrazepam. Zehn Tabletten zu je zwei Milligramm. Dieses Mittel wird oral verabreicht, das bewirkt eine schnelle und vollständige Aufnahme. Die Wirkung tritt bereits fünfzehn bis zwanzig Minuten nach der Einnahme ein. Je nach körperlicher Konstitution des Probanden und nach Menge des Medikamentes hält die Wirkung zwischen fünf und acht Stunden an. Der sedative Effekt beseitigt jegliche Hemmungen. Wir haben festgestellt, dass bei einem Mann von etwa achtzig Kilogramm Körpergewicht die Gabe von exakt zwanzig Milligramm den höchstmöglichsten Wirkungsgrad erzielt.«

Fadi und Ibrahim hörten aufmerksam zu. Dann zog Fatima eine Spritze auf.

»Die Wirkung von Flunitrazepam war bisher allgemein bekannt. Aber dieses Mittel allein reichte nicht aus, um den Patienten uneingeschränkt hypnotisieren zu können. Vor allem aber konnte es nicht dazu beitragen, die Erinnerungen nach einer Tat vollkommen auszulöschen. Es ist uns gelungen, mit Hilfe von Tranquilizern und Opiaten diesen gewünschten Zustand ohne Nebenwirkungen herzustellen. Die Tests in Afghanistan haben dies uneingeschränkt bewiesen. Wie ihr selbst gesehen habt, haben sie ein nahezu hundertprozentiges Ergebnis geliefert. Einfach wunderbar«, geriet Fatima ins Schwärmen.

Jetzt lachte Ibrahim, er war geradezu freudig erregt, fast schon euphorisch. Ja, das war seine Fatima. Sie würde weder ihn noch ihre gemeinsame Sache verraten, niemals. Fast schämte er sich ein wenig, noch vor ein paar Minuten so an ihr gezweifelt zu haben. Fadi dagegen blieb vollkommen ruhig und emotionslos. Da stimmte doch etwas nicht. Fanatismus in dieser Reinform war ihm bei Fatima bisher vollkommen unbekannt gewesen. Wahrscheinlich hatte Ibrahim recht. Dieses Theaterstück war geradezu bühnenreif. Sie wollte dermaßen überzeugend wirken, dass sie einen schauspielerisch eher schlechten Auftritt hinlegte. Ihr Eifer war gespielt. Das stand für ihn fest. Während Ibrahim auf Wolke sieben schwebte, rutschte Fadis Laune im Minutentakt immer mehr in Richtung Keller. Aber er beschloss, still zu sein und der Vorführung weiterhin aufmerksam zu folgen. Die Hauptsache war, dass Fatima ihren Job machte.

Fatima hielt die Spritze in die Höhe. »Dies ist ein Cocktail aus Heroin und einem Gemisch verschieden aufeinander abgestimmter Tranquilizer. Das Zusammenwirken mit Flunitrazepam bewirkt das Ausschalten der bewussten Wahrnehmung und der absoluten Freiheit von Angstzuständen. Kurz gesagt: Der Proband ist zu allem bereit. Er ist aggressiv und verliert alle Hemmungen. Er entwickelt eine unüberbrückbare Distanz zu jeglichen Angstzuständen.«

Fatima setzte Ali die Spritze. »So, wir lassen ihn nun einen Moment ruhen. In genau zwanzig Minuten beginne ich mit der Hypnose. Danach ist es eure Aufgabe, ihn auf die bevorstehende Tat einzuschwören. Denkt daran: Kurze prägnante Sätze. Viele Wiederholungen. Eine kurze Wortkombination eignet sich am besten, um bei ihm den Schlüsselreiz auszulösen.«

Ibrahim war rundum zufrieden. Er schlug Fadi freudig erregt auf die Schulter. Der nickte kurz, sagte jedoch kein Wort. Jetzt war er es, der Skepsis zeigte.

Eine knappe halbe Stunde später bat Fatima Ali aufzustehen und in einem Sessel der geräumigen Sitzgruppe unterhalb des Fensters Platz zu nehmen.

»Wie fühlst du dich, Ali? Alles in Ordnung?«, fragte sie mit leiser, ruhiger Stimme.

»Mir geht's bestens. Keine Probleme. Ich bin bereit. Wenn's nach mir ginge, könnten wir sofort loslegen. Wir werden diesen Ungläubigen zeigen, mit wem sie es zu tun haben. Allahu Akbar!« Ali strotzte nur so vor Energie und Selbstbewusstsein.

Fatima fasste ihn beruhigend auf die Schulter und drückte ihn in den Sessel. »Bleib bitte sitzen und warte, bis ich zurückkomme.«

Sie gab Ibrahim und Fadi ein Zeichen, mit ihr den Raum zu verlassen. Sie schloss die Tür, lehnte sich mit dem Rücken gegen das Türblatt und stützte sich mit den Händen nach hinten ab. »Es gibt in diesem Fall einen gravierenden Unterschied«, erklärte sie, »der Junge weiß bereits, was er tun soll. Er ist hochmotiviert. Wir werden ihn zu nichts überreden müssen. Die Medikamente haben seine Aggressivität bereits enorm gesteigert und ihm jegliche Angst genommen. In den vorherigen Fällen haben wir den Männern erst im Zustand der Hypnose mitgeteilt, was sie tun sollten. Sie wussten also vorher überhaupt nicht, was passieren würde. Als wir sie aus dem Zustand der Hypnose zurückgeholt haben, konnten sie sich aufgrund der Medikamente an nichts mehr erinnern. Sie litten unter einer vollständigen, andauernden Amnesie.«

Ibrahim sah Fatima mit prüfendem Blick an. »Was willst du uns damit sagen?«

Fatima holte tief Luft: »Also, die Sache ist die«, begann sie vorsichtig, »wir haben die Soldaten in Afghanistan hypnotisiert, weil wir davon ausgegangen sind, dass sie im Wachzustand diese Taten niemals freiwillig begangen hätten, richtig?«

»Ja, natürlich. Ich denke schon«, antwortete Ibrahim.

»Das ist in diesem Fall aber komplett anders. Der Junge weiß, was er tun soll und will das auch unbedingt durchziehen, oder?«

»Ja, diesen Eindruck vermittelt er. Aber wir können nicht sicher sein, dass er kurz vorher noch die Nerven verliert und versagt«, erhob Ibrahim Einspruch.

Fatima schüttelte den Kopf. »Nein, Nein, das wird nicht passieren. Die Medikamente werden in etwa vier bis fünf Stunden ihren optimalen Wirkungsgrad erreicht haben. Ali ist eine tickende Zeitbombe. Schon in diesem Augenblick würde er jeden töten, wenn wir ihm nur eine Waffe in die Hand geben würden. Er wird seine Aufgabe erfüllen. Das garantiere ich.«

»Warum erzählst du uns das?«, fragte Fadi.

»Der Zustand der Hypnose birgt immer die Gefahr, dass der Proband durch einen unvorhergesehenen Schlüsselreiz plötzlich und unvermittelt aufwacht. Dieser Schockzustand würde unter Umständen trotz der Medikamentengabe bewirken, dass der Proband verwirrt ist, schlimmstenfalls sogar vollständig die Kontrolle verliert. Dieses Risiko mussten wir bei den Männern in Afghanistan eingehen, weil es ohne gezielte Hypnose nicht möglich gewesen wäre, den Zustand der andauernden Amnesie herbeizuführen. Das hat zwar fast immer funktioniert, aber eben auch nur fast.«

»Was meinst du damit, Fatima?« wurde Ibrahim unruhig.

»Dieser Soldat, der den Senator in Chicago töten sollte, ihr erinnert euch? Er ist kurz vor der Tat aus der Hypnose erwacht. Die Sache ging schief, wie ihr wisst. Das heißt, die Hypnose ist ein Risiko, das wir vor allem deswegen eingegangen sind, damit die Männer sich nach ihren Taten an nichts mehr erinnern können. Das war ja schließlich auch das ursprüngliche Ziel unserer Testreihe. In unserem heutigen Fall wird das nicht notwendig sein, denke ich.«

Fadi lief ein kalter Schauer den Rücken runter. Ibrahim wollte ihr nicht trauen. Diese Frau ist eiskalt, dachte er.

»Du meinst, du musst ihn nicht hypnotisieren, weil er bei dem Anschlag ohnehin ums Leben kommt?«

»Genau«, antwortete Fatima kurz und trocken.

Der Fahrzeugkonvoi setzte sich um 15:50 Uhr in Bewegung. Die Außenminister der Staaten der Europäischen Union hatten das Auswärtige Amt am Werderschen Markt verlassen und begaben sich auf den Weg ins Reichstagsgebäude zum offiziellen Empfang durch die Bundeskanzlerin der Bundesrepublik Deutschland. An der Spitze der Fahrzeugkolonne saß in einer gepanzerten schwarzen Mercedes S-Klasse der deutsche Außenminister. Dahinter folgten im geringen Abstand vierzehn weitere Fahrzeuge. Der Konvoi fuhr kaum schneller als Schritttempo. Der schwarze Lindwurm aus noblem Blech schlängelte sich wie in Zeitlupe Richtung Brandenburger Tor, als wäre sein Ziel die Beerdigung eines New Yorker Mafiabosses.

Bei strahlend blauem Himmel und herrlichem Sonnenschein bildete die Karawane der dunklen Staatskarossen einen Kontrast, der schon irgendwie heftig war. Ein Wagen der Berliner Polizei setzte sich an die Spitze der Kolonne und sorgte mit eingeschaltetem Blaulicht für freie Fahrt. Rechts und links der Straße sicherte berittene Bereitschaftspolizei die Flanken des Konvois. Diese Vorsichtsmaßnahmen waren Standard, obwohl sie in diesem Fall unnötig waren. Die Straßen und Wege zwischen Werderschem Markt und Reichstag waren komplett gesperrt und bis auf Personen des Sicherheitspersonal und der Polizei vollkommen menschenleer. Diese Sicherheitsvorkehrungen kannten die Politiker bisher nur von ihren Besuchen im Nahen Osten oder in den Staaten der ehemaligen Sowjetunion. Sie zeigten sich irritiert, waren aber zu höflich, um nach den Gründen, dieser aus ihrer Sicht stark übertriebenen Vorsichtsmaßnahmen, zu fragen, geschweige denn, sich zu beschweren. In westlichen Ländern hatten sie einen derart großen Aufwand bisher nicht erlebt.

Die Route verlief über die Straße Unter den Linden über die Wilhelmstraße und die Dorotheenstraße. Erst als die Kolonne von der Scheidemannstraße zum Reichstagsgebäude abbog, waren die ersten Besucher zu sehen. Als der Wagen des deutschen Außenministers direkt vor der Treppe des Reichstages hielt, brandete verhaltener Jubel der begeisterten Menschenmenge auf, die sich zahlreich auf dem Platz der Republik versammelt hatte.

»Alles unter Kontrolle. Keine besonderen Vorkommnisse«, meldete sich eine Stimme beim Einsatzleiter Dr.Braun. »Danke, haltet Augen und Ohren offen. Die Gefahr ist längst nicht vorüber.«

Hannah, Jan und Steven konnten an den Bildschirmen im Überwachungswagen beobachten, wie eine Staffel der Bereitschaftspolizei die Politiker beim Betreten der Treppe mit ihren Schutzschilden sicherten. Diese Aktion nahm den Menschen auf dem Platz der Republik natürlich die Sicht auf das Geschehen. Sie waren doch extra gekommen, um die bekannten Politiker aus der Nähe zu erleben. Die Kanzlerin, die laut Protokoll und offizieller Vorankündigung die Gäste auf dem letzten oberen Treppenabsatz begrüßen sollte, war noch nicht zu sehen. Aus Sicherheitsgründen hatte der Bundesnachrichtendienst diesen Programmpunkt ersatzlos aus dem Protokoll gestrichen. Viel zu gefährlich.

Keine Kanzlerin, keine Politiker, keine Sicht. Die Menge wurde unruhig. Gellende Pfiffe und Unmutsäußerungen machten sich breit. Die ersten Gegenstände flogen. Derart übertriebene Sicherheitsmaßnahmen hatten die Leute bisher noch nicht erlebt. Als der französische Außenminister mitten auf der Treppe stehenblieb, sich umdrehte und ins Volk winken wollte, sprang unvermittelt ein Beamter auf, schob sich vor ihn und drückte ihn mit beiden Händen weiter die Treppe hinauf. Empört schlug der Franzose dem Polizisten die Hände weg.

»Was soll denn das? Sind verrückt geworden?«, war der Mann ungehalten.

»Bitte gehen Sie zügig weiter, Monsieur, wir haben hier ein Sicherheitsproblem.«

Widerwillig setzte der Minister seinen Weg die Treppe hinauf fort.

Jan konnte den Vorfall auf einem der Bildschirme beobachten.

»Ist das nicht ein bisschen übertrieben?«, fragte er Steven, der neben ihm saß.

»Die machen nur ihren Job. Besser ein wütender Außenminister, als ein toter, oder?«

Jan hob skeptisch seine Augenbrauen und nickte. »Keine Frage. Ich möchte allerdings nicht wissen, was die internationale Presse zu diesen Ereignissen sagen wird?«

»Das ist jetzt zweitrangig, Herr Kommissar. Die Sicherheit geht vor. Außerdem haben wir das Schlimmste hinter uns. Nach Ende der Konferenz verlassen die Außenminister den Reichstag durch einen Hinterausgang. In knapp zwei Stunden ist dieser Spuk dann hoffentlich vorbei.« Dr. Braun lächelte zufrieden.

Jan schüttelte den Kopf. Bisher hatte er nur einen missmutigen, ständig schlecht gelaunten Dr. Braun erlebt, dem offensichtlich alle Lachmuskeln im Gesicht chirurgisch fein säuberlich entfernt worden waren.

»Rot ist offensichtlich die Farbe der Saison. Hab ich so noch gar nicht mitgekriegt«, meinte Hannah lapidar, ohne ihren Blick vom Bildschirm abzuwenden, auf dem gerade ein Luftbild der Menschenmenge auf dem Platz der Republik zu sehen war.

Jan schaute nachdenklich zu Hannah hinüber, die an einem Monitor am anderen Ende des Wagens saß. Er hielt kurz inne. Was hatte sie da eben gesagt? Dann stand er auf und ging zu ihr. Inzwischen zeigte ihr Monitor ein Bild vom Pariser Platz, der immer noch für die Öffentlichkeit gesperrt war.

»Können wir auf diesem Schirm bitte noch mal ein Luftbild vom Vorplatz bekommen?«, rief er dem beleibten, vollbärtigen Koordinator zu, der die Bildregie im Einsatzwagen führte.

»Kommt«, rief der einsilbig.

Dann erschien wieder das Bild vom Platz der Republik. Er warf einen Blick darauf und stutzte. Neben den zahlreichen roten T-Shirts fiel ihm außerdem die Farbe grün auf.

»Verdammt!«, fluchte Jan.

»Was ist?«, fragte Hannah.

»Kommst du mal eben mit raus, 'nen bisschen frische Luft schnappen?«

Er zog seine Freundin am Arm und verließ mit ihr zusammen den Einsatzwagen. Als sie an Steven vorbeigingen, gab Jan ihm ein Zeichen, ihnen zu folgen.

»Was ist los? Hast du etwa wieder den Leibhaftigen gesehen?«, flachste Hannah.

»Nein, aber ich glaube, dass wir ein riesengroßes Problem haben. Ich kann nur hoffen, dass ich mich täusche.«

»Du sprichst in Rätseln. Was meinst du?«, hakte Steven nach.

»Was du gerade als rote T-Shirts bezeichnet hast, meine Liebe, sind die Fan-Trikots von Hannover 96.«

Jan starrte Hannah und Steven herausfordernd an.

»Und, macht's Klick, oder habt ihr immer noch nicht kapiert.«

»Ist hier morgen irgendwo ein Fußballspiel, oder was?«, fragte Hannah.

»Nein«, antwortete Jan, »nicht morgen, sondern heute. Genauer gesagt heute Abend. Hertha BSC spielt gegen Hannover 96. Es geht um den Einzug in die Euro-League. Der Sieger ist dabei. Für beide Vereine ist es das Spiel des Jahres. Letzter Spieltag der Bundesliga vor ausverkauftem Haus. Da werden ab 20:30 Uhr über siebzigtausend Leute im Stadion sein.«

»Fuck«, entglitt es Steven. »und das hat hier niemand gewusst?«

»Ich hätte daran denken müssen. Tom Ritter hatte mir davon erzählt, als wir uns vor ein paar Tagen im Café Kranzler getroffen haben. Er arbeitet für eine Security-Firma, die die Fans von Hannover 96 bei Auswärtsspielen begleitet. Er war bei der Hertha zu einem Meeting mit den Kollegen aus Berlin.«

»Und du denkst, dass die Terroristen sich das vollbesetzte Olympiastadion als Ziel für ein Attentat ausgesucht haben?«, traute sich

Steven kaum zu fragen.

»Es war vollkommen klar, dass sich am heutigen Tag alles auf den Besuch der Außenminister in Berlin konzentrieren würde. Haben wir schließlich auch getan. Die Syrer haben absichtlich dafür Sorge getragen, dass die Behörden von ihrer Anwesenheit wussten. So war es naheliegend, zu glauben, dass ein Terroranschlag auf die Politiker erfolgen soll. Die Polizei, das LKA, der BND und leider auch wir, meine Freunde, sind ja bis vor ein paar Minuten ebenfalls davon ausgegangen.«

»Es gab noch die Option, dass die Al Kaida möglicherweise die Vergiftung des Berliner Trinkwassers planen würde«, warf Hannah ein.

»Aber da haben wir ja ein absolut überzeugendes Statement der Wasserwerke gehört, das uns schnell zu der Schlussfolgerung geführt hat, dass dies praktisch nicht möglich sei«, sagte Jan.

»Und danach haben wir uns dann ebenfalls vollends auf die Geschichte mit dem Reichstag versteift«, stellte Steven fest.

»Okay, dann sollten wir jetzt wohl zuerst Hubertus informieren«, schlug Hannah vor.

»Nein«, rief Jan entsetzt. »Auf gar keinen Fall. Wir müssen jetzt so schnell es geht, Richtung Olympiastadion fahren und uns dort umsehen. Das Spiel beginnt um halb neun. Das heißt, vorausgesetzt die Terroristen warten, bis das Spiel beginnt, dass wir noch knapp vier Stunden Zeit haben. Wir müssen sofort zurück zum Präsidium und den Van holen. Danach fahren wir ins Stadion und sehen uns da gründlich um. Wenn wir das bis sechs Uhr schaffen, sind erst ein paar tausend Fans im Stadion. Sollten wir nur die geringsten Hinweise auf einen bevorstehenden Anschlag erkennen, werden wir natürlich umgehend Hubertus benachrichtigen.«

»Aber Jan, ist es dann nicht vielleicht schon zu spät. Kann man das Spiel denn jetzt nicht schon im Vorfeld absagen?«

Jan verzog sein Gesicht. »Na, klar. Wir erzählen den Behörden, dass da nachher ein paar Bomben hochgehen könnten. Dann wollen die wissen, welche Hinweise es darauf gibt. Dann sagen wir denen, dass wir da so ein Gefühl in der Bauchgegend haben, aber leider nicht mehr. Über siebzigtausend Fußballfans sind bereits auf den Weg ins Stadion. Wenn du denen draußen vor den Toren erzählst, dass das Spiel abgesagt wird, bricht das blanke Chaos aus. Und wenn der DFB oder die DFL nachfragen, welche gesicherten Erkenntnisse es gäbe, dann antworten wir: Keine. Die lachen uns aus. In der Bundesliga gibt es alle Nasen lang irgendwelche Bombendrohungen. Das sind die schon gewohnt.«

»Ja und die unternehmen dann einfach gar nichts?«, entrüstete sich Hannah. »Selbstverständlich gehen die Vereine und die Polizei ernstzunehmenden Hinweisen nach. Aber ohne im Vorfeld die Pferde scheu zu machen. Die Sicherheitsmaßnahmen rund um ein Bundesligaspiel sind enorm umfangreich. Mal so eben ein paar Kilogramm Sprengstoff ins Stadion zu schmuggeln, ist nahezu unmöglich. Und im Stadionbereich selbst sind permanent Beamte mit Hunden unterwegs, um eventuell versteckte Sprengladungen aufzuspüren. Bisher ist gottlob noch nie was passiert.«

»Was die Behörden darin bestärkt, nicht gleich bei jeder Drohung ein Spiel abzusagen«, schlussfolgerte Steven.

»Genau. Also los, alles weitere besprechen wir unterwegs.«

Die Vorbereitungen waren abgeschlossen. Mahmut hatte den Sprengstoff in einer doppelten Wand zwischen Fahrerkabine und Laderaum in seiner Werkzeugtasche versteckt. Es war vorgesehen, dass Ali die Ladung unter einer Weste direkt am Körper tragen sollte. Um genau 20:30 Uhr würde er mit Anpfiff des Spiels den Sprengsatz zünden. Zu diesem Zeitpunkt würde er mitten im Fanblock der Hertha-Frösche in der Ostkurve stehen. Die Detonation würde derart heftig sein, dass die Experten der Al Kaida mit mindestens dreitausend Toten und weiteren Schwerverletzten rechneten. Doch das sollte nur die Ouvertüre sein. Der Hauptschlag würde kurze Zeit später erfolgen.

Ibrahim, Fadi und Fatima stiegen in den Laderaum des Fiat Ducato. Mahmut und Ali saßen mit ihren Arbeitsoveralls bekleidet im Führerhaus.

»Seit ihr bereit?«, fragte Mahmut so laut, dass es auch die drei Passagiere im Laderaum hören konnten.

»Sind wir«, rief Fadi.

»Allahu Akbar! Gott möge uns beistehen«, antwortete Mahmut.

Ibrahim sagte gar nichts, sondern starrte mit leeren Augen nach vorn. Als der Fiat Ducato mit dem lauten Gedröhn eines in die Jahre gekommenen Diesels anfuhr, bemerkte Ibrahim durch die Heckscheibe der Flügeltür des Laderaums in etwa hundert Metern Entfernung zwei Männer, die auf dem Bürgersteig standen und ihnen hinterher sahen.

»Zur Hölle! Hab ich mich also doch nicht getäuscht. Diese Typen sind schon wieder da.«

»Welche Typen?«, erkundigte sich Fadi und beugte sich leicht nach links, um aus dem Fenster sehen zu können.

»Die Kerle da, unter der dicken Eiche. Die standen am Samstag auch schon da und starrten zu uns hoch.«

»Wen meinst du, da ist niemand«, wunderte sich Fadi.

Ibrahim, der sich zu Fadi und Fatima umgedreht hatte, schaute erneut aus dem Fenster.

»Was in aller Welt«…, weiter kam er nicht, »wo sind die hin? Eben standen die da noch. Jetzt glotzt mich doch verdammt noch mal nicht so an, als würde ich fantasieren. Da waren gerade zwei Männer und jetzt sind sie urplötzlich wieder weg.«

»Schon gut, Ibrahim, das waren sicher nur harmlose Passanten, die einen Nachmittagsspaziergang machen und hinter der Botschaft in den Park gegangen sind. Kein Grund zur Aufregung.«

Fadi sah kurz mit sorgenvoller Miene zu Fatima hinüber. Würde Ibrahim jetzt noch in allerletzter Sekunde durchdrehen? Fatima schüttelte den Kopf, um Fadi anzuzeigen, dass er nichts mehr sagen sollte. Augenblicklich wechselte sie das Thema. Sie griff in ihre Jackentasche und holte drei Tickets heraus.

»Hier sind die Eintrittskarten. Sollten wir uns im Gedränge verlieren, treffen wir uns direkt vor Mahmuts Wagen wieder. Er stellt ihn auf den kleinen Parkplatz neben dem Transfor-matorenhäuschen hinter der Nordtribüne. Dort stehen auch Einsatzfahrzeuge der Polizei. Also verhaltet euch unauffällig.«

Die beiden Männer nahmen ihre Eintrittskarten in Empfang und nickten zum Zeichen, dass sie Fatima verstanden hatten.

»Wir werden gegen 18.00 Uhr vor dem Stadion aussteigen. Einlass ist ab 18:30 Uhr. Wir haben also noch eine knappe halbe Stunde, bis wir ins Stadion kommen. Zeit zum Durchatmen und zur Konzentration.«

»Sollte aus irgendeinem Grund einer von uns verhaftet oder ausgeschaltet werden, wissen die anderen, was zu tun ist«, wies Ibrahim seine Mitstreiter an und übergab den beiden ein kleines rechteckiges Gerät, das aussah wie ein elektrischer Türöffner.

»Was ist das?«, fragte Fatima überrascht.

Ibrahim und Fadi sahen sich an und richteten dann ihren Blick auf Fatima. »Du weißt doch: Vertrauen ist gut, Kontrolle ist besser. Sollte der Junge es nicht schaffen, werden wir ein wenig nachhelfen. Sobald ihr den grünen Knopf drückt, ist das Gerät aktiviert. Mit dem roten Knopf löst ihr die Detonation aus.«

»Was soll das?«, fragte Fatima erbost. »Das wird nicht nötig sein. Ali wird seine Aufgabe erfüllen. Das habe ich euch garantiert. Glaubt ihr mir nicht?«

»Beruhige dich. Natürlich glauben wir dir. Es könnte doch auch sein, dass der Junge auffällt und überwältigt wird. Wir werden ihn im Auge behalten und können dann, wenn es Probleme geben sollte, die Sache zu Ende bringen.«

Ibrahim hatte recht. Fadi bestärkte ihn. »So sind wir nicht von dem Jungen abhängig. Wir kennen ihn nicht. Und sterben wird er auf jeden Fall, ob durch seine eigene Hand oder eben durch einen von uns. Der Einzelne zählt nicht. Nur zusammen sind wir stark. Allahu Akbar!«

Fatima fühlte sich nicht gut. Damit hatte sie nicht gerechnet. Aber sie musste wohl oder übel diese Planänderung hinnehmen. Vor allem aber durfte sie sich nicht anmerken lassen, dass sie andere Pläne hatte. Die Frage war nur, ob sie diese jetzt noch realisieren konnte. Im Moment war guter Rat teuer. Sie musste sich etwas Neues einfallen lassen. Scheiß Fernzünder, verdammt noch mal, fluchte sie innerlich.

»Alles in Ordnung Fatima?«, erkundigte sich Ibrahim, dem auffiel, dass seine Freundin für einen Moment irritiert schien.

»Alles bestens. Kein Problem«, rang sich Fatima ein Lächeln ab.

Der Feierabendverkehr hatte ihnen einen dicken Strich durch die Rechnung gemacht. Für die relativ kurze Entfernung vom Tiergarten bis zum Platz der Luftbrücke brauchten Hannah, Jan und Steven eine geschlagene Stunde. Mittlerweile war es fast sechs. Eigentlich wollten sie schon längst auf dem Weg in Richtung Olympiastadion sein. Da half ihnen auch der geliehene Polizeiwagen der Berliner Kollegen nicht viel. Die Straßen waren derart verstopft, dass auch das eingeschaltete Blaulicht nicht viel zum Vorwärtskommen beitragen konnte.

»Nicht nervös werden. Bis Spielbeginn sind noch gut zweieinhalb Stunden Zeit. Das schaffen wir«, machte Jan Mut.

Stevens Van parkte am Rande der Mehringstraße in unmittelbarer Nähe zum Landeskriminalamt.

»Wir nehmen beide Wagen. Ich fahre mit Blaulicht vorweg und mache uns den Weg frei, so gut es eben geht. Sieh zu, dass du dran bleibst.«

»Kein Problem«, antwortete Steven.

Hannah und Steven sprangen aus dem Polizeiwagen und stiegen ohne weitere Verzögerung in den Van. Mit quietschenden Reifen schoss Jan die Mehringallee hoch und kämpfte sich mittels Navigationssystem durch mehrere kleine Nebenstraßen hindurch in nordwestlicher Richtung bis zur Bismarckstraße. Als er nach links auf die Hauptstraße bog, schaltete er das Blaulicht an. Diese Hauptverkehrsader bildete die Ost-West Verbindung von Berlin-Mitte hinaus zum Olympiastadion. Um diese Zeit war gewöhnlich immer noch viel Verkehr. Heute war es jedoch besonders voll. Neben den Berufspendlern waren bereits die ersten Fußballfans unterwegs. Dazu kam der Rückstrom der Besucher, die auf dem Platz der Republik waren, um das Eintreffen der europäischen Außenminister im Reichstagsgebäude zu bestaunen, aber nur wenig gesehen hatten.

Jan machte Druck. Die Fahrzeugschlange vor ihm sollte eine Gasse bilden. Die Mehrzahl der Fahrer vor ihnen tat das auch, aber einige waren damit anscheinend restlos überfordert. Jan blinke und hupte, was das Zeug hielt, umkurvte die, die gar nichts rafften. Im Rückspiegel sah er, dass Steven erstaunlich gut mithielt. Er blieb dran. Mittlerweile hatten sie den Kaiserdamm erreicht. Beim Überqueren einer Kreuzung bei rotem Ampellicht hatte ein Busfahrer offensichtlich weder Blaulicht noch Sirene wahrgenommen und hätte Jan um ein Haar frontal auf die Hörner genommen. Glück gehabt. Steven fuhr um das Hindernis herum und gab wieder Gas.

Auf der vierspurigen Heerstraße war der Verkehr schließlich vollends zum Erliegen gekommen.

»Verdammte Scheiße«, fluchte Jan und schlug mit dem Handballen aufs Lenkrad. Mühsam schlichen sie im Schritttempo schlangenförmig durch die Blechkarawane.

»Das kann dauern«, bemerkte Hannah. »Wie weit ist es noch?« fragte sie.

»Knapp drei Kilometer bis zur Flatowallee. Wenn wir jetzt nicht noch unsere Karren zu Schrott fahren, schaffen wir das in etwa fünfzehn Minuten.«

»Hoffentlich. Wir fahren durch bis vor den Haupteingang. Wir müssen versuchen, direkt auf das Stadiongelände zu gelangen. Das spart Zeit.«

Steven nickte. Nach gut zwanzig weiteren Minuten hatten sie den Platz vor dem Haupteingang erreicht. Jan ließ den Polizeiwagen direkt auf dem Rondell davor stehen und lief auf zwei berittene Beamte zu, die sich bereits in seine Richtung bewegten, um ihm mitzuteilen, dass er da unmöglich stehenbleiben könnte. Jan reckte kurz seinen Dienstausweis in die Höhe, in der Hoffnung, dass die Beamten nicht so genau hinsehen würden.

»Hallo Kollegen. Wir sind im Einsatz. Könnt ihr mir helfen, die Kiste hier wegzuschaffen. Er warf einem der Reiter die Wagenschlüssel zu. Danke euch.«

Die Kavallerie schaute etwas verdutzt, hatte aber wohl nicht vor, Ärger zu machen.

»Geht klar, Chef, kein Problem. Können wir euch sonst irgendwie helfen?«

»Im Moment nicht. Wäre aber gut, wenn ihr hier in der Nähe bleibt«, unterstrich Jan ihre Wichtigkeit. Dann winkte er den Van zu sich.

»Okay, ich werde versuchen, euch links durch das kleine Tor neben dem Haupteingang zu lotsen. Mal sehen, was geht.«

Jan ging an das Tor, vor dem zwei Ordner mit Gardemaß und gelben Leibchen postiert waren.

»Hallo, Kollegen«, wertete er die Männer auf. Das stärkte ihr Selbstbewusstsein und zeigte ihnen, dass der Kerl da Respekt vor ihnen hatte. Ob das allerdings ausreichte, dass diese muskelbepackten Hirnis das Gatter öffneten, konnte er im Moment noch nicht einschätzen.

»Wir müssen dringend in den Innenraum. Dieses Spezialfahrzeug soll zusätzlich zur Beobachtung und Kontrolle der Gästefans eingesetzt werden. Hat wohl eben im Hauptbahnhof Riesenrandale mit den 96-Fans gegeben.«

»Jut, Jut, Chef. Hahm wa och 'nen Ausweis?«

Jan zuckte seine Legitimation, hielt sie kurz in die Höhe und steckte sie genauso schnell wieder ein.

»Wat denn, wat denn, Kollege. Würde jern noch ma' 'nen Auge drauf werfen.«

»Scheiße«, dachte Jan, jetzt ist guter Rat teuer. Er reichte dem Älteren der beiden seinen Ausweis.

»Wat denn, Leipzig? Wat soll denn ditte? Da muss ick ers' ma 'n Chef anfunken, wa.«

Der in honiggelb gekleidete Bodybuilder ging ein paar Schritte zur Seite und sprach in sein Walkie-Talkie. »Wees keiner wat von. Fahn se' ma' da vorne ran und waten se ma 'n Moment.«

Das läuft nicht gut, dachte Jan. Das läuft überhaupt nicht gut.

»Was ist los?«, fragte Hannah unruhig.

»Übereifrig, die Typen. Schätze, freiwillig lassen die uns nicht rein.«

»Was hast du vor, Jan, bau jetzt bloß keinen Mist.«

Aber Jan war schon wieder auf den Weg zu den zwei dienstgeilen Wachmännern.

»Was kommt denn jetzt? Will der die etwa platt machen?«, schwante Steven Böses. Doch zur Überraschung der beiden öffneten die Wachmänner plötzlich bereitwillig das Tor.

Jan winkte Hannah und Steven durch. Als sie auf seiner Höhe waren, fuhr Steven das Seitenfenster herunter.

»Hast du denen 'n paar Scheine in die Hand gedrückt, oder was?«, wollte er wissen.

»Nein, aber meine Knarre in den Rücken. Los rein mit euch. Sucht euch ein ruhiges Plätzchen. Ich bleib noch einen Moment hier bei meinen neuen Freunden, damit die keinen Scheiß bauen.«

Jan entschuldigte sich in aller Form bei den Männern und versprach, sie nach Beendigung des Einsatzes lobend zu erwähnen.

Ob das die Kerle davon abhielt, in der nächsten Sekunde Alarm zu schlagen, nachdem Jan ihnen den Rücken zugedreht hatte, wusste er natürlich nicht. War jetzt aber auch egal. Van abstellen, zügig aussteigen und in der Menge untertauchen. Sie waren drin. Nur das zählte jetzt.

Um kurz nach 18.00 Uhr verließen die Außenminister der Europäischen Union das Reichstagsgebäude. Durch den Hinterausgang. Genau wie Dr.Braun das gewünscht hatte. Auf dem Platz der Republik harrten ein paar hundert Schaulustige aus, die sich noch einen Blick auf die prominenten Politiker erhofften, wenn diese wieder abreisen würden. Leider umsonst, wie sich herausstellen sollte. Menschen in rot und grün gekleidet, waren kaum mehr darunter. Die hatten sich bereits auf den Weg ins Olympiastadion gemacht.

Auf dem Hinterhof des Reichstages stand ein großer, luxuriöser Reisebus mit abgedunkelten Scheiben bereit, der die Politiker zurück in ihre Hotels brachte. Auf die noblen Staatskarossen, die sie auf der Hinfahrt benutzt hatten, wurde nun verzichtet. Ebenfalls aus Sicherheitsgründen.

Am nächsten Morgen war noch eine abschließende Sitzung im Auswärtigen Amt geplant. Danach stellten sich alle für das obligatorische Gruppenfoto auf und dann ab schnurstracks ohne jegliche Verzögerung zum Flughafen. Ende der Veranstaltung. Ende der umfangreichen Sicherheitsvorkehrungen. Ende der Terrorgefahr.

So oder zumindest so ähnlich sah das Dr. Braun.

»Ich denke, das Schlimmste haben wir überstanden. Wir können hier abrücken. Die Hotels der Politiker werden aber weiterhin strengstens überwacht. Morgen früh konzentrieren wir uns noch mal auf die Veranstaltung im Auswärtigen Amt und sichern danach die Abreise der Politiker.«

Der Chef der Einsatzleitung war zufrieden. Er strahlte, als ihm Hubertus van Echternach förmlich die Hand schüttelte.

»Dieser Kelch ist Gott sei Dank an uns vorüber gegangen. Aber glauben Sie wirklich, dass damit die Gefahr eines Anschlages vorüber ist?«, fragte er Dr. Braun.

Im gleichen Moment öffnete sich die Tür des Einsatzwagens. Tom

Bauer betrat die Kommandozentrale mit sorgenvoller Miene. Er hatte noch den Schlusssatz vom Berliner Polizeichef mitbekommen.

»Wohl kaum. Wir konnten die Bande bisher nicht aufspüren. Wie vom Erdboden verschluckt. Solange wir die nicht haben, geht der Spuk hier vermutlich weiter.«

Dr. Braun war da anderer Meinung. »Ach, Unsinn, die haben sich irgendwo verkrochen und wissen ganz genau, dass, wenn sie nur die Nase zum Atmen herausstrecken, sie sofort gefasst werden. Die haben im Vorfeld registriert, dass ihr geplanter Anschlag auf die Außenminister aufgrund unserer umfangreichen und professionellen Sicherheitsmaßnahmen zum Scheitern verurteilt war. Nein, meine Herren, da kommt nichts mehr. Wir haben ihr Vorhaben erkannt und vereitelt.«

Dr. Braun blickte stolz in die Runde, in der Hoffnung auf Zustimmung. Die kam aber nicht. Im Gegenteil: »Wir haben uns schon die ganze Zeit gefragt, was sie eigentlich so sicher macht, dass die Terroristen ausschließlich hier und heute zuschlagen wollten? Falls Sie es noch nicht mitgekriegt haben, mein Lieber, die laufen immer noch frei herum und können jederzeit zuschlagen. Wir können uns erst zurücklehnen, wenn wir sie erwischt und dingfest gemacht haben.«

»Das sehe ich ebenso. Wir müssen weiterhin alles daran setzen, diese Leute zu finden und auszuschalten«, wurde Tom von Hubertus van Echternach unterstützt.

»Na, dann suchen sie mal schön weiter. Das ist jetzt Sache des LKA und der Berliner Polizei. Der BND hat seinen Job gemacht, wenn morgen früh der letzte Politiker Berlin verlassen hat. Kann ja nicht so schwierig sein, diese Brut aus dem Nest zu scheuchen und zu verhaften. So, Schluss für heute, meine Damen und Herren. Fünf Packen weniger vier Packen sind? Ganz genau«, beantwortete er sich seine Frage gleich selbst, »Einpacken ...und Feierabend.«

Für Dr. Braun war das Gespräch beendet. Er drehte sich um und bedankte sich bei seinen Mitarbeitern.

»Der Typ hat sie wohl nicht alle«, rutschte es Hubertus raus, »der glaubt doch tatsächlich, dass die Sache erledigt ist. Was für ein

Vollpfosten.«

Tom Bauer musste lachen: »Besser hätte ich das nicht formulieren können. Die Gefahr ist erst vorüber, wenn wir diese Typen gefasst haben. Wo sind eigentlich unsere drei Musketiere? Ich habe den letzten Kontakt vor etwa zwei Stunden gehabt. Im Moment gehen alle drei nicht an ihre Handys. Das bringt mich auf die Palme. Ich hab denen schon so oft gesagt, dass ich das hasse. Unprofessionell nenne ich so was.«

»Vor ungefähr einer Stunde sind sie zurück zum Präsidium gefahren. Sie wollten Stevens Van holen. Ich bin davon ausgegangen, dass sie wieder hierher zurückkommen.«

»Was sie aber offensichtlich nicht getan haben«, führte Tom den Satz des Polizeichefs zu Ende.

»Die waren wegen dieser Typen da in den roten Trikots beunruhigt und sind dann Hals über Kopf abgehauen«, schaltete sich plötzlich der beleibte Beamte aus dem hinteren Teil des Einsatzwagens in ihr Gespräch ein. »Waren offensichtlich ziemlich aufgeregt, die drei.«

Tom ging ein paar Schritte zu dem Mann herüber. »Wovon reden Sie, Mann? Welche Leute in roten Trikots?«

»Na, die meinten wohl, dass das Fans von Hannover 96 wären. Die spielen doch heute Abend gegen Hertha«, antwortete der Mann beiläufig, während er nebenbei seinen Laptop abbaute.

»Wer spielt heute wo? Basketball, Eishockey, Soccer? Kann mich mal bitte einer aufklären?«, wurde Tom unruhig.

»Natürlich, Tom. Heute Abend steigt im Olympiastadion das Finale um den Einzug in die Euro-League zwischen der Hertha und Hannover 96. Will ich mir nachher im Fernsehen anschauen.«

»Moment, nur das ich das richtig verstehe: Heute Abend findet im Olympiastadion ein Fußballspiel mit mehreren tausend Besuchern statt?«

»Ja, klar. Wird ʼne volle Hütte geben. Komplett ausverkauft«, antwortete Hubertus fast schon freudig erregt.

»Das glaub ich jetzt nicht, Hubertus, oder?«, konnte Tom die Naivität des Polizeichefs in keinster Weise nachvollziehen, »ist doch sonnenklar, wo die drei jetzt sind.«

Ali, Ibrahim und Fatima warteten bis Viertel vor sieben. Nachdem die ersten Fans die Einlasskontrollen passiert hatten, stellten sie sich in die Warteschlange. Mahmut und Ali waren vor etwa einer halben Stunde durch den Lieferanteneingang am Sachsentor aus nordwestlicher Richtung ins Stadion gelangt und bogen links ab zum Schwimmbadplatz. Mahmut hatte im Vorfeld dafür gesorgt, dass die Ordner eine Information bekamen, dass es Probleme mit einem Abflussrohr in einer der Toiletten im Oberring der Osttribüne gab. Ein guter Freund von ihm arbeitete in der Stadionverwaltung und war für die Zuteilung der jeweiligen Handwerker zuständig. Schon seit gut zehn Jahren erhielt Mahmut jeden Auftrag, wenn im Sanitärbereich Probleme entstanden. Und das kam in der bereits 1936 erbauten Arena relativ häufig vor, auch wenn das Stadion nach 2004 umfangreich saniert worden war. Dafür revanchierte sich Mahmut bei seinem Kumpel mit gelegentlichen Einladungen zu Vasili, seinem Lieblingsgriechen in der Potsdamer Fußgängerzone. Eine Hand wäscht die andere. Versteht sich von selbst.

Im Schritttempo bahnte sich der Fiat Ducato seinen Weg bis zum Vorplatz der Tribüne im Nordostbereich des Stadions. Er wollte, wie immer, direkt vor dem Transformatorenhäuschen halten. Als sie dort ankamen, stockte Mahmut der Atem. »Immer schön lächeln, Ali. Jetzt nur nicht die Nerven verlieren.«

Der von ihnen angesteuerte Parkplatz war bereits von zwei Polizeiwagen besetzt. Mahmut hielt direkt davor an, stieg aus und klopfte vorsichtig an das Seitenfenster des rechten Wagens. Mit freundlicher Miene und lächelnd erklärte Mahmut dem Beamten am Steuer, dass sie noch vor Spielbeginn eine wichtige Reparatur auszuführen hätten. »Sonst können die Hertha Fans nicht pinkeln gehen«, erklärte er.

»Na, das wäre ja äußerst übel. Aber wie können wir Ihnen helfen?«, fragte der Beamte.

»Na ja, wir haben einiges da hochzuschleppen. Wäre super, wenn wir unseren Wagen hier abstellen könnten. Sonst könnte es knapp mit der Zeit werden.«

Der Beamte beugte sich zu seinem Kollegen auf dem Beifahrersitz hinüber und besprach sich kurz mit ihm, dann wandte er sich wieder an Mahmut.

»Geht klar, Kollege. Fahren Sie ein Stück vor, dann setzen Sie rückwärts in die Lücke. Wir verkrümeln uns. Bringen Sie bloß das Klo wieder in Ordnung. Sonst pinkeln die in die Bierbecher und werfen das Zeug die Tribüne runter. Könnte für den einen oder anderen unangenehm werden.«

»Danke, Chef. Das kriegen wir schon wieder hin.«

Gesagt, getan. Eines der Fahrzeuge verschwand, das andere jedoch blieb stehen. Klassisches Remis, dachte Mahmut. Aber damit mussten sie jetzt leben. Vielleicht hauten die anderen Polizisten auch noch ab oder verließen zumindest ihren Wagen. Nachdem Mahmut seinen Ducato rückwärts in die Parklücke manövriert hatte, stiegen die beiden Männer aus und holten ihre Arbeitsutensilien aus dem Laderaum. Ali wirkte nach wie vor ruhig und gefasst. Mahmut war beeindruckt, wie der Junge das machte. War er wirklich schon so abgeklärt? Hatte er gar keine Angst vor dem, was gleich geschehen würde? Schon in gut zweieinhalb Stunden würde er tot sein. Immerhin war Ali nicht irgendwer. Er war sein Neffe. Der Sohn seines Bruders. Als der Junge sich dafür entschied, diesen Weg ohne Wiederkehr zu gehen, hatte Mahmut versucht, ihm die Sache auszureden. Vergeblich. Ali war fest entschlossen als Märtyrer zu sterben und so frühzeitig den Weg ins Paradies anzutreten.

»Sterben müssen wir doch alle, Onkel. Früher oder später. Aber bekomme ich noch einmal im Leben die Möglichkeit auf einen solch ehrenvollen Tod? Es ist eine Ehre im Kampf für die Gerechtigkeit sein Leben zu opfern. Wir müssen den Feinden Allahs die Stirn bieten. Hier und jetzt. Ich bin bereit. Allahu Akbar!«

Mahmut wusste nicht, wie er das seinem Bruder erklären sollte. Vielleicht wäre es das Beste, wenn auch er sterben würde. Dann müsste er sich nicht vor seiner Familie rechtfertigen. Wieso hast du das nicht selbst getan? Du hast dein Leben doch gelebt. Warum konntest du das dem Jungen nicht ausreden? Das hättest du niemals zulassen dürfen! All das würde er sich vollkommen zurecht anhören müssen. Er fühlte sich hundsmiserabel bei dem Gedanken an das, was ihm noch bevorstand.

Seine Aufgabe bestand darin, pünktlich um 20.25 Uhr mit laufenden Motor am Nordtor zu stehen und Fadi, Ibrahim und Fatima aus der Gefahrenzone zu bringen. Würde die Detonation nicht exakt um halb neun erfolgen, würden Ibrahim oder Fadi sofort mit dem zweiten Sprengstoffgürtel am Körper in die Ostkurve vordringen und als Backup fungieren. So der Plan. Ansonsten würden sie so schnell wie möglich das Stadion verlassen, um nicht Opfer der geplanten »zweiten Angriffswelle« zu werden. Einer Explosion konnte man entgehen, bei einer Attacke mit chemischen Kampfstoffen war das ungleich schwieriger, vor allem, wenn man sich noch in unmittelbarer Nähe des betroffenen Gebietes aufhalten würde.

Ali und Mahmut trugen ihre schweren Werkzeugtaschen die Treppen hoch in den Oberring des Tribünenbereiches. Auf dem Rundgang standen die Fans schon an den Getränke- und Würstchenständen an. Auch die Toiletten wurden schon vereinzelt in Beschlag genommen.

»Da rüber, in die Damentoilette«, wies Mahmut seinen Neffen an. »Die sind beileibe nicht so frequentiert.«

Er öffnete die Tür. »Hallo, Entschuldigung. Bitte die Toiletten nicht mehr benutzen. Wir haben hier Probleme mit der Abwasserleitung«, rief er zwei jungen Frauen zu, die gerade vor den Spiegeln ihre Schminke erneuerten.

»Bitte, sind Sie so nett und benutzen die Damentoilette im unteren Bereich des Blockes. Danke für ihr Verständnis«.

Die Frauen sahen die beiden Handwerker genervt an. Dann packten sie schleunigst ihre Utensilien zusammen und quetschten sich vorsichtig an Mahmut und Ali vorbei.

»Hätte ja mal einer draußen ein Schild anbringen können«, nörgelte die Kleinere von beiden. »Jetzt machen wir uns bestimmt in die Hose«, gackerte die andere.

»Bis da unten werdet ihr's wohl noch schaffen. Viel Glück«, rief ihnen Mahmut hinterher, spürbar bemüht, locker zu bleiben.

»Stell die beiden Pylonen vor die Tür und mach sie hinter dir zu«, wies er Ali an. Dann stellte er seine Tasche in die letzte der fünf Toilettenkabinen.

»Bleib in der Nähe der Tür stehen. Könnte ja sein, dass hier gleich trotzdem noch jemand reinkommt. Ich bereite jetzt den Gürtel vor.«

Ali nickte mit ernster Miene. Nach wie vor machte er einen absolut konzentrierten Eindruck. Keine Frage: Er wollte es immer noch, ohne wenn und aber. Ein Zurück würde es nicht mehr geben. Der Druck in seiner Magengegend nahm langsam zu, seine Herzfrequenz schnellte spürbar nach oben. Sein Kopf jedoch blieb kühl wie ein Eisschrank. Und der war es schließlich, der den Willen steuerte. Zum Teufel mit seinen Gefühlen. Die brauchte er jetzt nicht mehr.

Das Olympiastadion ist ein gewaltiges Bauwerk. Allein die Fläche des Stadionkörpers beträgt 56.616 m². Der zweigeschossige Pfeilerumgang mit 136 Stelen misst über 800 Meter. Mehrere tausend Quadratmeter Außenfläche mit zusätzlichen Trainings- und Spielflächen und das 1936 zu den Olympischen Spielen errichtete Schwimmstadion sorgen für ein imposantes Gesamtbild. Unter der Spielfläche wurden während der Umbaumaßnahmen ab 2004 eine Aufwärmhalle sowie diverse Parkflächen errichtet. Fünfzig Logen und acht VIP-Räume in unterschiedlichen Größen stehen den zahlungskräftigen Kunden und Ehrengästen zur Verfügung. Allein das Atrium bietet Platz für rund 1.300 Gäste. Für das Leib und Wohl der normalen Besucher sorgen sowohl im Unterring als auch im Oberring jeweils zwölf Kioske. Im Unterring befindet sich zusätzlich noch ein Restaurant, das für jedermann zugänglich ist. Eine Vielzahl von Umkleidekabinen und Funktions-räumen stehen für eine perfekte Organisation der vielfältigen Veranstaltungen und Events zur Verfügung. Schließlich wird in dieser prächtigen Arena nicht nur Fußball gespielt.

Wie in aller Welt sollten hier drei Personen innerhalb von weniger als zwei Stunden einen oder mehrere versteckte Sprengsätze finden? Da hätte man ebenso nach der berühmten Nadel im Heuhaufen suchen können. Und das wäre wahrscheinlich noch erheblich leichter gewesen.

Hannah, Jan und Steven suchten jetzt bereits seit einer Stunde an allen möglichen Ecken und Enden nach Fatima und ihren Begleitern. Dabei wurde die Wahr-scheinlichkeit, die drei aufzuspüren, mit zunehmender Zeit immer geringer. Waren um halb sieben erst ein paar hundert Leute im Stadion, so war die Zahl eine Stunde später schon auf mindestens vierzigtausend Menschen angewachsen.

»Das ist doch zwecklos, Leute. Wir müssen Verstärkung anfordern oder am besten gleich die Evakuierung veranlassen. Es sei denn, wir sind jetzt alle der Auffassung, dass wir uns vielleicht doch etwas zu sehr in die Sache hineingesteigert haben. Ihr seht doch selbst, dass es hier von Polizisten und Ordnern nur so wimmelt.« Das macht doch alles gar keinen Sinn mehr, dachte Hannah bereits todmüde.

»Wir müssen Hubertus und Tom kontaktieren. Vielleicht haben sie die Bande längst erwischt und wir laufen hier auf der Suche nach irgendwelchen Phantomen absolut planlos durch die Gegend«, pflichtete Steven Hannah bei.

»Wahrscheinlich habt ihr recht. Wenn die hier einen Anschlag vorbereitet haben, waren die bereits vor ein paar Tagen vor Ort und haben alle notwendigen Maßnahmen eingeleitet. Und um eine Bombe oder einen Sprengsatz zu zünden, müssen sie sich nicht mal mehr in unmittelbarer Nähe aufhalten. Heutzutage macht man das mit dem Handy.«

Auch Jan war längst nicht mehr vom Sinn ihres Handelns überzeugt.

»Moment mal, vielleicht können die uns weiterhelfen«, hatte Hannah plötzlich eine Idee. »Entschuldigung, Kollegen, könnt ihr mir sagen, wer hier die Einsatzleitung hat und wo wir den Mann finden können?«

Die Beamten blieben stehen und sahen Hannah etwas verwundert an.

»Wer will das denn wissen, schöne Frau?«, entgegnete der Ältere von beiden. Ein großer, kräftiger Kerl mittleren Alters mit Berliner Dialekt, der bemüht war, hochdeutsch zu sprechen, schaute sie argwöhnisch an.

»Oh, tut mir leid, natürlich: Hauptkommissarin Dammüller. Das sind meine Kollegen Krüger und Goldblum.«

Die skeptische Miene des erfahrenen Beamten hatte sich immer noch nicht verzogen. »So, schön zu wissen. In welcher Funktion sind se' denn hier tätig, wenn ick mal fragen dürfte?«

Hannah war vollkommen klar, worauf seine Neugier abzielte. Wenn sie zivile Ermittler der Berliner Polizei wären, müssten sie eigentlich auch den Einsatzleiter kennen oder zumindest wissen, wer an diesem Abend das Kommando hatte.

»Dürfte ick denn bitte ma' die Ausweise sehen?«, fragte der Beamte höflich aber bestimmt.

»Geht der ganze Scheiß schon wieder los?« Jan war genervt. Wenn sie diesem Kerl jetzt ihre Leipziger Ausweise zeigen würden, würde der Bursche wahrscheinlich einen riesigen Aufstand machen. Was hatten Leipziger Polizisten bei einem Fußballspiel im Olympiastadion zu schaffen? Steven sah voraus, was gleich kommen würde. Er drängte sich an Hannah und Jan vorbei, fasste den Beamten vorsichtig bei der Schulter und zog ihn konspirativ einen Schritt zur Seite. Dann zog er seinen CIA-Ausweis und flüsterte dem Mann etwas zu. Jan und Hannah sahen nur, wie Steven weiter auf ihn einredete und der Beamte zustimmend nickte. Dann drehten sich beide wieder um.

»Die Einsatzleitung hat Frau Dr. Köppe. Sie finden sie im Besucherzentrum am Osttor. Dort ist unsere Leitzentrale. Und grüßen se' bitte den Barack von mir. Issen' dufter Typ. Frohes Gelingen wünsch ick weiterhin.«

Der Beamte tippte sich kurz an seine Dienstmütze und ging weiter.

»Was war denn das für 'ne Nummer?« fragte Jan verdutzt.

Steven grinste. »Du weißt doch, Jan. Die CIA steht bei den deutschen Serienguckern momentan hoch im Kurs. Ich habe ihm gesagt, wir drehen hier gerade eine Folge von CSI-Miami mit David Caruso in der Hauptrolle und er wäre in dieser Szene momentan gerade im Bild.«

»Verarschen kann ich mich selbst, Kerl«, entfuhr es Jan.

Steven, der offensichtlich seinen Humor noch nicht verloren hatte, lachte. »Ich hab ihm gesagt, dass ihr aus Leipzig kommt und mir von Interpol zugeteilt seid, um einen amerikanischen Staatsbürger zu suchen, gegen den ein internationaler Haftbefehl vorläge. Wir hätten Hinweise, dass er sich heute hier bei diesem Fußballspiel aufhalten würde. Wir wollten unsere Mission jedoch vorher offiziell bei der Berliner Polizei anmelden und wollten deswegen die Einsatzleitung sprechen.«

»Schöne Story, hätte ich dir wahrscheinlich auch abgenommen«, meinte Hannah.

Die drei machten sich auf den Weg zum Osttor, um die Polizeipräsidentin, die heute höchstpersönlich für die Sicherheit im Stadion zuständig war, zu treffen und zu informieren. Dass Jan Frau Dr. Köppe gut kannte und sich die zwei gegenseitig sehr schätzten, machte ihnen Hoffnung, auf eine für alle zufriedenstellende Entscheidung. Eigentlich gab es nur noch zwei Möglichkeiten: Entweder man blieb ruhig und vertraute auf die vielfältigen Sicherheitsmaßnahmen von Verein und Polizei oder man entschloss sich doch noch kurzfristig zu einer Absage des Spiels und zur zügigen Evakuierung des Stadions.

Mahmut umarmte seinen Neffen kurz und innig. Dann verließ Ali wortlos die Damentoilette im Oberring und ging, ohne sich zum Abschied noch mal zu seinem Onkel umzudrehen, zielstrebig Richtung Ostkurve. Es war bereits kurz vor acht. Die Fankurve der Herthaner war bereits gut gefüllt. Ali passierte den Eingang zum Block S1 und bahnte sich seinen Weg weiter nach unten. Sein Ziel war es, sich möglichst zentral im Fanblock zu positionieren. Das würde die Effektivität der bevorstehenden Explosion zusätzlich unterstützen. Er wollte so viele Ungläubige töten, wie nur möglich. Ali trug eine Weste, die den Sprengstoffgürtel an Hüfte und Brust verdeckte. Er wirkte, wie ein etwas zu füllig geratener Teenager. Über der Weste trug er ein blauweißes Hertha-Trikot mit dem Namen seines Lieblingsspielers *Ben Hatira*. Ein Schal des Fanclubs Hertha-Frösche vervollständigte sein Outfit. Er war einer von vielen. Niemand nahm besonders Notiz von ihm. Er fühlte sich sicher. Er fühlte sich gut. Noch war er zu allem entschlossen. Er tastete in der Hosentasche nach der kleinen rechteckigen Fernbedienung. Alles war an seinem Platz. Er sah auf die Uhr. Gerade betraten beide Mannschaften den Stadionrasen, um sich aufzuwärmen. Die Fans beider Mannschaften brachen in lautstarken Jubel aus. Ein Orkan aus Anfeuerungsgesängen fegte durch das Stadionrund. Ali nahm das aber schon kaum noch wahr. Er starrte wie paralysiert nach vorn und blickte ins Leere. Leise nuschelte er Gebete vor sich hin. Allah würde sie trotz dieses unglaublichen Lärms erhören. Er würde ihm in dieser schweren Stunde die notwendige Kraft verleihen. Davon war er zutiefst überzeugt.

Noch hatte er eine unendlich lange halbe Stunde des Wartens vor sich. Die meist jugendlichen Fans, in deren Mitte er stand, schrien sich die Seele aus dem Leib. Nicht nur die Spieler da unten machten sich warm.

Heute ging es schließlich um mehr als nur drei Punkte. Hertha BSC Berlin konnte sich nach gefühlten fünfzig Jahren erstmals wieder für einen internationalen Wettbewerb qualifizieren. Letzte Saison kickte die »Alte Dame« noch in den Abgründen der 2. Liga. Und jetzt klopften sie ans Tor der Euro-League. Sensationell. Die Fans, die dicht gedrängt um Ali herumstanden, waren schier aus dem Häuschen. Sie sangen und tanzten, sie schrien und rempelten. Der ganze Fanblock war in Bewegung. Ali brauchte sich nicht zu bewegen. Er wurde bewegt. Seine Augen aber blieben ruhig auf einen Punkt in der Ferne fixiert. Die Schlachtgesänge, das rhythmische Klatschen und Tanzen um ihn herum wirkten wie ein Ritual und versetzten ihn in eine Art Trance. Bilder erschienen vor seinem inneren Auge. Immer mehr, immer neue, immer schneller. Scheinbar zusammenhanglos ohne jegliche Chronologie. Irgendwo hatte er mal gelesen, dass kurz vor dem Tod das ganze Leben noch mal wie im Film an einem vorüberzieht. Oder war das nur so ein Geschwätz von irgendwelchen Wichtigtuern? Noch war seines Wissens keiner vorzeitig aus dem Nirvana zurückgekehrt, der darüber hätte berichten können.

Plötzlich sah er seinen Vater vor sich, wie der ihn beschwor, seine Schule nicht zu vernachlässigen: »Du musst denen zeigen, dass du nicht schlechter bist als sie. Sonst haben sie keinen Respekt vor dir, Sohn«, vernahm er seine Stimme.

»Du musst essen, mein Junge. Wenn du so klein und dünn bleibst, will dich später mal keine Frau haben«, hörte er seine Mutter rufen.

»Schlag zu, Ali. Du musst sich wehren«, krakeelten seine Brüder bei einer wüsten Keilerei auf dem Schulhof der Kreuzberger Grundschule.

»Ihr Sohn ist ein Raufbold und Unruhestifter, Herr Shabaz. Rufen Sie ihn zur Ordnung oder er wird von der Schule verwiesen«, raunzte der Direktor der Realschule Neukölln seinen Vater an.

»Du musst den Koran studieren, du musst beten und die Moschee besuchen, Ali. Allah hat noch viel mit dir vor, glaube mir.« Ständig und bei jeder Gelegenheit ermahnte ihn der Imam der Kreuzberger Moschee, endlich ein guter Muslim zu werden.

»Nur ein toter Christ ist ein guter Christ. Tod den Ungläubigen. Allahu Akbar!«

Ali hörte die jungen Männer nach dem Freitagsgebet, wie sie ihre Parolen ständig undgebetsmühlenartig wiederholten. Die Gruppe der radikalen und fundamentalistischen Muslime führte das Wort in seinem Wohnbezirk.

»Dein Hass ist nicht tief genug, mein Freund. Du musst lernen, die Ungläubigen zu verachten, zu schlagen und zu töten. Sonst tun sie das Gleiche mit dir, mit deiner Familie und mit deinen Freunden. Du bist stark, Ali. Ergreife das Schwert des Islam und führe es im Kampf gegen diese Unterdrücker. Werde ein Krieger Gottes, ein Mudschaheddin. Sei bereit im heiligen Krieg zu sterben. Lass uns zusammen im Namen Allahs unsere Feinde im Dschihad töten. Das Paradies wird uns erwarten. Allahu Akbar, Allahu Akbar, Allahu Akbar!«

Die Gesichter seiner Glaubensbrüder zogen an ihm vorüber und lächelten ihn an. »Du musst es tun, Ali, du wirst es tun.«

»Bleibe Zeit deines Lebens ein rechtschaffener Mensch. Lass dir nie etwas zu Schulden kommen. Dann wirst du deinen Weg machen, Sohn, und jedermann wird davon erzählen, was für ein ehrenhafter Mann Ali Shabaz ist.« Sein Vater wollte aus seinen Söhnen Männer machen. Männer, die Verantwortung für sich selbst und für ihre Familien übernehmen würden. Integration war seine Religion. »Nur wenn du deutsch schreiben und lesen kannst, werden sie dich akzeptieren. Du musst dein Glück selbst schmieden, Sohn. Dabei helfen dir weder Allah noch Gott. Die Religionen sorgen nicht für dein tägliches Auskommen. Dafür musst du hart arbeiten. Und Arbeit findest du nur mit einer guten Ausbildung. Dreimal täglich zu beten oder eine Kerze anzuzünden, werden dich und deine Familie nicht ernähren.«

Sein Vater schaute ihm tief in die Augen. »Sohn, lass dich von diesen religiösen Fanatikern nicht verführen. Die taugen nichts und das führt zu nichts.«

»Dein Vater ist ein Verräter, Ali. Er ist kein echter Muslim. Er bückt sich vor den Ungläubigen, nur um deren Gunst zu erwerben. Du musst dich von ihm abwenden, bevor es zu spät ist.«

Ali blickte in die hasserfüllten Gesichter seiner muslimischen Brüder. Kalter Schweiß lief ihm die Stirn herunter. Sein Körper begann leicht, aber spürbar zu zittern.

»Lass das, Ali. Tu das nicht. Du hast dein ganzes Leben noch vor dir. Diese Fanatiker wollen dich nur benutzen. Kehr um, Sohn. Noch ist Zeit.« Ali starrte direkt in das Gesicht seines Vaters.

»Dein Vater ist ein Ungläubiger. Er bereitet Allah und unserem Volk Schande. Hör nicht auf ihn, Ali. Du musst es tun. Nichts wird dich jetzt noch aufhalten. Allahu Akbar!«

Der Kopf seines Vaters war geplatzt wie eine Seifenblase und wurde durch das Haupt des islamischen Predigers ersetzt. Was war richtig, was war falsch? Wer war im Recht und wer hatte Unrecht? Wem sollte man vertrauen und wem nicht? Ali stieß hörbar einen tiefen Seufzer aus.

»Lasst mich doch alle in Ruhe, verdammt noch mal«, schrie er verzweifelt.

»Hey, Kumpel, allet in Ordnung mit dir?«, rüttelte ein junger Hertha-Fan an seinem Oberarm, der bemerkt hatte, dass mit seinem Nebenmann offenbar etwas nicht stimmte.

Ali drehte sich zu ihm um und sah ihn verwirrt an. Für einen kurzen Moment hatte er jegliche Orientierung verloren. Hatte er etwa fantasiert? Schlagartig kam er wieder zu sich: »Ja, ja, alles klar. Kein Problem«, sammelte er sich schließlich.

Der Typ neben ihm zog eine Schachtel Zigaretten aus der Jackentasche und klopfte mit dem Zeigefinger auf die Verpackung, bis sich ein Glimmstengel herauswagte.

»Lass uns ma' ene rauchen, Kollege. Is jut jegen de Uffregung. Is ja auch wirklich 'nen großer Tag heute. Da kann ein die Nervosität schon ma übermannen, wa?«

Er hielt ihm die Schachtel entgegen.

Als Ali zögerte, ermunterte ihn sein neuer Freund. »Na nimm schon. Dat beruhigt. Kommste wieder runter.«

Jetzt nur nicht auffallen, dachte er und griff nach der Zigarette.

Viktor war müde. Seit knapp neunzehn Stunden waren sie nahezu ohne Unterbrechung unterwegs. Immerhin betrug die Strecke zwischen Moskau und Dresden fast zweitausend Kilometer. Zwar waren es nach Berlin rund zweihundert Kilometer weniger, aber dafür führte dieser Weg ausschließlich über Autobahnen oder gut ausgebaute Schnellstraßen. Und vor allem kannten sie diese Route im Schlaf, wussten, wo gelegentlich Kontrollen erfolgten und wo sie ungestört Pausen einlegen konnten. Hier konnten sie mittlerweile fast jeden Zollbeamten beim Namen nennen. Es gab schon beinahe ein vertrautes Verhältnis zu den Beamten. In den vergangenen zehn Jahren hatte schon so manche Dose Kaviar und eine Unzahl von Flaschen erstklassigen russischen Wodkas die Besitzer gewechselt. Allerdings handelte es sich dabei nur um Kleinigkeiten. Nichts als reine Gefälligkeiten. Schließlich wollte man sich nicht den Tatbestand der Bestechung vorwerfen lassen. Auf beiden Seiten nicht. Einen Verdacht hegten die deutschen Beamten schon lange nicht mehr gegen die Interfood GmbH. In all den Jahren gab es nicht eine einzige Beanstandung. Weder was die Betriebssicherheit der Fahrzeuge, die Lenkzeiten der Fahrer noch die Beschaffenheit der Ladung anbelangte.

Grigori Tireshnikov führte ein hartes Regiment in seiner Firma. Alles musste stets sauber und korrekt ablaufen. Wer seine Anweisungen nicht befolgte, wurde ohne Vorwarnung gefeuert. Auf Victor und Wladimir konnte er sich blind verlassen. Sie machten einen guten Job. Zuverlässig, ehrlich und stets loyal. Zumindest glaubte das Grigori.

Mittlerweile war es schon kurz vor elf, als der nagelneue Scania V8 mit seinen unglaublichen 730 Pferdestärken bei Wroclaw auf die E40 fuhr. Die Strecke von Lodz nach Wroclaw führte über eine holprige und für diesen Monstertruck viel zu enge Landstraße. Victor musste sich voll konzentrieren, um nicht im Straßengraben zu landen. Das große Problem war, dass Wladimirs zerschmetterte Kniescheibe immer noch nicht vollständig verheilt war und er aus diesem Grund im Augenblick als Fahrer nicht zur Verfügung stand. Das würde dieser Scheißbulle aus Leipzig noch bitter bereuen. Aber wahrscheinlich würde der den heutigen Tag eh nicht überleben. Wenn die Muselmanen tatsächlich ihren teuflischen Plan ausführen würden, würde Berlin heute Abend ein fürchterliches Desaster erleben. Wenn alles gut liefe, würde dieser Kommissar Krüger, den diese Idioten nur den *Black Dragon* nannten, morgen nur noch Geschichte sein.

»Gut, dass Grigori nichts von der Sache mitgekriegt hat. Ich dachte schon, dieser syrische Seelenklemptner hätte ihm was erzählt. Aber Gott sei Dank hatte der auch keine Ahnung, was seine Tochter zusammen mit ihren Kumpanen im Schilde führt.«

»Wichtig ist nur, dass Grigori in Moskau ist und dass es ihm gut geht. Den brauchen wir schließlich noch 'ne Weile.« Die beiden Männer lachten hämisch.

»Ohne seine Kontakte zu den Mittelsmännern seines Onkels wären wir nicht so reich geworden. Den Kerl müssen wir behandeln wie ein rohes Ei«, grinste Victor.

»Wohl war«, nickte Wladimir. »Der glaubt immer noch, dass halb Europa rattenscharf auf seine beschissenen Fischeier ist. Wenn der wüsste, dass neunzig Prozent dieser schwarzen Pampe im Abfall landet, würde der glatt durchdrehen.«

Wieder mussten beide lachen. Ein böses Lachen. Aber das hörte ja niemand.

»Gut, dass diese blonde Schlampe nichts gefunden hat. War verdammt nah dran. Ein paar Dosen weiter und die hätte Erfolg gehabt. Wie ist die der Sache mit dem doppelten Boden eigentlich auf die Schliche gekommen? Na ja, jedenfalls nicht blöd, die Alte. Aber zum Glück fehlte ihr die Ausdauer«, stellte Victor fest.

»Und gerade das lieben wir so an unseren russischen Frauen.« Wladimir wollte sich vor Lachen schütteln. Gut gelaunt mussten die beiden jetzt noch eine knappe Stunde fahren, um endlich die Ladung in der Filiale der Interfood GmbH in Dresden löschen zu können. Von dort aus erfolgte die Verteilung der Ware auf alle anderen westeuropäischen Länder.

Etwa zwanzig Kilometer vor der deutschen Grenze wurde ihr Truck plötzlich von einem polnischen Polizeiwagen überholt. Als sich dieser direkt vor sie setzte und das »Bitte Folgen« im Heckfenster aufleuchtete, waren Victor und Wladimir überrascht. »Was soll denn der Mist? Haben die nichts Besseres zu tun, oder was?«, fluchte Viktor.

»Tritt aufs Gas und räum die Kasper einfach ab«, war Wladimir stinkig, wusste aber genau, dass das nicht möglich war. Mittlerweile sah Viktor im Seitenspiegel, dass ein weiteres Polizeifahrzeug an ihrem Heck klebte.

»Was haben die denn vor?«, wunderte sich Wladimir.

»Kasse machen, was denn sonst? Egal, machen wir halt 'nen paar Scheine locker, die können sie gut brauchen, die armen Schweine«, lachte Viktor bereits wieder.

An der Abfahrt nach Zarska Wies verließ die Polizei die Autobahn. Viktor und Wladimr folgten ihnen auf einen Parkplatz direkt neben der Autobahnauffahrt. Offensichtlich war dieser extra für Berufspendler eingerichtet worden, die von hier aus Fahrgemeinschaften zu ihren Arbeitsplätzen in Deutschland bildeten. Zu ihrer großen Überraschung standen dort zwei weitere Einsatzfahrzeuge der Polizei und ein großer Lkw mit einem Gabelstapler davor.

»Was denn, wollen die uns etwa beklauen?«, argwöhnte Wladimir.

»Sieht fast so aus. Bin mal gespannt, was die von uns wollen?«

Viktor ließ das Seitenfenster herunter und schaute von oben herab auf einen jungen Beamten, der sich vor der Fahrertür in Stellung gebracht hatte. Hinter ihm standen mit automatischen Waffen im Anschlag zwei weitere Polizisten.

»Guten Tag, die Herren. Fahrzeugkontrolle. Ihre Papiere bitte«, forderte der Beamte sie kurz angebunden auf.

»Gibt es einen besonderen Grund für diese Aktion, Kollege?«, fragte Viktor im doppelten Sinne von oben herab.«

»Das ist hier kein Quiz, sondern eine polizeiliche Maßnahme. Fragen stelle nur ich, verstanden?«, herrschte der Pole ihn an.

»Schon gut, schon gut«, beschwichtigte Viktor, »nur keine Aufregung.«

Er reichte dem Polizisten den Fahrzeugsschein und seinen Führerschein.

»Was haben sie geladen?«, erkundigte sich der Beamte.

»Ausschließlich feinsten russischen Kaviar, wie immer. Nichts anderes«, antwortete Viktor.

»Dann würde ich gern die Frachtpapiere sehen.«

»Selbstverständlich, Kollege. Kein Problem.« Auch diese reichte Viktor aus dem Fenster.

»Und nennen Sie mich nicht Kollege, Herr…«, er schaute in Viktors Führerschein, »…Rasienkov. Der sind sie doch, oder?«

»Wenn's da steht, wird's wohl so sein«, entgegnete der Russe genervt.

»So, bitte steigen Sie aus und folgen Sie uns.«

Viktor und Wladimir sahen sich überrascht an. Was sollte denn diese Aktion? Noch nie zuvor hatten sie eine derartig scharfe Kontrolle erlebt. Weder in Russland noch in Deutschland. Und schon gar nicht in Polen. Aber es sollte noch schlimmer kommen. Als die beiden den VW-Bus der polnischen Polizei bestiegen, sahen sie, wie die Männer aus dem anderen Lkw die zweiflügelige Hecktür ihres Trucks öffneten und mit dem Gabelstapler begannen, die Paletten abzuladen.

»Was machen die da? Können Sie uns bitte mal erklären, was der ganze Scheiß soll? Unglaublich. Wir müssen in einer Stunde in Dresden sein. Die Spediteure stehen dort für den Weitertransport bereit. Was glauben Sie, was das kostet, wenn die unverrichteter Dinge und unbeladen wieder abfahren müssen? Der Schaden geht in die Hunderttausende. Wer ersetzt uns das?«

Wladimir schäumte vor Wut.

»Halten Sie einfach Ihren Mund und befolgen Sie unsere Anweisungen. Wenn Sie nichts zu verbergen haben, können Sie nach Abschluss der Kontrolle unbehelligt weiterfahren. Und solange möchte ich Sie bitten, sich zu gedulden.«

Nach etwa zwanzig Minuten hatte sich der Gabelstapler bis in den zentralen, mittleren Bereich des Laderaums vorgearbeitet. Ein Beamter gab dem Fahrer ein Zeichen, dass er die nächste Palette direkt herüber zum Wagen der Einsatzleitung bringen und dann zunächst das Entladen einstellen sollte. Die anderen Männer entfernten zusammen mit zwei Polizeibeamten die Transportbänder, die die Ware auf der Palette zusammenhielten. Dabei fielen die ersten Kaviardosen herunter.

»Das glaub ich jetzt nicht. Seit ihr denn völlig bescheuert? Was soll denn der Unfug? Was sucht ihr eigentlich?«

Viktor zog ein Bündel Fünfzig-Euro-Scheine aus seiner Jackentasche und hielt sie den beiden Beamten im VW-Bus demonstrativ entgegen.

»Also gut, Sportsfreunde, ihr habt gewonnen. Wieviel wollt ihr haben? Tausend, Fünftausend? Kommt, ich gebe jedem von euch einen Tausender. Könnt ihr euch im Media-Markt 'nen neuen Flachbildfernseher holen. Na, ist das 'n Angebot?«

»Stecken Sie bitte Ihr Geld ein. Wollen Sie uns etwa bestechen?«

»Na, klar, was denn sonst, so läuft das doch bei euch, oder?«

Die beiden Beamten erhoben sich und verließen wortlos den VW-Bus. Hinter sich schlossen sie die Tür. Viktor und Wladimir beobachteten mit Entsetzen, wie die Männer sich zur Mitte der Palette durcharbeiteten und von dort einige Dosen entnahmen. Mittlerweile hatte die Polizei neben dem Truck einen Tisch aufgebaut. Zwei weitere Beamte begannen, mit Messern und Dosenöffnern bewaffnet, die Blechböden der Kaviardosen zu entfernen. Aus den ersten Behältern sackte die schwarze klebrige Masse in eine der Schüsseln, die auf dem Tisch bereitgestellt worden waren. Dann, nachdem sie noch nicht mal zehn Büchsen geöffnet hatten, hielt einer der Beamten demonstrativ drei kleine Plastikbeutel, in denen sich ein weißes Pulver befand, in die Höhe.

»Verdammte Scheiße. Die müssen doch einen Tipp bekommen haben. Da steckt doch diese blonde Polizeinutte dahinter. Was machen wir jetzt? Wir sind am Arsch«, fluchte Wladimir.

»Zunächst mal ganz ruhig bleiben. Wir wissen von nichts. Wir sind nur die Fahrer. Sollen die sich mit Grigori auseinandersetzen. Wir haben Kaviar transportiert, mehr nicht. Und das allein ist ja wohl nicht strafbar, oder?«

Unterdessen waren die Beamten in mindestens zehn weiteren Dosen fündig geworden.

Dunkle Wolken waren aufgezogen. Und das nicht nur für die beiden Russen. Wie aus dem Nichts ergoss sich plötzlich ein heftiger Hagelschauer über den Parkplatz. Die Durchsuchung wurde beendet. Zwei Männer liefen Richtung VW-Bus, öffneten die Schiebetür und stiegen zu den Russen hinten in das Fahrzeug. Einer der beiden trug Zivil. Der andere hatte mindestens vier silberne Pickel auf den Schulterklappen. Musste ein hohes Tier sein, dachte Viktor. Gleichzeitig stiegen vorn zwei bewaffnete Beamte in den Wagen.

»So, meine Herren. Die Kontrolle hat ergeben, dass wir für den Moment in der Ladung Ihres Trucks mindestens zehn Dosen Kaviar mit doppeltem Boden gefunden haben, in denen Beutel mit Rauschgift, allem Anschein nach Heroin, versteckt sind. Ich muss ihren Lkw samt Ladung zwecks weiterer Untersuchungen beschlagnahmen.«

»Keine Ahnung, wovon Sie reden, Herr Kommissar. Wir wissen von nichts. Da müssen Sie sich schon an unsere Firma wenden.«

Wie auf Kommando zuckten Viktor und Wladimir gleichzeitig mit den Schultern und spielten die Unschuldslämmer.

»Tun wir doch, meine Herren«, übernahm der Beamte in Zivil die Gesprächsführung. »Schauen Sie doch mal bitte hier«, legte er den Männern einen Auszug aus dem Handelsregister der Stadt Leipzig vor. »Sie sind beide als Geschäftsführer der Firma Interfood GmbH eingetragen.«

Viktor und Wladimir sahen sich verdutzt an. Wer war denn dieser Typ? Irgendwo hab ich den schon mal gesehen, dachte Viktor.

»Hauptkommissar Steding, Kriminalpolizei Leipzig«, stellte sich Rico vor. »Das ist mein polnischer Kollege Arkadius Bak, Polizeichef von Zgorzelec.«

Der nickte den beiden Männern kurz zu. »Ich verhafte Sie wegen des Verdachts auf illegalen Drogenhandel und unerlaubten Drogenbesitz. Weiterhin haben Sie sich des Tatbestandes der Beamtenbestechung schuldig gemacht.«

Einer der beiden Beamten aus dem Führerhaus legte den Russen Handschellen an.

»Und in Deutschland werden Sie sich neben den eben schon gehörten Tatvorwürfen noch wegen versuchten Mordes und der Förderung der Prostitution verantworten müssen. Zudem besteht der Verdacht des illegalen Waffenhandels und der unerlaubten Verbreitung von hochgiftigen Chemikalien.«

Wladimir wollte protestieren, aber Viktor hielt ihn zurück.

»Wir sagen jetzt gar nichts mehr. Wir wollen unsere Anwälte sprechen. Das ist doch alles ausgemachter Blödsinn. Das habt ihr doch schon mal versucht, ihr Korinthenkacker. Zwei Stunden später war ich wieder draußen. Ihr habt doch gar nichts in der Hand. Nicht das Schwarze unter den Fingernägeln«, machte Viktor den Lauten.

»Schafft mir dieses Gesindel aus den Augen«, wies Arkadius Bak seine Leute an.

Das war's. Endlich hatten sie die Russen am Kanthaken.

»Danke, Arkadius. Das war saubere Arbeit«, war Rico Steding erleichtert.

»Gern geschehen, Herr Kollege und grüßen Sie Hannah und Jan.«

Hannah, Jan und Steven waren am Ende mit ihrem Latein. Wenn es zur vermeintlichen Katastrophe käme, hätten sie so ziemlich alles falsch gemacht, was man falsch machen konnte. Statt auf eigene Faust zu handeln, hätten sie sofort nach ihrer berechtigten und auch durchaus begründeten Annahme, dass das Olympia-stadion das Ziel des geplanten Terroranschlages sein könnte, die Behörden informieren müssen. Sie hatten sich anders ent-schieden. Jetzt war guter Rat teuer. Es war noch eine halbe Stun-de Zeit bis zum Anpfiff, als sie schnellen Schrittes an der Haupttri-büne entlang Richtung Osttor marschierten, um mit der Polizeiprä-sidentin zu beraten, welche Optionen es noch gab und vor allem, welche davon jetzt noch genutzt werden konnten.

Auf Höhe des Aufgangs zur Haupttribüne trat plötzlich eine Gestalt aus dem Schatten einer Stele des unteren Pfeilerumgangs und kam direkt auf Jan zu. Die Person war klein und zierlich. Sie hatte die Kapuze ihrer Tweedjacke tief ins Gesicht gezogen. Instinktiv nahm Jan Abwehrhaltung ein, bereit sofort zuzuschlagen.

»Ich bin's, Fatima.« Sie fasste ihn am Ärmel und zog ihn hinter den nächstgelegenen Pfeiler. Jan gab Hannah und Steven ein Zeichen, zu warten. »Verdammt, Fatima, wo warst du? Was ist hier los?«, sprudelte es aus ihm heraus.

»Es ist keine Zeit mehr für Erklärungen. Der Junge mit dem Sprengstoffgürtel steht in der Ostkurve bei den Hertha-Fans. Er soll exakt um 20:30 Uhr den Sprengsatz zünden. Da Fadi und Ibrahim ihm nicht trauen, hat einer von beiden einen Fernzünder in der Tasche.«

»Wo sind die beiden jetzt?«, fragte Jan.

»Ibrahim ist vor etwa fünf Minuten von hier aus zum Osttor gelau-fen, Fadi genau in die entgegengesetzte Richtung. Ich weiß aber nicht, wer den Zünder bei sich hat. Um 20.25 Uhr treffen wir uns alle am Lieferwagen von Mahmut. Der steht hinter der Nordtribüne auf dem Platz vor dem Schwimmstadion. Unmittelbar nach der

Detonation, egal ob vom Jungen oder von Fadi oder Ibrahim ausgelöst, verlassen wir das Stadion durch das Sachsentor.«

»Okay, dann müssen wir sofort die beiden Männer finden und sie
ausschalten und…«, weiter kam Jan nicht.

»Warte, warte, das ist längst nicht alles. Die Detonation ist nur der
Auftakt zur Apokalypse.«

»Was, wieso, wie meinst du das?«, wurde Jan hektisch.

»Etwa zehn bis fünfzehn Minuten nach der Explosion soll ein Flugzeug über dem Stadion Giftgas versprühen. Einzelheiten habe ich
leider nicht mitbekommen.«

»Gott, steh uns bei«, rief Jan. »Bring dich in Sicherheit, Fatima.
Am besten, du verlässt auf kürzestem Wege das Stadion.«

»Aber ich kann doch nicht…«

»Doch du kannst, Mädchen. Hau ab und bring dich in Sicherheit.«

Jan drehte sich um und lief zurück zu den anderen. Nachdem er
ihnen in knappen Worten die Lage geschildert hatte, verteilte er die
Aufgaben.

»Hannah, du gehst in die Ostkurve und versuchst an den Jungen
heranzukommen. Wenn du ihn bis zwanzig nach acht nicht gefunden hast und zur Aufgabe bewegen konntest, verlässt du das Stadion auf schnellstem Wege durch das Osttor: Ist das klar?«, brüllte
er Hannah an.

»Glasklar, Jan.« Sie umarmte ihn kurz, drückte ihm einen Kuss auf
die Wange und lief Richtung Osttribüne. Noch hatte sie knapp
zwanzig Minuten Zeit.

»Steven, du musst Ibrahim finden und ausschalten. Er ist Richtung
Osttor gegangen. Du hast Fotos von ihm gesehen.«

Im Gesicht seines amerikanischen Freundes standen jede Menge
Zweifel geschrieben.

»Der Kerl ist sicher bewaffnet. Soll ich den etwa mit bloßen Händen erledigen?«, fragte Steven.

»Du bist ausgebildeter Marine, Mann. Du hast gelernt, den Feind
schnell und lautlos auszuschalten. Ob mit einer Waffe oder mit
deinen Händen. Es ist keine Zeit mehr für Selbstzweifel. Dreh dem
Kerl einfach den Hals um. Los, mach schon, Soldat«, brüllte Jan.

Steven setzte sich von Zweifeln geplagt in Bewegung. Ob er den
Mut und die Courage aufbrachte, einen Menschen umzubringen,

wusste er in diesem Moment nicht. Dass es aber dazu keine Alternative gab, war ihm durchaus bewusst.

Jan machte kehrt und lief Richtung Marathontor. Gut möglich, dass Fadi versuchte, den Jungen, wie ihn Fatima nannte, von dort aus mit einem Fernglas zu beobachten.

Auf dem Stadionvorplatz standen jede Menge Bierwagen, Getränkestände und Würstchenbuden, vor denen jeweils beträchtliche Menschschlangen anstanden. Wie sollte man hier auf die Schnelle jemanden aufspüren und dann, ohne Aufsehen zu erregen, auch noch ausschalten? Steven versuchte sich zu pushen. Er musste jegliche Bedenken in den Wind schlagen. Seine Aufgabe war es, den Mann zu finden und zu eliminieren. Und zwar schnell.

Hannah hatte inzwischen den Eingang zum Block S1 der Osttribüne erreicht. Sie zeigte einem Ordner ihren Dienstausweis und versuchte sich durch die vollbesetzten Stehränge einen Weg durch eine Wand von Leibern nach unten zu bahnen. Hier jemanden zu finden, war schier unmöglich. Doch sie musste es schaffen. Alternativen gab es keine. Nach weiteren zehn Minuten hatte noch keiner der drei seine Zielperson gefunden. Noch knapp zwanzig Minuten bis zur Detonation. Steven ließ bei seiner Suche nach Ibrahim alle Würstchen- und Bierstände außen vor. Ersten trank ein guter Muslim keinen Alkohol und aß kein Schweinefleisch und zweitens hatte der Mann jetzt etwas anderes zu tun. Wahrscheinlich befand er sich bereits auf Höhe des Osttores, um dann fünf Minuten vor Ultimo am Treffpunkt zu sein. Links von ihm lag die Einsatzzentrale der Berliner Polizei. Steven blieb kurz stehen und sah sich in alle Richtungen um. Da stand er. Direkt neben dem Osttor hatte er sich an einen Betonpfeiler gelehnt und schien zu beobachten, ob sich bei der Polizei etwas Außergewöhnliches tat. Er schien beruhigt sein, fühlte sich scheinbar sicher, denn dort passierte im Moment überhaupt nichts. In einer knappen Viertelstunde würde hier alles in Schutt und Asche liegen. Von dem bevorstehenden anschließenden Giftgasangriff aus der Luft hatte Jan Hannah und Steven noch nichts erzählt. Es war auch so schon alles schlimm genug.

Steven brach der kalte Schweiß aus. Sein ganzer Körper begann zu zittern. Ein heftiger Adrenalinschub brachte sein Blut fast zum Kochen. Unruhig fingerte er den obersten Knopf an seinem Hemdkragen auf und versuchte krampfhaft seine Atmung zu regulieren. Dann bewegte er sich langsam Richtung Osttor. Er versuchte den Eindruck zu erwecken, als interessiere er sich, als Zeitvertreib bis zum Spielbeginn für die ausgesprochen imposante Architektur dieses mächtigen Bauwerks. Ibrahim kannte ihn nicht. Sein einziger Vorteil in diesem von Nachteilen nur so wimmelnden Drama.

Steven versuchte sich zu beruhigen und checkte seine Optionen. Wenn Ibrahim ihn bemerken würde, bevor er unmittelbar an ihm dran war, würde er ihn aller Wahrscheinlichkeit nach, ohne mit der Wimper zu zucken, sofort erschießen. Dass der Syrer bewaffnet war, stand für Steven außer Frage. Was für ein scheiß Spiel. Irgendwie blieb hier die Chancengleichheit auf der Strecke. Die Chancen standen grob geschätzt zehn zu neunzig, den Syrer zu überwältigen und zu töten. Für einen Profikiller. Für einen unbewaffneten Computerspezialisten, der vor etwa zwanzig Jahren mal ein paar Judogriffe erlernt hatte und seitdem nicht mal eine Fliege erschlagen hatte, standen die Wetten wohl eher eins zu hunderttausend. Periode, versteht sich. Er griff in seine Tasche, fingerte sein Handy heraus und rief Jan an.

»Verdammt, Steven. Für einen Fernkurs haben wir jetzt keine Zeit mehr. Brich ihm das Genick. Du weißt ganz genau, wie das geht. Mach schon«, raunzte er ihn an.

Steven verfrachtete das Ding wieder in seine Hosentasche. Plötzlich setzte sich Ibrahim in Bewegung und lief über den dicht bevölkerten Platz am Osttor Richtung Nordtribüne. Das spielte Steven in die Karten. Er blieb kurz stehen und wartete, bis der Syrer an ihm vorbeigegangen war. Unmittelbar darauf folgte er ihm. Dann bemerkte Steven den Engpass zwischen mehreren Pfeilern und einem Getränkestand. Ibrahim tauchte in die Menge ein. Steven war jetzt nur noch einen Meter hinter ihm. Dann ging alles ganz plötzlich. Er holte einmal tief Luft, packte entschlossen mit beiden Händen von hinten den Schädel des Syrers und riss ihn blitzschnell mit einem kurzen, kräftigen Ruck nach rechts. Es ertönte ein deutlich vernehmbares Knacken. Wie ein gefällter Baum sackte der Syrer mit gebrochenem Genick in Stevens Armen zusammen und fiel zu Boden. Sofort tastete Steven in den Taschen des Toten nach dem Fernzünder, fand aber nichts.

»Hilfe, dem Mann ist schlecht geworden. Einen Krankenwagen, schnell«, rief Steven und ließ Íbrahim los. Die Aufmerksamkeit der Leute richtete sich auf den Mann am Boden. Steven ging, ohne sich noch mal umzudrehen, einfach langsam weiter. Niemand hatte etwas gesehen.

Nicht mal mehr zehn Minuten bis zum Anpfiff. Die langsam anschwellende Lautstärke im Stadionrund war ein Indiz dafür, dass die Mannschaften gerade das Spielfeld betraten. Die Menschen auf den Vorplätzen und Umgängen beeilten sich, ihre Plätze einzunehmen. Der Stadionring leerte sich. Von Fadi Bin Hammad war weit und breit nichts zu sehen. Jan sah auf die Uhr. Er beschloss zum von den Terroristen vereinbarten Treffpunkt am Platz vor dem Schwimmstadion zu laufen. Vielleicht gäbe es da die letzte Chance, den Kerl doch noch abzufangen. Allerdings würde das wohl wenig nützen, wenn Hannah nicht vorher den Jungen gefunden und zur Aufgabe bewegt hätte. Sein Handy meldete sich.
»Der Kerl ist tot. Ich hab ihm den Hals umgedreht. War einfacher, als ich dachte. Zack und weg war er. Scheiße, Mann, ich hab's tatsächlich getan. Den Zünder hatte er allerdings nicht dabei.«
Stevens Körper war total adrenalinverseucht. Das war in einem solchen Moment vollkommen normal. Jan kannte dieses Gefühl ganz genau. Steven würde jetzt ein paar Minuten brauchen, um wieder herunterzukommen.
»Na also, geht doch. Es musste sein, Steven. Okay, dann komm jetzt so schnell wie möglich hinter die Nordtribüne zum Platz vor dem Schwimmstadion. Dort treffen wir uns.«
Unfassbar. Nie und nimmer hätte Jan geglaubt, dass Steven in der Lage wäre, den Mann zu töten. Aber was war mit Hannah? Er versuchte sie anzurufen. Ihr Handy war ausgeschaltet.
»Sehr mutig, aber leider zu spät, Herr Kommissar.« Jan spürte den Druck eines Pistolenlaufs auf seinem Rücken.
»Einfach langsam weitergehen und nicht umdrehen«, hörte er die Anweisung des Mannes hinter sich.
»Was soll das? Ist doch alles völlig sinnlos. Noch könnt ihr den Wahnsinn stoppen«, versuchte er auf Fadi einzureden. Der drückte ihm die Pistole fester in den Rücken.

»Gib dir keine Mühe. Noch ein paar Minuten und ihr erhaltet eure verdiente Strafe. Allahu Akbar!«

Nur noch fünf Minuten, dann würde er für die gerechte Sache sterben. Endlich. Ali fingerte noch mal nach dem Zünder in seiner Hosentasche. Das Stadion war randvoll. Ausverkauft. Die Fans um ihn herum standen zusammengepfercht wie eine Herde Schafe vor dem Futtertrog. Sein Blick ging stur geradeaus. Dann schloss er die Augen und begann leise, sein letztes Gebet zu sprechen. Die Medikamente, die ihm Fatima verabreicht hatte, verliehen ihm Tapferkeit und Mut. Trotzdem war er vollkommen ruhig und entspannt. Ein wunderbares Gefühl. Knapp zwei Meter neben ihm bahnte sich Hannah ihren Weg durch die Menschenmassen. Eigentlich hätte sie längst aufgeben und sich in Sicherheit bringen sollen. Doch das kam für sie überhaupt nicht in Frage. Bis zur letzten Sekunde würde sie versuchen, diesen Jungen zu finden.

Ali atmete tief ein. Ein wunderbarer Duft stieg ihm in seine Nase: Süß, würzig, blumig, einfach nicht von dieser Welt: Eine Kreation, wie er sie vorher noch niemals wahrgenommen hatte. Kein Zweifel: Allah versüßte ihm den Weg ins Paradies. Das stand für Ali in diesem besonderen Augenblick fest. Er spürte, wie sich von hinten ein Arm um ihn legte. Er hält mich ganz fest. Er lässt mich nicht allein.

»Allahu Akbar«, schrie Ali und drückte den Zünder in seiner Hosentasche. Ein furchtbarer Schmerz zeriss seine Brust. Er spürte, wie sich scharfer, kalter Stahl unter seinem Rippenbogen hindurch den Weg zu seinem Herzen bahnte. Er riss seine Augen auf und starrte, während er in sich zusammensackte, in ein weißes, gleißendes Licht. Für einen Moment wurde es ganz still. Ali versuchte zu atmen, doch seine Lungen versagten ihm den Dienst. Ein letzter, kurzer Seufzer, dann war da nur noch tiefschwarze Finsternis.

Hannah drehte sich um. Etwa zehn Meter direkt über ihr war die Menschenmenge in Bewegung. Einige riefen um Hilfe oder schrien nach dem Notarzt, andere gestikulierten wie wild herum.

Mühsam kämpfte sie sich durch den dichten Wall von Leibern die Ränge hoch.

»Der blutet wie 'ne Sau. Was ist denn mit dem los? Scheiße, kann mal einer Hilfe holen?«, schrien die Leute durcheinander.

Hannah drängte ein paar Fans zur Seite. Als die registrierten, dass die Frau helfen wollte, ließen sie sie durch und bildeten einen Trichter um sie herum. Auf den Stufen ergossen sich Unmengen von Blut. Hannah versuchte Alis Puls zu fühlen. Keinerlei Lebenszeichen. Exitus. Ihre Gedanken galten jetzt nur noch dem Sprengsatz an seinem Körper. Vorsichtig tastete sie sich mit ihrer rechten Hand unter der Weste langsam nach oben. Nichts. Da war gar nichts. Wie konnte das sein? Dann schob sie das Hertha-Trikot hoch und knöpfte die Weste auf. Die Menge um sie herum war der Meinung, dass Hannah Erste Hilfe Maßnahmen durchführte. Tat sie auch. Für rund drei- bis viertausend Menschen, die noch vor ein paar Minuten dem sicheren Tod geweiht waren. Die Gedanken in ihrem Kopf überschlugen sich. Was war hier gerade passiert? Wer hatte den Jungen getötet? Wo war der Sprengstoffgürtel? Nur ein paar Strippen, die über seiner Schulter hingen, deuteten darauf hin, dass dort etwas an seinem Körper befestigt gewesen war. Hatte er sich vielleicht schon selbst seiner ungeheuren Last entledigt? Oder hatte ihn bereits jemand anderes ausfindig gemacht, ihn getötet und ihm den Sprengstoffgürtel abgenommen? Aber wer und vor allem, wann? Außerdem gab es doch hier viel zu viele Zeugen für einen Mord. Fragen über Fragen. Doch im Moment zählte nur eins: Keine Bombe, keine Toten. Vorerst jedenfalls. Das Spiel lief bereits seit etwa fünf Minuten. Sie zog ihr Handy aus der Tasche und wählte Jans Nummer. Der Ruf ging raus, aber ihr Freund nahm nicht ab.

Der Hubschrauber des Berliner Landeskriminalamtes setzte auf dem Vorplatz am Osttor auf. Die Turbulenzen ließen die Servietten und Plastikbecher der angrenzenden Getränkestände durch die Luft segeln wie vertrocknete Blätter im Herbst.

»Idioten, können die nicht woanders landen?«, bemühten sich die Leute in den Verkaufsbuden ihr Hab und Gut zusammenzuhalten. Mittlerweile wurde es dunkel in Berlin. Ein schöner Frühlingstag neigte sich seinem Ende entgegen. Ein Hauch von Sommer lag bereits seit Tagen in der Luft über der Stadt. Hubertus von Echternach und Thomas Bauer wiesen die Piloten an, sich zur Verfügung zu halten und sprangen geduckt aus dem Helikopter. Dann liefen sie zügig über den Platz in das Organisationszentrum der Berliner Polizei unter der Osttribüne.

»Wo ist Frau Dr. Köppe? Wir müssen mit ihr sprechen. Dringend.« Hubertus von Echternach sah in die fragenden Gesichter zweier Beamter, die sich gerade das Fußballspiel auf einer Leinwand ansahen.

»Was? Wer sind Sie? Warum wollen Sie das wissen?«

Hubertus wurde stinksauer. »Als pflichtbewusste Berliner Ordnungshüter sollten Sie zumindest ihren Polizeichef erkennen.«

Er zog seinen Dienstausweis und hielt ihm dem Älteren von beiden unter die Nase. »Entschuldigung, aber wir haben Sie ...« Weiter kam der Mann nicht.

»Wo - ist - Frau - Doktor - Köppe?« fragte Hubertus erneut im drohenden Stakkato.

»Oben, auf der VIP-Tribüne. Wollte das Spiel live sehen«, erkannte der Jüngere zuerst den Ernst der Lage.

»Rufen Sie sie an. Sie möchte bitte dringend hier runterkommen. Sagen Sie ihr, Hubertus von Echternach und Thomas Bauer warten auf sie.«

Der jüngere Polizist nickte und tat, was von ihm verlangt wurde.

Fadi schob Jan mit vorgehaltener Waffe weiter vor sich her. Das Spiel lief mindestens schon seit zehn Minuten. Fieberhaft suchte Jan nach einem Ausweg. Sein Hirn arbeitete auf Hochtouren, doch seine Chancen, sich aus dieser Lage zu befreien, tendierten stark in Richtung null. Er musste einen günstigen Moment abwarten und dann einfach alles auf eine Karte setzen. Allerdings war der Mann hinter ihm nicht irgendwer. Auch Fadi Bin Hammad war ausgebildeter Marine mit einer gehörigen Portion Kampferfahrung. So leicht würde der sich in dieser Situation nicht überrumpeln lassen.

Im Moment gab es nur einen einzigen positiven Aspekt: Die Bombe war noch nicht explodiert. Sollte die nicht mit Spielbeginn gezündet werden? Hatte der Attentäter auf der Tribüne doch noch kalte Füße bekommen oder hatte ihn Hannah gefunden und zur Aufgabe überredet?

Fatima hatte ihm erzählt, dass einer der beiden Männer einen Fernzünder bei sich trug. Steven hatte bei Ibrahim auf die Schnelle nichts gefunden, also war wahrscheinlich Fadi im Besitz des Zünders.

Der untere Pfeilerumgang war menschenleer. Nicht mal Ordner waren dort zu sehen. Nach ein paar Minuten hatten sie das Transformatorenhäuschen auf dem Platz vor dem Schwimm-stadion erreicht. Der graue Lieferwagen der Rohrreinigungsfirma stand bereits in Fluchtstellung Richtung Sachsentor. Am Steuer saß Mahmut Shabaz, rechts neben ihm Fatima. Der Polizeiwagen hinter ihnen auf dem Parkplatz war unbesetzt. Als Mahmut die beiden Männer auf sich zukommen sah, kurbelte er die Scheibe herunter.

»Da hat dein Ali leider doch noch kalte Füße bekommen. Dacht ich mir doch. Aber das lässt sich ja zum Glück noch regeln.« Mit der linken Hand zog Fadi zu Jans Entsetzen den Fernzünder aus der Tasche. Dann stieß er seine Geisel ein paar Meter von sich weg. Durch das geöffnete Fenster an der Fahrerseite befahl er Fatima, aus dem Wagen zu steigen.

»Raus da, du falsche Schlange. Ich hab dir von Anfang nicht getraut. Stell dich da rüber zu deinem Freund. Du kannst ihm beim Sterben Gesellschaft leisten.«

Fatima öffnete langsam die Tür und bewegte sich ängstlich in Richtung Jan. Plötzlich krachte aus Richtung der Osttribüne ein Schuss. Das Projektil verfehlte nur knapp Fadis Kopf. Was für ein lausiger Scharfschütze, dachte Jan, riss Fatima geistesgegenwärtig zu Boden und warf sich schützend über sie. Während der Syrer um den Wagen herum lief, feuerte er auf die Polizisten, die hinter den Pfeilern des Oberrings der Nordtribüne in Stellung gegangen waren. Mit quietschenden Reifen legte der alte Fiat Ducato einen Blitzstart hin. Die Polizisten feuerten auf das Fluchtfahrzeug, trafen aber nur das Blech. Das war's, dachte Jan. In Erwartung einer heftigen Explosion drückte er Fatima am Boden liegend fest an sich.

Bruchteile einer Sekunde später erschütterte eine gewaltige Detonation den Beton des Berliner Olympiastadions. Eine unglaubliche Druckwelle fegte Jan und Fatima über den Platz am Schwimmstadion wie welkes Laub im Herbststurm. Als sie schließlich irgendwo wieder zum Stillstand kamen, ging ein Regen aus Schutt und Asche auf sie nieder.

Jan hob vorsichtig seinen Kopf. Dann sah er hinüber zum Stadion. Zu seiner Überraschung konnte er dort keinerlei Schäden entdecken. Er selbst schien bis auf ein paar kleine Schürfwunden unverletzt zu sein. Gott sei Dank war auch Fatima halbwegs unversehrt. Er rappelte sich auf und half Fatima auf die Beine. Dann konnte er erkennen, was geschehen war. Da, wo vorher der Transporter von Mahmut Shabaz gestanden hatte, klaffte ein riesiges Loch im Boden, aus dem dichter Rauch aufstieg. Das Transformatorenhäuschen war verschwunden. Die ungeheure Wucht der Explosion hatte es praktisch dem Erdboden gleich gemacht. Das Polizeifahrzeug, das davor geparkt hatte, lag gut zehn Meter entfernt wie ein toter Käfer auf dem Rücken und brannte lichterloh.

Die Bombe hatte offensichtlich im Lieferwagen gelegen. Aber wie zum Teufel war die dahin gekommen? Vom Stadion herüber erklang ohrenbetäubender Jubel. Hertha BSC hatte just in diesem Moment den Führungstreffer erzielt. Konnte es sein, dass da drinnen niemand was von dieser gewaltigen Detonation mitbekommen hatte?

»Wir möchten die Fans von Hannover 96 dringend bitten, das Abbrennen von Feuerwerkskörpern zu unterlassen.«

Zweimal kurz hintereinander vernahm Jan die Durchsage des Stadionsprechers. Plötzlich hörte er hinter sich Stimmen.

»Jetzt weiß ich, was die Taliban meinen, wenn sie sagen, dass der *Black Dragon* unbesiegbar ist. Würdest du bitte mal eben die fremde Dame da loslassen. Jetzt bin ich dran.«

Hannah schloss Jan fest in ihre Arme. Steven kümmerte sich derweil um Fatima.

»Hast du dem Terroristenpack die Sprengladung in ihren pickligen Hintern geschoben, oder was?«, fragte er Jan.

Der schob Hannah ein Stück von sich und küsste sie. »Gott sei Dank ist euch nichts passiert. Aber ehrlich gesagt, ich hab keine Ahnung, was hier los ist. Aber ich ahne, dass da gleich noch was Fürchterliches auf uns zukommen wird.«

Fatima nickte zustimmend. »Irgendwo habe ich zwischendurch bei einem Telefonat, das Ibrahim geführt hat, aufgeschnappt, dass die Russen »das Zeug«, wie sie es nannten, direkt nach Adlershof bringen und damit die Tanks des Flugzeuges befüllen sollten.«

Eine Gruppe von Männern, angeführt von einer drahtigen Frau, steuerte über den Vorplatz direkt auf sie zu. Jan erkannte die Polizeipräsidentin Dr. Köppe, die Hubertus van Echternach und Tom Bauer im Schlepptau hatte.

»Ist jemand verletzt? Geht's Ihnen gut?« fragte Dr. Köppe besorgt in die Runde. »Kaum zu glauben, dass bis auf die Attentäter niemand ernsthaft zu Schaden gekommen ist«, zeigte sie sich erleichtert.

Tom Bauer trat nach vorn und schüttelte Jan die Hand. »Wie hast du das nur wieder hingekriegt, Teufel noch eins?«

Der Angesprochene schüttelte den Kopf. »Noch ist das hier nicht zu Ende. Es gibt immer noch 'ne Menge Fragen und relativ wenige Antworten. Die haben irgendwo ein Flugzeug gechartert, das Giftgas über dem Stadion abwerfen soll. Und wenn mich nicht alles täuscht, ist das bereits auf dem Weg hierher.«

»Wie bitte?«, entglitt es der Polizeipräsidentin. »Sind Sie sicher?«

»Ich glaube ja, leider. Genaueres weiß ich auch nicht«, antwortete Fatima.

»Also gut«, schaltete sich Hubertus van Echternach ein, »ich denke, dass wir hier im Moment nicht evakuieren können. Die Panik, die bei einem Spielabbruch entstehen würde, wäre unkontrollierbar. Meine Leute riegeln sofort diesen Platz ab und decken alles mit Planen ab. In der Halbzeitpause und nach Spielschluss sperren wir den Vorplatz und leiten die Leute um. Es gab einen Brand im Transformatorenhäuschen, die Lage ist jedoch absolut unter Kontrolle, werden wir offiziell verlauten lassen.«

Frau Dr. Köppe nickte zustimmend. »Das ist die beste Lösung. Oder hat jemand eine bessere Idee?«

»Ich brauche dringend einen Hubschrauber«, forderte Jan. »Wir müssen versuchen, den Luftraum um das Stadion herum zu sichern und das Flugzeug abzufangen. Wenn es tatsächlich aus Adlershof kommt, kann es sich nur um eine kleine Maschine handeln. Wenn sie mit Giftgas betankt wurde, wird das wahrscheinlich so'ne Art Agrarflugzeug sein, wie es zur Schädlingsbekämpfung auf Feldern eingesetzt wird. Größere Maschinen brauchen eine lange, befestigte Start- und Landebahn. Die gibt es in Adlershof meines Wissens nicht mehr.«

»Gut, wir werden versuchen, alles was fliegen kann, kurzfristig in die Luft zu beordern. Allerdings braucht das Zeit. Und die haben wir nicht. Das einzige, was wir sofort zur Verfügung haben, ist der Helikopter auf dem Vorplatz vom Osttor. Den können wir nutzen«, schlug Hubertus von Echternach vor.

Um kurz nach zwanzig Uhr stand die gelbe Piper PA-36 abflugbereit am Rande der Grünfläche des ehemaligen Flugfeldes Johannisthal in Adlershof. Auf einem Hänger hatten Mahmuts Freund, Dule Popovic, ein guter Kumpel aus alten Kreuzberger Schulzeiten, und der Pilot Anwar Omar Del Pierre die Maschine aus der Werkstatt an der Straße am Flugplatz über den Segelfliegerdamm bis ans Ende der Walter-Huth -Straße gebracht. Von dort aus schoben sie das Flugzeug auf die Graspiste. Schon seit Jahren lag dieses Gelände brach und war von Unkraut überwuchert. Doch für die robuste Piper stellte es überhaupt kein Problem dar, auf diesem holprigen Untergrund einen gelungenen Start hinzulegen. Kritisch hätte das nur auf nassem und glitschigem Boden werden können. Doch das Wetter spielte heute zum Glück mit. Auch in der einsetzenden Dämmerung war es noch angenehm warm und trocken. Wenn das Flugzeug in einer Viertelstunde abheben würde, wäre es noch hell genug, um sich auf dieser völlig unbeleuchteten Graspiste per Sichtflug zu orientieren. Allerdings würde sich das in den nächsten Minuten drastisch ändern. Gegen halb neun war es am Vortag jedenfalls schon ziemlich dunkel.

Dule Popovic wunderte sich zwar, warum ein Agrarflugzeug in der Dunkelheit die Felder besprühen wollte, hatte aber zu wenig Ahnung von diesem Metier, als das er dumme Fragen stellen wollte. War ihm auch egal. Hauptsache die Kohle stimmte.

»Alles klar, Kollege. Du hast Sprit für etwa eine Stunde. Wie genau die Tankanzeige funktioniert, kann ich dir nicht sagen. Deshalb würde ich mich darauf nicht verlassen und mich daran auch nicht orientieren. Zeigt die Uhr Reserve an, hast du im Normalfall noch fünfzehn Minuten Flugzeit.«

»Tres bien«, antworte der Franzose, der zwar nicht viel verstanden hatte, aber das spielte jetzt ohnehin keine Rolle mehr. Erstens kannte er sich mit dieser Maschine aus - für einen erfahrenen Piloten war es kein großes Ding eine kleine einmotorige Piper zu fliegen - und zweitens würde er wahrscheinlich ohnehin nicht mehr zurückkehren. Er hatte die Anweisung vom Meister, bei Problemen das Flugzeug direkt im Olympiastadion zum Absturz zu bringen. Genau das würde Anwar tun, wenn es denn notwendig wäre. Ansonsten würde er sich nach Abwurf seiner tödlichen Fracht die nächstgelegene Landemöglichkeit suchen und verschwinden. Geld und Papiere hatte er dabei.

»Die Tanks enthalten rund fünfhundert Liter Pflanzenschutzmittel. Mit diesen Hebeln kannst du beim Sprühvorgang die jeweils gewünschte Menge regeln. Nach oben sind die Düsen vollständig geöffnet, ganz nach unten geschlossen.«

Dule gab sich alle Mühe, Anwar in die Technik der Piper einzuweisen. Doch der war mit seinen Gedanken schon weit voraus. Er würde auf jeden Fall aus südöstlicher Richtung ins Stadionrund hinein fliegen und die volle Ladung in einem Rutsch versprühen. Ob er dann noch die Kurve kriegen würde, um durch das Marathontor wieder zu verschwinden, vermochte er im Moment nicht einzuschätzen. Würde auf jeden Fall knapp werden. Anwar hatte mit Fadi abgesprochen, um 20:30 Uhr zu starten und dann etwa gegen 20:50 Uhr am Olympiastadion zu sein. Er sollte auf gar keinen Fall auf irgendwelche Nachrichten warten. Es wäre durchaus möglich, dass zu diesem Zeitpunkt schon keiner mehr aus ihrer Gruppe am Leben sei. Fadi hatte Anwar eingeschärft, seine Aufgabe unwiderruflich und unter allen Umständen auszuführen.

»Ich bin auf jeden Fall bis elf Uhr in der Werkstatt. Nach Feierabend kann ich in aller Ruhe an meinem Oldtimer schrauben. Keine Anrufe. Keine Nachrichten. Keine dummen Fragen. Nur mein Schätzchen und ich. Fast wie früher, nur da hatte meine Liebste 'nen Arsch und zwei Titten.«

Dule schüttete sich aus vor Lachen. Anwar lachte mit. Er hatte zwar nichts verstanden, aber die Gelegenheit, womöglich ein letztes Mal auf dieser Welt herzhaft zu lachen, wollte er unbedingt nutzen.

»Du bist in Ordnung, Junge« , haute ihm Dule auf die Schulter.

»Jetzt sieh zu, dass du in die Puschen kommst, Alter.«

»Qui, Qui« , antwortete der Franzose. »Merci, mon amie.«

Anwar kletterte ins Cockpit der Piper und checkte die Instrumente. Zum Zeichen, dass alles in Ordnung war, streckte er Dule den erhobenen Daumen entgegen. Anwar drehte den Zündknopf. Dule warf den Propeller an. Schon beim ersten Versuch heulte der Motor der Maschine auf.

»Das ist noch deutsche Wertarbeit. Tipptopp in Schuss, die Kiste. Hals und Beinbruch, mein Freund.«

Dule freute sich. Er hatte keine Ahnung, dass er gerade Hilfestellung für einen bisher noch nie in dieser Form dagewesenen Terroranschlag geleistet hatte.

Langsam rollte die Piper an. Dann gab Anwar vollen Schub. Schon nach wenigen Metern zog er die Maschine nach oben. Er flog in niedriger Höhe eine scharfe Rechtskurve und orientierte sich an den Lichtern der Stadtautobahn 113. Kurs Nord-West folgte er deren Verlauf bis die 133 in die 110 überging. Er überflog in nur knapp fünfzig Metern Höhe den Grunewald und sah schon in der Ferne das hell erleuchtete Olympiastadion. Noch etwa zehn Minuten und er hätte sein Ziel erreicht.

Um 20.25 Uhr hob der Polizeihubschrauber vom Vorplatz hinter der Osttribüne ab. Die Abenddämmerung färbte den Himmel in ein tiefes dunkles Blau. Am Horizont zeigte sich ein wunderschönes Abendrot, das auch für den nächsten Tag viel Sonne über Berlin ankündigte. An Bord befanden sich neben den beiden Piloten drei weitere Personen: Special Agent Thomas Bauer, Polizeichef Hubertus van Echternach, der beschlossen hatte, in dieser schweren Stunde selbst Verantwortung zu übernehmen, und Polizeioberkommissar Jan Krüger. Auf dem Weg zum Hub-schrauber hatte Jan einem Beamten des Sondereinsatz-kommandos sein Scharfschützengewehr quasi aus der Hand gerissen. Verdammte Heckler und Koch, dachte er, ich hasse diese Dinger. Doch eine MacMillan, wie er sie vorzugsweise benutzte, war nun mal nicht greifbar.

»Wenn das Flugzeug von Adlershof kommt, wird es aller Wahrscheinlichkeit aus Richtung Südosten über den Grunewald auf das Stadion zufliegen«, glaubte der Polizeichef.

»Diese kleinen Maschinen sind oftmals auf reinen Sichtflug angewiesen. Großartig navigieren kann der Pilot in der Regel nicht.

Fürs Fliegen im Dunkeln sind die nicht ausgerüstet«, wusste Jan.

»Das heißt ja wohl, dass er Orientierungspunkte am Boden braucht, um an sein Ziel zu gelangen«, stellte Tom fest.

»Richtig, bei zunehmender Dunkelheit muss er sich nach Lichtquellen am Boden umschauen, die ihn möglichst direkt an sein Ziel führen«, ergänzte Jan.

»Wenn er tatsächlich aus Adlershof kommt, muss er eigentlich nur der 113 folgen, dann ist er schon in Charlottenburg. Von da aus kann man bereits das Flutlicht des Olympiastadions sehen«, schlussfolgerte Hubertus.

»Das große Problem wird sein, dass die Piper ohne jegliche Beleuchtung unterwegs sein wird, dazu in maximal hundert Meter Höhe fliegen wird, wenn nicht noch tiefer. Wir werden sie, wenn überhaupt, erst sehr spät sehen«, befürchtete Jan.

»Sollen wir die Suchscheinwerfer einschalten?«, fragte der Pilot seinen Chef. Hubertus sah Jan hilfesuchend an.

»Nein, schaltet sämtliche Lichtquellen aus. Wenn der uns zuerst sieht, haben wir kaum noch eine Chance, ihn abzufangen. Die Piper ist schneller und beweglicher als wir. Wenn der Pilot mit dem Ding umgehen kann, geht der im Sturzflug nach unten und jagt, wenn's sein muss in einem Meter Höhe durch die Straßen. Das war's dann für uns«, klärte Jan die anderen auf.

»Aber, Herr Kommissar, mit Verlaub, wir riskieren damit eine Kollision. Das ist Ihnen doch klar, oder?«, gab der Pilot zu Bedenken.

»Nichts war mir je klarer, mein Freund. Was ist Ihnen lieber, dass vier oder fünf Menschen sterben oder fünfzigtausend?«

»Hat der Kerl 'ne verdammte Atombombe an Bord, oder was?«, fragte der Pilot sarkastisch.

»Nein, aber mindestens einige hundert Liter Giftgas der schlimmsten Sorte. Wahrscheinlich Sarin. Das werden die Russen denen aus den Restbeständen der Roten Armee geliefert haben. Die horten das Zeug noch tonnenweise.«

»Ach du Scheiße«, entfuhr es dem Piloten, »also werden wir uns diesen Kameraden wohl oder übel schnappen müssen«, zeigte der Mann Courage. Dann schaltete er alle Lichter seines Helikopters aus.

»Wir patrouillieren im Bereich der Heerstraße. Gehen Sie nicht höher als hundert Meter«, wies Jan den Piloten an. »Haltet eure Augen offen, Männer.«

Jan schob die Tür des Helikopters auf und lud seine Heckler und Koch MSG 90 mit dem Kaliber 7,62 x 51 mm durch. Das Zielfernrohr schaltete er auf Infrarotbetrieb. Damit konnte er auch in der Dunkelheit einige hundert Meter weit sehen. Das müsste reichen, um sein Ziel zu erfassen und hoffentlich auch zu treffen. Allerdings hatte er nur ein Zeitfenster von wenigen Sekunden, wenn die Piper mit fast 200 Km/H an ihnen vorbeiraste. Konnte er das Flugzeug mit einem einzigen Feuerstoß zum Absturz bringen? Jan wusste, dass die Chancen dafür mehr als gering waren. Er wandte sich an die anderen Männer im Helikopter. »Wenn es sein muss, müssen wir dieses Dreckschwein rammen. Der darf nicht an uns vorbeikommen. Unter keinen Umständen«, beschwor Jan den Piloten.

Tom Bauer und Hubertus von Echternach nickten ihm zu. Sie wussten genau, dass Jan recht hatte. Sie würden sich opfern müssen, um das Leben von vielen tausend Menschen zu retten. Das war ihnen in diesem Moment vollkommen klar. Es gab keine Alternative. Der Pilot verhielt sich absolut professionell. Er steuerte konzentriert sein Fluggerät und hielt Ausschau nach dem Zielobjekt.

Hannah stand in engem Kontakt mit Tom Bauer. Die Polizei und der Stadiondienst bemühten sich, den Explosionsort im Stadion mit allerlei schnell zusammen-getragenen Planken, Brettern und Planen so schnell wie möglich abzudecken und die Leute in der Halbzeitpause nicht auf das abgesperrte Areal zu lassen. Der Ordnungsdienst hatte sich dementsprechend positioniert. Auf Anfragen der Zuschauer sollten sie als Grund einen Kurzschluss im Transformatorenhäuschen auf dem Vorplatz zum Schwimmstadion angeben und ausdrücklich betonen, dass keinerlei Gefahr mehr bestünde.

Nach knapp zwanzig Spielminuten führte die Hertha durch ein Tor des Brasilianers Ronny mit 1: 0 gegen Hannover 96. Die Stimmung im Stadion war sensationell. Die Fans feuerten ihre Mannschaften lautstark an. Ein ohrenbetäubender, stakkatoartiger Sprechgesang hallte durch das Stadionrund wie Donnerhall. »*Ha, Ho, He Hertha*

BSC, Ha, Ho, He Hertha BSC.«

Von all dem, was außerhalb dieser monströsen Schüssel passiert war, hatten die Fans bisher nichts mitbekommen. Die Menge war total fokussiert.

»Wie ist die Lage da oben?«, wollte Hannah wissen.

»Angespannt, aber noch ruhig. Bisher ist nichts zu sehen. Hoffentlich bleibt das so«, schilderte Tom die momentane Situation. Er hegte immer noch die stille Hoffnung, dass diese Sache sich letztendlich doch noch als Windei entpuppen würde.

»Hier unten haben wir alles im Griff. Bitte melde dich, sobald sich was tut.«

Hannah hoffte ebenso, dass sich die Terroristen nach dem gescheiterten Attentat im Stadion zurückgezogen hätten und dieses ominöse Flugzeug nicht mehr auftauchen würde. Der grün-weiße Helikopter bewegte sich in nur einhundert Metern Höhe entlang der Heerstraße stadteinwärts, als sich plötzlich der Pilot bemerkbar machte.

»Unbekanntes Objekt aus südöstlicher Richtung. Achten sie auf den gelben Punkt, der auf unserer Höhe dem Verlauf der Jaffeestraße folgt. Kommt schnell näher.«

Er zeigte kurz in die angegebene Richtung. Trotz der schon fortgeschrittenen Dunkelheit war dieser gelbe Spot recht deutlich zu erkennen. Würden die Terroristen ein knallgelbes Flugzeug für ein Attentat verwenden? Zweifel schienen angebracht.

Jan gab Tom ein Zeichen, die Schiebetür des Hubschraubers zu öffnen. In hundert Meter Höhe wehte eine unerwartet starke Brise in den Innenraum. Er brachte seine Heckler und Koch in Anschlag. Dann nahm er das Flugzeug durch seine Infrarot-Zieleinrichtung ins Visier. »Ein kleines einmotoriges Sportflugzeug. Hält direkt auf uns zu.«

»Und wenn das nicht die gesuchte Maschine ist? Dann...«, weiter kam Hubertus nicht mit seinem Einwand, »dann haben wir uns eben geirrt und der Typ war zur falschen Zeit am falschen Ort«, unterbrach ihn Tom harsch.

»Wer würde schon in der Dunkelheit unbeleuchtet in dieser minimalen Höhe über Berlin fliegen? Entweder ist der Kerl verrückt, lebensmüde oder führt wenig Erbauliches im Schilde. Nein, er ist es. Kein Zweifel. Man kann deutlich die Seitenträger mit den Sprühvorrichtungen unter den Tragflächen erkennen. Halten Sie die Kiste so ruhig, wie's geht. Wenn ich nicht treffe, müssen wir diesen Hundesohn rammen«, rief Jan dem Piloten zu und legte an.

Die Bedingungen für einen gezielten Schuss auf ein sich schnell bewegendes Objekt waren alles andere als optimal. Er konnte sich nirgendwo aufstützen, fand keinen Halt. Jetzt galt es, freihändig aus einem wackligen Hubschrauber auf ein nur für Sekunden sichtbares Ziel zu schießen - und zu treffen. Wahrscheinlich hatte er nur diesen einen Schuss. Er konzentrierte sich, die Waffe so ruhig zu halten, wie nur eben möglich, atmete einmal tief ein, dann langsam aus und feuerte. Erst einen einzelnen Schuss, dann kurz hintereinander zwei weitere. Augenblicklich kippte die Piper PA-36 nach vorn unten ab und raste dem Erdboden entgegen.

»Das Schwein stürzt ab«, schrie Tom euphorisch. Doch zum Entsetzten der kompletten Hubschrauberbesatzung fing der Pilot seine Maschine nur wenige Meter über der Straße ab, tauchte unter ihnen hindurch und ging Sekunden später hinter ihnen wieder in den Steilflug.

»Oh, nein, verdammte Scheiße! Los, Mann, rüber zum Stadion. Vielleicht können wir ihm noch den Weg abschneiden«, rief Jan mit einer Mischung aus Bewunderung für diese waghalsige, aber gekonnte Flugeinlage und Entsetzen über eben die Folgen, die diese riskante Aktion gleich auslösen würde. Doch alle an Bord wussten, dass ihr Manöver absolut sinnlos sein würde. In nicht mal dreißig Sekunden würde der Angreifer über dem Olympiastadion sein und dort seine todbringende Fracht entladen.

»Allmächtiger steh uns bei«, betete Hubertus von Echternach. In den Augen von Tom Bauer stand das blanke Entsetzen. Er hatte den Anschlag auf das World Trade Center hautnah miterlebt und es daraufhin zu seiner Lebensaufgabe gemacht, alles dafür zu tun, dass Vergleichbares nie mehr geschehen würde. Nicht in den USA und auch nicht in anderen friedliebenden Ländern der Welt. Jetzt musste er einmal mehr erkennen, wie ohnmächtig er war. Der Terror würde wieder einmal siegen. Für einen Moment schien sein Herz stillzustehen. Er schloss die Augen. Das war ohne Frage der schwärzeste Moment in seinem Leben. Er befand sich im Zustand der Schockstarre.

Der Pilot versuchte alles aus seinem Helikopter herauszuholen und hielt direkt auf das Olympiastadion zu. Wenn man den Kerl schon vor dieser furchtbaren Tat nicht mehr erwischen konnte, dann wenigstens beim Verlassen des Stadionrundes. Ein schwacher Trost, aber das schien im Moment alles zu sein, was er noch tun konnte.

Jan beobachtete, wie die Piper in etwa fünfzig Metern Höhe nach links abdrehte. Jetzt konnte nur noch ein Wunder helfen. Vielleicht versagten ja die Sprühvorrichtungen, oder er hatte den Pilot ja doch getroffen, so dass er im nächsten Moment noch die Kontrolle über seine Maschine verlor. Die Hoffnung stirbt zuletzt. Pure Verzweiflung und nackte Angst standen den Männern an Bord des Helikopters in den Gesichtern geschrieben. Sämtliche Optionen waren aufgebraucht. Nichts, aber auch gar nichts mehr konnte das in wenigen Sekunden bevorstehende Inferno verhindern. Eine Mixtur aus Wut, Trauer und Hilflosigkeit waberte wie eine zentnerschwere, faulige Gasblase durch die enge Kabine des Hubschraubers. Die Luft war schwer wie Blei und der Atem brannte auf den Lungenflügeln wie Feuer.

Plötzlich bemerkte Jan seitlich unter ihnen einen schnell aufsteigenden, schnurgeraden, weißen Strich, einem Kondens-streifen ähnlich, der mit rasender Geschwindigkeit steil in die Höhe schoss. Nach wenigen Augenblicken änderte der helle Strahl seine Richtung scharf nach links und nahm mit rasendem Tempo die Verfolgung der Piper auf. Jan brauchte einen kurzen Moment, um zu realisieren, was da gerade vor sich ging. War das etwa eine auf die Hitzestrahlung von Flugzeugen konzipierte Lenkrakete, die gerade im Begriff war, sich ihren Weg in den überhitzten Motor der Piper zu suchen? Traum oder Realität? War er womöglich schon dem Wahn verfallen?

Jan blickte über die Schulter nach unten meinte oberhalb der beleuchteten Gleisanlage der S-Bahnstation eine Person zu erkennen, die einen zigarrenähnlichen, länglichen Gegenstand auf der Schulter trug. Nur wenige Sekunden später wurde die Besatzung des Polizeihubschraubers in etwa fünfzig Metern Höhe und dreihundert Metern Entfernung vom Olympiastadion von einer gewaltigen Explosion durchgerüttelt und von einem sich direkt daran anschließenden gleißenden Feuerball geblendet. Der Pilot hatte immense Schwierigkeiten, seinen schwankenden und rotierenden Helikopter in der Luft zu halten.

Als sich die Rauchwolken etwas verzogen hatten, war von der gelben Piper nichts mehr zu sehen. Sie war komplett von der Bildfläche verschwunden. Hatte da unten gerade jemand einen Marschflugkörper abgefeuert? Die Männer waren sprachlos. Niemand konnte so recht realisieren, was gerade geschehen war. Dann brandete im Helikopter, der sich mittlerweile wieder stabilisiert hatte, riesiger Jubel auf.

»Zum Teufel, was war das denn?«, schrie Hubertus von Echternach dem Wahnsinn nahe.

»Wenn mich nicht alles täuscht, hat da unten eben jemand 'ne Stinger abgefeuert«, erkannte Jan als Erster, was geschehen war.

»Und getroffen. Das, das…das ist ja unglaublich, Leute«, stotterte Tom vor Glück.

»Was ist jetzt mit dem Giftgas? Wurde das noch freigesetzt?«, fragte der Pilot, der trotz dieser scheinbar ausweglosen Lage erstaunlich ruhig und abgeklärt geblieben war.

»Das Zeug ist in diesem Inferno vermutlich komplett verbrannt. Kann aber sein, dass sich da noch ein paar Reste in der Luft verteilt haben. Die sind aber eher ungefährlich«, erklärte Jan.

Während der Pilot zur Landung auf den Vorplatz des Osttores ansetzte, hielten sich die drei Männer in den Armen. Hubertus von Echternach liefen hemmungslos die Tränen. Er musste sich ihrer nicht schämen. Seine Stadt war erneut um Haaresbreite einem Inferno entkommen.

Noch hatten sie nicht realisiert, was da soeben geschehen war. Wer war diese Person da unten? Woher wusste die von diesem Flugzeug? Und woher in aller Welt hatte dieser Teufelskerl eine Boden–Luft-Rakete? Die gibt es ja mal nicht so eben rezeptfrei um die Ecke beim Waffenhändler ihres Vertrauens.

Wahnsinn. Unglaublich. Keine Frage: Dieser Mensch - immerhin konnte es ja auch eine Frau gewesen sein - war ein Held. Apropos Held, dachte Jan: »Wie heißen Sie eigentlich?«, wandte sich Jan an den Piloten.

»Wieso, wollen Sie mir jetzt 'nen Heiratsantrag machen, oder was?«, hatte der offensichtlich seinen Humor schon wieder gefunden.

»Das ist Polizeiobermeister Szafranski, ein Taugenichts vor dem Herrn. Außer zum Fliegen ist der zu nichts zu gebrauchen. Will den ganzen Tag nur in diesem Ding sitzen und durch die Gegend flattern«, sagte Hubertus.

»Jeder soll eben das machen, was er am besten kann, Chef«, konterte der.

»Wo er recht hat, hat er recht«, pflichtete Jan ihm bei. »Jetzt aber runter mit dem Ding. In fünf Minuten ist Halbzeit.«

Während der Halbzeitpause des Spiels hatten Polizei und Ordnungskräfte alle Hände voll zu tun. Neugierig hingen die Besucher der Nordtribüne über der Brüstung des oberen Stadionrundganges und wollten natürlich wissen, was da unten passiert war.

»Alles unter Kontrolle. Machen sie sich keine Sorgen. Es besteht keinerlei Gefahr mehr. Hauptsache die Hertha gewinnt und wir spielen bald im Europapokal.«

So und mit weiteren ähnlichen Beschwichtigungen schafften es die tapferen Frauen und Männer von Polizei und Ordnungsdienst, die Fußballfans zu beruhigen und abzulenken. Alle waren heilfroh, als diese nicht enden wollende Halbzeitpause vorüber war und der zweite Durchgang wieder angepfiffen wurde. Das Schlimmste war überstanden. Nun musste schnellstens ein Plan her, nach Spielschluss die Besucher der Nordtribüne auf die Ausgänge im Ost- und Westbereich umzuleiten. Nicht einfach, aber machbar.

Währenddessen hatte sich die Einsatzleitung der Polizei in der provisorischen Zentrale unter der Osttribüne versammelt, um die Lage zu sondieren und die weitere Vorgehensweise zu besprechen. Als die Hubschrauberbesatzung den Raum betrat, brandete spontan Beifall auf. Die Polizeipräsidentin Dr. Mechthild Köppe vermittelte zwar einen spürbar mitgenommenen Eindruck, bemühte sich jedoch halbwegs kontrolliert zu bleiben, was ihr, wenn auch mit einiger Mühe, gelang. Ihre blond gefärbte, toupierte Allwetterfrisur war schon reichlich aus der Form geraten und ihr merkelartiges, froschgrünes Kanzlerin-Gedächtniskostüm schlug bereits einige tiefe Falten.

»Ich kann ihnen allen nur gratulieren und aus tiefsten Herzen meinen Dank aussprechen. Ehrlich gesagt, habe ich nicht mehr damit gerechnet, dass diese Wahnsinnigen noch aufzuhalten wären. Unglaublich, dass Sie das noch geschafft haben.«

Dann musste sie doch ihren Emotionen Tribut zollen. Mit Tränen in den Augen umarmte sie ihren Polizeichef Hubertus von Echternach. Hannah stürzte auf Jan zu und sprang ihm in die Arme. Steven schüttelte Tom Bauers Hand. Polizeiobermeister Szafranski blieb artig und bescheiden im Hintergrund. Dann hob Jan die Arme zum Zeichen, dass er etwas sagen wollte. Es dauerte einen Moment, bis er die ungeteilte Aufmerksamkeit der Anwesenden bekam.

»Bevor ich mich mit falschen Lorbeeren schmücke: Alle Anwesenden haben ihren Anteil daran, dass aus dieser aussichtslosen Situation doch noch ein Ausweg gefunden werden konnte. Aber die wahren Helden kennen wir bisher noch nicht. Na ja, jedenfalls nicht alle,« relativierte er. »Einer davon steht hinter mir. In aller Bescheidenheit, wie es sich für einen guten Polizisten gehört.«

Er winkte Polizeiobermeister Szafranski, der abgekämpft aber glücklich seinen Helm in die Luft hielt, zu sich.

»Wahnsinn, mein Freund. Ich wusste bisher gar nicht, was man mit so einem Hubschrauber alles anstellen kann. War besser als Achterbahn fahren. Kompliment. Ohne Sie hätten wir jetzt hier mit absoluter Sicherheit ein paar tausend Tote zu beklagen. Danke.« Jan umarmte den gerührten Piloten, dem diese Lobhudelei etwas peinlich zu sein schien. Kaum jemand im Raum konnte seine Tränen zurückhalten.

»Aber bei allem Lob, das hier vollkommen zu recht ausgesprochen wird, hätten wir das alles nie und nimmer allein bewältigen können.« Jan machte eine Pause. Er blickte in aufmerksame, fragende Gesichter.

»Ich hatte schon seit einigen Tagen, nein eigentlich schon seit Wochen, das Gefühl, dass es da draußen jemanden gibt, der uns hilft und beschützt.«

Hannah und Steven wussten genau, wovon er sprach. Die anderen warteten gespannt auf die Auflösung.

»Was glauben Sie, wer uns da in letzter Sekunde zu Hilfe geeilt sein könnte, Jan? Wer außer dem Allmächtigen hätte uns denn beistehen können?«, fragte Hubertus von Echternach.

»Ich weiß es nicht. Fest steht allerdings, dass uns zumindest hier und heute jemand in letzter Sekunde gerettet hat. Diese bisher unbekannte Person muss den Attentäter in der Ostkurve ausgeschaltet haben und den Sprengstoffgürtel unter dem Van der Terroristen angebracht haben. Und diese Person hat wahrscheinlich auch das Flugzeug mit einer Boden-Luft-Rakete, kurz bevor es das Stadion erreichen konnte, abgeschossen. Wir waren es jedenfalls nicht.«

»Nein, wir waren es nicht«, wiederholte Hubertus van Echternach, »aber Sie haben doch sicher eine Vermutung, wer uns allen in letzter Sekunde den Hintern gerettet hat, oder?«

Jan suchte die Augen von Hannah und Steven, als wäre er nicht sicher, was er antwporten sollte.

»Wir wissen es nicht, Hubertus«, kam ihm Hannah zu Hilfe.

»Allerdings haben wir die Vermutung, dass außer uns noch andere Personen auf die Terroristen aufmerksam geworden waren. Und zwar bereits, als die noch in den USA waren. Scheinbar waren die uns immer um einen Schritt voraus. Zum Glück, wie wir nun feststellen können.«

»Und Sie haben überhaupt keine Ahnung, um wen es sich da handeln könnte? Auch die CIA nicht?«, wollte er von Tom Bauer wissen.

Der sah Jan an und zuckte mit den Schultern. Dann schüttelte er den Kopf.

»Nein, aber wir werden es herausfinden und uns bei unseren Rettern gebührend bedanken.«

Am Eingang der Einsatzzentrale entstand plötzlich Unruhe. Zwei Polizeibeamte betraten den Raum mit einem unbekannten Mann im Schlepptau, dem sie offensichtlich Handschellen angelegt hatten. Im diffusen Behelfslicht des Eingangsbereiches waren nur die Konturen der Männer zu sehen. Hubertus von Echternach drehte sich um und gab den Beamten ein unmissverständliches Zeichen, dass sie sich verkrümeln sollten. Jetzt war nicht der Zeitpunkt, um sich um Rabauken und Randalierer zu kümmern. Verärgert ignorierte einer der beiden die Geste ihres Chefs und ging weiter auf ihn zu, während der andere mit dem Festgenommenen an der Tür stehen blieb.

»Das hier dürfte Sie dann vielleicht doch interessieren«, fuhr der Beamte seinen Chef ärgerlich an und hielt ihm ein olivgrünes, etwa eineinhalb Meter langes Rohr vor die Nase.

»Wo haben Sie das her?«, funkte Jan dazwischen.

»Hatte der Typ dabei. Wir hätten ihn fast überfahren, als der seelenruhig mit dem Raketenwerfer über der Schulter den Thrakenerweg zur S-Bahn-Station runter lief.«

Jans Blick wanderte vom Raketenwerfer direkt zu den Männern am Eingang.

»War gar nicht so einfach, dieses Scheißding zu besorgen, aber Rommel, der alte Waffennarr, hatte Gott sei Dank noch so'n Ding im Keller. Ein Wunder, dass dieses verstaubte Gerät überhaupt noch funktioniert hat.«

Im Raum herrschte Schweigen, man hätte eine Stecknadel fallen gehört. Wer war dieser Mann, der dort im diffusen Licht des Eingangsbereiches stand? Diese Stimme war Jan vertraut. In dem Moment, als Jan auf die beiden Männer zuging, fiel der Groschen.

»Dolph? Tom Ritter?«

»Ja, klar, wer außer mir kann denn sonst noch mit so 'nem antiquiertem Raktenrohr umgehen? Wenn *du* damit geschossen hättest, wäre jetzt der Fernsehturm wohl nur noch auf 'ner Ansichtskarte zu bewundern.«

»Machen Sie sofort den Mann los«, wies Jan den Beamten an, Tom Ritter die Handschellen abzunehmen. Der blickte fragend zu seinem Chef Hubertus von Echternach hinüber. Von einem Zivilisten nahm er schließlich keine Befehle entgegen.

»Nun machen Sie schon«, raunzte Hubertus den diensteifrigen Polizisten an.

»Was ist hier eigentlich los? Wer ist dieser Mann? Würde mich mal bitte jemand in Kenntnis setzen«, wurde die Polizeipräsidentin ungeduldig.

Kaum zu fassen, aber wahr. Jan umarmte seinen ehemaligen Kameraden so fest, dass der um Luft ringen musste.

»Das ist Thomas Ritter. Jan und Tom waren zusammen in Afghanistan«, klärte Hannah Mechtild Köppe schließlich auf.

»Wir haben ihn vor ein paar Tagen hier in Berlin getroffen. Er hat uns erzählt, er wäre als Sicherheitsbeauftragter von Hannover 96 unterwegs und hätte einen Termin mit den Kollegen der Hertha.«

»War nicht gelogen, schöne Frau. Nebenbei hatte ich gottlob noch etwas Zeit, ein Auge auf meinen unbeholfenen Kommandanten zu werfen. Also Jan, ehrlich, hättest dich doch fast in diesem beschissenen Parkhaus von so einem mittelmäßigen Auftragskiller erledigen lassen. Du hast echt nachgelassen. Wäre dir früher nicht passiert.«

Tom Ritter war genauso gekleidet wie die Männer der Sondereinheit *Sniper* in Afghanistan. Schwarzer Overall, schwarze Springerstiefel, schwarze Mütze. Sein Gesicht war rußgeschwärzt. Ein Kerl wie ein Baum. Eine furchteinflößende Gestalt, wie er dort vor ihnen stand. Jan war vollkommen klar, dass Tom sich absichtlich hatte festnehmen lassen. Das war schließlich der kürzeste Weg zu ihm.

»Ich dachte, es ist besser, ein wenig Licht ins Dunkel zu bringen. Allein schon wegen unseres Kameraden Rommel, dem diese Mistkerle übel mitgespielt haben. Er war an der ganzen Sache maßgeblich beteiligt. Er hat den Devil und mich per Handy durch Berlin navigiert und uns die Waffen besorgt.«

»Wie biitte?«, entfuhr es Jan. »Willst du damit sagen, dass Maynard Deville auch hier ist?«

Tom Ritter schüttelte den Kopf. »Nein, nicht mehr. Nachdem wir diesen Flieger pulverisiert hatten, war er plötzlich verschwunden. Von einer Sekunde zur anderen. Einfach weg. Kennst du doch. Der Kerl kann sich in Luft auslösen. Nicht mal verabschiedet hat der sich. Typisch Devil eben. Aber wem erzähle ich das.«

Hannah holte tief Luft. »Dann muss ich mich wohl bei dir entschuldigen, Schatz. Ich dachte schon, ich muss mir ernstlich Sorgen um deinen Geisteszustand machen, als du in Leipzig auf offener Straße auf Phantomjagd warst.«

»Da dachte ich doch selbst, dass ich Halluzinationen hätte. Aber seit der Sache nachts auf dem Anwesen von Dr. Shapourzadeh war ich mir sicher: Wer außer dem Devil wäre in der Lage gewesen, blitzschnell und vollkommen lautlos in tiefster Finsternis zwei Männer zu töten und im Handumdrehen wieder zu verschwinden?«

»Hast du ihn da etwa erkannt?«, fragte Tom Ritter.

»Gesehen habe ich ihn nicht, aber ich konnte ihn riechen.«

Das Spiel war zu Ende. Sowohl für die Terroristen, als auch für Hannover 96. Beide hatten verloren. Berlin war nur knapp einer Katastrophe entkommen. Hertha BSC hatte 3:1 gewonnen und sich damit für die Teilnahme an der Euro-League qualifiziert. Berlin war also Sieger auf der ganzen Linie. Nach dem Schlusspfiff verließen feiernde und gutgelaunte Hertha-Fans das Olympia-stadion. Dass einige von ihnen einen Umweg machen mussten, war ihnen an diesem Abend völlig egal. Im Gegenteil. So konnten sie auf dem langen Weg hinaus noch das ein oder andere Siegerbier trinken. Die Anhänger von Hannover 96 blieben ruhig. Zum einen waren sie deutlich in der Unterzahl, zum anderen hatte die Berliner Polizei die Fans beider Mannschaften konsequent räumlich getrennt und den Abmarsch der Hannoveraner aus dem Stadionbereich bis hin zum Hauptbahnhof begleitet und überwacht.

In der Einsatzzentrale unter der Osttribüne gab es allerdings noch reichhaltigen Gesprächsbedarf. Völlig fertig, aber zufrieden, verließ die Polizeipräsidentin das Stadion. »Bitte nehmen Sie es mir nicht übel, aber ich kann nicht mehr. Wir treffen uns morgen um neun Uhr im Landeskriminalamt. So ein paar Dinge muss man mir wohl dann doch noch erklären.«

»Gute Nacht, Frau Doktor«, reichte Hubertus von Echternach seiner Chefin die Hand und flüsterte ihr anschließend noch etwas ins Ohr. Grinsend zog die Polizeipräsidentin von dannen.

»Hast du noch 'n Date klar gemacht, Hubertus«, ging Jan mal wieder zum *du* über. Der ignorierte wie immer den Wechsel der Anrede.

»Nein, mein Freund. Ich hab ihr nur gesagt, dass ich um neun noch nicht wieder nüchtern sein werde und hab halb drei vorgeschlagen. So und jetzt besorgen Sie uns mal 'nen Kasten Bier. Irgendwo wird doch hier noch was Flüssiges aufzutreiben sein. Ich zahle.«

Hubertus drückte Polizeiobermeister Szafranski hundert Euro in die Hand und deutete ihm per Handzeichen an, dass er Gas geben sollte. In der Mitte des Raumes hatten Jan und Tom Bauer zwei

Tische zusammengerückt. Hubertus von Echternach, Tom Bauer, Tom Ritter, Steven, Hannah und Jan hatten sich von einem Würstchenstand ein paar Hot Dogs kommen lassen und warteten nur noch auf das Bier, das ja wohl schon auf dem Weg war.

»Wo ist eigentlich Fatima?«, fragte Jan.

Hannah zuckte mit den Schultern. »Ich glaube, die Kollegen haben sie in eine Arrestzelle im Stadion gebracht und wollten sie dann mit ins Präsidium nehmen«.

»Moment mal, das haben wir gleich.« Hubertus zückte sein Handy. Er erteilte die Anweisung, Fatima zurück ins Stadion zu bringen.

»Ja, genau. Sie haben mich richtig verstanden. Zurück zum Stadion. Und zwar zügig.« Er steckte sein Mobiltelefon wieder in die Hosentasche.

»Kommt gleich. Sie war schon auf dem Weg in die Untersuchungshaft.«

»Und Sie haben veranlasst, dass sie wieder hier her zurückgebracht wird?«, erkundigte sich Hannah fassungslos.

»Ich will wissen, was hier eigentlich passiert ist. Und zwar noch heute. Ohne die Vernehmung von Frau Dr. Shapourzadeh wird das wohl nicht möglich sein, oder?«

Natürlich hatte Fatima Fehler gemacht. Aber sie war da in einer fatalen Mixtur aus Unwissenheit und einer gehörigen Portion Naivität in eine Sache hineingeraten, deren ungeheures Ausmaß sie gar nicht überblicken konnte. Es würde sicher nicht einfach werden, zu beweisen, dass sie für das Attentat bei Gowarah Sang nur benutzt worden war. Allerdings hatte sie enormen Anteil daran, dass die Terroristen letztendlich ihre Ziele nicht erreichen konnten. Sie hatte sich Jan anvertraut und ihm wichtige Informationen gegeben. Zumindest die, die ihr bekannt waren.

Jan wandte sich an Tom Ritter. »Wir wussten lange nicht, wer sich hinter dem Pseudonym *Coach* versteckt hielt. Zuerst vermuteten wir, dass der Devil die gesuchte Person wäre. Die CIA war der gleichen Meinung. Wusstest du, dass er in den USA auf der Fahndungsliste steht?«

Tom Ritter lachte. »Der war echt sauer, als diese beiden CIA-Typen bei ihm aufgekreuzt sind. Sein Bruder hat sie damals vom Hof gescheucht. Bei der Ähnlichkeit der Deville-Brüder hatte die

CIA fälschlich angenommen, sie wären auf Maynard getroffen. Bevor er dann zu unserem Kameradschaftstreffen nach New York kam, war er schon einige Jahre nicht mehr in den USA gewesen. Als er aus Afghanistan zurück in seine Heimat nach Wyoming wollte, haben sie bei ihm angeblich Drogen im Gepäck gefunden und ihn verhaftet.«

»Der Devil und Drogen? Der hat doch nur immer diese indianischen Naturkräuter verwendet, oder?«, wandte Jan ein.

»Stimmt. Aber eben ein Teil dieser Substanzen wurden in den USA scheinbar als Drogen klassifiziert. Muss wohl irgendwo 'ne Prise Marihuana dabei gewesen sein. Da Maynard keinen Bock auf Knast hatte, ist er denen nach altbekannter Manier entwischt und hat sich nach Australien abgesetzt.«

»Aber wie konnte er dann ohne Probleme wieder in die Staaten einreisen?«, wunderte sich Jan.

»Er hatte den Pass von Jeremy Bates. Meine Schwester ist mit seinem Neffen verheiratet. Du kannst dir vorstellen, wie der Devil und ich uns angesehen haben, als wir uns bei der Hochzeitsfeier in diesem Nest in Wyoming plötzlich gegenüber-gestanden haben. Die Welt ist klein. Die Bates und die Devilles sind sogar weitläufig verwandt. Haben beide Indianerblut in ihren Adern. Das ist jetzt auch schon wieder alles ein paar Jahre her. Wir hatten seit dem immer mal wieder Kontakt. Haben ab und zu telefoniert. Als die Einladung zum Kameradschaftstreffen in New York kam, beschlossen wir, uns dort zu treffen. Jeremy Bates ist im Frühling dieses Jahres leider verstorben. Der Devil hat dafür gesorgt, dass die Sterbeurkunde zunächst mal unter Verschluss blieb. So kam er an einen gültigen Reisepass. Mit dem Einverständnis der Bates-Brüder nahm er dem Toten die Fingerabdrücke und fertigte sich Prothesen für seine Fingerkuppen. Eine Brille, ein falscher Bart, eine grau melierte Perücke; für den Devil war die Verwandlung in Jeremy Bates kein großes Problem.«

Polizeiobermeister Szafranski hatte seinen Job erledigt. Mit zwei Kästen feinstem deutschem Markenbier kehrte er in die Einsatzzentrale zurück.

»Sie können ja tatsächlich auch noch was anderes als fliegen, Mann. Gute Arbeit. Wenn Sie uns jetzt noch einen Öffner besorgen, werde ich Sie sofort befördern.«

Hubertus von Echternach war mittlerweile bester Laune.

»Flaschenöffner sind Luxus. Brauchen wir nicht.«

Der Pilot griff zwei Bierflaschen aus dem Kasten und hebelte mit einem kurzen Ruck die Deckel ab. »So geht das, Chef. Zum Wohl!«

Er reichte Hannah und seinem Chef die geöffneten Flaschen und hebelte die nächsten auf.

»Wie seid ihr darauf gekommen, dass es sich bei den beiden Syrern um Terroristen handeln könnte? Und woher wusstet ihr, was die vorhaben?«, wollte Hannah wissen.

»An dem besagten Abend ging es im Warriors Club hoch her. Es wurde ausgiebig gefeiert und reichlich getrunken. Maynard rührte wie immer keinen Tropfen Alkohol an. Irgendwann war er dann nur noch in der Rolle des Beobachters. Am späten Abend nahm er mich an die Seite: *Diese Männer sind schlecht. Sie führen Böses im Schilde. Ich kann es in ihren Augen sehen,* meinte er. Da ich schon einiges intus hatte, maß ich dieser Aussage zunächst kaum Bedeutung zu. Am nächsten Tag erzählte mir Maynard, dass die beiden Syrer sich eingängig mit Steven Howard beschäftigt hätten. Er hatte das Gefühl, dass sie ihn für eine bestimmte Aufgabe angeheuert hatten. Später stellte sich heraus, dass Howie in großen finanziellen und persönlichen Schwierigkeiten steckte. Er war als Zielperson für die Zwecke der Terroristen wie geschaffen. Er war Elitesoldat, er brauchte dringend Geld und er hatte Kontakt zu vielen anderen Kameraden. Er konnte den Terroristen alle notwendigen Namen, Adressen und Telefonnummern beschaffen. So gelang es den Syrern, Johnny Henderson und die anderen Jungs für ihre Versuche zu missbrauchen und ein schlagkräftiges Team für den Afghanistaneinsatz zu rekrutieren. In allen Fällen fungierte Howie als Verbindungsmann. Die Rolle des Coaches übernahm er dann gegen eine lukrative Entlohnung gleich selbst.«

»Aber wenn Sie das damals schon alles wussten, wieso haben Sie sich nicht umgehend an die Behörden gewendet?« wollte Hubertus von Echternach wissen.

»Bei allem Respekt«, antwortete Tom Ritter, »wir hatten doch überhaupt keine Beweise. Alles nur Vermutungen. Und der Devil konnte sich ja wohl kaum bei der Polizei melden. Wir beschlossen an der Sache dranzubleiben und zunächst abzuwarten, was als Nächstes passieren würde.«

Tom Ritter nahm einen kräftigen Schluck aus seiner Bierflasche.

»Dann waren wohl die Morde an den Senatoren für euch die traurige Bestätigung, dass ihr mit euren Vermutungen richtig lagt?«, stellte Jan fest.

Tom Ritter nickte. »Hat mal einer ein Taschentuch?«

Hannah reichte ihm eines. Er goss etwas Bier darüber und rieb sich den Ruß aus dem Gesicht. »Ja, aber wir hatten nicht damit gerechnet, dass sie außerhalb der Staaten etwas Ähnliches planten. Deshalb konnten wir auch die Sache mit Rommel nicht verhindern. Und als wir in den USA versuchten, an die Syrer heranzukommen, waren die schon auf dem Weg nach Afghanistan. Als wir von dem Attentat von Gowarah Sang hörten, waren wir vollkommen fertig. Der Devil schlug vor, alle noch verfügbaren Männer aus der Einheit zu aktivieren, um die Typen bei ihrer Rückkehr in die USA zu schnappen.«

»Aber sie kamen nicht zurück, sondern flogen nach Moskau und anschließend nach Berlin«, stellte Jan fest.

»Ja und da sie das unter falschem Namen und mit gefälschten Pässen taten, dauerte es ein paar Tage, bis wir davon erfuhren.«

»Wie habt ihr überhaupt herausgefunden, dass die nach Deutschland gekommen waren?«, fragte Hannah.

»Zunächst nahmen wir an, dass sie mit dem Anschlag auf den ISAF-Konvoi ihr Ziel erreicht hatten und untergetaucht waren. Also haben wir uns an die Fersen von Howie geheftet. Wir wussten, dass die CIA nach Maynard fahndete, weil sie glaubten, er wäre dieser ominöse *Coach*. Demnach kannten sie Howies Identität nicht. Der Devil war sich aber von Beginn an sicher, dass es Steven Howard war, den sie suchten. Da Howie auf keiner Fahndungsliste stand, konnte er überall auf der Welt mit seinem Pass unbehelligt ein- und ausreisen.«

»Und dann habt ihr erfahren, dass er nach Berlin geflogen war«, schaltete sich erstmals Steven Goldblum in das Gespräch ein.

Tom Ritter sah zunächst etwas irritiert zu Steven herüber, antwortete dann aber auf seine durchaus richtige Einlassung.

»Maynard hatte Verbindungen zu einem ehemaligen Kameraden von den Marines, der für die NSA arbeitet. Er schuldete ihm noch was und versprach nach dem Aufenthaltsort von Steven Howard zu fahnden. Dass er nach Berlin geflogen war, bekamen wir aber mit Hilfe meiner Schwester heraus. Sie arbeitet als Kriminalpsychologin beim Landeskriminalamt in Hannover und hat ihre Beziehungen spielen lassen. Anhand der Passagierlisten, die täglich beim Bundesnachrichtendienst überprüft werden, war es nicht weiter schwierig, die Einreise von Steven Howard von Moskau nach Berlin festzustellen. Hätte er, wie die anderen, einen falschen Pass benutzt, hätten wir ihn wohl nie gefunden. War etwas unvorsichtig, unser Freund. Zum Glück.«

»Und dann seit ihr sofort nach Berlin gekommen?«, fragte Hannah.

»Als du mich anriefst, um ein Treffen zu vereinbaren, war mir schon klar, was du dachtest, Jan. Ihr wolltet herausfinden, ob ich nicht vielleicht der war, den ihr sucht.«

»Ja, weil du uns auf die Frage, ob du beim Kameradschaftstreffen in New York warst, nicht die Wahrheit gesagt hast«, sagte Jan.

»Und wir bei der Überprüfung deiner Person festgestellt hatten, dass du, na ja« -sie zögerte etwas- »in persönlichen und finanziellen Schwierigkeiten steckst«, fuhr Hannah fort. »Und dann war da noch die Sache mit dem Tattoo. Wir konnten auf Fotos von der Gruppe in Afghanistan erkennen, dass der *Coach* eine Tätowierung im Nacken trug.«

Tom Ritter lachte heftig. »Ja, ja, alles klar. Umso erstaunter ward ihr im Cafe' Kranzler, als mein Rücken blank war, oder?«

»Weniger erstaunt, vielmehr erleichtert, mein Freund«, warf Jan ein.

»An dem besagten Abend im Warriors Club hatte der Wirt zu fortgeschrittener Stunde zwei Tätowierer bestellt. Unter den Einfluss von Alkohol hatte einer aus der Gruppe vorgeschlagen, die *Brotherhood Of Warriors* zu gründen und zum Zeichen der Zusammengehörigkeit den Schriftzug auf unsere Schultern tätowieren zu lassen. Ich weiß nicht mehr, wer das hat machen lassen und wer nicht. Maynard trägt ausschließlich seine indianischen Zeichen auf dem Körper und ich hasse Tattoos. Für uns kam das gar nicht in Frage. Maynard meinte aber am nächsten Tag, dass

Steven Howard der erste war, der sich unter die Nadel gelegt hatte. Da wir das für ausgemachten Blödsinn hielten, haben wir dann auch nicht mehr darauf geachtet, wer sich den Schriftzug hat stechen lassen und wer nicht. Aber Howie hat das definitiv getan.«

Tom Bauer hörte den Aussagen von Thomas Ritter gespannt zu.

»Aus welchem Grund war Maynard Deville nach Leipzig gefahren. Steven Howard war doch in Berlin?«, wollte er wissen.

»Howie ist in Berlin gelandet und dann noch am gleichen Tag mit einem Mietwagen nach Leipzig gefahren. Dem Devil war sofort klar aus welchem Grund. Er sollte das nachholen, was die Taliban und die Russenmafia bisher nicht geschafft hatten. Er sollte den *Black Dragon* töten! Deshalb fuhr Maynard sofort nach Leipzig, um Howie zu beschatten und Jan zu schützen. Seit diesem Tag war er ständig in deiner Nähe, Jan. Dann hatte er keine andere Wahl mehr. Er musste Howie in der Villa von Dr. Shapourzadeh liquidieren, um Jan und die anderen drei Personen zu retten. Nicht ohne vorher von ihm zu erfahren, was die Terroristen in Berlin vorhatten. Ich möchte nicht wissen, was er mit Howie angestellt hat, um an diese Informationen zu gelangen. Danach haben wir uns sofort an die Fersen dieser beiden Syrer geheftet. Wir hatten uns vorgenommen, sie noch am letzten Wochenende zu erwischen und aus dem Verkehr zu ziehen, bevor sie ihren teuflischen Plan in die Tat umsetzen konnten, aber sie hatten sich still und heimlich in die Iranische Botschaft zurückgezogen, weil sie befürchten mussten, dass die Syrische Vertretung von den Behörden durchsucht werden würde. Uns blieb nur die Möglichkeit, sie zu observieren und abzuwarten, bis sie die Botschaft verließen.

Fatima sah elend aus. Ihr langes, schwarzes Haar hing schlaff und konturlos an ihren Schultern herunter. Ihr dunkler, ebenholzfarbener Teint schimmerte jetzt aschfahl im Neonlicht. Tiefe, schwarze Augenringe erzählten von ihrem Schmerz und ihrer Verzweiflung. Die ohnehin schon kleine, zierliche Person bewegte sich gramgebeugt wie eine alte, kranke Frau. Als sie begleitet von zwei jungen Polizeibeamten die Einsatzzentrale im Olympiastadion betrat, war sie kaum wiederzuerkennen. Kurzum: Fatima war total am Boden zerstört. Sie war die einzig Überlebende dieses potentiellen

Terroranschlages. Fadi Bin Hammad und Ibrahim Al Mawardi hatten sie getäuscht und sie benutzt. Trotzdem trauerte sie um zwei vertraute Freunde, die sie als nette, ehrenwerte Menschen ohne Fehl und Tadel kennen und lieben gelernt hatte. Jetzt kam es ihr so vor, als wäre das in einem andern Leben gewesen. Wie konnten sich Menschen dermaßen verändern? Es waren Personen mit zwei Gesichtern, wie sie nun feststellen musste: Dr. Jeckyll und Mr. Hyde. Zu einem die strebsamen, passionierten Wissenschaftler, zum anderen fanatische Fundamentalisten, die sich nicht scheuten, im Namen Allahs unschuldige Männer, Frauen und Kinder zu töten. Niemals hätte sie für möglich gehalten, das Fadi und Ibrahim nichts als gemeine Mörder waren.

Hannah stand auf, ging ihr entgegen und nahm sie in den Arm. Sie tat ihr leid, auch wenn noch längst nicht bewiesen war, dass sie tatsächlich Opfer war und nicht Täter. Hubertus von Echternach erhob sich und bot Fatima einen Platz am Tisch an.

»Bitte setzen Sie sich, Frau Doktor«, sagte er höflich.

Es trat eine Pause ein. So, als wollte niemand das Wort ergreifen. Als wollte man Fatima Zeit lassen, sich ein wenig zu sammeln. Die noch vor wenigen Minuten eher ausgelassene Stimmung war just verflogen. Es herrschte Ruhe und Andacht im Raum. In diesem Moment hätte man eine Stecknadel fallen hören können. Dann räusperte sich der Polizeichef.

»Wir müssen Ihnen ein paar Fragen stellen. Wenn Sie sich im Moment dazu nicht in der Lage fühlen, können wir das natürlich auch auf morgen verschieben.«

Fatima schüttelte den Kopf. »Nein, fragen Sie nur. Sie haben dazu alles Recht der Welt. Ich danke Ihnen allen, dass Sie mich nach all dem, was geschehen ist, so freundlich behandeln. Das ist nicht selbstverständlich. Danke.«

Sie sprach leise, gebrochen, ohne ihren Kopf zu heben.

Jan, der ihr gegenüber saß, fasste ihre Hand.

»Fatima, erzählen Sie uns doch bitte, was heute genau passiert ist. Was wussten Sie und worüber hat man Sie im Unklaren gelassen?«

Vorsichtig hob die Syrerin den Kopf. Dann sah sie langsam von einem zum anderen. Als sie bei Tom Ritter angekommen war, erschrak sie. »Ich kenne Sie. Sie sind einer der Männer, die uns seit Tagen beobachtet haben und uns gefolgt sind. Warum haben Sie nicht eingegriffen? Sie hätten doch etwas tun müssen. Ich verstehe das nicht«, fing Fatima an zu weinen.

»Beruhigen Sie sich, Fatima. Das ist Thomas Ritter. Er ist ein Kamerad und ein guter Freund. Zusammen mit einem zweiten Mann aus unserer ehemaligen Einheit hat er uns wertvolle Schützenhilfe geleistet. Die beiden sind keine Polizisten und waren inoffiziell im Einsatz. Wir wussten bis heute auch nichts von ihren Aktivitäten. Aber ohne sie wären auch wir beide nicht mehr am Leben, Fatima. Sie haben uns in der Villa ihres Vaters beschützt und Steven Howard getötet.«

»Wir mussten abwarten. Wir wussten ja nicht mal, ob hier in Berlin überhaupt ein Anschlag geplant war. Die beiden Männer hatten Diplomatenstatus. Und wir haben illegal ermittelt. Wenn wir mit irgendwelchen unbewiesenen Behauptungen zur Polizei gegangen wären, hätte man wohl eher uns verhaftet. Aber in aller Bescheidenheit ist es uns ja am Ende gelungen, dass Schlimmste zu verhindern. Dass trotzdem Menschen gestorben sind, ist sehr bedauerlich.«

Fatima starrte Tom Ritter regungslos an. Dann holte sie tief Luft und nickte. »Entschuldigen Sie, Thomas. Natürlich haben Sie alles richtig gemacht. Ich werde nur nicht damit fertig, dass ein unschuldiger Junge sterben musste. Er wurde genau wie sein Onkel von diesen rücksichtslosen Barbaren missbraucht. Wer sich weigert, mitzumachen, wird kaltblütig ermordet. So lautet die Anweisung des Meisters. Er hat es seinen Männern in Moskau vorgemacht, als er Professor Al Mawardi vor unseren Augen umgebracht hat. Er ist kein Mensch sondern eine Bestie.«

»Wer waren die beiden anderen Männer, die an dem versuchten Anschlag beteiligt waren?«, fragte Hubertus van Echternach.

»Genau genommen, waren es drei. Mahmut Shabaz, sein Neffe Ali und ein Pilot, den der Meister aus Frankreich geschickt hatte. Mahmut Shabaz hat den Anschlag vorbereitet und organisiert. Er betreibt seit vielen Jahren eine Rohrreinigungsfirma hier in Berlin und hatte so ungehinderten Zugang zum Olympiastadion.«

Hubertus fragte weiter: »Und Sie haben die Aufgabe übernommen oder übernehmen müssen«, korrigierte er sich, »den jungen Ali Shabaz zu hypnotisieren und unter Drogen zu setzen, mit dem Ziel, dass er in der Fankurve der Hertha einen Sprengsatz zündet?«

Alle Augen richteten sich auf Fatima.

»Ja, das war mein Part. Dazu brauchten sie mich. Wahrscheinlich hätten sie mich sonst vorher genauso aus dem Weg geräumt wie Professor Al Mawardi. Das war mein Faustpfand. Sie hatten sonst niemanden, der diese Aufgabe übernehmen konnte.«

»Also haben Sie es getan«, merkte Tom Bauer an.

Fatima drehte sich nach rechts und sah Tom Bauer direkt in die Augen. Für einen Moment schien die Stimmung ins Negative zu kippen.

»Nein«, antwortete Fatima zur Überraschung aller. »Gar nichts habe ich getan. Die Injektion enthielt kein Flunitrazepam sondern ein Vitaminpräparat und die Medikamente waren keine Psychopharmaka, sondern nichts als Placebos. Ali war auch nicht hypnotisiert, sondern bei klarem Verstand. Er hatte Angst. Todesangst. Sie stand ihm im Gesicht geschrieben. Dieser Junge hätte sich niemals selbst in die Luft gesprengt. Vollkommen ausgeschlossen.«

Fatima blickte in erstaunte Gesichter. Allgemeines Gemurmel setzte ein. Wie bitte? Was hatte sie da gerade gesagt?

»Und weil die beiden Syrer weder dir noch dem Jungen trauten, haben sie Fernzünder installiert, um auf Nummer sicher zu gehen«, stellte Jan fest.

»Ja, aber die waren nutzlos. Ich habe im Wagen auf der Fahrt zum Stadion die Knopfbatterien entfernt.«

»Wie bitte?«, wunderte sich Steven, »aber die Sprengladung unter dem Van wurde doch ferngezündet. Dass kann doch nur der Syrer selbst gewesen sein.«

»Nein, völlig ausgeschlossen. Es ist so, wie ich es sage«, blieb Fatima beharrlich.

»Sachte, sachte, keinen Streit«, beschwichtigte Tom Ritter und erklärte: »Maynard hat versucht, dem Jungen die Weste mit dem Sprengsatz vom Körper zu entfernen. Aber der hat sich gewehrt und nach seinem Zünder in der Hosentasche gegriffen. Er *musste* den Jungen töten. Es gab keine Alternative. Dann hat er die Sprengladung unter dem Van platziert und den Zeitzünder mit dem Anlasser verbunden. Die Detonation wurde definitiv nicht von dem Mann im Van ausgelöst«, erklärte Tom.

»Du hast getan, was du konntest, Fatima. Die Obduktion des Jungen wird zeigen, dass du uns die Wahrheit gesagt hast. Der Tod des Jungen war nicht zu verhindern. Maynard konnte kein Risiko eingehen und hat richtig gehandelt«, sagte Jan.

Der Meister war außer sich vor Zorn. Soeben hatte er aus der Syrischen Botschaft in Berlin erfahren, dass das Spiel im Olympiastadion beendet war und es zu *keinen erwähnenswerten Zwischenfällen,* wie es der Pressesprecher der Berliner Polizei in den Abendnachrichten ausdrückte, gekommen war. *Alles lief friedlich und geordnet ab*, hieß es weiter in der Erklärung. Kein Wunder, dass er weder Fadi noch Ibrahim erreichen konnte. Wahrscheinlich waren sie mittlerweile verhaftet worden oder vielleicht sogar schon tot. Fest stand jedenfalls: Der Anschlag war misslungen!

Auch sein französischer Landsmann, den er als Piloten nach Berlin geschickt hatte, war von der Bildfläche verschwunden. Er wies den Syrischen Botschafter an, alle nur erdenklichen Informationen zu sammeln. Vor allem sollte er etwas über den Verbleib seiner Leute in Erfahrung bringen. Merkwürdig war in diesem Zusammenhang, dass bisher nirgendwo Meldungen aufgetaucht waren, in denen von einem vereitelten Terroranschlag in Berlin die Rede war. Normalerweise waren die Ungläubigen doch ungeheuer schnell, wenn es darum ging, ihre Erfolge gegen den Terror zu vermelden. Doch in diesem Fall herrschte zumindest im Moment noch absolute Funkstille. Fest stand jedenfalls, dass die Operation misslungen war. Die Frage war nur, ob jemand überlebt hatte. Besonders fatal wäre in diesem Zusammenhang der Tod von Fatima Shapourzadeh. Sie war die einzig verbliebene Hüterin des Heiligen Grals. Die Tests in den USA und in Afghanistan waren ein voller Erfolg gewesen. Das Medikament wirkte. Perfekt sogar. Er musste unbedingt wieder in Besitz dieses Kmow-hows gelangen. Koste es, was es wolle. Dieser widerliche Russe Dr. Muratov war außer ihr der einzige, der über das neugewonnene Wissen im Bereich Mindcontrolling verfügte. Und der würde den Teufel tun und ihnen diese Informationen zur Verfügung stellen. Vor allem dann nicht, wenn er erfahren würde, dass nur noch er über dieses Wissen verfügt. Er würde an den Meistbietenden verkaufen. Und zwar teuer. Sehr teuer. Die Christen glaubten an Gott, wenn auch an den falschen. Immerhin. Die Kommunisten waren Atheisten. Sie glaubten an gar nichts. Außer an den schnöden Mammon. Ihre Religion war schon immer das Geld. Sie waren gierig und maßlos. Ihre Götter waren mit Euro- und Dollarzeichen geschmückt. Oh, wie er diesen menschlichen Abschaum hasste. Kaum auszudenken, dass er diesen Dr. Muratov hofieren müsste, um an die notwendigen Informationen zu gelangen. Lieber würde er sich die rechte Hand abhacken. In diesem Zusammenhang war es besonders bitter, dass er ja höchstselbst für den Tod von Professor Al Mawardi verantwortlich war. Ein möglicherweise fataler Fehler, wie er sich jetzt eingestehen musste. Je mehr er darüber nachdachte, desto wütender wurde er. Schweißperlen bildeten sich auf seiner Stirn. Er musste sich erst mal setzen. Verdammt noch mal, wie dumm ist diese Aktion gewesen? Von diesem alten Mann wäre doch keinerlei Gefahr ausgegangen. Er hatte ihn lediglich getötet, um seine Unnachgiebigkeit und seine Macht zu demonstrieren. Jetzt konnte er nur noch hoffen, dass Fatima noch am Leben war. Seine Wut und sein Ärger waren immens. Jetzt fehlte nur noch die Nachricht, dass dieser aufgeblasene, arrogante Kerl, der sich selbst *Coach* nannte, auch noch versagt hatte. Jedenfalls gab es keinerlei Hinweise darauf, dass der *Black Dragon* nicht mehr lebte. Wahrscheinlich war auch dieses ungläubige Großmaul an dieser Aufgabe gescheitert. Dann werde ich das jetzt selbst übernehmen, dachte der Meister. In seiner Vorstellung malte er sich aus, wie er den *Black Dragon* gefangen nahm, folterte und ihm schließlich den Todesstoß versetzte. Dann hätte er, der Meister persönlich, den Erzfeind der Al Kaida zur Strecke gebracht. Mit diesen Gedanken fühlte er sich gleich viel besser.

In den frühen Morgenstunden begannen die Aufräumarbeiten auf dem Gelände des Olympiastadions. Außer einem riesigen Krater im Bereich des Vorplatzes am Schwimmstadion war allerdings nicht viel übrig geblieben. Die Detonation war so heftig gewesen, dass sämtliche Materie nahezu pulverisiert worden war. So kam man schnell zu der Erkenntnis, die Bulldozer anrollen zu lassen, das Loch zuzuschieben und schnellstens den alten Zustand wieder herzustellen. Überreste der Toten, die man hätte bestatten können, gab es nicht mehr. Auch das direkt über dem Sausuhlensee, der im Waldgebiet östlich der Trakehner Allee in Sichtweite des Olympiastadions liegt, abgeschossene und explodierte Flugzeug hatte keine großräumigen Spuren hinterlassen. Die winzigen Einzelteile, die zu Boden geregnet waren, hatten sich auf die relativ große Waldfläche verstreut oder lagen mittlerweile auf dem Grund des Sees. Die Identität des Piloten würde man wahrscheinlich niemals in Erfahrung bringen.

Die Polizeipräsidentin Dr. Mechtild Köppe hatte in Absprache mit ihrem Einsatzleiter Hubertus von Echternach entschieden, im Moment noch keine Informationen über die Ereignisse des vorigen Abends zu veröffentlichen. Die 72.000 Menschen, die sich zur Zeit des versuchten Terroranschlages im Stadion befanden, waren nur knapp einer Katastrophe entkommen. Nicht auszudenken, welche Folgen es gehabt hätte, wenn der Sprengsatz in der vollbesetzten Ostkurve explodiert wäre. Nach Schätzungen der Experten wären dort mindestens dreitausend Menschen gestorben. Und dieses Szenario wäre nur die Ouvertüre für das eigentlich von den Terroristen geplante Massaker gewesen. Wäre der Pilot mit seinem randvoll mit dem Nervengas Sarin betankten Agrarflugzeug in die Schüssel des Olympiastadions geflogen und hätte dort sein tödliche Fracht entladen, wären an diesem Abend schätzungsweise weitere zehntausend Menschen gestorben und etliche mehr mit schweren Vergiftungen in die Berliner Krankenhäuser eingeliefert worden. In diesem Zusammenhang von *Sterben* zu sprechen, wäre auch wohl deutlich untertrieben. Diese Menschen wären elendig verreckt, ohne dass jemand hätte etwas dagegen tun können. Es machte im Moment wenig Sinn, den Besuchern des gestrigen Spiels mitzuteilen, dass sie eigentlich nur noch zufällig am Leben waren. Der daraufhin zu erwartende Sturm der Entrüstung, der berechtigterweise auf die verantwortlichen Berliner Behörden einprasseln würde, wäre momentan eher kontraproduktiv. Man beschloss, diesen Vorfall erst ausreichend aufzuarbeiten und zu analysieren, bevor man damit an die Presse ging. In ein paar Wochen hätte sich die Lage beruhigt und der Aufschrei der Öffentlichkeit wäre mit Sicherheit nicht mehr ganz so groß. Allerdings würde man intern aufarbeiten müssen, dass der Bundesnachrichtendienst bei der Beurteilung der Lage völlig danebengelegen hatte. Der für diesen Einsatz verantwortliche Dr. Braun hatte sich als arrogant und überheblich erwiesen und war niemals müde geworden, zu betonen, dass er jederzeit Herr der Lage gewesen war. Dies sollte sich jedoch als folgenschwerer Irrtum entpuppen. Doch auch diese Erkenntnis würde zunächst unter Verschluss bleiben. Dass dieser verheerende Terroranschlag dennoch verhindert werden konnte, war das Ergebnis einiger glücklicher Fügungen. Zunächst mal hatten die Beamten der Leipziger Polizei durch ihre schnelle Auffassungsgabe doch noch das eigentliche Ziel der Terroristen ausgemacht und dementsprechend schnell gehandelt, wie Hubertus von Echternach lobend feststellte. Spät, aber glücklicherweise nicht zu spät. Und ohne die Hilfe der beiden unbekannten Männer, die, wie sich später herausstellen sollte, ehemalige Elitesoldaten aus Major Krügers Sondereinheit *Sniper* waren, hätte es ohnehin keine Chance mehr gegeben, dieses schreckliche Inferno zu verhindern. Und unter dem Aspekt, dass sich momentan alle Welt über die unlauteren Abhörmethoden der NSA empörte, wäre es jetzt absolut unangemessen, zuzugeben, dass die deutschen Behörden ohne die Hilfe der CIA nicht mal ansatzweise mitbekommen hätten, dass die Terroristen voll-kommen unbehelligt mit gefälschten Pässen nach Berlin gelangen konnten. Zudem war es im Moment sicher hilfreich, die Drahtzieher der Al Kaida in dem Glauben zu lassen, Fatima Shapourzadeh sei tot. Somit konnte sie sich zumindest im Augenblick der Verfolgung dieser Männer entziehen. Dass sie sie jagen würden, wenn herauskäme, dass sie überlebt hätte, war sonnenklar. Also nach Abwägen aller Vor- und Nachteile schien es nach Ansicht aller Beteiligten das Beste, den Vorfall zunächst ausschließlich intern zu behandeln. Zumindest so lange, bis die Presse davon Wind bekäme. Diese Zeit wollte man laut Hubertus von Echternach nutzen, um die Ereignisse des vorigen Abends und der Tage zuvor intensiv aufzuarbeiten. Was ohne

Frage auch dringend notwendig war.

Um kurz nach neun trafen sich Hannah, Jan, Steven, Thomas Ritter und Tom Bauer zum Frühstück im Restaurant des Estrel-Hotels. Bis kurz nach drei Uhr hatten sie die Nacht zuvor noch in den Räumen der Einsatzzentrale des Olympiastadions zusammengesessen. Ausgeschlafen sah anders aus. Im Radio lief leise ein Song, ein Evergreen, den Jan liebte: *Simon and Garfunkels Bridge Over Troubled Water.* Er lauschte andächtig. Auf seinem unrasierten, von Erschöpfung gezeichneten Gesicht zeichnete sich ein leichtes Lächeln ab.

»When you're weary/ Feeling small/ When tears are in your eyes/ I will dry them all/ I'm on your side/ When times get rough/ And friends just can't be found/ Like a bridge oder troubled water/ I will lay me down / Like a bridge over troubled water/ I will lay me down.«

Ja, genau das hatte Maynard Deville getan. Er hatte sich mächtig gestreckt, um für seine Freunde eine Brücke über den reißenden Strom zu bauen, dachte Jan.

Fatima Shapourzadeh, die danach wieder in Untersuchungshaft genommen worden war, musste damit rechnen, dass ihr für die Beteiligung am Anschlag bei Gowarah Sang der Prozess gemacht werden würde. Entweder hier in Deutschland oder in den Vereinigten Staaten. Das stand noch nicht fest. Ausgang offen. Jedenfalls würde es schwierig werden, die Richter komplett von ihrer Unschuld zu überzeugen. Hubertus versprach, sie aus den Ermittlungen in Berlin weitgehend herauszuhalten. Ob ihm das gelingen würde, war momentan nicht sicher. Jan und Hannah drückten ihr die Daumen. Aus ihrer Sicht war sie in erster Linie Opfer und nicht Täter. Sie wurde benutzt und sie war zu naiv, um es zu bemerken. Naivität ist zwar gefährlich, aber zunächst einmal kein Verbrechen. Ihren Vater hatte man mittlerweile wieder auf freien Fuß gesetzt. Die Naivität hatte sie offenbar von ihm geerbt. Fatima und Thomas Ritter hatten mit ihren Aussagen und Erklärungen eine Menge Licht ins Dunkel gebracht. Doch längst waren nicht alle Fragen beantwortet. Um letztlich ein Gesamtbild der vergangenen Tage zu konstruieren, fehlten die erhellenden Beiträge von Maynard Deville. Doch der war, wie so oft, spurlos, und ohne sich zu verabschieden, von der Bildfläche ver-schwunden. Hatte sich einfach in Luft aufgelöst. Wie immer.

Auch Tom Ritter hatte keine Ahnung, wo er sich im Moment aufhalten würde. »Typisch Devil eben. Er ist und bleibt ein Phantom.«

Erst wurde er verdächtigt, für die Terroristen zu arbeiten, dann entpuppte er sich als Retter in letzter Sekunde. Vom Saulus zum Paulus innerhalb weniger Tage? Mitnichten.

»Ich hätte wissen müssen, dass der Devil nicht der *Coach* ist. Die Indizien sprachen zwar dafür, mein Gefühl sperrte sich jedoch von Beginn an gegen diesen Verdacht. Zu viele Fragen, keine Antworten. Bis zum gestrigen Abend. Eindrucksvoller hätte dieser *Rote Teufel* seine Antwort nicht geben können«, zollte Jan seinem Freund den größtmöglichen Respekt. Er hatte den Nagel auf dem Kopf getroffen.

»Wie nur hatte Maynard den Jungen in diesem Ameisenhaufen der Ostkurve so schnell aufspüren können? Wie war es möglich, ihn in nur wenigen Sekunden auszuschalten, ihm seinen Sprengstoffgürtel abzunehmen und diesen in der Kürze der Zeit bis hinter die Nordkurve zu schaffen, ihn scharf zu machen und unter dem Van zu platzieren?«, fragte Hannah kopfschüttelnd. »Ich bin die ganze Zeit über vollkommen orientierungslos durch den Hertha-Block geirrt, habe mich durch Wände von Leibern gequetscht. Es gab definitiv keine Chance, in diesem kurzen Zeitraum gezielt eine einzelne Person auszumachen. Es sei denn, Kamerad Zufall hätte kräftig nachgeholfen. Und der Devil hat den Jungen innerhalb weniger Minuten gefunden, ihn erledigt und danach auch noch den Van manipuliert? Nein, niemals. Das ist nicht möglich.«

»Doch Hannah. Genau so ist es gewesen. Ich glaube auch nicht an Geister oder Gespenster. Aber frag Jan oder Rommel: Sie haben selbst erlebt, zu welchen Dingen der Mann fähig ist. Im Grunde ist er ein Magier, der es versteht, sich bei seinen Tricks nicht in die Karten schauen zu lassen Aber gegen seine magischen Fähigkeiten stehen Houdini oder Copperfield beinahe wie blutige Anfänger da«, meinte Tom Ritter.

»Ich glaube nicht, dass Maynard mit Illusionen oder Sinnestäuschungen arbeitet. Die Grundlage seines Handels ist die Lehre

650

der Schamanen. Alles was er tut, basiert auf dem, was er von seinem Großvater, einem indianischen Medizinmann, gelernt hat. Maynard verfügt über einen Willen, der Berge versetzen kann. Er ist schnell wie ein Leopard, beweglich wie eine Katze und hat Kraft wie ein Stier. Manche Menschen sind in außergewöhnlichen Stresssituationen in der Lage, ihre sogenannten autonomen Kraftreserven freizusetzen. Die betragen bei einem normalen Menschen etwa fünfzehn Prozent seiner Maximalkraft. Maynard verfügt über die seltene Fähigkeit, diese Reserven auf Abruf nutzen zu können. Niemand von uns ist in der Lage, die volle Leistungsfähigkeit seiner Sinne auch nur annähernd auszuschöpfen. Ein großer Prozentsatz des menschlichen Gehirns liegt erwiesenermaßen brach. Wir sind bequem und viel zu träge, jeden Tag etwas Neues zu lernen, uns ständig zu verbessern. Wir sind mit dem zufrieden, was uns dazu verhilft, ein ruhiges und komfortables Leben zu führen. Wir alle leiden unter der Zivilisationskrankheit Nummer eins: Bequemlichkeit. Wir investieren immer nur das Notwendigste, um ein bestimmtes Ziel zu erreichen.

Der Devil leidet eben nicht an dieser Zivilisationskrankheit. Er ist untrennbar mit der Natur verbunden. Er kann Dinge erkennen, die wir nicht mal mit der Lupe sehen würden. Er kann Düfte und Gerüche wahrnehmen, die wir überhaupt nicht riechen. Er kann Handlungen vorhersehen, die wir nicht mal ansatzweise erahnt hätten. Und er ist in der Lage, mit wilden Tieren auf eine Art und Weise zu kommunizieren, die wir niemals verstehen werden. Diese Reihe könnte ich jetzt endlos fortsetzen. Er hat sein ganzes Leben daran gearbeitet, seine Sinne zu schärfen, während diese bei uns immer mehr verkümmern. Das ist der Grund, warum er anderen Menschen in allen Belangen überlegen ist.«

Jan trank einen großen Schluck schwarzen Kaffee und schüttete noch etwas Zucker nach. Er musste dringend sein leeres Reservoir an Kohlehydraten auffüllen.

»Schade nur, dass er wieder klammheimlich verschwunden ist. Ich hätte ihn sehr gern kennengelernt«, meinte Hannah.

»Niemand kennt den Devil, Schatz. Maynard ist kein besonderer Menschenfreund, und er hat seine Gründe dafür: *Die Menschen sind schlecht. Sie lügen und betrügen. Sie sind gierig und maßlos.*

Sie sind gewalttätig und morden. Der Adler, der Bär und der Wolf dagegen lassen ihre Absichten stets erkennen. Sie stellen niemals hinterhältige Fallen und jagen und töten nur, wenn sie hungrig sind und ihre Jungen ernähren müssen. Nicht die Menschen, sondern die Tiere sind die wahren Kreaturen Gottes.«

Tom Bauer sah auf die Uhr und unterbrach dann das andächtige, kollektive Schweigen: »Sorry, Freunde, aber mein Flieger geht pünktlich um 12:30 Uhr ab Tegel. Chief Broderick ist schon ganz heiß auf meinen Bericht.«

Steven schüttelte den Kopf. »Dieser ignorante Fettsack weiß doch nicht mal, wo Deutschland liegt. Wird Zeit, dass du seinen Job übernimmst, Tom. Vielleicht bekomme ich dann mal wieder einen Zuschuss, um mein Equipment auf den neuesten Stand zu bringen. Oder wollen wir die Deutschen in Zukunft nicht mehr abhören?«

»Bringt euch doch eh nichts. Außer gebrochenem Englisch beherrscht ihr Amis doch gar keine Fremdsprachen«, flachste Tom Ritter.

»Die wissen nicht mal, dass es noch andere Sprachen gibt. Chinesisch halten die noch immer für einen Südstaatenakzent«, lachte Jan.

»Jetzt reicht's aber. Etwas mehr Respekt vor der Weltmacht Amerika bitte. Schließlich beschützen wir euch vor diesen ganzen Schurkenstaaten: Schweiz, Österreich, Belgien....«

Während am Tisch allgemeines Gelächter ausbrach, nahm sich Tom Ritter einen Apfel aus dem Obstkorb.

»Meine Marschverpflegung. Dann bestelle ich mir mal ein Taxi an der Rezeption.«

»Soweit kommt's noch. Selbstverständlich bringen wir dich zum Flughafen. Wann geht dein Flieger?«, fragte Jan.

»Keine Ahnung. Aber Berlin-Hannover geht eigentlich immer. Wenn nicht, nehme ich den ICE. Auch kein Problem.«

Steven erhob sich, griff seine Jacke: »Na, dann mal los. Ich nehme die beiden Toms mit. Ich denke, ihr wollt von dort aus gleich zurück nach Leipzig, oder?«, fragte er in Richtung Hannah und Jan.

»Eigentlich wollten wir vorher noch mal bei Rommel vorbei. Aber, ich denke, diesen Besuch holen wir demnächst mal in Ruhe nach.

Rico Steding erwartet uns schon sehnsüchtig zurück. Ihr wisst ja, ist chronisch unterbesetzt, die Leipziger Mordkommission.«

Um kurz vor elf fuhren Steven, Hannah und Jan in die Tiefgarage des Flughafens Tegel, ungefähr zehn Kilometer entfernt vom Stadtkern im Ortsteil Tegel des Bezirks Reinickendorf gelegen. Sie waren spät dran. Auf Grund des dichten Verkehrs brauchten sie an diesem Morgen fast eine Stunde, um von der Sonnenallee aus dem Stadtteil Neukölln bis nach Tegel zu fahren. Zu allem Überfluss war es mit dem schönen Wetter vorbei. Die Sonne versteckte sich hinter dichten grauschwarzen Wolken und es regnete in Strömen. Was Jan wieder schmerzlich daran erinnerte, dass die Scheibenwischer seines 76er Audi Super 90 unbedingt erneuert werden mussten. Zu langsam und zu schwach. Originalersatzteile waren allerdings kaum zu bekommen. Deshalb hatte er dieses Problem bisher nicht in den Griff gekriegt. Er musste sich wohl oder übel damit anfreunden, auf ein artfremdes Ersatzteil zurückzugreifen. Allein bei diesem Gedanken sträubten sich ihm die Nackenhaare.

Hannah parkte ihrem BMW X3 direkt neben Stevens Van. Mit dem Lift fuhr das Quintett hoch in die Abflughalle. Während Tom Bauer zielstrebig auf den Abfertigungsschalter des Lufthansafluges nach New York zusteuerte, suchte Thomas Ritter eine Möglichkeit, noch ein Ticket für den nächsten Flug nach Hannover zu ergattern.

»Was ist eigentlich aus unseren Freunden von der Interfood GmbH geworden?«, fragte Tom Bauer, als er seinen Koffer auf das Laufband des Abfertigungsschalters hob.«

»Hannah hat gestern Abend mit Rico Steding telefoniert. Die Polen haben Viktor Rasienkov und Wladimir Skutin mit einem Drogentransport kurz vor der deutschen Grenze hochgenommen und sie freundlicherweise an die deutschen Behörden überstellt. Amtshilfe von unserem alten Freund Arkadius Bak. Daraufhin wurde auch Grigori Tireshnikov in Leipzig verhaftet. Kaum anzunehmen, dass er von der ganzen Sache nichts wusste. Wenn sich herausstellt, dass sie den Taliban neben Waffen auch noch Sarin geliefert haben, wird's übel für die Typen«, sagte Jan.

Tom drehte sich um und nahm Hannah in den Arm.

»Mach's gut, mein Mädchen. Und pass auf den Verrückten auf. Dieses Terrorpack wird ihn nicht in Ruhe lassen.«

Dann schüttelte er Jan fest die Hand. »Gute Arbeit, Herr Major.«

»Bestell deinem Chef schöne Grüße von den Krauts«, flachste Jan, als es wie ein Blitz bei ihm einschlug. »Verdammt noch mal, da soll mich doch der Teufel holen«, rief er und sprintete los. Er sprang mit einem Satz über die Absperrungen und stürmte durch die elektronische Kontrolle an den verdutzten Sicherheitsbeamten vorbei in den verglasten Abflugsektor von Gate Five. Ein schriller, ohrenbetäubend lauter Alarm zersägte die stickige Luft im Terminal. Die Wachmänner starrten ungläubig auf das Szenario und standen zunächst wie angewurzelt auf ihren Posten. Dann nahmen sie die Verfolgung auf. Aber Jan hatte längst keinen Blick mehr für das, was hinter ihm geschah. Als er sich von Tom Bauer verabschiedete, hatte er ihn im Augenwinkel gesehen: Ein großer, schlanker Mann mit einem beigen Trenchcoat und einem Cowboyhut hatte sich hinter der Verglasung des Nachbar-Gates zu ihm umgedreht, vertraut gelächelt und ihm zugezwinkert. Er hatte es ganz deutlich gesehen. Graue Haare, die seine Kopfbedeckung kaum bändigen konnten, ein schwarzgrauer Oberlippen-und Kinnbart. Eine große dicke, schwarze Brille. Keine Frage: Das war Maynard Deville alias Jeremy Bates.

Jan bahnte sich den Weg durch eine dichte Reihe von Passagieren, die auf dem Weg waren, am Flugsteig einzuchecken. Doch so sehr er sich auch bemühte, sich durch die Menschenmenge zu schlängeln, er erreichte den Mann nicht, obwohl er ihn immer wieder im Pulk vor sich auftauchen sah. Schließlich wurde Jan von zwei Stewards bei der Kontrolle der Bordkarten jäh gestoppt. Er sah nur noch, wie der Devil unmittelbar vor ihm die Gangway zum Flugzeug betrat, sich kurz umdrehte und ihm noch mal zuwinkte.

»Lassen sie mich durch, verdammt noch mal. Er hielt seinen Dienstausweis hoch. Der Typ da vorn ist Jeremy Bates. Wir dürfen ihn nicht entkommen lassen«, trug er vielleicht doch etwas zu dick auf. Schließlich hatte sich der Mann nichts zu Schulden kommen lassen. Im Gegenteil. Aber er musste ihn jetzt einfach aufhalten. Später hätte er noch ausreichend Gelegenheit, die Sache richtig zu stellen. Mittlerweile war auch die Flughafenpolizei eingetroffen. Sie drückten Jan zu Boden und legten ihm Handschellen an. Sein Ausweis wurde durch die Luft geschleudert und landete irgendwo auf dem Fußboden.

»So und nun mal schön langsam der Reihe nach. Was geht hier eigentlich vor?«

Ein offenbar etwas älterer und erfahrener Beamter versuchte, die Situation zu beruhigen. Er hob Jans Dienstausweis auf und warf einen Blick drauf. Jan nahm die Vorlage dankbar auf und schaltete selbst einen Gang herunter.

»Mein Name ist Jan Krüger, Mordkommission Leipzig. Wir suchen nach einem gewissen Jeremy Bates. Er hat soeben die Gangway zum Flugzeug betreten. Bitte halten sie ihn auf.«

»Okay«, meinte der Beamte, »stehen Sie bitte auf. Dann wollen wir mal sehen, ob wir diesen Kerl nicht noch bei den Eiern kriegen.«

Er nahm Jan die Handschellen ab und gab den Stewards an der Kontrolle zur Gangway ein Zeichen, ihn durchzulassen. Gefolgt von zwei bewaffneten Sicherheitsleuten stürmte Jan den Ziehharmonikatunnel zum Flugzeugeinstieg hinunter. Gerade sah er noch, wie der beige Mantel im Flugzeuginneren verschwand.

»Polizei«, rief Jan,»wir müssen mit dem Mann sprechen, der hier gerade eingecheckt hat.«

»Tut mir leid, ohne gültige Bordkarte darf ich Sie nicht ins Flugzeug lassen.«

»Flughafensicherheit, das geht schon klar, junge Frau, lassen Sie ihn durch«, bekam die Stewardess Anweisung von einem der Beamten, die Jan begleitet hatten. Sie trat beiseite und die drei Männer gelangten in den Innenraum.

»Wohin geht dieser Flug?«, fragte Jan eine Flugbegleiterin, die sich gerade darauf vorbereitete, die Passagiere mit den Sicherheitsbestimmungen an Bord vertraut zu machen.

»Das ist der British Airways Flug über London und Hongkong nach Sidney, Sir.«

»Dacht ich mir«, zeigte er sich wenig überrascht.

»Sie haben einen gewissen Jeremy Bates an Bord. Können Sie mir sagen, auf welchem Platz er sitzt?«

»Einen Moment, Sir.«

Die Dame überflog die Passagierliste. Mit dem Finger tippte sie fast ans Ende der Liste.

»Platz 224 A im hinteren Bereich rechts, direkt am Fenster.«

Langsam durchschritt er mit den Sicherheitsbeamten im Schlepptau die Kabine. Das Flugzeug war voll besetzt. Ausgebucht, vermutete Jan. Kurz bevor er die Reihe 224 erreicht hatte, konnte er schon erkennen, dass der Platz A leer war. Der kleinere der beiden Beamten zeigte ans Ende der Sitzreihen auf eine Tür.

»Die Toilette. Sie ist besetzt.«

Deutlich flackerte über dem WC ein rotes Neonlicht mit dem Schriftzug *occupied* auf. Jan nickte den beiden zu und hämmerte zweimal trocken mit der Faust an die Tür.

»Mach auf, Maynard. Hier ist Jan. Wir wollen doch nur mit dir reden und uns bei dir bedanken. Warum haust du einfach ab, verdammt noch mal?«

»Einen Moment bitte«, hörten sie jemanden hinter der Tür rufen. Jan lächelte. Kein Zweifel. Diese Stimme war unverkennbar. Doch es tat sich nichts. Noch mal klopfte Jan an die Tür.

»Nun mach schon, Maynard. Die wollen pünktlich starten.«

Keine Antwort mehr. Die drei Männer vor dem WC sahen sich an.

»Treten Sie bitte zur Seite«, rief der große, kräftige Sicherheitsbeamte dem Mann hinter der Toilettentür zu. Offenbar war der Zwerg fürs Reden zuständig, der Riese für das Grobe. Mit einem mächtigen Tritt stieß er gegen das ohnehin nicht besonders stabile Türblatt, welches sofort aus der Verankerung riss.

Das Erstaunen hätte nicht größer sein können. Die Toilette war leer. Keine Spur von einem Mann.

»Sie haben doch gerade noch mit dem Typen da drinnen gesprochen. Ich hab's doch genau gehört. Wo zum Teufel ist der Kerl denn hin?«, starrte das Riesenbaby fassungslos in den fensterlosen Raum. »Ja, haben wir denn jetzt alle einen an der Waffel, oder was?«

Kopfschüttelnd standen die beiden Sicherheitsleute geschockt neben Jan. So etwas hatten sie noch nie erlebt. Jan betrat die kleine WC-Kabine und klopfte kurz Decke und Wände ab. Nichts. Der Devil hatte sich in Luft aufgelöst. Oder kam die Stimme aus der Toilette vielleicht doch ganz woanders her?

Die Beamten zuckten zum Zeichen ihrer Ratlosigkeit mit   den

Schultern.

»Müssen wir uns wohl getäuscht haben, Herr Kommissar.«

Hatten sie nicht. Plötzlich war er wieder da: Dieser süßliche, würzige Geruch. Ein Aroma, das sämtliche Sinne benebelte. Dieser einzigartige, unverwechselbare Duft, der bewies: *The devil was here.*

Auf dem Weg zurück nach Leipzig regnete es weiter ununterbrochen. Als hätte der Himmel seine Schleusen geöffnet. Die Sicht betrug nur wenige Meter. Hannah fuhr mit ihrem X3 vorweg und hatte die Nebelschlussleuchte eingeschaltet. Der einzige Punkt hinter diesem Grauschleier aus Regen und dunklen Wolken, an dem sich Jan orientieren konnte. Seine Scheibenwischer konnten die Wassermassen kaum bewältigen. Immer wieder verloren die Reifen in den unzähligen Wasserlachen auf dem Asphalt ihren Halt und brachten seinen Oldtimer ins Rutschen. Nur nicht bremsen. Fuß vom Gas und leicht gegenlenken. Herrje, was für ein beschissener Abschluss eines letztendlich doch noch erfolgreichen Wochenendes. Dass Maynard

Deville ihnen entwischt war, war kein Beinbruch. Er wollte es scheinbar so. Schade, er hätte sich gern mit ihm unterhalten und dabei versucht, die letzten offenen Fragen zu klären. Aber das war nun nicht mehr wichtig. Er hatte seinem ehemaligen Kameraden und Freund viel zu verdanken. Wahrscheinlich sogar alles. Zumindest, was diesen Fall anging.

Was mit den Morden an den Politikern angefangen hatte und was mit dem Anschlag von Gowarah Sang weitergegangen war, hatte zum Glück in Berlin keine Fortsetzung erfahren.

Jan machte sich Sorgen um Fatima. Sie war im Moment wohl die einzige, die das Geheimnis des perfektionierten Mindcontrolling-Progamms MK-Ultra kannte. Sie hatte mit eigenen Augen gesehen, was damit angerichtet werden kann. Der angebliche Versuch, Psychopharmaka gegen die Alpträume von traumatisierten Kriegsveteranen zu entwickeln, war in einem fürchterlichen Desaster geendet. Herausgekommen war eine wahre Mixtur des Teufels. Ein Produkt, das seine Wirkung nicht verfehlte. Wer in Zukunft über dieses Know- how verfügen würde, könnte überall und jederzeit auf diesem Planeten die perfekten Killermaschinen erschaffen. Eine gruselige Vorstellung.

Dieser Russe Dr. Muratov kannte wahrscheinlich nur Teile dieses Verfahrens. Er allein würde wahrscheinlich nicht in der Lage sein, MK-Ultra in Perfektion anzuwenden. Das hatte Fatima ihm noch vor ein paar Tagen erzählt. Irgendwann würde die Al Kaida aber erfahren, dass sie lebt. Dann würden die Terroristen keine Ruhe geben, bis sie sie endlich gefasst hätten.

Fatima stand jetzt auf der Prioritätenliste dieser Fanatiker ganz weit oben. Ob er im Moment noch darüber zu finden war, wusste er nicht, aber auf jeden Fall rangierte er nicht weit hinter Fatima.

Eine mächtige Gischt schlug mit großer Wucht auf seine Windschutzscheibe. Der Aufprall der Wassermassen ging einher mit einem mächtigen Grollen. Er kam sich vor wie mitten in einem Orkan auf hoher See. Ein greller Blitz erleuchtete für den Bruchteil einer Sekunde die schwarze Wand, die sich vor ihm aufgetürmt hatte. Jetzt nur nicht den Fixpunkt am Heck von Hannahs X3 verlieren. Das konnte fatale Folgen haben. Vielleicht sollte er Hannah anrufen, dass sie den nächsten Rastplatz anfahren sollten? Wäre wohl sicherer. Aber beide wollten eigentlich nur eines: Schnell nach Hause. Jan hatte das Gefühl, als wollte Petrus sie für das ununterbrochen schöne Wetter der vergangenen vier Wochen bestrafen. Kein Problem, mein Lieber, dachte Jan, aber musst du dein Pulver gleich innerhalb von wenigen Stunden verschießen? Ein schöner, seichter, dauerhafter Landregen hätte es doch auch getan.

Jan nahm den Fuß vom Gas und entging so einer erneuten Aquaplaning-Attacke. Er sollte sich besser auf die Straße konzentrieren. Er musste versuchen, sich von den tausend Gedanken, die in seinem Kopf herumschwirrten, zu befreien. Leichter gesagt, als getan. Er beugte sich vor, öffnete, ohne den Blick zu senken, das Handschuhfach und zog willkürlich irgendeine Musikkassette heraus. Ohne auf den Titel zu sehen, schob er sie in das Kassettenfach. Seine Augen musste er schließlich weiter konzentriert auf die Straße richten. Dann stutzte er. Wieso hörte er nichts? Er drehte den Lautstärkeregler höher. Kam das Geräusch von stürmisch prasselnden Regenschauern von draußen oder aus den Lautsprecherboxen? Dann vernahm er deutlich die ersten Töne aus *Robbie Kriegers* unvergleichbarer Hammondorgel und der unverwechselbar charismatische Gesang von *Riders On The Storm* setzte ein. Das bedeutete einen *Jim Morrison* in Höchstform. In seinem Kassettenfach befand sich eines der ungekrönten Meisterwerke der Rockmusik:

Riders on the Storm/ Riders on the Storm/ Into this house we're born/ Into this world we're thrown! Like a dog without a bone/ An actor out alone/ Riders on the Storm.

Jan konnte gar nicht anders. Er musste einfach laut mitsingen und bemühte sich dabei vergeblich, dieses einzigartige Timbre in der Stimme Jim Morrisons zu kopieren. Jeder Hund hätte wahrscheinlich melodischer gejault. Das konnte der Texaner Dean Morisson um Längen besser, musste Jan sich eingestehen.

Plötzlich piepte sein Handy, das er griffbereit auf den Beifahrersitz gelegt hatte. Er sah auf das Display und stellte den Eingang einer SMS fest. Die Nummer des Absenders war unbekannt. Jan wurde neugierig und öffnete die Nachricht:

Bin wieder fit. Revanche im April. LG Godzilla.

Jan musste laut lachen. Das glaubt der ja wohl selbst nicht, dachte er. Obwohl - bis April war ja noch jede Menge Zeit!

www.ingramcontent.com/pod-product-compliance
Lightning Source LLC
Chambersburg PA
CBHW021930110726
47901CB00003B/775